中华经典小说注释系列

二拍 二刻拍案惊奇

〔明〕凌濛初 编著

吴书荫 校注

中华书局

图书在版编目（CIP）数据

二拍·二刻拍案惊奇/（明）凌濛初编著;吴书荫校注. —北京:中华书局,2014.10(2024.9重印)
（中华经典小说注释系列）
ISBN 978-7-101-10451-6

Ⅰ.二… Ⅱ.①凌…②吴… Ⅲ.①话本小说-小说集-中国-明代②《二刻拍案惊奇》-注释 Ⅳ.I242.3

中国版本图书馆 CIP 数据核字（2014）第 222349 号

书　　名	二拍·二刻拍案惊奇
编 著 者	〔明〕凌濛初
校 注 者	吴书荫
丛 书 名	中华经典小说注释系列
文字编辑	王水涣
责任编辑	王守青
装帧设计	毛　淳
责任印制	韩馨雨
出版发行	中华书局
	（北京市丰台区太平桥西里 38 号　100073）
	http://www.zhbc.com.cn
	E-mail:zhbc@zhbc.com.cn
印　　刷	三河市鑫金马印装有限公司
版　　次	2014 年 10 月第 1 版
	2024 年 9 月第 4 次印刷
规　　格	开本/880×1230 毫米　1/32
	印张 21　插页 2　字数 504 千字
印　　数	15001-18000 册
国际书号	ISBN 978-7-101-10451-6
定　　价	43.00 元

前　言

　　我们已将冯梦龙编辑的"三言",即《喻世明言》、《警世通言》、《醒世恒言》校注出版,今再将凌濛初编著的"二拍",即《拍案惊奇》、《二刻拍案惊奇》校注出版。于是,明代以前中国短篇话本小说的精粹都汇集在一起,对于广大的读者或许有一些方便和帮助。"二拍"编刊于明代崇祯年间,紧接在"三言"刊出之后。编著者凌濛初的旨趣与冯梦龙大略相同,"二拍"的总体面貌也与"三言"相去不远,所以历来把"三言"、"二拍"相提并论是有道理的。

　　凌濛初(1580—1644),字玄成,号初成,亦号即空观主人。乌程(今浙江湖州)人。以副贡任上海县丞,官至徐州通判。后为李自成起义军所困,呕血而死。凌氏一生著述不辍,涉及经史诗文的许多门类,有《圣门传诗嫡冢》、《诗经人物考》、《左传合鲭》、《赢縢三札》、《倪思史汉异同补评》、《国门集》、《鸡讲斋诗文》、《燕筑讴》、《南音三籁》、《合评选诗》等多种。他是杰出的戏曲家和小说家,著有戏曲《虬髯翁》、《颠倒姻缘传》、《北红拂》、《乔合衫襟记》和《蓦忽姻缘》等;最负盛名的即是话本小说集"二拍"。关于"二拍"的取材,凌氏说过,宋元旧本完整的篇章因为"三言"已经"搜括殆尽",剩下的"一二遗者,皆其沟中之断芜,略不足陈已"(见《拍案惊奇序》)。大体都是凌濛初依据"古今杂事"自己创作的拟话本;少数卷确有宋元旧本的叙事和语言风格痕迹的,读者自能体察,也都经过了凌濛初"演而畅之"的发挥改造了。"二拍"所收内容和叙事描绘的语言艺术风格,都与"三言"近似而不雷同,有所拓展。"二拍"与"三言"比较,思想艺术成就或有第一第二之分,而并非相去甚远。以前有些论者对"二拍"挑剔过甚,贬抑不当,读者合二者而观之,当能作出自己的判断。对此种短篇话本小说的思想艺术,我们已在《喻世明言》的前言中有所阐述,这里就不再重说了,读者可自行参照。

　　"二拍"校注所用底本,是上海古籍出版社影印的明尚友堂本,并参考各本。明本《二刻拍案惊奇》实际为三十八卷本,因为其中卷二十三与《拍案惊奇》卷二十三完全相同,卷四十则为《宋公明闹元宵杂剧》。所以"二拍"全书小说仅存七十八篇。今仍其旧,对原书不作删节和改动。注释力求简明。新排本采用简体字,少数保留原来字形。同音假借字一般保存原貌,读者即音求义多数不须另作说明,个别不常见或易生歧义的则在注释中指明。校订和注释都参考和利用了前人的成果,谨致谢忱并此声明;错误或不当之处,请读者和专家指正。

目 录

二刻拍案惊奇小引

　　丁卯之秋事，附肤落毛，失诸正鹄，迟回白门。偶戏取古今所闻一二奇局可纪者，演而成说，聊舒胸中磊块。非曰行之可远，姑以游戏为快意耳。同侪过从者索阅一篇竟，必拍案曰："奇哉所闻乎！"为书贾所侦，因以梓传请。遂为钞撮成编，得四十种。支言俚说，不足供酱瓿；而翼飞胫走，较拈髭呕血、笔冢研穿者，售不售反霄壤隔也。嗟乎，文诅有定价乎？

　　贾人一试之而效，谋再试之。余笑谓一之已甚。顾逸事新语可佐谈资者，乃先是所罗而未及付之子墨，其为柏梁余材、武昌剩竹，颇亦不少。意不能恝，聊复缀为四十则。其间说鬼说梦，亦真亦诞；然意存劝戒，不为风雅罪人，后先一指也。

　　竺乾氏以此等亦为绮语障，作如是观，虽现稗官身为说法，恐维摩居士知贡举，又不免驳放耳。

崇祯壬申冬日即空观主人题于玉光斋中

二刻拍案惊奇序

　　尝记《博物志》云："汉刘褒画《云汉图》，见者觉热；又画《北风图》，见者觉寒。"窃疑画本非真，何缘至是？然犹曰人之见为之也。甚而僧繇点睛，雷电破壁；吴道玄画殿内五龙，大雨辄生烟雾。是将执画为真，则既不可；若云赝也，不已胜于真者乎？然则操觚之家，亦若是焉则已矣。

　　今小说之行世者无虑百种，然而失真之病，起于好奇。知奇之为奇，而不知无奇之所以为奇。舍目前可纪之事，而驰骛于不论不义之乡，如画家之不图犬马而图鬼魅者，曰："吾以骇听而止耳。"夫刘越石清啸吹笳，尚能使群胡流涕，解围而去，今举物态人情，恣其点染，而不能使人欲歌欲泣于其间。此其奇与非奇，固不待智者而后智之也。

　　则为之解曰："文自《南华》、《冲虚》，已多寓言；下至非有先生、凭虚公子，安所得其真者而寻之？"不知此以文胜，非以事胜也。至演义一家，幻易而真难，固不可相衡而论矣。即如《西游》一记，怪诞不经，读者皆知其谬；然据其所载，师弟四人各一性情，各一动止，试摘取其一言一事，遂使暗中摩索，亦知其出自何人，则正以幻中有真，乃为传神阿堵。而已有不如《水浒》之讥。岂非真不真之关，固奇不奇之大较也哉！

　　即空观主人者，其人奇，其遇亦奇。因取其抑塞磊落之才，出绪余以为传奇，又降而为演义，此《拍案惊奇》之所以两刻也。其所揑摭，大都真切可据。即间及神天鬼怪，故如史迁纪事，摹写逼真，而龙之踞腹、蛇之当道，鬼神之理，远而非无，不妨点缀域外之观，以破俗儒之隅见耳。若夫妖艳风流一种，集中亦所必存。唯污蔑世界之谈，则戛戛乎其务去。鹿门子常怪宋广平之为人，意其铁心石肠；而为《梅花赋》，则清便艳发，得南朝徐庾体。由此观之，凡托于椎陋以眩世，殆有不足信者夫，主人之言固曰："使世有能得吾说者，以为忠臣孝子无难；而不能者，不至为宣淫而已矣。"此则作者之苦心，又出于平平奇奇之外者也。

时剞劂告成，而主人薄游未返。肆中急欲行世，征言于余。余未知掎摭管，毋乃"刻画无盐，唐突西子"哉！亦曰"簸之扬之，糠秕在前"云尔。

壬申冬日睡乡居士题并书

卷之一

进香客莽看金刚经　出狱僧巧完法会分

诗曰：

> 世间字纸藏经同，见者须当付火中。
>
> 或置长流清净处，自然福禄永无穷。

话说上古苍颉制字①，有鬼夜哭，盖因造化秘密，从此发泄尽了。只这一哭，有好些个来因。假如孔子作《春秋》②，把二百四十二年间乱臣贼子心事阐发，凛如斧钺，遂为万古纲常之鉴，那些奸邪的鬼岂能不哭！又如子产铸刑书③，只是禁人犯法，流到后来，奸胥舞文④，酷吏锻罪⑤，只这笔尖上边几个字，断送了多多少少人？那些屈陷的鬼岂能不哭？至于后世以诗文取士，凭着暗中朱衣神⑥，不论好歹，只看点头。他肯点点头的，便差池些⑦，也会发高科、做高官；不肯点头的，遮莫你怎样高才⑧，没处叫撞天的屈⑨。那些呕心抽肠的鬼，更不知哭到几时，才是住手。可见这字的关系，非同小可。况且圣贤传经讲道，齐家治国平天

---

① 苍颉制字：相传古代黄帝的史官苍颉创造了汉字。

②《春秋》：春秋末期，孔子根据鲁国史官编写的《鲁春秋》删订而成，是现存最早的编年史。

③ 子产铸刑书：子产，即春秋时郑国的公孙侨，他为卿相时将法律条文铸在鼎上，向国人公布。

④ 舞文：歪曲法律条文以作弊。

⑤ 锻罪：构陷人于罪。

⑥ 朱衣神：据宋赵令畤《侯鲭录》载：相传北宋欧阳修主持贡院考试，每阅试卷，觉身后有朱衣人不时点头，凡他点头的文章都合格。后人以"朱衣点头"代指科举中选。

⑦ 差（chā）池：即"差迟"。差错，错误。

⑧ 遮莫：即使；假如。也作"遮末"。

⑨ 撞天的屈：冲天的冤枉，天大的冤屈。

下,多用着他不消说;即是道家青牛骑出去①,佛家白马驮将来②,也只是靠这几个字,致得三教流传,同于三光③。那字是何等之物,岂可不贵重他? 每见世间人,不以字纸为意,见有那残书废叶,便将来包长包短,以致因而揩台抹桌,弃掷在地,扫置灰尘污秽中。如此作践,真是罪业深重④! 假如偶然见了,便轻轻拾将起来,付之水火,有何重难的事? 人不肯做。这不是人不肯做,一来只为人不晓得关着祸福,二来不在心上的事,匆匆忽略过了。只要能存心的人,但见字纸,便加爱惜,遇有遗弃,即行收拾,那个阴德可也不少哩!

　　宋时,王沂公之父爱惜字纸⑤,见地上有遗弃的,就拾起焚烧,便是落在粪秽中的,他毕竟设法取将起来,用水洗净,或投之长流水中,或候烘晒干了,用火焚过。如此行之多年,不知收拾净了万万千千的字纸。一日,妻有娠将产,忽梦孔圣人来分付道:"汝家爱惜字纸,阴功甚大。我已奏过上帝,遣弟子曾参来生汝家⑥,使汝家富贵非常。"梦后果生一儿。因感梦中之语,就取名为王曾。后来连中三元⑦,官封沂国公。宋朝一

---

①青牛骑出去:相传老子见周室衰微,驾青牛出函谷关,隐居遁世。道教奉老子为教祖。

②白马驮将来:东汉明帝时摄摩腾、竺法兰从西域用白马驮经来洛阳,佛教始入中国。

③三光:指日、月、星光。

④罪业:即罪孽,罪恶。

⑤王沂公:即王曾,字孝先,青州益都(今山东青州)人。少孤苦,善为文辞。宋真宗咸平五年(1002)解试、省试、殿试皆第一,连中"三元"。景祐二年(1035),拜右仆射兼门下侍郎,平章事,集贤殿大学士,封沂国公。《宋史》卷三一〇有传。

⑥曾参:字子舆,春秋末年鲁国南武城(今山东费县)人。孔子的学生,以孝著称。是孔子学说的主要继承人和传播者,元明时被尊为"宗圣"。

⑦连中三元:唐宋科举考试分为解试(州府举行的考试,相当于明清的乡试)、省试(由尚书省的礼部主试,相当于明清的会试)和殿试(由皇帝对省试录取的贡士在殿廷上亲自考试),其第一名分别称为解元、会元、状元,合称三元。凡连接在三次考试中获第一名,叫"连中三元"。

代中三元的，止得三人，是宋庠、冯京与这王曾①，可不是最希罕的科名了！谁知内中这一个，不过是惜字纸积来的福，岂非人人做得的事？如今世上人见了享受科名的，那个不称羡，道是难得？及至爱惜字纸这样容易事，却错过了不做，不知为何。且听小子说几句：

　　　　仓颉制字，爰有妙理。

　　　　三教圣人②，无不用此。

　　　　眼观秽弃，额当有沚③。

　　　　三元科名，惜字而已④。

　　　　一唾手事，何不拾取？

　　小子因为奉劝世人惜字纸，偶然记起一件事来。一个只因惜字纸拾得一张故纸，合成一大段佛门中因缘，有好些的灵异在里头。有诗为证：

　　　　翰墨因缘法宝流⑤，山门珍秘永传留。

　　　　从来神物多呵护⑥，堪笑愚人欲强谋！

　　却说唐朝侍郎白乐天⑦，号香山居士，他是个佛门中再来人，专一精心内典⑧，勤修上乘⑨。虽然顶冠束带，是个宰官身，却自念佛看经，做

---

①宋庠、冯京：宋庠：字公序，安州安陆（今湖北安陆）人，后徙居开封雍丘（今河南杞县）。宋仁宗天圣二年（1024）宋庠连中三元。冯京：字当世，宜山龙水（今广西宜州）人，仁宗皇祐元年（1049）连中三元。

②三教圣人：三教，指儒、道、佛；三教圣人分别指孔子、老子和释迦牟尼。

③额当有沚：额上出汗。后因以"额沚"表示心中惶恐、惭愧。

④惜字：珍惜文字。旧时谓文字为圣人所创造，对有字的纸不能随意污损和丢弃。

⑤法宝：即珍宝。

⑥呵护：保佑，护卫。

⑦侍郎：唐代中书、门下、尚书三省所属各部长官的副职叫做侍郎。白乐天：唐代大诗人白居易，字乐天。唐穆宗大和二年，任刑部侍郎。

⑧内典：佛经。

⑨上乘：即大乘佛教。

成居士相①。当时因母病,发愿手写《金刚般若经》百卷②,以祈冥佑,散施在各处寺宇中。后来五代、宋、元兵戈扰乱,数百年间,古今名迹,海内亡失已尽,何况白香山一家遗墨?不知多怎地消灭了。唯有吴中太湖内洞庭山一个寺中,流传得一卷,直至国朝嘉靖年间依然完好③,首尾不缺。凡吴中贤士大夫、骚人墨客,曾经赏鉴过者,皆有题跋在上,不消说得。就是四方名公游客,也多曾有赞叹顶礼,请求拜观、留题姓名日月的,不计其数。算是千年来希奇古迹,极为难得的物事④。山僧相传,至宝收藏,不在话下。

且说嘉靖四十三年,吴中大水,田禾淹尽,寸草不生,米价踊贵。各处禁粜闭籴⑤,官府严示平价,越发米不入境了。元来大凡年荒米贵,官府只合静听民情,不去生事。少不得有一伙有本钱趋利的商人,贪那贵价,从外方贱处贩将米来;有一伙有家当囤米的财主⑥,贪那贵价,从家里廒中发出米去⑦。米既渐渐辐辏⑧,价自渐渐平减,这个道理也是极容易明白的。最是那不识时务执拗的腐儒,做了官府,专一遇荒就行禁粜、闭籴、平价等事。他认道是不使外方籴了本地米去,不知一行禁止,就有棍徒诈害,遇见本地交易,便自声扬犯禁,拿到公庭,立受枷责。那有身家的,怕惹事端,家中有米,只索闭仓高坐,又且官有定价,不许贵卖,无大利息,何苦出粜?那些贩米的客人,见官价不高,也无想头⑨。就是小民私下愿增价暗籴,俱怕败露受责受罚。有本钱的人,不肯担这

---

①居士:指在家修行的佛教徒。

②《金刚般若经》:即《金刚般若波罗蜜经》,简称《金刚经》,是佛教的重要经典。

③国朝:本朝。嘉靖,明世宗朱厚熜的年号(1522—1566)。

④物事:东西,物品。

⑤粜(tiào):卖粮食。籴(dí):买粮食。

⑥家当:财产。

⑦廒:储藏粮食的仓库。

⑧辐辏:车辐聚集车毂。这里形容米大量聚集。

⑨无想头:吴语,无利可图。

样干系①,干这样没要紧的事。所以越弄得市上无米,米价转高。愚民不知,上官不谙,只埋怨道:"如此禁闭,米只不多;如此抑价,米只不贱。"没得解说,只囫囵说一句救荒无奇策罢了。谁知多是要行荒政,反致越荒的。

闲话且不说。只因是年米贵,那寺中僧侣颇多,坐食烦难。平日檀越也为年荒米少②,不来布施。又兼民穷财尽,饿殍盈途③,盗贼充斥,募化无路。那洞庭山位在太湖中间,非舟楫不能往来。寺僧平时吃着十方④,此际料没得有凌波出险、载米上门的了。真个是:

> 香积厨中无宿食⑤,净明钵里少余粮⑥。

寺僧无计奈何。内中有一僧,法名辨悟,开言对大众道:"寺中僧徒不少,非得四五十石米不能度此荒年⑦。如今料无此大施主,难道抄了手坐看饿死不成⑧? 我想白侍郎《金刚经》真迹,是累朝相传至宝,何不将此件到城中寻个识古董人家,当他些米粮且度一岁。到来年有收,再图取赎,未为迟也。"住持道⑨:"相传此经值价不少,徒然守着他,救不得饥饿,真是戤米囤饿杀了⑩,把他去当米,诚是算计。但如此年时,那里撞得个人肯出这样闲钱,当这样冷货? 只怕空费着说话罢了。"辨悟道:"此时要遇个识宝太师,委是不能勾。想起来只有山塘上王相国府当内严都管⑪,他是本山人,乃是本房檀越⑫,就中与我独厚。这卷白侍郎的

---

①干系:责任。

②檀越:佛家语,施主。

③饿殍(piǎo):饿死的人。

④十方:佛家语,即东、西、南、北、东南、西南、东北、西北、上、下。

⑤香积厨:寺庙中的厨房。也叫香厨。

⑥钵:即钵盂,和尚用的饭碗。

⑦石(dàn):旧时容量单位,一石合十斗。

⑧抄了手:即袖手,把双手拢在袖筒里。

⑨住持:寺庙中担任主管职务的僧人。

⑩戤(gài)米囤饿杀:倚着米囤挨饿。比喻守财自苦。

⑪相国:宰相的别称。当:当铺。都管:即总管,管理事务的管家。

⑫本房:即本支。房,指僧、道等的宗支。

经,他虽未必识得,却也多曾听得。凭着我一半面皮,挨当他几十挑米,敢是有的①。"众僧齐声道:"既然如此,事不宜迟,只索就过湖去走走。"

住持走去房中,厢内捧出经来,外边是宋锦包袱包着②,揭开里头看时,却是册叶一般装的③,多年不经裱褙,糨气已无,周围镶纸,多泛浮了。住持道:"此是传名的古物,如此零落了,知他有甚好处?今将去与人家,藏放得好些,不要失脱了些便好。"众人道:"且未知当得来当不来,不必先自耽忧。"辨悟道:"依着我说,当便或者当得来。只是救一时之急,赎取时这项钱粮还不知出在那里?"众人道:"且到赎时再做计较,眼下只是米要紧,不必多疑了。"当下雇了船只,辨悟叫个道人随了,带了经包,一面过湖到山塘上来。

行至相府门前,远远望去,只见严都管正在当中坐地。辨悟上前稽首④,相见已毕,严都管便问道:"师父何事下顾?"辨悟道:"有一件事特来与都管商量,务要都管玉成则个。"⑤都管道:"且说看何事。可以从命,无不应承。"辨悟道:"敝寺人众缺欠斋粮,目今年荒米贵,无计可施。寺中祖传《金刚经》,是唐朝白侍郎真笔,相传价值千金,想都管平日也晓得这话的。意欲将此当在府上铺中,得应付米百来石⑥,度过荒年,救取合寺人众生命,实是无量功德。"严都管道:"是甚希罕东西,金银宝贝做的,值此价钱?我虽曾听见老爷与宾客们常说,真是千闻不如一见。师父且与我看看再商量。"辨悟在道人手里接过包来,打开看时,多是零零落落的旧纸。严都管道:"我只说是怎么样金碧辉煌的,元来是这等晦气色脸⑦,倒不如外边这包还花碌碌好看,如何说得值多少东西?"都管强不知以为知的逐叶翻翻,一直翻到后面去,看见本府有许多

---

① 敢是:大概是。

② 宋锦:宋代织的锦缎。因其织造精美,故把装潢书画碑帖所用的具有宋代风格的旧锦,也称为"宋锦"。

③ 册叶:分页装潢成册的字画。

④ 稽(qǐ)首:僧道举一手于面前行礼。

⑤ 玉成:成全。则个:句末语气词,表示祈使。

⑥ 应付:支付。

⑦ 元来:同"原来"。

大乡宦名字及图书在上面①，连主人也有题跋手书印章，方喜动颜色道："这等看起来，大略也值些东西，我家老爷才肯写名字在上面。除非为我家老爷这名字多值了百来两银子，也不见得。我与师父相处中，又是救济好事，虽是百石不能勾②，我与师父五十石去罢。"辨悟道："多当多赎，少当少赎。就是五十石也罢，省得担子重了，他日回赎难措处。"当下严都管将经包袱得好了，捧了进去。终久是相府门中手段，做事不小，当真出来写了一张当票，当米五十石。付与辨悟道："人情当的，不要看容易了。"说罢，便叫开仓斛发③。辨悟同道人雇了脚夫④，将米一斛一斛的盘明下船。谢别了都管，千欢万喜，载回寺中不题。

且说这相国夫人，平时极是好善，尊重的是佛家弟子，敬奉的是佛家经卷。那年冬底，都管当中送进一年簿籍到夫人处查算，一向因过岁新正⑤，忙忙未及简勘⑥。此时已值二月中旬，偶然闲手揭开一叶看去，内一行写着"姜字五十九号，当洞庭山某寺《金刚经》一卷⑦，本米五十石"。夫人道："奇怪！是何经卷当了许多米去？"猛然想道："常见相公说道洞庭山寺内有卷《金刚经》⑧，是山门之宝，莫非即是此件？"随叫养娘们传出去⑨，取进来看。不逾时取到。夫人盥手净了，解开包，揭起看时，见是古老纸色，虽不甚晓得好处与来历出处，也知是旧人经卷，便念声佛道："此必是寺中祖传之经，只为年荒将来当米吃了。这些穷寺里

①图书：图章。
②能勾：同"能够"。
③斛：量器名，古代十斗为一斛，南宋末年改为五斗。
④脚夫：也称脚家，搬运货物行李的夫役。
⑤新正：阴历新年正月。
⑥简勘：检查；审核。
⑦洞庭山：在太湖东南部，由洞庭东山与西山组成，东山是伸入太湖中的一座半岛，上面有洞山与庭山，故称洞庭东山。西山是太湖里最大的岛屿，因在东山之西，故称洞庭西山。两山隔水相望，相距咫尺，故统称为洞庭山。
⑧相公：古代妻子对丈夫的敬称。
⑨养娘：对买来或雇来的女仆的称呼。与世代为奴的"家生子"不同。

如何赎得去？留在此处亵渎，心中也不安稳。譬如我斋了这寺中僧人一年，把此经还了他罢，省得佛天面上取利不好看。"分付当中都管说："把此项五十石作做夫人斋僧之费①，速唤寺中僧人，还他原经供养去。"

都管领了夫人的命，正要寻便捎信与那辨悟，教他来领此经。恰值十九日是观世音生日②，辨悟过湖来观音山上进香③。事毕，到当中来拜都管。都管见了道："来得正好！我正要寻山上烧香的人捎信与你。"辨悟道："都管有何分付？"都管道："我无别事，便为你旧年所当之经。我家夫人知道了，就发心布施这五十石本米与你寺中，不要你取赎了，白还你原经，去替夫人供养着。故此要寻你来还你。"辨悟见说，喜之不胜，合掌道："阿弥陀佛！难得有此善心的施主，使此经重还本寺，真是佛缘广大，不但你夫人千载流传，连老都管也种福不浅了④。"都管道："好说，好说！"随去禀知夫人，请了此经出来，奉还辨悟。夫人又分付都管："可留来僧一斋。"都管遵依，设斋请了辨悟。辨悟笑嘻嘻捧着经包，千恩万谢而行。

到得下船埠头⑤，正值山上烧香多人，坐满船上，却待开了。辨悟叫住，也搭将上去，坐好了开船。船中人你说张家长，我说李家短，不一时，行至湖中央。辨悟对众人道："列位说来说去，总不如小僧今日所遇施主，真是个善心喜舍、量大福大的了。"众人道："是那一家？"辨悟道："是王相国夫人。"众人内中有的道："这是久闻好善的，今日却如何布施与师父？"辨悟指着经包道："即此便是大布施。"众人道："想是你募缘簿上开写得多了。"辨悟道："若是有心施舍，多些也不为奇。专为是出于

①斋僧：把斋食施给僧人。

②观世音：佛教大乘菩萨之一。由梵文译为观世音，因避唐太宗李世民的名讳，略称观音。他是佛教大慈大悲的菩萨，遇难众生只要诵念其名号，菩萨就观其声音前往解救。相传他原是王子，大约唐隋时，所出现的塑像和图像多作女像。传说农历二月十九日为观音的生日。

③观音山：原名支硎山，在苏州城西二十五里。相传晋代高僧支遁曾隐居于此修行。

④种福：积福。

⑤船埠头：船码头。

意外的,所以难得。"众人道:"怎生出于意外?"辨悟就把去年如何当米,今日如何白还的事说了一遍,道:"一个荒年,合寺僧众多是这夫人救了的。况且寺中传世之宝正苦没本利赎取,今得奉回,实出侥幸。"众人见说一本经当了五十石米,好生不信,有的道:"出家人惯说天话①,那有这事?"有的道:"他又不化我们东西,何故掉谎②? 敢是真的。"又有的道:"既是值钱的佛经,我们也该看看,一缘一会,也是难得见的。"要与辨悟取出来看。辨悟见一伙多是些乡村父老,便道:"此是唐朝白侍郎真笔,列位未必识认,亵亵渎渎,看他则甚?"内中有一个教乡学假斯文的,姓黄号丹山,混名黄撮空,听得辨悟说话,便接口道:"师父出言太欺人! 甚么白侍郎黑侍郎,便道我们不认得? 那个白侍郎,名字叫得白乐天,《千家诗》上多有他的诗③,怎欺负我不晓得? 我们今日难得同船过湖,也是个缘分,便大家请出来看看古迹。"众人听得,尽拍手道:"黄先生说得有理。"一齐就去辨悟身边,讨取来看。辨悟四不拗六④,抵当众人不住,只得解开包袱,摊在舱板上。揭开经来,那经叶叶不粘连的了,正揭到头一板,怎当得湖中风大,忽然一阵旋风,搅到经边一掀,急得辨悟忙将两手撤住,早把一叶吹到船头上。那时,辨悟只好按着,不能脱手去取,忙叫众人快快收着。众人也大家忙了手脚,你挨我挤,吵吵喝喝,磕磕撞撞,那里捽得着⑤? 说时迟,那时快,被风一卷,早卷起在空中。元来一年之中,惟有正二月的风是从地下起的,所以小儿们放纸鸢风筝,只在此时。那时是二月天气,正好随风上去,那有下来的风恰恰吹来还你船中? 况且太湖中间潢潢漾漾的所在⑥,没弄手脚处,只好共睁着眼,望空仰看。但见:

　　天际飞冲,似炊烟一道直上;云中荡漾,如游丝几个翻身。纸

---

①天话:大话;空话。

②掉谎:撒谎,说谎。

③《千家诗》:《分门纂类唐宋时贤千家诗选》的简称。南宋刘克庄编。克庄号后村居士,故也称《后村千家诗》。二十二卷。旧时为儿童启蒙读物。

④四不拗六:少数拗不过多数。

⑤捽:同"捞"。

⑥潢潢(wǎng)漾漾:水深而无边际。

莺到处好为邻,俊鹘飞来疑是伴①。底下叫的叫,跳的跳,只在湖中一叶舟;上边往一往,来一来,直通海外三千国。不生得补青天的大手抓将住,没处借系白日的长绳缚转来。

辨悟手按着经卷,仰望着天际,无法施展,直看到望不见才住。眼见得这一纸在爪哇国里去了②,只叫得苦。众人也多呆了,互相埋怨。一个道:"才在我手边,差一些儿不拿得住。"一个道:"在我身边飞过,只道你来拿,我住了手。"大家唧哝。一个老成的道:"师父再看看,敢是吹了没字的素纸还好。"辨悟道:"那里是素纸!刚是揭开头一张,看得明明白白的。"众人疑惑,辨悟放开双手看时,果然失了头一板。辨悟道:"千年古物,谁知今日却弄得不完全了!"忙把来叠好,将包包了,紫涨了面皮,只是怨怅。众人也多懊悔,不敢则声。黄撮空没做道理处,文诌诌强通句把不中款解劝的话。看见辨悟不喜欢,也再没人敢讨看了。船到山边,众人各自上岸散讫。

辨悟自到寺里来,说了相府白还经卷缘故,合寺无不欢喜赞叹,却把湖中失去一叶的话,瞒住不说。寺僧多是不在行的,也没有人翻来看看,交与住持收拾过罢了。

话分两头。却说河南卫辉府③,有一个姓柳的官人,补了常州府太守④,择日上任。家中亲眷设酒送行,内中有一个人,乃是个博学好古的山人⑤,曾到苏、杭四处游玩访友过来,席间对柳太守说道:"常州府与苏州府接壤。那苏州府所属太湖洞庭山某寺中,有一件希奇的物事,乃是白香山手书《金刚经》。这个古迹价值千金,今老亲丈就在邻邦,若是有个便处,不可不设法看一看。"那个人是柳太守平时极尊信的,他虽不好古董,却是个极贪的性子,见说了值千金,便也动了火,牢牢记在心上。

---

①鹘:即隼(sǔn),一种灰褐色而性凶猛的鸟。

②爪哇国:今南洋群岛的爪哇岛,因在海外,渺渺茫茫,故借指遥远虚无之处。

③河南卫辉府:元代为卫辉路,洪武元年(1368)改为府。府治在汲县(今河南卫辉)。

④太守:汉代为一郡行政的最高长官。明清专用来称知府。

⑤山人:指隐士。

到任之后,也曾问起常州乡士大夫,多有晓得的,只是苏、松隔属①,无因得看。他也不是本心要看,只因千金之说上心,希图频对人讲,或有奉承他的解意了,购求来送他未可知。谁知这些听说的人道是隔府的东西,他不过无心问及,不以为意。以后在任年余,渐渐放手长了。有几个富翁为事打通关节②,他传出密示,要苏州这卷《金刚经》。讵知富翁要银子反易,要这经却难。虽曾打发人寻着寺僧求买,寺僧道是家传之物,并无卖意。及至问价,说了千金。买的多不在行,伸伸舌,摇摇头,恐怕做错了生意,折了重本,看不上眼,不是算计,宁可苦着百来两银子送进衙去,回说"《金刚经》乃本寺镇库之物,不肯卖的,情愿纳价"罢了。太守见了白物,收了顽涎③,也不问起了。如此不止一次。这《金刚经》到是那太守发科分、起发人的丹头了④,因此明知这经好些难取,一发上心⑤。

有一日,江阴县中解到一起劫盗,内中有一行脚头陀僧⑥。太守暗喜道:"取《金刚经》之计,只在此僧身上了。"一面把盗犯下在死囚牢里,一面叫个禁子到衙来⑦,悄悄分付他道:"你到监中,可与我密密叮嘱这行脚僧,我当堂再审时,叫他口里扳着苏州洞庭山某寺是他窝赃之所,我便不加刑罚了,你却不可泄漏讨死吃!"禁子道:"太爷分付,小的性命怎地不值钱⑧? 多在小的身上罢了。"禁子自去依言行事。

果然次日升堂,研问这起盗犯,用了刑具。这些强盗各自招出赃仗窝家,独有这个行脚僧不上刑具,就一口招道"赃在洞庭山某寺寄着,寺中住持叫甚名字"。元来行脚僧人做歹事的,一应荒庙野寺投斋投宿,

---

①松:即松江府,治所在华亭县(今上海松江)。辖境相当今上海吴淞江以南地区。

②打通关节:指暗中行贿买通官吏。

③顽涎:馋涎。比喻强烈的贪欲。

④丹头:由头。

⑤上心:记在心上,用心。

⑥行脚头陀僧:云游各地的和尚。

⑦禁子:狱卒。

⑧怎地:这样。

无处不到,打听做眼。这寺中住持姓名,恰好他晓得的,正投太守心上机会。太守大喜,取了供状,叠成文卷,一面行文到苏州府捕盗厅来,要提这寺中住持,差人赍文坐守①。捕厅佥了牌②,另差了两个应捕③,驾了快船,一直望太湖中洞庭山来。真个:

> 人似饥鹰,船同蜚虎④。鹰在空中思攫食,虎逢到处立吞生。静悄村墟,歘地神号鬼哭⑤;安闲舍宇,登时犬走鸡飞。即此便是活无常,阴间不数真罗刹⑥。

应捕到了寺门前,雄纠纠的走将入来,问道:"那一个是住持?"住持上前稽首道:"小僧就是。"应捕取出麻绳来便套,住持慌了手脚道:"有何事犯,便直得如此?"应捕道:"盗情事发,还问甚么事犯!"众僧见住持被缚,大家走将拢来,说道:"上下不必粗鲁⑦! 本寺是山塘王相府门徒⑧,等闲也不受人欺侮⑨! 况且寺中并无歹人,又不曾招接甚么游客住宿,有何盗情干涉?"应捕见说是相府门徒,又略略软了些,说道:"官差吏差,来人不差。我们捕厅因常州府盗情事,扳出与你寺干连⑩,行关守提⑪。有干无干,当官折辨,不关我等心上,只要打发我等起身!"一个应捕假做好人道:"且宽了缚,等他去周置,这里不怕他走了去。"住持脱了身,讨牌票看了⑫,不知头由⑬。一面商量收拾盘缠,去常州分辨,一面

①赍文:拿着公文。

②佥:同"签",签署。牌:牌票。

③应捕:缉捕盗贼的吏役。

④蜚虎:即飞虎。

⑤歘(xū)地:突然,猝然。

⑥罗刹:佛教语,恶鬼。

⑦上下:对差役的尊称。

⑧门徒:旧时江南大户人家请僧尼道士做礼忏,平时互相往还,这些僧道被称为某施主的门徒。

⑨等闲:轻易。

⑩扳:同"攀"。

⑪行关:发出关文。古代官府之间行文提取案犯及有关当事人。

⑫牌票:旧时官府填发的固定格式的书面命令,差役执行任务时的凭证。

⑬头由:缘故,原因。

将差使钱送与应捕。应捕嫌多嫌少，诈得满足了才住手。

应捕带了住持下船，辨悟叫个道人跟着，一同随了住持，缓急救应。到了捕厅，点了名，办了文书，解将过去。免不得书房与来差多有了使费。住持与辨悟、道人共是三人，雇了一个船，一路盘缠了来差，到常州来。

说话的，你差了。隔府关提，尽好使用支吾①，如何去得这样容易？看官有所不知，这是盗情事，不比别样闲讼，须得出身辨白，不然怎得许多使用？所以只得来了。

未见官时，辨悟先去府中细细打听劫盗与行脚僧名字、来踪去迹，与本寺没一毫影响，也没个仇人在内，正不知祸根是那里起的，真摸头路不着②。说话间，太守升堂。来差投批，带住持到。太守不开言问甚事由，即写监票发下监中去。住持不曾分说得一句话，竟自黑碌碌地吃监了。

太守监罢了住持，唤原差到案前来，低问道：“这和尚可有人同来么？”原差道：“有一个徒弟，一个道人。”太守道：“那徒弟可是了事的？”原差道：“也晓得事体的。”太守道：“你悄地对那徒弟说，可速回寺中去取那本《金刚经》来，救你师父，便得无事；若稍迟几日，就讨绝单了③。”原差道：“小的去说。”

太守退了堂，原差跌跌脚道：“我只道真是盗情，元来又是甚么《金刚经》！”盖只为先前借此为题诈过了好几家，衙门人多是晓得的了，走去一十一五对辨悟说了。辨悟道：“这是我上世之物，怪道日前有好几起常州人来寺中求买，说是府里要，我们不卖与他。直到今日，却生下这个计较，陷我师父，强来索取，如今怎么处④？”原差道：“方才明明分付，稍迟几日就讨绝单。我老爷只为要此经，我这里好几家受了累。何况是你本寺有的，不送得他，他怎肯住手，却不枉送了性命？快去与你住持师父商量去！”

---

①支吾：应付。

②头路：头绪。

③讨绝单：即讨气绝单。指官府非法杀害犯人。绝单，狱吏向主管州县官报告在押犯人身死气绝的单子。

④怎么处：即怎么办。也作“怎处”。

　　辨悟就央原差领了到监里，把这些话一一说了。住持道："既是如此，快去取来送他，救我出去罢了。终不成为了大家门面的东西①，断送了我一个人性命罢?"辨悟道："不必二三②，取了来就是。"对原差道："有烦上下代禀一声，略求宽容几日，以便往回。师父在监，再求看觑③。"原差道："既去取了，这个不难，多在我身上，放心前去。"

　　辨悟留下盘缠与道人送饭，自己单身，不辞辛苦，星夜赶到寺中，取了经卷，复到常州。不上五日，来会原差道："经已取来了，如何送进去?"原差道："此是经卷，又不是甚么财物! 待我在转桶边击梆，禀一声，递进去不妨。"果然原差递了进去。

　　太守在私衙，见说取得《金刚经》到，道是宝物到了，合衙人眷多来争看。打开包时，太守是个粗人，本不在行，只道千金之物，必是怎地庄严;看见零零落落，纸色晦黑，先不像意④。揭开细看字迹，见无个起首，没头没脑。看了一会，认有细字号数，仔细再看，却元来是第二叶起的⑤。太守大笑道："凡事不可虚慕名，虽是古迹，也须得完全才好。今是不全之书，头一板就无了，成得甚用? 说甚么千金百金，多被这些酸子传闻误了⑥，空费了许多心机。难为这个和尚坐了这几日监，岂不冤枉!"内眷们见这经卷既没甚么好看，又听得说和尚坐监，一齐撺掇⑦，叫还了经卷，放了和尚。太守也想道没甚紧要，仍旧发与原差，给还本主。衙中传出去说："少了头一张，用不着，故此发了出来。"辨悟只认还要补头张，怀着鬼胎道："这却是死了!"正在心慌，只见连监的住持多放了出来。原差来讨赏，道："已此没事了⑧。"住持不知缘故，原差道："老爷起心要你这经，故生这风波。今见经不完全，没有甚么头一张，不中他

---

　　①终不成:难道,岂能。也作"终不然"。门面:面子,体面。

　　②二三:三心两意,犹豫不决。

　　③看觑:看望;探视。

　　④像意:满意,中意。

　　⑤元来:即原来。

　　⑥酸子:犹酸丁,穷酸迂腐的读书人。

　　⑦撺掇:怂恿,促成。

　　⑧已此:已然。

意,有些懊悔了。他原无怪你之心,经也还了,事也罢了。恭喜!恭喜!"

住持谢了原差,回到下处,与辨悟道:"那里说起,遭此一场横祸!今幸得无事,还算好了。只是适才听见说经上没了头张,不完全,故此肯还。我想此经怎的不完全?"辨悟才把前日太湖中众人索看,风卷去头张之事,说了一遍。住持道:"此天意也!若是风不吹去首张,此经今日必然被留,非复我山门所有了。如今虽是缺了一张,后边名迹还在,仍旧归吾寺宝藏。此皆佛天之力。"喜喜欢欢,算还了房钱饭钱,师徒与道人三众雇了一个船,同回苏州来。

过了浒墅关数里①,将到枫桥②,天已昏黑。忽然风雨大作,不辨路径,远远望去,一道火光烛天,叫船家对着亮处只管摇去。其时风雨也息了,看看至近,却是草舍内一盏灯火明亮,听得有木鱼声。船到岸边,叫船家缆好了。辨悟踱上去,叩门讨火。门还未关,推将进去,却是一个老者靠着桌子诵经。见是个僧家,忙起身叙了礼。辨悟求点灯,老者打个纸捻儿③,蘸蘸油点着了,递与辨悟。辨悟接了纸捻,照得满屋明亮,偶然抬头,带眼见壁间一幅字纸粘着,无心一看,吃了一惊,大叫道:"怪哉!怪哉!"老者问道:"师父见此纸,为何大惊小怪?"辨悟道:"此话甚长!小舟中还有师父在内,待小僧拿火去照了,然后再来奉告,还有话讲。"老者道:"老汉是奉佛弟子,何不连尊师接了起来?"老者就叫小厮祖寿出来,同了辨悟,到舟中来接那一位师父。

辨悟未到船上,先叫住持道:"师父快起来!不但投着主人,且有奇事了!"住持道:"有何奇事?"辨悟道:"师父且到里面,见了主人,请看一件物事。"住持同了辨悟走进门来,与主人相见。辨悟拿了灯,拽了住持的手,走到壁间,指着那一幅字纸道:"师父可认认看。"住持抬眼一看,只见首一行是"金刚般若波罗密经",第二行是"法会因由分第一",正是白香山所书,乃经中之首叶,在湖中飘失的,拍手道:"好像是吾家

①浒(xǔ)墅关:在今江苏苏州。

②枫桥:在今苏州阊门外。

③纸捻儿:用黄表纸捻成条,用来点火或抽水烟、旱烟。

经上的,何缘得在此处?"老者道:"贤师徒惊怪此纸,必有缘故。"辨悟
道:"老丈肯把得此纸的根由一说,愚师徒也剖心相告。"老者摆着椅子
道:"请坐了献茶,容老汉慢讲。"师徒领命,分次坐了。

奉茶已毕,老者道:"老汉姓姚,是此间渔人。幼年不曾读书,从不
识字,只靠着鱼虾为生。后来中年,家事尽可度日了。听得长者们说因
果,自悔作业太多①,有心修行,只为不识一字,难以念经,因此自恨。凡
见字纸,必加爱惜,不敢作践,如此多年。前年某月某日晚间,忽然风飘
甚么物件下来,到于门首。老汉望去,只看见一道火光落地,拾将起来,
却是一张字纸。老汉惊异,料道多年宝惜字纸,今日见此光怪,必有奇
处,不敢亵渎,将来粘在壁间,时常顶礼。后来有个道人到此见了,对老
汉道:'此《金刚经》首叶,若是要念全经,我当教汝。'遂手出一卷,教老
汉念诵一遍。老汉随口念过,心中豁然,就把经中字一一认得。以后日
渐增加,今颇能遍历诸经了。记得道人临别时,指着此纸道:'善守此
幅,必有后果。'老汉一发不敢怠慢,每念诵时,必先顶礼②。今两位一
见,共相惊异,必是晓得此纸的来历了。"住持与辨悟同声道:"适间迷
路,忽见火光冲天,随亮到此,却只是灯火微明,正在怪异。方才见老丈
见教,得此纸时,也见火光,乃知是此纸显灵,数当会合。老丈若肯见
还,功德更大了。"老者道:"非师等之物,何云见还?"辨悟道:"好教老丈
得知:此纸非凡笔,乃唐朝侍郎白香山手迹也。全经一卷,在吾寺中,海
内知名。吾师为此近日被一个狠官人拿去,强逼要献,几丧性命,没奈
何只得献出。还亏得前年某月某日湖中遇风,飘去首叶,那官人嫌他不
全,方得重还。今日正奉归寺中供养,岂知却遇着所失首叶在老丈处,
重得赡礼。前日若非此纸失去,此经已落他人之手;今日若非此纸重
逢,此经遂成不全之文。一失一得,不先不后,两番火光,岂非韦驮尊天
有灵③,显此护法手段出来么?"

老者似信不信的答应。辨悟走到船内,急取经包上来,解与老者

①作业:作孽,造孽。业,罪孽。
②顶礼:跪下,两手伏地,用头顶尊者的脚。为佛教徒最高的敬礼。
③韦驮尊天:佛教所说的护法神。塑像着甲胄,执金刚杵,童子相。

看，乃是第二叶起的，将来对着壁间字法纸色，果然一样无差。老者叹异，念佛不已，将手去壁间揭下来，合在上面，长短阔狭无不相同。一卷经完完全全了，三人尽皆欢喜。

老者分付治斋相款，就留师徒两人同榻过夜。住持私对辨悟道："起初我们恨柳太守，如今想起来，也是天意。你失去首叶，寺中无一人知道，珍藏到今。若非此一番跋涉，也无从遇着原纸来完全了。"辨悟道："上天晓得柳太守起了不良之心，怕夺了全卷去，故先吹掉了一纸。今全卷重归，仍旧还了此一纸，实是天公之巧，此卷之灵！想此老亦是会中人。所云道人，安知不是白侍郎托化来的？"住持道："有理，有理。"

是夜，姚老者梦见韦驮尊天来对他道："汝幼年作业深重，亏得中年回首，爱惜字纸，已命香山居士启汝天聪①。又加守护经文，完成全卷，阴功更大，罪业尽消。来生在文字中受报，福禄非凡。今生且赐延寿一纪②，正果而终。"老者醒来，明明记得。次日，对师徒二人道："老汉爱护此纸经年，今见全经，无量欢喜。虽将此纸奉还，老汉不能忘情。愿随老师父同行，出钱请个裱匠，到寺中重新装好，使老汉展诵几遍，方为称怀。"师徒二人道："难得檀越如此信心，实是美事。便请下船，同往敝寺随喜一番③。"

老者分付了家里，带了盘缠，唤小厮祖寿跟着。又在城里接了一个高手的裱匠，买了作料，一同到寺里来。盘桓了几日，等裱匠完工，果然裱得焕然一新。便出衬钱请了数众④，展念《金刚经》一昼夜，与师徒珍重而别。后来，每年逢诞日或佛生日⑤，便到寺中瞻礼白香山手迹一遍，即行持念一日，岁以为常。年过八十，到寺中沐浴坐化而终⑥。寺中宝

①天聪：天赋予的听力。

②一纪：十二年。

③随喜：佛教语，本指见人行善，自己也增加对人同情喜悦之心，后引申为游览寺院，因见佛而喜其能普渡众生。

④衬钱：即衬施钱，施舍给僧道的钱物。数众：几个，数名。众，量词，个。

⑤佛生日：阴历四月初八为释迦牟尼生日。这天各寺庙都以名香浸水，灌洗佛像。

⑥坐化：和尚的死叫坐化。

藏此卷,闻说至今犹存。有诗为证:

　　　一纸飞空大有缘,反因失去得周全。

　　　拾来宝惜生多福,故纸何当浪弃捐①?

小子不敢明说寺名,只怕有第二个像柳太守的寻踪问迹,又生出事头来。再有一诗笑那太守道:

　　　伧父何知风雅缘②? 贪看古迹只因钱。

　　　若教一卷都将去,宁不冤他白乐天!

---

①浪:轻易,随便。

②伧父:鄙夫,粗野之人。

卷之二

小道人一着饶天下　女棋童两局注终身

词云：

> 百年伉俪是前缘①，天意巧周全。试看人世，禽鱼草木，各有蝉联。　从来材艺称奇绝，必自种姻婕②。文君琴思③，仲姬画手④，匹美双传。——词寄《眼儿媚》

自古道："物各有偶。"才子佳人，天生匹配，最是人世上的佳话。看官且听小子说：山东兖州府巨野县有个秾芳亭⑤，乃是地方居民秋收之时，祭赛田祖先农⑥，公举社会聚饮的去处⑦。向来亭上有一扁额，大书三字在上，相传是唐颜鲁公之笔⑧，失去已久。众人无敢再写。一日正值社会之期，乡里父老相商道："此亭徒有其名，不存其扁。只因向是木扁，所以损坏。今若立一通石碑在亭中，别请当今名笔写此三字在内，可垂永久。"此时只有一个秀才，姓王名维翰，是晋时王羲之一派子孙⑨，惯写颜字，书名大盛。父老具礼相求，道其本意。维翰欣然相从，约定

---

①伉俪：夫妻。

②姻婕：婚配。

③文君琴思：文君，即卓文君，汉代临邛富翁卓王孙之女。年少新寡，司马相如至其家作客，以琴曲《凤求凰》挑动她，终使文君私奔，两人结为夫妻。

④仲姬画手：管道昇字仲姬，元代书画家赵孟頫之妻，亦工书画，尤擅墨竹兰梅，世称管夫人。

⑤巨野县：明代为兖州府济宁州的属县，今山东省巨野县。

⑥祭赛：祭祀酬神。

⑦社会：旧时在春秋社日迎赛土神的集会。这里指秋社，在立秋后第五个戊日，适当秋收，迎赛社神以表谢意。

⑧颜鲁公：即颜真卿，唐代著名的书法家。因在代宗朝受封为鲁郡公，故称颜鲁公。

⑨王羲之：东晋著名的书法家。其书法博采众长，备精诸体，尤擅正书行草，为历代学书者所宗。

社会之日就来赴会,即当举笔。父老砻石端正①。

到于是日,合乡村男妇儿童,无不毕赴,同观社火②。你道如何叫得社火?凡一应吹箫打鼓、踢球放弹、构栏傀儡、五花爨弄诸般戏具③,尽皆施呈,却象献来与神道观玩的意思,其实只是人扶人兴,大家笑耍取乐而已。所以王孙公子尽有携酒挟伎特来观看的。直待诸戏尽完,赛神礼毕,大众齐散,止留下主会几个父老,亭中同分神福④,享其祭余,尽醉方休。此是历年故事⑤。

此日只为邀请王维翰秀才书石,特接着上厅行首谢天香⑥,在会上相陪饮酒。不想王秀才别被朋友留住,一时未至。父老虽是设着酒席,未敢自饮,呆呆等待。谢天香便自问道:"礼事已毕,为何迟留不饮?"众父老道:"专等王秀才来。"谢天香道:"那个王秀才?"父老道:"便是有名会写字的王维翰秀才。"谢天香道:"我也久闻其名,可惜不曾会面。今日社酒却等他做甚?"父老道:"他许下在石碑上写'秋芳亭'三字,今已磨墨停当在此,只等他来动笔罢,然后饮酒。"谢天香道:"既是他还未来,等我学写个儿耍耍何如?"父老道:"大姐又能写染?"谢天香道:"不敢说能,粗模涂抹而已。请过大笔一用,取一回笑话,等王秀才来时,抹去了再写不妨。"父老道:"俺们那里有大笔?凭着王秀才带来用的。"谢天香看见瓦盒里墨浓,不觉动了挥洒之兴,却恨没有大笔应手。心生一计,伸手在袖中摸出一条软纱汗巾来,将角儿团簇得如法,拿到瓦盒边蘸了浓墨,向石上一挥,早写就了"秋芳"二字。正待写"亭"字起,听得鸾铃

①砻(lóng)石:磨平石头,以备写字刻碑。端正:妥帖,停当。

②社火:旧时节日村社迎神赛会所扮演的各种杂戏。

③构栏:也作"勾栏"。宋元时杂剧和各种伎艺的演出场所。这里代指杂耍。五花爨(cuàn)弄:金院本的别称。"爨弄",戏剧表演。据元陶宗仪《辍耕录》卷二十五《院本名止》载:院本演出大都由末泥、引戏、副净、副末、装孤五人组成,故名。

④神福:也叫福物,指祭祀的酒肉等。

⑤故事:指成例。旧日的行事制度。

⑥上厅行首:宋元时官妓承应官府的参拜或歌舞,因色艺出众、排在行列最前者,故称。后成为对上等妓女的称呼。也用于称妓女中的头人。

响,一人指道:"兀的不是王秀才来也①!"谢天香就住手不写,抬眼看时,果然王秀才骑了高头骏马,瞬息来到亭前,从容下马到亭中来。众父老迎着,以次相见。谢天香末后见礼。王秀才看了谢天香容貌,谢天香看了王秀才仪表,两相企羡,自不必说。

王秀才看见碑上已有"秾芳"二大字,墨尚未干,称赞道:"此二字笔势非凡,有恁样高手在此②,何待小生操笔?却为何不写完了?"父老道:"久等秀才不到,此间谢大姐先试写一番看看。刚写到两字,恰好秀才来了,所以住手。"谢天香道:"妾身不揣,闲在此间作耍取笑,有污秀才尊目。"王秀才道:"此书颜骨柳筋③,无一笔不合法,不可再易,就请写完罢了。"父老不肯道:"专仰秀才大名,是必要烦妙笔一番④!"谢天香也谦逊道:"贱妾偶尔戏耍,岂可当真!"王秀才道:"若要抹去二字,真是可惜!倘若小生写来,未必有如此妙绝,悔之何及?恐怕难为父老每盛心推许⑤,容小生续成罢了。只问适间大姐所用何笔,就请借用一用,若另换一管,锋端不同了。"谢天香道:"适间无笔,乃贱妾用汗巾角蘸墨写的。"王秀才道:"也好,也好,就借来试一试。"谢天香把汗巾递与王秀才,王秀才接在手中,向瓦盒中一蘸,写个"亭"字续上去。看来笔法俨如一手写成,毫无二样。父老内中也有斯文在行的,大加叹赏道:"怎的两人写来恰似出于一手?真是才子佳人,可称双绝!"王秀才与谢天香俱各心里喜欢,两下留意。父老一面就命勒石匠把三字刻将起来,一面就请王秀才坐了首席,谢天香陪坐,大家尽欢吃酒。席间,王秀才与谢天香讲论字法,两人多是青春美貌,自然投机。父老每多是有年纪,历过多少事体过的,有甚么不解意处?见两人情投意合,就撺掇两下成其夫妇⑥,后来竟偕老终身。这是两个会写字的成了一对的话。

---

①兀的:这个,那个。

②恁样:这样,这般。

③颜骨柳筋:颜,指唐代书法家颜真卿;柳,指唐代书法家柳公权。两家书法骨力道健,结构劲紧。也作"颜筋柳骨"。

④是必:务必。

⑤每:们,表示复数。

⑥撺掇:怂恿,劝诱。

　　看来,天下有一种绝技,必有一个同声同气的在那里凑得①。在夫妻里面,更为希罕。自古书画琴棋,谓之文房四艺。只这王、谢两人,便是书家一对夫妻了。若论画家,只有元时魏国公赵子昂与夫人管氏仲姬两个多会画。至今湖州天圣禅寺东西两壁②,每人各画一壁,一边山水,一边竹石,并垂不朽。若论琴家,是那司马相如与卓文君,只为琴心相通,临邛夜奔,这是人人晓得的,小子不必再来敷演③。如今说一个棋家在棋盘上赢了一个妻子,千里姻缘,天生一对,也是一段希奇的故事,说与看官每听一听。有诗为证:

> 世上输赢一局棋,谁知局内有夫妻?
>
> 坡翁当日曾遗语,胜固欣然败亦宜④!

　　话说围棋一种,乃是先天河图之数⑤:三百六十一着,合着周天三百六十五度四分度之一,黑白分阴阳以象两仪⑥,立四角以按四象⑦。其中有千变万化、神鬼莫测之机。仙家每每好此,所以有王质烂柯之说⑧。相传是帝尧所置,以教其子丹朱。此亦荒唐之谈,难道唐虞以前连神仙也不下棋⑨?况且这家技艺不是寻常教得会的。若是天性相近,一下手晓得走道儿便有非常仙着,着出来一日高似一日,直到绝顶方休。也有

----

①同声同气:比喻亲密无间,志趣相投。

②天圣禅寺:《吴兴掌故》言,故宅在湖州府(今属浙江)治北。宋天圣八年(1030),改唐景清禅院为天圣寺。寺毁,明万历二年重修。见《光绪浙江通志》卷二二九《寺观四》。

③敷演:陈述而加以发挥。

④"坡翁"二句:北宋著名文学家苏轼,字子瞻,号东坡居士。人敬称坡翁。其《观棋》诗序云:"胜固欣然,败亦可喜。"

⑤河图:相传伏羲氏时,有龙马出于黄河,马背有旋毛为星点,称作河图。伏羲取法以画八卦。一说河图本来就是古老的图经或地理志。

⑥两仪:天地。

⑦四象:日、月、星、辰。一说春、夏、秋、冬。

⑧王质烂柯:相传晋代王质上山砍柴,见数童子下棋唱歌,童子给他一枚像枣核的东西含着,就不饥饿。一局棋下完,童子催王质回家,他的斧柄已经烂透了。见《述异志》卷上。烂柯,腐烂的斧柄。

⑨唐、虞:上古传说中的两位帝王。

品格所限，只差得一子两子地步，再上进不得了。至于本质下劣，就是奢遮的国手师父指教他秘密几多年①，只到得自家本等②，高也高不多些儿。真所谓棋力酒量恰像个前生分定，非人力所能增减也。

宋时，蔡州大吕村有个村童③，姓周名国能，从幼便好下棋。父母送他在村学堂读书，得空就与同伴每画个盘儿，拾取两色砖瓦块做子赌胜。出学堂来，见村中老人家每动手下棋，即袖着手儿站在旁边，呆呆地厮看④。或时看到闹处，不觉心痒，口里漏出着把来，指手画脚教人，定是寻常想不到的妙着。自此日着日高，是村中有名会下棋的高手，先前曾饶过国能几子的，后来多反受国能饶了，还下不得两平。遍村走将来，并无一个对手。此时年才十五六岁，棋名已著一乡。乡人见国能小小年纪，手段高得崚峨⑤，尽传他在田畔拾枣，遇着两个道士打扮的在草地上对坐，安枰下棋⑥，他在旁边蹲着观看，道士觑着笑道："此子亦好棋乎？可教以人间常势。"遂就枰上指示他攻守杀夺、救应防拒之法。也是他天缘所到，说来就解，一一领略不忘。道士说："自此可无敌于天下矣！"笑别而去。此后果然下出来的迥回人上，必定所遇是仙长，得了仙诀过来的。有的说是这小伙子调喉⑦，无过是他天性近这一家，又且耽在里头，所以转造转高，极穷了秘妙，却又撰出见神见鬼的天话哄着愚人⑧。这也是强口人不肯信伏的常态，总来不必辨其有无，却是棋高无敌是个实的了。

因为棋名既出，又兼年小希罕，便有官员士夫、王孙公子与他往来。又有那不伏气甘折本的小二哥与他赌赛，十两五两输与他的。国能渐渐手头饶裕，礼度熟闲，性格高傲，变尽了村童气质，弄做个斯文模样。

---

①奢遮：也作"啴嗻"。了不起，出色。

②本等：这一等级。

③蔡州：宋代属京西北路汝南郡，今河南省汝南县。

④厮看：同"厮觑"，相看，观望。

⑤崚（tū）峨：原指山峰高耸。这里指出乎意外。

⑥枰：棋盘。

⑦调喉：调嘴弄舌。

⑧天话：大话。明冯梦龙《古今谭概·天话》："吴下谓大言曰天话。"

父母见他年长，要替他娶妻。国能就心里望头大了①，对父母说道："我家门户低微，目下取得妻来不过是农家之女，村妆陋质不是我的对头②。儿既有此绝艺，便当挟此出游江湖间，料不须带着盘费走。或者不拘那里，天缘有在，等待依心像意寻个对得我来的好女儿为妻，方了平生之愿！"父母见他说得话大，便就住了手。

过不多几日，只见国能另换了一身衣服，来别了父母出游。父母一眼看去，险些不认得了。你道他怎生打扮：

> 头戴包巾，脚蹬方履。身上穿浅地深缘的蓝服，腰间系一坠两股的黄绦。若非葛稚川侍炼药的丹童③，便是董双成同思凡的道侣④。

说这国能葛巾野服，扮做了道童模样。父母吃了一惊，问道："儿如此打扮，意欲何为？"国能笑道："儿欲从此云游四方，遍寻一个好妻子来做一对耳。"父母道："这是你的志气，也难阻你。只是得手便回，莫贪了别处欢乐，忘了故乡。"国能道："这个怎敢？"是日是个黄道吉日，拜别了父母，即便登程。从此自称小道人。

一路行去，晓得汴梁是帝王之都⑤，定多名手，先向汴京进发。到得京中，但是对局，无有不输与小道人的，棋名大震。往来多是朝中贵人，东家也来接，西家也来迎，或是行教，或是赌胜，好不热闹过日。却并不见一个对手，也无可意的女佳人撞着眼里的。混过了多时，自想姻缘未必在此，遂离了京师，又到太原、真定等处游荡。一路行棋，眼见得无出

---

① 望头：吴语，盼头，希望。

② 对头：配偶。

③ 葛稚川：东晋葛洪，字稚川，自号抱朴子。好神仙方药，养生修道，是著名的炼丹家。

④ 董双成：西王母侍女，世传其炼丹宅中，丹成得道，自吹玉笙，驾鹤升仙。

⑤ 汴梁：也称汴京，即开封府，北宋的都城。

其右①，奋然道："吾闻燕山乃辽国郎主在彼称帝②，雄丽过于汴京，此中必有高人国手天下无敌的在内，今我在中国既称绝技，料然到那里不到得输与人了③，何不往彼一游，寻个出头的国手较一较高低，也与中国吐一吐气，博他一个远乡异域的高名，传之不朽？况且，自古道燕、赵多佳人，或者借此技艺，在王公贵人家里出入，图得一个好配头，也不见得。"遂决意往北路进发，风飧水宿，夜住晓行，不多几日，已到了燕山地面。

　　且说燕山形胜，左环沧海，右拥太行，北枕居庸，南襟河济④，向称天府之国⑤，暂为夷主所都。此时燕山正是耶律部落称尊之所⑥，宋时呼之为北朝，相与为兄弟之国。盖自石晋以来⑦，以燕云一十六州让与彼国了⑧，从此渐染中原教化，百有余年，所以夷狄名号向来只是单于、可汗、赞普、郎主等类⑨。到得辽人，一般称帝称宗，以至官员职名大半与中国相参，衣冠文物，百工技艺，竟与中华无二。

　　辽国最好的是弈棋。若有第一等高棋，称为国手，便要遣进到南朝，请人比试。曾有一个王子最高，进到南朝。这边棋院待诏顾思让也

① 无出其右：无人能超过他。古以右为尊。
② 燕山：即燕山府，初为辽国南京析津府，宋宣和四年（1122）更名为燕山府。治所在析津（今北京大兴）。郎主：古代北方少数民族对君主的称呼。《水浒传》第八十三回："话说当年有辽国郎主，起兵前来侵占山后九州边界。"
③ 不到得：不至于，不可能。
④ "北枕"二句：居庸：即居庸关，在今北京昌平西北。形势险要，为长城的重要关口之一。明洪武元年（1368）始建，辽时不存在，这里是小说作者的附会。河济：黄河和济水的并称。
⑤ 天府之国：原指四川。这里用来形容燕山府土地肥沃、物产丰富。
⑥ 耶律：复姓。初为契丹族部落名。辽建立后为国族之姓。
⑦ 石晋：五代石敬瑭勾结契丹贵族灭后唐，并受契丹册封为帝，建都汴（今河南开封），国号晋，故称石晋。
⑧ 燕云一十六州：五代石敬瑭割让给契丹十六州的总称。燕指契丹所建的燕京，云指云州。
⑨ 夷狄：古代对我国少数民族的泛称。单（chán）于、可汗、赞普、郎主：均为少数民族君主的名称，匈奴叫单于，西域诸族叫可汗，吐蕃叫赞普，辽金叫郎主。

是第一手①，假称第三手，与他对局，以一着解两征，至今棋谱中传下镇神头势。王子赢不得顾待诏，问通事说是第三手②，王子愿见第一，这边回他道："赢得第三，方见第二；赢得第二，方见第一。今既赢不得第三，尚不得见第二，怎能勾见得第一？"王子只道是真，叹口气道："我北朝第一手赢不得南朝第三手，再下棋何干？"摔碎棋枰，伏输而去，却不知被中国人瞒过了。此是已往的话。

　　只说那时辽国围棋第一称国手的乃是一个女子，名为妙观。有亲王保举，受过朝廷册封为女棋童。设个棋肆，教授门徒。你道如何教授？盖围棋三十二法，皆有定名：有"冲"、有"干"，有"绰"、有"约"，有"飞"、有"关"，有"札"、有"粘"，有"顶"、有"尖"，有"觑"、有"门"，有"打"、有"断"，有"行"、有"立"，有"捺"、有"点"，有"聚"、有"跷"，有"挟"、有"拶"，有"辟"、有"刺"，有"勒"、有"扑"，有"征"、有"劫"，有"持"、有"杀"，有"松"、有"盘"。妙观以此等法传授于人。多有王侯府中送将男女来学棋，以及大家小户少年好戏欲学此道的，尽来拜他门下，不记其数。多呼妙观为师。妙观亦以师道自尊，妆模做样，尽自矜持，言笑不苟。也要等待对手，等闲未肯嫁人。却是棋声传播，慕他才色的咽干了涎唾，只是不能胜他，也没人敢启齿求配。空传下个美名，受下许多门徒，晚间师父娘只是独宿而已。有一首词单道着妙观好处：

　　　　丽质本来无偶，神机早已通玄。枰中举国莫争先，女将驰名善战。　　　玉手无惭国手，秋波合唤秋仙。高居师席把棋传，石作门生也眩。——右词寄《西江月》

话说国能自称小道人，游到燕山，在饭店中歇下，已知妙观是国手的话，留心探访。只见来到肆前，果然一个少年美貌的女子在那里点指画脚，教人下棋。小道人见了，先已飞去了三魂，走掉了七魄，恨不得双手抱住了他，做一点两点的事。心里道："且未可露机，看他着法如何。"呆呆

---

① 待诏：待命供奉内廷的人。这里借用尊称棋手。
② 通事：翻译人员。

地袖着手,在旁冷眼厮觑①。见他着法还有不到之处,小道人也不说破。一连几日,有些耐不得了,不觉口中嗫嚅②,逗露出一两着来③。妙观出于不意,见指点出来的多是神着,抬眼看时,却是一个小伙儿,又是道家妆扮的,情知有些诧异,心里疑道:"那里来此异样的人?"忍着只做不睬,只是大刺刺教徒弟们对局④。妙观偶然指点一着,小道人忽攘臂争道:"此一着未是胜着,至第几路必然受亏。"果然下到其间,一如小道人所说。妙观心惊道:"奇哉此童!不知自何处而来。若再使他在此观看,形出我的短处⑤,枉为人师,却不受人笑话?"大声喝道:"此系教棋之所,是何闲人乱入厮混⑥?"便叫两个徒弟,把小道人扨了出来⑦,不容观看。小道人冷笑道:"自家棋低,反要怪人指教,看你躲得过我么?"反了手踱了出来,私下想道:"好个美貌女子!棋虽非我比,女人中有此也不易得。只在这几个黑白子上,定要赚他到手⑧。倘不如意,誓不还乡!"

　　走到对门,问个老者道:"此间店房可赁与人否?"老者道:"赁来何用?"小道人道:"因来看棋,意欲赁个房儿住着,早晚偷学他两着。"老者道:"好好!对门女棋师是我国中第一手,说道天下无敌的。小师父小小年纪,要在江湖上云游⑨,正该学他些着法。老汉无儿女,止有个老嬷缝纫度日⑩,也与女棋师往来得好。此门面房空着,专一与远来看棋的人闲坐,趁几文茶钱的⑪。小师父要赁,就打长赁了也好。"小道人就在

---

①厮觑(qù):观望,观看。

②嗫嚅:说话吞吞吐吐。

③逗露:透露,显露。

④大刺刺:大模大样。

⑤形出:露出,显出。

⑥厮混:胡闹。

⑦扨(sǒng):推。

⑧赚:哄骗。

⑨云游:行踪像云一样飘忽不定。指僧道外出漫游。

⑩老嬷:老妇人。老妈妈。

⑪趁:挣。

袖里摸出包来，拣一块大些的银子，与他做了定钱，抽身到饭店中，搬取行囊，到这对门店中安下。

铺设已定，见店中有见成垩就的木牌在那里①，他就与店主人说，要借来写个招牌。老者道："要招牌何用？莫非有别样高术否？"小道人道："也要在此教教下棋，与对门棋师赛一赛。"老者道："不当人子②，那里还讨个对手么！"小道人道："你不要管，只借我牌便是。"老者道："牌自空着，但凭取用，只不要惹出事来，做了话靶③。"小道人道："不妨，不妨。"就取出文房四宝来，磨得墨浓，蘸得笔饱，挥出一张牌来，竖在店面门口。只因此牌一出，有分交④：绝技佳人，望枰而纳款⑤；远来游客，出手以成婚。你道牌上写的是甚话来？他写道：汝南小道人手谈⑥，奉饶天下最高手一先⑦。

老者看见了，道："天下最高手你还要饶他先哩！好大话，好大话！只怕见我女棋师不得。"小道人道："正要饶得你女棋师，才为高手。"老者似信不信，走进里面去，把这些话告诉老嬷。老嬷道："远方来的人敢开大口，或者有些手段也不见得。"老者道："点点年纪，那里便有什么手段？"老嬷道："有智不在年高，我们女棋师又是有年纪的么？"老者道："我们下着这样一个人与对门作敌，也是一场笑话。且看他做出便见。"

不说他老口儿两下唧哝⑧，且说这边立出牌来，早已有人报与妙观得知。妙观见说写的是"饶天下最高手"，明是与他放对的了⑨。情知是

————————

① 垩就：用白色涂料粉刷成。
② 不当人子：犹言罪过。
③ 话靶：同"话把儿"，话柄。
④ 有分交：也作"有分教"。这是旧小说中的套语，意为有可能产生后面的结果。
⑤ 纳款：服输。
⑥ 手谈：围棋。
⑦ 一先：先下一着棋。
⑧ 唧哝：小声说话。
⑨ 放对：摆开架势交锋。

昨日看棋的小伙，心中好生忿忿不平，想道："我在此擅名已久①，那里来这个小冤家来寻我们的错处？"发个狠，要就与他决个胜负。又转一个念头道："他昨日看棋时，偶然指点的着数多在我意想之外。假若与他决一局，幸而我胜，劈破他招牌，赶他走路不难；万一输与他了，此名一出，那里还显得有我？此事不可造次②，须着一个先探一探消息，再作计较。"妙观有个弟子张生，是他门下最得意的高手，也是除了师父再无敌手的。妙观唤他来，说道："对门汝南小道人口说大话，未卜手段虚实。我欲与决输赢，未可造次。据汝力量，已与我争不多些儿了，汝可先往一试，看汝与彼优劣，便可以定彼棋品。"

张生领命而出，走到小道人店中，就枰求教。张生让小道人是客，小道人道："小牌上有言在前，遮末是高手也要饶他一先③，决不自家下起。若输与足下时，受让未迟。"张生只得占先下了。张生穷思极想方才下得一着，小道人只随手应去，不到得完局，张生已败。张生拱手伏输道："客艺果高，非某敌手，增饶一子，方可再请教。"果然摆下二子，然后请小道人对下。张生又输了一盘。张生心服，道："还饶不住，再增一子。"增至三子，然后张生觉得松些，恰恰下个两平。看官听说：凡棋有敌手，有饶先，有先两。受饶三子，厥品中中，未能通幽，可称用智。受得国手三子饶的，也算是高强了。只为张生也是妙观门下出色弟子，故此还挣得来，若是别一个，须动手不得，看来只是小道人高得紧了。小道人三局后对张生道："足下之棋也算高强，可见上国一斑矣。不知可有堪与小道对敌的，请出一个来，小道情愿领教。"张生晓得此言是搦他师父出马④，不敢应答，作别而去。来到妙观跟前密告道："此小道人技艺甚高，怕吾师也要让他一步。"妙观摇手，戒他不可说破，惹人耻笑。自此之后，妙观不敢公然开肆教棋。

旁人见了标牌，已自惊骇，又见妙观收敛起来。那张生受饶三子之

---

①擅名：享有盛名。

②造次：轻率，鲁莽。

③遮末：不管；不论。

④搦（nuò）：引逗，挑惹。

说,渐渐有人传将开去,正不知这小道人与妙观果是高下如何。自有这些好事的人三三两两议论,有的道:"我们棋师不与较胜负,想是不放他在眼里的了。"有的道:"他牌上明说饶天下最高手一先,我们棋师难道忍得这话起,不与争雄?必是个有些本领的,棋师不敢造次出头。"有的道:"我们棋师现是本国第一手,并无一个男人赢得他的,难道别处来这个小小道人便怎地高强不成?是必等他两个对一对局,定个输赢来我们看一看,也是着实有趣的事。"又一个道:"妙是妙,他们岂肯轻放对?是必众人出些利物与他们赌胜①,才弄得成。"内中有个胡大郎道:"妙!妙!我情愿助钱五十千。"支公子道:"你出五十千,难道我又少得不成?也是五十千!"其余也有认出十千、五千的,一时凑来,有了二百千之数。众人就推胡大郎做个收掌之人,敛出钱来多交付与他,就等他约期对局,临时看输赢对付发利物,名为"保局",此也是赌胜的旧规。其时众人议论已定,胡大郎等利物齐了,便去两边约日比试手段。果然两边多应允了,约在第三日午时在大相国寺方丈内对局②。众人散去,到期再会。

女棋童妙观得了此信,虽然应允,心下有些虚怯,道:"利物是小事,不争与他赌胜③,一下子输了,枉送了日前之名!此子远来作客,必然好利,不如私下买嘱他,求他让我些儿,我明收了利物,暗地加添些与他,他料无不肯的。怎得个人来与我通此信息便好?"又怕弟子们见笑,不好商量得。思量对门店主老嬷常来此缝衣补裳的,小道人正下在他家,何不央他来做个引头④,说合这话也好。算计定了,魆地着个女使招他来说话⑤。

老嬷听得,便三脚两步走过对门来,见了妙观,道:"棋师娘子,有何

①利物:这里指赌注。
②大相国寺:即相国寺,在北宋东京开封府(今属河南)内。宋时寺内有市,四方商旅云集,为商业繁华区。这里借指为燕山的著名寺院。方丈,寺院长老、住持的居室。
③不争:如果,假使。
④引头:牵线撮合的人。
⑤魆(xū)地:暗地里,悄悄地。

分付?"妙观直引他到自己卧房里头坐下了。妙观开口道:"有件事要与
嬷嬷商量则个。"老嬷道:"何事?"妙观道:"汝南小道人正在嬷嬷家里下
着,奴有句话要嬷嬷说与他。嬷嬷好说得么?"老嬷道:"他自恃棋高,正
好来与娘子放对。我见老儿说道:'众人出了利物,约看后日对局。'娘
子却又要与他说甚么话?"妙观道:"正为对局的事要与嬷嬷商量。奴在
此行教已久,那个王侯府中不唤奴是棋师? 寻遍一国没有奴的对手,眼
见得手下收着许多徒弟哩。今远来的小道人却说饶尽天下的大话,奴
曾教最高手的弟子张生去试他两局,回来说他手段颇高。众人要看我
每两下本事,约定后日放对,万一输与他了,一则丧了本朝体面,二则失
了日前名声,不是耍处①。意欲央嬷嬷私下与他说说,做个人情,让我些
个。"嬷嬷道:"娘子只是放出日前的本事来赢他方好,怎么折了志气反
去求他? 况且见赌着利物哩②,他如何肯让?"妙观道:"利物是小事,他
若肯让奴赢了,奴一毫不取,私下仍旧还他。"嬷嬷道:"他赢了你棋,利
物怕不是他的? 又讨个大家喝声采不好? 却明输与你了,私下受这些
说不响的钱,他也不肯。"妙观道:"奴再于利物之外私下赠他五十千。
他与奴无仇,且又不是本国人,声名不关什么干系。得了若干利物,又
得了奴这些私赠,也勾了他了。只要嬷嬷替奴致意于他,说奴已甘伏③,
不必在人前赢奴,出奴之丑便是。"嬷嬷道:"说便去说,肯不肯只凭得
他。"妙观道:"全仗嬷嬷说得好些,肯时奴自另谢嬷嬷。"老嬷道:"对门
对户,日前相处面上,甚么大事说起谢来!"嘻嘻的笑了出去。

　　走到家里,见了小道人,把妙观邀去的说话一十一五对他说了。小
道人见说罢,便满肚子痒起来,道:"好! 好! 天送个老婆来与我了。"回
言道:"小子虽然年幼远游,靠着些小技艺,不到得少了用度,那钱财颇
不希罕,只是旅邸孤单④。小娘子若要我相让时,须依得我一件事,无不
从命。"老嬷道:"可要怎生?"小道人嘻着脸道:"妈妈是会事的⑤,定要说

---

①不是耍处:不是儿戏,不是闹着玩的。
②见:"现"的本字。
③甘伏:服气,认输。
④旅邸:旅馆。
⑤会事的:懂事的,知趣的。

出来?"老妈道:"说得明白,咱好去说。"小道人道:"日里人面前对局,我便让让他;晚间要他来被窝里对局,他须让让我。"老嬷道:"不当人子!后生家讨便宜的话莫说①!"小道人道:"不是讨便宜。小子原非贪财帛而来,所以住此许久,专慕女棋师之颜色耳!嬷嬷为我多多致意,若肯容我半晌之欢,小子甘心诈输,一文不取;若不见许,便当尽着本事对局,不敢容情。"老嬷道:"言重,言重!老身怎好出口②?"小道人道:"你是妇道家,对女人讲话有甚害羞?这是他喉急之事③,便依我说了,料不怪你。"说罢,便深深一喏道④:"事成另谢媒人。"老嬷笑道:"小小年纪,倒好老脸皮⑤。说便去说,万一讨得骂时,须要你赔礼。"小道人道:"包你不骂的。"老嬷只得又走将过对门去。

　　妙观正在心下虚怯,专望回音。见了老嬷,脸上堆下笑来道:"有烦嬷嬷尊步,所说的事可听依么?"老嬷道:"老身磨了半截舌头,依倒也依得,只要娘子也依他一件事。"妙观道:"遮莫是甚么事⑥?且说将来,奴依他便了。"老嬷道:"若是娘子肯依,倒也不费本钱。"妙观道:"果是甚么事?"老嬷道:"这件事,易则至易,难则至难。娘子恕老身不知进退的罪⑦,方好开口。"妙观道:"奴有事相央,嬷嬷尽着有话便说,岂敢有嫌?"老嬷又假意推让了一回,方才带笑说道:"小道人只身在此,所慕娘子才色兼全。他阴沟洞里想天鹅肉吃哩!"妙观通红了脸,半晌不语。老嬷道:"娘子不必见怪,这个原是他妄想,不是老身撰造出来的话。娘子怎生算计,回他便了。"妙观道:"我起初原说利物之外再赠五十千,也不为轻鲜⑧,只可如此求他了。肯让不肯让,好歹回我便了,怎胡说到这个所

---

①后生家:吴语,年轻男子,小伙子。

②老身:老年妇女的自称。

③喉急:吴语,着急,性急。

④深深一喏(rě):宋代男子相见时,一面拱手行礼,一面口里喊喏,叫唱喏。元明称"作揖"为唱喏。深深一喏,就是深深作一个揖。

⑤老脸皮:吴语,厚脸皮,不识羞。也作"老面皮"。

⑥遮莫:不管,不论。

⑦不知进退:形容鲁莽,说话行动没有分寸。

⑧轻鲜:轻薄。

在？羞人答答的。"老嬷道："老身也把娘子的话一一说了。他说道，原不希罕钱财，只要娘子允此一事，甘心相让，利物可以分文不取。叫老身就没法回他了，所以只得来与娘子直说。老身也晓得不该说的，却是既要他相让，他有话不敢隐瞒。"妙观道："嬷嬷，他分明把此话挟制着我，我也不好回得。"嬷嬷道："若不回他，他对局之时决不容情。娘子也要自家算计。"妙观见说到对局，肚子里又怯将起来，想着说到这话，又有些气不忿①，思量道："叵耐这没廉耻的小弟子孩儿②！我且将计就计哄他则个。"对老嬷道："此话羞人，不好直说。嬷嬷见他，只含糊说道若肯相让，自然感德非浅，必当重报就是了。"

嬷嬷得了此言，想道："如此说话，便已是应承的了。我且在里头撮合了他两口，必有好处到我。"千欢万喜，就转身到店中来，把前言回了小道人。小道人少年心性，见说有些口风儿③，便一团高兴，皮风骚痒起来④，道："虽然如此，传言送语不足为凭，直待当面相见亲口许下了，方无反悔。"老嬷只得又去与妙观说了。妙观有心求他，无言可辞，只得约他黄昏时候灯前一揖为定。

是晚，老嬷领了小道人径到妙观肆中客坐里坐了。妙观出来相见，拜罢，小道人开口道："小子云游到此，得见小娘子芳容，十分侥幸。"妙观道："奴家偶以小艺擅名国中，不想遇着高手下临。奴家本不敢相敌，争奈众心欲较胜负⑤，不得不在班门弄斧⑥。所有奉求心事已托店主嬷嬷说过，万望包容则个。"小道人道："小娘子分付，小子岂敢有违？只是小子仰慕小娘子已久，所以在对寓栖迟⑦，不忍舍去。今客馆孤单，若蒙小娘子有见怜之心，对局之时，小子岂敢不揣自逞？定当周全娘子美

①气不忿：即"气不愤"，不服气。
②叵耐：可恨、可恶。也作"叵奈"，"叵耐"。弟子孩儿：骂人话，婊子养的。弟子，妓女。
③口风儿：口气。
④皮风骚痒：形容高兴时的轻狂样子。
⑤争奈：怎奈。
⑥班门弄斧：在鲁班爷门前摆弄斧子。比喻在行家面前显示自己。
⑦栖迟：滞留。

名。"妙观道："若得周全,自当报德,决不有负足下。"小道人笑容满面,作揖而谢道："多感娘子美情,小子谨记不忘。"妙观道："多蒙相许,一言已定。夜晚之间,不敢亲送,有烦店主嬷嬷伴送过去罢。"叫丫鬟另点个灯,转进房里来了。小道人自同老嬷到了店里,自想:适间亲口应承,这是探囊取物,不在话下的了。只等对局后图成好事,不题。

到了第三日,胡大郎早来两边邀请对局,两人多应允了。各自打扮停当,到相国寺方丈里来。胡大郎同支公子早把利物摆在上面一张桌儿上,中间一张桌儿放着一个白铜镶边的湘妃竹棋枰①,两个紫檀筒儿,贮着黑白两般云南窑棋子②。两张椅东西对面放着,请两位棋师坐着交手。看的人只在两横长凳上坐。妙观让小道人是客,坐了东首,用着白棋。妙观请小道人先下子,小道人道："小子有言在前,这一着先要饶天下最高手,决不先下的。直待赢得过这局,小子才占起。"妙观只得拱一拱道："恕有罪,应该低者先下了。"果然妙观手起一子,小道人随手而应。正是:

　　花下手闲敲,出楸枰,两下交。争先布摆妆圈套,单敲这着,双关那着,声迟思入风云巧。笑山樵,从交柯烂③,谁识这根苗。——右调《黄莺儿》

小道人虽然与妙观下棋,一眼偷觑着他容貌,心内十分动火。想着他有言相许,有意让他一分,不尽情攻杀,只下得个两平。算来白子一百八十着,小道人认输了半子。这一番却是小道人先下起了,少时完局。他两人手下明白,已知是妙观输了。旁边看的嚷道："果然是两个敌手,你先我输,我先你输,大家各得一局。而今只看这一局以定输赢。"妙观见第二番这局,觉得力量掤拽④,心里有些着忙,下第三局时,频频以目送

①湘妃竹:即斑竹。相传帝舜南巡时,死于苍梧。他的两个妃子娥皇、女英在江湘间哭泣,泪水洒在竹子上,从此竹竿上便有了斑点。

②云南窑棋子:云南永昌(今保山)生产的围棋,称作"云子"、"永子"。由于用料考究、技术精湛,为棋中上品。

③从交:即"纵教"。

④掤(bīng)拽:勉强支撑。

情。小道人会意,仍旧东支西吾,让他过去。临了收拾了官着①,又是小道人少了半子。大家齐声喝采道:"还是本国棋师高强,赢了两局也!"小道人只不则声②,呆呆看着妙观。胡大郎便对小道人道:"只差半子,却算是小师父输了。小师父莫怪!"忙忙收起了利物,一同众人哄了女棋师妙观到肆中,将利物交付,各自散去。

　　小道人自和一二个相识,尾着众人闲话而归。有的问他道:"那里不争出了这半子? 却算做输了一局,失了这些利物。"小道人只是冷笑不答。众人恐怕小道人没趣,多把话来安慰他,小道人全然不以为意。到了店中,看的送的多已散去,店中老嬷便出来问道:"今日赌胜的事却怎么了?"小道人道:"应承过了说话,还舍得放本事赢他? 让他一局过去,帮衬③他在众人面前生光采,只好是这样凑趣了。"老嬷笑道:"这等却好。他不忘你的美情,必有好处到你,带挈老身也兴头则个④。"小道人口里与老嬷说话,一心想着佳音,一眼对着对门,盼望动静。

　　此时天色将晚,小道人恨不得一霎时黑下来。直到点灯时候,只见对面肆里扑地把门关上了。小道人着了急,对老嬷道:"莫不这小妮子负了心? 有烦嬷嬷往彼处探一探消息。"老嬷道:"不必心慌,他要瞒生人眼哩! 再等一会,待人静后没消息,老身去敲开门来问他就是。"小道人道:"全仗嬷嬷作成好事。"正说之间,只听得对过门环珰的一响,走出一个丫鬟来,径望店里走进。小道人犹如接着一纸九重恩赦⑤,心里好不侥幸,只听他说甚么好话出来。丫鬟向嬷嬷道了万福,说道:"侍长棋师小娘子多多致意嬷嬷,请嬷嬷过来说话则个。"老嬷就此同行,起身便走。小道人赶着附耳道:"嬷嬷精细着。"老嬷道:"不劳分付。"带着笑脸,同丫鬟去了。小道人就像热地上蚰蜒,好生打熬不过,禁架不定。正是:

---

①官着(zhāo):犹官子。围棋下到最后阶段,尚剩下周围及边角空地,还可以轮流填子,填满为止,叫做收官着。

②则声:作声。

③帮衬:帮助,衬托。

④带挈(qiè):连带;携带。兴头:高兴。

⑤九重:指皇帝。

　　眼盼捷旌旗,耳听好消息。

　　若得遂心怀,愿彼观音力。

　　却说老嬷随了丫鬟走过对门,进了肆中,只见妙观早已在灯下笑脸相迎,直请至卧房中坐地。开口谢道:"多承嬷嬷周全之力,日间对局,侥幸不失体面。今要酬谢小道人相让之德,原有言在先的,特请嬷嬷过来,交付利物并谢礼与他。"老嬷道:"娘子花朵儿般后生①,恁地会忘事?小道人原说不希罕财物的,如何又说利物谢礼的话?"妙观假意失惊道:"除了利物谢礼,还有甚么?"老嬷道:"前日说过的,他一心想慕娘子,诸物不爱,只求圆成好事,娘子当面许下了他。方才叮嘱了又叮嘱,在家盼望,真似渴龙思水哩! 娘子如何把话说远了?"妙观变起脸来道:"休得如此胡说! 奴是清清白白之人,从来没半点邪处,所以受得朝廷册封,王亲贵戚供养,偌多门生弟子尊奉。那里来的野种,敢说此等污言! 教他快些息了妄想,收此利物及谢礼过去,便宜他多了。"说罢,就指点丫鬟将日间收来的二百贯文利物一盘托出,又是小匣一个放着五十贯的谢礼,交付与老嬷道:"有烦嬷嬷,将去交付明白。"分外又是三两一小封,送与老嬷做辛苦钱,说道:"有劳嬷嬷两下周全,些小微物,勿嫌轻鲜则个。"

　　那老嬷是个经纪人家②,眼孔小的人,见了偌多东西,心里先自软了,又加自己有些油水,想道:"许多利物,又添上谢礼,真个不为少了。那个小伙儿也该心满意足,难道只痴心要那话不成? 且等我回他去看。"便对妙观道:"多蒙娘子赏赐,老身只得且把东西与他再处。只怕他要说娘子失了信,老身如何回他?"妙观道:"奴家何曾失甚么信? 原只说自当重报,而今也好道不轻了。"随唤两个丫鬟捧着这些钱物,跟了老嬷送在对门去,分付:"放下便来,不要停留!"两个丫鬟领命,同老嬷三人共拿了礼物,径往对门来。果然丫鬟放下了物件,转身便走。

　　小道人正在盼望之际,只见老嬷在前,丫鬟在后,一齐进门,料到必

　　①后生:吴语,年轻。

　　②经纪人家:即牙行(háng),专门代客买卖雇赁或居中为双方说合,从中收
　　　取佣金的商行或个人。

有好事到手。不想放下手中东西，登时去了，正不知是甚么意思，忙问老嬷道："怎的说了？"老嬷指着桌上物件道："谢礼已多在此了，收明便是，何必再问？"小道人道："那个希罕谢礼？原说的话要紧！"老嬷道："要紧！要紧！你要紧，他不要紧，叫老娘怎处？"小道人道："说过的话怎好赖得？"老嬷道："他说道原只说自当重报，并不曾应承甚的来。叫我也不好替你讨得嘴①。"小道人道："如此混赖，是白白哄我让了他了。"老嬷道："见放着许多东西，白也不算白了。只是那话②，且消停消停③，抹干了嘴边这些顽涎，再做计较。"小道人道："嬷嬷休如此说！前日是与小子觌面讲的话④，今日他要赖将起来。嬷嬷再去说一说，只等小子今夜见他一见，看他当面前怎生悔得？"老嬷道："方才为你磨了好一会牙，他只推着谢礼，并无些子口风。而今去说也没干，他怎肯再见你？"小道人道："前日如何去一说，就肯相见？"老嬷道："须知前日是求你的时节，作不得难。今事体已过⑤，自然不同了。"小道人叹口气道："可见人情如此！我枉为男子，反被这小妮子所赚。毕竟在此守他个破绽出来，出这口气！"老嬷道："且收拾起了利物，慢慢再看机会商量。"当下小道人把钱物并叠过了，闷闷过了一夜。有诗为证：

　　　亲口应承总是风，两家黑白未和同。

　　　当时未见一着错，今日满盘还是空。

　　一连几日，没些动静。一日，小道人在店中闲坐，只见街上一个番汉牵着一匹高头骏马，一个虞候骑着⑥，到了门前。虞候跳下马来，对小道人声喏道："罕察王府中请师父下棋，备马到门，快请骑坐了就去。"小道人应允，上了马，虞候步行随着。瞬息之间，已到王府门首。小道人下了马，随着虞候进去，只见诸王贵人正在堂上饮宴。见了小道人，尽皆起身道："我辈酒酣，正思手谈几局，特来奉请。今得到来，恰好！"即

---

①讨得嘴：讨回话。

②那话：指不便于明言之事的隐语。

③消停消停：停一停，松口气。

④觌(dí)面：当面。

⑤事体：吴语，事情，事儿。

⑥虞候：宋代禁军中的低级军官，一般作为亲王将帅的随从。

命当直的掇过棋桌来。

　　诸王之中先有两个下了两局，赌了几大觥酒①，就推过高手与小道人对局，以后轮换请教。也有饶六七子的，也有饶四五子的，最少的也饶三子两子，并无一个对下的。诸王你争我嚷，各出意见，要逞手段。怎当得小道人随手应去，尽是神机莫测。诸王尽皆叹服，把酒称庆。因问道："小师父棋品与吾国棋师妙观果是那个为高？"小道人想着妙观失信之事，心里有些怀恨，不肯替他隐瞒，便道："此女棋本下劣，枉得其名，不足为道！"诸王道："前日闻得你两人比试，是妙观赢了，今日何反如此说？"小道人道："前日他叫人私下央求了小子，小子是外来的人，不敢不让本国的体面，所以故意输与他，岂是棋力不敌？若放出手段来，管取他输便了！"诸王道："口说无凭，做出便见。去唤妙观来，当面试看。"罕察立命从人控马去，即时取将女棋童妙观到来。

　　妙观向诸王行礼毕，见了小道人，心下有好些扭怩，不敢撑眼看他②，勉强也见了一礼。诸王俱赐坐了，说道："你每两人多是国手，未定高下。今日在咱们面前比试一比试，咱们出一百千利物为赌，何如？"妙观未及答应，小道人站起来道："小子不愿各殿下破钞，小子自有利物与小娘子决赌。"说罢，袖中取出一包黄金来，道："此金重五两，就请赌了这些。"妙观回言道："奴家却不曾带得些甚么来，无可相对。"小道人向诸王拱手道："小娘子无物相赌，小子有一句话说来，请问各殿下看，可行则行。"诸王道："有何话说？"小道人道："小娘子身畔无金，何不即以身躯出注？如小娘子得胜，就拿了小子的黄金去；若小子胜了，赢小娘子做个妻房。可中也不中？"诸王见说，俱各拍手跌足，大笑起来道："妙，妙，妙！咱们多做个保亲③，正是风流佳话！"妙观此时欲待应承，情知小道人手段高，输了难处；欲待推却，明明是怯怕赌胜，不交手算输了，真是在左右两难。怎当得许多贵人在前力赞，不由得你躲闪。亦且

---

　　①觥(gōng)：古代用兽角做成的饮酒器皿。椭圆或方形，圈足或四足，觥盖呈兽头形。
　　②撑眼：犹挣眼，正眼。
　　③保亲：做媒。

小道人兴高气傲，催请对局。妙观没个是处，羞惭窘迫，心里先自慌乱了，勉强就局，没一子下去是得手的，觉是触着便碍。正所谓"棋高一着，缚手缚脚"①，况兼是心意不安的，把平日的力量一发减了，连败了两局。小道人起身出局，对着诸王叩一头道："小子告赢了，多谢各殿下赐婚。"诸王抚掌称快道："两个国手，原是天生一对。妙观虽然输了局，嫁得此丈夫，可谓得人矣！待有吉日了，咱们各助花烛之费就是了。"急得个妙观羞惭满面，通红了脸皮，无言可答，只低着头不做声。罕察每人与了赏赐。分付从人，各送了回家。

小道人扬扬自得，来对店主人与老嬷道："一个老婆，被小子棋盘上赢了来，今番须没处躲了。"店主、老嬷问其缘故，小道人将王府中与妙观对局赌胜的事说了一遍。老嬷笑道："这番却赖不得了。"店主人道："也须使个媒行个礼才稳。"小道人笑道："我的媒人大哩！各位殿下多是保亲。"店主人道："虽然如此，也要个人通话。"小道人道："前日他央嬷嬷求小子，往来了两番，如今这个媒自然是嬷嬷做了。"老嬷道："这是带挈老身吃喜酒的事，当得效劳。"小道人道："小子如今即将昨日赌胜的黄金五两，再加白银五十两为聘仪，择一吉日烦嬷嬷替我送去，订约成亲则个。"店主人即去房中，取出一本择日的星书来②，翻一翻道："明日正是黄道日③，师父只管行聘便了。"一夜无词。

次日，小道人整顿了礼物，托老嬷送过对门去。连这老嬷也装扮得齐整起来：

> 白皙皙脸搽胡粉④，红霏霏头戴绒花。胭脂浓抹露黄牙，鬏髻

① 棋高一着，缚手缚脚：民间俗谚，指对弈时，一方棋艺高，另一方步步受窘，犹如手脚被缚，不能自如。
② 星书：星相家占卜之书。
③ 黄道日：旧时星相家认为青龙、明堂、金匮、天德、玉堂、司命等六辰是吉神，六辰值日之时，诸事皆宜，不避凶忌，称为"黄道吉日"。后泛指宜于婚丧嫁娶的好日子。
④ 胡粉：即铅粉，用于抹脸。

浑如斗大①。没把臂一双窄袖②，忒狼犹一对宽鞋③。世间何处去寻他？除是金刚脚下④。

说这店家老嬷装得花簇簇地，将个盒盘盛了礼物，双手捧着，一径到妙观肆中来。妙观接着，看见老嬷这般打扮，手中又拿着东西，也有些瞧科⑤，忙问其来意。老嬷嘻着脸道："小店里小师父多多拜上棋师小娘子，道是昨日王府中席间娘子亲口许下了亲事，今日是个黄道吉日，特着老身来作伐行礼⑥。这个盒儿里的，就是他下的聘财，请娘子收下则个。"妙观呆了一晌，才回言道："这话虽有个来因，却怎么成得这事？"老嬷道："既有来因，为何又成不得？"妙观道："那日王府中对局，果然是奴家输与他了。这话虽然有的，止不过一时戏言，难道奴家终身之事，只在两局棋上结果了不成？"老嬷道："别样话戏得，这个话他怎肯认做戏言？娘子前日央求他时节，他兀自妄想⑦；今日又添出这一番赌赛事体，他怎由得你反悔？娘子休怪老身说，看这小道人人物聪俊，年纪不多，你两家同道中又是对手，正好做一对儿夫妻。娘子不如许下这段姻缘，又完了终身好事，又不失一时口信，带挈老身也吃一杯喜酒。未知娘子主见如何？"妙观叹口气道："奴家自幼失了父母，寄养在妙果庵中。亏得老道姑提挈成人，教了这一家技艺。自来没一个对手，得受了朝廷册封，出入王宫内府，谁不钦敬？今日身子虽是自家做得主的，却是上无尊长之命，下无媒妁之言，一时间凭着两局赌赛，偶尔亏输，便要认起真来，草草送了终身大事，岂不可羞？这事断然不可！"老嬷道："只是他说娘子失了口信，如何回他？"妙观道："他原只把黄金五两出注的，奴家偶然不带得东西在身畔，以后输了。今日拚得赔还他这五两⑧，天大事也

----

①鬏(dí)髻：古代妇女装饰用的套网的假发髻。浑如：完全像。

②没把臂：无端，没来由。也作"没巴臂"，"没巴鼻"。

③狼犹：吴语，形容大而笨拙。

④金刚：佛的侍从力士，因手持金刚杵兵器而得名。

⑤瞧科：看见，察觉。

⑥作伐：做媒。

⑦兀自：尚，还。

⑧拚(pàn)得：舍得，不吝惜。

完了。"老嬷道："只怕说他不过！虽然如此，常言道事无三不成，这遭却是两遭了，老身只得替你再回他去，凭他怎么处！"妙观果然到房中箱里面秤了五两金子，把个封套封了，拿出来放在盒儿面上，道："有烦嬷嬷还了他。重劳尊步，改日再谢。"老嬷道："谢是不必说起。只怕回不倒时，还要老身聒絮①哩！"

老嬷一头说，一头拿了原礼并这一封金子，别了妙观，转到店中来，对小道人笑道："原礼不曾收，回敬到有了。"小道人问其缘故，老嬷将妙观所言一一说了。小道人大怒道："这小妮子昧了心，说这等说话！既是自家做得主，还要甚尊长之命、媒妁之言？难道各位大王算不得尊长的么？就是嬷嬷，将礼物过去，便也是个媒妁了，怎说没有？总来他不甘伏，又生出这些话来混赖，却将金子搪塞。我不希罕他金子，且将他的做个告状本，告下他来，不怕他不是我的老婆！"老嬷道："不要性急。此番老身去，他说的话比前番不同，也是软软的了。还等老身去再三劝他。"小道人道："私下去说，未免是我求他了，他必然还要拿班②，不如当官告了他，须赖不去！"当下写就了一纸告词，竟到幽州路总管府来③。

那幽州路总管泰不华正升堂理事，小道人随牌进府，递将状子上去。泰不华总管接着，看见上面写道：

　　告状人周国能，为赖婚事：能本籍蔡州，流寓马足④。因与本国棋手女子妙观赌赛，将金五两聘定，诸王殿下尽为证见。讵料事过心变⑤，悔悖前盟。夫妻一世伦常⑥，被赖死不甘伏！恳究原情，追断完聚⑦，异乡沾化⑧。上告。

---

①聒絮：即絮聒。唠叨，絮絮不休。

②拿班：装腔作势，摆架子。

③路总管：路为金元的行政区划，其各路置总管府，其长官为总管，管理民政。

④流寓马足：凭借马足流落他乡。

⑤讵料：岂料。

⑥伦常：指封建社会的伦理道德，认为五伦（君臣、父子、夫妇、兄弟、朋友）是不可改变的常道。

⑦追断完聚：判决完婚团聚。

⑧异乡沾化：使异乡人能感受到德化。

总管看了状词，说道："元来为婚姻事的。凡户婚田土之事，须到析津、宛平两县去①，如何到这里来告？"周国能道："这女子是册封棋童的，况干连着诸王殿下，非天台这里不能主婚。"总管准了状词，一面差人行拘妙观对理。

差人到了妙观肆中，将官票与妙观看了。妙观吃了一惊道："这个小弟子孩儿怎便如此恶取笑！"一边叫弟子张生将酒饭陪待了公差，将赏钱出来打发了，自行打点出官。公差知是册封的棋师，不敢罗唣②，约在衙门前相会，先自去了。

妙观叫乘轿，抬到府前，进去见了总管。总管问道："周国能告你赖婚一事，这怎么说？"妙观道："一时赌赛亏输，实非情愿。"总管道："既已输了，说不得情愿不情愿。"妙观道："偶尔戏言，并无甚么文书约契，怎算得真？"周国能道："诸王殿下多在面上作证，大家认做保亲，还要甚文书约契？"总管道："这话有的么？"妙观一时语塞，无言可答。总管道："岂不闻，一言既出，驷马难追？况且婚姻大事，主合不主离。你们两人既是棋中国手，也不错了配头③。我做主与你成其好事罢。"妙观道："天台张主，岂敢不从？只是此人不是本国之人，萍踪浪迹，嫁了他，须随着他走。小妇人是个官身④，有许多不便处。"周国能道："小人虽在湖海飘零，自信有此绝艺，不甘轻配凡女。就是妙观，女中国手，也岂容轻配凡夫？若得天台做主成婚，小人情愿超籍在此⑤，两下里相帮行教，不回故乡去了。"总管道："这个却好。"妙观无可推辞，只得凭总管断合。

周国能与妙观各回下处。周国能就再央店家老嬷，重下聘礼，约定

---

①析津、宛平：析津，辽开泰元年(1012)改蓟北县为析津县，改幽都县为宛平县，两县治所同在今北京西南。金贞元二年(1154)，更析津县为大兴县。

②罗唣：吵闹，纠缠。

③配头：配偶。《西游补》第五回："只是一件事，既是虞美人了，还有虞美人配头。"

④官身：有官差在身的人。

⑤超籍：犹言落户籍。

日期成亲。又到各王府说知，各王府俱各助花红灯烛之费①。胡大郎、支公子一干好事的，才晓得前日暗地相嘱许下佳期之说，大家笑耍，各来帮兴。成亲之日，好不热闹。过了几时，两情和洽，自不必说。

周国能又指点妙观神妙之着，两个都造到绝顶，竟成对手。诸王贵人以为佳话，又替周国能提请官职，封为棋学博士，御前供奉。后来周国能差人到蔡州，密地接了爹娘，到燕山同享荣华。周老夫妻见了媳妇一表人物，两心快乐，方信国能起初不肯娶妻，毕竟寻出好姻缘来，所谓有志者事竟成也。有诗为证：

> 国手惟争一着先，个中藏着好姻缘②。
>
> 绿窗相对无余事，演谱推敲思入玄。

---

①花红：缠绕在彩礼担上的红绢。见宋孟元老《东京梦华录》卷五《娶妇》："又以花红缴担上，谓之'缴担红'。"这里指彩礼。

②个中：其中。

卷之三

权学士权认远乡姑　白孺人白嫁亲生女

词云：

> 世间奇物缘多巧，不怕风波颠倒。遮莫一时开了，到底还完好。　丰城剑气冲天表，雷焕张华分宝。他日偶然齐到，津底双龙袅。

此词名《桃源忆故人》，说着世间物事有些好处的，虽然一时拆开，后来必定遇巧得合。那"丰城剑气"是怎么说？晋时大臣张华，字茂先，善识天文，能辨古物。一日，看见天上斗牛分野之间①，宝气烛天，晓得豫章丰城县中当有奇物出世②。有个朋友雷焕，也是博物的人③，遂选他做了丰城县令。托他到彼，专一为访寻发光动天的宝物。分付他道："光中带有杀气，此必宝剑无疑。"那雷焕领命，到了县间，看那宝气却在县间狱中。雷焕领了从人，到狱中尽头去处，果然掘出一对宝剑来。雄曰"纯钩"，雌曰"湛卢"④。雷焕自佩其一，将其一献与张华，各自宝藏，自不必说。后来，张华带了此剑，行到延平津口⑤，那剑忽在匣中跃出，到了水边，化成一龙。津水之中也钻出一条龙来，凑成一双，飞舞升天而去。张华一时惊异⑥，分明晓得宝剑通神，只水中这个出来凑成双的不

---

①斗牛分野：斗，二十八宿之一的斗宿，为玄武七宿的第一宿；牛，二十八宿之一的牛宿，玄武七宿的第二宿。分野，古代以十二星次的位置划分地面上的州、国的位置与之相对应。就天文说，称作分星；就地面说，称为分野。

②豫章：古郡名，治所在今南昌。丰城县：明代南昌府的属县，今属江西。

③博物：指知识广博，通晓各种事物。

④"雄曰纯钩"二句：《晋书·张华传》作"一曰龙泉，一曰太阿"。

⑤延平津：在今福建南平市东南，为闽江上游。因有二剑堕水化龙的传说，故又名剑潭、剑溪、龙津等。

⑥张华：过延平津失剑者为雷焕之子雷华，此时张华已被赵王伦和孙秀所杀。见《晋书·张华传》。

知何物。因遣人到雷焕处问前剑所在。雷焕回言道："先曾渡延平津口，失手落于水中了。"方知两剑分而复合，以此变化而去也。至今人说因缘凑巧，多用"延津剑合"故事。所以这词中说的正是这话。

而今说一段因缘，隔着万千里路，也只为一件物事凑合成了，深为奇巧。有诗为证：

> 温峤曾输玉镜台①，圆成钿合更奇哉！
> 可知宿世红丝系，自有媒人月下来②。

话说国朝有一位官人，姓权，名次卿，表字文长，乃是南直隶宁国府人氏③。少年登第，官拜翰林编修之职④。那翰林生得仪容俊雅，性格风流，所事在行，诸般得趣，真乃是天上谪仙⑤，人中玉树⑥。他自登甲第⑦，在京师为官一载有余。京师有个风俗，每遇初一、十五、二十五日，谓之庙市，凡百般货物俱赶在城隍庙前，直摆到刑部街上来卖⑧，挨挤不开，人山人海的做生意。那官员每清闲好事的，换了便巾便衣，带了一

---

① 温峤：晋温峤，字太真，从刘琨征刘聪时，获玉镜台一枚。峤丧偶，适从姑有女，嘱代觅婿，峤有自婚意，因以玉镜台为聘礼，得结成夫妇。事见《世说新语·假谲》。

②"可知"二句：旧时迷信认为婚姻乃前世注定。相传月下老人口袋中装有许多红丝绳，如果将它系在男女双方的脚，即使是仇家或相隔遥远，也会结成婚姻。见唐李复言《续幽怪录·定婚店》。

③ 南直隶：明称直隶属京师的地区为直隶。自明成祖朱棣建都北京后，称直隶北京的地区为北直隶；直隶南京的地区叫南直隶，相当今江苏、安徽两省。宁国府，治所在今安徽宣城。

④ 翰林编修：明代进士考试录取后，一甲三名都进入翰林院，授予修撰、编修、检讨、庶吉士等职，同为史官。

⑤ 谪仙：天上惩罚下来的仙人。常用来称赞才学优异的人。

⑥ 玉树：东晋谢安问诸子侄："子弟亦何预人事，而正欲使其佳？"诸人都不能对答，只有谢玄回答说："譬如芝兰玉树，欲使其生于庭阶耳。"事见《世说新语·言语》。后用"玉树"比喻人家优秀的子弟。

⑦ 甲第：科举考试中的第一等。明清用来称进士。

⑧ 刑部街：刑部为明代中央六部之一，掌管国家法律、刑狱事务。刑部在旧皇城之西，其所在地称刑部街。北京扩展长安街时，将旧刑部街拆除。

两个管家长班出来①，步走游看，收买好东西旧物事。朝中惟有翰林衙门最是清闲，不过读书下棋，饮酒拜客，别无他事相干。权翰林况且少年心性，下处闲坐不过，每遇做市热闹时，就便出来行走。

一日，在市上看见一个老人家，一张桌儿上摆着许多零碎物件，多是人家动用家伙，无非是些灯台铜杓、壶瓶碗碟之类，看不得在文墨眼里的。权翰林偶然一眼瞟去，见就中有一个色样奇异些的盒儿，用手去取来一看，乃是个旧紫金钿盒儿②，却只是盒盖。翰林认得是件古物，可惜不全，问那老儿道："这件东西须还有个底儿，在那里？"老儿道："只有这个盖，没有见甚么底。"翰林道："岂有没底的理？你且说这盖是那里来的，便好再寻着那底了。"老儿道："老汉有几间空房在东直门，赁与人住。有个赁房的，一家四五口，害了天行症候③，先死了一两个后生。那家子慌了，带病搬去，还欠下些房钱，遗下这些东西作退帐。老汉收拾得，所以将来货卖度日。这盒儿也是那人家的，外边还有一个纸簏儿藏着，有几张故字纸包着。咱也不晓得那半扇盒儿要做甚用，所以摆在桌儿上，或者遇个主儿买去也不见得。"翰林道："我到要买你的，可惜是个不全之物。你且将你那纸簏儿来看。"老儿用手去桌底下摸将出来，却是一个破碎零落的纸糊头簏儿。翰林道："多是无用之物，不多几个钱卖与我罢。"老儿道："些小之物，凭爷赏赐罢。"翰林叫随从管家权忠与他一百个钱，当下成交。老儿又在簏中取出旧包的纸儿来包了，放在簏中，双手递与翰林。

翰林叫权忠拿了，又在市上去买了好几件文房古物。回到下处来，放在一张水磨天然几上，逐件细看，多觉买得得意。落后看到那纸簏儿，扯开盖，取出纸包来，开了纸包，又细看那钿盒，金色灿烂，果是件好东西。颠倒相来④，到底只是一个盖。想道："这半扇落在那里？且把来藏着，或者凑巧有遇着的时节也未可知。"随取原包的纸儿包他。只见

---

①长班：官吏雇用的仆役。
②紫金钿盒儿：用紫金镶嵌的首饰盒。
③天行症候：流行病。
④颠倒相来：翻来覆去地端详。

纸破处，里头露出一些些红的出来。翰林把外边纸儿揭开来看，里头却衬着一张红字纸。翰林取出，定睛一看，道："元来如此！"你道写的甚么？上写道："大时雍坊住人徐门白氏，有女徐丹桂，年方二岁。有兄白大，子曰留哥，亦系同年生。缘氏夫徐方，原籍苏州，恐他年隔别无凭，有紫金钿盒，各分一半，执此相寻为照。"后写着年月，下面着个押字。翰林看了道："元来是人家婚姻照验之物①，是个要紧的，如何却将来遗下，又被人卖了？也是个没搭煞的人了②。"又想道："这写文书的妇人既有丈夫，如何却不是丈夫出名？"又把年月迭起指头算一算看，笑道："立议之时，到今一十八年。此女已是一十九岁，正当妙龄，不知成亲与未成亲。"又笑道："妄想他则甚？且收起着。"因而把几件东西一同收拾过了。

到了下市，又踱出街上来行走。看见那老儿仍旧在那里卖东西，问他道："你前日卖的盒儿，说是那一家掉下的，这家人搬在那里去了，你可晓得？"老儿道："谁晓得他？他一家人先从小的死起，死得来慌了，连夜逃去，而今敢是死绝了，也不见得。"翰林道："他住在你家时，有甚么亲戚往来？"老儿道："他有个妹子，嫁与下路人③，住在前门。以后不知那里去了，多年不见往来了。"权翰林自想道："问得着时，还了他那件东西，也是一桩方便的好事。而今不知头绪，也只索由他罢了。"

回还寓所，只见家间有书信来，夫人在家中亡过了。翰林痛哭了一场，没情没绪，打点回家，就上个告病的本。奉圣旨："权某准回籍调理，病痊赴京听用。钦此④。"权翰林从此就离了京师，回到家中来了。

话分两头，且说钿盒的来历。苏州有个旧家子弟，姓徐名方，别号西泉，是太学中监生⑤。为干办前程⑥，留寓京师多年。在下处岑寂，央媒婆下本京白家之女为妾，生下一个女儿，是八月中得的，取名丹桂。

---

①照验：查验，对证。

②没搭煞：没有头脑，糊里糊涂。

③下路人：指家住长江下游一带的人。

④钦此：皇帝圣旨末尾习用语，意思是御意如此。

⑤太学：此处指国子监，明清时代最高学府。入监就读者称监生。

⑥干办前程：谋取官职。

同时,白氏之兄白大郎也生一子,唤做留哥。白氏女人家性子,只护着自家人,况且京师中人不知外方头路,不喜欢攀扯外方亲戚,一心要把这丹桂许与侄儿去。徐太学自是寄居的人,早晚思量回家,要留着结下路亲眷,十分不肯。一日,太学得选了闽中二尹①,打点回家赴任,就带了白氏出京。白氏不得遂愿,恋恋骨肉之情,瞒着徐二尹,私下写个文书。不敢就说许他为婚,只把一个钿盒儿分做两处,留与侄儿做执照②,指望他年重到京师,或是天涯海角,做个表证。

白氏随了二尹到了吴门③。元来二尹久无正室,白氏就填了孺人之缺④,一同赴任。又得了一子,是九月生的,名唤糕儿。二尹做了两任官回家,已此把丹桂许下同府陈家了。白孺人心下之事,地远时乖,只得丢在脑后。虽然如此,中怀歉然,时常在佛菩萨面前默祷,思想还乡,寻钿盒的下落。已后,二尹亡逝,守了儿女,做了孤孀,才把京师念头息了。想那出京时节,好歹已是十五六个年头,丹桂长得美丽非凡。所许陈家儿子,年纪长大,正要纳礼成婚,不想害了色痨,一病而亡。眼见得丹桂命硬,做了望门寡妇⑤,一时未好许人,且随着母亲、兄弟,穿些淡素衣服,挨着过日。正是:

　　　孤辰寡宿无缘分⑥,空向天边盼女牛⑦。

不说徐丹桂凄凉,且说权翰林自从断了弦⑧,告病回家,一年有余,尚未续娶。心绪无聊,且到吴门闲耍,意图寻访美妾。因怕上司府县知

---

①二尹:明清时对县丞(知县的副职)或府同知(知府的佐官)的称呼。

②执照:凭证。

③吴门:指苏州或苏州一带。为春秋时吴国故地,故称。

④孺人:明清七品官员之母或妻子的封号。也用作妇人的尊称。

⑤望门寡妇:旧时女子订婚后,未婚夫死了不再嫁人,叫做守"望门寡"。

⑥孤辰:星相术语。辰指地支,因没有相应天干相配,叫做孤辰。人的生辰八字犯孤长,即主不吉利。

⑦女牛:织女星和牛郎星。相传牛郎和织女为夫妻,被天河阻隔,每年七夕一度相会。后用"牛女""女牛"比喻分隔两地难以会面的夫妇或相爱的男女。

⑧断了弦:古时以琴瑟比喻夫妇,丧妻称为"断弦"。

道,车马迎送,酒礼往来,拘束得不耐烦,揣料自己年纪不多,面庞娇嫩,身材瑣小,傍人看不出他是官,假说是个游学秀才,借寓在城外月波庵隔壁静室中。那庵乃是尼僧。有个老尼唤做妙通师父,年有六十已上,专在各大家往来,礼度熟闲,世情透彻。看见权翰林一表人物,虽然不晓得是埋名贵人,只认做青年秀士,也道他不是落后的人,不敢怠慢,时常叫香公送茶来①,或者请过庵中清话。权翰林也略把访妾之意问及妙通,妙通说:"出家之人不管闲事。"权翰林也就住口,不好说得。

　　是时正是七月七日,权翰林身居客邸,孤形吊影,想着"牛女银河"之事,好生无聊。乃咏宋人汪彦章《秋闺》词②,改其末句一字,云:

　　　　高柳蝉嘶,采菱歌断秋风起。晚云如髻,湖上山横翠。　　帘卷西楼,过雨凉生袂。天如水。画楼十二,少个人同倚。——词寄《点绛唇》。

权翰林高声歌咏,趁步走出静室外来。新月之下,只见一个素衣的女子走入庵中。翰林急忙尾在背后,在黑影中闪着身子,看那女子。只见妙通师父出来接着。女子未叙寒温,且把一炷香在佛前烧起。那女子生得如何?

　　　　闻道双衔凤带,不妨单着鲛绡③。夜香知与阿谁烧?怅望水沉烟袅。　　云鬟风前丝卷,玉颜醉里红潮。莫教空度可怜宵,月与佳人共僚。——词寄《西江月》

那女子拈着香,跪在佛前,对着上面,口里喃喃呐呐④,低低微微,不知说着许多说话,没听得一个字。那妙通老尼便来收科道⑤:"小娘子,你的心事说不能尽,不如我替你说一句简便的罢。"那女子立起身来道:"师父,怎的简便?"妙通道:"佛天保佑,早嫁个得意的丈夫。可好么?"女子

---

①香公:对寺院里照管香火杂务人的尊称。
②汪彦章(1079—1154):名藻,字彦章,饶州德兴(今属江西),崇宁五年(1106)进士,官至显谟阁学士知徽州。有《浮溪集》。小说所引《秋闺》词,为其《点绛唇》第二首,《全宋词》云:"案此首别作苏过词,见《词品》卷三。"
③鮫绡:传说海底鲛人织的绡。常借指为薄绢轻纱或丝帕。
④喃喃呐呐:形容不断低声细语。
⑤收科:收场。

道："休得取笑！奴家只为生来命苦，父亡母老，一身无靠，所以拜祷佛天，专求福庇。"妙通笑道："大意相去不远。"女子也笑将起来。妙通摆上茶食，女子吃了两盏茶，起身作别而行。

权翰林在暗中看得明白，险些儿眼里放出火来，恨不得走上前一把抱住。见他去了，心痒难熬。正在禁架不定，恰值妙通送了女子回身转来，见了道："相公还不曾睡？几时来在此间？"翰林道："小生见白衣大士出现①，特来瞻礼！"妙通道："此邻人徐氏之女，丹桂小娘子。果然生得一貌倾城②，目中罕见。"翰林道："曾嫁人未？"妙通道："说不得。他父亲在时，曾许下在城陈家小官人。比及将次成亲，那小官人没福死了，担阁了这小娘子做了个望门寡，一时未有人家来求他的。"翰林道："怪道穿着淡素。如何夜晚间到此？"妙通道："今晚是七夕牛女佳期，他遭着如此不偶之事，心愿不足，故此对母亲说了，来烧炷夜香。"翰林道："他母亲是甚么样人？"妙通道："他母亲姓白，是个京师人，当初徐家老爷在京中选官娶了来家的。且是直性子，好相与③。对我说，还有个亲兄在京。他出京时节，有个侄儿方两岁，与他女儿同庚的。自出京之后，杳不相闻，差不多将二十年来了，不知生死存亡。时常托我在佛前保佑。"

翰林听着，呆了一会，想道："我前日买了半扇钿盒，那包的纸上分明写是徐门白氏，女丹桂，兄白大，子白留哥。今这个女子姓徐名丹桂，母亲姓白，眼见得就是这家了。那卖盒儿的老儿说那家死了两个后生，老人家连忙逃去，把信物多掉下了。想必死的后生就是他侄儿留哥，不消说得。谁想此女如此妙丽，在此另许了人家，可又断了。那信物却落在我手中，却又在此相遇，有如此凑巧之事！或者到是我的姻缘也未可知。"以心问心，跌足道："一二十年的事，三四千里的路，有甚查帐处？只须如此如此。"算计已定，对妙通道："适才所言白老孺人，多少年纪了？"妙通道："有四十多岁了。"翰林道："他京中亲兄可是白大？侄儿子可叫做留哥？"妙通道："正是，正是。相公如何晓得？"翰林道："那孺

---

① 白衣大士：指观音菩萨。因常著白衣衫，打坐白莲座中，故名。
② 倾城：形容女子极其美貌。
③ 相与：相处。

人正是家姑，小生就是白留哥，是孺人的侄儿。"妙通道："相公好取笑。相公自姓权，如何姓白？"翰林道："小生幼年离了京师，在江湖上游学。一来慕南方风景，二来专为寻取这头亲眷，所以移名改姓，游到此地。今偶然见师父说着端的①，也是一缘一会②，天使其然。不然，小生怎地晓得他家姓名？"妙通道："元来有这等巧事！相公，你明日去认了令姑，小尼再来奉贺便了。"翰林当下别了老尼，到静室中游思妄想，过了一夜。

天明起来，叫管家权忠，叮嘱停当了说话。结束整齐③，一直问到徐家来。到了门首，看见门上一个老儿在那里闲坐。翰林叫权忠对他说："可进去通报一声，有个白大官打从京中出来的。"老儿说道："我家老主人没了，小官儿又小。你要见那个的？"翰林道，"你家老孺人可是京中人姓白么？"老儿道："正是姓白。"权忠道："我主人是白大官，正是孺人的侄儿。"老儿道："这等，你随我进去通报便是。"老儿领了权忠，竟到孺人面前。权忠是惯事的人④，磕了一头，道："主人白大官在京中出来，已在门首了。"白孺人道："可是留哥？"权忠道："这是主人乳名。"孺人喜动颜色，道："如此喜事！"即忙唤自家儿子道："糕儿，你哥哥到了，快去接了进来。"那小孩子嬉嬉颠颠，摇摇摆摆，出来接了翰林进去。

翰林腼腼腆腆，冒冒失失进去，见那孺人起来，翰林叫了"姑娘"一声⑤，唱了一喏，待拜下去。孺人一把扯住道："行路辛苦，不必大礼。"孺人含着眼泪看那翰林，只见眉清目秀，一表非俗，不胜之喜，说道："想老身出京之时，你只有两岁，如今长成得这般好了。你父亲如今还健么？"翰林假意掩泪道："弃世久矣。小侄只为眼底没个亲人，见父亲在时，曾说有个姑娘嫁在下路，所以小侄到南方来游学，专欲寻访。昨日偶见月波庵妙通师父说起端的，方知姑娘在此，特来拜见。"孺人道："如何声口不像北边⑥？"翰林道："小侄在江湖上已久，爱学南言，所以变却乡音

---

①端的：究竟，底细。

②一缘一会：天缘巧合。

③结束：装束，整理。

④惯事：办事老练。

⑤姑娘：姑母。

⑥声口：说话口音。

也。"翰林叫权忠送上礼物。孺人欢喜收了,谢道:"至亲骨肉,只来相会便是,何必多礼?"翰林道:"客途乏物孝敬姑娘,不必说起,且喜姑娘康健。昨日见妙通说过,已知姑夫不在了。适间这位是表弟,还有一位表妹与小侄同庚的,在么?"孺人道:"你姑夫在时已许了人家,姻缘不偶,未过门就断了,而今还是个没吃茶的女儿①。"翰林道:"也要请相见。"孺人道:"昨日去烧香,感了些风寒,今日还没起来梳洗。总是你在此还要久住,兄妹之间时常可以相见。且到西堂安下了行李再处。"一边分付排饭,一手拽着翰林到西堂来。打从一个小院门边经过,孺人用手指道:"这里头就是你妹子的卧房。"翰林鼻边悄闻得一阵兰麝之香,心中好生傒幸②。那孺人陪翰林吃了饭,着落他行李在书房中,是件安顿停当了③,方才进去。权翰林到了书房中,想道:"特地冒认了侄儿,要来见这女子,谁想尚未得见。幸喜已认做是真,留在此居住,早晚必然生出机会来。不必性急,且待明日相见过了,再作道理。"

且说徐氏丹桂,年正当时,误了佳期,心中常怀不足。自那七夕烧香,想着牛女之事,未免感伤情绪,兼冒了些风寒,一时懒起。见说有个表兄自京中远来。他曾见母亲说,小时有许他为婚之意,又闻得他容貌魁梧,心里也有些暗动,思量会他一面。虽然身子懒怯,只得强起梳妆,对镜长叹道:"如此好容颜,到底付之何人也?"有《绵搭絮》一首为证:

　　瘦来难任,宝镜怕初临。鬼病侵寻④,闷对秋光冷透襟,最伤心静夜闻砧⑤。　　慵拈绣纴⑥,懒抚瑶琴。终宵里有梦难成,待晓起翻嫌晓思沉。

梳妆完了,正待出来见表兄。只见兄弟糕儿急急忙忙走将来道:"母亲害起急心疼来,一时晕去。我要到街上去取药,姐姐可快去看母亲去!"

---

①没吃茶:古代聘新妇多用茶礼。没吃茶,即还未受聘订婚。

②好生傒幸:好生,十分,非常;傒幸:期望。

③是件:件件,样样。

④侵寻:渐渐加重,渐次发展。

⑤砧:即砧声,捣衣声。

⑥绣纴(rèn):指绣花针,纴,用线穿针。

桂姐听得,疾忙抽身便走了出房,减妆也不及收①,房门也不及锁,竟到孺人那里去了。

权翰林在书房中梳洗已毕,正要打点精神,今日求见表妹,只听得人传出来道:"老孺人一时急心疼,晕倒了。"他想道:"此病惟有前门棋盘街定神丹一服立效,恰好拜匣中带得在此②。我且以子侄之礼入堂问病,就把这药送他一丸。医好了他,也是一个讨好的机会。"就去开出来,袖在袖里,一径望内里来问病。路经东边小院,他昨日见孺人说,已晓得是桂娘的卧房,却见门开在那里,想道:"桂娘一定在里头,只作三不知闯将进去③,见他时再作道理。"翰林捏着一把汗走进卧房。只见:

　　　香奁尚启,宝镜未收。剩粉残脂,还在盆中荡漾;花钿翠黛,依然几上铺张。想他纤手理妆时,少个画眉人凑巧。

翰林如痴似醉,把桌上东西这件闻闻,那件嗅嗅,好不伎痒④。又闻得扑鼻馨香,回首看时,那绣帐牙床⑤、锦衾角枕⑥,且是整齐精洁。想道:"我且在他床里眠他一眠,也沾他些香气,只当亲挨着他皮肉一般。"一躺躺下去,眠在枕头上,呆呆地想了一回。等待几时,不见动静,没些意智⑦,慢慢走了出来。将到孺人房前,摸摸袖里,早不见了那丸药,正不知失落在那里了。定性想一想,只得打原来路上,一路寻到书房里去了。

桂娘在母亲跟前,守得疼痛少定,思量房门未锁,妆台未收,跑到自房里来。收拾已完,身子困倦,揭开罗帐,待要歇息一歇息,忽见席间一个纸包,拾起来打开看时,却是一丸药。纸包上有字,乃是"定神丹,专

---

①减妆:即香奁,妇女的梳妆匣。

②拜匣:也称"拜帖匣"。旧时拜客、送礼时放束帖、礼封和零物用的长方形扁木匣。

③三不知:对于一件事的开始、中间和结尾都不知道,引申为突然、匆忙、意想不到。

④伎痒:凡有所擅长,遇机会就想表现,如痒难忍。这里借指欲望强烈。

⑤牙床:象牙装饰的床。泛指精美的床。

⑥角枕:角制或用角装饰的枕头。

⑦意智:主意。

治心疼,神效"几个字。桂娘道:"此自何来? 若是兄弟取至,怎不送到母亲那里去,却放在我的席上? 除了兄弟,此处何人来到? 却又恰恰是治心疼的药,果是跷蹊①! 且拿到母亲那里去问个端的。"取了药,掩了房门,走到孺人处来,问道:"母亲,兄弟取药回来未曾?"孺人道:"望得眼穿,这孩子不知在那里顽耍,再不来了。"桂娘道:"好教母亲得知,适间转到房中,只见床上一颗丸药,纸上写着'定神丹,专治心疼,神效'。我疑心是兄弟取来的,怎不送到母亲这里,却放在我的房中? 今兄弟兀自未回,正不知这药在那里来的。"孺人道:"我儿,这'定神丹'只有京中前门街上有得卖,此处那讨? 这分明是你孝心所感,神仙所赐。快拿来我吃。"桂娘取汤来递与孺人,咽了下去。一会,果然心疼立止,母子欢喜不尽。孺人疼痛既止,精神疲倦,懞懞的睡了去。桂娘守在帐前,不敢移动。

　　恰好权翰林寻药不见,空手走来问安。正撞着桂娘在那里,不及回避。桂娘认做是白家表兄,少不得要相见的,也不躲闪。这里权翰林正要亲傍②,堆下笑来,买将上去,唱个肥喏③道:"妹子,拜揖了。"桂娘连忙还礼道:"哥哥万福④。"翰林道:"姑娘病体若何?"桂娘道:"觉道好些,方才睡去。"翰林道:"昨日到宅,渴想妹子芳容一见。见说玉体欠安,不敢惊动。"桂娘道:"小妹听说哥哥到来,心下急欲迎侍,梳洗不及,不敢草率。今日正要请哥哥厮见⑤,怕遇母亲病急,脱身不得。不想哥哥又进来问病,幸瞻丰范⑥。"翰林道:"小兄不远千里而来,得见妹子玉貌,真个是不枉奔波走这遭了。"桂娘道:"哥哥与母亲姑侄至亲,自然割不断的。小妹薄命之人,何足挂齿!"翰林道:"妹子芳年美质,后禄正长⑦,佳

---

①跷蹊:也作"蹊跷"。奇怪,可疑。

②亲傍:亲近偎依。

③唱个肥喏(rě):古代男子行礼时,一面抱拳拱手,一面口中喊喏,叫"唱喏"。唱肥喏就是深深一揖,表示格外恭敬。

④万福:妇女相见时行礼,一边双手在衿前合拜,一边口称"万福"。

⑤厮见:相见。厮,相。

⑥丰范:对人风度仪容的美称。

⑦后禄:日后的福禄。

期可待,何出此言?"此时两人对话,一递一来。桂娘年大知味,看见翰林丰姿俊雅,早已动火了八九分,亦且认是自家中表兄妹一脉,甜言软语,更不羞缩,对翰林道:"哥哥初来舍下,书房中有甚不周到处,可对你妹子说,你妹子好来照料一二。"翰林道:"有甚么不周到?"桂娘道:"难道不缺长少短?"翰林道:"虽有缺少,不好对妹子说得。"桂娘道:"但说何妨?"翰林道:"所少的,只怕妹子不好照管。然不是妹子,也不能照管。"桂娘道:"少甚东西?"翰林笑道:"晚间少个人作伴耳。"桂娘通红了面皮,也不回答,转身就走。翰林赶上去,一把扯住道:"携带小兄到绣房中,拜望妹子一拜望,何如?"桂娘见他动手动脚,正难分解,只听得帐里老孀人开声道:"那个在此说话响?"翰林只得放了手,回首转来道:"是小侄问安。"其时桂娘已脱了身,跑进房里去了。

孀人揭开帐来,看见了翰林,道:"元来是侄儿到此。小兄弟街上未回,妹子怎不来接待?你方才却和那个说话?"翰林心怀鬼胎,假说道:"只是小侄,并没有那个。"孀人道:"这等,是老人家听差了。"翰林心不在焉,一两句话,连忙告退。

孀人看见他有些慌速,失张失志的光景①,心里疑惑道:"起初我服的定神丹出于京中,想必是侄儿带来的,如何却在女儿房内?适才睡梦之中,分明听得与我女儿说话,却又说道没有。他两人不要晓得前因,辄便私自往来,日后做出勾当。他男长女大,况我原有心配合他的。只是侄儿初到,未见怎的,又不知他曾有妻未,不好就启齿。且再过几时,看相机会圆成罢了。"踌躇之间,只见糕儿拿了一贴药走将来,道:"医生入娘贼出去了②!等了多时才取这药来。"孀人嗔他来迟③,说道:"等你药到,娘死多时了。今天幸不疼,不吃这药了。你自陪你哥哥去。"糕儿道:"那哥哥也不是老实人。方才走进来撞着他,却在姐姐卧房门首东张西张,见了我,方出去了。"孀人道:"不要多嘴!"糕儿道:"我看这哥哥也标致,我姐姐又没了姐夫,何不配与他了,也完了

---

①失张失志:吴语,形容心神不定、丧魂落魄的样子。

②入娘贼:秽语,骂人话。

③嗔(chēn):责怪,埋怨。

一件事,省得他做出许多馋劳喉急出相。"孺人道:"孩子家怎地轻出口! 我自有主意。"孺人虽喝住了儿子,却也道是有理的事,放在心中打点,只是未便说出来。

那权翰林自遇桂娘两下交口之后①,时常相遇,便眉来眼去,彼此有情。翰林终日如痴似狂,拿着一管笔写来写去,茶饭懒吃。桂娘也日日无情无绪,恹恹欲睡,针线慵拈。多被孺人看在眼里。然两个只是各自有心,碍人耳目,不曾做甚手脚。

一日,翰林到孺人处去,恰好遇着桂娘梳妆已毕,正待出房。翰林阑门迎着②,相唤了一礼。翰林道:"久闻妹子房闼精致③,未曾得造一观④,今日幸得在此相遇,必要进去一看。"不由分说,望门里一钻,桂娘只得也走了进来。翰林看见无人,一把抱住道:"妹子慈悲,救你哥哥客中一命则个!"桂娘不敢声张,低低道:"哥哥尊重。哥哥不弃小妹,何不央人向母亲处求亲? 必然见允。如何做那轻薄模样!"翰林道:"多蒙妹子指教,足见厚情。只是远水救不得近火,小兄其实等不得那从容的事了。"桂娘正色道:"若要苟合⑤,妹子断然不从! 他日得做夫妻,岂不为兄所贱?"拗脱了身子⑥,望门外便走,早把个云髻扭歪,两鬓都乱了。急急走到孺人处,喘气尚是未息。孺人见了,觉得有些异样,问道:"为何如此模样?"桂娘道:"正出房来,撞见哥哥后边走来,连忙先跑,走得急了些个。"孺人道:"自家兄妹,何必如此躲避?"孺人也只道侄儿就在后边来,却又不见到。元来没些意思,反走出去了。

孺人自此又是一番疑心,性急要配合他两个了,只是少个中间撮合的人。猛然想道:"侄儿初到时,说道见妙通师父说了,才寻到我家来的。何不就叫妙通来与他说知其事,岂不为妙?"当下就分付儿子糕儿,叫他去庵中接那妙通。不在话下。

————————

①交口:交谈,对话。
②阑门:同"拦门"。
③房闼:寝室,闺房。
④得造:造,到。得,用于动词前表示可能。
⑤苟合:不正当的男女关系。
⑥拗(liě)脱:挣脱,摆脱。

　　却说权翰林走到书房中，想起适才之事，心中快快。又思量桂娘有心于他，虽是未肯相从，其言有理。却不知我是假批子①，教我央谁的是？自又忖道："他母子俱认我是白大，自然是钿盒上的根瓣了②。我只将钿盒为证，怕这事不成！"又转想一想道："不好，不好！万一名姓偶然相同，钿盒不是他家的，却不弄真成假？且不要打破网儿③，只是做些工夫，偎得亲热④，自然到手。"正胡思乱想，走出堂前闲步。忽然妙通师父走进门来，见了翰林，打个问讯道⑤："相公，你投亲眷，好处安身许久了，再不到小庵走走！"权翰林还了一礼，笑道："不敢瞒师父说，一来家姑相留，二来小生的形孤影只，岑寂不过，贪着骨肉相傍，懒向外边去了。"妙通道："相公既苦孤单，老身替你做个媒罢！"翰林道："小生久欲买妾，师父前日说不管闲事，所以不敢相央。若得替我做个媒人，十分好了。"妙通道："亲事到有一头在我心里。适才白老孺人相请说话，待我见过了他，再来和相公细讲。"翰林道："我也有个人在肚里，正少个说合的，师父来得正好。见过了家姑，是必到书房中来走走，有话相商则个。"妙通道："晓得了。"说罢话，望内里就走进去。

　　见了孺人，孺人道："多时不来走走。"妙通道："见说孺人有些贵恙⑥，正要来看，恰好小哥来唤我，故此就来了。"孺人道："前日我侄初到，心中一喜一悲，又兼辛苦了些儿，生出病来。而今小恙已好，不劳费心。只有一句话儿要与师父说说。"妙通道："甚么话？"孺人道："我只为女儿未有人家，日夜忧愁。"妙通道："一时也难得像意的。"孺人道："有到有一个在这里，正要与师父商量。"妙通道："是那个？倒要与我出家人商量。"孺人道："且莫说出那个，只问师父一句话，我京中来的侄儿说道先认得你的，可晓得么？"妙通道："在我那里作寓好些时，见我说起孺

---

　　①假批子：冒名顶替者。

　　②根瓣：缘故。

　　③打破网儿：比喻露出真情。

　　④偎：安慰，劝导。

　　⑤问讯：即"合十"，也作"合掌"。意指合十法界于一心。佛教徒见人时躬
　　　身，将双手举至眉心，然后合掌至胸前，表示自心专一的敬礼。

　　⑥贵恙：询问他人病情的敬语。

人,才来认亲的。怎不晓得?且是好一个俊雅人物!"孺人道:"我这侄儿,与我女儿同年所生,先前也曾告诉师父过的。当时在京就要把女儿许他为妻,是我家当先老爹不肯。我出京之时,私下把一个钿盒分开两扇,各藏一扇以为后验,写下文书一纸。当时侄儿还小,经今年远,这钿盒、文书虽不知还在不在,人却是了。眼见得女儿别家无缘,也似有个天意在那里。我意欲完前日之约,不好自家启齿,抑且不知他京中曾娶过妻否。要烦你到西堂与我侄儿说此事,如若未娶,待与他圆成了可好么?"妙通道:"这个当得,管取一说就成。且拿了这半扇钿盒去,好做个话柄。"孺人道:"说得是。"走进房里去,取出来交与妙通。妙通袋在袖里了,一径到西堂书房中来①。

翰林接着,道:"师父见过家姑了?"妙通道:"是见过了。"翰林道:"有甚说话?"妙通道:"多时不见,闲叙而已。"翰林道:"可见我妹么?"妙通道:"方才不曾见,再过会到他房里去。"翰林道:"好个精致房,只可惜独自孤守!"妙通道:"目下也要说一个人与他了。"翰林道:"起先师父说有头亲事要与小生为媒,是那一家?"妙通道:"是有一家,是老身的檀越。小娘子模样尽好,正与相公厮称。只是相公要娶妾,必定有个正夫人了,他家却是不肯做妾的。"翰林道:"小生曾有正妻,亡过一年多了。恐怕一时难得门当户对的佳配,所以且说个取妾。若果有好人家象得吾意,自然聘为正室了。"妙通道:"你要怎么样的才象得你意?"翰林把手指着里面道:"不瞒老师父说,得像这里表妹方妙。"妙通笑道:"容貌到也差不多儿。"翰林道:"要多少聘财?"妙通袖里摸出钿盒来,道:"不须别样聘财,却倒是个难题目。他家有半扇金盒儿,配得上的就嫁他。"

翰林接上手一看,明知是那半扇的底儿,不胜欢喜。故意问道:"他家要配此盒,必有缘故。师父可晓得备细②?"妙通道:"当初这家子原是京中住的,有个中表曾结姻盟,各分钿盒一扇为证。若有那扇,便是前缘了。"翰林道:"若论钿盒,我也有半扇,只不知可配得着否?"急在拜匣中取出来,一配,却好是一个盒儿。妙通道:"果然是一个,亏你还留得

---

①一径:一直。
②备细:详细情况。

在。"翰林道："你且说那半扇,是那一家的?"妙通道："再有那家? 怎伴
不知,倒来哄我! 是你的亲亲表妹桂娘子的,难道你到不晓得?"翰林
道："我见师父藏头露尾不肯直说出来,所以也做哑妆呆,取笑一回。却
又一件,这是家姑从幼许我的,何必今日又要师父多这些宛转?"妙通
道："令姑也曾道来,年深月久,只怕相公已曾别娶,就不好意思,所以要
老身探问个明白。今相公弦断未续,钿盒现配成双,待老身回复孺人,
只须成亲罢了。"翰林道："多谢撮合大恩! 只不知几时可以成亲? 早得
一日也好。"妙通道："你这馋样的新郎! 明日是中秋佳节,我撺掇孺人
就完成了罢,等甚么日子?"翰林道："多感! 多感!"

妙通袖里怀了这两扇完全的钿盒,欣然而去,回复孺人。孺人道是
骨肉重完,旧物再见,喜欢无尽,只待明日成亲吃喜酒了。此时胸中十
万分,那有半分道不是他的侄儿? 正是:

> 只认盒为真,岂知人是假?
>
> 奇事颠倒颠,一似塞翁马①。

权翰林喜之如狂,一夜不睡。绝早起来,叫权忠到当铺里去赁了一
顶儒巾,一套儒衣,整备拜堂。孺人也绝早起来,料理酒席,催促女儿梳
妆。少不得一对参拜行礼。权翰林穿着儒衣,正似白龙鱼服②,掩着口
只是笑,连权忠也笑。旁人看的无非道是他喜欢之故,那知其情? 但见
花烛辉煌,恍作游仙一梦。有词为证:

> 银烛灿芙渠③,瑞鸭微喷麝烟浮④。喜红丝初绾,宝合曾输。

---

① 塞翁马:即塞翁失马。塞上老翁丢了一匹马,却引来了胡人的骏马,他儿
　子则因骑骏马摔折了腿,免于征兵,战死沙场。事见《淮南子·人间训》。
　后来成语有"塞翁失马,安知非福"。

② 白龙鱼服:汉刘向《说苑·正谏》载:白龙变成一条鱼,被渔人豫且射中了
　眼睛。它上告天帝,天帝说:你改变了原形,别人不认识,而鱼原是供人射
　的,豫且有什么罪过呢? 比喻贵人隐瞒身分,化装微行。这里是说权翰林
　本应著官服,但他化名扮成游学秀才,故只能穿儒衣,身份不相称。

③ 芙渠:即芙蓉,荷花的别名。疑此处指"芙蓉帐",用芙蓉花染缯制成的帐
　子。泛指华丽的帐子。

④ 瑞鸭:对鸭形香炉的美称。

何郎俊才调凌云①,谢女艳容华濯露②。月轮正值团圆暮,雅称锦
　　堂欢聚。——右调《画眉序》③。

酒罢,送入洞房,就是东边小院桂娘的卧房,乃前日偷眠妄想、强进挨光
的所在④,今日停眠整宿,你道快活不快活!权翰林真如入蓬莱山岛
了⑤。入得罗帏,男贪女爱,两情欢畅,自不必说。云雨既阑,翰林抚着
桂娘道:"我和你千里姻缘,今朝美满,可谓三生有幸。"桂娘道:"我和你
自幼相许,今日完聚,不足为奇。所喜者,隔着多年,又如此远路,到底
团圆,乃像是天意周全耳。只有一件,你须不是这里人,今入赘我家,不
知到底萍踪浪迹,归于何处?抑且不知你为儒为商⑥,作何生业⑦。我
嫁鸡逐鸡,也要商量个终身之策。一时欢爱不足恋也。"翰林道:"你不
须多虑。只怕你不嫁得我,既嫁了我,包你有好处。"桂娘道:"有甚好
处?料没有五花官诰夫人之分⑧!"翰林笑道:"别件或者烦难,若只要五
花官诰,包管箱笼里就取得出。"桂娘啐了一啐道:"亏你不羞!"桂娘只
道是一句夸大的说话,不以为意。翰林却也含笑,不就明言,且只软款
温柔,轻怜痛惜,如鱼似水,过了一夜。

　　明晨起来,各各梳洗已毕,一对儿穿着大衣,来拜见尊姑,并谢妙通
为媒之功。正行礼之时,忽听得堂前一片价筛锣,像有十来个人喧嚷将
起来,慌得小舅糕儿没钻处。翰林走出堂前来,问道:"谁人在此罗唣?"
说声未了,只见老家人权孝,同了一班京报人,一见了就磕头道:"京中

————————

　　①何郎:指三国魏人何晏,世称美男子。
　　②谢女:东晋谢安侄女谢道韫,才思敏捷,以"未若柳絮因风起"咏雪,被称为
　　　才女。这里泛指美女。
　　③《画眉序》:此非词调,而是一支曲调,引自明代戏曲家叶宪祖的杂剧《丹桂钿盒》
　　　第六折。
　　④挨光:调情。
　　⑤蓬莱山岛:即蓬莱山,古代传说中的神山名,与方丈、瀛洲被称为海上三神
　　　山。常用来指仙境。
　　⑥抑且:况且,而且。
　　⑦生业:职业,生涯。
　　⑧五花官诰:皇帝封赠的诏书,因用五色金花绫纸制成,故称。

报人特来报爷高升的！小人们那里不寻得到？方才街上遇见权忠，才知爷寄迹在此。却如何这般打扮？快请换了衣服。"权翰林连忙摇手，叫他不要说破。禁得那一个住？你也"权爷"，我也"权爷"不住的叫，拿出一张报单来，已升了学士之职，只管嚷着求赏。翰林着实叫他们"不要说我姓权"，京报人那管甚么头由，早把一张报喜的红纸高高贴起在中间。上写：

飞报：贵府老爷权，高升翰林学士，命下①。

这里跟随管家权忠拿出冠带，对学士道："料想瞒不过了，不如老实行事罢！"学士带笑脱了儒巾儒衣，换了冠带，讨香案来，谢了圣恩。分付京报人出去门外候赏。

转身进来，重请岳母拜见。那孺人出于不意，心慌撩乱，没个是处，好像青天里一个霹雳，不知是那里起的。只见学士拜下去，孺人连声道："折杀老身也。老身不知贤婿姓权，乃是朝廷贵臣，真是有眼不识泰山。望高抬贵手，恕家下简慢之罪。"学士道："而今总是一家人，不必如此说了。"孺人道："不敢动问贤婿，贤婿既非姓白，为何假称舍侄光降寒门？其间必有因由。"学士道："小婿寄迹禅林，晚间闲步月下，看见令爱芳姿，心中仰慕无已。问起妙通师父，说着姓名居址，家中长短备细，故此托名前来，假意认亲。不想岳母不疑，欣然招纳，也是三生有缘。"妙通道："学士初到庵中，原说姓权，后来说着孺人家事，就转口说了姓白。小尼也曾问来，学士回说道：'因为访亲，所以改换名姓。'岂知贵人游戏，我们多被瞒得不通风，也是一场天大笑话。"孺人道："却又一件，那半扇钿盒却自何来？难道贤婿是通神的？"学士笑道："侄儿是假，钿盒却真。说起来实有天缘，非可强也。"孺人与妙通多惊异道："愿闻其详。"学士道："小婿在长安市上，偶然买得此盒一扇。那包盒的却是文字一纸，正是岳母写与令侄留哥的，上有令爱名字。今此纸见在小婿处，所以小婿一发有胆冒认了。求岳母饶恕欺诳之罪！"孺人道："此话不必提起了。只是舍侄家为何把此盒出卖？卖的是甚么样人？贤婿必

---

①翰林学士：明代为翰林院的长官，正五品。掌管制诰、史册、文翰之事，以考议制度，详正文书，备天子顾问。见《明史·职官志二》。

然明白。"学士道:"卖的是一个老儿,说是令兄旧房主。他说令兄全家遭疫,少者先亡,止遗老口,一时逃去,所以把物件遗下拿出来卖的。"孺人道:"这等说起来,我兄与侄皆不可保,真个是物在人亡了!"不觉掉下泪来。妙通便收科道:"老孺人,姻缘分定①,而今还管甚侄儿不侄儿,是姓权是姓白?招得个翰林学士做女婿,须不辱莫了你的女儿②!"孺人道:"老师父说得有理。"大家称喜不尽。

此时桂娘子在旁,逐句逐句听着,口虽不说出来,才晓得昨夜许他五花官诰做夫人,是有来历的,不是过头说话,亦且钿盒天缘,实为凑巧。心下得意,不言可知。权学士既喜着桂娘美貌,又见钿盒之遇,以为奇异,两下恩爱非常。重谢了妙通师父,连岳母、小舅都带了赴任。后来秩满③,桂娘封为宜人④,夫妻偕老。

> 世间百物总凭缘,大海浮萍有偶然。
> 不向长安买钿盒,何从千里配蝉娟⑤?

---

①分(fēn)定:命中注定。
②辱莫:同"辱没"。玷污,玷辱。
③秩满:官吏任期已满。
④宜人:明代五品官的妻、母封宜人。
⑤婵娟:指美女。

卷之四

青楼市探人踪　红花场假鬼闹

昔宋时三衢守宋彦瞻①,以书答状元留梦炎②,其略云:

　　尝闻前辈之言:吾乡昔有第奉常而归③,旗者、鼓者、馈者、迓者④,往来而观者,阗路骈陌如堵墙⑤。既而闺门贺焉,宗族贺焉,姻者、友者、客者交贺焉。至于仇者,亦蒙耻含愧而贺且谢焉⑥。独邻居一室,扃镉远引若避寇然⑦。予因怪而问之。愀然曰⑧:"所贵乎衣锦之荣者,谓其得时行道也,将有以庇吾乡里也。今也,或窃一名,得一官,即起朝贵暮富之想。名愈高,官愈穹⑨,而用心愈谬。武断者有之,庇奸慝、持州县者有之⑩。是一身之荣,一乡之害也。其居日以广,邻居日以蹙。吾将入山林深密之地以避之。是可吊⑪,何以贺为⑫?"

---

①三衢:即浙江衢州,因境内有三衢山,故称三衢。衢州,宋代属两浙路,治所信安,今浙江衢州。

②状元:科举考试殿试第一名称状元。"然宋俗一甲三名,均称状元,与后世异。"(南宋周密《癸辛杂识》)。留梦炎:浙江(今浙江衢州)人,字汉辅。淳祐四年(1244)状元。降元后,官至丞相。他阻止忽必烈释放文天祥,是中国历史上著名汉奸之一。

③奉常:秦代九卿之一,后更为太常。掌管礼乐、宗庙、陵寝等事。

④迓(yà)者:欢迎的人。

⑤阗路骈陌:形容人多,填塞道路。

⑥谢:道歉,认错。

⑦扃镉(jiōng jué):锁闭,关闭。远引:远去。

⑧愀(qiǎo)然:形容神色严肃或不愉快。

⑨穹:这里指高。

⑩持:疑为"恃"字之误。

⑪吊:伤痛。

⑫何以:为什么。为,表示疑问或反诘。

此一段话，载在《齐东野语》中①。皆因世上官宦，起初未经发际变泰②，身居贫贱时节，亲戚、朋友、宗族、乡邻，那一个不望他得了一日，大家增光？及至后边风云际会，超出泥涂，终日在仕宦途中，冠裳里面③，驰逐富贵，奔趋利名，将自家困穷光景尽多抹过。把当时贫交看不在眼里，放不在心上，全无一毫照顾周恤之意，淡淡相看，用不着他一分气力。真叫得官情纸薄。不知向时盼望他这些意思，竟归何用！虽然如此，这样人虽是恶薄④，也只是没用罢了。撞着有志气肩巴硬的⑤，拚得个不奉承他，不求告他，也无奈我何，不为大害。更有一等狠心肠的人，偏要从家门首打墙脚起，诈害亲戚，侵占乡里，受投献，窝盗贼，无风起浪，没屋架梁。把一个地方搅得蔀菜不生，鸡犬不宁，人人惧惮，个个收敛，怕生出衅端⑥，撞在他网里了。他还要疑心别人仗他势力，得了甚么便宜，心下不放松的昼夜算计。似此之人，乡里有了他怎如没有的安静。所以宋彦瞻见留梦炎中状元之后，把此书规讽他，要他做好人的意思。其间说话虽是愤激，却句句透切着今时病痛。

看官每不信，小子而今单表一个作恶的官宦，做着没天理的勾当，后来遇着清正严明的宪司做对头⑦，方得明正其罪。说来与世上人劝戒一番。有诗为证：

　　恶人心性自天生，漫道多因习染成⑧。

　　用尽凶谋如翅虎，岂知有日贯为盈⑨！

---

①《齐东野语》：笔记，南宋周密撰。二十卷，多记朝廷政事。

②发际变泰：即"发迹变泰"。由卑微而得志显达。

③冠裳：借指官宦。

④恶薄：刻薄。

⑤肩巴：即肩膀。

⑥衅端：事端；争端。

⑦宪司：即诸路提点刑狱公事，负责调查疑难案件，劝课农桑，代表朝廷考核官吏等事。

⑧漫道：莫说。

⑨贯为盈：即恶贯满盈。作恶太多，末日就到了。

这段话文①，乃是四川新都县有一乡宦②，姓杨，是本朝甲科③。后来没收煞④，不好说得他名讳⑤。其人家富心贪，凶暴残忍。居家为一乡之害，自不必说。曾在云南做兵备佥事⑥，其时属下有个学霸廪生⑦，姓张名寅，父亲是个巨万财主，有妻有妾。妻所生一子，就是张廪生。妾所生一子，名唤张宾，年纪尚幼。张廪生母亲先年已死，父亲就把家事尽托长子经营。那廪生学业尽通，考试每列高等，一时称为名士，颇与郡县官长往来。只是赋性阴险，存心不善。父亲见他每事苛刻取利，常劝他道："我家道尽裕，勾你几世受用不了⑧。况你学业日进，发达有时，何苦锱铢较量⑨，讨人便宜怎的？"张廪生不以为好言，反疑道："父亲毕竟身有私藏，故此把财物轻易，嫌道我苛刻。况我母已死，见前父亲有爱妾幼子，到底他们得便宜。我只有得眼面前东西，还有他一股之分，我能有得多少？"为此日夕算计，结交官府。只要父亲一倒头⑩，便思量摆布这庶母幼弟⑪，占他家业。

　　已后父亲死了⑫，张廪生恐怕分家，反向父妾要索取私藏。父妾回说没有。张廪生罄将房中箱笼搜过⑬，并无踪迹。又道他埋在地下，或

---

①话文：即话本，这里指以说话人口吻写的小说。

②新都：明代为成都府的属县，今属四川省。

③甲科：明清通称进士为甲科。

④没收煞：没有好下场，没有好结果。

⑤名讳：古人不能直呼君主或尊长的名字，在书写时也要予以回避，称为避名讳。《公羊传·闵公元年》："《春秋》为尊者讳，为亲者讳，为贤者讳"。

⑥兵备佥事：明代在按察使（主管一省的司法长官）下设按察副使、佥事，以分领各道。兼管兵备者称兵备佥事。

⑦廪生：即禀膳生员，是秀才的一种，由政府供给伙食。

⑧勾：同"够"。

⑨锱铢较量：指对极少的钱或银都十分计较。锱铢，古代两种最小的重量单位，常用来比喻微小的数量。

⑩倒头：吴语，诅咒语，犹言"断命"。

⑪庶母：旧时子女称父亲的妾叫庶母。

⑫已后：同"以后"。

⑬罄：全部。

是藏在人家。胡猜乱嚷，没个休息。及至父妾要他分家与弟，却又分毫不吐，只推道："你也不拿出来，我也没得与你儿子。"族人各有私厚薄：也有为着哥子的，也有为着兄弟的，没个定论。未免两下搬斗，构出讼事。那张廪生有两子，俱已入泮①，有财有势，官府情熟。眼见得庶弟孤儿寡妇，下边没申诉处，只得在杨巡道手里告下一纸状来②。

张廪生见杨巡道准了状，也老大吃惊。你道为何吃惊？盖因这巡道又贪又酷，又不讲体面，恼着他性子，眼里不认得人。不拘甚么事由，匾打侧卓③，一味倒边。还亏一件好处，是要银子，除了银子再无药医的。有名叫做杨疯子，是惹不得的意思。张廪生忖道："家财官司，只凭府县主张。府县自然为我斯文一脉，料不有亏。只是这疯子手里的状，不先停当得他④，万一拗别起来，依着理断个平分，可不去了我一半家事？这是老大的干系！"张廪生世事熟透，便寻个巡道梯己过龙之人⑤，与他暗地打个关节，许下他五百两买心红的公价⑥。巡道依允，只要现过采⑦，包管停当；若有不妥，不动分文。张廪生只得将出三百两现银，嵌宝金壶一把，缕丝金首饰一副，精工巧丽，价值颇多，权当二百两，他日备银取赎。要过龙的写了议单，又讨个许赎的执照。只要府县申文上来，批个像意批语，永杜断与兄弟之患⑧，目下先准一诉词为信。若不应验，原物尽还。要廪生又换了小服，随着过龙的到私衙门首，当面交割。四目相视，各自心照。张廪生自道算无遗策，只费得五百金，巨万家事一人独享，岂不是九牛去得一毛，老大的便宜了？喜之下胜。

---

①入泮：古代学宫前的水池叫泮水。考入府、州、县学，称入泮或游泮。

②巡道：佥事分察各道，称分巡道，简称巡道。

③匾打侧卓：犹言旁敲侧击。

④停当：处置好；料理好。

⑤梯己：心腹，亲密。过龙：王古鲁注："过付贿赂。"

⑥买心红：心红，《六部成语·户部》"心红银"注云："心红，印肉也。"印肉，即红色印泥。"买心红"，疑为买通官府在批文上加盖印章。

⑦过采：送贿赂之物。

⑧杜断：犹断绝。

看官,你道人心不平。假如张廪生是个克己之人,不要说平分家事,就是把这一宗五百两东西让与小兄弟了,也是与了自家骨肉,那小兄弟自然是母子感激的。何故苦苦贪私,思量独吃自屙①,反把家里东西送与没些相干之人?不知驴心狗肺怎样生的!有诗曰:

　　私心只欲蔑天亲②,反把家财送别人。

　　何不家庭略相让,自然忿怒变欢欣?

张廪生如此算计,若是后来依心像意,真是天没眼睛了。岂知世事浮云,倏易不定?杨巡道受了财物,准了诉状下去,问官未及审详③。时值万寿圣节将近④,两司里头例该一人赍表进京朝贺⑤,恰好轮着该是杨巡道去,没得推故,杨巡道只得收拾起身。张廪生着急,又寻那过龙的去讨口气。杨巡道回说:"此行不出一年可回。府县且未要申文,待我回任,定行了落。"张廪生只得使用衙门,停阁了词状,呆呆守这杨金宪回道⑥。争奈天不从人愿,杨金宪赍表进京,拜过万寿,赴部考察⑦。他贪声大著,已注了"不谨"项头⑧,冠带闲住⑨。杨金宪闷闷出了京城,一面打发人到任所接了家眷,自回籍去了。家眷动身时,张廪生又寻了过龙的,去要倒出这一宗东西。衙里回言道:"此是老爷自做的事。若是该还,须到我家里来自与老爷取讨,我们不知就里。"张廪生没计奈

---

①独吃自屙:屙,当作"屙"(大便)。此句意为一人独吞。

②天亲:指有血缘关系的人,如父母、兄弟、子女等。

③审详:审理结案向上级报告。

④万寿圣节:皇帝生日。

⑤两司:明代对承宣布政使司和提刑按察使司的合称。赍表:持捧奏表。

⑥金宪:对佥都御史的美称。这里用来尊称佥事。王古鲁注云:"'佥'字是'按察使司兵备佥事'之略;'宪'是旧日对上官的尊称,如'宪台''大宪'之类。"

⑦考察:对官吏政绩的考核。明制,外官三年一朝觐,由吏部考察,依据政绩升降,谓之外察。

⑧不谨:这是吏部对考察所下的考语。《明史·选举志》:"考察,通天下内外官计之,其目有八:曰贪,曰酷,曰浮躁,曰不及,曰老,曰病,曰罢,曰不谨。"所谓不谨,即所作之事不合为官的体统。

⑨冠带闲住:明清时对官吏的一种处理。指免去职务,令其保留原官家居。

何,只得住手,眼见得这一项银子抛在东洋大海里了。这是张廪生心劳术拙,也不为奇,若只便是这样没讨处罢了,也还算做便宜。张廪生是个贪私的人,怎舍得五百两东西平白丢去了?自思:"身有执照①,不干得事,理该还我。他如今是个乡官,须管我不着,我到他家里讨去。说我不过,好歹还些;就不还得银子,还我那两件金东西也好。况且四川是进京必由之路,由成都省下到新都只有五十里之远,往返甚易。我今年正贡②,须赴京廷试③,待过成都时,恰好到彼讨此一项做路上盘缠,有何不可?"算计得停当,怕人晓得了暗笑,把此话藏在心中,连妻子多不曾与他说破。

此时家中官事未决,恰值宗师考贡④,张廪生已自贡出了学门⑤。一时兴匆匆地回家受贺,饮酒作乐了几时。一面打点长行,把争家官事且放在一边了。带了四个家人,免不得是张龙、张虎、张兴、张富,早晚上道,水宿风飧,早到了成都地方。在饭店里宿了一晚,张贡生想道:"我在此间还要迁道往新都取讨前件,长行行李留在饭店里不便⑥。我路上几日心绪郁闷,何不往此间妓馆一游,拣个得意的宿他两晚,遣遣客兴?就把行囊下在他家,待取了债回来带去,有何不可?"就唤四个家人说了这些意思。那家人是出路的⑦,见说家主要嫖,是有些油水的事,那一个不愿随鞭镫⑧?簇拥着这个老贡生竟往青楼市上去了⑨。

---

①执照:官府所发给的文字凭证。

②正贡:明代考选府州县学生员,贡诸京师国子监读书者,称为贡生。初,"必考学行端庄、文理优长者以充之,其后但取食廪年深者"(《明史·选举志三》)。正贡,谓正途出身的贡生,区别于纳捐取得的例贡。

③廷试:皇帝亲自策试,叫廷试。贡生参加廷试后,可授予相应的官职。如正途出身的岁贡可选用为府的副职、及州县官,府、州、县的学官。

④宗师:明代生员对提督学政的尊称。考贡:考试生员以备充任贡生。

⑤自:已经。

⑥长行:远行。

⑦出路:出外,出门。引申为见识多。

⑧鞭镫:马鞭和马镫。这里指鞍前马后,引申为麾下、左右。

⑨青楼:妓院。

　　　老生何意入青楼，岂是风情未肯休？

　　　只为业冤当显露①，埋根此处做关头②。

　　却说张贡生走到青楼市上，走来走去，但见：

　　　艳抹浓妆，倚市门而献笑；穿红着绿，搴帘箔以迎欢③。或联袖，或凭肩，多是些凑将来的姊妹；或用嘲，或共语，总不过造作出的风情。心中无事自惊惶，日日恐遭他假母怒④；眼里有人难撮合，时时任换□□生来。

张贡生见了这些油头粉面行径，虽然眼花撩乱，没一个同来的人，一时间不知走那一家的是，未便入马⑤。只见前面一个人摇摆将来，见张贡生带了一伙家人东张西觑，料他是个要嫖的勤儿⑥，没个帮的人，所以迟疑。便上前问道："老先生定是贵足，如何蹋此贱地？"张贡生拱手道："学生客邸无聊，闲步适兴。"那人笑道："只是眼嫖，怕适不得甚么兴。"张贡生也笑道："怎便晓得学生不倒身？"那人笑容可掬道："若果有兴，小子当为引路。"张贡生正投着机，问道："老兄高姓贵表⑦？"那人道："小子姓游，名守，号好闲，此间路数最熟。敢问老先生仙乡上姓？"张贡生道："学生是滇中。"游好闲道："是云南了。"后边张兴搰出来道："我相公是今年贡元⑧，上京廷试的。"游好闲道："失敬，失敬！小子幸会，奉陪乐地一游，吃个尽兴，作做主人之礼何如？"张贡生道："最好。不知此间那个妓者为最？"游好闲把手指一捃二捃的道："刘金、张赛、郭师师、王丢儿，都是少年行时的姊妹⑨。"张贡生道："谁在行些？"游好闲道："若是在行，论

---

①业冤：犹言冤家。

②关头：指时机，转折点。

③帘箔：帘子。

④假母：鸨母。

⑤入马：勾搭上女人，发生性关系的隐语。

⑥勤儿：风流浪子，好色之徒。

⑦贵表：询问他人表字的敬语。旧时人有名有字，字是与名的意义相关、相同或相反的另一个名。称呼字是恭敬，直呼本名是不礼貌。

⑧贡元：对贡生的尊称。

⑨行时：时行，为人所看中的。

这些雏儿多不及一个汤兴哥①,最是帮衬软款②,有情亲热,也是行时过来的人,只是年纪多了两年,将及三十岁边了,却是着实有趣的。"张贡生道:"我每自家年纪不小,倒不喜欢那孩子心性的,是老成些的好。"游好闲道:"这等不消说,竟到那里去就是。"于是陪着张贡生一直望汤家进来。

兴哥出来接见,果然老成丰韵,是个作家体段③,张贡生一见心欢。告茶毕④,叙过姓名,游好闲一一代答明白,晓得张贡生中意了,便指点张家人将出银子来⑤,送他办东道⑥。是夜游好闲就陪着饮酒,张贡生原是洪饮的,况且客中高兴,放怀取乐。那游好闲去了头便是个酒坛。兴哥老在行,一发是行令不犯⑦,连觥不醉的。三人你强我赛,吃过三更方住。游好闲自在寓中去了,张贡生遂与兴哥同宿,兴哥放出手段,温存了一夜,张贡生甚是得意。

次日,叫家人把店中行李尽情搬了来,顿放在兴哥家里了。一连住了几日,破费了好几两银子,贪慕着兴哥才色,甚觉恋恋不舍。想道:"我身畔盘费有限,不能如意,何不暂往成都讨取此项到手? 便多用些在他身上也好。"出来与这四个家人商议,装束了鞍马往新都去。他心里道指日可以回来的,对兴哥道:"我有一宗银子在新都,此去只有半日路程。我去讨了来,再到你这里顽耍几时。"兴哥道:"何不你留住在此,只教管家们去取讨了来?"张贡生道:"此项东西必要亲身往取的,叫人去,他那边不肯发。"兴哥道:"有多少东西?"张贡生道:"有五百多两。"兴哥道:"这关系重大,不好阻碍你。只是你去了,万一不到我这里来了,教我家枉自盼望。"张贡生道:"我一应行囊都不带去,留在你家,只带了随身铺盖并几件礼物去,好歹一两日随即回来了。看你家造化⑧,

①雏儿:比喻涉世未深的年轻人。这里指雏妓。

②帮衬:体贴,凑趣。

③作家:行家,高手。体段:体态,举止。

④告茶:向客人敬茶。

⑤将:拿,取。

⑥东道:指办宴席。

⑦行令:行酒令。

⑧造化:即运气,福分。

若多讨得到手,是必多送你些。"兴哥笑道:"只要你早去早来,那在乎此?"两下珍重而别。

　　看官,你道此时若有一个见机的人对那张贡生道①:"这项银子,是你自己欺心不是处,黑暗里葬送了,还怨怅兀谁②? 那官员每手里东西,有进无出,老虎喉中讨脆骨,大象口里拔生牙,都不是好惹的,不要思想到手了。况且取得来送与衕衕人家③,又是个填不满底雪井。何苦枉用心机,走这道路? 不如认个悔气④,歇了帐罢⑤!"若是张贡生闻得此言转了念头,还是老大的造化。可惜当时没人说破,就有人说,料没人听。只因此一去,有分交:半老书生,狼藉作红花之鬼⑥;穷凶乡宦,拘拿为黑狱之囚⑦。正是:

　　　　猪羊入屠户之家,一步步来寻死路。

这里不题。

　　且说杨金宪自从考察断根回家⑧,自道日暮穷途,所为愈横。家事已饶,贪心未足,终日在家设谋运局,为非作歹。他只有一个兄弟,排行第二,家道原自殷富,并不干预外事,倒是个守本分的。见哥子作恶,每每会间微词劝谏⑨。金宪道:"你仗我势做二爷,挣家私勾了,还要管我?"话不投机。杨二晓得他存心克毒⑩,后来未必不火并自家屋里。家中也养几个了得的家人⑪,时时防备他。近新一病不起,所生一子,止得八岁,临终之时,唤过妻子在面前,分付众家人道:"我一生止存此骨血。

---

①见机:看机会;辨形势。

②兀谁:即谁,兀为发语词,无意义。

③衕衕人家:指妓家,妓院。"衕衕"又写作"行院"。

④悔气:同"晦气"。

⑤歇了帐:停止去要帐,意思是算了,不必追究。

⑥狼藉:这里犹言折磨。

⑦拘拿:拘禁,关押。

⑧断根:这里指断绝、终止了仕途。

⑨微词:委婉而隐含讽谕的言词。

⑩克毒:同"刻毒"。

⑪了得:了不起,本领高强。

那边大房做官的虎视眈眈，须要小心抵对他①，不可落他圈套之内，我死不瞑目！"泪如雨下，长叹而逝。死后，妻子与同家人辈牢守门户，自过日子，再不去叨忝金宪家一分势利②。金宪无隙可入，心里思量："二房好一分家当，不过留得这一个黄毛小厮③。若断送了他④，这家当怕不是我一个的？"欲待暗地下手，怎当得这母子关门闭户，轻易不来他家里走动。想道："我若用毒药之类暗算了他，外人必竟知道是我，须瞒不过，亦且急忙不得其便。若纠合强盗劫了他家，害了性命，我还好瞒生人眼，说假公道话，只把失盗做推头⑤，谁人好说得是我？纵是个害得他性命，劫得家私一空，也只当是了。"他一向私下养着剧盗三十余人⑥，在外庄听用。但是掳掠得来的，与他平分。若有一二处做将出来，他就出身包揽遮护。官府晓得他刁，公人怕他的势⑦，没个敢正眼觑他。但有心上不像意或是眼里动了火的人家，公然叫这些人去搬了来庄里分了。弄得久惯，不在心上。他只待也如此劫了小侄儿子家里，趁便害了他性命，争奈他家家人昼夜巡逻，养着狼也似的守门犬数只，提防甚紧。也是天有眼睛，到别处夫搾了就来，到杨二房去几番，但去便有阻碍，下不得手。

　　金宪正在时刻挂心，算计必克，忽然门上传进一个手本来⑧，乃是"旧治下云南贡生张寅禀见"，心下吃了一惊道："我前番曾受他五百两贿赂，不曾替他完得事，就坏官回家了。我心里也道此一宗银两必有后虑，不想他果然直寻到此。这事元不曾做得，说他不过，理该还他，终不成咽了下去又吐出来？若不还他时，他须是个贡生，酸子智量必不干

──────────

　　①抵对：对付。

　　②叨忝：犹言叨光，沾光。

　　③小厮：这里犹小子，小儿。

　　④断送：毁灭（生命、前途）；打发。引申为结果、暗算。

　　⑤推头：吴语，借口。

　　⑥剧盗：大盗。

　　⑦公人：衙役，差人。

　　⑧手本：下属见上级或门生见座师的名帖。

休①。倘然当官告理，且不顾他声名不妙，谁耐烦与他调唇弄舌？我且把个体面见见他，说话之间，或者识时务不提起也不见得。若是这等，好好送他盘缠，打发他去罢了；若是提起要还，又作道理。"金宪以口问心，计较已定，踱将出厅来，叫请贡生相见。

张贡生整肃衣冠，照着旧上司体统行个大礼，送了些土物为候敬。金宪收了，设坐告茶。金宪道："老夫承乏贵乡②，罪过多端。后来罢职家居，不得重到贵地。今见了贵乡朋友，还觉无颜。"张贡生道："公祖大人直道不容③，以致忤时，敝乡士民迄今廑想明德④。"金宪道："惶恐，惶恐！"又拱手道："恭喜贤契岁荐了⑤！"张贡生道："挨次幸及，殊为叨冒⑥。"金宪道："今将何往，得停玉趾？"张贡生道："赴京廷试，假途贵省⑦，特来一觌台光⑧。"金宪道："此去成都五十里之遥，特烦枉驾⑨，足见不忘老朽。"张贡生见他说话不招揽⑩，只得自说出来道："前日贡生家下有些琐事，曾处一付礼物面奉公祖大人处收贮，以求周全。后来未经结局，公祖已行，此后就回贵乡。今本不敢造次，只因贡生赴京缺费，意欲求公祖大人发还此一项，以助贡生利往⑪。故此特来叩拜。"金宪作色道⑫："老夫在贵处只吃得贵乡一口水⑬，何曾有此赃污之事？出口诬蔑，敢是贤契被别个光棍哄了？"张贡生见他昧了心，改了口不认帐，若

---

①智量：智谋，计策。

②承乏：任官、任职的谦词。

③公祖：官场中对长官的尊称。

④廑想明德：客套话。殷切思念您的明教和德化。廑，"勤"的古字。

⑤贤契：犹贤侄。岁荐：明代每年或二三年荐拔廪生升入国子监肄业，叫做岁荐。

⑥叨冒：谦辞，犹言受到栽培。

⑦假途：借道。

⑧一觌台光：谒见人的敬辞。

⑨枉驾：屈驾。称人来访的敬词。

⑩不招揽：招揽，招致引来。不招揽，则引申为不引入正题，不切中要害。

⑪利往：顺利他往。

⑫作色：脸上变色，面带怒气。

⑬一口水：比喻所取甚微，得益极少。

是个知机的，就该罢了，怎当得张贡生原不是良善之人，心里着了急，就狠狠的道："是贡生亲手在私衙门前交付的，议单执照俱在，岂可昧得？"金宪见有议单执照，回嗔作喜道①："是老夫忘事。得罪，得罪！前日有个妻弟在衙起身，需索老夫馈送。老夫宦囊萧然②，不得已故此借宅上这一项打发了他。不匡日后多阻③，不曾与宅上出得力，此项该还，只是妻弟已将此一项用去了，须要老夫赔偿。且从容两日，必当处补。"张贡生见说肯还，心下放了两分松，又见说用去，心中不舍得那两件金物，又对金宪道："内中两件金器是家下传世之物，还求保全原件则个④。"金宪冷笑了一声道："既是传世之物，谁教轻易拿出来？且放心，请过了洗尘的薄款再处⑤。"就起身请张贡生书房中慢坐，一面分付整治酒席。张贡生自到书房中去了。

金宪独自算了一回。他起初打白赖之时⑥，只说张贡生会意⑦，是必凑他的趣，他却重重送他个回敬做盘缠，也倒两全了。岂知张贡生算小，不还他体面，搜根剔齿一直说出来⑧。然也还思量还他一半现物，解了他馋涎。只有那金壶与金首饰是他心上得意的东西，时刻把玩的，已曾几度将出来夸耀亲戚过了，你道他舍得也不舍得？张贡生恰恰把这两件口内要紧。金宪左思右想，便一时不怀好意了。哏地一声道⑨："一不做，二不休！他是个云南人，家里出来中途到此间的，断送了他，谁人晓得！须不到得尸亲知道。"就叫几个干仆约会了庄上一伙强人⑩，到晚间酒散听候使用。分付停当，请出张贡生来赴席。席间说些闲话，评论

---

①回嗔作喜：转怒为喜。

②宦囊萧然：指做官所得的钱财已经虚空。

③不匡：不料，也作"不恇"。

④则个：表示祈使的语气词。

⑤洗尘：设宴欢迎远道来客。薄款：款待客人的歉词。

⑥打白赖：讹诈，勒索。

⑦会意：会心，领悟。

⑧搜根剔齿：寻根究底，丝毫也不放过。

⑨哏（gén）地：狠狠地。

⑩干仆：办事能干的仆役。

些朝事，且是殷勤，又叫俊悄的安童频频奉酒①。张贡生见是公祖的好意，不好推辞；又料道是如此美情，前物必不留难。放下心怀，只顾吃酒，早已吃得醺醺地醉了。又叫安童奉了又奉，只等待不省人事方住。又问："张家管家们可曾吃酒了未？"却也被几个干仆轮番更换陪伴饮酒。那些奴才们见好酒好饭，道是投着好处，那里管三七二十一，只顾贪婪无厌，四个人一个个吃得瞪眉瞠眼②，连人多不认得了。禀知了金宪，金宪分付道："多送在红花场结果去！"

元来这杨金宪有所红花场庄子，满地种着红花，广衍有一千余亩，每年卖那红花有八九百两出息③。这庄上造着许多房子，专一歇着客人，兼亦藏着强盗。当时只说送张贡生主仆到那里歇宿，到得庄上，五个人多是醉的，看着被卧，倒头便睡，鼾声如雷，也不管天南地北了。那空阔之处，一声锣响，几个飞狠的庄客走将拢来④，多是有手段的强盗头，一刀一个。遮莫有三头六臂，也只多费得半刻工夫，何况这一个酸子与几个呆奴，每人只生得一颗头，消得几时，早已罄净。当时就在红花稀疏之处，掘个坎儿，做一堆儿埋下了。可怜张贡生痴心指望讨债，还要成都去见心上人，怎知遇着狠主，弄得如此死于非命！正是：

　　不道逡巡命⑤，还贪顷刻花。

　　黄泉无妓馆，今夜宿谁家？

过了一年有余，张贡生两个秀才儿子在家，自从父亲入京以后，并不曾见一纸家书、一个便信回来，问着个把京中归来的人，多道不曾会面，并不晓得。心中疑惑，商量道："滇中处在天末，怎能勾京中信至，还往川中省下打听，彼处不时有在北京还往的。"于是两个凑些盘缠在身边了，一径到成都，寻个下处宿⑥。在街市上行来走去闲撞，并无遇巧熟人。两兄弟住过十来日，心内无聊，商量道："此处尽多名妓，我每各

①安童：年幼僮仆。

②瞪眉瞠眼：立眉瞪眼，形容狂饮后的醉态。

③出息：收益。

④飞狠：特别凶狠。

⑤逡巡：顷刻，时间极短暂。

⑥下处：住所。一般指客居在外暂住的地方。

寻一个消遣则个。"两个小伙子也不用帮闲,我陪你,你陪我,各寻一个雏儿,一个童小五,一个顾阿都,接在下处,大家那乐。混了几日,闹烘烘热腾腾的,早把探父亲信息的事撇在脑后了。

　　一日,那大些的有跳槽之意①。两个雏儿晓得他是云南人,戏他道:"闻得你云南人只要嫖老的,我每敢此不中你每的意? 不多几日,只要跳槽。"两个秀才道:"怎见得我云南人只要嫖老的?"童小五便道:"前日见游伯伯说,去年有个云南朋友到这里来,要他寻婊子,不要兴头的②,只要老成的。后来引他到汤家兴哥那里去了。这兴哥是我们母亲一辈中人,他且是与他过得火热,也费了好些银子。约他再来,还要使一主大钱③。以后不知怎的了。这不是云南人要老的样子?"两个秀才道:"那云南人姓个甚么? 怎生模样?"童小五、顾阿都大家拍手笑道:"又来赸了④! 不在我每肝上的事,管他姓张姓李! 那曾见他模样来? 只是游伯伯如此说,故把来取笑。"两个秀才道:"游伯伯是什么人? 住在那里? 这却是你每晓得的。"童小五、顾阿都又拍手道:"游伯伯也不认得,还要嫖!"两个秀才必竟要问个来历,童小五道:"游伯伯千头万脑的人,撞来就见,要寻他却一世也难。你要问你们贵乡里,竟到汤兴哥家问不是?"两个秀才道:"说得有理!"留小的秀才窝伴着两个雏儿,大的秀才独自个问到汤家来。

　　那个汤兴哥自从张贡生一去,只说五十里的远近,早晚便到,不想去了一年有多,绝无消息。留下衣囊行李,也不见有人来取。门户人家不把来放在心上⑤,已此放下肚肠了。那日无客,在家闭门昼寝,忽然得一梦,梦见张贡生到来,说道取银回来。至要叙寒温,却被扣门声急,一时惊醒。醒来想道:"又不曾念着他,如何魆地有此梦? 敢是有人递信息取衣装,也未可知。"正在疑似间⑥,听得又扣门响。兴哥整整衣裳,叫

①跳槽:嫖客抛弃原来相好的妓女,去嫖别的妓,叫做跳槽。
②兴头:行时,时兴。
③一主:即一注,一笔。
④赸(shàn):取笑,讥笑。
⑤门户人家:妓院。
⑥疑似:疑惑不解。

丫鬟在前，开门出来。丫鬟叫一声："客来了。"张大秀才才挪得脚进，兴哥抬眼看时，吃了一惊道："分明像张贡生一般模样，如何后生了许多①？"请在客座里坐了。问起地方姓名，却正是云南姓张。兴哥心下老大稀罕②，未敢遽然说破③。

张大秀才先问道："请问大姐，小生闻得这里去年有个云南朋友往来，可是甚么样人？姓甚名谁？"兴哥道："有一位老成朋友姓张，说是个贡行④，要往京廷试，在此经过的。盘桓了数日，前往新都取债去了。说半日路程，去了就来，不知为何一去不来了。"张大秀才道："随行有几人？"兴哥道："有四位管家⑤。"张大秀才心里晓得是了，问道："一去不来，敢是竟自长行了？"兴哥道："那里是！衣囊行李还留在我家里，转来取了才起身的。"张大秀才道："这等，为何不来？难道不想进京，还留在彼处？"兴哥道："多分是取债不来⑥，担阁在彼。就是如此，好歹也该有个信，或是叫位管家来。影响无踪，竟不知甚么缘故。"张大秀才道："见说新都取甚么债？"兴哥道："只听得说有一宗五百两东西，不知是甚么债。"张大秀才跌脚道："是了，是了。这等，我每须在新都寻去了。"兴哥道："他是客官甚么瓜葛，要去寻他？"张大秀才道："不敢欺大姐，就是小生的家父。"兴哥道："失敬，失敬。怪道模样恁地厮像⑦，这等，是一家人了。"笑欣欣的去叫小二整起饭来⑧，留张大官人坐一坐。张大秀才回说道："这倒不消，小生还有个兄弟在那厢等候，只是适间的话，可是确的么？"兴哥道："怎的不确？见有衣囊行李在此，可认一认，看是不是？"随引张大秀才到里边房里来，把留下物件与他看了。张大秀才认得是实，忙别了兴哥道："这等，事不宜迟，星夜同兄弟往新都寻去。寻着了，再

---

①后生：年轻。

②老大稀罕：非常奇怪。

③遽然：突然，立即。

④贡行(háng)：贡生。

⑤管家：这里是对仆人的敬称。

⑥多分：大概，可能。

⑦厮像：相像。

⑧笑欣欣：形容嬉笑的样子。

来相会。"兴哥假亲热的留了一会,顺水推船送出了门。

张大秀才急急走到下处,对兄弟道:"问倒问着了,果然去年在汤家嫖的正是。只是依他家说起来,竟自不曾往京哩!"小秀才道:"这等,在那里?"大秀才道:"还在这里新都。我们须到那里问去。"小秀才道:"为何住在新都许久?"大秀才道:"他家说是听得往新都取五百金的债,定是到杨疯子家去了。"小秀才道:"取得取不得,好歹走路,怎么还在那里?"大秀才道:"行囊还在汤家,方才见过的。岂有不带了去,径自跑路的理? 毕竟是担阁在新都不来,不消说了。此去那里苦不多远,我每收拾起来,一同去走遭,访问下落则个。"两人计议停当,将出些银两,谢了两个妓者,送了家去。

一径到新都来,下在饭店里。店主人见是远来的,问道:"两位客官贵处?"两个秀才道:"是云南,到此寻人的。"店主人道:"云南来是寻人的,不是倒赃的么①?"两个秀才吃惊道:"怎说此话?"店主人道:"偶然这般说笑。"两个秀才坐定,问店主人道:"此间有个杨金事,住在何处?"店主人伸伸舌头:"这人不是好惹的。你远来的人,有甚要紧,没事问他怎么?"两个秀才道:"问声何妨? 怎便这样怕他?"店主人道:"他轻则官司害你,重则强盗劫你。若是远来的人冲撞了他,好歹就结果了性命!"两个秀才道:"清平世界,难道杀了人不要偿命的?"店主人道:"他偿谁的命? 去年也是一个云南人,一主四仆投奔他家。闻得是替他讨甚么任上过手赃的,一夜里多杀了,至今冤屈无伸,那见得要偿命来? 方才见两位说是云南,所以取笑。"

两个秀才见说了,吓得魂不附体,你看我,我看你,一时做不得声。呆了一会,战抖抖的问道:"那个人姓甚名谁,老丈可知得明白否②?"店主人道:"我那里明白? 他家有一个管家,叫做老三,常在小店吃酒。这个人还有些天理的,时常饮酒中间,把家主做的歹事一一告诉我,心中不服。去年云南这五个被害,忒煞乖张了③。外人纷纷扬扬,也多晓得。

---

①倒(dào)赃:索回受贿或盗窃得来的财物,叫做倒赃。

②老丈:对老年男子的称呼。

③忒煞:也作"忒杀"。太,过于。乖张:犹乖劣,凶狠。

小可每还疑心①，不敢轻信。老三说是果然真有的，煞是不平，所以小可每才信。可惜这五个人死得苦恼，没个亲人得知。小可见客官方才问及杨家，偶然如此闲讲。客官，各人自扫门前雪，不要闲管罢了！"两个秀才情知是他父亲被害了，不敢声张，暗暗地叫苦，一夜无眠。次日到街上往来察听，三三两两几处说来，一般无二。两人背地里痛哭了一场。思量要在彼发觉，恐怕反遭网罗。亦且乡宦势头，小可衙门奈何不得他②。含酸忍苦，原还到成都来。

见了汤兴哥，说了所闻详细，兴哥也赔了几点眼泪。兴哥道："两位官人何不告了他讨命？"两个秀才道："正要如此。"此时四川巡按察院石公正在省下③，两个秀才问汤兴哥取了行囊，简出贡生赴京文书放在身边了④，写了一状，抱牌进告⑤。状上写道：

> 告状生员张珍、张琼，为冤杀五命事：有父贡生张寅，前往新都恶宦杨某家取债，一去无踪。珍等亲投彼处寻访，探得当彼恶宦谋财害命，并仆四人，同时杀死。道路惊传，人人可证。尸骨无踪。滔天大变，万古奇冤，亲剿告⑥。告状生员张珍，系云南人。

石察院看罢状词，他一向原晓得新都杨金事的恶迹著闻，体访已久⑦，要为地方除害。只因是个甲科，又无人敢来告他，没有把柄，未好动手。今见了两生告词，虽然明知其事必实，却是词中没个实证实据，乱行不得。石察院赶开左右，直唤两生到案前来，轻轻地分付道："二生所告，

---

①小可每：小可，自称谦词。每，即"们"。

②小可衙门：小衙门。小可，指地位低下。

③巡按察院：指巡按御史。巡按，明代派遣监察御史代表皇帝分赴各省巡视，考核吏治，审理刑狱，称巡按御史，也称巡按。也称巡按。巡按察院，可简称为察院。

④简出：即检出。

⑤抱牌进告：旧时官府每月定期坐衙受理案件时挂出放告牌，允许被害抱牌进告。

⑥亲剿告：据实亲写诉状。

⑦体访：体察查访。

本院久知此人罪恶贯盈,但彼奸谋叵测①,二生可速回家去,毋得留此!倘为所知,必受其害。待本院廉访得实,当有移文至彼知会②,关取尔等到此明冤③,万万不可泄漏!"随将状词折了,收在袖中。两生叩头谢教而出,果然依了察院之言,一面收拾,竟回家中静听消息去了。

这边石察院待两司作揖之日④,独留宪长谢公叙话⑤。袖出此状,与他看着,道:"天地间有如此人否?本院留之心中久矣。今日恰有人来告此事,贵司刑法衙门可为一访。"谢廉使道⑥:"此人枭獍为心⑦,豺狼成性,诚然王法所不容。"石察院道:"旧闻此家有家僮数千,阴养死士数十⑧。若不得其实迹,轻易举动,吾辈反为所乘,不可不慎!"谢廉使道:"事在下官。"袖了状词,一揖而出。

这谢廉使是极有才能的人,况兼按台嘱付⑨,敢不在心?他司中有两个承差⑩,一个叫做史应,一个叫做魏能,乃是点头会意的人,谢廉使一向得用的。是日叫他两个进私衙来,分付道:"我有件机密事要你每两个做去。"两个承差叩头道:"凭爷分付,那厢使用,水火不辞。"廉使袖中取出状词来与他两个看,把手指着杨某名字道:"按院老爷要根究他家这事。不得那五个人尸首实迹,拿不倒他。必要体访的实,晓得了他埋藏去处,才好行事。却是这人凶狡非常,只怕容易打听不出。若是泄漏了事机,不惟无益,反致有害,是这些难处。"两承差道:"此宦之恶,播满一乡。若是晓得上司寻他不是,他必竟先去下手,非同小可。就是小

---

①叵测:不可推测。

②知会:通知,告诉。也作"支会"。

③关取:同"行关",指官府之间行文提取案件有关当事人。

④作揖之日:两司参见察院时要作揖行礼。这里指参见之日。

⑤宪长:对提刑按察使的尊称。

⑥廉使:即廉访史,提刑按察使的别称。

⑦枭獍:也作"枭镜"。相传枭为恶鸟,生而食母;獍为恶兽,生而食父。常用以比喻忘恩负义之徒或凶狠之人。

⑧阴养死士:暗中雇养不怕死的打手。

⑨按台:对巡按的敬称。

⑩承差:衙门里承办各项差务的吏员。

的每往彼体访，若认得是衙门人役，惹起疑心，祸不可测。今蒙差委，除非改换打扮，只做无意游到彼地，乘机缉探，方得真实备细。"廉使道："此言甚是有理。你们快怎么计较了去。"

两承差自相商议了一回，道：除非如此如此。随禀廉使道："小的们有一计在此，不知中也不中？"廉使道："且说来。"承差道："新都专产红花，小的们晓得杨宦家中有个红花场，利息千金。小的们两个打扮做买红花客人，到彼市买，必竟与他家管事家人交易往来，等走得路数多，人眼熟了，他每没些疑心，然后看机会空便，留心体访，必知端的。须拘不得时日。"廉使道："此计颇好。你们小心在意，访着了此宗公事，我另眼看你不打紧，还要对按院老爷说了，分别抬举你。"两承差道："蒙老爷提挈，敢不用心！"叩头而出。

元来这史应、魏能多是有身家的人，在衙门里图出身的①。受了这个差委，日夜在心。各自收拾了百来两银子，放在身边了，打扮做客人模样，一同到新都来。只说买红花，问了街上人，晓得红花之事，多是他三管家姓纪的掌管。此人生性梗直，交易公道，故此客人来多投他，买卖做得去。每年与家主挣下千来金利息，全亏他一个，若论家主这样贪暴，鬼也不敢来上门了。当下史应、魏能一径来到他家，拜望了，各述来买红花之意，送过了土宜。纪老三满面春风，一团和气，就置酒相待。这两个承差是衙门老溜②，好不乖觉③。晓得这人有用他处，便有心结识了他。放出虔婆手段，甜言美语，说得入港④。魏能便开口道："史大哥，我们新来这里做买卖，人面上不熟。自古道人来投主，鸟来投林。难得这样贤主人，我们序了年庚⑤，结为兄弟何如？"史应道："此意最好。只是我们初相会，况未经交易，只道是我们先讨好了，不便论量。待成

---

①出身：这里指出路、前途。

②老溜：指老辣机警的差役。

③乖觉：聪明，机灵。

④入港：指交谈得投机，意气相投。

⑤年庚：指人的生辰八字。即一个人的出生年、月、日、时，用八字表示，叫做"年庚"。所谓"八字"，指年、月、日、时，各有天干的"地支"与之相配，每项有两个字，四项就有八字。

了交易，再议未迟。"纪老三道："多承两位不弃，足感盛情。待明日看了货，完了正事，另治个薄设，从容请教，就此结义何如？"两个同声应道："妙，妙。"当夜纪老三送他在客房歇宿，正是红花场庄上之房。

次日起来，看了红花，讲倒了价钱①。两人各取银子出来，兑足了，两下各各相让有余，彼此情投意合。是日，纪老三果然宰鸡买肉，办起东道来。史、魏两人市上去买了些纸马香烛之类②，回到庄上摆设了。先献了神，各写出年月日时来。史应最长，纪老三小六岁，魏能又小一岁，挨次序立，拜了神，各述了结拜之意，道："自此之后，彼此无欺，有无相济，患难相救，久远不忘；若有违盟，神明殛之！"设誓已毕，从此两人称纪老三为二哥，纪老三称两人为大哥、三哥，彼此喜乐。当晚吃个尽欢而散。元来蜀中传下刘、关、张三人之风，最重的是结义，故此史、魏二人先下此工夫，以结其心。却是未敢说甚么正经心肠话，只收了红花停当，且还成都。发在铺中兑客，也原有两分利息。收起银子，又走此路。数月之中，如此往来了五六次。去便与纪老三绸缪③，我请你，你请我，日日欢饮，真个如兄若弟，形迹俱忘。

一日酒酣，史应便伸伸腰道："快活，快活。我们遇得好兄弟，到此一番，尽兴一番。"魏能接口道："纪二哥待我们弟兄只好这等了。我心上还嫌他一件未到处。"纪老三道："小弟何事得罪？但说出来，自家弟兄不要避忌！"魏能道："我们晚间贪得一觉好睡。相好弟兄，只该着落我们在安静去处便好。今在此间，每夜听得鬼叫，梦寐多是不安的，有这件不像意，这是二哥欠检点处。小弟心性怕鬼的，只得直说了。"纪老三道："果然鬼叫么？"史应道："是有些诧异，小弟也听得的，不只是魏三哥。"魏能道："不叫，难道小弟掉谎？"纪老三点点头道："这也怪他叫不得。"对着斟酒的一个伙计道："你道叫的是兀谁？毕竟是云南那人了。"

史应、魏能见说出真话来，只做原晓得的一般，不加惊异，趁口道：

---

①讲倒：谈妥。
②纸马：祭祀时所用的神像纸。
③绸缪（móu）：纠缠在一起。

"云南那人之死,我们也闻得久了。只是既死之后,二哥也该积些阴骘①,与你家老爷说个方便,与他一堆土埋藏了尸骸也好。为何抛弃他在那里了,使他每夜这等叫苦连天?"纪老三道:"死便死得苦了,尸骸原是埋藏的。不要听外边人胡猜乱说!"两人道:"外人多说是当时抛弃了,二哥又说是埋藏了。若是埋藏了,他怎如此叫苦?"纪老三道:"两个兄弟不信,我领你去看。煞也古怪,但是埋他这一块地上,一些红花也不生哩!"史应道:"我每趁着酒兴,斟杯热酒儿,到他那堆里浇他一浇,叫他晚间不要这等怪叫。就在空旷去处,再吃两大杯尽尽兴。"两个一齐起身,走出红花场上来。纪老三只道是散酒之意,那道是有心的?也起了身,叫小的带了酒盒,随了他们同步,引他们到一个所在来看。但见:

　　弥漫怨气结成堆,凛冽凄风团作阵。
　　若还不遇有心人,沉埋数载谁相问?

　　纪老三把手指道:"那一块一根草也不生的底下,就是他五个的尸骸,怎说得不曾埋藏?"史应就斟下个大杯,向空里作个揖道:"云南的老兄,请一杯儿酒,晚间不要来惊吓我们。"魏能道:"我也奠他一杯,凑成双杯。"纪老三道:"一饮一啄,莫非前定。若不是大哥、三哥来,这两滴酒,几时能勾到他泉下?"史应道:"也是他的缘分。"大家笑了一场,又将盒来摆在红花地上,席地而坐。豁了几拳,各各连饮几个大觥。看看日色曛黑,方才住手。两人早已把埋尸的所在周围暗记认定了,仍到庄房里宿歇。

　　次日对纪老三道:"昨夜果然安静些,想是这两杯酒吃得快活了。"大家笑了一回。是日别了纪老三要回,就问道:"二哥几时也到省下来走走,我们也好做个东道,尽个薄意,回敬一回敬。不然,我们只是叨扰,再无回答,也觉面皮忒厚了。"纪老三道:"弟兄家何出此言!小弟没事不到省下,除非冬底要买过年物事,是必要到你们那里走走,专意来拜大哥、三哥的宅上便是。"三人分手,各自散了。

　　史应、魏能此番踹知了实地,是长是短,来禀明了谢廉使。廉使道:

---

①阴骘(zhì):阴德。

"你们果是能干。既是这等了，外边不可走漏一毫风信。但等那姓纪的来到省城，即忙密报我知道，自有道理。"两人禀了出来，自在外边等候纪老三来省。

看看残年将尽，纪老三果然来买年货，特到史家、魏家拜望。两人住处差不多远，接着纪老三，欢天喜地道："好风吹得贵客到此。"史应叫魏能偄伴了他①，道："魏三哥且陪着纪二哥坐一坐，小弟市上走一走，看中吃的东西，寻些来家请二哥。"魏能道："是，是。快来则个。"史应就叫了一个小厮，拿了个篮儿，带着几百钱往市上去了。一面买了些鱼肉果品之类，先打发小厮归家整治；一面走进按察司衙门里头去，密禀与廉使知道。廉使分付史应先回家去伴住他，不可放走了。随即差两个公人，写个朱笔票与他道②："立拘新都杨宦家人纪三面审，毋迟时刻。"公人赍了小票，一径到史应家里来。

史应先到家里整治酒肴，正与纪老三接风。吃到兴头上，听得外边敲门响。史应叫小厮开了门，只见两个公人跑将进来。对史、魏两人唱了喏，却不认得纪老三，问道："这位可是杨管家么？"史、魏两人会了意，说道："正是杨家纪大叔。"公人也拱一拱手说道："敝司主要请管家相见。"纪老三吃一惊道："有何事要见我，莫非错了？"公人道："不错，见有小票在此。"便拿出朱笔的小票来看。史应、魏能假意吃惊道："古怪！这是怎么起的？"公人道："老爷要问杨乡宦家中事体，一向分付道：'但有管家到省，即忙缉报。'方才见史官人市上买东西，说道请杨家的纪管家。不知那个多嘴的禀知了老爷，故此特着我每来相请。"纪老三呆了一晌道："没事唤我怎的？我须不曾犯事！"公人道："谁知犯不犯，见了老爷便知端的。"史、魏两人道："二哥自身没甚事，便去见见不妨。"纪老三道："决然为我们家里的老头儿，再无别事。"史、魏两人道："倘若问着家中事体，只是从直说了，料不吃亏。既然两位牌头到此③，且请便席略坐一坐，吃三杯了去，何如？"公人道："多谢厚情。只是老爷立等回

---

①偄伴：亲切陪伴。

②朱笔票：旧时官府用朱笔写的传票。也作"朱笔官票"、"朱票"。

③牌头：也称牌子，衙署的差役。

话的公事，从容不得。"史、应不由他分说，拿起大觥，每人灌了几觥，吃了些案酒。公人又催起身，史应道："我便赔着二哥到衙门里去去，魏三哥在家再收拾好了东西，烫热了酒，等见见官来尽兴。"纪老三道："小弟衙门里不熟，史大哥肯同走走，足见帮衬。"

　　纪老三没处躲闪，只得跟了两个公人到按察司里来。传梆禀知谢廉使①，廉使不升堂，竟叫进私衙里来。廉使问道："你是新都杨金事的家人么？"纪老三道："小的是。"廉使道："你家主做的歹事，你可知道详细么？"纪老三道："小的家主果然有一两件不守本分勾当，只是小的主仆之分，不敢明言。"廉使道："你从直说了，我饶你打。若有一毫隐蔽，我就用夹棍了！"纪老三道："老爷要问那一件？小的好说。家主所做的事非一，叫小的何处说起？"廉使冷笑道："这也说的是。"案上翻那状词，再看一看，便问道："你只说那云南张贡生主仆五命，今在何处？"纪老三道："这个不该是小的说的，家主这件事其实有些亏天理。"廉使道："你且慢慢说来。"纪老三便把从头如何来讨银，如何留他吃酒，如何杀死了埋在红花地里，说了个备细。谢廉使写了口词道："你这人倒老实，我不难为你。权发监中，待提到了正犯就放。"当下把纪老三发下监中。史应、魏能到也为日前相处分上，照管他一应事体，叫监中不要难为他，不在话下。

　　谢廉使审得真情，即发宪牌一张②，就差史应、魏能两人赍到新都县，着落知县身上，要金事杨某正身③，系连杀五命公事，如不擒获，即以知县代解。又发牌捕衙④，在红花场起尸。

　　两人领命，到得县里，已是除夜那一日了。新都知县接了来文，又见两承差口禀紧急，吓得两手无措。忖道："今日是年晚，此老必定在家，须乘此时调兵围住，出其不意，方无走失。"即忙唤兵房金牌出去⑤，

---

①传梆：古代官衙中敲击梆子，用来传报或集散人众。

②宪牌：官府的告示牌或捕人的票牌。这里指捕人票牌。《喻世明言》第二卷《陈御史巧勘金钗钿》："次日，察院小开门，挂一面宪牌出来。牌上写道：'本院偶染微疾，各官一应公务，俱候另示施行。'"

③正身：本人，以防冒名顶替。

④发牌：官吏向下属发送公文。

⑤兵房：明代州县官府的下属部门之一，掌管兵事。

调取一卫兵来，有三百余人。知县自领了，把杨家围得铁桶也似。

其时杨金事正在家饮团年酒，日色未晚，早把大门重重关闭了，自与群妾内宴，歌的歌，舞的舞。内中一妾唱一只《黄莺儿》道：

> 秋雨酿春寒，见繁花树树残。泥涂满眼登临倦，江流几湾，云山几盘，天涯极目空肠断。寄书难，无情征雁，飞不到滇南。

杨金事见唱出"滇南"两字，一个撞心拳，变了脸色道："要你们提起甚么滇南不滇南！"心下有些不快活起来。不想知县已在外边，看见大门关上，两个承差是认得他家路径的，从侧边梯墙而入①。先把大门开了，请知县到正厅上坐下。叫人到里边传报道："邑主在外有请！"杨金事正因"滇南"二字触着隐衷，有些动心，忽听得知县来到正厅上，想道："这时候到此何干？必有蹊跷，莫非前事有人告发了？"心下惊惶，一时无计，道："且躲过了他再处。"急往厨下灶前去躲。

知县见报了许久不出，恐防有失，忙入中堂，自来搜寻。家中妻妾一时藏避不及，知县分付："唤一个上前来说话！"此时无奈，只得走一个妇女出来答应。知县问道："你家爷那里去了？"这个妇人回道："出外去了，不在家里。"知县道："胡说！今日是年晚，难道不在家过年的？"叫从人将拶子拶将起来②。这妇人着了忙，喊道："在，在。"就把手指着厨下。知县率领从人竟往厨下来搜。金事无计可施，只得走出来道："今日年夜，老父母何事直入人内室③？"知县道："非干晚生之事，乃是按台老大人、宪长老大人相请，问甚么连杀五命的公事，要老先生星夜到司对理。如老先生不去，要晚生代解，不得不如此唐突。"金事道："随你甚么事，也须让过年节。"知县道："上司紧急，两个承差坐提，等不得过年。只得要烦老先生一行，晚生奉陪同往就是。"

知县就叫承差守定，不放宽展④。金事无奈，只得随了知县出门。

---

①梯墙：越墙。

②拶（zǎn）子：即拶夹。旧时用来夹手指的刑具。

③父母：即父母官，旧时对州县地方官的称呼。

④宽展：松弛，延缓。

知县登时佥了解批①，连夜解赴会城②。两个承差又指点捕官，一面到庄上掘了尸首，一同赶来。那些在庄上的强盗，见主人被拿，风声不好，一哄的走了。

谢廉使特为这事岁朝升堂③。知县已将佥事解进。佥事换了小服，跪在厅下，口里还强道："不知犯官有何事故，钧牌拘提，如捕反寇。"廉使将按院所准状词，读与他听。佥事道："有何凭据？"廉使道："还你个凭据。"即将纪老三放将出来，道："这可是你家人么？他所供口词的确，还有何言？"佥事道："这是家人怀挟私恨诬首的，怎么听得？"廉使道："诬与不诬，少顷便见。"说话未完，只见新都巡捕、县丞已将红花场五个尸首④，在衙门外着落地方收贮，进司禀知。廉使道："你说无凭据，这五个尸首，如何在你地上？"廉使又问捕官："相得尸首怎么的？"捕官道："县丞当时相来，俱是生前被人杀死，身首各离的。"廉使道："如何？可正与纪三所供不异，再推得么？"佥事俯首无辞，只得认了道："一时酒醉触怒，做了这事。乞看缙绅体面⑤，遮盖些则个。"廉使道："缙绅中有此，不但衣寇中禽兽，乃禽兽中豺狼也。石按台早知此事，密访已久，如何轻贷得⑥？"即将杨佥事收下监候，待行关取到原告再问。重赏了两个承差，纪三释放宁家去了⑦。

关文行到云南⑧，两个秀才知道杨佥事已在狱中，星夜赴成都来执命⑨，晓得事在按察司，竟来投到。廉使叫押到尸场上，认领父亲尸首。取出佥事对质一番，两子将佥事拳打脚踢。廉使喝住道："既

---

①解批：解送犯人的公文。

②会城：指省城。

③岁朝（zhāo）：阴历正月初一。

④县丞：知县的佐官，管理文书及刑狱。

⑤缙绅：也作"搢绅"。插笏（手板）于绅带间，这是古代官宦的装束，借指官宦的代称。

⑥轻贷：从轻惩处。贷，宽恕，赦免。

⑦宁家：宁家住或宁家住坐的省称。意为回家安分守己过日子。

⑧关文：指官府彼此间调取案件当事人的文书。

⑨执命：追查凶手偿命。

在官了，自有应得罪名，不必如此。"将金事依一人杀死三命者律，今更多二命，拟凌迟处死①，决不待时②。下手诸盗以为从定罪，候擒获发落。金事系是职官，申院奏请定夺。不等得旨意转来，杨金事是受用的人，在狱中受苦不过，又见张贡生率领四仆日日来打他，不多几时，毙于狱底。

金事原不曾有子，家中竟无主持，诸妾各自散去。只有杨二房八岁的儿子杨清是他亲侄，应得承受，泼天家业多归于他。杨金事枉自生前要算计并侄儿子的，岂知身后连自己的倒与他了！这便是天理不泯处。

那张贡生只为要欺心小兄弟的人家，弄得身子冤死他乡，幸得官府清正有风力③，才报得仇。却是行关本处，又经题请，把这件行贿上司、图占家产之事各处播扬开了。张宾此时同了母亲禀告县官道："若是家事不该平分，哥子为何行贿？眼见得欺心，所以丧身。今两姓执命既已明白，家事就好公断了。此系成都成案，奏疏分明，须不是撰造得出的。"县官理上说他不过，只得把张家一应产业两下平分。张宾得了一半，两个侄儿得了一半，两个侄儿也无可争论。

张贡生早知道到底如此，何苦将钱去买憔悴④，白折了五百两银子，又送了五条性命？真所谓"无梁不成，反输一帖⑤"也！奉劝世人，还是存些天理、守些本分的好。

　　钱财有分苦争多，反自将身入网罗。
　　看取两家归束处⑥，心机用尽竟如何？

---

①凌迟：即剐刑，封建时代一种残酷的极刑。

②决不待时：古代在秋后执死刑。这里是不等到秋后执行，立即处决。

③风力：气概与魄力。

④憔悴：烦恼；衰败。这里引申倒霉，丧命。

⑤无梁不成，反输一帖：谚语，意为不但不能成功，反而输了老本。无梁：博戏词语。明谢肇淛《五杂俎·人部二》："双陆一名握槊，本胡戏也……其法以先归官为胜。亦有任人打子，布满他官，使之无所归者，谓之'无梁'，不成则反负矣。"

⑥归束：犹归宿。

卷之五

襄敏公元宵失子　十三郎五岁朝天

词云：

> 瑞烟浮禁苑。正绛阙春回①，新正方半②。冰轮桂华满③。溢花衢歌市，芙蓉开遍。龙楼两观④。见银烛星球有烂。卷珠帘、尽日笙歌，盛集宝钗金钏。　　堪羡。绮罗丛里，兰麝香中，正宜游玩。风柔夜暖。花影乱，笑声喧。闹蛾儿满路⑤，成团打块，簇着冠儿斗转。喜皇都、旧日风光，太平再见。——词寄《瑞鹤仙》

这一首词乃是宋绍兴年间词人康伯可所作⑥。伯可元是北人，随驾南渡，有名是个会做乐府的才子⑦。秦申王荐于高宗皇帝⑧。这词单道着上元佳景⑨，高宗皇帝极其称赏，御赐金帛甚多。词中为何说"旧日风

---

①绛阙：官殿前的朱色门阙。

②新正方半：阴历新年正月称新正。方半，指阴历正月十五。

③冰轮：指明月。

④两观(guàn)：官门两边的望楼。

⑤闹蛾儿：一种妇女头饰。将丝绸或乌金纸剪成蝴蝶、花草的形状。

⑥绍兴：宋高宗赵构的年号(1131—1162)。康伯可：康与之，字伯可，号顺庵，滑州(今河南滑县)人。谄事秦桧，为其十门客之一。著有《顺庵乐府》。

⑦乐府：原是汉代的音乐官署，负责采集各地民歌，配上乐曲。后人把这类民歌或文人摹拟的作品叫做乐府。宋代的词，因可配乐歌唱，有时也可称为乐府。

⑧秦申王：即秦桧，死后曾赠封申王。宋宁宗开禧时，追夺王爵，改谥缪丑。

⑨上元：即正月十五元宵节。

光,太平再见"? 盖因靖康之乱①,徽、钦被虏,中原尽属金夷②,侥幸康王南渡③,即了帝位,偏安一隅,偷闲取乐,还要模拟盛时光景,故词人歌咏如此。也是自解自乐而已。怎如得当初柳耆卿另有一首词云④:

> 禁漏花深,绣工日永,熏风布暖。变韶景、都门十二,元宵三五,银蟾光满。连云复道凌飞观⑤。耸皇居丽,佳气瑞烟葱蒨。翠华宵幸,是处层城阆苑⑥。　　龙凤烛、交光星汉,对咫尺鳌山开雉扇⑦。会乐府两籍神仙,梨园四部弦管⑧。向晓色、都人未散。盈万井、山呼鳌忭⑨。愿岁岁、天仗里常瞻凤辇⑩。——词寄《倾杯乐》。

这首词多说着盛时宫禁说话。只因宋时极作兴是个元宵,大张灯

---

①靖康之乱:宋钦宗靖康元年(1126)冬,金军攻破东京汴梁。后大肆掠夺,俘宋徽宗、钦宗以及宗室、后妃等数千,并抢走大量珍宝北去。北宋灭亡。史称"靖康之变"。

②金夷:即金朝。夷是古代对我国东部少数民族的称呼。后也用来泛称其他少数民族或外国人。

③康王:宋高宗赵构,初封康王。徽、钦二帝被俘后,次年在南京(今河南商丘)称帝。后建都临安(今浙江杭州),史称南宋。

④柳耆卿:北宋词人柳永,初名三变,字耆柳,崇安(今属福建)人。官至屯田员外郎,也称柳屯田。著有《乐章集》。

⑤连云复道:此四字原本脱,据《全宋词》增补。

⑥是处:到处,处处。层(céng)城阆苑:仙境。层城,传说中的仙乡;阆苑,阆风之苑,传说中仙人的住处。

⑦鳌山:元宵节搭成巨鳌形状的灯山。

⑧梨园:唐玄宗时教练宫廷歌舞艺人的地方。后世称戏班或演戏之所为梨园。这里指歌舞、百戏演出。

⑨鳌忭(biàn):语出《楚辞·天问》。这里用来形容欢欣鼓舞。

⑩天仗:皇帝的仪卫。凤辇:皇帝的车驾。

火，御驾亲临，君民同乐，所以说道"金吾不禁夜，玉漏莫相催"①。然因是倾城士女通宵出游，没些禁忌，其间就有私期密约，鼠窃狗偷，弄出许多话柄来。当时李汉老又有一首词云②：

> 帝城三五，灯光花市盈路。天街游处。此时方信，凤阙都民，奢华豪富。纱笼才过处，喝道转身，一壁小来且住。见许多才子艳质，携手并肩低语。　　东来西往谁家女？买玉梅争戴，缓步香风度。北观南顾。见画烛影里，神仙无数。引人魂似醉，不如趁早，步月归去。这一双情眼，怎生禁得③，许多胡觑？——词寄《女冠子》。

细看此一词，可见元宵之夜，趁着喧闹丛中干那不三不四勾当的，不一而足，不消说起。而今在下说一件元宵的事体，直教：

> 闹动公侯府，分开帝主颜。
>
> 猾徒入地去，稚子见天还。

话说宋神宗朝有个大臣王襄敏公④，单讳着一个韶字，全家住在京师。真是潭潭相府⑤，富贵奢华，自不必说。那年正月十五元宵佳节，其

---

①"金吾不禁夜"二句：这两句诗出自唐苏味道《正月十五夜》诗。古代由掌管京城警卫的金吾禁止夜行，只有正月十五日开放夜禁，故说"金吾不禁夜"。玉漏，对古代计时漏壶的美称。元宵节夜可以尽情游玩，不受时间限制，所以说"玉漏不相催"。故说"金吾不禁夜"。《西京杂记》："西都京城街衢，有执金吾晓夜传呼，以禁止夜行。惟正月十五敕金吾弛禁，前后各一日，谓之夜放。"所以说"玉漏不相催"。金吾：也称"今吾卫"，负责皇帝及大臣警卫、掌管京师治安的亲军武官。玉漏：古代计时的器具。

②李汉老：李邴，字汉老，济州任城（今山东济宁）人。官拜参知政事、资政殿学士。绍兴十六年（1146）卒，年六十二，谥文敏。有《云龛草堂集》，不传。

③怎生：如何，怎样。

④王襄敏公：王韶，字子纯，江州德安（今属江西）人。官至枢密副使。元丰四年（1081）卒，谥曰襄敏。

⑤潭潭：深广的样子。

时王安石未用①，新法未行，四境无侵，万民乐业，正是太平时候。家家户户，点放花灯。自从十三日为始，十街九市，欢呼达旦。这夜十五日是正夜，年年规矩，官家亲自出来②，赏玩通宵。倾城士女，专待天颜一看。且是此日难得一轮明月当空，照耀如同白昼，映着各色奇巧花灯，从来叫做灯月交辉，极为美景。襄敏公家内眷，自夫人以下，老老幼幼，没一个不打扮齐整了，只候人牵着帷幕，出来街上看灯游耍。看官，你道如何用着帷幕？盖因官宦人家女眷，恐防街市人挨挨擦擦，不成体面，所以或用绢段，或用布匹等类，扯作长圈围着，只要隔绝外边人，他在里头走的人，原自四边看得见的。晋时叫它做步障③，故有紫丝步障、锦步障之称。这是大人家规范如此。

　　闲话且过，却说襄敏公有个小衙内④，是他末堂最小的儿子⑤，排行第十三，小名叫做南陔⑥。年方五岁，聪明乖觉，容貌不凡，合家内外大小都是喜欢他的，公与夫人自不必说。其时也要到街上看灯。大宅门中衙内，穿着齐整还是等闲，只头上一顶帽子，多是黄豆来大不打眼的洋珠⑦，穿成双凤穿牡丹花样，当面前一粒猫儿眼宝石⑧，睛光闪烁，四围又是五色宝石镶着，乃是鸦青、祖母禄之类⑨，只这顶帽也值千来贯钱⑩。襄敏公分付一个家人王吉，驮在背上，随着内眷一起看灯。

①王安石：字介甫，号半山，抚州临川（今江西抚州西）人。北宋名相，主张改革政治，推行新法。熙宁九年（1076），封荆国公，世称荆公。为"唐宋八大家"之一，著有《临川集》。

②官家：指皇帝。

③步障：古代显贵之家出行时用来遮蔽风尘和视线的帷幕。

④衙内：俗称官僚贵家的子弟为衙内或小衙内。

⑤末堂：最后所生的。

⑥南陔：王寀（cǎi），字辅道，一字道辅，号南陔。王韶幼子。登第后，官至兵部侍郎。好神仙道术，后被人构陷，下狱弃市。见岳珂《桯史》卷一。这篇小说将"南陔"作为王寀小名，似有误。

⑦不打眼：不起眼。

⑧猫儿眼：也叫猫睛石，一种光彩如猫眼的珍贵宝石。

⑨鸦青、祖母禄：鸦青，珍宝名。祖母禄，即祖母绿，一种通体透明的绿宝石。

⑩贯：旧时把方孔钱穿在绳子上，每一千个叫一贯。

那王吉是个晓法度的人，自道身是男人，不敢在帷中走，只相傍帷外而行。行到宣德门前①，恰好神宗皇帝正御宣德门楼。圣旨许令万目仰观，金吾卫不得拦阻。楼上设着鳌山②，灯光灿烂，香烟馥郁；奏动御乐，箫鼓喧阗。楼下施呈百戏③，供奉御览。看的真是人山人海，挤得缝地都没有了。有翰林承旨王禹玉《上元应制诗》为证④：

　　雪消华月满仙台，万烛当楼宝扇开。
　　双凤云中扶辇下，六鳌海上驾山来⑤。
　　镐京春酒沾周宴，汾水秋风陋汉才⑥。
　　一曲升平人尽乐，君王又进紫霞杯。

此时王吉拥在人丛之中，因为肩上负了小衙内，好生不便，观看得不甚像意。忽然觉得背上轻松了些，一时看得浑了，忘其所以。伸伸腰，抬抬头，且是自在，呆呆里向上看看。猛然想道："小衙内呢？"急回头看时，眼见得不在背上，四下一望，多是面生之人，竟不见了小衙内踪影。欲要找寻，又被挤住了脚，行走不得。王吉心慌撩乱，将身子尽力挨出，挨得骨软筋麻，才到得稀松之处。遇见府中一伙人，问道："你们见小衙内么？"府中人道："小衙内是你负着，怎倒来问我们？"王吉道："正是闹嚷之际，不知那个伸手来我背上接了去。想必是府中弟兄们见我费力，替我抱了，放松我些，也不见得。我一时贪个松快，人闹里不看得仔细，及至寻时已不见了。你们难道不曾撞见？"府中人见说，大家慌

────────────

①宣德门：北宋东京宫城的正南门。

②鳌山：宋时元宵节，夜晚燃放花灯，将彩灯堆叠成山，犹如传说中的巨鳌形状，称为"鳌山"。

③百戏：古代乐舞杂技表演的总称。

④翰林承旨：宋代翰林学院所设之官，负责起草诰令，以资深翰林学士充任，位在诸学士上。应制诗：应皇帝之命所作的诗，多歌功颂德之作。

⑤六鳌：神话中负载东海五座仙山（岱舆、员峤、方壶、瀛洲、蓬莱）的六只大龟。见《列子·汤问》。

⑥"镐京春酒沾周宴"二句：仿唐宋之问《奉和晦日幸昆明池应制》诗："镐钦周文乐，汾歌汉武才。"谓天下太平，君臣同乐。镐京，西周国都，故址在今陕西西安西南沣水东岸。秋风，即《秋风辞》，汉武帝行幸河东，在汾水上，与群臣饮宴，作《秋风辞》。

张起来,道:"你来作怪了,这是作耍的事?好如此不小心!你在人千人万处失去了,却在此问张问李,岂不误事!还是分头再到闹头里寻去。"

一伙十来个人同了王吉挨出挨入,高呼大叫,怎当得人多得紧了,茫茫里向那个问是?落得眼睛也看花了,喉咙也叫哑了,并无一些影响①。寻了一回,走将拢来,我问你,你问我,多一般不见,慌做了一团。有的道:"或者那个抱了家去了?"有的道:"你我都在,又是那一个抱去!"王吉道:"且到家问问看又处。"一个老家人道:"决不在家里,头上东西耀人眼目,被歹人连人盗拐去了。我们且不要惊动夫人,先到家禀知了相公,差人及早缉捕为是。"王吉见说要禀知相公,先自怯了一半,道:"如何回得相公的话?且从容计较打听,不要性急便好!"府中人多是着了忙的,那由得王吉主张,一齐奔到家来。私下问问,那得个小衙内在里头?只得来见襄敏公。却也嗳嗳嗫嗫②,未敢一直说失去小衙内的事。

襄敏公见众人急急之状,倒问道:"你等去未多时,如何一齐跑了回来?且多有些慌张失智光景,必有缘故。"众家人才把王吉在人丛中失去小衙内之事说了一遍。王吉跪下,只是叩头请死。襄敏公毫不在意,笑道:"去了自然回来,何必如此着急?"众家人道:"此必是歹人拐了去,怎能勾回来?相公还是着落开封府及早追捕,方得无失。"襄敏公摇头道:"也不必。"众人道是一番天样大、火样急的事,怎知襄敏公看得等闲,声色不动,化做一杯雪水。众人不解其意,只得到帷中禀知夫人。

夫人惊慌,抽身急回,噙着一把眼泪来与相公商量。襄敏公道:"若是别个儿子失去,便当急急寻访。今是吾十三郎,必然自会归来,不必忧虑。"夫人道:"此子虽然伶俐,点点年纪,奢遮煞也只是四五岁的孩子③。万众之中挤掉了,怎能勾自会归来?"养娘每道:"闻得歹人拐人家小厮去,有擦瞎眼的,有斫掉脚的,千方百计摆布坏了,装做叫化的化钱。若不急急追寻,必然衙内遭了毒手。"各各啼哭不住。家人每道:

---

①影响:影子和声音,引申为踪迹。

②嗳嗳嗫嗫:吞吞吐吐。

③奢遮煞:奢遮,这里引申为机灵。煞,语尾助词,作"极"字讲。

"相公便不着落府里缉捕，招帖也写几张，或是大张告示。有人贪图赏钱，便有访得下落的来报了。"一时间你出一说，我出一见，纷纭乱讲。只有襄敏公怡然不以为意，道："随你议论百出，总是多的。过几日自然来家。"夫人道："魔合罗般一个孩子①，怎生舍得失去了，不在心上？说这样懈话②！"襄敏公道："包在我身上，还你一个旧孩子便了。不要性急！"夫人那里放心？就是家人每、养娘每也不肯信相公的话。夫人自分付家人各处找寻去了，不题。

却说那晚南陔在王吉背上，正在挨挤喧嚷之际，忽然有个人趁近到王吉身畔，轻轻伸手过来接去，仍旧一般驮着。南陔贪着观看，正在眼花撩乱，一时不觉。只见那一个人负得在背，便在人丛里乱挤将过去。南陔才喝声道："王吉，如何如此乱走！"定睛一看，那里是个王吉？衣帽装束多另是一样了。南陔年纪虽小，心里煞是聪明，便晓得是个歹人，被他闹里来拐了。欲待声张，左右一看，并无一个认得的熟人。他心里思量道："此必贪我头上珠帽，若被他掠去，须难寻讨，我且藏过帽子，我身子不怕他怎地。"遂将手去头上除下帽子来，揣在袖中。也不言语，也不慌张，任他驮着前走，却像不晓得甚么的。

将近东华门③，看见轿子四五乘叠联而来④。南陔心里忖量道：轿中必有官员贵人在内，此时不声张求救，更待何时？南陔觑轿子来得较近，伸手去攀着轿幰⑤，大呼道："有贼！有贼！救人！救人！"那负南陔的贼出于不意，骤听得背上如此呼叫，吃了一惊，恐怕被人拿住，连忙把南陔撩下背来⑥，脱身便走，在人丛里混过了。轿中人在轿内闻得孩子声唤，推开帘子一看，见是个青头白脸、魔合罗般一个小孩，心里喜欢。叫住了轿，抱将过来。问道："你是何处来的？"南陔道："是贼拐了

①魔合罗：原为七夕用作供奉用的小偶人，后来成为儿童玩具。

②懈话：懈气的话。

③东华门：《东京梦华录》卷一《大内》："（文德殿）殿前东西大街，东出东华门，西出西华门。"

④叠联：连接。

⑤轿幰（xiàn）：轿子四周的帷幔。

⑥撩：掀。

来的。"轿中人道："贼在何处?"南陔道："方才叫喊起来,在人丛中走
了。"轿中人见他说话明白,摩他头道："乖乖,你不要心慌,且随我去再
处。"便双手抱来,放在膝上。一直进了东华门,竟入大内去了①。

你道轿中是何等人?元来是穿宫的高品近侍中大人②。因圣驾御
楼观灯已毕,先同着一般的中贵四五人前去宫中排宴③。不想遇着南陔
叫喊,抱在轿中,进了大内。中大人分付从人,领他到自己入直的房
内④,与他果品吃着,被卧温着,恐防惊吓了他,叮嘱又叮嘱。内监心性
喜欢小的,自然如此。

次早,中大人四五人直到神宗御前,叩头跪禀道："好教万岁爷爷得
知,奴婢等昨晚随侍赏灯回来,在东华门外拾得一个失落的孩子,领进
宫来。此乃万岁爷爷得子之兆,奴婢等不胜喜欢。未知是谁家之子,未
请圣旨,不敢擅便,特此启奏。"神宗此时前星未耀⑤,正急的是生子一
事。见说拾得一个孩子,也道是宜男之祥⑥。喜动天颜,叫快宣来见。

中大人领旨,急到入直房内抱了南陔,先对他说："圣旨宣召,如今
要见驾哩,你不要惊怕!"南陔见说见驾,晓得是见皇帝了,不慌不忙,在
袖中取出珠帽来,一似昨日带了,随了中大人竟来见神宗皇帝。娃子家
虽不曾习着甚么嵩呼拜舞之礼⑦,却也擎拳曲腿,一拜两拜的叩头稽
首⑧,喜得个神宗跌脚欢忭,御口问道："小孩子,你是谁人之子?可晓得
姓甚么?"南陔竦然起答道："儿姓王,乃臣韶之幼子也。"神宗见他说出

---

①大内:皇宫。

②穿宫:出入宫禁。中大人:汉代称年老而有权势的宫人。后用来称宦官。

③中贵:即中贵人,宦官。

④入直:值班。

⑤前星未耀:还未有生太子。前星,《汉书·五行志》:"心,大星,天王也。其
　前星,太子;后星,庶子也。"后用前星指太子。

⑥宜男:指多子。

⑦嵩呼拜舞:也作山呼拜舞。古代朝拜皇帝的礼节。嵩呼,汉元封元年春,
　武帝登嵩山,从祀吏卒皆闻三次高呼万岁之声。事见《汉书·武帝纪》。
　后臣下祝颂帝王,高呼万岁,谓之"嵩呼"或"山呼"。拜舞,跪拜与舞蹈。

⑧稽(qǐ)首:古时一种跪拜礼。叩头到地,是九拜中最恭敬者。

话来，声音清朗，且语言有体，大加惊异。又问道："你缘何得到此处？"
南陔道："只因昨夜元宵举家观灯，瞻仰圣容，嚷乱之中，被贼人偷驮背
上前走。偶见内家车乘①，只得叫呼求救。贼人走脱，臣随中贵大人一
同到此。得见天颜，实出万幸！"神宗道："你今年几岁了？"南陔道："臣
五岁了。"神宗道："小小年纪，便能如此应对，王韶可谓有子矣。昨夜失
去，不知举家何等惊惶。朕今即要送汝父，只可惜没查处那个贼人。"
南陔对道："陛下要查此贼，一发不难。"神宗惊喜道："你有何见可以得
贼？"南陔道："臣被贼人驮走，已晓得不是家里人了，便把头带的珠帽除
下藏好。那珠帽之顶，有臣母将绣针彩线插戴其上，以厌不祥。臣比时
在他背上②，想贼人无可记认，就于除帽之时将针线取下，密把他衣领缝
线一道，插针在衣内，以为暗号。今陛下令人密查，若衣领有此针线者，
即是昨夜之贼，有何难见？"神宗大惊道："奇哉此儿！一点年纪，有如此
大见识！朕若不得贼，孩子不如矣。待朕擒治了此贼，方送汝回去。"又
对近侍夸称道："如此奇异儿子，不可令宫闱中人不见一见。"传旨急宣
钦圣皇后见驾。

　　穿宫人传将旨意进宫③，宣得钦圣皇后到来。山呼行礼已毕，神宗
对钦圣道："外厢有个好儿子，卿可暂留宫中，替朕看养他几日，做个得
子的谶兆④。"钦圣虽然遵旨谢恩，不知甚么事由，心中有些犹豫不决。
神宗道："要知详细，领此儿到宫中问他，他自会说明白。"钦圣得旨，领
了南陔，自往宫中去了。神宗一面写下密旨，差个中大人赍到开封府，
是长是短的从头分付了大尹⑤，立限捕贼以闻。

　　开封府大尹奉得密旨，非比寻常访贼的事，怎敢时刻怠缓？即唤过
当日缉捕使臣何观察⑥，分付道："今日奉到密旨，限你三日内要拿元宵
夜做不是的一伙人。"观察禀道："无赃无证，从何缉捕？"大尹叫何观察

①内家：皇宫。

②比时：当时。

③穿宫人：指出入宫禁的宦官。

④谶兆：预兆。

⑤大尹：对知府、知县的称呼。

⑥缉捕使臣：缉捕盗贼的低级武官。观察：对缉捕使臣的一种称呼。

上来,附耳低言,把中大人所传衣领针线为号之说说了一遍。何观察道:"恁地时,三日之内管取完这头公事①,只是不可声扬。"大尹道:"你好干这事,此是奉旨的,非比别项盗贼,小心在意!"观察声喏而出②,到得使臣房③,集齐一班眼明手快的公人来商量道:"元宵夜趁着热闹做歹事的④,不止一人,失事的也不止一家。偶然这一家小的儿不曾捞得去,别家得手处必多。日子不远,此辈不过在花街柳陌、酒楼饭店中⑤,庆松取乐,料必未散。虽是不知姓名地方,有此暗记,还怕甚么? 遮莫没踪影的也要寻出来⑥。我每几十个做公的分头体访,自然有个下落。"当下派定张三往东,李四往西。各人认路,茶坊酒肆,凡有众人团聚面生可疑之处,即便留心,挨身体看,各自去讫。

元来那晚这个贼人,有名的叫做雕儿手,一起有十来个,专一趁着闹热时节,人丛里做那不本分的勾当。有诗为证:

> 昏夜贪他唾手财,全凭手快眼儿乖。
>
> 世人莫笑胡行事,譬似求人更可哀。

那一个贼人当时在王家门首,窥探踪迹,见个小厮内齐整打扮背将出来,便自上了心,一路尾着走,不离左右。到了宣德门楼下,正在挨挤喧哄之处,觑个空,便双手溜将过来⑦,背了就走。欺他是小孩子,纵有知觉,不过惊怕啼哭之类,料无妨碍,不在心上。不提防到官轿旁边,却会叫喊"有贼"起来。一时着了忙,想道:"利害!"卸着便走。更不知背上头,暗地里又被他做工夫,留下记认了。此是神仙也不猜到之事。后来脱去,见了同伙,团聚拢来,各出所获之物,如簪钗、金宝、珠玉、貂鼠暖耳、狐尾护颈之类,无所不有,只有此人却是空手。述其缘故,众贼道:"何不单雕了珠帽来?"此人道:"他一身衣服多有宝珠钮籤,手足上各有

①管取:管保。
②声喏:出声应答。
③使臣房:缉捕武官的公事房。
④做歹事的:指作奸犯科的盗贼。
⑤花街柳陌:指妓院。
⑥遮莫:尽管,任凭。
⑦溜:偷偷地;麻利地。

钏镯。就是四五岁一个小孩子好歹也值两贯钱①,怎舍得轻放了他?"众贼道:"而今孩子何在? 正是贪多嚼不烂了。"此人道:"正在内家轿边叫喊起来,随从的虞候虎狼也似,好不多人在那里,不兜住身子便算天大侥幸②,还望财物哩!"众贼道:"果是利害。而今幸得无事,弟兄们且打平伙③,吃酒压惊去。"于是一日轮一个做主人,只拣隐僻酒务④,便去畅饮。

　　是日,正在玉津园旁边一个酒务里头欢呼畅饮⑤。一个做公的,叫做李云,偶然在外经过,听得猜拳豁指、呼红喝六之声。他是有心的,便趗进门来一看⑥,见这些人举止气象,心下有十分瞧科⑦。走去坐了一个独副座头,叫声:"买酒饭吃!"店小二先将盏箸安顿去了。他便站将起来,背着手踱来踱去,侧眼把那些人逐个个觑将去,内中一个果然衣领上挂着一寸来长短彩线头。李云晓得着手了⑧,叫店家:"且慢烫酒,我去街上邀着个客人一同来吃。"忙走出门,口中打个胡哨⑨,便有七八个做公的走将拢来,问道:"李大,有影响么?"李云把手指着店内道:"正在这里头,已看的实了。我们几个守着这里,把一个走去,再叫集十来个弟兄一同下手。"内中一个会走的飞也似去,又叫了十来个做公的来了。发声喊,望酒务里打进去,叫道:"奉圣旨拿元宵夜贼人一伙! 店家协力,不得放走了人!"店家听得"圣旨"二字,晓得利害,急集小二、火工、后生人等,执了器械出来帮助。十来个贼,不曾走了一个,多被捆

---

①两贯钱:两千钱。一千钱为一贯。

②兜住:抓住,捉住。

③打平伙:大家平摊钱聚餐。

④酒务:酒店。

⑤玉津园:在北宋东京南门外,夹道为两园。《东京梦华录》:"都人出城探春,南则玉津园。"

⑥趗(xuè):回转,折回。

⑦瞧科:看清;察觉。明贾仲名《对玉梳》第二折:"你与我打睃,有甚不瞧科。"

⑧着手:得手。

⑨胡哨:即唿哨。吹口哨,多用作招呼同伴的暗号。

倒。正是：

> 日间不做亏心事，夜半敲门不吃惊。

大凡做贼的见了做公的，就是老鼠遇了猫儿，见形便伏；做公的见了做贼的，就是仙鹤遇了蛇洞，闻气即知。所以这两项人每每私自相通，时常要些孝顺，叫做"打业钱"①。若是捉破了贼，不是什么要紧公事，得些利市便放松了②。而今是钦限要人的事，衣领上针线斗着海底眼③，如何容得宽展？当下捆住，先剥了这一个的衣服。众贼虽是口里还强，却个个肉颤身摇，面如土色。身畔一搜，各有零赃。一直里押到开封府来，报知大尹。

大尹升堂，验着衣领针线是实，明知无枉，喝教："用起刑来！"令招实情。捆扒吊拷④，备受苦楚，这些顽皮赖肉只不肯招。大尹即将衣领针线问他道："你身上何得有此？"贼人不知事端，信口支吾。大尹笑道："如此剧贼，却被小孩子算破了，岂非天理昭彰？你可记得元宵夜内家轿边叫救人的孩子么？你身上已有了暗记，还要抵赖到那里去？"贼人方知被孩子暗算了，对口无言，只得招出实话来。乃是积年累岁，遇着节令盛时，即便四出剽窃，以及平时略贩子女，伤害性命，罪状山积，难以枚举，从不败露。岂知今年元宵行事之后，卒然被擒。却被小子暗算，惊动天听⑤，以致有此。莫非天数该败，一死难逃！大尹责了口词，叠成文卷。大尹却记起旧年元宵真珠姬一案，现捕未获的那一件事来。你道又是甚事？看官且放下这头，听小子说那一头。

也只因宣德门张灯，王侯贵戚女眷多设帐幕在门外两庑，日间先在那里等候观看。其时有一个宗王家在东首⑥，有个女儿名唤真珠，因赵

---

①打业钱：盗贼贿赂差役的钱。

②利市：赏钱。

③斗着海底眼：吴语，相符合无误。海底眼，底细、内情。

④捆扒吊拷：剥去衣服用绳子捆吊起拷打审问。

⑤天听：皇帝的听闻。

⑥宗王：指皇族中封王的人。

姓天潢之族①，人都称他真珠族姬②。年十七岁，未曾许嫁人家。颜色明艳，服饰鲜丽，耀人眼目。宗王的夫人姨妹族中却在西首。姨娘晓得外甥真珠姬在帷中观灯，叫个丫鬟走来相邀一会，上覆道："若肯来，当差兜轿来迎③。"真珠姬听罢，不胜之喜，便对母亲道："儿正要见见姨娘，恰好他来相请，是必要去。"夫人亦欣然许允。打发丫鬟先去回话，专候轿来相迎。过不多时，只见一乘兜轿打从西边来到帷前。真珠姬孩子心性，巴不得就到那边顽耍，叫养娘们问得是来接的④，分付从人随后来，自己不耐烦等待，慌忙先自上轿去了。

才去得一会，先前来的丫鬟又领了一乘兜轿来到，说到："立等真珠姬相会，快请上轿。"王府里家人道："真珠姬方才先随轿去了，如何又来迎接？"丫鬟道："只是我同这乘轿来，那里又有甚么轿先到？"家人们晓得有些跷蹊了，大家忙乱起来。闻之，宗王着人到西边去看，眼见得决不在那里的了。急急分付虞候衹从人等四下找寻⑤，并无影响。急具事状，告到开封府。府中晓得是王府里事，不敢怠慢，散遣缉捕使臣挨查踪迹。王府里自出赏揭，报信者二千贯。竟无下落，不题。

且说真珠姬自上了轿后，但见轿夫四足齐举，其行如飞。真珠姬心里道："是顷刻就到的路，何须得如此慌走？"却也道是轿夫脚步惯了的，不以为意。及至抬眼看时，倏忽转湾，不是正路，渐渐走到狭巷里来，轿夫们脚高步低，越走越黑。心里正有些疑惑，忽然轿住了，轿夫多走了去。不见有人相接，只得自己掀帘走出轿来，定睛一看，只叫得苦。元来是一所古庙。旁边鬼卒十余个各持兵杖夹立，中间坐着一位神道，面阔尺余，须髯满颊，目光如炬，肩臂摆动，像个活的一般。真珠姬心慌，不免下拜。神道开口大言道："你休得惊怕！我与汝有凤缘，故使神力

---

①天潢：皇族或其后裔。
②族姬：宋徽宗政和间改称县主（宗王女）为族姬。见《宋史·礼志》："可改公主为帝姬，郡主为宗姬，县主为族姬。"本篇小说为宋神宗时故事，应称县主才合于史实，此是作者之疏忽。
③兜轿：即兜子。只有坐位而没有轿厢的便轿。
④养娘：对买来或雇来女仆的称呼。
⑤虞候：宋代禁军低级武官，常作亲王将帅随从。

摄你至此。"真珠姬见神道说出话来,愈加惊怕,放声啼哭起来。旁边两个鬼卒走来扶着,神道说:"快取压惊酒来。"旁边又一鬼卒斟着一杯热酒,向真珠姬口边奉来。真珠姬欲待推拒,又怀惧怕,勉强将口接着,被他一灌而尽。真珠姬早已天旋地转,不知人事,倒在地下。神道走下座来,笑道:"着了手也!"旁边鬼卒多攒将拢来,同神道各卸了装束,除下面具。元来个个多是活人,乃一伙剧贼装成的。将蒙汗药灌倒了真珠姬,抬到后面去。后面走将一个婆子出来,扶去放在床上眠着。众贼汉乘他昏迷,次第奸淫。可怜金枝玉叶之人,零落在狗党狐群之手。奸淫已毕,分付婆子看好。各自散去,别做歹事了。

真珠姬睡至天明,看看苏醒。睁眼看时,不知是那里,但见一个婆子在旁边坐着。真珠姬自觉阴户疼痛,把手摸时,周围虚肿,明知着了人手①。问婆子道:"此是何处,将我送在这里?"婆子道:"夜间众好汉每送将小娘子来的。不必心焦,管取你就落好处便了。"真珠姬道:"我是宗王府中闺女,你每歹人怎如此胡行乱做?"婆子道:"而今说不得王府不王府了。老身见你是金枝玉叶,须不把你作贱。"真珠姬也不晓得他的说话因由,侮着眼只是啼哭②。元来这婆子是个牙婆③,专一走大人家雇卖人口的。这伙剧贼掠得人口,便来投他家下,留下几晚,就有头主来成了去的④。那时留了真珠姬,好言温慰得熟分。刚两三日,只见一日一乘轿来抬了去,已将他卖与城外一个富家为妾了。

主翁成婚后,云雨之时,心里晓得不是处子,却见他美色,甚是喜欢,不以为意,更不曾提起问他来历。真珠姬也深怀羞愤,不敢轻易自言。怎当得那家姬妾颇多,见一人专宠,尽生嫉妒之心,说他来历不明,多管是在家犯奸被逐出来的奴婢⑤,日日在主翁耳根边激聒⑥。主翁听

①着了手:即着手。得手。下文"着了人手",犹上当,中了圈套。
②侮:同"捂"。
③牙婆:旧时称以买卖人口为职业的妇女。
④头主:户主。这里指买主。
⑤多管:大概,可能。
⑥激聒:即絮聒,絮叨。

得不耐烦,偶然问其来处。真珠姬揆着心中事①,大声啼泣,诉出事由来,方知是宗王之女被人掠卖至此。主翁多曾看见榜文赏帖的,老大吃惊,恐怕事发连累。急忙叫人寻取原媒牙婆,已自不知去向了。主翁寻思道:"此等奸徒,此处不败,别处必露。到得跟究起来,现赃在我家,须藏不过,可不是天大利害? 况且王府女眷,不是取笑,必有寻着根底的日子。别人做了歹事,把个愁布袋丢在这里②,替他顶死不成?"心生一计,叫两个家人家里抬出一顶破竹轿来装好了,请出真珠姬来。主翁纳头便拜道③:"一向有眼不识贵人,多有唐突,却是辱莫了贵人,多是歹人做的事,小可并不知道。今情愿折了身价,白送贵人还府,只望高抬贵手,凡事遮盖,不要牵累小可则个。"真珠姬见说送他还家,就如听得一封九重恩赦到来。又原是受主翁厚待的,见他小心陪礼,好生过意不去,回言道:"只要见了我父母,决不题起你姓名罢了。"

　　主翁请真珠姬上了轿,两个家人抬了飞走,真珠姬也不及分别一声。慌忙走了五七里路,一抬抬至荒野之中。抬轿的放下竹轿,抽身便走,一道烟去了。真珠姬在轿中探头出看,只见静悄无人。走出轿来,前后一看,连两个抬轿的影踪不见,慌张起来道:"我直如此命蹇! 如何不明不白抛我在此? 万一又遇歹人,如何是好?"没做理会处,只得仍旧进轿坐了,放声大哭起来,乱喊乱叫。将身子在轿内攧掷不已,头发多攧得蓬松。

　　此时正是春三月天道,时常有郊外踏青的。有人看见空旷之中,一乘竹轿内有人大哭,不胜骇异,渐渐走将拢来。起初止是一两个人,后来簸箕般围将转来,你诘我问,你喧我嚷。真珠姬慌慌张张,没口得分诉,一发说不出一句明白话来。内中有老成人,摇手叫四旁人莫嚷,朗声问道:"娘子是何家宅眷? 因甚独自歇轿在此?"真珠姬方才噙了眼泪,说得话出来道:"奴是王府中族姬,被歹人拐来在此的。有人报知府中,定当重赏。"当时王府中赏帖、开封府榜文,谁不知道? 真珠姬话才

---

①揆:揆度(duó),揣测。

②愁布袋:比喻招惹苦恼、忧烦的事情。

③纳头:低头,叩首。

出口，早已有请功的飞也似去报了。

　　须臾之间，王府中干办虞候①，走了偌多人来认看。果然破轿之内坐着的是真珠姬。慌忙打轿来换了，抬归府中。父母与合家人等看见头髯鬓乱②，满面泪痕，抱着大哭。真珠姬一发乱撅乱掷，哭得一佛出世，二佛生天③，直等哭得尽情了，方才把前时失去、今日归来的事端，一五一十告诉了一遍。宗王道："可晓得那讨你的是那一家？便好挨查。"真珠姬心里还护着那主翁，回言道："人家便认得，却是不晓得姓名，也不晓得地方，又来得路远了，不记起在那一边。抑且那人家原不知情，多是歹人所为。"宗王心里道是家丑不可外扬，恐女儿许不得人家，只得含忍过了，不去声张，下老实根究④。只暗地嘱付开封府，留心访贼罢了。

　　隔了一季，又是元宵之夜，弄出王家这件事来。其时大尹拿倒王家做歹事的贼，记得王府中的事，也把来问问看，果然即是这伙人。大尹咬牙切齿，拍案大骂道："这些贼男女，死有余辜！"喝教加力行杖，各打了六十讯棍⑤，押下死囚牢中，奏请明断发落。奏内大略云：

　　　　群盗元夕所为，止于肤箧⑥；居恒所犯，尽属椎埋⑦。似此枭獍
　　之徒⑧，岂容辇毂之下⑨！合行骈戮⑩，以靖邦畿⑪。

神宗皇帝见奏，晓得开封府尽获盗犯，笑道："果然不出小孩子所算。"龙

---

①干（gàn）办：干办公事的简称。由长官委派处理各种事务的属官。

②髯（péng）：头发散乱。

③一佛出世，二佛生天：意为死去活来。也作"一佛出世，二佛涅槃。"

④老实：着实。根究：也作"跟究"。彻底追究。

⑤讯棍：即讯杖。拷问囚犯的棍棒。

⑥肤箧：撬开箱子。泛指盗贼。

⑦椎埋：劫杀人而埋之。泛指杀人。

⑧枭獍：传说中食父母的禽兽。比喻凶残狠毒、无情无义之人。

⑨辇毂之下：皇帝的车舆之下。借指京城。

⑩骈戮：一并处决。

⑪邦畿：王城及其周围千里的土地。借指国家。

颜大喜，批准奏章，着会官即时处决，又命开封府再录狱词一通来看。开封府钦此钦遵，处斩众盗已毕，一面回奏，复将前后犯由狱词详细录上。神宗得奏，即将狱词笼在袍袖之中，含笑回宫。

　　且说正宫钦圣皇后，那日亲奉圣谕，赐与外厢小儿鞠养①，以为得子之兆。当下谢恩领回宫中来。试问他来历备细，那小孩子应答如流，语言清朗。他在皇帝御前也曾经过，可知道不怕面生，就像自家屋里一般，嘻笑自若。喜得个钦圣心花也开了，将来抱在膝上，宝贝心肝的不住的叫。命宫娥取过梳妆匣来，替他掠发整容，调脂画额，一发打扮得齐整。合宫妃嫔闻得钦圣宫中御赐一个小儿，尽皆来到宫中，一来称贺娘娘，二来观看小儿。盖因小儿是宫中所不曾有的，实觉稀罕。及至见了，又是一个眉清目秀，唇红齿白，魔合罗般一个能言能语，百问百答，你道有不快活的么？妃嫔每要奉承娘娘，亦且喜欢孩子，争先将出宝玩、金珠、钏镯等类来做见面钱，多塞在他小袖子里。袖子里盛满了着不得，钦圣命一个老内人逐一替他收好了。又叫领了他到各宫朝见顽耍。各宫以为盛事，你强我赛，又多各有赏赐，宫中好不喜欢热闹。

　　如是十来日，正在喧哄之际，忽然驾幸钦圣宫，宣召前日孩子。钦圣当下率领南陔朝见已毕，神宗问钦圣道："小孩子莫惊怕否？"钦圣道："蒙圣恩敕令暂鞠此儿，此儿聪慧非凡，虽居禁地，毫不改度，老成人不过如此。实乃陛下洪福齐天，国家有此等神童出世，臣妾不胜欣幸！"神宗道："好教卿等知道，只那夜做歹事的人，尽被开封府所获，则为衣领上针线暗记，不到得走了一个。此儿可谓有智极矣。今贼人尽行斩讫，怕他家里不知道，在家忙乱，今日好好送还他去。"钦圣与南陔各叩首谢恩。当下传旨：敕令前日抱进宫的那个中大人护送归第，御赐金犀一簏②，与他压惊。

　　中大人得旨，就御前抱了南陔，辞了钦圣，一路出宫。钦圣尚兀自

①鞠养：抚养，养育。
②金犀：金印和犀角的剑饰。一说为黄金带钩。这里泛指贵重物品。簏：竹编的盛物器具，犹竹箱、竹筐。

好些不割舍他,梯己自有赏赐,与同前日各宫所赠之物,总贮一箧,令人一同交付与中大人收好,送到他家。中大人出了宫门,传命起辆犊车,赍了圣旨,就抱南陔坐在怀里了,径望王家而来。

　　去时蓦地偷将去①,来日从天降下来。

　　孩抱何缘亲见帝? 恍疑鬼使与神差。

　　话说王襄敏家中,自那晚失去了小衙内,合家里外大小没一个不忧愁思虑,哭哭啼啼。只有襄敏毫不在意,竟不令人追寻。虽然夫人与同管家的分付众家人各处探访,却也并无一些影响。人人懊恼,没个是处。忽然此日朝门上飞报将来,有中大人亲赍圣旨到第开读。襄敏不知事端,分付忙排香案迎接,自己冠绅袍笏,俯伏听旨。只见中大人抱了个小孩子下犊车来,家人上前来争看,认得是小衙内,倒吃了一惊。不觉大家手舞足蹈,禁不得喜欢。中大人喝道:"且听宣圣旨!"高声宣道:

　　卿元宵失子②,乃朕获之,今却还卿。特赐压惊物一箧,奖其幼志。钦哉③!

中大人宣毕,襄敏拜舞谢恩已了,请过圣旨,与中大人叙礼,分宾主坐定。中大人笑道:"老先儿④,好个乖令郎!"襄敏正要问起根由,中大人笑嘻嘻的袖中取出一卷文书出来,说道:"老先儿要知令郎去来事端,只看此一卷便明白了。"襄敏接过手来一看,乃开封府获盗狱词也。襄敏从头看去,见是密诏开封捕获,便道:"乳臭小儿,如此惊动天听,又烦圣虑获贼,直教老臣粉身碎骨,难报圣恩万一!"中大人笑道:"这贼多是令郎自家拿倒的,不烦一毫圣虑,所以为妙。"南陔当时就口里说那夜怎的长怎的短,怎的见皇帝,怎的拜皇后,明明朗朗,诉个不住口。先前合家人听见圣旨到时,已攒在中门口观看,及见南陔出车来,大家惊喜,只是不知头脑。直待听见南陔备细述此一遍,心下方才明白,尽多赞叹他乖

――――――――――

　　①蓦地:突然,猛然。

　　②卿:古代君主对臣民的称呼。

　　③钦哉:犹钦此。古代皇帝圣旨诏书结尾的套语。

　　④老先儿:即老先生。

巧之极。方信襄敏不在心上，不肯追求，道是他自家会归来的，真有先见之明也。

襄敏分付治酒款待中大人，中大人就将圣上钦赏压惊金犀，及钦圣与各宫所赐之物，陈设起来。真是珠宝盈庭，光采夺目，所直不啻巨万。中大人摩着南陔的头道："哥，勾你买果儿吃了。"襄敏又叩首对阙谢恩①。立命馆客写下谢表，先附中大人陈奏，等来日早朝面圣，再行率领小子谢恩。中大人道："令郎哥儿是咱家遇着携见圣人的，咱家也有个薄礼儿，做个记念。"将出元宝二个、彩段八表里来②。襄敏再三推辞不得，只得收了。另备厚礼答谢过中大人，中大人上车回复圣旨去了。

襄敏送了回来，合家欢庆。襄敏公道："我说你们不要忙，我十三必能自归。今非但归来，且得了许多恩赐，又已拿了贼人，多是十三自己的主张来。可见我不着急的是么？"合家各各称服。

后来南陔取名王宷，政和年间大有文声③，功名显达。只看他小时举动如此，已占大就矣。

　　小时了了大时佳④，五岁孩童已足夸。

　　计缚剧徒如反掌，直教天子送还家。

①对阙：对着宫阙。即对皇上。

②八表里：表里，指赠送或赏赐给人的衣料。也作"表礼"。八表里，犹言八副衣料。

③政和：宋徽宗赵佶的年号(1111—1117)。

④了了：明白。

卷之六

李将军错认舅　刘氏女诡从夫

诗云：

　　在天愿为比翼鸟，在地愿为连理枝①。

　　天长地久有时尽，此恨绵绵无绝期。

这四句乃是白乐天《长恨歌》中之语。当日只为唐明皇与杨贵妃七月七日之夜，在长生殿前对天发了私愿：愿生生世世得为夫妇。后来马嵬之难②，杨贵妃自缢，明皇心中不舍，命鸿都道士求其魂魄③。道士凝神御气，见之玉真仙宫。道是因为长生殿前私愿，还要复降人间，与明皇做来生的夫妇。所以白乐天述其事，做一篇《长恨歌》，有此四句。盖谓世间惟有愿得成双的，随你天荒地老，此情到底不泯也。

　　小子而今先说一个不愿成双的古怪事，做个得胜头回④。宋时唐州比阳⑤，有个富人王八郎，在江淮做大商，与一个娼妓往来得密。相与日久，胜似夫妻。每要取他回家，家中先已有妻子，甚是不得意。既有了

①连理枝：据《搜神记》卷十一载：战国宋康王舍人韩凭的妻子很美，被康王夺走。不久，夫妻相继自杀。其妻遗书求合葬，康王不允许。后来两座相望坟上长出大树，根根相连，枝叶交错。有雄雌鸳鸯，双栖于树上，交颈哀鸣。后世常用连理枝比喻坚贞不渝的爱情或恩爱的夫妻。

②马嵬（wéi）之难：唐代安史之乱时，玄宗奔蜀，行至马嵬驿（今陕西兴平马嵬镇），卫兵哗变，杀死杨国忠，玄宗被迫赐杨贵妃死，葬于马嵬坡。

③鸿都道士：指杨通幽。相传玄宗思念杨贵妃殷切，道士杨通幽升天入地，为他遍访贵妃。终于在蓬莱仙岛见到杨贵妃，贵妃托道士传语玄宗，十二年后，自当相会。鸿都，指仙府。

④得胜头回：宋元说书人在开讲之前，先说一段小故事做引子，谓之"得胜头回"。鲁迅《中国小说史略》："头回犹云前回，听说话者多军民，故冠以吉语曰得胜。"

⑤唐州比阳：唐州，宋时属京西南路。比阳，即泌阳（今河南唐河），为唐州的治所。

娶娼之意,归家见了旧妻时,一发觉得厌憎,只管寻是寻非,要赶逐妻子出去。那妻子是个乖巧的,见不是头①,也就怀着二心,无心恋着夫家。欲待要去,只可惜先前不曾留心积趱得些私房②,未好便轻易走动。其时身畔有一女儿,年止数岁,把他做了由头③,婉辞哄那丈夫道:"我嫁你已多年了,女儿又小,你赶我出去,叫我那里去好?我决不走路的。"口里如此说,却日日打点出去的计较④。

后来王生竟到淮上,带了娼妇回来。且未到家,在近巷另赁一所房子,与他一同住下。妻子知道,一发坚意要去了,把家中细软尽情藏过,狼犺家伙什物多将来卖掉⑤。等得王生归来家里,椅桌多不完全。箸长碗短,全不似人家模样。访知尽是妻子败坏了,一时发怒道:"我这番决留你不得了,今日定要决绝!"妻子也奋然攘臂道:"我晓得到底容不得我,只是要我去,我也要去得明白。我与你当官休去⑥!"当下扭住了王生双袖,一直嚷到县堂上来。

知县问着备细,乃是夫妻两人彼此愿离,各无系恋。取了口词,画了手模⑦,依他断离了。家事对半分开,各自度日。妻若再嫁,追产还夫。所生一女,两下争要。妻子诉道:"丈夫薄幸⑧,宠娼弃妻,若留女儿与他,日后也要流落为娼了。"知县道他说得是,把女儿断与妻子领去。各无词说,出了县门。自此两个各自分手。

王生自去接了娼妇,到家同住。妻子与女儿另在别村去买一所房子住了,买些瓶罐之类,摆在门前,做些小经纪⑨。他手里本自有钱,恐

①不是头:不对头,不妥,不妙。

②私房:指私房钱。

③由头:理由,借口。

④打点:准备。计较:打算,主意。

⑤狼犺(gǎng):吴语,指笨重巨大。清吴文英《吴下方言考》:"今吴谚谓物之大而无处置放者曰'狼犺'。"什物:杂物,零碎东西。

⑥休:这里指断绝夫妻关系。

⑦手模:手印。

⑧薄幸:薄情,负心。

⑨小经纪:小买卖。

怕丈夫他日还有别是非，故意妆这个模样。

一日，王生偶从那里经过，恰好妻子在那里搬运这些瓶罐。王生还有些旧情不忍，好言对他道："这些东西能近得多少利息，何不别做些什么生意？"其妻大怒，赶着骂道："我与你决绝过了，便同路人。要你管我怎的！来调甚么喉嗓？"王生老大没趣，走了回来，自此再不相问了。

过了几时，其女及笄①，嫁了方城田家②。其妻方将囊中蓄积搬将出来，尽数与了女婿，约有十来万贯，皆是王家时瞒了丈夫所藏下之物也。可见王生固然薄幸有外好，其妻元也不是同心的了。

后来王生客死淮南③，其妻在女家亦死。既已殡殓，将要埋葬，女儿道："生前与父不合，而今既同死了，该合做了一处，也是我女儿每孝心。"便叫人去淮南迎了丧柩归来。重复开棺，一同母尸，各加洗涤，换了衣服，两尸同卧在一榻之上，等天明时辰到了，下了棺同去安葬。安顿好了，过了一会，女儿走来看看，吃了一惊。两尸先前同是仰卧的，今却东西相背，各向了一边。叫聚合家人多来看着，尽都骇异。有的道："眼见得生前不合，死后还如此相背。"有的道："偶然那个移动了，那里有死尸会掉转来的？"女儿啼啼哭哭，叫爹叫娘，仍旧把来仰卧好了。到得明日下棺之时，动手起尸，两个尸骸仍旧多是侧眠着，两背相向的，方晓得果然是生前怨恨之所致也。女儿不忍，毕竟将来同葬了。要知他们阴中也未必相安的。此是夫妇不愿成双的榜样，比似那生生世世愿为夫妇的差了多少！

而今说一个做夫妻的被拆散了，死后精灵还归一处，到底不磨灭的话本④。可见世间夫妇，原自有这般情种。有诗为证：

> 生前不得同衾枕，死后图他共穴藏。
>
> 信是世间情不泯，韩凭冢上有鸳鸯。

---

① 及笄(jī)：笄是束发用的簪子。古代女子年满十五岁开始以笄结发，表示已经成年。及笄，指到了可以出嫁的年龄。

② 方城：宋代唐州的属县。今属河南省。

③ 客死：死在他乡。淮南：宋熙宁间为淮南东路，治所在扬州。元代为扬州路，属淮东道宣慰司。

④ 话本：说话艺人说唱故事用的底本。

这个话本,在元顺帝至元年间①,淮南有个民家姓刘,生有一女,名唤翠翠。生来聪明异常,见字便认,五六岁时便能诵读诗书。父母见他如此,商量索性送他到学堂去,等他多读些在肚里,做个不带冠的秀才。邻近有个义学②,请着个老学究③,有好些生童在里头从他读书。刘老也把女儿送去入学。学堂中有个金家儿子,叫名金定,生来俊雅,又兼赋性聪明。与翠翠一男一女,算是这一堂中出色的了,况又是同年生的。学堂中诸生多取笑他道:“你们两个一般的聪明,又是一般的年纪,后来毕竟是一对夫妻。”金定与翠翠虽然口里不说,心里也暗地有些自认,两下相爱。金生曾做一首诗赠与翠翠,以见相慕之意。诗云:

十二栏杆七宝台④,春风到处艳阳开。

东园桃树西园柳,何不移来一处栽?

翠翠也依韵和一首答他,诗云:

平生有恨祝英台⑤,怀抱何为不肯开?

我愿东君勤用意⑥,早移花树向阳栽。

在学堂一年有余,翠翠过目成诵,读过了好些书。已后年已渐长,不到学堂中来了。十六岁时,父母要将他许聘人家。翠翠但闻得有人议亲,便关了房门,只是啼哭,连粥饭多不肯吃了。父母初时不在心上,后来

---

①至元:元顺帝妥欢帖睦尔的年号(1335—1340)。

②义学:旧时用地方公益金或私人集资兴办的免费学校。

③老学究:一般指迂腐而不通事故的书生。这里泛指年老的教书先生。

④“十二栏杆”句:指女子的居处。七宝台,即七宝楼台,泛指华美的楼台。

⑤祝英台:相传祝英台女扮男装去求学,她爱上同窗梁山伯。三年后英台先返,梁山伯去送行,她未将心思挑明,只作了许多暗示。两年后,山伯往访英台,始知祝为女子。梁求为婚配,而祝父母已将英台许给马家。姻缘错过,山伯悔念病卒。马家迎娶时,英台定要绕道过梁墓祭奠,失声悲恸,墓为开裂,英台纵身坟中,与山伯化为双蝴蝶飞去。宋元南戏《祝英台》、明传奇《访友记》(又名《同窗记》)等,都是演祝英台和梁山伯的悲剧故事。

⑥东君:司春之神。

见每次如此,心中晓得有些尴尬①。仔细问他,只不肯说。再三委曲盘问,许他说了出来必定依他,翠翠然后说道:"西家金定,与我同年。前日同学堂读书时,心里已许下了他。今若不依我,我只是死了,决不去嫁别人的!"父母听罢,想道:"金家儿子虽然聪明俊秀,却是家道贫穷,岂是我家当门对户?"然见女儿说话坚决,动不动哭个不住,又不肯饮食,恐怕违逆了他,万一做出事来,只得许他道:"你心里既然如此,却也不难。我着媒人替你说去②。"

刘老寻将一个媒妈来,对他说女儿翠翠要许西边金家定哥的说话。媒妈道:"金家贫穷,怎对得宅上起?"刘妈道:"我家翠小娘与他家定哥同年,又曾同学,翠小娘不是他不肯出嫁,故此要许他。"媒妈道:"只怕宅上嫌贫不肯,既然肯许,却有何难? 老媳妇一说便成。"

媒妈领命,竟到金家来说亲。金家父母见说了,惭愧不敢当,回复媒妈道:"我家甚么家当,敢去扳他③?"媒妈道:"不是这等说!刘家翠翠小娘子心里一定要嫁小官人,几番啼哭不食,别家来说的,多回绝了。难得他父母见女儿立志如此,已许下他,肯与你家小官人了。今你家若把贫来推辞,不但失了此一段好姻缘,亦且辜负那小娘子这一片志诚好心。"金老夫妻道:"据着我家定哥才貌,也配得他翠小姐过,只是家下委实贫难,那里下得起聘定? 所以容易应承不得。"媒妈道:"应承由不得不应承,只好把说话放婉曲些。"金老夫妻道:"怎的婉曲?"媒妈道:"而今我替你传去,只说道寒家有子,颇知诗书,贵宅见谕④,万分盛情,敢不

---

①尴尬:吴语,麻烦,难办。

②着:派、叫。

③扳:同"攀"。

④见谕:犹言见教。客套话。即指教我。

从命？但寒家起自蓬荜①，一向贫薄自甘，若要取必聘问婚娶诸仪②，力不能办，是必见亮③，毫不责备，方好应承。如此说去，他家晓得你每下礼不起的，却又违女儿意思不得，必然是件将就了。"金老夫妻大喜道："多承指教，有劳周全则个。"

媒妈果然把这番话到刘家来覆命，刘家父母爱女过甚，心下只要成事。见媒妈说了金家自揣家贫，不能下礼，便道："自古道，婚姻论财，夷虏之道④，我家只要许得女婿好，那在财礼？但是一件，他家既然不足，我女到他家里，只怕难过日子，除非招入我每家里做个赘婿，这才使得。"媒妈再把此意到金家去说。这是倒在金家怀里去做的事，金家有何推托？千欢万喜，应允不迭⑤。遂凭着刘家拣个好日，把金定招将过去。凡是一应币帛羊酒之类⑥，多是女家自备了过来。从来有这话的：入舍女婿只带着一张卵袋走⑦。金家果然不费分毫，竟成了亲事。只因刘翠翠坚意看上了金定，父母拗他不得，只得曲意相从了。

当日过门交拜，夫妻相见，两下里各称心怀。是夜翠翠于枕上口占一词，赠与金生道：

　　曾向书斋同笔砚，故人今做新人。洞房花烛十分春。汗沾蝴蝶粉，身惹麝香尘。　　㑩雨尤云浑未惯⑧，枕边眉黛羞颦。轻怜

①蓬荜：蓬门荜户，用草、树枝做成的简陋门户，形容贫寒之家。

②聘问：男方向女方行聘定婚。古代婚仪六礼中有"问名"，故曰聘问。所谓六礼，即纳采：男方家请媒人向女方家提亲。问名：女方答应议婚后，媒人问女子名字、生辰等，并卜于祖庙以定凶吉。纳吉：卜得吉兆后，即与女方订婚。纳征：即纳币，男方送聘礼到女方家。请期：男方携采礼至女方家商定婚期。亲迎：婚期之日男方迎娶女子至家。

③是必：务必，必须。见亮：同"见谅"。

④夷虏：古代泛指少数民族。

⑤不迭：来不及，不止。

⑥币帛羊酒：指定婚采礼。币帛，即缯帛，丝绸的统称，馈赠礼品。后泛指财物。

⑦入舍女婿：即赘婿。

⑧㑩(tì)雨尤云：形容男女的欢会。

痛惜莫辞频。愿郎从此始,日近日相亲。——右调《临江仙》

金生也依韵和一阕道①:

> 记得书斋同笔砚,新人不是他人。扁舟来访武陵春②。仙居邻紫府③,人世隔红尘。　晋海盟山心已许,几番浅笑深颦。向人犹自语频频。意中无别意,亲后有谁亲?——(调同前)

两人相得之乐,真如翡翠之在丹霄④,鸳鸯之游碧沼,无以过也。谁料乐极悲来,快活不上一年,撞着元政失纲,四方盗起。盐徒张士诚兄弟起兵高邮⑤,沿海一带郡县尽为所陷。部下有个李将军,领兵为先锋,到处民间掳掠美色女子。兵至淮安⑥,闻说刘翠翠之名,率领一队家丁打进门来,看得中意,劫了就走。此时合家只好自顾性命,抱头鼠窜,那个敢向前争得一句?眼盼盼看他拥着去了。金定哭得个死而复生,欲待跟着军兵踪迹寻访他去,争奈元将官兵,北来征讨,两下争持,干戈不息,路断行人。恐怕没来由走去⑦,撞在乱兵之手,死了也没说处。只得忍酸含苦,过了日子。

至正末年,张士诚气概弄得大了,自江南江北、三吴两渐⑧,直拓至两广益州⑨,尽归掌握。元朝不能征剿,只得定议招抚。士诚原没有统

---

①一阕:犹言一曲。

②武陵春:晋陶渊明《桃花源记》记载武陵渔人扁舟入桃花源事。后用武陵春指仙境或清幽的隐居之地。这里借指洞房花烛夜犹进入仙境一般。

③紫府:道教称仙人所居的地方叫紫府。这里指翠翠的住处。

④丹霄:碧空。

⑤张士诚:泰州(今属江苏大丰)人。原为盐贩,至正十三年(1353),率盐丁起兵,次年称王。后降元,受封为太尉。二十三年自立为吴王。后屡败于朱元璋,被俘,自缢死。高邮:元代为路,至正二十年(1360)改为府,属扬州路。见《元史·地理志二》。府治所在地高邮县,今属江苏。

⑥淮安:元代为淮安府路属县,后并入山阳。今江苏省淮安。

⑦没来由:无端,无缘无故。

⑧三吴两渐:三吴,其说不一,一般从《水经注》,称吴郡、吴兴、会稽为三吴;两渐,即两浙,指浙东和浙西。

⑨两广:指广东、广西。广东,宋为广东东路,元分属江西和湖广行中书省;广西,元为广西路。益州:唐改蜀郡为益州,宋曾为益州路。这里代指四川。

一之志,只此局面已自满足,也要休兵。因遂通款元朝①,奉其正朔②。封为王爵,各守封疆。民间始得安静,道路方可通行。

金生思念翠翠,时刻不能去心。看见路上好走,便要出去寻访。收拾了几两盘缠,结束了一个包裹,来别了自家父母,对丈人、丈母道:"此行必要访着妻子踪迹,若不得见,誓不还家了。"痛哭而去。路由扬州过了长江,进了润州③,风餐水宿,夜住晓行,来到平江④。听得路上人说,李将军见在绍兴守御,急忙赶到临安⑤,过了钱塘江,趁着西兴夜船到得绍兴⑥。去问人时,李将军已调在安丰去屯兵了⑦,又不辞辛苦,问到安丰。安丰人说:"早来两日,也还在此,而今回湖州驻扎⑧,才起身去的。"金生道:"只怕到湖州时,又要到别处去。"安丰人道:"湖州是驻扎地方,不到别处去了。"金生道:"这等,便远在天边,也赶得着。"于是一路向湖州来。

算来金生东奔西走,脚下不知有万千里路跑过来。在路上也过了好两个年头,不能勾见妻子一见,却是此心再不放懈。于路没了盘缠,只得乞丐度日;没有房钱,只得草眠露宿。真正心坚铁石,万死不辞。

不则一日,到了湖州。去访问时,果然有个李将军开府在那里⑨。那将军是张王得力之人,贵重用事,势焰赫奕。走到他门前去看时,好不威严。但见:

①通款:与敌方通和言好。这里指投顺,投降。

②正朔:谓帝王颁行的历法。这里指奉行元朝的历法,以元为正统。

③润州:州东有润浦而得名。今江苏省镇江。

④平江:宋政和三年(1113)升苏州为平江府,治所在吴县、长洲,即今江苏苏州。

⑤临安:今浙江杭州。

⑥西兴:镇名,在今浙江萧山西。

⑦安丰:今安徽寿县。

⑧湖州:今浙江湖州。

⑨开府:开建府署,辟置僚属。开府:……古代只有高级官员,如三公、大将军、将军等位尊权贵者才能开府治事。后来也可以称总督、巡抚。

门墙新彩，棨戟森严①。兽面铜环，并衔而宛转；彪形铁汉，对峙以巍峨。门阑上贴着两片不写字的桃符②，坐墩边列着一双不吃食的狮子。虽非天上神仙府，自是人间富贵家。

金生到了门首，站立了一回，不敢进去，又不好开言。只是舒头探脑，望里边一望，又退立了两步，踌躇不决。

正在没些起倒之际③，只见一个管门的老苍头走出来，问道："你这秀才有甚么事干？在这门前探头探脑的，莫不是奸细么？将军知道了，不是耍处。"金生对他唱个喏道："老丈拜揖。"老苍头回了半揖道："有甚么话？"金生道："小生是淮安人氏，前日乱离时节，有一妹子失去，闻得在贵府中，所以不远千里寻访到这个所在，意欲求见一面。未知确信，要寻个人问一问，且喜得遇老丈。"苍头道："你姓甚名谁？你妹子叫名甚么？多少年纪？说得明白，我好替你查将出来回覆你。"金生把自家真姓藏了，只说着妻子的姓道："小生姓刘，名唤金定。妹子叫名翠翠，识字通书，失去时节，年方十七岁，算到今年，该有二十四岁了。"老苍头点点头道："是呀，是呀。我府中果有一个小娘子姓刘，是淮安人，今年二十四岁，识得字，做得诗，且是做人乖巧周全。我本官专房之宠，不比其他。你的说话，不差，不差！依说是你妹子，你是舅爷了。你且在门房里坐一坐，我去报与将军知道。"苍头急急忙忙奔了进去，金生在门房等着回话不题。

且说刘翠翠自那年掳去，初见李将军之时，先也哭哭啼啼，寻死觅活，不肯随顺。李将军吓他道："随顺了，不去难为你合家老小；若不随顺，将他家寸草不留！"翠翠惟恐累及父母与丈夫家里，只能勉强依从。李将军见他聪明伶俐，知书晓事，爱得他如珠似玉一般，十分抬举，百顺千随。翠翠虽是支陪笑语，却是无刻不思念丈夫，没有快活的日子。心

---

①棨(qǐ)戟：有缯衣或油漆的木戟，古代官吏出行时执以前导，作为仪仗的一种。也排列于大官的门前。

②桃符：古代挂在大门上的两板画有门神或题有门神名字的桃木板。后衍变为春联。

③起倒：主意，办法。

里痴想:"缘分不断,或者还有时节相会。"争奈日复一日,随着李将军东征西战,没个定踪,不觉已是六七年了。

此日李将军见老苍头来禀,说有他的哥哥刘金定在外边求见。李将军问翠翠道:"你家里有个哥么?"翠翠心里想道:"我那得有甚么哥哥来? 多管是丈夫寻到此间,不好说破,故此托名。"遂转口道:"是有个哥哥,多年隔别了,不知是也不是,且问他甚么名字才晓得。"李将军道:"管门的说是甚么刘金定。"翠翠听得金定二字,心下痛如刀割,晓得是丈夫冒了刘姓来访问的了,说道:"这果然是我哥哥,我要见他。"李将军道:"待我先出去见过了,然后来唤你。"将军分付苍头:"去请那刘秀才进来。"

苍头承命出来,领了金生进去。李将军武夫出身,妄自尊大,走到厅上,居中坐下,金生只得向上再拜。将军受了礼,问道:"秀才何来?"金生道:"金定姓刘,淮安人氏,先年乱离之中,有个妹子失散,闻得在将军府中,特自本乡到此,叩求一见。"将军见他仪度斯文,出言有序,喜动颜色道:"舅舅请起,你令妹无恙,即当出来相见。"旁边站着一个童儿,叫名小竖,就叫他进去传命道:"刘官人特自乡中远来,叫翠娘可快出来相见!"起初翠翠见说了,正在心痒难熬之际,听得外面有请,恨不得两步做一步移了,急趋出厅中来。抬头一看,果然是丈夫金定! 碍着将军眼睁睁在上面,不好上前相认,只得将错就错,认了妹子,叫声哥哥,以兄妹之礼在厅前相见。看官听说,若是此时说话的在旁边一把把那将军扯了开来,让他每讲一程话①,叙一程阔,岂不是凑趣的事? 争奈将军不做美,好像个监场的御史②,一眼不煞坐在那里③。金生与翠翠虽然夫妻相见,说不得一句私房话,只好问问父母安否? 彼此心照,眼泪从肚里落下罢了。

昔为同林鸟,今作分飞燕。

---

①一程:一段时间。

②监场的御史:明代会试,御史负责监考。《明史·选举志》:"会试,礼部官监试二人,在内御史,在外按察司官。"

③不煞:不眨眼。

　　　　相见难为情，不如不相见。

又昔日乐昌公主在杨越公处见了徐德言，做一首诗道①：

　　　　今日何迁次②，新官对旧官。

　　　　笑啼俱不敢，方信做人难！

今日翠翠这个光景，颇有些相似。然乐昌与徐德言，杨越公晓得是夫妻的，此处金生与翠翠只认做兄妹，一发要遮遮饰饰，恐怕识破，意思更难堪也。还亏得李将军是武夫粗卤，看不出机关，毫没甚么疑心，只道是当真的哥子，便认做舅舅，亲情的念头重起来，对金生道："舅舅既是远来，道途跋涉，心力劳困，可在我门下安息几时，我还要替舅舅计较。"分付拿出一套新衣服来与舅舅穿了，换下身上尘污的旧衣。又令打扫西首一间小书房，安设床帐被席，是件整备，请金生在里头歇宿。金生巴不得要他留住，寻出机会与妻子相通。今见他如此认帐，正中心怀，欣然就书房里宿了。只是心里想着妻子就在里面，好生难过。

　　过了一夜，明早起来，小竖来报道："将军请秀才厅上讲话。"将军相见已毕，问道："令妹能识字，舅舅可通文墨么？"金生道："小生在乡中以儒为业，那诗书是本等，就是经史百家，也多涉猎过的，有甚么不晓得的勾当？"将军喜道："不瞒舅舅说，我自小失学，遭遇乱世，靠着长枪大戟挣到此地位。幸得吾王宠任，趋附我的尽多。日逐宾客盈门③，没个人替我接待，往来书札堆满，没个人替我裁答④，我好些不耐烦。今幸得舅

――――――――――――

　①"乐昌公主"二句：乐昌公主为南朝陈后主妹，嫁给太子舍人徐德言，时陈将亡，德言恐国破时两人不能相保，乃破铜镜为二，与妻各执一半。并约定他日正月十五，同卖镜于都市，以此作为相会的凭证。隋灭陈，乐昌公主被越国公杨素掠去。后德言至京，果有老苍头卖半镜，便出所藏半镜与之相合，遂题诗一首，乐昌公主见诗，痛哭不食。杨素知情，即召德言还其妻，饮酒之间，令乐昌公主作诗一首，即下文所引诗。见唐孟棨《本事诗·情感》。后以"破镜重圆"比喻夫妻失散后重新团聚。明张凤翼《红拂记》传奇，穿插有乐昌公主破镜重圆的故事。

　②迁次：窘迫，尴尬。

　③日逐：每天。

　④裁答：作书答复。

舅到此,既然知书达礼,就在我门下做个记室①,我也便当了好些。况关至亲,料舅舅必不弃嫌的。舅舅心下何如?"金生是要在里头的,答道:"只怕小生才能浅薄,不称将军任使,岂敢推辞?"将军见说大喜。连忙在里头去取出十来封书启来,交与金生道:"就烦舅舅替我看详里面意思,回他一回。我正为这些难处,而今却好了。"金生拿到书房里去,从头至尾,逐封逐封备审来意,一一回答停当,将稿来与将军看。将军就叫金生读一遍,就带些解说在里头。听罢,将军拍手道:"妙,妙!句句像我肚里要说的话。好舅舅,是天送来帮我的了!"从此一发看待得甚厚。

金生是个聪明的人,在他门下,知高识低,温和待人,自内至外没一个不喜欢他的。他又愈加谨慎,说话也不敢声高。将军面前只有说他好处的,将军得意自不必说。却是金生主意只要安得身牢,寻个空便,见见妻子,剖诉苦情。亦且妻子随着别人已经多年,不知他心腹怎么样了②,也要与他说个倒断③。谁想自厅前一见之后,再不能勾相会。欲要与将军说那要见的意思,又恐怕生出疑心来,反为不美。私下要用些计较通个消息,怎当得闺阁深邃,内外隔绝,再不得一个便处。

日挨一日,不觉已是几个月了。时值交秋天气,西风夜起,白露为霜。独处空房,感叹伤悲,终夕不寐。思量妻子翠翠,这个时节,绣围锦帐,同人卧起,有甚不快活处? 不知心里还记念着我否? 怎知我如此冷落孤恓,时刻难过。乃将心事作成一诗道:

> 好花移入玉栏干,春色无缘得再看。
>
> 乐处岂知愁处苦,别时虽易见时难。
>
> 何年塞上重归马,此夜庭中独舞鸾④。
>
> 雾阁云窗深几许,可怜辜负月团团!

诗成,写在一张笺纸上了,要寄进去与翠翠看,等他知其心事。但恐怕

---

①记室:掌管章表、书记的官。这里指私人秘书。

②心腹:心思,心意。

③倒断:清楚,明白。

④独舞鸾:相传鸾鸟雌雄相对而舞。独舞鸾,则表示失偶和孤苦凄清。

泄漏了风声，生出一个计较来，把一件布袍拆开了领线，将诗藏在领内了，外边仍旧缝好。叫那书房中伏侍的小竖来①，说道："天气冷了，我身上单薄，这件布袍垢秽不堪，你替我拿到里头去，交付我家妹子，叫他拆洗一拆洗，补一补，好拿来与我穿。"再把出百来个钱与他道："我央你走走，与你这钱买果儿吃。"小竖见了钱，千欢万喜，有甚么推托？拿了布袍一径到里头去，交与翠翠道："外边刘官人叫拿进来，付与翠娘整理的。"翠娘晓得是丈夫寄进来的，必有缘故。叫他放下了，过一日来拿。小竖自去了。

翠翠把布袍从头至尾看了一遍。想道："是丈夫着身的衣服，我多时不与他缝纫了！"眼泪索珠也似的掉将下来。又想道："丈夫到此多时，今日特地寄衣与我，决不是为要拆洗，必有甚么机关在里面。"掩了门，把来细细拆将开来。刚拆得领头，果然一张小小字纸缝在里面，却是一首诗。翠翠将来细读，一头读，一头哽哽咽咽，只是流泪。读罢，哭一声道："我的亲夫呵！你怎知我心事来？"噙着眼泪，慢慢把布袍洗补好，也做一诗缝在衣领内了。仍叫小竖拿出来，付与金生。金生接得，拆开衣领看时，果然有了回信，也是一首诗。金生拭泪读其诗道：

>一自乡关动战锋，旧愁新恨几重重。
>
>肠虽已断情难断，生不相从死亦从！
>
>长使德言藏破镜，终教子建赋游龙②。

---

①小竖：童仆。

②"长使"二句：上句写自己与丈夫长久分别，难以团聚，下句是说丈夫赋诗寄托殷切思念之情。子建赋游龙，三国时曹操第三子曹植，字子建，极有文名。相传他早年爱慕甄氏，而甄氏却为其兄曹丕所得。子建郁郁寡欢，遂作《感甄赋》(即《洛神赋》)，表示对甄氏深深地怀念。赋中有"翩若惊鸿，矫若游龙"语。

　　绿珠碧玉心中事①，今日谁知也到侬②！

金生读罢其诗，才晓得翠翠出于不得已，其情已见。又见他把死来相许，料道今生无有完聚的指望了。感切伤心，终日郁闷涕泣，茶饭懒进，遂成痞疠之疾③。

　　将军也着了急，屡请医生调治。又道是心病还须心上医，你道金生这病可是医生医得好的么？看看日重一日，只待不起。里头翠翠闻知此信，心如刀刺，只得对将军说了，要到书房中来看看哥哥的病症。将军看见病势已凶，不好阻他，当下依允，翠翠才得书房中来。这是他夫妻第二番相见了，可怜金生在床上一丝两气，转动不得。翠翠见了十分伤情，噙着眼泪，将手去扶他的头起来，低低唤道："哥哥挣扎着，你妹子翠翠在此看你！"说罢泪如泉涌。金生听得声音，撑开双眼，见是妻子翠翠扶他，长叹一声道："妹妹，我不济事了，难得你出来见这一面！趁你在此，我死在你手里了，也得瞑目。"便叫翠翠坐在床边，自家强抬起头来，枕在翠翠膝上，奄然而逝④。

　　翠翠哭得个发昏章第十一⑤，报与将军知道，将军也着实可怜他，又恐怕苦坏了翠翠，分付从厚殡殓。替他在道场山脚下寻得一块好平坦地面，将棺木送去安葬。翠翠又对将军说了，自家亲去送殡。直看坟茔封闭了，恸哭得几番死去叫醒，然后回来。自此精神恍惚，坐卧不宁，染成一病。李将军多方医救，翠翠心里巴不得要死，并不肯服药。展转床席，将及两月。

　　一日，请将军进房来，带着眼泪对他说道："妾自从十七岁上抛家相

---

①绿珠碧玉：绿珠：晋代石崇的宠妾，美艳，善吹笛。孙秀求之未遂，便挑唆赵王伦杀害石崇，绿珠也跳楼自尽。碧玉，唐代乔知之的爱妾，貌美，擅长歌舞，为武承嗣所夺。知之作《绿珠怨》以讽之，碧玉投井死。这里翠翠借用两人的故事，表示决心以死相许。

②侬：吴语，我。

③痞疠（gé）：腹内郁闷气结的病症。

④奄然：忽然。

⑤发昏章第十一：古代经书分章，后人套用《孝经》"某某章第几"的句式，其实是"发昏"的戏谑语。

从,已得八载。流离他乡,眼前并无亲人,止有一个哥哥,今又死了。妾病若毕竟不起,切记我言,可将我尸骨埋在哥哥傍边,庶几黄泉之下,兄妹也得相依,免做了他乡孤鬼,便是将军不忘贱妾之大恩也。"言毕大哭。将军好生不忍,把好言安慰他,叫他休把闲事萦心,且自将息。说不多几时,昏沉上来,早已绝气。将军恸哭一番,念其临终叮嘱之言,不忍违他,果然将去葬在金生冢旁。可怜金生、翠翠二人,生前不能成双,亏得诡认兄妹,死后倒得做一处了。

已后国朝洪武初年①,于时张士诚已灭,天下一统,路途平静。翠翠家里淮安刘氏有一旧仆,到湖州来贩丝绵,偶过道场山下,见有一所大房子,绿户朱门,槐柳掩映。门前有两个人,一男一女打扮,并肩坐着。仆人道大户人家家眷,打点远避而过。忽听得两人声唤,走近前去看时,却是金生与翠翠。翠翠开口问父母存亡及乡里光景,仆人一一回答已毕。仆人问道:"娘子与郎君离了乡里多年,为何倒在这里住家起来?"翠翠道:"起初兵乱时节,我被李将军掳到这里,后来郎君远来寻访,将军好意仍把我归还郎君,所以就侨居在此了。"仆人道:"小人而今就回淮安,娘子可修一封家书,带去报与老爹、安人知道,省得家中不知下落,终日悬望。"翠翠道:"如此最好。"就领了这仆人进去,留他吃了晚饭,歇了一夜。

明日将出一封书来,叫他多多拜上父母。仆人谢了,带了书来到淮安,递与刘老。此时刘、金两家久不见二人消耗②,自然多道是兵戈死亡了。忽见有家书回来,问是湖州寄来的,道两人见住在湖州了,真个是喜从天降。叫齐了一家骨肉,尽来看这家书。元来是翠翠出名写的,乃是长篇四六之书③。书上写道:

> 伏以父生母育,难酬罔极之恩④;夫唱妇随,夙著三从之义⑤。

---

① 洪武:明太祖朱元璋的年号(1368—1398)。

② 消耗:消息,音讯。

③ 四六之书:指用骈文写的信。四六,骈文的一体,因以四字六字为对偶,故名。

④ 罔极:语出《诗经·小雅·蓼莪》,"欲报之德,昊天罔极。"意为父母恩德无穷。

⑤ 三从:在家从父,出家从夫,夫死从子。这是封建礼教对妇女的约束。

在人伦而已定,何时事之多艰?曩者汉日将倾,楚氛甚恶①,倒持太阿之柄②,擅弄潢池之兵③。封豕长蛇④,互相吞并;雄蜂雌蝶⑤,各自逃生。不能玉碎于乱离,乃至瓦全于仓卒。驱驰战马,随逐征鞍。望高天而八翼莫飞⑥,思故国而三魂屡散。良辰易迈,伤青鸾之伴木鸡;怨耦为仇⑦,惧乌鸦之打丹凤⑧。虽应酬而为乐,终感激以生悲。夜月杜鹃之啼⑨,春风蝴蝶之梦⑩。时移事往,苦尽甘来。今则杨素览镜而归妻,王敦开阁而放妓⑪。蓬岛践当时之约,潇湘有故人之逢。自怜赋命之屯,不恨寻春之晚。章台之柳,虽已折于

①汉日将倾,楚氛甚恶:汉日将倾,指汉族建立的王朝将要崩溃。这里借喻元朝即将灭亡。楚氛甚恶,语出《左传·襄公二十七年》,晋大夫伯夙对赵孟说,楚有袭晋的气氛。这里指张士诚等起兵攻元。

②倒持太阿之柄:借指握有兵权。太阿,宝剑名。

③"擅弄"句:《汉书》:"故使陛下赤子,盗弄陛下之兵于潢池中耳。"后以"潢池弄兵"指起兵造反或叛乱。

④封豕长蛇:将互相攻战吞并的各方比作猛兽毒蛇。封豕,大野猪,泛指猛兽。

⑤雄蜂雌蝶:比喻金山翠翠夫妇。

⑥八翼莫飞:典出《晋书·陶侃传》:"(侃)又梦生八翼,飞而上天,见天门九重,已登其八,唯一门不得入。阍者以杖击之,因坠地,折其左翼。"这里指翠翠被俘之后,即使梦生八翼,也难从敌营逃出。

⑦怨耦:指不和睦的夫妻。

⑧乌鸦:比喻李将军。丹凤:比喻翠翠的亲人。

⑨杜鹃:即子规鸟。相传为蜀帝杜宇之魄所化,昼夜悲鸣,闻者凄恻。

⑩蝴蝶之梦:《庄子·齐物论》载:庄周梦中化为蝴蝶,翩翩飞舞。后人把作梦叫做蝴蝶梦。

⑪"王敦"句:东晋大将军王敦有姬妾数十人,经人劝谏,他就打开后房门,把姬妾全部放走。

他人①；玄都之花，尚不改于前度②。将谓瓶沈而簪折③，岂期璧返而珠还④？殆同玉萧女两世姻缘⑤，难比红拂妓一时配合⑥。天与其便，事非偶然。煎鸾胶而续断弦，重谐缱绻⑦；托鱼腹而传尺素⑧，谨致叮咛。未奉甘旨，先此申覆。

读罢，大家欢喜。刘老问仆人道："你记得那里住的去处否?"仆人道："好大房子！我在里头歇了一夜，打发了家书来的，怎不记得?"刘老道："既如此，我同你湖州去走一遭，会一会他夫妻来。"

当下刘老收拾盘缠，别了家里，一同仆人径奔湖州。仆人领至道场山下前日留宿之处，只叫得声奇怪，连房屋影响多没有，那里说起高堂大厦？惟有些野草荒烟，狐踪兔迹。茂林之中，两个坟堆相连。刘老

---

① "章台"二句：唐代诗人韩翃与爱姬柳氏，遇安史之乱，两人失散。乱平，韩翃派人寻求柳氏，并寄诗曰："章台柳，章台柳，昔日青青今在否？纵使长条似旧垂，亦应攀折他人手。"后柳氏为番将沙吒利所得。这里指翠翠被李将军强占。

② "玄都"二句：唐刘禹锡诗云："玄都观里桃千树。"又："前度刘郎今又来。"这里指丈夫找来而自己并未变心。

③ 瓶沉簪折：出自白居易《新乐府》第五十五首《井底引银瓶》诗的前四句："井底引银瓶，银瓶欲上丝绳绝。石上磨玉簪，玉簪欲成中央折。"这是一首女子的怨歌，通过瓶沉、簪折两个形象的比喻，倾吐出女子遭遗弃的悲惨命运。这里则用来比喻夫妻的分离。

④ 璧返：引用蔺相如完璧归赵的故事，比喻物归原主；珠还：即汉孟尝为官清廉，合浦珠还的故事，比喻失而复得。这里指翠翠与丈夫相会。

⑤ "玉萧女"句：唐代韦皋与玉萧相爱，韦皋归省，玉萧相思，绝食而死。后玉萧转世，终与韦皋结合。

⑥ "红拂妓"：隋末，李靖去谒见越国公杨素，杨家歌伎红拂，见他品貌不凡，深夜与他私奔。红拂义兄虬髯客帮助李靖，辅佐唐太宗李世民建立唐朝基业。明张凤翼《红拂记》传奇敷演这个故事。

⑦ "煎鸾胶"句：相传西海向汉武帝献鸾胶，武帝用它粘接折断的弓弦，终日射箭而弦不再断。古人以琴瑟比喻夫妻，琴瑟弦与弓弦相同，因以"续胶"或"续弦"比喻妻死再娶。

⑧ "托鱼"句：古诗云："客从远方来，遗我双鲤鱼，呼童烹鲤鱼，中有尺素书。"素书，指书信。

道："莫不错了？"仆人道："前日分明在此，与我吃的是湖州香稻米饭，苕溪中鲜鲫鱼，乌程的酒，明明白白住了一夜去的，怎会得错？"

正疑怪间，恰好有一个老僧杖锡而来。刘老与仆人问道："老师父，前日此处有所大房子，有个金官人同一个刘娘子在里边居住，今如何不见了？"老僧道："此乃李将军所葬刘生与翠翠兄妹两人之坟，那有甚么房子来？敢是见鬼了！"刘老道："见有写的家书寄来，故此相寻。今家书见在，岂有是鬼之理？"急在缠带里摸出家书来一看，乃是一副白纸，才晓得果然是鬼。这里正是他坟墓，因问老僧道："适间所言李将军何在？我好去问他详细。"老僧道："李将军是张士诚部下的，已为天朝诛灭，骨头不知落在那里了，怎得有这样坟上堆埋呢？你到何处寻去？"

刘老见说，知是二人已死，不觉大恸，对着坟墓道："我的儿！你把一封书赚我千里远来，本是要我见一面的意思。今我到此地了，你们却潜踪隐迹，没处追寻，叫我怎生过得？我与你父子之情，人鬼可以无间。你若有灵，千万见我一见，放下我的心罢！"老僧道："老檀越不必伤悲！此二位官人、娘子，老僧定中时得相见①。老僧禅舍去此不远，老檀越，今日已晚，此间露立不便，且到禅舍中一宿。待老僧定中与他讨个消息回你，何如？"刘老道："如此，极感老师父指点。"遂同仆人随了老僧，行不上半里，到了禅舍中。老僧将素斋与他主仆吃用，收拾房卧安顿好，老僧自入定去了。

刘老进得禅房，正要上床，忽听得门响处，一对少年的夫妻走到面前。仔细看来，正是翠翠与金生。一同拜跪下去，悲啼宛转，说不出话来。刘老也挥着眼泪，抚摩着翠翠道："儿，你有说话只管说来。"翠翠道："向者不幸，遭值乱兵。忍耻偷生，离乡背井。叫天无路，度日如年。幸得良人不弃②，特来相访，托名兄妹，暂得相见。隔绝夫妇，彼此含冤。以致良人先亡，儿亦继没。犹喜许我附葬，又得魂魄相依。惟恐家中不知，故特托仆人寄此一信。儿与金郎生虽异处，死却同归。儿愿已毕，

----

①定中：即入定。佛教徒闭目静坐，心无外念，专注于一处。迷信认为，高僧
　　入定可与鬼神相会。
②良人：指丈夫。

父母勿以为念!"刘老听罢,哭道:"我今来此,只道你夫妻还在,要与你们同回故乡。今却双双去世,我明日只得取汝骸骨归去,迁于先垄之下,也不辜负我来这一番。"翠翠道:"向者因顾念双亲,寄此一书。今承父亲远至,足见慈爱。故本避幽冥,敢与金郎同来相见。骨肉已逢,足慰相思之苦。若迁骨之命,断不敢从。"刘老道:"却是为何?"翠翠道:"儿生前不得侍奉亲闱,死后也该依傍祖垄①。只是阴道尚静,不宜劳扰。况且在此溪山秀丽,草木荣华,又与金郎同栖一处。因近禅室,时闻妙理,不久就与金郎托生,重为夫妇。在此已安,再不必提起他说了。"抱住刘老,放声大哭。寺里钟鸣,忽然散去。

　　刘老哭将醒来,乃是南柯一梦②。老僧走到面前道:"夜来有所见否?"刘老一一述其梦中之言。老僧道:"贤女辈精灵未泯,其言可信也。幽冥之事,老檀越既已见得如此明白,也不必伤悲了。"刘老再三谢别了老僧。一同仆人到城市中,办了些牲醴酒馔,重到墓间浇奠一番,哭了一场,返棹归淮安去了③。

　　至今道场山有金翠之墓,行人多指为佳话。此乃生前隔别,死后成双,犹自心愿满足,显出这许多灵异来,真乃是情之所钟也。有诗为证:

　　　　连理何须一处栽? 多情只愿死同埋。

　　　　试看金翠当年事,愦愦将军更可哀④!

---

　　①祖垄:祖坟。

　　②南柯一梦:唐人传奇《南柯太守传》,写淳于棼梦梦入大槐安国,当上南柯郡太守,醒来才知是一场梦。后用"南柯梦"形容作梦。

　　③返棹:乘船返航。泛指返回。

　　④愦愦:昏庸,糊涂。

卷之七

吕使君情媾宦家妻　吴太守义配儒门女

词曰：

疏眉秀盼，向春风、还是宣和装束①。贵气盈盈姿态巧，举止况非凡俗。宋室宗姬，秦王幼女，曾嫁钦慈族。干戈横荡②，事随天地翻覆。　　一笑邂逅相逢，劝人满饮，旋旋吹横竹③。流落天涯俱是客，何必平生相熟？旧日荣华，如今憔悴，付与杯中醁。兴亡休问，为伊且尽船玉④。

这一首词名唤《念奴娇》，乃是宋朝使臣张孝纯在粘罕席上有所见之作⑤。当时靖康之变，徽、钦被掳，不知多少帝女王孙被犬羊之类群驱北去，正是"内人红袖泣，王子白衣行"的时节。到得那里，谁管你是金枝玉叶？多被磨灭得可怜⑥。有些颜色技艺的，才有豪门大家收做奴婢，又算是有下落的了。其余驱来逐去，如同犬彘一般。张孝纯奉使到彼云中府⑦，在大将粘罕席上，见个吹笛劝酒的女子是南方声音，私下偷问他，乃是秦王的公主，粘罕取以为婢。说罢，呜咽流涕。孝纯不胜伤感，故赋此词。

---

①宣和：宋徽宗赵佶年号(1119—1125)。

②干戈：指战争。

③旋旋：衍一"旋"字。横竹：指横笛。

④船玉：杯中酒。

⑤张孝纯：字永锡，滕阳(今江苏徐州)人。北宋宣和末，以河东宣抚使兼知太原府。靖康元年(1126)，太原城破，他被俘降金，官至左丞相。所引《念奴娇》词，非张孝纯之作。乃宇文虚中所撰，见唐圭璋《全金元词》。粘罕：即完颜宗翰女真名粘没喝，译为粘罕。国相撒改长子。金太宗完颜晟对宋作战时，为西路军统帅。天会五年(1127)，俘宋徽、钦二帝。

⑥磨灭：折磨。

⑦云中府：宋置，治所在今山西大同市。

后来金人将钦宗迁往大都燕京,在路行至平顺州地方①,驻宿在馆驿之中。时逢七夕佳节,金房家规制,是日官府在驿中排设酒肆,任从人沽酒会饮。钦宗自在内室坐下,闲看外边喧闹。只见一个鞑婆领了几个少年美貌的女子②,在这些饮酒的座头边,或歌或舞或吹笛,斟着酒劝着座客。座客吃罢,各赏些钱钞或是酒食之类,众女子得了,就去纳在鞑婆处。鞑婆又嫌多道少,打那讨得少的。这个鞑婆想就是中华老鸨儿一般③。少间,驿官叫一个皂衣吏典赍了酒食来送钦宗。其时钦宗只是软巾长衣秀才打扮,那鞑婆也不晓得是前日中朝的皇帝,道是客人吃酒,差一个吹横笛的女子到室内来伏侍。女子看见是南边官人,心里先自凄惨,呜呜咽咽,吹不成曲。钦宗对女子道:"我是你的乡人,你东京是谁家女子④?"那女子向外边看了又看,不敢一时就说,直等那鞑婆站得远了,方说道:"我乃百王宫魏王孙女,先嫁钦慈太后侄孙。京城既破,被贼人掳到此地,卖在粘罕府中做婢。后来主母嫉妒,终日打骂,转卖与这个胡妇。领了一同众多女子,在此日夜求讨酒钱食物,各有限数,讨来不勾,就要痛打。不知何时是了! 官人也是东京人,想也是被掳来的了。"钦宗听罢,不好回言,只是暗暗泪落,目不忍视,好好打发了他出去。这个女子便是张孝纯席上所遇的那一个。词中说"秦王幼女",秦王乃是廷美之后⑤,徽宗时改封魏王,魏王即秦王也。真个是凤子龙孙。遭着不幸,流落到这个地位,岂不可怜!

然此乃是天地反常时节,连皇帝也顾不得自家身子。这样事体,不在话下。还有个清平世界世代为官的人家,所遭不幸,也堕落了的。若不是几个好人相逢,怎能勾拔得个身子出来? 所以说:

　　红颜自古多薄命,若落娼流更可怜。
　　但使逢人提掇起⑥,淤泥原会长青莲。

————————

　　①平顺州:明嘉靖时才置县,今属山西省。所谓"平顺州"系小说作者附会。

　　②鞑婆:指女真族妇女。

　　③鸨儿:对妓女养母的称呼。

　　④东京:即北宋的都城开封府(今属河南)。

　　⑤廷美:宋太祖赵匡胤弟,字文化。累封秦王。徽宗时改封为魏王。

　　⑥提掇:捉携,挈带。

　　话说宋时饶州德兴县有个官人董宾卿①，字仲臣，夫人是同县祝氏。绍兴初年②，官拜四川汉州太守③，全家赴任。不想仲臣做不得几时，死在官上了。一家老小人口又多，路程又远，宦囊又薄，算计一时间归来不得，只得就在那边寻了房子，权且驻下。仲臣长子元广，也是祝家女婿，他有祖荫在身，未及调官，今且守孝在汉州。三年服满，正要别了母亲兄弟，挈了家小，赴阙听调④，待补官之后，看地方如何，再来商量搬取全家。不料未行之先，其妻祝氏又死，遗有一女。元广就在汉州娶了一个富家之女做了继室，带了妻女同到临安补官，得了房州竹山县令⑤。地方窄小，又且路远，也不能勾去四川接家属，只同妻女在衙中。

　　过了三年，考满⑥，又要进京，当时挈家东下⑦。且喜竹山到临安虽是路长，却自长江下了船，乃是一水之地。有同行驻泊一船，也是一个官人在内，是四川人，姓吕，人多称他为吕使君⑧，也是到临安公干的。这个官人年少风流，模样俊俏。虽然是个官人，还像个子弟一般。栖泊相并，两边彼此动问。吕使君晓得董家之船是旧汉州太守的儿子在内，他正是往年治下旧民，过来相拜。董元广说起亲属尚在汉州居驻，又兼继室也是汉州人氏，正是通家之谊⑨。大家道是在此联舟相遇，实为有缘，彼此欣幸。大凡出路之人，长途寂寞，巴不得寻些根绊⑩，图个往来。况且同是衣冠中，体面相等，往来更便。因此两家不是你到我船中，就是我到你船中，或是饮酒，或是下棋，或是闲话，真个是无日不会，就是骨肉相与，不过如此。这也是官员每出外的常事。

_____

①德兴县：宋代江南东路饶州的属县，今属江西省。

②绍兴：南宋高宗赵构年号（1131—1162）。

③汉州：宋属成都府路，今四川广汉县。

④赴阙：入朝。阙：宫门前的楼观，中间阙然有道。代指朝廷。

⑤竹山县：今属湖北。

⑥考满：指官吏的考绩期限已满。亦常指任满。

⑦挈家：犹携家。

⑧使君：汉代称刺史为使君。这里用作对人的尊称。

⑨通家：世代友好；姻亲。

⑩根绊：吴语，牵绊，牵挂。

不想董家船上却动火了一个人。你道是那个？正是那竹山知县的晚孺人。元来董元广这个继室不是头婚，先前曾嫁过一个武官。只因他丰姿妖艳，情性淫荡，武官十分嬖爱，尽力奉承，日夜不歇，淘虚了身子，一病而亡。青年少寡，那里熬得？待要嫁人，那边厢人闻得他妖淫之名，没人敢揽头，故此肯嫁与外方，才嫁这个董元广。怎当得元广禀性怯弱，一发不济，再不能畅他的意。他欲心如火，无可煞渴之处，因见这吕使君丰容俊美，就了不得动火起来。况且同是四川人，乡音惯熟，到比丈夫不同。但是到船中来，里头添茶暖酒，十分亲热。又抛声调噪，要他晓得。那吕使君乖巧之人，颇解其意，只碍着是同袍间①，一时也下不得手。谁知那孺人，或是露半面，或是露全身，眉来眼去，恨不得一把抱了他进来。日间眼里火了，没处泻得，但是想起，只做丈夫不着②，不住的要干事。弄得元广一丝两气，支持不过，疾病上了身子。吕使君越来候问殷勤，晓夜无间。趁此就与董孺人眉目送情，两下做光③，已此有好几分了。

舟到临安，董元广病不能起。吕使君分付自己船上道："董爷是我通家，既然病在船上，上去不得，连我行李也不必发上岸，只在船中下着，早晚可以照管。我所有公事，抬进城去勾当罢了。"过了两日，董元广毕竟死了。吕使君出身替他经纪丧事，凡有相交来吊的，只说："通家情重，应得代劳。"来往的人尽多赞叹他高义出人，今时罕有。那晓得他自有一副肚肠藏在里头，不与人知道的。正是：

　　周公恐惧流言日，王莽谦恭下士时。

　　假若当时身便死，一生真伪有谁知④？

吕使君与董孺人计议道："饶州家乡又远，蜀中信息难通，令公棺柩不如

---

　　①同袍：语出《诗经·秦风·无衣》："岂曰无衣，与子同袍。"后军人用以互　　称。泛指朋友、同僚等。

　　②做……不着：这种句式，有"拿某人作……牺牲"解。

　　③做光：指调情。

　　④"周公恐惧流言日"四句：这是白居易《放言》第三首的后四句，文字略有出　　入。

就在临安权且择地安葬。他年亲丁集会了①，别作道理。"商量已定，也都是吕使君摆拨，一面将棺枢厝顿停当②。事体才完，孺人率领元广前妻遗女，出来拜谢使君。孺人道："亡夫不幸，若非大人周全料理，贱妾茕茕母子，怎能勾亡夫入土？真乃是骨肉之恩也。"使君道："下官一路感蒙令公不弃，通家往来，正要久远相处，岂知一旦弃撇？客途无人料理，此自是下官身上之事。小小出力，何足称谢！只是殡事既毕，而今孺人还是作何行止？"孺人道："亡夫家口尽在川中，妾身也是川中人，此间并无亲戚可投，只索原回到川中去。只是路途迢递，茕茕母子，无可倚靠，寸步难行，如何是好？"使君陪笑道："孺人不必忧虑，下官公事勾当一完，也要即回川中，便当相陪同往。只望孺人勿嫌弃足矣！"孺人也含笑道："果得如此提挈，还乡有日，寸心感激，岂敢忘报！"使君带着笑，丢个眼色道："且看孺人报法何如？"两人之言俱各有意，彼此心照。只是各自一只官船，人眼又多，性急不便做手脚，只好咽干唾而已。有一只《商调·错葫芦》单道这难过的光景：

　　　　两情人，各一舟。总春心不自由，只落得双飞蝴蝶梦庄周③。活冤家犹然不聚头。又不知几时消受？抵多少眼穿肠断为牵牛④。

　　却说那吕使君只为要营勾这董孺人⑤，把自家公事趱干起了⑥，一面支持动身。两只船厮帮着一路而行，前前后后，止隔着盈盈一水。到了一个马头上，董孺人整备着一席酒，以谢孝为名⑦，单请着吕使君。吕

①亲丁：亲属。
②厝(cuò)顿：将棺材先停放安顿好，以后再安葬。
③庄周：庄子名周，战国时蒙城(今河南商丘东北)人。曾做过蒙地方的漆园吏。著有《庄子》。
④牵牛：相传天上的牵牛和织女相爱，结为夫妇。触怒天帝，责令织女归河东，被隔于天河两岸，只允许每年一度与牛郎相会。常用来指分隔两地难以会面的夫妇或彼此相爱的男女。
⑤营勾：勾引。
⑥趱干：赶快办理。
⑦谢孝：这里指丧事完拜谢曾来吊唁的亲友。

使君闻召,千欢万喜,打扮得十分俏倬①,趋过船来。孺人笑容可掬,迎进舱里,口口称谢。三杯茶罢,安了席,东西对坐了,小女儿在孺人肩下打横坐着。那女儿止得十来岁,未知甚么头脑②,见父亲在时往来的,只说道可以同坐吃酒的了。船上外水的人③,见他们说的多是一口乡谈,又见日逐往来甚密,无非是关着至亲的勾当,那管其中就里?谁晓得借酒为名,正好两下做光的时节。正是:

> 茶为花博士,酒是色媒人。

两人饮酒中间,言来语去,眉目送情,又不须用着马泊六④,竟是自家觌面打话,有什么不成的事?只是耳目众多,也要遮饰些个。看看月色已上,只得起身作别。使君道:“匆匆别去,孺人晚间寂寞,如何消遣?”孺人会意,答道:“只好独自个推窗看月耳。”使君晓得意思许他了,也回道:“月色果好,独睡不稳,也待要开窗玩月,不可辜负此清光也。”你看两人之言,尽多有意,一个说开窗,一个说推窗,分明约定晚间窗内走过相会了。

使君到了自家船中,叫心腹家童分付船上:“要两船相并帮着,官舱相对,可以照管。”船上水手听依分付,即把两船紧紧贴着住了。人静之后,使君悄悄起身,把自己船舱里窗轻推开来,看那对船时节,舱里小窗虚掩。使君在对窗咳嗽一声,那边把两扇小窗一齐开了。月光之中,露出身面,正是孺人独自个在那里。使君忙忙跳过船来,这里孺人也不躲闪。两下相偎相抱,竟到房舱中床上,干那话儿去了:

> 一个新寡的文君,正要相如补空⑤;一个独居的宋玉,专待邻女

---

①俏倬:风流;俊俏。
②头脑:底细,内情。
③外水:指外乡。
④马泊六:不正当男女关系的撮合人。
⑤“一个新寡的文君”二句:汉代临邛卓王孙之女文君,年少新寡,司马相如至其家作客,以琴弹《凤求凰》一曲挑动她,终使文君私奔,两人结为夫妻。

　　成双①。一个是不系之舟,随人牵挽;一个如中流之楫,惟我荡摇。
　　沙边鸂鶒好同眠②,水底鸳鸯堪比乐。

云雨既毕,使君道:"在下与孺人无意相逢,岂知得谐凤愿? 三生之幸
也!"孺人道:"前日瞥见君子,已使妾不胜动念。后来亡夫遭变,多感周
全。女流之辈,无可别报,今日报以此身。愿勿以妾自献为嫌,他日相
弃,使妾失望耳。"使君道:"承子不弃,且自欢娱,不必多虑。"自此朝隐
而出,暮隐而入,日以为常,虽外边有人知道,也不顾了。

　　一日正欢乐间,使君忽然长叹道:"目下幸得同路而行,且喜蜀道尚
远,还有几时。若一到彼地,你自有家,我自有室,岂能长有此乐哉!"孺
人道:"不是这样说,妾夫既身亡,又无儿女,若到汉州,或恐亲属拘碍。
今在途中,惟妾得自主,就此改嫁从君,不到那董家去了,谁人禁得我
来?"使君闻言,不胜欣幸道:"若得如此,足感厚情,在下益州成都郫县
自有田宅庄房③,尽可居住。那是此间去的便道,到得那里,我接你上去
住了,打发了这两只船。董家人愿随的,就等他随你住了;不愿的,听他
到汉州去,或各自散去。汉州又远,料那边多是孤寡之人,谁管得到这
里的事? 倘有人说话,只说你遭丧在途,我已礼聘为外室了④,却也无奈
我何!"孺人道:"这个才是长远计较。只是我身边还有这小妮子,是前
室祝氏所生,今这个却无去处,也是一累。"使君道:"这个一发不打紧,
目下还小,且留在身边养着。日后有人访着,还了他去。没人来访,等
长大了,不拘那里着落了便是⑤,何足为碍?"

　　两人一路商量的停停当当,到了郫县,果然两船上东西尽情搬上去
住了。可惜董家竹山一任县令,所有宦资连妻女,多属之他人。随来的

---

　　①"一个独居的宋玉"二句:宋玉东邻之女容貌美丽,她爬上墙头窥看宋玉,
　　　整整三年,而宋玉不为动心。见宋玉《登徒子好色赋》。这里反其意用之,
　　　比喻吕使君与董孺人偷情。
　　②鸂鶒(xīchì):亦作"鸂鶒"。古书上所指的一种水鸟,形似鸳鸯,稍大,而多
　　　紫色,好双双并游。俗称"紫鸳鸯"。
　　③郫县:宋代为成都府属县,今属四川。
　　④外室:犹外宅。男子于正妻之外在别处另娶的妻妾。
　　⑤着落:安排,安置。

家人也尽有不平的,却见主母已随顺了,吕使君又是个官宦,谁人敢与他争得?只有气不伏不情愿的,当下四散而去。吕使君虽然得了这一手便宜,也被这一干去的人各处把这事播扬开了。但是闻得的,与旧时称赞他高谊的,尽多讥他没行止,鄙薄其人。至于董家关亲的见说着这话,一发切齿痛恨,自不必说了。

董家关亲的,莫如祝氏最切。他两世嫁与董家。有好些出仕的在外,尽多是他夫人每弟兄叔侄之称。有一个祝次骞,在朝为官。他正是董元广的妻兄,想着董氏一家飘零四散,元广妻女被人占据,亦且不知去向,日夜系心。其时乡中王恭肃公到四川做制使①,托他在所属地方访寻。道里辽阔,谁知下落?

乾道初年②,祝次骞任嘉州太守③,就除利路运使④。那吕使君正补着嘉州之缺,该来与祝次骞交代。吕使君晓得次骞是董家前妻之族,他干了那件短行之事,怎有胆气见他?迁延稽留,不敢前来到任。祝次骞也恨着吕使君是禽兽一等人,心里巴不得不见他,趁他未来,把印绶解卸,交与僚官权时收着,竟自去了。吕使君到得任时,也就有人寻他别是非,弹上一本。朝廷震怒,狼狈而去。

祝次骞枉在四川路上做了一番的官,竟不曾访得甥女儿的消耗,心中常时抱恨。也是人有不了之愿,天意必然生出巧来。直到乾道丙戌年间⑤,次骞之子祝东老,名震亨,又做了四川总干之职⑥。受了檄文,前往成都公干,道经绵州⑦。绵州太守吴仲广出来迎着,置酒相款。仲

---

①制使:即制置使,为一路至数路地区统兵大员。

②乾道:南宋孝宗赵昚年号(1165—1173)。

③嘉州:今四川乐山县。

④利路:即利州路。宋咸平四年(1001)置,治所在兴元府(今陕西汉中)。运使:即转运使,宋初,掌一路或数路财赋,有督察地方官吏的权力;其后职掌扩大,兼治理边防、治安、钱粮、巡察等事,成为府州以上的行政长官。

⑤丙戌:南宋乾道二年(1166)。

⑥四川总干:宋代四川设总领,总领四川财赋,供办军饷。总领官署称总领所。总干,即总领所干办公事的简称。

⑦绵州:宋代为成都府路的属州,今四川绵阳市。

广元是待制学士出身①,极是风流文采的人。是日郡中开宴,凡是应得承直的娼优无一不集。东老坐间,看见户橡旁边立着一个妓女,姿态恬雅,宛然闺阁中人,绝无一点轻狂之度。东老注目不瞬,看勾多时,却好队中行首到面前来斟酒,东老且不接他的酒,指着那户橡旁边的妓女问他道:“这个人是那个?”行首笑道②:“官人喜他么?”东老道:“不是喜他,我看他有好些与你们不同处,心中疑怪,故此问你。”行首道:“他叫得薛倩。”东老正要细问,吴太守走出席来,斟着巨觥来劝,东老只得住了话头,接着太守手中之酒,放下席间,却推辞道:“贱量实不能饮,只可小杯适兴。”太守看见行首正在旁边,就指着巨觥分付道:“你可在此奉着总干,是必要总干饮乾,不然就要罚你。”行首笑道:“不须罚小的,若要总干多饮,只叫薛倩来奉,自然毫不推辞。”吴太守也笑道:“说得古怪,想是总干曾与他相识么?”东老道:“震亨从来不曾到大府这里,何由得与此辈相接?”太守反问行首道:“这等,你为何这般说?”行首道:“适间总干殷殷问及,好生垂情于他。”东老道:“适才邂逅之间,见他标格③,如野鹤在鸡群。据下官看起来,不像是个中之人,心里疑惑,所以在此询问他为首的,岂关有甚别意来?”太守道:“既然如此,只叫薛倩侍在总干席旁劝酒罢了。”

行首领命,就唤将薛倩来侍着。东老正要问他来历,恰中下怀。命取一个小杌子赐他坐了④,低问他道:“我看你定然不是风尘中人⑤,为何在此?”薛倩不敢答应,只叹口气,把闲话支吾过去。东老越越疑心,过会又问道:“你可实对我说?”薛倩只是不开口,要说又住了。东老道:“直说不妨。”薛倩道:“说也无干,落得羞人。”东老道:“你尽说与我知道,焉知无益?”薛倩道:“尊官盘问不过,不敢不说,其实说来可羞。我本好人家儿女,祖、父俱曾做官,所遭不幸,失身辱地。只是前生业债所

---

① 待制学士:宋时位在诸阁学士、直学士之下,为侍从官。
② 行首:即上厅行首。官妓承应官府参拜或歌舞,因色艺出众、排在行列最前者,故称。宋元时对上等妓女的称呼。也用于称妓女中的头人。
③ 标格:风范,风度。
④ 小杌子(wù):即小凳子。
⑤ 风尘中人:指妓女。

欠，今世偿还，说他怎的！"东老恻然动心道："汝祖、汝父，莫不是汉州知州，竹山知县么？"薛倩大惊，哭将起来道："官人如何得知？"东老道："果若是，汝母当姓祝了。"薛倩道："后来的是继母，生身亡母正是姓祝。"东老道："汝母乃我姑娘也^①，不幸早亡。我闻你与继母流落于外，寻觅多年，竟无消耗，不期邂逅于此。却为何失身妓籍？可备与我说。"薛倩道："自从父亲亡后，即有吕使君来照管丧事，与同继母一路归川。岂知得到川中，经过他家门首，竟自尽室占为己有。继母与我多随他居住多年。那年坏官回家^②，郁郁不快，一病而亡。连继母无所倚靠，便将我出卖，得了薛妈七十千钱，遂入妓籍，今已是一年多了。追想父亲亡时，年纪虽小，犹在目前。岂知流落羞辱，到了这个地位！"言毕，失声大哭，东老不觉也哭将起来。

初时说话低微，众人见他交头接耳，尽见道无非是些调情肉麻之态，那里管他就里？直见两人多哭做一堆，方才一座惊骇，尽来诘问。东老道："此话甚长，不是今日立谈可尽，况且还要费好些周折，改日当与守公细说罢了。"太守也有些疑心，不好再问。酒罢各散，东老自向公馆中歇宿去了。

薛倩到得家里，把席间事体对薛妈说道："总干官府是我亲眷，今日说起，已自认帐。明日可到他寓馆一见，必有出格赏赐。"薛妈千欢万喜。到了第二日，薛妈率领了薛倩，来到总干官舍前求见。祝东老见说，即叫放他母子进来。正要与他细话，只见报说太守吴仲广也来了。东老笑对薛倩道："来得正好。"薛倩母子多未知其意。

太守下得轿，薛倩走过去先叩了头。太守笑道："昨日哭得不勾，今日又来补么？"东老道："正要见守公说昨日哭的缘故，此子之父董元广乃竹山知县，祖父仲臣是汉州太守，两世衣冠之后。只因祖死汉州，父又死于都下。妻女随在舟次，所遇匪人^③，流落到此地位。乞求守公急

---

①姑娘：即姑母。
②坏官：免官，革职。
③匪人：指行为不端正的人。

为除去乐籍①。"太守恻然道："元来如此！除籍在下官所司，甚为易事。但除籍之后，此女毕竟如何？若明公有意，当为效劳。"东老道："不是这话，此女之母即是下官之姑，下官正与此女为嫡表兄妹。今既相遇，必须择个良人嫁与他，以了其终身。但下官尚有公事须去，一时未得便有这样凑巧的。愚意欲将此女暂托之尊夫人处安顿几时，下官且到成都往回一番。待此行所得诸台及诸郡馈遗路赆之物②，悉将来为此女的嫁资。慢慢拣选一个佳婿与他，也完我做亲眷的心事。"太守笑道："天下义事，岂可让公一人做尽了？我也当出二十万钱为助。"东老道："守公如此高义，此女不幸中大幸矣！"当下分付薛倩："随着吴太守到衙中奶奶处住着，等我来时再处。"太守带着自去。东老叫薛妈过来，先赏了他十千钱，说道："薛倩身价在我身上，加利还你。"薛妈见了是官府做主，怎敢有违？只得凄凄凉凉自去了。东老一面往成都进发，不题。

且说吴太守带得薛倩到衙里来，叫他见过了夫人，说了这些缘故，叫夫人好好看待他，夫人应允了。吴太守在衙里，仔细把薛倩举动看了多时，见他仍是满面忧愁，不歇的叹气，心里忖道："他是好人家女儿，一向堕落，那不得意是怪他不得的。今既已遇着表兄相托，收在官衙，他日打点嫁人，已提挈在好处了，为何还如此不快？他心中毕竟还有掉不下的事。"教夫人缓缓盘问他备细。

薛倩初时不肯说，吴太守对他说："不拘有甚么心事，只管明白说来，我就与你做主。"薛倩方才说道："官人再三盘问，不敢不说，说来也是枉然的。"太守道："你且说来，看是如何？"薛倩道："贱妾心中实是有一个人放他不下，所以被官人看破了。"太守道："是甚么人？"薛倩道："妾身虽在烟花之中，那些浮浪子弟，未尝倾心交往。只有一个书生，年方弱冠③，尚未娶妻，曾到妾家往来，彼此相爱。他也晓得妾身出于良家，深加悯恤，越觉情浓，但是入城，必来相叙。他家父母知道，拿回家去痛打一顿，锁禁在书房中。以后虽是时或有个信来，再不能勾见他一

①乐籍：乐户的名籍。因官妓属于乐部，故称。
②路赆(jìn)：送行者赠送的礼物或路费。
③弱冠：古代男子二十岁行冠礼，故用以指男子二十岁左右的年龄。

面了。今蒙官人每抬举,若脱离了此地,料此书生无缘再会,所以不觉心中快快,撇放不开,岂知被官人看了出来。"太守道:"那个书生姓甚么?"薛倩道:"姓史,是个秀才,家在乡间。"太守道:"他父亲是甚么人?"薛倩道:"是个老学究。"太守道:"他多少家事①,娶得你起么?"薛倩道:"因是寒儒之家,那书生虽往来了几番,原自力量不能,破费不多,只为情上难舍,频来看觑。他家兀自道破坏了家私②,狠下禁锁,怎有钱财娶得妾身?"太守道:"你看得他做人如何? 可真心得意他否?"薛倩道:"做人是个忠诚有余的,不是那些轻薄少年,所以妾身也十分敬爱,谁知反为妾受累,而今就得意也没处说了。"说罢,早又眼泪落将出来。

太守问得明白,出堂去金了一张密票,差一个公人,拨与一匹快马,"急取绵州学史秀才到州,有官司勾当③,不可迟误"。公人得了密票,狐假虎威,扯做了一场火急势头,忙下乡来,敲进史家门去,将朱笔官票与看,乃是府间遣马追取秀才,立等回话的公事。史家父子惊得呆了,各没想处。那老史埋怨儿子道:"定是你终日宿娼,被他家告害了,再无他事。"史秀才道:"府尊大人取我,又遣一匹马来,焉知不是文赋上边有甚么相商处?"老史道:"好来请你? 束帖不用一个,出张朱票?"史秀才道:"决是没人告我!"父子两个胡猜不住,公人只催起身。老史只得去收拾酒饭,待了公人,又送了些辛苦钱,打发儿子起身到州里来。正是:

乌鸦喜鹊同声,吉凶全然未保。

今日捉将官去,这回头皮送了④。

史生同了官差,一程来到州中。不知甚么事由,穿了小服⑤,进见太守。太守教换了公服相见⑥,史生才把疑心放下了好些。换了衣服,进去行礼已毕,太守问道:"秀才家小小年纪,怎不苦志读书,倒来非礼之地频游,何也?"史生道:"小生诵读诗书,颇知礼法。蓬窗自守,从不游

---

① 家事:家产,家业。

② 兀自:还;仍然。

③ 勾当:事情(一般指坏事)。

④ 头皮:指头。

⑤ 小服:平民的服装。

⑥ 公服:指官吏的制服。这里指生员的服装。

甚非礼之地。"太守笑道："也曾去薛家走走么?"史生见道着真话,通红了两颊道："不敢欺大人,客寓州城,诵读余功,偶与朋友辈适兴闲步,容或有之,并无越礼之事。"太守又道："秀才家说话不必遮饰!试把与薛倩往来事情,实诉我知道。"史生见问得亲切,晓得瞒不过了,只得答道:"大人问及于此,不敢相诳。此女虽落娼地,实非娼流,乃名门宦裔,不幸至此。小生偶得邂逅,见其标格有似良人,问得其详,不胜义愤。自惜身微力薄,不能拔之风尘,所以怜而与游。虽系儿女子之私,实亦士君子之念。然如此鄙事,不知大人何以知而问及,殊深惶愧!只得实陈,伏乞大人容恕!"太守道:"而今假若以此女配足下,足下愿以之为室家否?"史生道:"淤泥青莲,亦愿加以拂拭①,但贫士所不能,不敢妄想。"太守笑道:"且站在一边,我教你看一件事。"就擘一枝签,唤将薛妈来。

薛妈慌忙来见太守。太守叫库吏取出一百道官券来与他②,道:"昨闻你买薛倩身价止得钱七十千,今加你价三十千,共一百道,你可领着。"时史生站在傍边,太守用手指着对薛妈道:"汝女已嫁此秀才了,此官券即是我与秀才出的聘礼也。"薛妈不敢违拗,只得收了。当下认得史生的,又不好问得缘故。老妈们心性,见了一百千,算来不亏了本,随他女儿短长也不在他心上。不管三七二十一,欢欢喜喜自出去了。

此时史生看见太守如此发放,不晓其意,心中想道:"难道太守肯出己钱讨来与我不成?这怎么解?"出了神没可想处。太守唤史生过来,笑道:"足下苦贫不能得娶,适间已为足下下聘了③。今以此女与足下为室,可喜欢么?"史生叩头道:"不知大人何以有此天恩,出自望外,岂不踊跃④!但家有严父,不敢不告。若知所娶娼女,事亦未必可谐,所虑在此耳。"太守道:"你还不知,此女为总干祝使君表妹,前日在此相遇,已托下官脱了乐籍,俟成都归来,替他择婿。下官见此义举,原许以二十万钱助嫁。今此女见在我衙中。昨日见他心事不决,问得其故,知与足

---

①拂拭:赏识,提携。

②道:量词,张。元无名氏《云窗梦》第一折:"你爱的茶引三千道。"官券:旧时政府发行的钱票。

③适间:刚才。

④踊跃,欢欣鼓舞,兴高采烈。

下两意相孚①,不得成就。下官为此相请,欲为你两人成此好事。适间已将十万钱还了薛媪,今再以十万钱助足下婚礼,以完下官口信。待总干来时,整备成亲。若尊人问及,不必再提起薛家,只说总干表妹,下官为媒,无可虑也。"史生见说,欢喜非常,谢道:"鲰生何幸②,有此奇缘,得此恩遇,虽粉骨碎身,难以称报!"太守又叫库吏取一百道官券,付与史生。史生领下,拜谢而去。看见丹樨之下荷花正开,赋诗一首,以见感恩之意。诗云:

> 莲染青泥埋暗香,东君移取一齐芳。
>
> 擎珠拟作衔环报③,已学葵心映日光。

史生到得家里,照依太守说的话回覆了父母。父母道是喜从天降,不费一钱攀了好亲事,又且见有许多官券拿回家来,问其来历,说道是太守助的花烛之费,一发支持有余,十分快活。一面整顿酒筵各项,只等总干回信不题。

却说吴太守虽已定下了史生,在薛倩面前只不说破。隔得一月,祝东老成都事毕,重回绵州,来见太守,一见便说表妹之事。太守道:"别后已干办得一个佳婿在此,只等明公来,便可嫁了。"东老道:"此行所得合来有五十万,今当悉以付彼,使其成家立业。"太守道:"下官所许二十万,已将十万还其身价,十万备其婚资。今又有此助,可以不忧生计。况其人可倚,明公可以安心了。"东老道:"婿是何人?"太守道:"是个书生,姓史,今即去召他来相见。"东老道:"书生最好。"太守立刻命人去召将史秀才来到,教他见了东老。东老见他少年,丰姿出众,心里甚喜。太守即择取来日大吉,叫他备轿,明日到州,迎娶家去。

太守回衙,对薛倩道:"总干已到,佳婿已择得有人,看定明日成婚。婚资多备,从此为良人妇了。"薛倩心里且喜且悲。喜的是亏得遇着亲

---

①相孚:犹相符。

②鲰(zōu)生:古代对人的蔑称,但也可作为谦恭的自称,犹言"小生"。

③衔环:东汉杨宝救了一只黄雀,后来一黄衣童以白环四枚相报,意谓其子孙洁白,位登大官,有如此环。后用衔环比喻报恩。见南朝梁英均《续齐谐记》。

眷，又得太守做主，脱了贱地，嫁个丈夫，立了妇名！悲的是心上书生从此再不能勾相会了。正是：

> 笑啼俱不敢，方信做人难。
>
> 早知灯是火，落得放心安。

明日，祝东老早到州中，坐在后堂。与太守说了，教薛倩出来相见。东老即将五十万钱之数交与薛倩，道："聊助子妆奁之费，少尽姑表之情。只无端累守公破费二十万，甚为不安。"太守笑道："如此美事，岂可不许我费一分乎？"薛倩叩谢不已。东老道："婿是守公所择，颇为得人，终身可傍矣。"太守笑道："婿是令表妹所自择，与下官无干。"东老与薛倩俱愕然不解。太守道："少顷自见。"

正话间，门上进禀史秀才迎婚轿到。太守立请史秀才进来，指着史生对薛倩道："前日你再三不肯说，我道说明白了，好与你做主。今以此生为汝夫，汝心中没有不足处了么？"薛倩见说，方敢抬眼一看，正是平日心上之人。方晓得适间之言，心下暗地喜欢无尽。太守立命取香案，教他两人拜了天地。已毕，两人随即拜谢了总干与太守。太守分付花红、羊酒、鼓乐送到他家。东老又命从人抬了这五十万嫁资，一齐送到史家家里来。史家老儿只说是娶得总干府表妹，以此为荣，却不知就是儿子前日为嫖了厮闹的表子。后来渐渐明白，却见两处大官府做主，又平白得了许多嫁资，也心满意足了。史生夫妻二人感激吴太守，做个木主①，供在家堂，奉祀香火不绝。

次年，史生得预乡荐②。东老又着人去汉州，访着了董氏兄弟，托与本处运使，周给了好些生计③，来通知史生夫妻二人，教他相通往来。史生后来得第，好生照管妻家，汉州之后得以不绝。此乃是不幸中之幸，遭遇得好人，有此结果。不然，世上的人多似吕使君，那两代为官之后到底堕落了。天网恢恢，正不知吕使君子女又如何哩！

> 公卿宣淫，误人儿女。不遇手援，焉复其所？　　瞻彼穹庐，

---

①木主：即供奉或祭祀用的牌位。

②乡荐：唐宋时应进士试者，由州县荐举，叫做"乡荐"。

③生计：资材，生活费用。

涕零如雨。千载伤心，王孙帝主。

卷之八

沈将仕三千买笑钱　王朝议一夜迷魂阵

词云：

风月襟怀，图取欢来。戏场中尽有安排。呼卢博赛①，岂不豪哉？费自家心，自家力，自家财。　　有等奸胎，惯弄乔才②，巧妆成科诨难猜③。非关此辈，忒使心乖。总自家痴，自家狠，自家呆。——词寄《行香子》。

这首词说着人世上诸般戏事，皆可遣兴陶情，惟有赌博一途最是为害不浅。盖因世间人总是一个贪心所使，见那守分的一日里辛辛苦苦，巴着生理，不能勾近得多少钱；那赌场中一得了采，精金白银只在一两掷骰子上收了许多来，岂不是个不费本钱的好生理？岂知有这几掷赢，便有几掷输。赢时节，道是倘来之物④，就有粘头的、讨赏的、帮衬的，大家来撮哄。这时节意气扬扬，出之不吝。到得赢骰过了，输骰齐到，不知不觉的弄个罄净，却多是自家肉里钱⑤，傍边的人不曾帮了他一文。所以只是输的多，赢的少。有的不伏道："我赢了就住，不到得输就是了。"这句话恰似有理，却是那一个如此把得定？有的巴了千钱要万钱，人心不足不肯住的。有的乘着胜来，只道是常得如此，高兴了不肯住的。有的怕别人讥诮他小家子相，碍上碍下不好住的。及至临后输来，虽悔无及，道先前不曾住得，如今难道就罢？一发住不成了，不到得弄完决不收场。况且又有一落场便输了的，总有几掷赢骰，不勾翻本，怎好住得？到得翻本到手，又望多少赢些，那里肯住？所以一耽了这件滋味，定是无明无夜，抛家失业，失魂落魄，忘餐废寝的。朋友们讥评，妻

---

① 呼卢博赛：指赌博。
② 乔才：指狡狯的伎俩。
③ 科诨：即插科打诨。戏曲里使人发笑的穿插。
④ 倘来之物：不应得而得或意外得来的财物。
⑤ 肉里钱：吴语，指辛苦挣来的钱。

子们怨怅，到此地位，一总不理。只是心心念念记挂此事，一似担雪填井，再没个满的日子了。全不想钱财自命里带来，人人各有分限，岂由你空手博来，做得人家的？不要说不能勾赢，就是赢了，未必是福处。

宋熙宁年间①，相国寺前有一相士②，极相得着，其门如市。彼时南省开科③，纷纷举子多来扣问得失。他一一决来，名数不爽。有一举子姓丁名湜，随众往访。相士看见大惊道："先辈气色极高④，吾在此阅人多矣，无出君右者。据某所见，便当第一人及第。"问了姓名，相士就取笔在手，大书数字于纸云："今科状元是丁湜。"粘在壁上。向丁生拱手道："留为后验。"丁生大喜自负，别了相士，走回寓中来。不觉心神畅快，思量要寻个乐处。

元来这丁生少年才俊，却有个僻性，酷好的是赌博。在家时先曾败掉好些家资，被父亲锁闭空室，要饿死他。其家中有妪怜之，破壁得逃。到得京师，补试太学，幸得南省奏名⑤，只待廷试。心绪闲暇，此兴转高。况兼破费了许多家私，学得一番奢遮手段⑥，手到处会赢，心中技痒不过⑦。闻得同榜中有两个四川举子，带得多资，亦好赌博。丁生写个请帖，着家童请他二人到酒楼上饮酒。

二人欣然领命而来，分宾主坐定。饮到半酣，丁生家童另将一个包袱放在左边一张桌子上面，取出一个匣子开了，拿出一对赏钟来。二客看见匣子里面藏着许多戏具，乃是骨牌、双陆、围棋、象棋及五木骰子、

①熙宁：宋神宗赵顼的年号（1068—1077）。

②相国寺：北宋东京著名的佛寺。《东京梦华录》卷三《大内前州桥东街巷》："大内前州桥之东，临汴河大街，曰相国寺。"同卷《相国寺内万姓交易》："相国寺每月五次开放万姓交易，……后廊皆日者货术、传神之类。"日者：即占卜算命的相士。据宋《皇朝事宝类苑》卷四十九，当时举子多来叩问应试得失。

③南省：特指隶属于尚书省的礼部，是主持会试的官署。

④先辈：犹言前辈。这里是对文人的敬称。

⑤奏名：科举考试，礼部将拟录取的进士名册送呈皇帝审核，叫做"奏名"。

⑥奢遮：吴语，了不起，出色。

⑦技痒：有某种技艺的人遇到机会急欲表现。

枚马之类①，无非赌博场上用的。晓得丁生好此，又触着两人心下所好，相视而笑。丁生便道："我们乘着酒兴，三人共赌一回取乐，何如？"两人拍手道："绝妙！绝妙！"一齐立起来，看楼上旁边有一个小阁，丁生指着道："这里头到幽静些。"遂叫取了博具，一同到阁中来。相约道："我辈今日逢场作戏，系是彼此同袍，十分大有胜负，忒难为人了。每人只以万钱为率，尽数赢了，止得三万，尽数输了，不过一万，图个发兴消闲而已。"说定了，方才下场，相博起来。

初时果然不十分大来往，到得掷到兴头上，你强我赛，各要争雄，一二万钱只好做一掷，怎好就歇得手？两人又着家童到下处再取东西，下着本钱，频频添入，不记其次。丁生煞是好手段，越赢得来，精神越旺。两人不伏输，狠将注头乱推②，要博转来，一注大似一注。怎当得丁生连掷胜采，两人出注，正如众流归海，尽数赶在丁生处了。直赢得两人油干火尽。两人也怕起来，只得忍着性子住了，垂头丧气而别。丁生总计所赢，共有六百万钱。命家童等负归寓中，欢喜无尽。

隔了两日，又到相士店里来走走，意欲再审问他前日言语的确。才进门来，相士一见大惊道："先辈为何气色大变？连中榜多不能了，何况魁选③！"急将前日所粘在壁上这一条纸扯下来，揉得粉碎。叹道："坏了我名声，此番不准了。可恨！可恨！"丁生慌了道："前日小生原无此望，是足下如此相许。今日为何改了口，此是何故？"相士道："相人功名，先观天庭气色④。前日黄亮润泽，非大魁无此等光景，所以相许。今变得

---

①骨牌：用骨头、象牙或竹子制成，故又称"牙牌"，民间则俗称"牌九"。共有三十二张牌，用不同颜色的点子相排列，称为"一副"。相传始行于宋代宣和年间。双陆：古代一种棋戏，棋子各有十六个（一说十五），称为马，黑白马对行，先出完者获胜。故又称"打马"。五木骰子：古代博具。以斫木为子，一具五枚。古代博戏樗蒲用五木掷采打马，其后则掷以决胜负。后世用骰子，相传由五木演变而来。枚马：即筹码。古代投壶计算胜负的用具。后常用于赌博，用以计数和进行计算。

②注头：赌博时所下的财物。

③魁选：科举考试中的第一名。

④天庭：指前额两眉的中央。

枯焦且黑滞了，那里还望功名？莫非先辈有甚设心不良，做了些谋利之事，有负神明么？试想一想看。"丁生悚然，便把赌博得胜之事说出来，道："难道是为此戏事？"相士道："你莫说是戏事，关着财物，便有神明主张。非义之得，自然减福。"丁生悔之无及，忖了一忖，问相士道："我如今尽数还了他，敢怕仍旧不妨了？"相士道："才一发心，暗中神明便知。果能悔过，还可占甲科，但名次不能如旧，五人之下可望，切须留心。"

丁生亟回寓所①，着人去请将二人到寓。两人只道是又来纠赌，正要翻手，三脚两步忙忙过来。丁生相见了，道："前日偶尔做戏，大家在客中，岂有实得所赢钱物之理？今日特请两位过来，奉还原物。"两人出于不意，道："既已赌输，岂有竟还之理！或者再博一番，多少等我们翻些才使得。"丁生道："道义朋友，岂可以一时戏耍损伤客囊财物？小弟誓不敢取一文，也不敢再做此等事了。"即叫家童各将前物竟送还两人下处。两人喜出望外，道是丁生非常高谊，千恩万谢而去。岂知丁生原为着自己功名要紧，故依着相士之言，改了前非。

后来廷试唱名②，果中徐铎榜第六人③，相士之术不差毫厘。若非是这一番赌，这状头稳是丁湜④，不让别人了，今低了五名。又还亏得悔过迁善，还了他人钱物，尚得高标；倘贪了小便宜，执迷不悟，不弄得功名没分了？所以说，钱财有分限，靠着赌博得来，便赢了也不是好事。况且有此等近利之事，便有一番谋利之术。有一伙赌中光棍，惯一结了一班党与，局骗少年子弟，俗名谓之"相识"。用铅沙灌成药骰，有轻有重。将手指拈将转来，拈得得法，抛下去多是赢色。若任意抛下，十掷九输。又有惯使手法，撑红坐六的。又有阴阳出法，推班出色的。那不识事的小二哥，一团高兴，好歹要赌，俗名唤作"酒头"。落在套中，出身不得，谁有得与你赢了去？奉劝人家子弟，莫要痴心想别人的。看取丁湜故事，就赢了也要折了状元之福。何况没福的？何况必输的？不如

①亟：急切，迫切；亟盼。
②唱名：科举时代廷试（即殿试）后，皇帝呼名召见登第进士，叫唱名。
③中徐铎榜第六人：在录取徐铎为状元的榜上中了第六名。徐铎，字振文，兴化莆田（今属福建）人，熙宁进士第一。
④状头：即状元。

学好守本分的为强。有诗为证：

> 财是他人物，痴心何用贪？
>
> 寝兴多失节，饥饱亦相参。
>
> 输去中心苦，赢来众口馋。
>
> 到头终一败，辛苦为谁甜？

小子只为苦口劝着世人休要赌博，却想起一个人来，没事闲游，撞在光棍手里，不知不觉弄去一赌，赌得精光，没些巴鼻①，说得来好笑好听：

> 风流误入绮罗丛，自诩通宵依翠红。
>
> 谁道醉翁非在酒？却教眨眼尽成空。

这本话文，乃在宋朝道君皇帝宣和年间②。平江府有一个官人姓沈③，承着祖上官荫，应授将仕郎之职④，赴京听调。这个将仕家道丰厚，年纪又不多，带了许多金银宝货在身边。少年心性，好的是那歌楼舞榭，倚翠偎红，绿水青山，闲茶浪酒，况兼身畔有的是东西。只要撞得个乐意所在，挥金如土，毫无吝色。大凡世情如此，才是有个撒漫使钱的勤儿，便有那帮闲馈懒的陪客来了。寓所差不多远，有两个游手人户：一个姓郑，一个姓李，总是些没头鬼，也没个甚么真名号，只叫做郑十哥、李三哥。终日来沈将仕下处，与他同坐同起，同饮同餐，沈将仕一刻也离不得他二人。他二人也有时破些钱钞，请沈将仕到平康里中好姊妹家里摆个还席。吃得高兴，就在姊妹人家宿了。少不得串同了他家，扶头打差，一路儿撮哄，弄出些钱钞，大家有分，决不到得白折了本。亏得沈将仕壮年贪色，心性不常，略略得味就要跳槽，不迷恋着一个，也不能起发他大主钱财，只好和哄过日⑤，常得嘴头肥腻而已。如是盘桓将及半年，城中乐地也没有不游到的所在了。

一日，沈将仕与两人商议道：“我们城中各处走遍了，况且尘嚣嘈杂，没甚景趣。我要城外野旷去处走走，散心耍子一回，何如？”郑十、李

---

① 没些巴鼻：没有一点办法。巴鼻，也写作“巴臂”。

② 道君皇帝：指宋徽宗。他崇奉道教，自称教主道君皇帝。

③ 平江府：今江苏苏州。

④ 将仕郎：简称将仕。这是宋代文散官中最低官阶，从九品。

⑤ 和哄（hǒng）：哄骗。

三道："有兴，有兴。大官人一发在行得紧。只是今日有些小事未完，不得相陪，若得迟至明日便好。"沈将仕道："就是明日无妨，却不可误期。"郑、李二人道："大官人如此高怀，我辈若有个推故不去，便是俗物了，明日准来相陪就是。"

两人别去了一夜，到得次日，来约沈将仕道："城外之兴何如？"沈将仕道："专等，专等。"郑十道："不知大官人轿去？马去？"李三道："要去闲步散心，又不赶甚路程，要那轿马何干？"沈将仕道："三哥说得是。有这些人随着，便要来催你东去西去，不得自由。我们只是散步消遣，要行要止，凭得自家，岂不为妙？只带个把家童去跟跟便了。"沈将仕身边有物，放心不下，叫个贴身安童背着一个皮箱，随在身后。一同郑、李二人踱出长安门外来。但见：

> 甫离城廓①，渐远市廛②。参差古树绕河流，荡漾游丝飞野岸。布帘沽酒处，惟有耕农村老来尝；小艇载鱼还，多是牧竖樵夫来问。炊烟四起，黑云影里有人家；路径多歧，青草痕中为孔道③。别是一番野趣，顿教忘却尘情。

三人信步而行，观玩景致，一头说话，一头走路。迤逦有二三里之远④，来到一个塘边。只见几个粗腿大脚的汉子赤剥了上身，手提着皮挽，牵着五七匹好马，在池塘里洗浴。看见他三人走来至近，一齐跳出塘子，慌忙将衣服穿上，望着三人齐声迎喏。沈将仕惊疑，问二人道："此辈素非相识，为何见吾三人恭敬如此？"郑、李两人道："此王朝议使君之隶卒也⑤。使君与吾两人最相厚善，故此辈见吾等走过，不敢怠慢。"沈将仕道："元来这个缘故，我也道为何无因至前！"

三人又一头说，一头走，离池边上前又数百步远了。李三忽然叫沈将仕一声道："大官人，我有句话商量着。"沈将仕道："甚话？"李三道："今日之游，颇得野兴，只是信步浪走，没个住脚的去处。若便是这样转

---

① 甫：刚刚。
② 市廛（chán）：市中店铺。指闹市。
③ 孔道：大道，通道。
④ 迤逦：渐渐，渐次。
⑤ 朝议：即朝议大夫，宋代文职散官。

去了，又无意味。何不就骑着适才王公之马，拜一拜王公，岂不是妙？"沈将仕道："王公是何人？我却不曾认得，怎好拜他？"李三道："此老极是个妙人，他曾为一大郡守，家资绝富，姬妾极多。他最喜的是宾客往来，款接不倦。今年纪已老，又有了些痰病，诸姬妾皆有离心。却是他防禁严密，除了我两人忘形相知，得以相见，平时等闲不放出外边来。那些姬妾无事，只是终日合伴顽耍而已。若吾辈去看他，他是极喜的。大官人虽不曾相会，有吾辈同往，只说道钦慕高雅，愿一识荆①。他看见是吾每的好友，自不敢轻。吾两人再递一个春与他②，等他晓得大官人是在京调官的，衣冠一脉，一发注意了，必有极精的饮馔相款。吾每且落得开怀快畅他一晚，也是有兴的事。强如寂寂寞寞，仍旧三人走了回去。"沈将仕心里未决，郑十又道："此老真是会快活的人，有了许多美妾，他却又在朋友面上十分殷勤，寻出兴趣来。更兼留心饮馔，必要精洁，惟恐朋友们不中意，吃得不尽兴。只这一片高兴热肠，何处再讨得有？大官人既到此地，也该认一认这个人，不可错过。"沈将仕也喜道："果然如此，便同二位拜他一拜也好。"李三道："我每原回到池边，要了他的马去。"于是三人同路而回。走到池边，郑、李大声叫道："带四个马过来！"看马的不敢违慢，答应道："家爷的马，官人每要骑，尽意骑坐就是。"郑、李与沈将仕各骑了一匹，连沈家家童捧着箱儿也骑了一匹。看马的带住了马头，问道："官人每要往那里去？"郑生将鞭梢指道："到你爷家里去。"看马的道："晓得了。"在前走着引路，三人联镳按辔而行。

　　转过两个坊曲，见一所高门，李三道："到了，到了。郑十哥且陪大官人站一会，待我先进去报知了，好出来相迎。"沈将仕开了箱，取个名帖，与李三带了报去。李三进门内去了，少歇出来道："主人听得有新客到此，甚是喜欢。只是久病倦懒，怕着冠带，欲求便服相见。"沈将仕道："论来初次拜谒，礼该具服。今主人有命，恐怕反劳，若许便服，最为洒脱。"李三又进去说了。只见王朝议命两个安童扶了，一同李三出来迎

────────────

①识荆：见面。李白《与韩荆州书》："生不用封万户侯，但愿一识韩荆州。"后　　用"识荆"作为初次见面的客气话。

②一个春：疑指信息。

客。沈将仕举眼看时，但见：

> 仪度端庄，容颜羸瘦。一前一却，浑如野鹤步罡①；半喘半吁，大似吴牛见月②。深浅躬不思而得，是鹭鸯班里习将来③；长短气不约而同，敢莺燕窝中输了去？

沈将仕见王朝议虽是衰老模样，自然是士大夫体段，肃然起敬。王朝议见沈将仕少年丰采，不觉笑逐颜开，拱进堂来。沈将仕与二人俱与朝议相见了。沈将仕叙了些仰慕的说话，道："幸郑、李两兄为绍介，得以识荆，固快夙心，实出唐突。"王朝议道："两君之友，即仆友也。况两君胜士④，相与的必是高贤。老朽何幸，得以沾接！"茶罢，朝议揖客进了东轩，分付当直的设席款待。分付不多时，杯盘果馔倾刻即至。沈将仕看时，虽不怎的大摆设，却多精美雅洁，色色在行，不是等闲人家办得出的。朝议谦道："一时不能治具，果菜小酌，勿怪轻亵⑤。"郑、李二人道："沈君极是脱酒人，既忝吾辈相知，原不必认作新客。只管尽主人之兴，吃酒便是，不必过谦了。"小童二人频频斟酒，三个客人忘怀大醺，主人勉强支陪。

看看天晚，点上灯来。朝议又陪了一晌，忽然喉中发喘，连嗽不止，痰声曳锯也似响震四座，支吾不得。叫两个小童扶了，立起身来道："贱体不快，上客光顾，不能尽主礼，却怎的好？"对郑生道："没奈何了，有烦郑兄代作主人，请客随意剧饮，不要阻兴。老朽略去歇息一会，煮药吃了，少定即来奉陪。恕罪，恕罪。"朝议一面同两个小童扶拥而去。

剩得他三个在座，小童也不出来斟酒了。李三道："等我寻人去。"起身走了进去。沈将仕见主人去了，酒席阑珊⑥，心里有些失望。欲待

---

①步罡(gāng)：道上礼拜星宿、召遣神灵的一种动作，这里形容腿脚不灵便，步履蹒跚。

②吴牛见月：吴地的牛苦于暑热，以致看见月亮也疑心是酷日而喘吁。这里形容气喘嘘嘘。

③鹭鸯班：指朝班。白鹭、鸳鸯群飞有序，故用鹭鸯班比喻百官上朝时行列。

④胜士：才识过人的人士。

⑤轻亵：犹轻慢。

⑥阑珊：已残；将尽。

要辞了回去，又不曾别得主人，抑且余兴还未尽，只得走下庭中散步。忽然听得一阵欢呼掷骰子声，循声觅去，却在轩后一小阁中，有些灯影在窗隙里射将出来。沈将仕将窗隙弄大了些，窥看里面。不看时万事全休，一看看见了，真是：酥麻了半壁，软瘫做一堆。你道里头是甚光景？但见：

　　　　明烛高张，巨案中列。掷卢赛雉①，纤纤玉手擎成；喝六呼么，点点朱唇吐就。金步摇②，玉条脱③，尽为孤注争雄；风流阵④，肉屏风⑤，竟自和盘托出。若非广寒殿里⑥，怎能勾如许仙风？不是金谷园中⑦，何处来若干媚质？任是愚人须缩舌，怎教浪子不输心！

元来沈将仕窗隙中看去，见里头是美女七八人，环立在一张八仙桌外。桌上明晃晃点着一枝高烛，中间放下酒檯一架，一个骰盆。盆边七八堆采物，每一美女面前一堆，是将来作注赌采的。众女掀拳裸袖，各欲争雄。灯下偷眼看去，真笛个个如嫦娥出世，丰姿态度，目中所罕见。不觉魂飞天外，魄散九霄，看得目不转睛，顽涎乱吐。

正在禁架不定之际⑧，只见这个李三不知在那里走将进去，也窜在里头了。抓起色子，便待要掷下去。众女赌到间深处，忽见是李三下注，尽嚷道："李秀才，你又来鬼厮搅，打断我姊妹们兴头！"李三顽着脸

──────────

①掷卢赛雉：指赌博。掷卢，以骰五枚，上黑下白，掷下全黑为卢。雉，博戏中的采名。明彭大翼《山堂肆考·五木》："古者乌曹氏作博，以五木为子，有枭、卢、雉、犊、塞，为胜负之采。"

②金步摇：古代妇女的一种首饰。以金珠装缀，行则摇动，故名。

③玉条脱：玉镯。

④风流阵：唐代宫廷中的一种游戏。唐明皇与杨贵妃每至酒酣，使妃子率宫妓百余人，明皇统小太监百余人，排两阵于掖庭中，称为风流阵。以霞被锦被为旗帜，攻击相斗，败者罚酒以为戏。

⑤肉屏风：唐玄宗时，外戚杨国忠当政，穷奢极欲，冬季常选婢妾肥大者，排列于前令遮风，藉人气相暖，号"肉阵"或"肉屏风"。

⑥广寒殿：即月宫。

⑦金谷园：西晋石崇在洛阳东北所建造的名园。

⑧禁架不定：控制不住。

皮道:"便等我在里头,与贤妹们帮兴一帮兴也好①。"一个女子道:"总是熟人,不妨事。要来便来,不要酸子气,快摆下注钱来!"众人道:"看这个酸鬼那里熬得起大注?"一递一句讥消着。李三掷一掷,做一个鬼脸。大家把他来做一个取笑的物事。李三只是忍着羞,皮着脸,凭他攀面啐来,只是顽钝无耻,挨在帮里。一霎时,不分彼此,竟大家着他在里面掷了。

沈将仕看见李三情状,一发神魂摇荡,顿足道:"真神仙境界也!若使吾得似李三,也在里头厮混得一场,死也甘心!"急得心痒难熬,好似热地上蜒蚰②,一歇儿立脚不定,急走来要与郑十商量。郑十正独自个坐在前轩打盹,沈将仕急摇他醒来道:"亏你还睡得着!我们一样到此,李三哥却落在蜜缸里了。"郑十道:"怎么的?"沈将仕扯了他手,竟到窗隙边来,指着里面道:"你看么!"郑十打眼一看,果然李三与群女在里头混赌。郑十对沈将仕道:"这个李三,好没廉耻!"沈将仕道:"如此胜会,怎生知会他一声,设法我也在里头去掷掷儿,也不枉了今日来走这一番。"郑十道:"诸女皆王公侍儿。此老方才去眠宿了,诸女得闲在此顽耍。吾每是熟极的,故李三插得进去。诸女素不识大官人,主人又不在面前,怎好与他们接对?须比我每不得。"沈将仕情极了道:"好哥哥,带挈我带挈。"郑十道:"若挨得进去,须要稍物③,方才可赌。"沈将仕道:"吾随身箧中有金宝千金,又有二三千张茶券子可以为稍④。只要十哥设法得我进去,取乐得一回,就双手送掉了这些东西,我愿毕矣。"郑十道:"这等,不要高声,悄悄地随着我来,看相个机会,慢慢插将下去。切勿惊散了他们,便不妙了。"

沈将仕谨依其言,不敢则一声。郑十拽了他手,转湾抹角,且是熟

---

① 帮兴:帮衬,帮腔。《警世通言·苏知县罗衫再合》:"正说间,后堂又有几个闲荡的公人听得了,走来帮兴。"

② 蜒蚰:即"蚰蜒"。一种节肢虫,像蜈蚣而略小,足细长,触角长,多生活在阴湿的地方。

③ 稍物:可充赌本的财物。

④ 茶券子:即茶引子。旧时茶商纳税后由官厅发给的运销执照。上开运销数量及地点,准予按茶引上的规定从事贸易。茶引也可当银子使用。

溜，早已走到了聚赌的去处。诸姬正赌得酣，各不抬头，不见沈将仕。郑十将他捏一把，扯他到一个稀空的所在站下了。侦伺了许久，直等两下决了输赢，会稍之时，郑十方才开声道："容我每也掷掷儿么？"众女抬头看时，认得是郑十。却见肩下立着个面生的人，大家喝道："何处儿郎，突然到此！"郑十道："此吾好友沈大官人，知卿等今宵良会，愿一拭目，幸勿惊讶。"众女道："主翁与汝等通家，故彼此各无避忌，如何带了他家少年来搀预我良人之会？"一个老成些的道："既是两君好友，亦是一体的。既来之，则安之，且请一杯迟到的酒。"遂取一大卮，满斟着一杯热酒，奉与沈将仕。沈将仕此时身体皆已麻酥，见了亲手奉酒，敢有推辞？双手接过来，一饮而尽，不剩一滴。奉酒的姬对着众姬笑道："妙人也，每人可各奉一杯。"郑十道："列位休得炒断了掷兴。吾友沈大官人，也愿与众位下一局。一头掷骰，一头饮酒助兴，更为有趣。"那老成的道："妙，妙。虽然如此也要防主人觉来。"遂唤小鬟："快去朝议房里伺候，倘若睡觉①，函来报知，切勿误事！"小鬟领命去了。

诸女就与沈将仕共博，沈将仕自喜身入仙宫，志得意满，采色随手得胜。诸姬头上钗珥首饰，尽数除下来作采赌赛，尽被沈将仕赢了，须臾之间，约有千金。诸姬个个目睁口呆，面前一空。郑十将沈将仕扯一把道："赢勾了，歇手罢！"怎当得沈将仕魂不附体，他心里只要多插得一会寡趣便好，不在乎财物输赢，那里肯住？只管伸手去取酒吃，吃了又掷，掷了又吃。诸姬又来趁兴，奉他不休。沈将仕越肉麻了，风将起来，弄得诸姬皆赤手，无稍可掷。

其间有一小姬年最少，貌最美，独是他输得最多，见沈将仕风风世世②，连掷采骰，带者怒容，起身竟去。走至房中转了一转，提着一个羊脂玉花罇到面前，向桌上一扢道："此瓶值千缗③，只此作孤注，输赢在此一决。"众姬问道："此不是尔所有，何故将来作注？"小姬道："此主人物也。此一决得胜固妙，倘若再不如意，一发输了去，明日主人寻究，定遭

---

①睡觉：这里指"睡醒来"。
②风风世世，即风风势势，形容颠狂的情态和动作。
③缗：古代通常以一千文为一缗。

鞭棰。然事势至此,我情已极,不得不然!"众人劝他道:"不可赶兴,万一又输,再无挽回了。"小姬怫然道①:"凭我自主,何故阻我!"坚意要掷。众人见他已怒,便道:"本图欢乐,何故到此地位?"沈将仕看见小姬光景,又怜又爱,心里踌躇道:"我本意岂欲赢他? 争奈骰子自胜②,怎生得帮衬这一掷输与他了,也解得他的恼怒,不然反是我杀风景了。"

看官听说:这骰子虽无知觉,极有灵通,最是跟着人意兴走的。起初沈将仕神来气旺,胜采便跟着他走,所以连掷连赢。歇了一会,胜头已过,败色将来。况且心里有些过意不去,情愿认输,一团锐气已自馁了十分了。更见那小姬气忿忿,雄纠纠,十分有趣,魂灵也被他吊了去。心意忙乱,一掷大败。小姬叫声:"惭愧! 也有这一掷该我赢的。"即把花罇底儿朝天,倒将转来。沈将仕只道止是个花罇,就是千缗,也赔得起。岂知花罇里头尽是金钗珠琲塞满其中③,一倒倒将出来,辉煌夺目,正不知多少价钱,尽该是输家赔偿的。沈将仕无言可对。郑、李二人与同诸姬公估价值,所值三千缗钱。沈将仕须赖不得,尽把先前所赢尽数退还,不上千金。只得走出叫家僮取带来箱子里面茶券子二千多张,算了价钱,尽作赌资还了。说话的,"茶券子"是甚物件,可当金银? 看官听说,"茶券子"即是"茶引"。宋时禁茶榷税④,但是茶商纳了官银,方关茶引。认引不认人。有此茶引,可以到处贩卖。每张之利,一两有余。大户人家尽有当着茶引生利的,所以这茶引当得银子用。苏小卿之母受了三千张茶引⑤,把小卿嫁与冯魁,即是此例也。沈将仕去了二千余张茶引,即是去了二千余两银子。沈将仕自道只输得一掷,身边还有剩

①怫(fú)然:发怒的样子。

②争奈:无奈,岂料。

③珠琲:珠串。

④禁茶榷税:宋代禁止民间贸易茶叶等,由政府专卖。见《宋史·食货志下》"茶上"和"茶下"。榷税:征税。

⑤苏小卿:明梅鼎祚《青泥莲花记》卷七载:庐州娼苏小卿与书生双渐相爱,渐外出,久不还,小卿守志等待。其母将她卖给江右茶商冯魁。双渐后来成名,经官断论,复还为夫妇。宋元南戏有《苏小卿月夜贩茶船》,演苏小卿和双渐的爱情故事。

下几百张，其余金宝他物在外不动，还思量再下局去，博将转来。忽听得朝议里头大声咳嗽，急索唾壶。诸姬慌张起来，忙将三客推出阁外，把火打灭，一齐奔入房去。

　　三人重复走到轩外元饮酒去处，刚坐下，只见两个小童又出来劝酒道："朝议多多致意尊客：夜深体倦，不敢奉陪，求尊客发兴多饮一杯。"三人同声辞道："酒兴已阑，不必再叨了，只要作别了便去。"小童走进去说了，又走出来道："朝议说：'仓卒之间，多有简慢。夜已深了，不劳面别。此后三日，再求三位同会此处，更加尽兴，切勿相拒。'"又叫分付看马的仍旧送三位到寓所，转来回话。三人一同沈家家僮，乘着原来的四匹马，离了王家。行到城门边，天色将明，城门已自开了。马夫送沈将仕到了寓所，沈将仕赏了马夫酒钱，连郑、李二人的也多是沈将仕出了，一齐打发了去。郑、李二人别了沈将仕道："一夜不睡，且各还寓所安息一安息，等到后日再去赴约。"二人别去。

　　沈将仕自思夜来之事，虽然失去了一二千本钱，却是着实得趣。想来老姬赞他，何等有情。小姬怒他，也自有兴。其余诸姬递相劝酒，轮流赌赛，好不风光！多是背着主人做的。可恨郑、李两人先占着这些便宜，而今我既弄入了门，少不得也熟分起来，也与他二人一般受用。或者还有括着个把上手的事在里头，也未可知。转转得意。

　　因两日困倦不出门，巴到第三日清早起来，就要去再赴王朝议之约。却不见郑、李二人到来，急着家僮到二人下处去请。下处人回言走出去了，只得呆呆等着。等到日中，竟不见来。沈将仕急得乱跳，肚肠多爬了出来。想一想道："莫不他二人不约我先去了？我既已拜过扰过，认得的了，何必待他二人？只是要引进内里去，还须得他每领路。我如今备些礼物去酬谢前晚之酌，若是他二人先在，不必说了；若是不在，料得必来，好歹在那里等他每为是。"叫家僮雇了马匹，带了礼物，出了城门。竟依前日之路，到王朝议家里来。

　　到得门首，只见大门拴着。先叫家僮寻着傍边一个小侧门进去，一直到了里头，并无一人在内。家僮正不知甚么缘故，走出来回覆家主。沈将仕惊疑，犹恐差了，再同着家僮走进去一看，只见前堂东轩与那聚赌的小阁，宛然那夜光景在目，却无一个人影。大骇道："分明是这个里头,那有此等怪事!"急走到大门左侧,问着个开皮铺的人道:"这大宅里王朝议全家那里去了?"皮匠道:"此是内相侯公公的空房,从来没个甚么王朝议在此。"沈将仕道:"前夜有个王朝议,与同家眷正在此中居住。我们来拜他,他做主人留我每吃了一夜酒。分明是此处,如何说从来没有?"皮匠道:"三日前有好几个恶少年挟了几个上厅有名粉头①,税了此房吃酒赌钱,次日分了利钱,各自散去,那里是甚么王朝议请客来? 这位官人莫不着了他道儿了?"沈将仕方才疑道是奸计,装成圈套来骗他这些茶券子的。一二千金之物分明付了一空了。却又转一念头,追思那日池边唤马,宅内留宾,后来阁中聚赌,都是无心凑着的,难道是设得来的计较? 似信不信道:"只可惜不见两人,毕竟有个缘故在内,等待几日,寻着他两个再问。"

　　岂知自此之后,屡屡叫人到郑、李两人下处去问,连下处的人多不晓得,说道:"自那日出去后,一竟不来,虚锁着两间房,开进去,并无一物在内,不知去向了。"到此方知前日这些逐段逐节行径,令人看不出一些,与马夫小童多是一套中人物,只在迟这一夜里头打合成的②。正是拐骗得十分巧处,神鬼莫测也!

　　　漫道良朋作胜游,谁知胠箧有阴谋③?
　　　清闺不是闲人到,只为痴心错下筹。

---

　　①粉头:妓女。
　　②打合,怂恿,拉笼。
　　③胠箧(qū qiè):原指撬开箱子。后泛指盗窃。

卷之九

莽儿郎惊散新莺燕　㑇梅香认合玉蟾蜍

诗云：

> 世间好事必多磨，缘未来时可奈何！
> 直至到头终正果，不知底事欲蹉跎①？

话说从来有人道好事多磨，那到底不成的自不必说，尽有到底成就的，起初时千难万难，挫过了多少机会②，费过了多少心机，方得了结。就如王仙客与刘无双两个③，中表兄妹，从幼许嫁，年纪长大，只须刘尚书与夫人做主，两个一下配合了，有何可说？却又尚书反悔起来，千推万阻。比及夫人撺掇得肯了，正要做亲，又撞着朱泚、姚令言之乱④，御驾蒙尘⑤，两下失散。直到得干戈平静，仙客入京来访，不匡刘尚书被人诬陷，家小配入掖庭⑥。从此天人路隔，永无相会之日了。姻缘未断，又得发出宫女打扫皇陵。恰好差着无双在内，驿庭中通出消息与王仙客。

---

①底事：何事。

②挫：同"错"。

③王仙客与刘无双：唐王仙客与刘无双相爱事，会泾原兵叛，其父刘震因接受伪职，夫妇被处死，无双亦籍没入宫。后王仙客得古押衙之助，终于救出无双，结为夫妇。见唐薛调《无双传》(《太平广记》卷四八六)。明陆采所撰传奇《明珠记》，一名《王仙客无双传》，演刘无双与王仙客相爱结为夫妻的故事。

④朱泚、姚令言之乱：朱泚，唐幽州昌平(今属北京)人。唐德宗建宗三年(782)，因弟朱滔叛唐，他被免去卢龙节度使，以太尉衔留居长安。四年，泾原节度使姚令言在京率兵哗变，德宗奔奉天，他被立为帝，号秦，旋改为汉。后兵败，朱泚、姚令言相继被杀。

⑤蒙尘：帝王逃亡在外，称为蒙尘。

⑥掖庭：皇宫中嫔妃所住的地方。

跟寻得希奇古怪的一个侠客古押衙①,将茅山道士仙丹②,矫诏药死无双在皇陵上③,赎出尸首来救活了,方得成其夫妇,同归襄汉。不知挫过了几个年头,费过了多少手脚了。早知到底是夫妻,何故又要经这许多磨折? 真不知天公主的是何意见! 可又有一说,不遇艰难,不显好处。古人云:

> 不是一番寒彻骨,怎得梅花扑鼻香④?

只如偷情一件,一偷便着,却不早完了事? 然没一些光景了⑤。毕竟历过多少间阻,无限风波,后来到手,方为希罕。所以在行的道:"偷得着不如偷不着。"真有深趣之言也。

而今说一段因缘,正要到手,却被无意中搅散。及至后来两下各不指望了,又曲曲湾湾反弄成了。这是氤氲大使颠倒人的去处⑥。且说这段故事出在那个地方,甚么人家,怎的起头,怎的了结? 看官不要性急,待小子原原委委说来。有诗为证:

> 打鸭惊鸳鸯,分飞各异方。
>
> 天生应匹耦,罗列自成行。

话说杭州府有一个秀才,姓凤名来仪,字梧宾。少年高才。只因父母双亡,家贫未娶。有个母舅金三员外,看得他是个不凡之器,是件照管周济他。凤生就冒了舅家之姓进了学,入场考试,已得登科。朋友往

---

①跟寻:找寻。也作"根寻"。古押衙:《无双传》中的人物。好行侠仗义,他救活无双后,为绝追踪而自杀。

②茅山:在江苏省西南部,句容、金坛两县之间。原名句曲山,道教将其列为十大洞天中的第八洞天,七十二福地中的第一福地。相传西汉景帝时,有茅盈、茅固、茅衷三兄弟在此修炼,得道成仙。南朝齐梁时陶弘景隐居茅山,创立道教茅山宗,人们便呼其弟子为"茅山道士"。

③矫诏:假托皇帝的诏书。

④"不是一番寒彻骨"二句:宋元谚语,出自《五灯会元》卷二十。比喻不经过一番艰苦,就不会得到美好的结果。

⑤光景:希望。

⑥氤氲大使:传说中掌婚姻的神。宋代陶谷《清异录》卷一:"世人阴阳之契,有缔绻司总统,其长官号氤氲大使。"

来,只称凤生,榜中名字,却是金姓。金员外一向出了灯火之资,替他在吴山左畔赁下园亭一所①,与同两个朋友做伴读书。那两个是嫡亲兄弟,一个叫做窦尚文,一个叫做窦尚武,多是少年豪气,眼底无人之辈。三个人情投意合,颇有管鲍、雷陈之风②。窦家兄弟为因有一个亲眷上京为官,送他长行,就便往苏州探访相识去了。凤生虽已得中,春试尚远③,还在园中读书。

一日傍晚时节,诵读少倦,走出书房散步。至园东,忽见墙外楼上有一女子凭窗而立,貌若天人。只隔得一垛墙,差不得多少远近。那女子看见凤生青年美质,也似有眷顾之意,毫不躲闪。凤生贪看自不必说。四目相视,足有一个多时辰。凤生只做看玩园中菊花,步来步去,卖弄着许多风流态度,不忍走回。直等天黑将来,只听得女子叫道:"龙香,掩上了楼窗。"一个侍女走起来,把窗扑的关了。凤生方才回步,心下思量道:"不知邻家有这等美貌女子! 不晓得他姓甚名谁,怎生打听一个明白便好?"

过了一夜,次日清早起来,也无心想观看书史④,忙忙梳洗了,即望园东墙边来。抬头看那邻家楼上,不见了昨日那女子。正在惆怅之际,猛听得墙角小门开处,走将一个清清秀秀的丫鬟进来,竟到圃中采菊花。凤生要撩拨他开口⑤,故作厉声道:"谁家女子,盗取花卉!"那丫鬟啐了一声道:"是我邻家的园子! 你是那里来的野人,反说我盗?"凤生笑道:"盗也非盗,野也不野。一时失言,两下退过罢。"丫鬟也笑道:"不退过,找你些甚么?"凤生道:"请问小娘子,采花去与那个戴?"丫鬟道:"我家姐姐梳洗已完,等此插戴。"凤生道:"你家姐姐高姓大名? 何门宅

---

①吴山:又名胥山。在今浙江杭州西湖东南,春秋时为吴南界,故名。

②管鲍:指春秋时管仲和鲍叔牙,两人相知最深。管仲曾说:"生我者父母,知我者鲍叔。"后常用来比喻交谊深厚的朋友。雷陈:指东汉时的雷义和陈重,两人同郡,友好情笃,乡人谚云:"胶漆自谓坚,不如雷与陈。"后世亦用以比喻情义深厚的友谊。

③春试:即会试。二月举行,故称春试。

④无心想:即"呒心想"。吴语,不耐烦,定不下心来。

⑤撩拨:惹逗;挑逗。

眷?"丫鬟道:"我家姐姐姓杨,小字素梅,还不曾许聘人家。"凤生道:"堂上何人?"丫鬟道:"父母俱亡,傍着兄嫂同居。性爱幽静,独处小楼刺绣。"凤生道:"昨日看见在楼上凭窗而立的,想就是了?"丫鬟道:"正是他了,那里还有第二个?"凤生道:"这等,小娘子莫非龙香姐么?"丫鬟惊道:"官人如何晓得?"凤生本是昨日听得叫唤明白在耳朵里的,却诌一个谎道:"小生一向闻得东邻杨宅有个素梅娘子,世上无双的美色。侍女龙香姐十分乖巧,十分贤惠,仰幕已久了。"龙香终是丫头家见识,听见称赞他两句,道是外边人真个说他好,就有几分喜动颜色,道:"小婢子有何德能? 直叫官人知道。"凤生道:"强将之下无弱兵。怎样的姐姐①,须得怎样的梅香姐方为厮称②。小生有缘,昨日得瞥见了姐姐,今日又得遇着龙香姐,真是天大的福分。龙香姐怎生做得一个方便,使小生再见得姐姐一面么?"龙香道:"官人好不知进退! 好人家女儿,又不是烟花门户,知道你是甚么人? 面生不熟,说个一见再见?"凤生道:"小生姓凤,名来仪,今年秋榜举人③。在此园中读书,就是贴壁紧邻。你姐姐固是绝代佳人,小生也不愧今时才子。就相见一面,也不辱没了你姐姐!"龙香道:"惯是秀才家有这些老脸说话,不耐烦与你缠帐④! 且将菊花去与姐姐插戴则个。"说罢,转身就走。凤生直跟将来送他,作个揖道:"千万劳龙香姐在姐姐面前,说凤来仪多多致意。"龙香只做不听,走进角门,扑的关了。

　　凤生只得回步转来。只听得楼窗豁然大开,高处有人叫一声:"龙香,怎么去了不来?"急抬头看时,正是昨日凭窗女子,新妆方罢,等龙香采花不来,开窗叫他,恰好与凤生打个照面。凤生看上去,愈觉美丽非常。那杨素梅也看上凤生在眼里了,呆呆偷觑,目不转睛。凤生以为可动,朗吟一诗道:

---

①怎样:这样,如此。

②梅香:旧时戏曲小说中多以"梅香"作婢女的名字,因此成为丫鬟婢女的代称。厮称:相称。

③秋榜:指选拔举人的秋试。

④缠帐:吴语,纠缠,扰乱。

几回空度可怜宵，谁道秦楼有玉箫①！

咫尺银河难越渡，宁教不瘦沈郎腰②？

楼上杨素梅听见吟诗，详那诗中之意，分明晓得是打动他的了，只不知这俏书生是那一个，又没处好问得。正在心下踌躇，只见龙香手拈了一朵菊花来，与他插好了，就问道："姐姐，你看见那园中狂生否？"素梅摇手道："还在那厢摇摆，低声些，不要被他听见了。"龙香道："我正要他听见。有这样老脸皮没廉耻的！"素梅道："他是那个？怎么样没廉耻？你且说来。"龙香道："我自采花，他不知那里走将来，撞见了，反说我偷他的花，被我抢白了一场③。后来问我采花与那个戴，我说是姐姐。他见说出姐姐名姓来，不知怎的就晓得我叫做龙香。说道一向仰慕姐姐芳名，故此连侍女名字多打听在肚里的。又说昨日得瞥见了姐姐，还要指望再见。又被我抢白他是面生不熟之人，他才说出名姓来，叫做凤来仪，是今年中的举人，在此园中读书，是个紧邻。我不睬他，他深深作揖，央我致意姐姐，道姐姐是佳人，他是才子。你道好没廉么？"素梅道："说轻些，看来他是个少年书生，高才自负的。你不理他便罢，不要十分轻口轻舌的冲撞他。"龙香道："姐姐怕龙香冲撞了他，等龙香去叫他来见见姐姐，姐姐自回他话罢。"素梅道："痴丫头，好个歹舌头！怎么好叫他见我？"两个一头说，一头下楼去了。

这里凤生听见楼上唧哝一番，虽不甚明白，晓得是一定说他，心中好生痒痒。直等楼上不见了人，方才走回书房。从此书卷懒开，茶饭懒吃，一心只在素梅身上，日日在东墙探头望脑，时常两下撞见。那素梅也失魂丧魄的，掉那少年书生不下。每日上楼几番，但遇着便眉来眼去，彼此有意，只不曾交口。又时常打发龙香，只以采花为名，到花园中探听他来踪去迹。

----

①秦楼有玉箫：相传春秋时萧史，善吹箫作凤鸣，秦穆公将女儿弄玉嫁给他，夫妻双双终于乘凤凰飞去。秦楼，一名凤楼，穆公为弄玉所建的楼。

②沈郎腰：南朝梁沈约卧病，身体日瘦，衣带遂宽大。后用以描写病、愁，或指身体消瘦。

③抢白：吴语，指斥责。

　　龙香一来晓得姐姐的心事，二来见凤生腼腆，心里也有些喜欢，要在里头撮合。不时走到书房里传消递息，对凤生说着素梅好生钟情之意。凤生道："对面甚觉有情，只是隔着楼上下，不好开得口，总有心事，无从可达。"龙香道："官人何不写封书与我姐姐？"凤生喜道："姐姐通文墨么？"龙香道："姐姐喜的是吟诗作赋，岂但通文墨而已！"凤生道："这等，待我写一情词起来，劳烦你替我寄去，看他怎么说？"凤生提起笔来，一挥而就。词云：

　　　　木落庭皋，楼阁外、彤云半拥。偏则向、凄凉书舍，早将寒送。眼角偷传倾国貌，心苗曾倩多情种①。问天公，何日判佳期，成欢宠？——词寄《满江红》

凤生写完，付与龙香。龙香收在袖里，走回家去，见了素梅，面带笑容。素梅问道："你适在那边书房里来，有何说话，笑嘻嘻的走来？"龙香道："好笑那凤官人见了龙香，不说甚么说话，把一张纸一管笔，只管写来写去，被我趁他不见，溜了一张来②。姐姐，你看他写的是甚？"素梅接过手来，看了一遍，道："写的是一首词。分明是他叫你拿来的，你却掉谎③！"龙香道："不瞒姐姐说，委实是他叫龙香拿来的④。龙香又不识字，知他写的是好是歹？怕姐姐一时嗔怪，只得如此说。"素梅道："我也不嗔怪你，只是书生狂妄，不回他几字，他只道我不知其意，只管歪缠。我也不与他吟词作赋，卖弄聪明，实实的写几句说话回他便了。"龙香即时研起墨来，取幅花笺摊在桌上。好个素梅，也不打稿，提起笔来就写。写道：

　　　　自古贞姬守节，侠女怜才。两者俱贤，各行其是。但恐遇非其人，轻诺寡信，侠不如贞耳。与君为邻，幸成目遇，有缘与否，君自揣之！勿徒调文琢句，为轻薄相诱已也。聊此相覆，寸心已尽，无多言。

---

　　①倩：挨近，向着。
　　②溜：偷偷地拿。
　　③掉谎：撒谎。
　　④委实：确实，实在。

写罢封好了，教龙香藏着，隔了一日拿去与那风生。

龙香依言来到风生书房，风生惊喜道："龙香姐来了，那封书儿，曾达上姐姐否？"龙香拿个班道："甚么书不书，要我替你淘气！"风生道："好姐姐，如何累你受气？"龙香道："姐姐见了你书，变了脸，道：'甚么人的书要你拿来？我是闺门中女儿，怎么与外人通书帖？'只是要打。"风生道："他既道我是外人不该通书帖，又在楼上眼睁睁看我怎的？是他自家招风揽火，怎到打你？"龙香道："我也不到得与他打，我回说道：'我又不识字，知他写的是甚么！姐姐不像意①，不要看他，拿去还他罢了，何必着恼？'方才免得一顿打。"风生道："好澹话②！若是不曾看着，拿来还了，有何消息？可不误了我的事？"龙香道："不管误事不误事，还了你，你自看去。"袖中摸出来，撩在地下。风生拾起来，却不是起先拿去的了，晓得是龙香耍他，带着笑道："我说你家姐姐不舍得怪我，必是好音回我了。"拆开来细细一看，跌足道："好个有见识的女子！分明有意与我，只怕我日后负心，未肯造次耳。我如今只得再央龙香姐拿件信物送他，写封实心实意的话，求他定下个佳期，省得此往彼来，有名无实，白白地想杀了我！"龙香道："为人为彻，快写来，我与你拿去，我自有道理。"风生开了箱子，取出一个白玉蟾蜍镇纸来，乃是他中榜之时，母舅金三员外与他作贺的，制作精工，是件古玩。今将来送与素梅作表记。写下一封书，道：

> 承示玉音，多关肝鬲③。仪虽薄德，敢负深情？但肯俯通一夕之欢，必当永矢百年之好④。谨贡白玉蟾蜍，聊以表信。荆山之产⑤，取其坚润不渝；月中之象，取其团圆无缺。乞订佳期，以苏渴想。

末写道：

---

①不像意：不愿意，不称心。

②澹话：即废话。

③肝鬲(gé)：犹肺腑。比喻内心。

④永矢：发誓永远要。矢，通"誓"。

⑤荆山之产：荆山，传为楚人卞和得玉璞的地方，故"荆山之产"指玉。

　　　　辱爱不才生凤来仪顿首　　素梅娘子妆前①。

　　凤生将书封好，一同玉蟾蜍交付龙香，对龙香道："我与你姐姐百年好事、千金重担，只在此两件上面了！万望龙香姐竭力周全，讨个回音则个。"龙香道："不须嘱咐，我也巴不得你们两个成了事，有话面讲，不耐烦如此传书递柬。"凤生作个揖道："好姐姐，如此帮衬，万代恩德。"

　　龙香带着笑拿着去了，走进房来，回覆素梅道："凤官人见了姐姐的书，着实赞叹，说姐姐有见识，又写一封回书，送一件玉物事在此②。"素梅接过手来，看那玉蟾蜍光润可爱，笑道："他送来怎的？且拆开书来看。"素梅看那书时，一路把头暗点，脸颊微红，有些沉吟之意。看到"辱爱不才生"几字，笑道："呆秀才，那个就在这里爱你？"龙香道："姐姐若是不爱，何不绝了他，不许往来？既与他兜兜搭搭，他难道到肯认做不爱不成？"素梅也笑将起来道："痴丫头，就像与他一路的。我倒有句话与你商量：我心上真有些爱他，其实瞒不得你了。如今他送此玉蟾蜍做了信物，要我去会他，这个却怎么使得？"龙香道："姐姐，若是使不得，空爱他也无用。何苦把这个书生哄得他不上不落的，呆呆地百事皆废了？"素梅道："只恐书生薄幸，且顾眼下风光，日后不在心上，撇人在脑后了，如何是好？"龙香道："这个龙香也做不得保人。姐姐而今要绝他，却又爱他；要从他，却又疑他。如此两难，何不约他当面一会？看他说话真诚，罚个咒愿，方才凭着姐姐或短或长，成就其事；若不像个老实的，姐姐一下子丢开，再不要缠他罢了。"素梅道："你说得有理，我回他字去。难得今夜是十五日团圆之夜，约他今夜到书房里相会便了。"素梅写着几字，手上除下一个累金戒指儿，答他玉蟾蜍之赠，叫龙香拿去。

　　龙香应允，一面走到园中，心下道："佳期只在今夜了，便宜了这酸子，不要直与他说知。"走进书房中来，只见凤生朝着纸窗正在那里呆想。见了龙香，魆地跳将起来，道："好姐姐，天大的事如何了？"龙香道："什么如何如何！他道你不知进退，开口便问佳期，这等看得容易，一下性子，书多扯坏了，连那玉蟾蜍也掼碎了！"凤生呆了道："这般说起来，

────────────

　　①妆前：犹"妆次"。旧时书信中对女子的敬辞。
　　②玉物事：玉器。物事，吴语，东西。

教我怎的才是？等到几时方好？可不害杀了我！"龙香道："不要心慌，还有好话在后。"凤生欢喜道："既有好话，快说来！"龙香道："好自在性，大着嘴子'快说来！快说来！'不直得陪个小心？"凤生陪笑道："好姐姐，这是我不是了。"跪下去道："我的亲娘！有甚么好说话，对我说罢。"龙香扶起道："不要馋脸。你且起来，我对你说。我姐姐初时不肯，是我再三撺掇，已许下日子了。"凤生道："在几时呢？"龙香笑道："在明年。"凤生道："若到明年，我也害死好做周年了。"龙香道："死了，料不要我偿命。自有人不舍得你死，有个丹药方在此医你。"袖中摸出戒指与那封字来，交与凤生道："倒不是害死，却不要快活杀了。"

凤生接着拆开看时，上写道：

> 徒承往覆，未测中心。拟作夜谈，各陈所愿。固不为投梭之拒①，亦非效逾墙之徒②。终身事大，欲订完盟耳。先以约指之物为定，言出如金，浮情且戒，如斯而已！

末附一诗云：

> 试敛听琴心，来访吹箫伴。
>
> 为语玉蟾蜍，清光今夜满。

凤生看罢，晓得是许下了佳期，又即在今夜，喜欢得打跌。对龙香道："亏杀了救命的贤姐，教我怎生报答也！"龙香道："闲话休题，既如此约定，到晚来，切不可放甚么人在此打搅！"凤生道："便是同窗两个朋友，出去久了；舅舅家里一个送饭的人，送过便打发他去，不呼唤他，却不敢来。此外别无甚人到此，不妨，不妨！只是姐姐不要临时变卦便好。"龙香道："这个倒不消疑虑，只在我身上，包你今夜成事便了。"龙香自回去了。凤生一心只打点欢会，住在书房中，巴不得到晚。

那边素梅也自心里忐忑地③，一似小儿放纸炮，又爱又怕。只等龙

---

① 投梭之拒：晋代谢鲲调戏邻居高氏美女，女投梭，折断其两齿。故后世用"投梭"或"投梭之拒"作为女子拒绝调戏的典故。

② 逾墙：跳越墙垣。指偷情。语出《孟子·滕文公下》："不待父母之命，媒妁之言，钻穴隙相窥，逾墙相从，则父母国人皆贱之。"后以"逾墙钻穴"，指男女偷情。

③ 忐忑：象声词。形容心异常跳动。

香回来，商量到晚赴约。恰好龙香已到，回覆道："那凤官人见了姐姐的字，好不快活，连龙香也受了他好些跪拜了。"素梅道："说便如此说，羞答答地怎好去得？"龙香道："既许了他，作耍不得的。"素梅道："不去便怎么？"龙香道："不去不打紧，龙香说了这一个大谎，后来害死了他，地府中还要攀累我。"素梅道："你只管自家的来世，再不管我的终身！"龙香道："甚么终身？拚得立定主意嫁了他便是了。"素梅道："既如此，便依你去走一遭也使得，只要打听兄嫂睡了方好。"

　　说话之间，早已天晚，天上皎团团推出一轮明月。龙香走去了，一更多次，走来道："大官人、大娘子多吃了晚饭，我守他收拾睡了才来的。我每不要点灯，开了角门，趁着明月悄悄去罢。"素梅道："你在前走，我后边尾着，怕有人来。"果然龙香先行，素梅在后，遮遮掩掩走到书房前。龙香把手点道："那有灯的不就是他书房？"素梅见说是书房，便立定了脚。凤生正在盼望不到之际，心痒难熬，攒出攒入了一会，略在窗前歇气。只听得门外脚步响，急走出来迎着。这里龙香就出声道："凤官人，姐姐来了，还不拜见！"凤生月下一看，真是天仙下降！不觉的跪了下去，道："小生有何天幸，劳烦姐姐这般用心，杀身难报。"素梅通红了脸，一把扶起道："官人请尊重，有话慢讲。"凤生立起来，就扶着素梅衣袂道："外厢不便，请小姐快进房去。"素梅走进了门内，外边龙香道："姐姐，我自去了。"素梅叫道："龙香，不要去。"凤生道："小姐，等他回去安顿着家中的好。"素梅又叫道："略转转就来。"龙香道："晓得了，凤官人关上了门罢。"

　　当下龙香走了转去。凤生把门关了，进来一把抱住道："姐姐想杀了凤来仪！如今侥幸杀了凤来仪也！"一手就去素梅怀里乱扯衣裙。素梅按住道："官人不要性急，说得明白，方可成欢。"凤生道："我两人心事已明，到此地位，还有何说？"只是抱着推他到床上来。素梅挣定了脚不肯走，道："终身之事，岂可草草？你咒也须赌一个，永不得负心！"凤生一头推，一头口里哝道："凤来仪若负此怀，永远前程不吉！不吉！"素梅见他极态①，又哄他又爱他，心下已自软了，不由的脚下放松，任他推去。

────────────

　　①极态：发急的神态。

正要倒在床上，只听得园门外一片大嚷，擂鼓也似敲门。风生正在喉急之际，吃那一惊不小，便道："作怪了！此时是甚么人敲门？想来没有别人。姐姐不要心慌，门是关着的，没事。我们且自上床，凭他门外叫唤，不要睬他！"素梅也慌道："只怕使不得，不如我去休！"风生极了，狠性命抱住道："这等怎使得？这是活活的弄杀我了！"正是色胆如天，风生且不管外面的事，把素梅的小衣服解脱了，忙要行事。那晓得花园门年深月久，苦不甚牢，早被外边一伙人踢开了一扇，一路嚷将进来，直到风生书房门首来了。风生听见来得切近，方才着忙道："古怪！这声音却似窦家兄弟两个。几时回来的？恰恰到此。我的活冤家，怎么是好？"只得放下了手，对素梅道："我去顶住了门，你把灯吹灭了，不要做声！"素梅心下惊惶，一手把裙裤结好，一头把火吹息，魆魆地拣暗处站着①，不敢喘气。风生走到门边，轻轻掇条凳子，把门再加顶住，要走进来温存素梅。只听得外面打着门道："风兄，快开门！"风生战抖抖的回道："是……是……是那个？"一个声气小些的道："小弟窦尚文。"一个大喊道："小弟窦尚武。两个月不相聚了，今日才得回来。这样好月色，快开门出来，吾们同去吃酒。"风生道："夜深了，小弟已睡在床上了，懒得起来，明日尽兴罢。"外边窦大道："寒舍不远，过谈甚便。欲着人来请，因怕兄已睡着，未必就来，故此兄弟两人特来自邀，快些起来！"风生道："夜深风露，热被窝里起来，怕不感冒了？其实的懒起，不要相强，足见相知。"窦大道："兄兴素豪，今夜何故如此？"窦二便嚷道："男子汉见说着吃酒看月有兴的事，披衣便起，怕甚风露？"风生道："今夜偶然没兴，望乞见谅。"窦二道："终不成使我们扫了兴，便自这样回去了？你若当真不起来时，我们一发把这门打开来，莫怪粗卤！"

风生着了急，自想道："倘若他当真打进，怎生是好？"低低对素梅道："他若打将进来，必然事露，姐姐你且躲在床后，待我开门出去打发了他就来。"素梅也低低道："撇脱些②，我要回去。这事做得不好了，怎么处？"素梅望床后黑处躲好，风生才掇开凳子，开出门来。见了他兄弟

---

①魆魆（xūxū）地：悄悄地。

②撇脱：干净利落。

两个,且不施礼,便随手把门扣上了,道:"室中无火,待我搭上了门,和兄每两个坐话一番罢。"两窦道:"坐话甚么? 酒盒多端正在那里了,且到寒家呼卢浮白①,吃到天明。"风生道:"小弟不耐烦,饶我罢!"窦二道:"我们兴高得紧,管你耐烦不耐烦? 我们大家扯了去!"兄弟两个多动手,扯着便走。又加家僮们推的推,攘的攘,不由你不走。风生只叫得苦,却又不好说出。正是:

　　哑子漫尝黄柏味②,难将苦口向人言。

没奈何,只得跟着吃吃喝喝的去了。

　　这里素梅在房中,心头丕丕的跳,几乎把个胆吓破了,着实懊悔无尽。听得人声渐远,才按定了性子,走出床面前来。整一整衣服,望门外张一张,悄然无人,忖道:"此时想没人了,我也等不得他,趁早走回去罢。"去拽那门时,谁想是外边搭住了的。狠性子一拽,早把两三个长指甲一齐蹴断了。要出来,又出来不得;要叫声龙香,又想他决在家里,那里在外边听得? 又还怕被别人听见了,左右不是,心里烦躁撩乱,没计奈何。看看夜深了,坐得不耐烦,再不见风生来到.心中又气又恨,道:"难道贪了酒杯,竟忘记我在这里了?"又替他解道:"方才他负极不要去③,还是这些狂朋没得放他回来。"转展踌躇,无聊无赖,身体倦怠,呵欠连天。欲要睡睡,又是别人家床铺,不曾睡惯,不得伏贴。亦且心下有事,焦焦躁躁,那里睡得去? 闷坐不过,做下一首词云:

　　幽房深锁多情种,清夜悠悠谁共? 羞见枕衾鸳凤,闷则和衣拥。　　无端猛烈阴风动,惊破一番新梦。窗外月华霜重,寂寞桃源洞④。——词寄《桃源忆故人》

素梅吟词已罢,早已鸡鸣时候了。

　　龙香在家里睡了一觉醒来,想道:"此时姐姐与凤官人也快活得勾

---

①浮白:畅饮。

②黄柏:即黄檗,树皮可入药,性味苦寒。

③负极:也作"负急",即慌急。

④桃源洞:南朝宋刘义庆《幽冥录》载:相传东汉时,刘晨、阮肇到天台山采药迷路,误入桃源洞遇两仙女,因邀还家,结为夫妇。后用桃源洞指男女幽会的地方。

了,不免走去伺候,接了他归来早些,省得天明有人看见,做出事来。"开
了角门,踏着露草,慢慢走到书房前来。只见门上搭着扭儿,疑道:"这
外面是谁搭上的? 又来奇怪了!"自言自语了几句。里头素梅听得声
音,便开言道:"龙香来了么?"龙香道:"是,来了。"素梅道:"快些开了门
进来。"龙香开进去看时,只见素梅衣妆不卸,独自一个坐着。惊问道:
"姐姐起得这般早?"素梅道:"那里是起早! 一夜还不曾睡。"龙香道:
"为何不睡? 凤官人那里去了?"素梅叹口气道:"有这等不凑巧的事,说
不得一两句说话,一伙狂朋踢进园门来,拉去看月,凤官人千推万阻,不
肯开门,他直要打进门来。只得开了门,随他们一路去了。至今不来,
且又搭上了门。教我出来又出来不得,坐又坐不过,受了这一夜的罪。
而今你来得正好,我和你快回去罢。"龙香道:"怎么有这等事! 姐姐有
心得到这时候了,凤官人毕竟转来,还在此等他一等么?"素梅不觉泪汪
汪的,又叹一口气道:"还说甚么等他? 只自回去罢了。"正是:

> 蓦地鱼舟惊比目[1],霎时樵斧破连枝。

素梅自与龙香回去不题。

　　且说凤生被那不做美的窦大,窦二不由分说拉去吃了半夜的酒。
凤生真是热地上蜒蚰,一时也安不得身子。一声求罢,就被窦二大碗价
罚来。凤生虽是心里不愿,待推却时,又恐怕他们看出破绽,只得勉强
发兴,指望早些散场。谁知这些少年心性,吃到兴头上,越吃越狂,那里
肯住? 凤生真是没天得叫。直等东方发白,大家酩酊吃不得了,方才歇
手。凤生终是留心,不至大醉。带了些酒意,别了二窦,一步恨不得做
十步,踉跄归来。

　　到得园中,只见房门大开,急急走进叫道:"小姐! 小姐!"那见个人
影? 想着昨宵在此,今不得见了,不觉的趁着酒兴,敲台拍凳,气得泪点
如珠的下来,骂道:"天杀的窦家兄弟坑杀了我! 千难万难,到得今日才
得成就,未曾到手,平白地搅开了。而今不知又要费多少心机,方得圆
成。只怕着了这惊,不肯再来了,如何是好?"闷闷不乐,倒在床上,一觉

---

[1] 比目:即比目鱼。这里比喻热恋中的情侣。唐卢照邻《长安古意》诗:"得
成比目何辞死,原作鸳鸯不羡仙。"

睡到日沉西，方起得来，急急走到园东墙边一看，但见楼窗紧闭，不见人踪。推推角门，又是关紧了的。没处问个消息，怏怏而回，且在书房纳闷不题。

且说那杨素梅归到自己房中，心里还是恍惚不宁的，对龙香道："今后切须戒着，不可如此！"龙香道："姐姐只怕戒不定。"素梅道："且看我狠性子戒起来。"龙香道："到得戒时已是迟了。"素梅道："怎见得迟？"龙香道："身子已破了。"素梅道："那里有此事！你才转得身，他们就打将进来。说话也不曾说得一句，那有别事？"龙香道："既如此，那人怎肯放下？定然想杀了，极不也害个风癫，可不是我们的阴骘①？还须今夜再走一遭的是。"素梅道："今夜若去，你住在外面，一边等我，一边看人，方不误事。"龙香冷笑了一声，素梅道："你笑甚么来？"龙香道："我笑姐姐好个狠性子，着实戒得定。"

两个正要商量晚间再去赴期，不想里面兄嫂处走出一个丫鬟来，报道："冯老孺人来了。"元来素梅有个外婆，嫁在冯家，住在钱塘门里。虽没了丈夫，家事颇厚，开个典当铺在门前。人人晓得他是个富室，那些三姑六婆没一个不来奉承他的②。他只有一女，嫁与杨家，就是素梅的母亲，早年夫妇双亡。孺人想着外甥女儿虽然傍着兄嫂居住，未曾许聘人家，一日与媒婆每说起素梅亲事，媒婆每道："若只托着杨大官人出名，说把妹子许人，未必人家动火。须得说是老孺人的亲外甥，就在孺人家里接茶出嫁的③，方有门当户对的来。"孺人道是说得有理，亦且外甥女儿年纪长大，也要收拾他身畔来，故此自己抬了轿，又叫了一乘空轿，一直到杨家，要接素梅家去。

素梅接着外婆，孺人把前意说了一遍。素梅暗地吃了一惊，推托道："既然要去，外婆先请回，等甥女收拾两日就来。"孺人道："有什么收拾？我在此等了你去。"龙香便道："也要拣个日子。"孺人道："我拣了来

---

① 阴骘：阴德。
② 三姑六婆：三姑指尼姑、道姑、卦姑；六婆指牙婆（以介绍人口买卖为业的妇女）、媒婆、师婆（巫婆）、虔婆（鸨母）、药婆、稳婆（接生婆）。见明陶宗仪《辍耕录·三姑六婆》。
③ 接茶：旧时男女定亲，男家聘礼必备茶。接茶，指女家受聘允婚。

的，今日正是个黄道吉日①，就此去罢。"素梅暗暗地叫苦，私对龙香道：
"怎生发付那人？"龙香道："总是老孺人守着在此，便再迟两日去，也会
他不得了。不如且依着去了，等龙香自去回他消息，再寻机会罢。"素梅
只得怀着不快，跟着孺人去了。所以这日凤生去望楼上，再不得见面。
直到外边去打听，才晓得是外婆家接了去了。跌足叹恨，悔之无及。又
不知几时才得回家，再得相会。

　　正在不快之际，只见舅舅金三员外家金旺来接他回家去，要商量上
京会试之事。说道："园中一应书箱行李，多收拾了家来，不必再到此
了。"凤生口里不说，心下思量道："谁想当面一番错过，便如此你东我
西，料想那还有再会的日子？只是他十分的好情，教我怎生放得下？"一
边收拾，望着东墙只管落下泪来。却是没奈何，只得匆匆出门，到了金
三员外家里，员外早已收拾盘缠，是件停当。吃了饯行酒，送他登程，叫
金旺跟着，一路伏侍去了。

　　员外闲在家里，偶然一个牙婆走来卖珠翠②，说起钱塘门里冯家有
个女儿，才貌双全，尚未许人。员外叫讨了他八字来，与外甥合一合看。
那看命的看得是一对上好到头夫妻，夫荣妻贵，并无冲犯。员外大喜，
即央人去说合。那冯孺人见说是金三员外，晓得是本处财主，叫人通知
了外甥杨大官人，当下许了。择了吉日，下了聘定，欢天喜地。

　　谁知杨素梅心里只想着凤生，见说许下了甚么金家，好生不快，又
不好说得出来，对着龙香只是啼哭。龙香宽解道："姻缘分定，想当日若
有缘法，早已成事了。如此对面错过，毕竟不是对头。亏得还好，若是
那一夜有些长短了，而今又许了一家，却怎么处？"素梅道："说那里话！
我当初虽不与他沾身，也曾亲热一番，心已相许。我如今痴想还与他有
相会日子，权且忍耐。若要我另嫁别人，临期无奈，只得寻个自尽，报答
他那一点情分便了，怎生撇得他下？"龙香道："姐姐一片好心固然如此，

①黄道吉日：宜于办事的吉利日子。
②牙婆：即牙媪，又称牙嫂。以介绍人口买卖为业而从中牟利的妇女。宋吴
　自牧《梦粱录》卷十九《雇觅人力》："如府宅官员、豪富人家欲买宠妾、歌
　童、舞女、厨娘、针线供过、粗细婢妮，亦有官私牙嫂及引置等人。"

只是而今怎能勾再与他相会？"素梅道："他如今料想在京会试。倘若姻缘未断，得登金榜，他必然归来寻访着我。那时我辞了外婆，回到家中，好歹设法得相见一番。那时他身荣贵，就是婚姻之事，或者还可挽回。万一不然，我与他一言面诀，死亦瞑目了。"龙香道："姐姐也见得是，且耐心着，不要烦烦恼恼，与别人看破了，生出议论来。"

不说两个唧哝，且说凤生到京，一举成名，做了三甲进士①，选了福建福州府推官②。心里想道："我如今便道还家，央媒议亲，易如反掌。这姻缘仍在，诚为可喜。进士不足言也！"正要打点起程，金员外家里有人到京来，说道："家中已聘下了夫人，只等官人荣归毕姻。"凤生吃了一惊，道："怎么，聘下了甚么夫人？"金家人道："钱塘门里冯家小姐，见说才貌双全的。"凤生变了脸道："你家员外，好没要紧！那知我的就里？连忙就聘做甚么？"金家人与金旺多疑怪道："这是老员外好意，官人为何反怪将起来？"凤生道："你们不晓得，不要多管！"自此心中反添上一番愁绪起来。正是：

　　姻事虽成心事违，新人欢喜旧人啼。
　　几回暗里添惆怅，说与旁人那得知？

凤生心中闷闷，且待到家再作区处③，一面京中自起身，一面打发金家人先回报知，择日到家。

这里金员外晓得外甥归来快了，定了成婚吉日，先到冯家下那袍段钗镮请期的大礼④。他把一个白玉蟾蜍做压钗物事⑤。这蟾蜍是一对，前日把一个送外甥了，今日又替他行礼，做了个囫囵人情⑥，教媒婆送到冯家去，说："金家郎金榜题名，不日归娶，已起程将到了。"那冯老孺人好不喜欢。旁边亲亲眷眷看的人，那一个不啧啧称叹？道："素梅姐姐

----

①三甲：宋太平兴国八年(983)开始，进士殿试后分为一甲、二甲、三甲三等。
②推官：掌管刑狱的官。
③区处：处理。
④请期：古代婚礼六礼之一。男家行聘之后，卜得吉日，使媒人赴女家告知成婚日期。
⑤压钗物事：吴俗，请期时男家放入礼盘中的贵重物品。
⑥囫囵：吴语，整个儿，全部。《吴县志》："物完全曰囫囵。"

生得标致,有此等大福!"多来与素梅叫喜。

　　谁知素梅心怀鬼胎,只是长吁短叹,好生愁闷,默默归房去了。只见龙香走来道:"姐姐,你看见适才的礼物么?"素梅道:"有甚心情去看他!"龙香道:"一件天大侥幸的事,好叫姐姐得知。龙香听得外边人说,那中进士聘姐姐的那个人,虽然姓金,却是金家外甥。我前日记得凤官人也曾说甚么金家舅舅,只怕那个人就是凤官人也不可知。"素梅道:"那有此事!"龙香道:"适才礼物里边,有一件压钗的东西,也是一个玉蟾蜍,与前日凤官人与姐姐的一模二样。若不是他家,怎生有这般一对?"素梅道:"而今玉蟾蜍在那里? 设法来看一看。"龙香道:"我方才见有些跷蹊,推说姐姐要看,拿将来了。"袖里取出,递与素梅看了一会,果像是一般的;再把自家的在臂上解下来,并一并看,分毫不差。想着前日的情,不觉掉下泪来,道:"若果如此,真是姻缘不断。古来破镜重圆,钗分再合①,信有其事了。只是凤郎得中,自然说是凤家下礼,如何只说金家? 这里边有些不明。怎生探得一个实消息,果然是了便好。"龙香道:"是便怎么? 不是便怎么?"素梅道:"是他了,万千欢喜,不必说起。若不是他,我前日说过的,临到迎娶,自缢而死!"龙香道:"龙香到有个计较在此。"素梅道:"怎的计较?"龙香道:"少不得迎亲之日,媒婆先回话。那时龙香妆做了媒婆的女儿,随了他去。看得果是那人,即忙回来说知就是。"素梅道:"如此甚好。但愿得就是他,这场喜比天还大。"龙香道:"我也巴不得如此。看来像是有些光景的。"两人商量已定。

　　过了两日,凤生到了金家了。那时冯老孺人已依着金三员外所定日子成亲,先叫媒婆去回话,请来迎娶。龙香知道,赶到路上来对媒婆说:"我也要去看一看新郎。有人问时,只说是你的女儿,带了来的。"媒婆道:"这等折杀了老身②,同去走走就是。只有一件事要问姐姐。"龙香道:"甚事?"媒婆道:"你家小姐天大喜事临身,过门去就做夫人了,如何

---

　　①破镜重圆,钗分再合:破镜重圆,用乐昌分镜的故事。钗分再合,古时夫妇离别,将钗擘开,各持半股。后夫妇见面时再合。此俗起源甚古,至南末时还很盛行。见宋王明清《玉照新志》卷四。
　　②折杀:也作"折煞"。即折福,表示承受不起。

不见喜欢？口里唧唧哝哝，倒像十分不快活的，这怎么说？"龙香道："你不知道，我姐姐自小立愿，要自家拣个像意的姐夫。而今是老孺人做主，不管他肯不肯，许了他。不知新郎好歹，放心不下，故此不快活。"媒婆道："新郎是做官的了，有甚么不好？"龙香道："夫妻面上，只要人好，做官有甚么用处？老娘晓得这做官的姓甚么？"媒婆道："姓金了，还不知道。"龙香道："闻说是金员外的外甥，元不姓金，可知道姓甚么？"媒婆道："是便是外甥，而今外边人只叫他金爷。他肉姓①，姓得有些异样的，不好记，我忘记了。"龙香道："可是姓凤？"媒婆想了一想，点头道："正是这个什么怪姓。"龙香心里暗暗欢喜，已有八分是了。

　　一路行来，已到了金家门首。龙香对媒婆道："老娘，你先进去，我在门外张一张罢。"媒婆道："正是。"媒婆进去见了凤生，回覆今日迎亲之事。正在问答之际，龙香门外一看，看得果然是了，不觉手舞足蹈起来，嘻嘻的道："造化！造化！"龙香也有意要他看见，把身子全然露着，早已被门里面看见了。凤生问媒婆道："外面那个随着你来？"媒婆道："是老媳妇的女儿。"凤生一眼瞅去，疑是龙香。便叫媒婆去里面茶饭，自己蹑出来看，果然是龙香了。凤生忙道："甚风吹你到此？你姐姐在那里？"龙香道："凤官人还问我姐姐，你只打点迎亲罢了。"凤生道："龙香姐，小生自那日惊散之后，有一刻不想你姐姐，也叫我天诛地灭！怎奈是这日一去，彼此分散，无路可通。侥幸往京得中，正要归来央媒寻访，不想舅舅又先定下了这冯家。而今推却不得，没奈何了，岂我情愿？"龙香故意道："而今不情愿，也说不得了。只辜负了我家姐姐一片好情，至今还是泪汪汪的。"凤生也拭泪道："待小生过了今日之事，再怎么约得你家姐姐一会面，讲得一番心事明白，死也甘心！而今你姐姐在那里？曾回去家中不曾？"龙香哄他道："我姐姐也许下人家了。"凤生吃惊道："咳！咳！许了那一家？"龙香道："是这城里甚么金家，新中进士的。"凤生道："又来胡说！城中再那里还有个金家新中进士？只有得我。"龙香道："官人几时又姓金？"凤生道："这是我娘舅家姓，我一向榜上多是姓金不姓凤。"龙香嘻的一笑道："白日见鬼，枉着人急了这许多

①肉姓：自身的姓。

时。"凤生道："这等说起来，敢是我聘定的，就是你家姐姐？却怎么说姓冯？"龙香道："我姐姐也是冯老孺人的外甥，故此人只说是冯家女儿，其实就是杨家的人。"凤生道："前日分散之后，我问邻人，说是外婆家接去，想正是冯家了？"龙香道："正是了。"凤生道："这话果真么？莫非你见我另聘了，特把这话来要我的？"

龙香去袖中摸出两个玉蟾蜍来道："你看这一对先自成双了，一个是你送与姐姐的，一个是你家压钗的。眼见得多在这里了，还要疑心？"凤生大笑道："有这样奇事，可不快活杀了我！"龙香道："官人如此快活，我姐姐还不知道明白，哭哭啼啼在那里。"凤生道："若不是我，你姐姐待怎么？"龙香道："姐姐看见玉蟾蜍一样，又见说是金家外甥，故此也有些疑心，先教我来打探。说道不是官人，便要自尽。如今即忙回去报他，等他好梳妆相待。而今他这欢喜，也非同小可。"凤生道："还有一件，他事在急头上，只怕还要疑心是你权时哄他的，未必放心得下。你把他前日所与我的戒指拿去与他看，他方信是实了，可好么？"龙香道："官人见得是。"凤生即在指头上勒下来，交与龙香去了，一面分付鼓乐酒筵齐备，亲往迎娶。

却说龙香急急走到家里，见了素梅，连声道："姐姐，正是他！正是他！"素梅道："难道有这等事？"龙香道："不信，你看这戒指那里来的？"就把戒指递将过来，道："是他手上亲除下来与我，叫我拿与姐姐看，做个凭据的。"素梅微笑道："这个真也奇怪了！你且说他见你说些甚么？"龙香道："他说自从那日惊散，没有一日不想姐姐，而今做了官，正要来图谋这事，不想舅舅先定下了，他不知是姐姐，十分不情愿的。"素梅道："他不匡是我①，别娶之后，却待怎么？"龙香道："他说原要设法与姐姐一面，说个衷曲②，死也瞑目！就眼泪流下来。我见他说得至诚，方与他说明白了这些话，他好不欢喜！"素梅道："他却不知我为他如此立志，只说我轻易许了人家，道我没信行的了，怎么好？"龙香道："我把姐姐这些意思，尽数对他说了。原说打听不是，迎娶之日，寻个自尽的。他也着意，

①不匡：未料到，没想到。
②衷曲：衷情，内心话。

恐怕我来回话,姐姐不信,疑是一时权宜之计哄上轿的说话,故此拿出这戒指来为信。"素梅道:"戒指在那里拿出来的?"龙香道:"紧紧的勒在指头上,可见他不忘姐姐的了。"素梅此时才放心得下。

须臾,堂前鼓乐齐鸣,新郎冠带上门,亲自迎娶。新人上轿,冯老孺人也上轿,送到金家,与金三员外会了亲。吃了喜酒,送入洞房,两下成其夫妇。恩情美满,自不必说。

次日,杨家兄嫂多来会亲,窦家兄弟两人也来作贺。凤生见了二窦,想着那晚之事,不觉失笑。自忖道:"亏得原是姻缘,到底配合了;不然这一场搅散,岂是小可的?"又不好说得出来,只自家暗暗侥幸而已。做了夫妻之后,时常与素梅说着那事,两个还是打喋的①。

因想世上的事最是好笑,假如凤生与素梅索姓无缘罢了,既然到底是夫妻,那日书房中时节,何不休要生出这番风波来?略迟一会,也到手了。再不然,不要外婆家去,次日也还好再续前约。怎生不先不后,偏要如此间阻?及至后来两下多不打点的了②,却又无意中聘定成了夫妇。这多是天公巧处,却像一下子就上了手,反没趣味,故意如此的。却又有一时不偶便到底不谐的,这又不知怎么说。有诗为证:

> 从来女侠会怜才,到底姻成亦异哉!
> 也有惊分终不偶,独含幽怨向琴台③。

---

①打喋:打颤。

②不打点:不考虑,不打算。

③琴台:在四川成都浣花溪畔,相传为汉司马相如弹琴的地方。

卷之十

赵五虎合计挑家衅　莫大郎立地散神奸

诗曰：

> 黑蟒口中舌，黄蜂尾上针。
>
> 两般犹未毒，最毒妇人心。

话说妇人家妒忌，乃是七出之条内一条①，极是不好的事。却这个毛病，像是天生成的一般，再改不来的。

宋绍兴年间，有一个官人乃是台州司法②，姓叶名荐。有妻方氏，天生残妒，犹如虎狼。手下养娘妇女们，棰楚梃杖，乃是常刑。还有灼铁烧肉，将锥搠腮。性急起来，一口咬住不放，定要咬下一块肉来；狠极之时，连血带生吃了，常有致死了的。妇女里头，若是模样略似人的，就要疑心司法喜他，一发受苦不胜了。司法那里还好解劝得的？虽是心里好生不然，却不能制得他，没奈他何。所以中年无子，再不敢萌娶妾之念。

后来司法年已六旬，那方氏也有五十六七岁差不多了。司法一日恳求方氏道："我年已衰迈，岂还有取乐好色之意？但老而无子，后边光景难堪。欲要寻一个丫头，与他养个儿子，为接续祖宗之计，须得你周全这事方好。"方氏大怒道："你就匡我养不出③，生起外心来了！我看自家晚间尽有精神，只怕还养得出来，你不要胡想！"司法道："男子过了六十，还有生子之事，几曾见女人六十将到了，生得儿子出的？"方氏道："你见我今年做六十齐头了么？"司法道："就是六十，也差不多两年了。"

---

① 七出：古代丈夫遗弃妻子的七种所谓理由，即无子、淫佚、不侍奉公婆、口舌、盗窃、妒忌、恶疾。见《仪礼·丧服》"出妻之子为母"贾公彦疏。妻子违反"七出"中一条，丈夫就可借口将她休弃。

② 台州司法：台州，宋代属两浙路，治所在今浙江临海县。司法，即司法参军，宋代州主管司法的官。

③ 匡：料，料想。

方氏道："再与你约三年，那时无子，凭你寻一个淫妇，快活死了罢了！"司法唯唯从命，不敢再说。

过了三年，只得又将前说提起。方氏已许出了口，不好悔得，只得装聋做哑，听他娶了一个妾。娶便娶了，只是心里不伏气，寻非斯闹，没有一会清净的。忽然一日对司法道："我眼中看你们做把戏，实是使不得。我年纪老了，也不耐烦在此争嚷。你那里另拣一间房，独自关得断的，与我住了。我在里边修行，只叫人供给我饮食，我再不出来了，凭你们过日子罢。"司法听得，不胜之喜，道："惭愧！若得如此，天从人愿！"遂于屋后另筑一小院，收拾静室一间，送方氏进去住了。家人们早晚问安，递送饮食，多时没有说话。司法暗暗喜欢道："似此清净，还像人家，不道他晚年心性这样改得好了。他既然从善，我们一发要还他礼体①。"对那妾道："你久不去相见了，也该自去问候一番。"妾依主命，独自走到屋后去了，直到天晚不见出来。

司法道："难道两个说得投机，只管留在那里了？"未免心里牵挂，自己悄悄步到那里去看。走到了房前，只见门窗关得铁桶相似，两个人多不见。司法把门推推，推不开来；用手敲着两下，里头虽有些声响，却不开出来。司法道："奇怪了！"回到前边，叫了两个粗使的家人，同到后边去，狠把门乱推乱踢。那门楗脱了，门早已跌倒一边。一拥进去，只见方氏扑在地下。说时迟，那时快，见了人来，腾身一跳，望门外乱窜出来。众人急回头看去，却是一只大虫！吃了一惊。再看地上，血肉狼藉，一个人浑身心腹多被吃尽，只剩得一头两足。认那头时，正是妾的头。司法又苦又惊，道："不信有这样怪事！"连忙去赶那虎，已出屋后跳去，不知那里去了。又去唤集众人点着火把，望屋后山上到处找寻，并无踪迹。

这个事在绍兴十九年。此时有人议论："或者连方氏也是虎吃了的，未必这虎就是他！"却有一件，虎只会吃人，那里又会得关门闭户来？分明是方氏平日心肠狠毒，元自与虎狼气类相同。今在屋后独居多时，

①礼体：礼节；规矩。唐常衮《授李涵尚书右丞制》："雅有学行，通于礼体。"《西游记》第十八回："你是他门下一个女婿，全没些儿礼体。"

忿戾满腹①，一见妾来，怒气勃发，遂变出形相来，恣意咀啮，伤其性命，方掉下去了。此皆毒心所化也。所以说道妇人家有天生成妒忌的，即此便是榜样。

　　小子为何说这一段希奇事？只因有个人家，也为内眷有些妒忌，做出一场没了落事②，几乎中了人的机谋，哄弄出拆家荡产的事来。若不亏得一个人有主意，处置得风恬浪静，不知炒到几年上才是了结。有诗为证：

　　　　些小言词莫若休，不须经县与经州。

　　　　衙头府底赔杯酒，赢得猫儿卖了牛。

　　这首诗，乃是宋贤范弇所作③，劝人休要争讼的话。大凡人家些小事情，自家收拾了，便不见得费甚气力；若是一个不伏气，到了官时，衙门中没一个肯不要赚钱的。不要说后边输了，就是赢得来，算一算费用过的财物，已自合不来了。何况人家弟兄们争着祖、父的遗产，不肯相让一些，情愿大块的东西作成别个得去？又有不肖官府，见是上千上万的状子，动了火，起心设法，这边送将来，便道："我断多少与你。"那边送将来，便道："我替你断绝后患。"只管理着根脚漏洞④，等人家争个没休歇，荡尽方休。又有不肖缙绅⑤，见人家是争财的事，容易相帮。东边来说，也叫他"送些与我，我便左袒⑥"；西边来说，也叫他"送些与我，我便右袒"。两家不歇手，落得他自饱满了。世间自有这些人在那里，官司岂是容易打的？自古说"鹤蚌相持，渔人得利"，到收场想一想，总是被没相干的人得了去。何不自己骨肉，便吃了些亏，钱财还只在自家门

────────────

①忿戾：忿恨。

②没了落：没了结，没收场。

③范弇：与范直方同时，为村学究，貌古性直。见宋范公偁《过庭录》。"些小言辞莫若休"诗见《过庭录·范弇学究诗》，今人所编《全宋诗》失载。

④根脚：也作跟脚：指人的底细、来历。

⑤缙绅：也作"搢绅"。插笏于绅带间，这是古代官宦的装束，借指官宦的代称。所谓"笏"：即古代朝会时官宦所执的手板，有事就写在上面，以备遗忘。

⑥左袒：露出左臂。即偏护一方。

里头好？

今日小子说这有主意的人，便真是见识高强的。这件事也出在宋绍兴年间。吴兴地方有个老翁①，姓莫，家资巨万，一妻二子，已有三孙。那莫翁富家性子，本好淫欲。少年时节，便有娶妾买婢好些风流快活的念头，又不愁家事做不起，随他讨着几房，粉黛三千、金钗十二也不难处的②。只有一件不凑趣处，那莫老姥却是十分利害。他平生有三恨：一恨天地，二恨爹娘，三恨杂色匠作。你道他为甚么恨这几件？他道自己身上生了此物，别家女人就不该生了，为甚天地没主意，不惟我不为希罕，又要防着男人。二来爹娘嫁得他迟了些个，不曾眼见老儿破体③，到底有些放心不下处。更有一件，女人溺尿总在马子上罢了④，偏有那些烧窑匠、铜锡匠弄成溺器与男人撒溺，将阳物放进放出形状看不得。似此心性，你道莫翁少年之时，容得他些松宽门路么？后来生子生孙，一发把这些闲花野草的事体，回个尽绝了。

此时莫翁年已望七⑤，莫妈房里有个丫鬟，名唤双荷，十八岁了。莫翁晚间睡时，叫他擦背捶腰。莫妈因是老儿年纪已高，无心防他这件事，况且平时奉法惟谨，放心得下惯了。谁知莫翁年纪虽高，欲心未已，乘他身边伏侍时节，与他捏手捏脚，私下肉麻。那双荷一来见是家主，不敢则声；二来正值芳年，情窦已开，也满意思量那事，尽吃得这一杯酒，背地里两个做了一手。有个歌儿，单嘲着老人家偷情的事：

> 老人家再不把淫心改变，见了后生家只管歪缠。怎知道行事多不便：搵腮是皱面颊，做嘴是白须髯，正到那要紧关头也，却又软软软软软。

说那莫翁与双荷偷了几次，家里人渐渐有些晓得了。因为莫妈心性利害，只没人敢对他说。连儿子媳妇为着老人家面上，大家替他隐瞒。谁知有这样不做美的冤家勾当，那妮子日逐觉得眉粗眼慢，乳胀腹

---

①吴兴：宋代为湖州吴兴郡，改安吉州、湖州。

②"粉黛三千"二句：比喻姬妾众多。

③破体：即破身。

④马子：吴语，马桶。

⑤望七：年近七十。

高,呕吐不停。起初还只道是病,看看肚里动将起来,晓得是有胎了。
心里着忙,对莫翁道:"多是你老没志气,做了这件事,而今这样不尴尬
起来①。妈妈心性,若是知道了,肯干休的?我这条性命眼见得要葬送
了!"不住的眼泪落下来。莫翁只得宽慰他道:"且莫着急,我自有个处
置在那里。"莫翁心下自想道:"当真不是要处!我一时高兴,与他弄一
个在肚里了。妈妈知道,必然打骂不容,枉害了他性命。纵或未必致
死,我老人家子孙满前,却做了此没正经事,炒得家里不静,也好羞人!
不如趁这妮子未生之前,寻个人家嫁了出去,等他带胎去别人家生育
了,糊涂得过再处。"算计已定,私下对双荷说了。双荷也是巴不得这样
的,既脱了狠家主婆②,又别配个后生男子,有何不妙?方才把一天愁消
释了好些。

　　果然莫翁在莫妈面前,寻个头脑③,故意说丫头不好,要卖他出去。
莫妈也见双荷年长,光景妖娆④,也有些不要他在身边了。遂听了媒人
之言,嫁出与在城花楼桥卖汤粉的朱三。

　　朱三年纪三十以内,人物尽也济楚⑤。双荷嫁了他,算做得郎才女
貌,一对好夫妻。莫翁只要着落得停当⑥,不争财物。朱三讨得容易,颇
自得意,只不知讨了个带胎的老婆来。渐渐朱三识得出了,双荷实对他
说道:"我此胎实系主翁所有,怕妈妈知觉,故此把我嫁了出来,许下我
看管终身的。你不可说甚么,打破了机关,落得时常要他周济些东西⑦,
我一心与你做人家便了。"朱三是个经纪行中人,只要些小便宜,那里还
管青黄皂白?况且晓得人家出来的丫头,那有真正女身?又是新娶情
热,自然含糊忍住了。

　　娶过来五个多月,养下一个小厮来,双荷密地叫人通与莫翁知道。

───────────

　　①不尴尬:事情棘手,有麻烦,使人困窘。
　　②家主婆:女主人。
　　③头脑:借口,由头。
　　④光景:指模样。
　　⑤济楚:出色,出众。
　　⑥着落:安排,安置。
　　⑦落得:吴语,乐得。

莫翁虽是没奈何嫁了出来,心里还是割不断的。见说养了儿子,道是自己骨血,瞒着家里,悄悄将两挑米、几贯钱先送去与他吃用。以后首饰衣服与那小娃子穿着的,没一件不支持了去。朱三反靠着老婆福荫,落得吃自来食①。

那儿子渐渐大起来,莫翁虽是暗地周给他,用度无缺,却到底瞒着生人眼,不好认帐。随那儿子自姓了朱,跟着朱三也到市上帮做生意。此时已有十来岁,街坊上人点点搐搐②,多晓得是莫翁之种。连莫翁家里儿子媳妇们,也多晓得老儿有这外养之子,私下在那里盘缠他家的③,却大家妆聋做哑,只做不知。莫姥心里也有些疑心,不在眼面前了,又没人敢提起,也只索罢了。

忽一日,莫翁一病告殂。家里成服停丧④,自不必说。在城有一伙破落户⑤,管闲事吃闲饭的没头鬼光棍,一个叫做铁里虫宋礼,一个叫做钻仓鼠张朝,一个叫做吊睛虎牛三,一个叫得洒墨判官周丙,一个叫得白日鬼王瘪子,还有几个不出名提草鞋的小伙,共是十来个。专一捕风捉影,寻人家闲头脑,挑弄是非,扛帮生事⑥。那五个为头,在黑虎玄坛赵元帅庙里歃血为盟⑦,结为兄弟。尽多改姓了赵,总叫做“赵家五虎”。不拘那里有事,一个人打听将来,便合着伴去做,得利平分。平日晓得卖粉朱三家儿子是莫家骨血,这日见说莫翁死了,众兄弟商量道:“一桩好买卖到了。莫家乃巨富之家,老妈妈只生得二子,享用那二三十万不了。我们撺掇朱三家那话儿去告争,分得他一股,最少也有几万数,我们帮的也有小富贵了。就不然,只要起了官司,我们打点的打点,卖阵

---

①自来食:不劳而获的现成饭。

②点点搐搐:指背后议论,指摘。

③盘缠:供养。

④成服:旧时丧礼大殓之后,亲属按照与死者关系的亲疏穿不同的丧服,叫做成服。

⑤破落户:这里指地方上的地痞流氓、泼皮无赖。

⑥扛帮:结帮。

⑦黑虎玄坛赵元帅:相传姓赵,名朗,字公明,道教尊为正一玄坛元帅。民间祀奉为财神。

的卖阵①，这边不着那边着，好歹也有几年缠帐了②，也强似在家里嚼本③。"大家拍手道："造化！造化！"铁里虫道："我们且去见那雌儿④，看他主意怎么的，设法诱他上这条路便了。"多道："有理！"一齐向朱三家里来。

　　朱三平日卖汤粉，这五虎日日在衙门前后走动，时常买他的点饥，是熟主顾家。朱三见了，拱手道："列位光降，必有见谕。"那吊睛虎道："请你娘子出来，我有一事报他。"朱三道："何事？"白日鬼道："他家莫老儿死了。"双荷在里面听得，哭将出来道："我方才听得街上是这样说，还道未的⑤。而今列位来的，一定是真了。"一头哭，一头对朱三说："我与你失了这泰山的靠傍，今生再无好日了。"钻仓鼠便道："怎说这话？如今正是你们的富贵到了。"五人齐声道："我兄弟们特来送这一套横财与你们的。"朱三夫妻多惊疑道："这怎么说？"铁里虫道："你家儿子乃是莫老儿骨血。而今他家里万万贯家财，田园屋宇，你儿子多该有分。何不到他家去要分他的？他若不肯分，拚与他吃场官司，料不倒断了你们些去⑥。撞住打到底⑦，苦你儿子不着，与他滴起血来⑧，怕道不是真的？这一股稳稳是了。"朱三夫妻道："事倒委实如此，我们也晓得。只是轻易起了个头，一时住不得手的。自古道贫莫与富斗，吃官司全得财来使费。我们怎么敌得他过？弄得后边不伶不俐⑨，反为不美。况且我每这样人家，一日不做，一日没得吃的，那里来的人力，那里来的工夫去吃官

_____

①卖阵：指接受对方贿赂，暗递消息。

②缠帐：吴语。敷衍，对付。

③嚼本：坐吃本钱。

④雌儿：对青年妇女的轻薄称呼。

⑤未的：不确切。

⑥倒断：裁决，判决。

⑦撞住：吴语，至多。

⑧滴起血：旧时以血辨别亲属真伪的方法。据说至亲之血，共滴水中则相凝合，验尸时，以生者之血滴死者骨上，若是亲生，则血沁入骨内，否则不入。因此也称亲生关系为滴骨亲。见宋人宋慈《洗冤集录》。

⑨不伶不俐：不干不净，纠缠不清。

司?"铁里虫道:"这个诚然也要虑到,打官司全靠使费与那人力两项。而今我和你们熟商量,要人力时,我们几个弟兄相帮你衙门做事尽勾了,只这使费难处,我们也说不得,小钱不去,大钱不来。五个弟兄,一人应出一百两,先将来下本钱,替你使用去。你写起一千两的借票来,我们收着,直等日后断过家业来到了手,你每照契还我①。只近得你每一本一利,也不为多。此外谢我们的,凭你们另商量了。那时是白得来的东西,左右是不费之惠,料然决不怠慢了我们。"朱三夫妻道:"若得列位如此相帮,可知道好,只是打从那里做起?"铁里虫道:"你只依我们调度,包管停当,且把借票写起来为定。"朱三只得依着写了,押了个字,连儿子也要他画了一个,交与众人。众人道:"今日我每弟兄且去,一面收拾银钱停当了,明日再来计较行事。"朱三夫妻道:"全仗列位看顾。"

当下众人散了去,双荷对丈夫道:"这些人所言,不知如何,可做得来的么?"朱三道:"总是不要我费一个钱。看他们怎么主张,依得的只管依着做去,或者有些油水也不见得。用去是他们的,得来是我们的,有甚么不便宜处?"双荷道:"不该就写纸笔与他。"朱三道:"秤我们三个做肉卖,也值不上几两。他拿了我千贯的票子,若不夺得家事来,他好向那里讨? 果然夺得来时,就与他些也不难了。况且不写得与他,他怎肯拿银子来应? 有这一纸安定他每的心,才肯尽力帮我。"双荷道:"为甚孩子也要他着个字②?"朱三道:"夺得家事是孩子的,怎不叫他着字? 这个倒多不打紧,只看他们指拨怎么样做法便了。"

不说夫妻商量,且说五虎出了朱家的门,大家笑道:"这家子被我们说得动火了,只是扯下这样大谎,那里多少得些与他起个头?"铁里虫道:"当真我们有得己里钱先折去不成③? 只看我略施小计,不必用钱。"这四个道:"有何妙计?"铁里虫道:"我如今只要拿一匹粗麻布做件衰衣④,与他家小厮穿了,叫他竟到莫家去做孝子。撩得莫家母子恼躁起

---

①每:人称代词词尾,无义。

②着个字:画花押。

③己里钱:自己的钱。

④衰(cuī)衣:丧服。

来，吾每只一个钱白纸告他一状，这就是五百两本钱了。"四个拍手道："妙，妙！事不宜迟，快去！快去！"

铁里虫果然去腾挪了一匹麻布①，到裁衣店剪开了，缝成了一件衰衣，手里拿着道："本钱在此了。"一拥的望朱三家里来，朱三夫妻接着，道："列位还是怎么主张？"铁里虫道："叫你儿子出来，我教道他事体。"双荷对着孩子道："这几位伯伯，帮你去讨生身父母的家业，你只依着做去便了。"那儿子也是个乖的，说道："既是我生身的父亲，那家业我应得有的。只是我娃子家，教我怎的去讨才是？"铁里虫道："不要你开口讨，只着了这件孝服，我们引你到那里。你进门去，到了孝堂里面看见灵帷，你便放声大哭，哭罢就拜，拜了四拜，往外就走。有人问你说话，你只不要回他，一径到外边来，我们多在左侧茶坊里等你便了。这个却不难的。"朱三道："只如此有何益？"众人道："这是先送个信与他家。你儿子出了门，第二日就去进状。我们就去替你使用打点。你儿子又小，官府见了，只有可怜，决不难为他的。况又实实是骨血，脚踏硬地，这家私到底是稳取的了，只管依着我们做去！"朱三对妻子道："列位说来的话，多是有着数的②，只教儿子依着行事，决然停当。"那儿子道："只如方才这样说的话，我多依得。我心里也要去见见亲生父亲的影像③，哭他一场，拜他一拜。"双荷掩泪道："乖儿子，正是如此。"朱三道："我倒不好随去得。既是列位同行，必然不差，把儿子交付与列位了，我自到市上做生意去，晚来讨消息罢。"当下朱三自出了门。

五虎一同了朱家儿子，径往莫家来。将到门首，多走进一个茶坊里面坐下，吃个泡茶。叮嘱朱家儿子道："那门上有丧牌孝帘的，就是你老儿家里。你进去，依着我言语行事。"遂把衰衣与他穿着停当了。那孩子依了说话，不知甚么好歹，大踏步走进到里面来。一直到了孝堂，看见灵帷，果然嗅天倒地价哭起来④，也是孩子家天性所在。

————————

①腾挪：搞到。
②着数（zhāo shù）：下棋的步子。比喻手段、计策和方法等。
③影像：遗像。
④嗅天倒地：形容极度悲伤。嗅天：至天。价：词尾，无意义。

那孝堂里头听见哭响，只道是吊客来到，尽皆来看。只见是一个小厮，身上打扮与孝子无二，且是哭得悲切，口口声声叫着亲爹爹。孝堂里看的，不知是甚么缘故，人人惊骇道："这是那里说起？"莫妈听得哭着亲爹，又见这般打扮，不觉怒从心上起，恶向胆边生，嚷道："那里来这个野猫，哭得如此异样！"亏得莫大郎是个老成有见识的人，早已瞧科了八九分，忙对母亲说道："妈妈切不可造次，这件事了不得！我家初丧之际，必有奸人动火，要来挑衅，扎成火囤①。落了他们圈套，这人家不经拆的。只依我指分，方免祸患。"

莫妈一时间见大郎说得利害，也有些慌了，且住着不嚷，冷眼看那外边孩子。只见他哭罢就拜，拜了四拜，正待转身，莫大郎连忙跳出来，一把抱住道："你不是那花楼桥卖粉汤朱家的儿子么？"孩子道："正是。"大郎道："既是这等，你方才拜了爹爹，也就该认了妈妈。你随我来。"一把扯他到孝幔里头，指着莫妈道："这是你的嫡母亲，快些拜见。"莫妈仓卒之际，只凭儿子，受了他拜已过。大郎指自家道："我乃是你长兄，你也要拜。"拜过，又指点他拜了二兄，以次至大嫂、二嫂，多叫拜见了。又领自己两个儿子、兄弟一个儿子，立齐了，对孩子道："这三个是你侄儿，你该受拜。"拜罢，孩子又望外就走。大郎道："你到那里去？你是我的兄弟，父亲既死，就该住在此居丧。这是你家里了，还到那里去？"大郎领他到里面，交付与自己娘子，道："你与小叔叔把头梳一梳，替他身上出脱一出脱②。把旧时衣服脱掉，多替他换了些新鲜的，而今是我家里人了。"孩子见大郎如此待得他好，心里虽也欢喜，只是人生面不熟，又不知娘的意思怎么，有些不安贴，还想要去。大郎晓得光景，就着人到花楼桥朱家去唤那双荷到家里来，说道有要紧说话。

双荷晓得是儿子面上的事了，亦且原要来吊丧，急忙换了一身孝服，来到莫家。灵前哭拜已毕，大郎即对他说："你的儿子今早到此，我们已认做兄弟了。而今与我们一同守孝，日后与我们一样分家，你不必记挂。所有老爹爹在日给你的饭米衣服，我们照帐按月送过来与你，与

---

①扎(zā)成火囤：又称"仙人跳"。设骗局诈取财物。
②出脱：吴语，洁净头面，更换衣服。

在日一般。这是有你儿子面上。你没事不必到这里来,因你是有丈夫的,恐防议论,到装你儿子的丑。只今日起,你儿子归宗姓莫,不到朱家来了。你分付你儿子一声,你自去罢。"双荷听得,不胜之喜:"若得大郎看死的老爹爹面上,如此处置停当,我烧香点烛,祝报大郎不尽。"说罢,进去见了莫妈与大嫂、二嫂,只是拜谢。莫妈此时也不好生分得①,大家没甚说话,打发他回去。双荷叮嘱儿子:"好生住在这,小心奉事大妈妈与哥哥嫂嫂。你落了好处,我放心得下了。方才大郎说过,我不好长到这里。你在此过几时,断了七七四十九日②,再到朱家来相会罢。"孩子既见了自家的娘,又听了分付的话,方才安心住下。双荷自欢欢喜喜,与丈夫说知去了。

　　且说那些没头鬼光棍赵家五虎,在茶房里面坐地③,眼巴巴望那孩子出来,就去做事,状子多打点停当了。谁知守了多时,再守不出。看看到晚,不见动静,疑道:"莫非我们闲话时,那孩子出来,错了眼④,竟到他家里去了?"走一个到朱家去看,见说儿子不曾到家,倒叫了娘子去,一发不解。走来回覆众人,大家疑惑,就像热盘上蚁子,坐立不安。再着一个到朱家伺候,又说见双荷归去,老大欢喜,说儿子已得认下收留了。众人尚在茶坊未散,见了此说,个个木呆。正是:

　　　　思量拨草去寻蛇,这回却没蛇儿弄。
　　　　平常家里没风波,总有良平也无用⑤。

　　说这几个人,闻得孩子已被莫家认作儿子了,许多焰腾腾的火气,却像淋了几桶的冰水,手臂多索解了。大家嚷道:"悔气!撞着这样不长进的人家。难道我们商量了这几时,当真倒单便宜了这小厮不成?"铁里虫道:"且不要慌!也不到得便宜了他,也不到得我们白住了手。"众人道:"而今还好在那里入脚?"铁里虫道:"我们原说与他夺了人家,要谢我们一千银子。他须有借票在我手里,是朱三的亲笔。"众人道:

---

①生分:冷淡,疏远。
②七七:旧俗以人死后每隔七日祭奠一次,到七七四十九日止,共为七七。
③坐地:坐着。
④错了眼:即"眼错"。吴语,不留神,没有注意到。
⑤良平:汉初张良、陈平的并称。二人均为刘邦的谋臣。

"他家先自收拾了,我们并不曾帮得他一些,也不好替朱三讨得。况且朱三是穷人,讨也没干。"铁里虫道:"昨日我要那孩子也着个字的,而今拣有头发的揪。过几时,只与那孩子讨,等他说没有,就告了他。他小厮家新做了财主,定怕吃官司的,央人来与我们讲和,须要赎得这张纸去才干净。难道白了不成?"众人道:"有见识,不枉叫你做铁里虫,真是见识硬挣①!"铁里虫道:"还有一件,只是眼下还要从容。一来那票子上日子没多两日,就讨就告,官府要疑心;二来他家方才收留,家业未有得就分与他,他也便没有得拿出来还人,这是半年一年后的事。"众人道:"多说得是。且藏好了借票,再耐心等等弄他。"自此一伙各散去了。

这里莫妈性定,抱怨儿子道:"那小业种来时②,为甚么就认了他?"大郎道:"我家富名久出,谁不动火?这兄弟实是爹爹亲骨血,我不认他时,被光棍弄了去,今日一状、明日一状告将来,告个没休歇。衙门人役个个来诈钱,亲眷朋友人人来拐骗,还有官府思量起发,开了口不怕不送。不知把人家拆到那里田地!及至拌得到底,问出根由,少不得要断这一股与他,何苦作成别人肥了家去③?所以不如一面收留,省了许多人的妄想,有何不妙?"妈妈见说得明白,也道是了,一家喜欢过日。

忽然一日,有一伙人走进门来,说道要见小三官人的。这里门上方要问明,内一人大声道:"便是朱家的拖油瓶④。"大郎见说得不好听,自家走出来,见是五个人雄赳赳的来施礼,问道:"小令弟在家么?"大郎道:"在家里。列位有何说话?"五个人道:"令弟少在下家里些银子,特来与他取用。"大郎道:"这个却不知道,叫他出来就是。"

大郎进去对小兄弟说了,那孩子不知是甚么头脑,走出来一看,认得是前日赵家五虎,上前见礼。那几个见了孩子,道:"好个小官人!前日是我们送你来的,你在此做了财主,就不记得我们了?"孩子道:"前日这边留住了,不放我出门,故此我不出来得。"五虎道:"你而今既做了财

---

①硬挣:强硬,有力量。这里指见识高明过人。

②小业种:犹小孽种。

③作成:成全,玉成。

④拖油瓶:称妇女改嫁时带去的前夫子女。

主，这一千银子该还得我们了。"孩子道："我几曾晓得有甚么银子？"五虎道："银子是你晚老子朱三官所借①，却是为你用的，你也得得有花字②。"孩子道："前日我也见说，说道恐防吃官司要银子用，故写下借票。而今官司不吃了，那里还用你们什么银子？"五虎发狠道："现有票在这里，你赖了不成？"大郎听得声高，走出来看时，五虎告诉道："小令弟在朱家时借了我们一千银子不还，而今要赖起来。"大郎道："我这小小兄弟借这许多银子何用？"孩子道："哥哥，不要听他！"五虎道："现有借票，我和你衙门里说去"一哄多散了。

大郎问兄弟道："这是怎么说？"孩子道："起初这几个撺掇我母亲告状，母亲回他没盘缠吃官司③。他们说：'只要一张借票，我每借来与你。'以后他们领我到这里来，哥哥就收留下，不曾成官司。他怎么要我还起银子来？"大郎道："可恨这些光棍，早是我们不着他手，而今既有借票在他处，他必不肯干休，定然到官。你若见官，莫怕！只把方才实情，照样是这等一说，官府自然明白的。没有小小年纪断你还他银子之理，且安心坐着，看他怎么！"

次日，这五虎果然到府里告下一纸状来，告了朱三、莫小三两个名字骗劫千金之事，来到莫家提人。莫大郎、二郎等商量，与兄弟写下一纸诉状，诉出从前情节，就用着两个哥哥为证，竟来府里投到。

府里太守姓唐名篆，是个极精明的。一干人提到了，听审时先叫宋礼等上前问道："朱三是何等人？要这许多银子来做甚么用？"宋礼道："他说要与儿子置田买产，借了去的。"太守叫朱三问道："你做甚么勾当，借这许多银子？"朱三道："小的是卖粉羹的经纪，不上钱数生意，要这许多做甚么？"宋礼道："见有借票，我们五人二百两一个，交付与他及儿子莫小三的。"太守拿上借票来看，问朱三道："可是你写的票？"朱三道："是小的写的票，却不曾有银子的。"宋礼道："票是他写的，银子是莫小三收去的。"太守叫莫小三，那莫家孩子应

①晚老子：后父、继父。
②花字：即花押。
③盘缠：这里指日常费用。

了一声走上去。

太守看见是个十来岁小的，一发奇异，道："这小厮收去这些银子何用？"宋礼争道："是他父亲朱三写了票，拿银子与这莫小三买田的。见今他有许多田在家里。"太守道："父姓朱，怎么儿子姓莫？"朱三道："瞒不得老爷，这小厮原是莫家孽子，他母亲嫁与小的，所以他自姓莫。专为众人要帮他莫家去争产，哄小的写了一票，做争讼的用度。不想一到莫家，他家大娘与两个哥子竟自认了，分与田产。小的与他家没讼得争了，还要借银做甚么用？他而今据了借票生端要这银子，这那里得有？"太守问莫小三，其言也是一般。

太守点头道："是了，是了。"就叫莫大郎起来，问道："你当时如何就肯认了？"莫大郎道："在城棍徒无风起浪，无洞掘蟹。亏得当时立地就认了，这些人还道放了空箭，未肯住手，致有今日之告。若当时略有推托，一涉讼端，正是此辈得志之秋。不要说兄弟这千金要被他诈了去，家里所费又不知几倍了！"太守笑道："妙哉！不惟高义，又见高识。可敬，可敬！我看宋礼等五人，也不像有千金借人的，朱三也不像借人千金的。元来真情如此，实为可恨！若非莫大有见，此辈人人饱满了。"提起笔来判道：

> 千金重利，一纸足凭。乃朱三赤贫，贷则谁与？莫子乳臭，须此何为？细讯其详，始烛其诡。宋礼立袅蹄之约①，希蜗角之争②；莫大以对床之情③，消阋墙之衅④。既渔群谋而丧气，犹挟故纸以垂涎。重创其奸，立毁其券！

当时将宋礼等五人，每人三十大板，问拟了"教唆词讼，诈害平人"的律，

---

①袅（niǎo）蹄：也作"袅蹢"，铸金成马蹄形。因借指金银。袅蹄之约，指上文所说的借票。

②蜗角之争：《庄子·则阳》：蜗牛角上的蛮，触两个国家相互争夺地盘，经常发生战争。后用来比喻为细小之事而引起的争斗。

③对床：两人对床而卧。对床之情，指手足之情。

④阋（xì）墙：指兄弟相争。语出《诗经·棠棣》："兄弟阋于墙，外御其侮。"阋，争吵。

脊杖二十①,刺配各远恶军州②。吴兴城里去了这五虎,小民多是快活的,做出几句口号来:

> 铁里虫有时蛀不穿,钻仓鼠有时吃不饱,吊睛老虎没威风,洒墨判官齐跌倒,白日里鬼胡行,这回儿不见了。

唐太守又旌奖莫家,与他一个"孝义之门"的匾额,免其本等差徭。此时莫妈妈才晓得儿子大郎的大见识。世间弟兄不睦,靠着外人相帮起讼者,当以此为鉴。诗曰:

> 世间有孽子,亦是本生枝。
>
> 只因靳所为③,反为外人资。
>
> 渔翁坐得利,鹬蚌枉相持。
>
> 何如存一让,是名不漏卮④。

---

①脊杖:宋代的一种杖刑,就是打脊背。

②刺配:在犯人脸刺金印,发配边远地区。军州:军和州都是宋代的行政区划名称,都在"路"的管辖之下。

③靳:吝惜。

④漏卮(zhī):底上有孔的酒器。不漏卮,这里比喻名声不外露。

卷十一

满少卿饥附饱扬　焦文姬生仇死报

诗云：

　　十年磨一剑，霜刃未曾试。

　　今日把赠君，谁有不平事？

话说天下最不平的，是那负心的事，所以冥中独重其罚，剑侠专诛其人。那负心中最不堪的，尤在那夫妻之间。盖朋友内忘恩负义，拚得绝交了他，便无别话。惟有夫妻是终身相倚的，一有负心，一生怨恨，不是当要可以了帐的事。古来生死冤家，一还一报的，独有此项极多。

宋时衢州有一人①，姓郑，是个读书人，娶着会稽陆氏女②，姿容娇媚。两个伉俪绸缪③，如胶似漆。一日，正在枕席情浓之际，郑生忽然对陆氏道："我与你二人相爱，已到极处了。万一他日不能到底，我今日先与你说过：我若死，你不可再嫁；你若死，我也不再娶了。"陆氏道："正要与你百年偕老，怎生说这样不祥的话？"不觉的光阴荏苒④，过了十年，已生有二子。郑生一时间得了不起的症候，临危时对父母道："儿死无所虑，只有陆氏妻子恩深难舍，况且年纪少艾⑤，日前已与他说过，我死之后不可再嫁。今若肯依所言，儿死亦瞑目矣！"陆氏听说到此际，也不回言，只是低头悲哭，十分哀切，连父母也道他没有二心的了。

死后数月，自有那些走千家管闲事的牙婆每，打听脚踪，探问消息。晓得陆氏青年美貌，未必是守得牢的人，挨身入来与他往来。那陆氏并

---

①衢州：唐武德四年(621)置。宋为信安郡，属两浙路，治所在信安(今浙江衢州)。

②会稽：宋代绍兴府属县，属两浙路，今浙江绍兴。

③伉俪：夫妻。

④荏苒：时间不知不觉地过去。

⑤少艾：指年轻美丽。《孟子·万章上》："知好色，则慕少艾。"赵岐注："少，年少也；艾，美好也。"

不推拒那一伙人，见了面就千欢万喜，烧茶办果，且是相待得好。公婆
看见这些光景，心里嫌他，说道："居孀行径①，最宜稳重。此辈之人没事
不可引他进门。况且丈夫临终怎么样分付的？没有别的心肠，也用这
些人不着。"陆氏由公婆自说，只当不闻，后来惯熟，连公婆也不说了，果
然与一个做媒的说得入港②，受了苏州曾工曹之聘③。公婆虽然恼怒，
心里道："是他立性既自如此，留着也落得做冤家④，不是好住手的；不如
顺水推船，等他去了罢。"只是想着自己儿子临终之言，对着两个孙儿，
未免感伤痛哭。陆氏多不放在心上，才等服满，就收拾箱匣停当，也不
顾公婆，也不顾儿子，依了好日，喜喜欢欢嫁过去了。

　　成婚七日，正在亲热头上，曾工曹受了漕帅檄文⑤，命他考试外郡，
只得收拾起身，作别而去。去了两日，陆氏自觉凄凉，傍晚之时，走到厅
前闲步。忽见一个后生像个远方来的，走到面前，对着陆氏叩了一头，
口称道："郑官人有书拜上娘子。"递过一封柬帖来。陆氏接着，看到外
面封筒上提着三个大字，乃是"示陆氏"三字，认认笔踪，宛然是前夫手
迹。正要盘问，那后生忽然不见。陆氏惧怕起来，拿了书急急走进房里
来，剔明灯火，仔细看时，那书上写道：

　　　　十年结发之夫，一生祭祀之主。朝连暮以同欢，资有余而共
　　聚。忽大幻以长往⑥，慕他人而轻许。遗弃我之田畴，移蓄积于别
　　户。不念我之双亲，不恤我之二子。义不足以为人妇，慈不足以为
　　人母。吾已诉诸上苍，行理对于冥府⑦。

陆氏看罢，吓得冷汗直流，魂不附体，心中懊悔无及。怀着鬼胎，十分惧
怕，说不出来。茶饭不吃，默默不快，三日而亡。眼见得是负了前夫，得

①居孀：守寡。

②入港：交谈投机，意气相合。

③工曹：宋代州县所置的属官，为吏、户、礼、兵、刑、工六曹之一。

④落得：王古鲁注释：吴语，此处作"徒然"解。

⑤漕帅：指漕司的长官。漕司，管理催征税赋、出纳钱粮、办理上供以及漕运
　　等事的官署。檄文：官府用于征召、晓喻及声讨的文书。

⑥大幻：指死亡。

⑦"行理"句：到阴间阎罗王那里去讲理。冥府：阴间。

此果报了。

却又一件,天下事有好些不平的所在!假如男人死了,女人再嫁,便道是失了节、玷了名、污了身子,是个行不得的事,万口訾议。及至男人家丧了妻子,却又凭他续弦再娶①,置妾买婢,做出若干的勾当,把死的丢在脑后不提起了,并没人道他薄幸负心,做一场说话。就是生前房室之中,女人少有外情,便是老大的丑事,人世羞言。及至男人家撇了妻子,贪淫好色,宿娼养妓,无所不为,总有议论不是的,不为十分大害。所以女子愈加可怜,男人愈加放肆,这些也是伏不得女娘们心里的所在。不知冥冥之中,原有分晓。若是男子风月场中略行着脚,此是寻常勾当,难道就比了女人失节一般?但是果然负心之极,忘了旧时恩义,失了初时信行,以至误人终身、害人性命的,也没一个不到底报应的事。从来说王魁负桂英②,毕竟桂英索了王魁命去,此便是一个男负女的榜样。不止女负男如所说的陆氏,方有报应也。

今日待小子说一个赛王魁的故事,与看官每一听,方晓得男子也是负不得女人的。有诗为证:

> 由来女子号痴心,痴得真时恨亦深。
>
> 莫道此痴容易负,冤冤隔世会相寻!

话说宋时有个鸿胪少卿姓满③,因他做事没下稍④,讳了名字不传,只叫他满少卿。未遇时节,只叫他满生。那满生是个淮南大族,世有显

①续弦:古人常以琴瑟比喻夫妻关系,因此将男子丧妻后再娶称作"续弦"。

②王魁负桂英:宋代书生王魁下第,流落山东莱州,与妓女敫桂英相爱。桂英资助他读书赴考。王魁状元及第后,竟负约另娶。敫桂英去海神庙哭诉,悲愤自尽,化为厉鬼,活捉王魁。事见宋曾慥《类说》卷三十四引《摭遗》之《王魁传》。元明小说、戏曲多演此故事。

③鸿胪少卿:宋代鸿胪寺主官为卿。其副职为少卿。鸿胪寺为掌朝贡、宴劳、给赐、迎送及祭祀诸事的官署。见《宋史·职官志五》。

④没下稍:没有好结果。

宦。叔父满贵,现为枢密副院①。族中子弟,遍满京师,尽皆富厚本分。
惟有满生心性不羁,狂放自负。生得一表人材,风流可喜。怀揣着满腹
文章,道早晚必登高第。抑且幼无父母,无些拘束,终日吟风弄月,放浪
江湖,把些家事多弄掉了,连妻子多不曾娶得。族中人渐渐不理他,满
生也不在心上。有个父亲旧识,出镇长安。满生便收拾行装,离了家
门,指望投托于他,寻些润济②。到得长安,这个官人已坏了官,离了地
方去了,只得转来。

　　满生是个少年孟浪不肯仔细的人,只道寻着熟人,财物广有,不想
托了个空,身边盘缠早已罄尽③。行到汴梁中牟地方④,有个族人在那
里做主簿⑤,打点去与他寻些盘费还家。那主簿是个小官,地方没大生
意,连自家也只好支持过日,送得他一贯多钱。还了房钱饭钱,余下不
多,不能勾回来。此时已是十二月天气,满生自思囊无半文,空身家去,
难以度岁,不若只在外厢行动,寻些生意,且过了年又处。关中还有一
两个相识在那里做官⑥,仍旧掇转路头⑦,往西而行。

　　到了凤翔地方⑧,遇着一天大雪,三日不休。正所谓"云横秦岭家何
在? 雪拥蓝关马不前"⑨。满生阻住在饭店里,一连几日。店小二来讨
饭钱,还他不勾,连饭也不来了。想着自己是好人家子弟,胸藏学问,视

---

①枢密副院:枢密院,掌管军事机密、边防等,与中书省并称"二府",同为宋
　代最高国务机关。其长官为枢密使,或称知枢密院事。副职为枢密副使,
　也称同知枢密院事或枢密副院。见《宋史·职官志二》。

②润济:救济。

③罄尽:没有剩余。

④中牟:宋代开封府的属县,今属河南省。

⑤主簿:州县的属官。

⑥关中:今陕西渭河平原地区称为关中。《鸿门宴》:"沛公欲王关中,使子婴
　为相。"

⑦掇(duō)转:调转,拨回。路头:路口,道路。

⑧凤翔:宋代为凤翔府,今为陕西省的属县。

⑨"云横秦岭家何在"二句:唐韩愈《左迁至蓝关示侄孙湘》诗句。蓝关,即蓝
　田关,在今陕西蓝田县东。

功名如拾芥耳①。一时未际,浪迹江湖,今受此穷途之苦,谁人晓得我是不遇时的公卿? 此时若肯雪中送炭,真乃胜似锦上添花。争奈世情看冷暖,望着那一个救我来? 不觉放声大哭。早惊动了隔壁一个人,走将过来道:"谁人如此啼哭?"那个人怎生打扮?

> 头戴玄狐帽套,身穿羔羊皮袭。紫膛颜色,带者几分酒,脸映红桃;苍白须髯,沾着几点雪,身如玉树。疑在浩然驴背下②,想从安道宅中来③。

那个人走进店中,问店小二道:"谁人啼哭?"店小二答道:"覆大郎,是一个秀才官人,在此三五日了,不见饭钱拿出来。天上雪下不止,又不好走路,我们不与他饭吃了,想是肚中饥饿,故此啼哭。"那个人道:"那里不是积福处? 既是个秀才官人,你把他饭吃了,算在我的帐上,我还你罢。"店小二道:"小人晓得。"便去拿了一分饭,摆在满生面前道:"客官,是这大郎叫拿来请你的。"满生道:"那个大郎?"只见那个人已走到面前道:"就是老汉。"满生忙施了礼道:"与老丈素昧平生④,何故如此?"那个人道:"老汉姓焦,就在此酒店间壁居住。因雪下得大了,同小女烫几杯热酒暖寒。闻得这壁厢悲怨之声,不像是个以下之人,故步至此间寻问。店小二说是个秀才雪阻了的,老汉念斯文一脉,怎教秀才忍饥? 故此教他送饭。荒店之中,无物可吃,况如此天气,也须得杯酒儿敌寒。秀才宽坐,老汉家中叫小厮送来。"满生喜出望外道:"小生失路之人⑤,与老丈不曾识面,承老丈如此周全,何以克当?"焦大郎道:"秀才一表非

---

① 拾芥:捡地上的小草。比喻极其容易。

② 浩然驴背下:浩然即唐代诗人孟浩然。孟浩然尝冒雪骑驴寻梅,曰:"吾诗思在灞桥风雪驴背上"。见元阴时夫编、阴中夫注《韵府群玉》。陆游《霸陵风雪》:"正在霸陵风雪里,管是襄阳孟浩然"。元曾瑞【中吕·喜春来】《咏雪梅》:"魂来纸帐香先到,花放冰梢雪未消,浩然驴背霸陵桥。"

③ 安道宅中来:东晋王徽之居会稽时,雪夜兴起,泛舟剡溪,访安道(戴逵字),天亮至其门而返。见南朝宋刘义庆《世说新语·任诞》。

④ 素昧平生:向不相识。

⑤ 失路之人:指不得志者。汉扬雄《解嘲》:"当涂者升青云,失路者委沟渠。"

俗,目下偶困,决不是落后之人。老汉是此间地主①,应得来管顾的。秀才放心,但住此一日,老汉支持一日,直等天色晴霁好走路了,再商量不迟。"满生道:"多感!多感!"焦大郎又问了满生姓名乡贯明白②,慢慢的自去了。

满生心里喜欢道:"谁想绝处逢生,遇着这等好人。"正在欷歔之际,只见一个笼头的小厮拿了四碗嗄饭③、四碟小菜,一壶热酒送将来,道:"大郎送来与满官人的。"满生谢之不尽,收了摆在桌上食用。小厮出门去了,满生一头吃酒,一头就问店小二道:"这位焦大郎是此间甚么样人?怎生有此好情?"小二道:"这个大郎是此间大户,极是好义。平日扶穷济困,至于见了读书的,尤肯结交,再不怠慢的。自家好吃几杯酒,若是陪得他过的,一发有缘了。"满生道:"想是家道富厚?"小二道:"有便有些产业,也不为十分富厚,只是心性如此。官人造化,遇着了他,便多住几日,不打紧的了。"满生道:"雪晴了,你引我去拜他一拜。"小二道:"当得,当得。"过了一会,焦家小厮来收家伙,传大郎之命分付店小二道:"满大官人供给,只管照常支应。用酒时,到家里来取。"店小二领命,果然支持无缺,满生感激不尽。

过了一日,天色晴明,满生思量走路,身边并无盘费。亦且受了焦大郎之恩,要去拜谢。真叫做人心不足,得陇望蜀④,见他好情,也就有个希冀借些盘缠之意。叫店小二在前引路,竟到焦大郎家里来。焦大郎接着,满面春风。满生见了大郎,倒地便拜,谢他:"穷途周济,殊出望外。倘有用着之处,情愿效力。"焦大郎道:"老汉家里也非有余,只因看见秀才如此困厄,量济一二,以尽地主之意,原无他事,如何说个效力起来?"满生道:"小生是个应举秀才,异时倘有寸进⑤,不敢忘报。"大郎道:

①地主:指住在本地的人。

②乡贯:籍贯。

③嗄(xià)饭:即"下饭"。指菜肴。

④得陇望蜀:后汉光武帝刘秀下令岑彭:"人苦不知足,既平陇,复望蜀。"教他平定陇右(今甘肃一带)以后领兵南下,攻取西蜀。见《后汉书·岑彭传》。比喻贪得无厌。

⑤寸进:指微小的进展。

"好说,好说!目今年已傍晚,秀才还要到那里去?"满生道:"小生投人不着,囊匣如洗,无面目还乡,意思要往关中一路寻访几个相知。不期逗留于此,得遇老丈,实出万幸。而今除夕在近,前路已去不迭,真是前不巴村,后不巴店,没奈何了,只得在此饭店中且过了岁,再作道理。"大郎道:"店中冷落,怎好度岁?秀才不嫌家间淡薄,搬到家下,与老汉同住几日,随常茶饭,等老汉也不寂寞①,过了岁朝再处②,秀才意下何如?"满生道:"小生在饭店中总是叨忝老丈的③,就来潭府④,也是一般。只是萍踪相遇,受此深恩,无地可报,实切惶愧耳!"大郎道:"四海一家,况且秀才是个读书之人,前程万里。他日不忘村落之中有此老朽,便是愿足,何必如此相拘哉?"元来焦大郎固然本性好客,却又看得满生仪容俊雅,丰度超群,语言倜傥,料不是落后的,所以一意周全他,也是满生有缘,得遇此人。果然叫店小二店中发了行李,到焦家来。是日焦大郎安排晚饭与满生同吃,满生一席之间,谈吐如流,更加酒兴豪迈,痛饮不醉。大郎一发投机,以为相见之晚,直吃到兴尽方休,安置他书房中歇宿了不提。

大郎有一室女⑤,名唤文姬,年方一十八岁,美丽不凡,聪慧无比。焦大郎不肯轻许人家,要在本处寻个衣冠子弟,读书君子,赘在家里,照管暮年。因他是个市户出身⑥,一时没有高门大族来求他的,以下富室痴儿,他又不肯。高不凑,低不就,所以蹉跎过了。那文姬年已长大,风情之事,尽知相慕。只为家里来往的人,庸流凡辈颇多,没有看得上眼的。听得说父亲在酒店中,引得外方一个读书秀才来到,他便在里头东张西张,要看他怎生样的人物。那满生仪容举止,尽看得过,便也有一二分动心了。这也是焦大郎的不是,便做道疏财仗义,要做好人,只该

---

①等:让,使。

②岁朝(zhāo):阴历正月初一。再处:再想办法。

③叨忝:即沾光。有时用作客套话。

④潭府:对人府第的敬称。

⑤室女,未出嫁的女子。

⑥市户:商人。

赍发满生些少①,打发他走路才是。况且室无老妻,家有闺女,那满生非亲非戚,为何留在家里宿歇? 只为好着几杯酒,贪个人作伴,又见满生可爱,倾心待他。谁想满生是个轻薄后生,一来看见大郎殷勤,道是敬他人才,安然托大②,忘其所以。二来晓得内有亲女,美貌及时,未曾许人,也就怀着希冀之意,指望图他为妻。又不好自开得口,待看机会。日挨一日,径把关中的念头丢过一边,再不提起了。焦大郎终日憦憦醉乡,没些搭煞③,不加提防。怎当得他每两下烈火干柴,你贪我爱,各自有心,竟自勾搭上了,情到浓时,未免不避形迹。焦大郎也见了些光景,有些疑心起来。大凡天下的事,再经有心人冷眼看不起的④。起初满生在家,大郎无日不与他同饮同坐,毫无说话。比及大郎疑心了,便觉满生饮酒之间,没心没想,言语参差,好些破绽出来。

　　大郎一日推个事故,走出门去了。半日转来,只见满生醉卧书房,风飘衣起,露出里面一件衣服来。看去有些红色,像是女人袄子模样,走到身边仔细看时,正是女儿文姬身上的,又吊着一个交颈鸳鸯的香囊,也是文姬手绣的。大惊诧道:“奇怪! 奇怪! 有这等事?”满生睡梦之中,听得喊叫,突然惊起,急敛衣襟不迭,已知为大郎看见,面如土色。大郎道:“秀才身上衣服,从何而来?”满生晓得瞒不过,只得诌个谎道:“小生身上单寒,忍不过了,向令爱姐姐处⑤,看老丈有旧衣借一件。不想令爱竟将一件女袄拿出来,小生怕冷,不敢推辞,权穿在此衣内。”大郎道:“秀才要衣服,只消替老夫讲⑥,岂有与闺中女子自相往来的事? 是我养得女儿不成器了。”

　　抽身望里边就走,恰撞着女儿身边一个丫头,叫名青箱,一把抓过来道:“你好好实说姐姐与那满秀才的事情,饶你的打!”青箱慌了,只得

①赍发:赠与,送给。

②托大:自大。

③没些搭煞:没有头脑,糊里糊涂。

④看不起:犹看不出。

⑤令爱:尊称他人的女儿。

⑥替:跟,对。

抵赖道:"没曾见甚么事情。"大郎焦躁①道:"还要胡说,眼见得身上袄子多脱与他穿着了!"青箱没奈何,遮饰道:"姐姐见爹爹十分敬重满官人,平日两下撞见时,也与他见个礼。他今日告诉身上寒冷,故此把衣服与他,别无甚说话。"大郎道:"女人家衣服,岂肯轻与人着!况今日我又不在家,满秀才酒气喷人,是那里吃的?"青箱推道不知。大郎道:"一发胡说了,他难道再有别处噇酒②? 他方才已对我说了,你若不实招,我活活打死你!"青箱晓得没推处,只得把从前勾搭的事情一一说了。大郎听罢,气得抓耳挠腮,没个是处,喊道:"不成才的歪货! 他是别路来的,与他做下了事,打点怎的?"青箱说:"姐姐今日见爹爹不在,私下摆个酒盒,要满官人对天罚誓,你娶我嫁,终身不负,故此与他酒吃了。又脱一件衣服,一个香囊,与他做记念的。"大郎道:"怎了! 怎了!"叹口气道:"多是我自家热心肠的不是,不消说了!"反背了双手,踱出外边来。

文姬见父亲抓了青箱去,晓得有些不尴尬③。仔细听时,一句句说到真处来。在里面正急得要上吊,忽见青箱走到面前,已知父亲出去了,才定了性,对青箱道:"事已败露至此,却怎么了? 我不如死休!"青箱道:"姐姐不要性急! 我看爹爹叹口气,自怨不是,走了出去,倒有几分成事的意思在那里。"文姬道:"怎见得?"青箱道:"爹爹极敬重满官人,已知有了此事,若是而今赶逐了他去,不但恶识了④,把从前好情多丢去,却怎生了结姐姐? 他今出去,若问得满官人不曾娶妻,毕竟还配合了才好住手。"文姬道:"但愿是如此便好。"

果然大郎走出去,思量了一回,竟到书房中带者怒容问满生道:"秀才,你家中可曾有妻未?"满生局蹐无地,战战兢兢回言道:"小生湖海飘流,实未曾有妻。"大郎道:"秀才家既读诗书,也该有些行止⑤! 吾与你本是一面不曾相识,怜你客途,过为拯救,岂知你所为不义若此! 点污

---

①焦躁:恼怒。

②噇(chuáng)酒:无节制地饮酒。

③不尴尬:麻烦,不好办。

④恶识:冒犯,得罪。

⑤行止:指人的品行。

了人家儿女，岂得君子之行？"满生惭愧难容，下地叩头道："小生罪该万死！小生受老丈深恩，已为难报。今为儿女之情，一时不能自禁，猖狂至此。若蒙海涵，小生此生以死相报，誓不忘高天厚地之恩。"大郎又叹口气道："事已至此，虽悔何及！总是我生女不肖，致受此辱。今既为汝污，岂可别嫁？汝若不嫌地远，索性赘入我家，做了女婿，养我终身，我也叹了这口气罢！"满生听得此言，就是九重天上飞下一纸赦书来，怎不满心欢喜？又叩着头道："若是如此玉成，满某即粉身碎骨，难报深恩！满某父母双亡，家无妻子，便当奉侍终身，岂再他往？"大郎道："只怕后生家看得容易了，他日负起心来——"满生道："小生与令爱恩深义重，已设誓过了，若有负心之事，教满某不得好死！"

大郎见他言语真切，抑且没奈何了，只得胡乱拣个日子，摆些酒宴，配合了二人。正是：

> 绮罗丛里唤新人，锦绣窝中看旧物。
>
> 虽然后娶属先奸，此夜恩情翻较密。

满生与文姬，两个私情，得成正果。天从人愿，喜出望外。文姬对满生道："妾见父亲敬重君子，一时仰慕，不以自献为羞，致于失身。原料一朝事露，不能到底，惟有一死而已。今幸得父亲配合，终身之事已完，此是死中得生，万千侥幸，他日窃不可忘！"满生道："小生飘蓬浪迹，幸蒙令尊一见如故，解衣推食，恩已过厚；又得遇卿不弃，今日成此良缘，真恩上加恩。他日有负，诚非人类！"两人愈加如胶似漆，自不必说。满生在家无事，日夜读书，思量应举。焦大郎见他如此，道是许嫁得人，暗里心欢。自此内外无间。

过了两年，时值东京春榜招贤①，满生即对丈人说要去应举。焦大郎收拾了盘费，赍发他去。满生别了丈人、妻子，竟到东京，一举登第。才得唱名，满生心里放文姬不下，晓得选除未及②，思量道："汴梁去凤翔不远，今幸已脱白挂绿③，何不且到丈人家里，与他们欢庆一番，再来未

---

① 春榜：唐宋礼部考试，在春季举行，故称春榜，也称"春闱"。

② 选除：选拔任用。

③ 脱白挂绿：脱去白衣，换上绿袍（古代低级官员的袍服）。指进入仕途。

迟?"此时满生已有仆人使唤，不比前日。便叫收拾行李，即时起身。

不多几日，已到了焦大郎门首。大郎先已有人报知，是日整备迎接，鼓乐喧天，闹动了一个村坊。满生绿袍槐简①，摇摆进来。见了丈人，便是纳头四拜。拜罢，长跪不起，口里称谢道："小婿得有今日，皆赖丈人提携；若使当日困穷旅店，没人救济，早已填了丘壑，怎能勾此身荣贵?"叩头不止。大郎扶起道："此皆贤婿高才，致身青云之上，老夫何功之有？当日困穷失意，乃贤士之常；今日衣锦归来，有光老夫多矣!"满生又请文姬出来，交拜行礼，各各相谢。其日邻里看的挨挤不开，个个说道："焦大郎能识好人，又且平日好施恩德，今日受此荣华之报，那女儿也落了好处了。"有一等轻薄的道："那女儿闻得先与他有些说话了②，后来配他的。"有的道："也是大郎有心把女儿许他，故留他在家里住这几时。便做道先有些什么，左右是他夫妻，而今一床锦被遮盖了，正好做院君夫人去③，还有何妨?"

议论之间，只见许多人牵羊担酒，持花捧币，尽是些地方邻里亲戚，来与大郎作贺称庆。大郎此时把个身子抬在半天里了，好不风骚！一面置酒款待女婿，就先留几个相知亲戚相陪。次日又置酒请这一干作贺的，先是亲眷，再是邻里，一连吃了十来日酒。焦大郎费掉了好些钱钞，正是欢喜破财，不在心上。满生与文姬夫妻二人，愈加斯敬斯爱，欢畅非常。连青箱也算做日前有功之人，另眼看觑，别是一分颜色。有一首词，单道着得第归来，世情不同光景：

> 世事从来无定，天公任意安排。寒酸忽地上金阶，立看许多渗濑④。　　熟识还须再认，至亲也要疑猜。夫妻行事别开怀，另似一张卵袋。

话说满生夫荣妻贵，暮乐朝欢。焦大郎本是个慷慨心性，愈加扯

---

①绿袍：古代低级官员著绿色官服。槐简：槐木手版。宋陆游《赛神曲》："击鼓坎坎，吹笙呜呜。绿袍槐简立老巫，红衫绣裙舞小姑。"

②说话：指不正当的男女关系。

③院君：即县君，古代妇女的封号。也为命妇的通称。

④渗濑：丑陋，使人可怕的样子。

大①,道是靠着女儿女婿,不忧下半世不富贵了。尽心竭力,供养着他两个,惟其所用。满生总是慷他人之慨,落得快活。过了几时,选期将及,要往京师。大郎道是选官须得使用才有好地方,只得把膏腴之产尽数卖掉了,凑着偌多银两,与满生带去。焦大郎家事原只如常,经这一番弄,已此十去八九。只靠着女婿选官之后,再图兴旺,所以毫不吝惜。

满生将行之夕,文姬对他道:"我与你恩情非浅。前日应举之时,已曾经过一番离别,恰是心里指望好日,虽然牵系,不甚伤情。今番得第已过,只要去选地方,眼见得只有好处来了,不知为甚么心中只觉凄惨,不舍得你别去,莫非有甚不祥?"满生道:"我到京即选,甲榜科名必为美官②。一有地方,便着人从来迎你与丈人同到任所,安享荣华。此是算得定的日子,别不多时的,有甚么不祥之处?切勿挂虑!"文姬道:"我也晓得是这般的,只不知为何有些异样,不由人眼泪要落下来,更不知为甚缘故。"满生道:"这番热闹了多时,今我去了,顿觉冷静,所以如此。"文姬道:"这个也是。"两人絮聒了一夜③,无非是些恩情浓厚,到底不忘的话。

次日天明,整顿衣装,别了大郎父女,带了仆人,径往东京选官去了。这里大郎与文姬父女两个,互相安慰,把家中事件,收拾并叠,只等京中差人来接,同去赴任,悬悬指望不题。

且说满生到京,得授临海县尉④。正要收拾起身,转到凤翔接了丈人妻子一同到任,拣了日子,将次起行。只见门外一个人大踏步走将进来,口里叫道:"兄弟,我那里不寻得你到,你元来在此!"满生抬头看时,却是淮南族中一个哥哥,满生连忙接待。那哥哥道:"兄弟几年远游,家中绝无消耗⑤,举族疑猜,不知兄弟却在那里,到京一举成名,实为莫大之喜。家中叔叔枢密相公见了金榜⑥,即便打发差人到京来相接,四处

---

①扯大:犹言托大,自大。

②甲榜:科举考试取中进士,称为甲榜。

③絮聒:唠叨。

④临海县尉:临海,今属浙江。县尉,知县的佐官,掌管一县的治安。

⑤消耗:消息。

⑥相公:这里是对宰相尊称。也泛称官吏。

寻访不着,不知兄弟又到那里去了。而今选有地方,少不得出京家去。恁哥哥在此做些小前程①,干办已满②,收拾回来,已顾下船在汴河,行李多下船了。各处挨问,得见兄弟,你打迭已完③,只须同你哥哥回去,见见亲族,然后到任便了。"满生心中一肚皮要到凤翔,那里曾有归家去的念头? 见哥哥说来意思不对,却又不好直对他说,只含糊回道:"小弟还有些别件事干,且未要到家里。"那哥哥道:"却又作怪! 看你的装裹多停当了,只要走路的,不到家里却又到那里?"满生道:"小弟流落时节,曾受了一个人的大恩,而今还要向西路去谢他。"那哥哥道:"你虽然得第,还是空囊。谢人先要礼物为先,这些事自然是到了任再处。况且此去到任所,一路过东,少不得到家边过,是顺路却不走,反走过西去怎的?"

满生此时只该把实话对他讲,说个不得已的缘故,他也不好阻当得。争奈满生有些不老气④,恰像还要把这件事瞒人的一般,并不明说,但只东支西吾,凭那哥哥说得天花乱坠,只是不肯回去。那哥哥大怒起来,骂道:"这样轻薄无知的人! 书生得了科名,难道不该归来会一会宗族邻里? 这也罢了,父母坟墓边,也不该去拜见一拜见的? 我和你各处去问一问,世间有此事否?"满生见他发出话来,又说得正气了,一时也没得回他,通红了脸,不敢开口。那哥哥见他不说了,叫些随来的家人,把他的要紧箱笼,不由他分说,只一搬竟自搬到船上去了。满生没奈何,心里想道:"我久不归家了,况我落魄出来,今衣锦还乡,也是好事。便到了家里,再去凤翔,不过迟得些日子,也不为碍。"对那哥哥道:"既恁地,便和哥哥同到家去走走来。"只因这一去,有分交⑤:

---

①恁(nín):您;你。

②干办:经办、办理。这里指经办的公事。

③打迭:收拾。

④老气:犹老练。

⑤有分交:话本小说每大段终了的套语,并提示情节的发展。

　　绿袍年少,别牵系足之绳①;青鬓佳人,立化望夫之石②。

　　满生同那哥哥回到家里,果然这番宗族邻里比前不同,尽多是呵脬捧屁的。满生心里也觉快活,随去见那亲叔叔满贵。那叔叔是枢密副院,致仕家居③。既是显官,又是一族之长,见了侄儿,晓得是新第回来,十分欢喜道:"你一向出外不归,只道是流落他乡,岂知却能挣扎得第做官回来! 诚然是与宗族争气的。"满生满口逊谢。满枢密又道:"却还有一件事,要与你说。你父母早亡,壮年未娶。今已成名,嗣续之事最为紧要。前日我见你登科录上有名④,便已为你留心此事。宋都朱从简大夫有一次女,我打听得才貌双全。你未来时,我已着人去相求,他已许下了,此极是好姻缘。我知那临海前官尚未离任,你到彼之期还可从容。且完此亲事,夫妻一同赴任,岂不为妙?"满生见说,心下吃惊,半晌做声不得。满生若是个有主意的,此时便该把凤翔流落、得遇焦氏之事,是长是短,备细对叔父说一遍,道"成亲已久,负他不得,须辞了朱家之婚,一刀两断",说得决绝,叔父未必不依允。争奈满生讳言的是前日孟浪出游光景,恰像凤翔的事是私下做的,不肯当场明说,但只口里唧哝。枢密道:"你心下不快,敢虑着事体不周备么? 一应聘定礼物,前日我多已出过。目下成亲所费,总在我家支持,你只打点做新郎便了。"满生道:"多谢叔叔盛情,容侄儿心下再计较一计较。"枢密正色道:"事已定矣,有何计较?"满生见他词色严毅,不敢回言,只得唯唯而出。

　　到了家里,闷闷了一回,想道:"若是应承了叔父所言,怎生撇得文姬父女恩情? 欲待辞绝了他的,不但叔父这一段好情不好辜负,只那尊

----

①"绿袍少年"二句:这两句预示满生抛弃文姬,另娶高门。系足之绳:典出唐李复言《续幽怪录·定婚店》,相传月下老人有许多赤绳,若将它系在男女双方的脚上,他们就能结为夫妻。

②"青鬓佳人"二句:这两句预示文姬久等满生,绝无音耗,望眼欲穿。望夫之石:湖北武昌北山有望夫石,状若人立。相传古有贞妇送其夫远赴国难,携幼于伐送于此,立望夫而化为石。见《初学记》卷五引《幽明录》。指文姬不能再指望满生回来。

③致仕:辞去官职。

④登科录:即登科记,及第士人的名录。

严性子也不好冲撞他。况且姻缘又好，又不要我费一些财物周折，也不该挫过！做官的，人娶了两房，原不为多。欲待两头绊着，文姬是先娶的，须让他做大；这边朱家，又是官家小姐，料不肯做小，却又两难。"心里真似十五个吊桶打水，七上八落的，反添了许多不快活。踌躇了几日，委决不下①。

到底满生是轻薄性子，见说朱家是宦室之女，好个模样，又不费己财，先自动了十二分火。只有文姬父女这一点念头，还有些良心不能尽绝。肚里展转了几番，却就变起卦来。大凡人只有初起这一念，是有天理的，依着行去，好事尽多。若是多转了两个念头，便有许多奸贪诈伪、没天理的心来了。满生只为亲事摆脱不开，过了两日，便把一条肚肠换了转来，自想道："文姬与我起初只是两个偷情，真得个外遇罢了，后来虽然做了亲，无不是明婚正配。况且我既为官，做我配的须是名门大族，焦家不过市井之人②，门户低微，岂堪受朝廷封诰作终身伉俪哉③？我且成了这边朱家的亲，日后他来通消息时，好言回他，等他另嫁了便是。倘若必不肯去，事到其间，要我收留，不怕他不低头做小了。"算计已定，就去回覆枢密。

枢密拣个黄道吉日，行礼到朱大夫家，娶了过来。那朱家既是宦家，又且嫁的女婿是个新科。愈加要齐整，妆奁丰厚，百物具备。那朱氏女生长宦门，模样又是著名出色的，真是德、容、言、功④，无不具足。满生快活非常，把那凤翔的事丢在东洋大海去了。正是：

　　花神脉脉殿春残，争赏慈恩紫牡丹。

---

①委决：决定。

②市井之人：指商贾。

③封诰：皇帝封赠名位的诰命。

④德容言功：封建时代妇女应有的四德。四德。汉曹大姑《女戒》称之为女子四行，一日妇德，二日妇言，三日妇容，四日妇功。

别有玉盘承露冷，无人起就月中看①。

满生与朱氏门当户对，年貌相当，你敬我爱，如胶似漆。满生心里反悔着凤翔多了焦家这件事，却也有时念及，心上有些遣不开。因在朱氏面前，索性把前日焦氏所赠衣服、香囊拿出来，忍着性子，一把火烧了，意思要自此绝了念头。朱氏问其缘故，满生把文姬的事略略说些始末，道："这是我未遇时节的事，而今既然与你成亲，总不必提及了。"朱氏是个贤慧女子，倒说道："既然未遇时节相处一番，而今富贵了，也不该便绝了他。我不比那世间妒忌妇人，倘或有便，接他来同住过日，未为不可。"怎当得满生负了盟誓，难见他面，生怕他寻将来，不好收场，那里还敢想接他到家？亦且怕在朱氏面上不好看，一意只是断绝了，回言道："多谢夫人好意。他是小人家儿女，我这里没消息到他，他自然嫁人去了，不必多事。"自此再不提起。

初时满生心中怀着鬼胎，还虑他有时到来，喜得那边也绝无音耗，俗语云："孝重千斤，日减一斤②。"满生日远一日，竟自忘怀了。自当日与朱氏同赴临海任所，后来作尉任满，一连做了四五任美官，连朱氏封赠过了两番。

不觉过了十来年，累官至鸿胪少卿，出知齐州③。那齐州厅舍甚宽，合家人口住得像意。到任三日，里头收拾已完，内眷人等要出私衙之外，到后堂来看一看。少卿分付衙门人役尽皆出去，屏除了闲人，同了朱氏，带领着几个小厮、丫鬟、家人媳妇④，共十来个人，一起到后堂散步，各自东西闲走看耍。少卿偶然走到后堂右边天井中，见有一小门。

---

①"花神脉脉殿春残"四句：这首诗系套改唐裴潾《白牡丹》诗。裴诗作："长安豪贵惜春残，争赏先开紫牡丹。别有玉杯承露冷，无人起就月中看。"慈恩，即慈恩寺，旧寺在陕西长安东南曲江北，宋时已毁，仅存大雁塔。寺中多植牡丹，为唐代士人赏花胜地。玉盘，即玉盘盂，为白牡丹。用这四句诗，说明满生喜新厌旧，焦文姬被遗弃后的凄清孤冷。

②"孝重千斤，日减一斤"：比喻对忧伤或烦恼的事情，随时间推移而逐渐淡忘。孝：指居丧。

③齐州：齐州：宋代为齐州济南郡，升为济南府，治所在山东历城（今济南）。

④媳妇：泛指已婚妇女。这里指仆妇。

少卿推开来看，里头一个穿青的丫鬟，见了少卿，飞也似跑了去。少卿急赶上去看时，那丫鬟早已走入一个破帘内去了。少卿走到帘边，只见帘内走出一个女人来，少卿仔细一看，正是凤翔焦文姬。少卿虚心病，元有些怕见他的，亦且出于不意，不觉惊惶失措。文姬一把扯住少卿，哽哽咽咽哭将起来道："冤家，你一别十年，向来许多恩情一些也不念及，顿然忘了，真是忍人①！"少卿一时心慌，不及问他从何而来，且自辨说道："我非忘卿，只因归到家中，叔父先已别聘，强我成婚，我力辞不得，所以蹉跎至今，不得来你那里。"文姬道："你家之事，我已尽知，不必提起。吾今父亲已死，田产俱无，刚剩得我与青箱两人，别无倚靠。没奈何了，所以千里相投。前日方得到此，门上人又不肯放我进来。求恳再三，今日才许我略在别院空房之内，驻足一驻足，幸而相见。今一身孤单，茫无栖泊②，你既有佳偶，我情愿做你侧室③，奉事你与夫人，完我余生。前日之事，我也不计较短长，付之一叹罢了！"说一句，哭一句。说罢，又倒在少卿怀里，发声大恸。连青箱也走出来见了，哭做一堆。

少卿见他哭得哀切，不由得眼泪也落下来，又恐怕外边有人知觉，连忙止他道："多是我的不是。你而今不必啼哭，管还你好处。且喜夫人贤慧，你既肯认做一分小，就不难处了。你且消停在此④，等我与夫人说去。"少卿此时也是身不由己的走来对朱氏道："昔年所言凤翔焦氏之女，间隔了多年，只道他嫁人去了，不想他父亲死了，带了个丫鬟直寻到这里。今若不收留，他没个着落，叫他没处去了，却怎么好？"朱氏道："我当初原说接了他来家，你自不肯，直误他到此地位，还好不留得他？快请来与我相见。"少卿道："我说道夫人贤慧。"就走到西边去，把朱氏的说话说与文姬。文姬回头对青箱道："若得如此，我每且喜有安身之处了。"两人随了少卿，步到后堂，见了朱氏，相叙礼毕。文姬道："多蒙夫人不弃，情愿与夫人铺床叠被。"朱氏道："那有此理？只是姐妹相处

①忍人：硬心肠的人，残忍的人。
②栖泊：停泊，寄居。
③侧室：偏房，妾。
④消停：安静，安稳。

便了。"就相邀了一同进入衙中。朱氏着人替他收拾起一间好卧房,就着青箱与他同住,随房伏侍。文姬低头伏气,且是小心。朱氏见他如此,甚加怜爱,且是过得和睦。

住在衙中几日了,少卿终是有些羞惭不过意,缩缩衄衄①,未敢到他房中歇宿去。一日,外厢去吃了酒归来,有些微醺了,望去文姬房中,灯火微明,不觉心中念旧起来。醉后却胆壮了,跟跟跄跄,竟来到文姬面前。文姬与青箱慌忙接着,喜喜欢欢簇拥他去睡了。这边朱氏闻知,笑道:"来这几时,也该到他房里去了。"当夜朱氏收拾了自睡。

到第二日,日色高了,合家多起了身,只有少卿未起。合家人指指点点,笑的话的,道是"十年不相见了,不知怎地舞弄②,这时节还自睡哩!青箱丫头在旁边听得不耐烦,想也倦了,连他也不起来。"有老成的道:"十年的说话,讲也讲他大半夜,怪道天明多睡了去。"

众人议论了一日,只不见动静。朱氏梳洗已过,也有些不惬意道:"这时节也该起身了,难道忘了外边坐堂③?"同了一个丫鬟走到文姬房前听一听,不听得里面一些声响,推推门看,又是里面关着的。家人每道:"日日此时出外理事去久了,今日迟得不像样,我每不妨催一催。"一个就去敲那房门,初时低声,逐渐声高,直到得乱敲乱叫,莫想里头答应一声。尽来对朱氏道:"有些奇怪了,等他开出来不得。夫人做主,我们掘开一壁,进去看看。停会相公嗔怪,全要夫人担待。"朱氏道:"这个在我,不妨。"众人尽皆动手,须臾之间,已掇开了一垛壁。众人走进里面一看,开了口合不拢来。正是:

　　宣子漫传无鬼论④,良宵自昔有冤偿。

　　若还死者全无觉,落得生人不善良。

众人走进去看时,只见满少卿直挺挺倘在地下⑤,口鼻皆流鲜血。近前

---

①缩缩衄(nǜ)衄:畏缩小心的样子。也作"衄衄缩缩"。

②舞弄:摆弄。

③坐堂:即坐衙。

④"宣子"句:晋阮修,字宣子,好《易》、《老》,善清言,主张无鬼论。《晋书》卷四十九有传。

⑤倘:同"躺"。

用手一摸，四肢冰冷，已气绝多时了。房内并无一人，那里有甚么焦氏？连青箱也不见了，刚留得些被卧在那里。众人忙请夫人进来。朱氏一见，惊得目睁口呆，大哭起来。哭罢道："不信有这样的异事！难道他两个人摆布死了相公，连夜走了？"众人道："衙门封锁，插翅也飞不出去；况且房里兀自关门闭户的，打从那里走得出来？"朱氏道："这等，难道青天白日相处这几时，这两个却是鬼不成？"似信不信。一面传出去，说少卿夜来暴死，着地方停当后事①。

朱氏悲悲切切，到晚来步进卧房，正要上床睡去，只见文姬打从床背后走将出来，对朱氏道："夫人休要烦恼！满生当时受我家厚恩，后来负心，一去不来。吾举家悬望，受尽苦楚，抱恨而死。我父见我死无聊，老人家悲哀过甚，与青箱丫头相继沦亡。今在冥府诉准，许自来索命。十年之怨，方得申报。我而今与他冥府对证去。蒙夫人相待好意，不敢相侵，特来告别。"朱氏正要问个备细，一阵冷风遍体，飒然惊觉，乃是南柯一梦。才晓得文姬、青箱两个真是鬼，少卿之死，被他活捉了去阴府对理。

朱氏前日原知文姬这事，也道少卿没理的，今日死了无可怨怅，只得护丧南还。单苦了朱氏下半世，亦是满生之遗孽也。世人看了如此榜样，难道男子又该负得女子的？

　　　　痴心女子负心汉，谁道阴中有判断？
　　　　虽然自古皆有死，这回死得不好看。

---

　　①停当：处理好。

卷十二

硬勘案大儒争闲气　甘受刑侠女著芳名

诗云：

> 世事莫有成心，成心专会认错。
>
> 任是大圣大贤，也要当着不着①。

看官听说：从来说的书不过谈些风月②，述些异闻，图个好听。最有益的，论些世情，说些因果，等听了的触着心里，把平日邪路念头化将转来。这个就是说书的一片道学心肠③，却从不曾讲着道学。而今为甚么说个不可有成心？只为人心最灵，专是那空虚的才有公道。一点成心入在肚里，把好歹多错认了，就是圣贤也要偏执起来，自以为是，却不知事体竟不是这样的了。道学的正派，莫如朱文公晦翁④，读书的人那一个不尊奉他，岂不是个大贤？只为成心上边，也曾错断了事。

当日在福建崇安县知县事⑤，有一小民告一状道："有祖先坟茔，县中大姓夺占做了自己的坟墓，公然安葬了。"晦翁精于风水⑥，况且福建又极重此事，豪门富户见有好风水吉地，专要占夺了小民的，以致兴讼，这样事日日有的。晦翁准了他状，提那大姓到官。大姓说："是自家做的坟墓，与别人毫不相干的，怎么说起占夺来？"小民道："原是我家祖上

----

① 当着不着：犹言当断未断。

② 风月：指男女间情爱之事。

③ 道学：宋儒的哲学思想，以继承孔孟"道统"，宣扬"性命义理"之学为主。

④ 朱文公：朱熹，字元晦，一字仲晦，晚号晦翁。徽州婺源（今属江西）人，徙居建阳（今属福建）。累官至焕章阁待制，他集北宋以来理学之大成，其学派被称为"闽学"，或考亭学派、程朱学派。卒后追谥"文"。故世称朱子，朱文公。《宋史》卷四二九有传。

⑤ 崇安县：五代南唐置崇安场，宋升为县，属福建路建宁府。今属福建省。

⑥ 风水：旧时迷信认为，住宅基地或坟地周围的风向水流等，能招致住者或葬者一家的祸福。

的墓,是他富豪倚势占了。"两家争个不歇。叫中证问时,各人为着一
边,也没个的据①。晦翁道:"此皆口说无凭,待我亲去踏看明白②。"

当下带了一干人犯及随从人等,亲到坟头。看见山明水秀,风舞龙
飞,果然是一个好去处。晦翁心里道:"如此吉地,怪道有人争夺。"心里
先有些疑心,必是小民先世葬着,大姓看得好,起心要他的了。大姓先
禀道:"这是小人家里新造的坟,泥土工程,一应皆是新的,如何说是他
家旧坟? 相公龙目一看③,便了然明白。"小民道:"上面新工程是他家
的,底下须有老土。这原是家里的,他夺了才装新起来。"晦翁叫取锄头
铁锹,在坟前挖开来看。挖到松泥将尽之处,珰的一声响,把个挖泥的
人震得手疼。拨开浮泥看去,乃是一块青石头,上面依稀有字,晦翁叫
取起来看。从人拂去泥沙,将水洗净,字文见将出来,却是"某氏之墓"
四个大字;旁边刻着细行,多是小民家里祖先名字。大姓吃惊道:"这东
西那里来的?"晦翁喝道:"分明是他家旧坟,你倚强夺了他的! 石刻见
在,有何可说?"小民只是扣头道④:"青天在上,小人再不必多口了。"晦
翁道是见得已真,起身竟回县中,把坟断归小民,把大姓问了强占田土
之罪。小民口口"青天",拜谢而去。

晦翁断了此事,自家道:"此等锄强扶弱的事,不是我,谁人肯做?"
深为得意,岂知反落了奸民之计! 元来小民诡诈,晓得晦翁有此执性⑤,
专怪富豪大户欺侮百姓,此本是一片好心,却被他们看破的拿定了⑥。
因贪大姓所做坟地风水好,造下一计,把青石刻成字,偷埋在他墓前了
多时,忽然告此一状。大姓睡梦之中,说是自家新做的坟,一看就明白
的。谁知地下先做成此等圈套,当官发将出来。晦翁见此明验,岂得不
信? 况且从来只有大家占小人的,那曾见有小人谋大家的? 所以执法

①的据:真凭实据。

②踏看:实地察看。

③相公:对官员的称呼。

④扣头:同"叩头"。

⑤执性:秉性;任性。

⑥拿定:拿捏,钻空子。

而断。那大姓委实受冤，心里不伏，到上边监司处再告将下来①，仍发崇安县问理。晦翁越加嗔恼②，道是大姓刁悍抗拒。一发狠，着地方勒令大姓迁出棺枢，把地给与小民安厝祖先，了完事件。争奈外边多晓得是小民欺诈，晦翁错问了事，公议不平，沸腾喧嚷，也有风闻到晦翁耳朵内。晦翁认是大姓力量大，致得人言如此，慨然叹息道："看此世界，直道终不可行！"遂弃官不做，隐居本处武夷山中③。

后来有事经过其地，见林木蓊然，记得是前日踏勘断还小民之地。再行闲步一看，看得风水真好，葬下该大发人家。因寻其旁居民问道："此是何等人家，有福分葬此吉地？"居民道："若说这家坟墓，多是欺心得来的，难道有好风水报应他不成？"晦翁道："怎生样欺心？"居民把小民当日埋石在墓内，骗了县官，诈了大姓这块坟地，葬了祖先的话，是长是短，备细说了一遍。晦翁听罢，不觉两颊通红，悔之无及，道："我前日认是奉公执法，怎知反被奸徒所骗！"一点恨心自丹田里直贯到头顶来④。想道："据着如此风水，该有发迹好处；据着如此用心贪谋来的，又不该有好处到他了。"遂对天祝下四句道：

> 此地若发，是有地理；
> 此地不发，是有天理。

祝罢而去。

是夜大雨如倾，雷电交作，霹雳一声，屋瓦皆响。次日看那坟墓，已毁成一潭，连尸棺多不见了。可见有了成心，虽是晦庵大贤，不能无误。及后来事体明白，才知悔悟，天就显出报应来，此乃天理不泯之处。人若欺心，就骗过了圣贤，占过了便宜，葬过了风水，天地原不容的。

而今为何把这件说这半日？只为朱晦翁还有一件为着成心上边硬断一事，屈了一个下贱妇人，反致得他名闻天子，四海称扬，得了个好结

---

①监司：监察州县的地方长官的简称。宋代转运使和提点刑狱有监察一路官吏的责任，称为监司。

②嗔恼：恼怒，发火。

③武夷山：这里指福建崇安县城西南武夷山，为福建著名的名胜风景区。

④丹田：道家把人体脐下三寸的地方叫丹田。

果。有诗为证：

> 白面秀才落得争，红颜女子落得苦。
>
> 宽仁圣主两分张①，反使娟流名万古。

话说天台营中有一上厅行首②，姓严名蕊③，表字幼芳，乃是个绝色的女子。一应琴棋书画，歌舞管弦之类，无所不通。善能作诗词，多自家新造句子，词人推服。又博晓古今故事。行事最有义气，待人常是真心。所以人见了的，没一个不失魂荡魄在他身上。四方闻其大名，有少年子弟慕他的，不远千里，直到台州来求一识面。正是：

> 十年不识君王面，始信蝉娟解误人④。

此时台州太守乃是唐与正⑤，字仲友，少年高才，风流文彩。宋时法度，官府有酒，皆召歌妓承应，只站着歌唱送酒，不许私侍寝席；却是与他谑浪狎昵，也算不得许多清处。仲友见严蕊如此十全可喜，尽有眷顾之意，只为官箴拘束⑥，不敢胡为。但是良辰佳节，或宾客席上，必定召他来侑酒⑦。

一日，红白桃花盛开，仲友置酒赏玩，严蕊少不得来供应。饮酒中间，仲友晓得他善于词咏，就将红白桃花为题，命赋小词。严蕊应声成一阕⑧，词云：

> 道是梨花不是，道是杏花不是。白白与红红，别是东风情味。

---

①分张：分开，遣散。

②上厅行首：行院中的首领，宋元时对官私妓女中出众者的称呼。

③严蕊：字幼芳，南宋天台营妓。宋周密《癸辛杂识》称她"善琴弈、歌舞、丝竹、书画，色艺冠一时。间作诗词，有新语。颇通古今，善逢迎"。亦见《齐东野语》卷二十《台妓严蕊》。

④蝉娟：指美人。解：能够，会。

⑤唐与正：名仲友，金华人。绍兴年间进士，宋孝宗淳熙九年（1182）知台州，因狎妓女严蕊，遭到朱熹按劾。因与朱熹相忤，《宋史》不为立传。著有《说斋文集》等。

⑥官箴：做官的戒规。

⑦侑（yòu）酒：劝酒，助兴。

⑧阕：歌曲或词一首叫一阕。《如梦令》以及下一首《鹊桥仙》，见《齐东野语》卷二十《台妓严蕊》。

曾记，曾记，人在武陵微醉①。——词寄《如梦令》

吟罢，呈上仲友。仲友看毕大喜，赏了他两匹缣帛②。

又一日，时逢七夕，府中开宴。仲友有一个朋友谢元卿，极是豪爽之士，是日也在席上。他一向闻得严幼芳之名，今得相见，不胜欣幸。看了他这些行动举止、谈谐歌唱，件件动人，道："果然名不虚传！"大觥连饮，兴趣愈高。对唐太守道："久闻此子长于词赋③，可当面一试否？"仲友道："既有佳客，宜赋新词。此子颇能，正可请教。"元卿道："就把七夕为题，以小生之姓为韵，求赋一词。小生当饮满三大瓯。"严蕊领命，即口吟一词道：

> 碧梧初坠，桂香才吐，池上水花初谢。穿针人在合欢楼，正月露玉盘高泻。　蛛忙鹊懒，耕慵织倦，空做古今佳话。人间刚到隔年期，怕天上方才隔夜。——词寄《鹊桥仙》。

词已吟成，元卿三瓯酒刚吃得两瓯，不觉跃然而起道："词既新奇，调又适景，且才思敏捷，真天上人也！我辈何幸，得亲沾芳泽④！"亟取大觥相酬，道："也要幼芳分饮此瓯，略见小生钦慕之意。"严蕊接过吃了。太守看见两人光景，便道："元卿客边，可到严子家中做一程儿伴去。"元卿大笑，作个揖道："不敢请耳，固所愿也。但未知幼芳心下如何。"仲友笑道："严子解人⑤，岂不愿事佳客？况为太守做主人，一发该了的。"严蕊不敢推辞得。酒散，竟同谢元卿一路到家，是夜遂留同枕席之欢。元卿意气豪爽，见此佳丽聪明女子，十分趁怀，只恐不得他欢心，在太守处凡有所得，尽情送与他家，留连半年，方才别去。也用掉若干银两，心里还是歉然的，可见严蕊真能令人消魂也。表过不题。

---

① 武陵：晋陶渊明《桃花源记》，写晋太元年间，武陵渔人至桃花源，其中人称避秦末世乱，来此定居。后用"武陵"、"武陵源"等指世外仙境，或避世隐居的地方。

② 缣帛：绢类的丝织品。古代多用来赏赐酬谢。

③ 此子：犹此人。

④ 芳泽：指女子仪容。

⑤ 解人：识见高明，通达事理的人。

　　且说婺州永康县有个有名的秀才，姓陈名亮①，字同父。赋性慷慨，任侠使气，一时称为豪杰。凡缙绅士大夫有气节的，无不与之交好。淮帅辛稼轩居铅山时②，同父曾去访他。将近居傍，遇一小桥，骑的马不肯走。同父将马三跃，马三次退却。同父大怒，拔出所佩之剑，一剑挥去马首，马倒地上。同父面不改容，徐步而去。稼轩适在楼上看见，大以为奇，遂与定交。平日行径如此，所以唐仲友也与他相好。因到台州来看仲友，仲友资给馆谷③，留住了他。闲暇之时，往来讲论。仲友喜的是俊爽名流，恼的是道学先生④。同父意见亦同，常说道："而今的世界只管讲那道学，说正心诚意的，多是一班害了风痹病，不知痛痒之人。君父大仇全然不理，方且扬眉袖手，高谈性命⑤，不知性命是什么东西！"所以与仲友说得来。只一件，同父虽怪道学，却与朱晦庵相好，晦庵也曾荐过同父来。同父道他是实学有用的，不比世儒迂阔。惟有唐仲友平日持才，极轻薄的是朱晦庵，道他字也不识的。为此，两个议论有些左处。

　　同父客邸兴高，思游妓馆。此时严蕊之名布满一郡，人多晓得是太守相公作兴的⑥，异样兴头，没有一日闲在家里。同父是个爽利汉子，那里有心情伺候他空闲？闻得有一个赵娟，色艺虽在严蕊之下，却也算得是个上等的衒术⑦，台州数一数二的。同父就在他家游耍。缱绻多时，两情欢爱。同父挥金如土，毫无吝啬。妓家见他如此，百倍趋承。赵娟

①陈亮：字同甫，号龙川，婺州永康（今属浙江）人。南宋哲学家、文学家。力主抗金。同朱熹进行过多次辩论，批判其唯心哲学思想。绍熙四年（1193）状元及第，授签书建康府判官公事，未行而卒。著有《龙川集》、《龙川词》。《宋史》卷四四一有传。

②辛稼轩：名弃疾，字幼安，号稼轩，历城（今山东济南）人。南宋著名爱国词人，著有《辛稼轩长短句》。《宋史》卷四〇一有传。

③资给馆谷：供给宾客住食。

④道学先生：指古板迂腐的人。

⑤性命：指理学。

⑥作兴：器重，抬举。

⑦衒术：妓院。这里指妓女。

就有嫁他之意，同父也有心要娶赵娟，两个商量了几番，彼此乐意。只是是个官身，必须落籍①，方可从良嫁人②。同父道："落籍是府间所主，只须与唐仲友一说，易如反掌。"赵娟道："若得如此最好。"

陈同父特为此来府里见唐太守，把此意备细说了。唐仲友取笑道："同父是当今第一流人物，在此不交严蕊而交赵娟，何也？"同父道："吾辈情之所钟，便是最胜，那见还有出其右者③？况严蕊乃守公所属意④，即使与交，肯便落了籍放他去否？"仲友也笑将起来道："非是属意，果然严蕊若去，此邦便觉无人，自然使不得！若赵娟要脱籍，无不依命。但不知他相从仁兄之意已决否？"同父道："察其词意，似出至诚。还要守公赞襄⑤，作个月老。"仲友道："相从之事，也于本人情愿，非小弟所可赞襄，小弟只管与他脱籍便了。"同父别去，就把这话回覆了赵娟，大家欢喜。

次日，府中有宴，就唤将赵娟来承应。饮酒之间，唐太守问赵娟道："昨日陈官人替你来说，要脱籍从良，果有此事否？"赵娟叩头道："贱妾风尘已厌，若得脱离，天地之恩！"太守道："脱籍不难。脱籍去，就从陈官人否？"赵娟道："陈官人名流贵客，只怕他嫌弃微贱，未肯相收。今若果有心于妾，妾焉敢自外？一脱籍就从他去了。"太守心里想道："这妮子不知高低，轻意应承，岂知同父是个杀人不眨眼的汉子？况且手段挥霍，家中空虚，怎能了得这妮子终身？"也是一时间为赵娟的好意，冷笑道："你果要从了陈官人到他家去，须是会忍得饥、受得冻才使得。"赵娟一时变色，想道："我见他如此撒漫使钱⑥，道他家中必然富饶，故有嫁他之意；若依太守相公的说话，必是个穷汉子，岂能了我终身之事？"好些不快活起来。唐太守一时取笑之言，只道他不以为意。岂知姊妹行中心路最多，一句关心，陡然疑变。

---

①落籍：即脱籍指从教坊的簿籍中除名。
②从良：指妓女脱离乐籍做普通人，这样方可嫁人。
③出其右者：超过他的人。古人以右为上、为高。
④属（zhǔ）意：倾心。
⑤赞襄：辅助，协助。
⑥撒漫：也作"撒鳗"。大手花钱，挥霍。

　　唐太守虽然与了他脱籍文书，出去见了陈同父，并不提起嫁他的说话了。连相待之意，比平日也冷淡了许多。同父心里怪道："难道娼家薄情得这样渗濑①，哄我与他脱了籍，他就不作准了？"再把前言问赵娟。赵娟回道："太守相公说来，到你家要忍冻饿。这着甚么来由？"同父闻得此言，勃然大怒道："小唐这样恁赖！只许你喜欢严蕊罢了，也须有我的说话处。"他是个直性尚气的人，也就不恋赵家，也不去别唐太守，一径到朱晦庵处来。

　　此时朱晦庵提举浙东常平仓②，正在婺州。同父进去，相见已毕，问说是台州来，晦庵道："小唐在台州如何？"同父道："他只晓得有个严蕊，有甚别勾当？"晦庵道："曾道及下官否？"同父道："小唐说公尚不识字，如何做得监司？"晦庵闻之，默然了半日。盖是晦庵早年登朝，茫茫仕宦之中，著书立言，流布天下，自己还有些不惬意处。见唐仲友少年高才，心里常疑他要来轻薄的。闻得他说己不识字，岂不愧怒！怫然道："他是我属吏，敢如此无礼！"然背后之言未卜真伪，遂行一张牌下去③，说："台州刑政有枉，重要巡历④。"星夜到台州来。

　　晦庵是有心寻不是的，来得急促。唐仲友出于不意，一时迎接不及，来得迟了些。晦庵信道是"同父之言不差，果然如此轻薄，不把我放在心上"，这点恼怒再消不得了。当日下马，就追取了唐太守印信，交付与郡丞⑤，说："知府不职，听参⑥。"连严蕊也拿来收了监，要问他与太守通奸情状。

　　晦庵道是仲友风流，必然有染⑦；况且妇女柔脆，吃不得刑拷，不论有无，自然招承，便好参奏他罪名了。谁知严蕊苗条般的身躯，却是铁

————————

　　①渗濑：丑陋，使人害怕。《初刻拍案惊奇》卷九："晓得输东道与你罢了，何必做出此渗濑勾当！"

　　②提举浙东常平仓：官名。提举，管理；常平仓，用以平准粮价的粮仓。

　　③牌：即牌票。古代官府用作执行公务的凭证。

　　④巡历：巡行视察。

　　⑤郡丞：太守的副职。

　　⑥不职：不称职。参：弹劾。

　　⑦有染：指男女有奸情。

石般的性子。随你朝打暮骂，千棰百拷，只说："循分供唱①，吟诗侑酒是有的，曾无一毫他事。"受尽了苦楚，监禁了月余，到底只是这样话。晦庵也没奈他何，只得糊涂做了"不合蛊惑上官"，狠毒将他痛杖了一顿，发去绍兴，另加勘问。一面先具本参奏，大略道：

> 唐某不伏讲学，罔知圣贤道理，却诋臣为不识字；居官不存政体，亵昵娼流。鞠得奸情②，再行复ечь，取进止③。等因④。

唐仲友有个同乡友人王淮⑤，正在中书省当国⑥。也具一私揭，辨晦庵所奏，要他达知圣听。大略道：

> 朱某不遵法制，一方再按，突然而来。因失迎候，酷逼娼流，妄污职官。公道难泯，力不能使贱妇诬服。尚辱渎奏，明见欺妄。等因。

孝宗皇帝看见晦庵所奏，正拿出来与宰相王淮平章⑦，王淮也出仲友私揭与孝宗看。孝宗见了，问道："二人是非，卿意何如？"王淮奏道："据臣看着，此乃秀才争闲气耳。一个道讦了他不识字，一个道不迎候得他。此是真情。其余言语多是增添的，可有一些的正事么？多不要听他就是。"孝宗道："卿说得是。却是上下司不和，地方不便，可两下平调了他每便了。"王淮奏谢道："陛下圣见极当，臣当分付所部奉行。"

这番京中亏得王丞相帮衬，孝宗有主意，唐仲友官爵安然无事。只可怜这边严蕊吃过了许多苦楚，还不算帐，出本之后，另要绍兴去听问。绍兴太守也是一个讲学的，严蕊解到时，见他模样标致，太守便道："从

---

① 循分：恪守职分。指未越出对官妓的要求供唱。

② 鞠(jū)：审问。

③ 进止：意旨，命令。

④ 等因：旧时公文用语。常用在叙述上级官署的命令结束时。

⑤ 王淮：字季海，婺州金华(今属浙江)人。官至左丞相。与唐仲友善，朱熹劾仲友，他竭力袒护。《宋史》卷三九六有传

⑥ 中书省：唐宋最高政务机构之一。当国：指执政，主持国事。

⑦ 平章：辨别彰明。

来有色者,必然无德。"就用严刑拷他,讨拶来拶指①。严蕊十指纤细,掌背嫩白。太守道:"若是亲操井臼的手,决不是这样,所以可恶!"又要将夹棍夹他。当案孔目禀道②:"严蕊双足甚小,恐经折挫不起。"太守道:"你道他足小么? 此皆人力矫揉,非天性之自然也。"着实被他腾倒了一番,要他招与唐仲友通奸的事。严蕊照前不招,只得且把来监了,以待再问。

严蕊到了监中,狱官着实可怜他,分付狱中牢卒,不许难为,好言问道:"上司加你刑罚,不过要你招认,你何不早招认了? 这罪是有分限的。女人家犯淫,极重不过是杖罪,况且已经杖断过了,罪无重科③。何苦舍着身子,熬这等苦楚?"严蕊道:"身为贱伎,纵是与太守有好,料然不到得死罪,招认了,有何大害? 但天下事,真则是真,假则是假,岂可自惜微躯,信口妄言,以污士大夫! 今日宁可置我死地,要我诬人,断然不成的!"狱官见他词色凛然,十分起敬,尽把其言禀知太守。太守道:"既如此,只依上边原断施行罢。可恶这妮子崛强,虽然上边发落已过,这里原要决断。"又把严蕊带出监来,再加痛杖,这也是奉承晦庵的意思。叠成文书,正要回覆提举司,看他口气,别行定夺,却得晦庵改调消息,方才放了严蕊出监。严蕊恁地悔气,官人每自争闲气,做他不着④,两处监里无端的监了两个月,强坐得他一个不应罪名,到受了两番科断;其余逼招拷打,又是分外的受用。正是:

①拶(zǎn):亦称"拶子"或"拶指"。旧时一种夹手指的酷刑。用绳联五根小木棍,套入犯人的手指,再用力收紧。

②孔目:掌管文书的吏员。

③重科:犹重罪,指死刑。

④做他不着:拿他牺牲。

规圆方竹杖①,漆却断纹琴②。

好物不动念,方成道学心。

严蕊吃了无限的磨折,放得出来,气息奄奄,几番欲死。将息杖疮,几时见不得客,却是门前车马比前更盛。只因死不肯招唐仲友一事,四方之人重他义气。那些少年尚气节的朋友,一发道是堪比古来义侠之伦,一向认得的要来问他安,不曾认得的要来识他面。所以挨挤不开。一班风月场中人自然与道学不对,但是来看严蕊的,没一个不骂朱晦庵两句。

晦庵此番竟不曾奈何得唐仲友,落得动了好些唇舌③,外边人言喧沸,严蕊声价腾涌,直传到孝宗耳朵内。孝宗道:"早是前日两平处了。若听了一偏之词,贬谪了唐与正,却不屈了这有义气的女子没申诉处?"

陈同父知道了,也悔道:"我只向晦庵说得他两句说话,不道认真的大弄起来。今唐仲友只疑是我害他,无可辨处。"因致书与晦庵道:

亮平生不曾会说人是非,唐与正乃见疑相谮,真足当田光之死矣④。然困穷之中,又自惜此泼命。一笑。

看来陈同父只为唐仲友破了他赵娟之事,一时心中愤气,故把仲友平日说话对晦庵讲了出来。原不料晦庵狠毒,就要摆布仲友起来。至于连累严蕊,受此苦拷,皆非同父之意也。这也是晦庵成心不化,偏执之过。

---

①"规圆方竹章":典出唐冯翊《桂苑丛谈》载:唐长庆二年(822),李德裕任浙西观察使时,驻润州(今江苏镇江),常与甘露寺高僧游。离任时,以方竹杖一支相赠。当他再任浙西时,问起方竹杖,高僧回答,已将它磨圆上漆,德裕叹惋数日。原来方竹杖产于大宛,每节竹眼的鬣牙,四面对出,磨圆上漆后,就失去它的本色和价值。见《太平广记》卷二三二《甘露僧》。规圆:指用圆规校正其方形棱角使其变圆。

②"漆却断文琴":断文,古琴灰漆面开裂所致。古人认为有裂纹的古琴,其历时愈久,且声音愈佳,说明其价值愈高。宋陈伯葵《琴说》:"琴之佳,有声而无断者,何以表琴之古? 谓此琴有声而又有断,所得也。"将断纹琴重新漆过,虽然掩盖其裂纹,但也是失去它的特色和价值。

③落得:结果。

④田光:战国时燕国侠士。因荐荆轲给太子丹以谋刺秦王政(即秦始皇),丹请不要泄密,即自杀,以激励荆轲。

以后改调去了。

　　交代的是岳商卿①,名霖。到任之时,妓女拜贺。商卿问:"那个是严蕊?"严蕊上前答应。商卿抬眼一看,见他举止异人,在一班妓女之中,却像鸡群内野鹤独立,却是容颜憔悴。商卿晓得前事,他受过折挫,甚觉可怜。因对他道:"闻你长于词翰,你把自家心事,做成一词诉我,我自有主意。"严蕊领命,略不构思,应声口占《卜算子》道②:

　　　　不是爱风尘,似被前缘误。花落花开自有时,总赖东君主。

　　　　去也终须去,住也如何住。若得山花插满头,莫问奴归处!

商卿听罢,大加称赏道:"你从良之意决矣。此是好事,我当为你做主。"立刻取妓籍来,与他除了名字,判与从良。

　　严蕊叩头谢了,出得门去。有人得知此说的,千金币聘,争来求讨,严蕊多不从他。有一宗室近属子弟,丧了正配,悲哀过切,百事俱废。宾客们恐其伤性③,拉他到妓馆散心。说着别处多不肯去,直等说到严蕊家里,才肯同来。严蕊见此人满面戚容,问知为着丧耦之故,晓得是个有情之人,关在心里。那宗室也慕严蕊大名,饮酒中间,彼此喜乐,因而留住。倾心来往了多时,毕竟纳了严蕊为妾。严蕊也一意随他,遂成了终身结果。虽然不到得夫人、县君,却是宗室自取严蕊之后,深为得意,竟不续婚。一根一蒂,立了妇名,享用到底,也是严蕊立心正直之报也。

　　后人评论这个严蕊,乃是真正讲得道学的。有七言古风一篇④,单说他的好处:

　　　　天台有女真奇绝,挥毫能赋谢庭雪⑤。

----

　　①交代:指后任接替前任。岳霖:号商卿,岳飞第三子,官至兵部侍郎,广东
　　　经略安抚使。

　　②口占:即席作诗词。《卜算子》见《夷坚支志》庚卷第十《严蕊》。

　　③伤性:指损害身体。形容过度悲痛。

　　④古风:即古体诗,每篇句数、每句字数均不拘,对仗、平仄和押韵较自由。

　　⑤谢庭雪:晋太傅谢安,雪天与子侄集会讨论诗文,俄儿雪骤,安欣然曰:"白
　　　雪纷纷何所似?"侄女谢道韫应声说:"未若柳絮因风起。"遂成佳句。后人
　　　用以作为咏雪或称扬女子才华的典故。

搽粉虞侯太守筵,酒酣未必呼烛灭①。

忽尔监司飞檄至,桁杨横掠头抢地②。

章台不犯士师条③,肺石会疏刺史事④。

贱质何妨轻一死,岂承浪语污君子?

罪不重科两得笞,狱吏之威止是耳。

君侯能讲毋自欺,乃遣女子诬人为!

虽在缧绁非其罪⑤,尼父之语胡忘之⑥?

君不见,贯高当时白赵王,身无完肤犹自强⑦。

今日蛾眉亦能尔,千载同闻侠骨香。

含颦带笑出狴犴⑧,寄声合眼闭眉汉。

山花满头归去来,天潢自有梁鸿案⑨。

---

①烛灭:汉刘向《说苑·复恩》载:楚庄王宴群臣,日暮酒酣,灯烛灭。有人拉美人之衣襟,美人当即绝其冠缨(扯断那人结冠的带子),以告王,命点灯,欲得绝缨之人。王不从,令群臣尽绝缨,尽欢而罢。后用以形容男女聚会,不拘形迹。

②桁(háng)杨:指刑具。

③章台:妓院聚集的地方。这里借指妓女。士师:古代执掌禁令刑狱的官名。

④肺石:古代设于朝廷门外的赤石。民有不平,可击石鸣冤。因石形如肺,故名。

⑤缧绁:捆绑犯人的绳索。引申为牢狱或囚禁。

⑥尼父(fǔ)之语:尼父,对孔子的尊称。《论语·公冶长》中有"虽在缧绁之中,非其罪也"之语。

⑦"君不见"二句:贯高,赵王张敖相。汉高祖刘邦过赵,轻慢并责骂敖,时贯高年六十余,欲杀刘邦。因怨家告发张敖谋反,于是逮捕敖。及对狱,贯高虽遭酷刑,体无完肤,始终认为杀刘事与赵王张敖无关,乃自己所为。见《史记·张耳列传》。

⑧狴犴:牢狱。

⑨天潢:皇族、帝王的后裔。梁鸿案:东汉梁鸿、孟光,夫妇相敬爱,每食,孟光举案(有脚的托盘)齐眉。

卷十三

鹿胎庵客人作寺主　剡溪里旧鬼借新尸

诗曰：

　　昔日眉山翁[①]，无事强说鬼。

　　何取诞怪言，阴阳等一理。

　　惟令死可生，不教生愧死。

　　晋人颇通玄，我怪阮宣子。

　　晋时有个阮修[②]，表字宣子。他一生不信有鬼，特做一篇《无鬼论》。他说道："今人见鬼者，多说他着活时节衣服。这等说起来，人死有鬼，衣服也有鬼了。"一日，有个书生来拜他，极论鬼神之事。一个说无，一个说有，两下辩论多时。宣子口才便捷，书生看看说不过了，立起身来道："君家不信，难以置辩，只眼前有一件大证见，身即是鬼，岂可说无耶？"言毕，忽然不见。宣子惊得木呆，默然而惭。这也是他见不到处。从来圣贤多说人死为鬼，岂有没有的道理？不止是有，还有许多放生前心事不下，出来显灵的。所以古人说："当令死者复生，生者可以不愧，方是忠臣义士。"而今世上的人，可以见得死者的能有几个？只为欺死鬼无知，若是见了显灵的，可也害怕哩！

　　宋时福州黄间人刘监税的儿子四九秀才[③]，取郑司业明仲的女儿为妻[④]。后来死了。三个月，将去葬于刘家先陇之傍[⑤]。既掩圹[⑥]，刘秀才邀请送葬来的亲朋在坟庵饮酒。忽然一个大蝶飞来，可有三寸多长，在刘秀才左右盘旋飞舞，赶逐不去。刘秀才道是怪异，戏言道："莫非我

---

　①眉山翁：苏轼为四川眉山人，故称。

　②阮修：西晋学者，好《周易》《老子》，主张无鬼论。

　③监税：监督税务的官员。

　④司业：学官名，为国子监副长官，协助祭酒，掌儒学训导等事。

　⑤先陇：即先垄。祖坟。

　⑥掩圹：将棺木置于坟穴内掩埋。

妻之灵乎？倘阴间有知，当集我掌上。"刚说得罢，那蝶应声而下，竟飞
在刘秀才右手内。将有一刻光景，然后飞去。细看手内，已生下二卵。
坐客多来观看，刘秀才恐失掉了，将纸包着，叫房里一个养娘，交付与他
藏了。

　　刘秀才念着郑氏，叹息不已，不觉泪下。正在凄惶间，忽见这个养
娘走进来，道："不必悲伤，我自来了！"看着行动举止，声音笑貌，宛然与
郑氏一般无二。众人多道是这养娘风发了。到晚回家，竟走到郑氏房
中，开了箱匣，把冠裳钗钏服饰之类，尽多拿出来，悉照郑氏平日打扮起
来。家人正皆惊骇，他竟走出来，对刘秀才说道："我去得三月，你在家
中做的事，那件不是，那件不是，某妾说甚么话，某仆做甚勾当。"一一数
来，件件不虚。刘秀才晓得是郑氏附身，把这养娘认做是郑氏，与他说
话，全然无异。也只道附几时要去的，不想自此声音不改了，到夜深竟
登郑氏之床，拉了刘秀才同睡。云雨欢爱，竟与郑氏生时一般。明日早
起来，区处家事①，简较庄租簿书②，分毫不爽。亲眷家闻知，多来看他。
他与人寒温款待，一如平日。人多叫他做鬼小娘。养娘的父亲就是刘
家庄仆，见说此事，急来看看女儿。女儿见了，不认是父亲，叫他的名字
骂道："你去年还欠谷若干斛③，何为不还？"叫当直的拿住了要打④，讨
饶才住。

　　如此者五年，直到后来刘秀才死了，养娘大叫一声，蓦然倒地，醒来
仍旧如常。问他五年间事，分毫不知。看了身上衣服，不胜惭愧，急脱
卸了，原做养娘本等去。可见世间鬼附生人的事极多，然只不过一时间
事，没有几年价竟做了生人与人相处的。也是他阴中撇刘秀才不下，又
要照管家事，故此现出这般奇异来。怎说得个没鬼？这个是借生人的
了，还有个借死人的。说来时：

　　　　直叫小胆惊欲死，任是英雄也汗流。

---

　　①区处：处理；安排。

　　②简较：查核，察看。簿书：账簿。

　　③斛：量器名。古时以十斗为一斛。后改为五斗。

　　④当直的：当班、值班人员。这里指佣人。

只为满腔冤抑声,一宵鬼话报心仇。

话说会稽嵊县有一座山,叫做鹿胎山①。为何叫得鹿胎山?当时有一个陈惠度,专以射猎营生。到此山中,见一带胎麂鹿,在面前走过。惠度腰袋内取出箭来,搭上了一箭射去,叫声"着",不偏不侧,正中了鹿的头上。那只鹿带了箭,急急跑到林中,跳上两跳,早把个小鹿生了出来。老鹿既产,便把小鹿身上血舔个干净了,然后倒地身死。陈惠度见了,好生不忍,深悔前业,抛弓弃矢,投寺为僧。后来鹿死之后,生出一样草来,就名"鹿胎草"。这个山原叫得剡山,为此就改做鹿胎山。

山上有个小庵,人只叫做鹿胎庵。这个庵,苦不甚大。宋淳熙年间②,有一僧号竹林,同一行者在里头居住③。山下村里,名剡溪里,就是王子猷雪夜访戴安道的所在④。里中有个张姓的人家,家长新死,将入殡殓,来请庵僧竹林去做入棺功德。是夜里的事。竹林叫行僮挑了法事经箱⑤,随着就去。时已日暮,走到半山中,只见前面一个人叫道:"天色晚了,师父下山到甚处去?"抬头看时,却是平日与他相好的一个秀才,姓直名谅,字公言。两人相揖已毕,竹林道:"官人从何处来? 小僧要山下人家去,怎么好?"直生道:"小生从县间至此,见天色已晚,特来投宿庵中,与师父清话⑥。师父不下山去罢。"竹林道:"山下张家主翁入殓,特请去做佛事。事在今夜。多年檀越人家⑦,怎好不去得? 只是

---

①鹿胎山:在今浙江嵊县北。宋高似孙《剡志》卷七《僧庐》载:"猎士陈惠度射鹿此山,鹿孕而伤,既产以舌舐,子身死,而后母死。惠度弃弓矢,投寺出家,为为名僧。鹿死之处生草,号曰'鹿胎草'。"
②淳熙:宋孝宗赵昚年号(1174—1189)。
③行者:在寺院服杂役尚未剃发的出家人。
④雪夜访戴:据南朝宋刘义庆《世说新语·任诞》载:山阴王子猷雪夜兴起,忽忆剡溪戴安道,即驾舟往访,天亮方至,未进门而返。"人问其故,王曰:'吾本乘兴而行,兴尽而返,何必见戴?'"王子猷:名徽之,王羲之第三子,东晋名士。戴安道:名逵,谯郡铚县(今安徽宿州)人,善鼓琴,工书画。两人《晋书》皆有传。剡溪:曹娥江流经浙江嵊县一段,称为剡溪。
⑤法事:指僧道拜忏、打醮等事。
⑥清话:指闲谈。
⑦檀越:施主。

官人已来到此，又没有不留在庵中宿歇的。事出两难，如何是好？"直生道："我不宿此，别无去处。"竹林道："只不知官人有胆气独住否？"直生道："我辈大丈夫，气吞湖海，鬼物所畏，有甚没胆气处！你每自去，我竟到庵中自宿罢。"竹林道："如此却好，只是小僧心上过意不去。明日归来，罚做一个东道请罪罢。"直生道："快去，快去，省得为我少得了衬钱，明日就将衬钱来破除也好。"竹林就在腰间解下钥匙来付与直生，道："官人，你可自去开了门歇宿去。肚中饥饿时，厨中有糕饼，灶下有见成米饭，食物多有，随你权宜吃用。将就过了今夜，明日绝早，小僧就回。托在相知，敢如此大胆，幸勿见责。"直生取笑道："不要开进门去，撞着了什么避忌的人在里头，你放心不下。"竹林也笑道："山庵浅陋，料没有妇女藏得，不妨，不妨。"直生道："若有在里头，正好我受用他一夜。"竹林道："但凭受用，小僧再不吃醋。"大笑而别，竹林自下山去了。

　　直生接了钥匙，一径踱上山来。端的好夜景：

　　　　栖鸦争树，宿鸟归林。隐隐钟声，知是禅关清梵①；纷纷烟色，看他比屋晚炊。径僻少人行，惟有樵夫肩担下；山深无客至，并稀稚子候门迎。微茫几点疏星，户前相引；灿烂一钩新月，木末来邀。室内知音，只是满堂木偶；庭前好伴，无非对座金刚②。若非德重鬼神钦，也要心疑魑魅至。

直生走进庵门，竟趋禅室。此时月明如昼，将钥匙开了房门，在佛前长明灯内点个火起来③，点在房中。到灶下看时，钵头内有炊下的饭，将来锅内热一热，又去倾瓶倒罐，寻出些笋干木耳之类好些物事来。笑道："只可惜没处得几杯酒吃吃。"把饭吃饱了，又去烧些汤，点些茶起来吃了④。走入房中，掩上了门，展一展被卧停当，息了灯，倒头便睡。

　　一时间睡不去，还在翻覆之际，忽听得扣门响。直生自念庵僧此时正未归来，邻旁别无人迹，有何人到此？必是山魈木魅⑤，不去理他。那

---

　　①清梵：指诵唱佛经。

　　②金刚：佛的侍从力士，手执金刚杵的护法天神。

　　③长明灯：供于佛前昼夜不灭的灯。

　　④点些茶：泡茶。

　　⑤山魈木魅：泛指山林中的精灵鬼怪。

门外扣得转急，直生本有胆气，毫无怖畏，大声道："汝是何物，敢来作怪！"门外道："小弟是山下刘念嗣，不是甚么怪。"直生见说出话来，侧耳去听，果然是刘念嗣声音，原是他相好的旧朋友。恍忽之中，要起开门。想一想道："刘念嗣已死过几时，这分明是鬼了。"不走起来。门外道："你不肯起来放我，我自家会走进来。"说罢，只听得房门砢砢有声，一直走进房来。月亮里边看去，果然是一个人，踞在禅椅之上①，肆然坐下②。大呼道："公言！公言！故人到此，怎不起来相揖？"直生道："你死了，为何到此？"鬼道："与足下往来甚久，我元不曾死，今身子见在，怎么把死来戏我？"直生道："我而今想起来，你是某年某月某日死的，我于某日到你家送葬，葬过了才回家的。你如今却来这里作怪，你敢道我怕鬼，故戏我么？我是铁汉子，胆气极壮，随你甚么千妖百怪，我决不怕的！"鬼笑道："不必多言！实对足下说，小弟果然死久了。所以不避幽明，昏夜到此寻足下者，有一腔心事，要诉与足下，求足下出一臂之力。足下许我，方才敢说。"直生道："有何心事？快对我说。我念平日相与之情，倘可用力，必然尽心。"

　　鬼叹息了一会，方说道："小弟不幸去世，不上一年，山妻房氏即便改嫁。嫁也罢了，凡我所有箱匣货财、田屋文券，席卷而去。我止一九岁儿子，家财分毫没分。又不照管他一些，使他饥寒伶仃，在外边乞丐度日。"说到此处，岂不伤心！便哽哽咽咽哭将起来。直生好生不忍，便道："你今来见我之意，想是要我收拾你令郎么？"鬼道："幽冥悠悠，徒见悲伤，没处告诉。今特来见足下，要足下念平生之好，替我当官一说，申此冤恨。追出家财，付与吾子，使此子得以存活。我瞑目九泉之下③，当效结草衔环之报④。"直生听罢，义气愤愤，便道："既承相托，此乃我身上

---

①踞：坐。

②肆然：无所顾忌；安然自得。

③九泉：犹黄泉，指地下，人死后的埋葬处。

④结草衔环：春秋时魏颗，在其父死后，未遵父命将其父宠妾殉葬，而将她嫁与别人。宠妾之父为报答魏颗，在魏颗与秦国交战时，结草把秦将杜回绊倒，使秦军大败。后用以表示受恩图报。衔环，指西汉杨宝救黄雀后得其衔环相报事。

事了。明日即当往见县官，为兄申理此事。但兄既死无对证，只我口说，有何凭据？"鬼道："我一一说来，足下须记得明白。我有钱若干、粟若干、布帛若干。在我妻身边有一细帐，在彼减妆匣内，钥匙紧系身上；田若干亩，在某乡；屋若干间，在某里；俱有文契在彼房内紫漆箱中，时常放在床顶上。又有白银五百两，寄在彼亲赖某家。闻得往取几番，彼家不肯认帐。若得官力，也可追出。此皆件件有据，足下肯为我留心，不怕他少了。只是儿子幼小无能，不是足下帮扶，到底成不得事。"

直生一一牢记，恐怕忘了，又叫他说了再说，说了两三遍，把许多数目款项，俱明明白白了。直生道："我多已记得，此事在我，不必多言。只是你一向在那里？今日又何处来？"鬼道："我死去无罪，不入冥司。各处游荡，看见家中如此情态。既不到阴司，没处告理；阳间官府处，又不是鬼魂可告的，所以含忍至今。今日偶在山下人家赴斋，知足下在此山上，故特地上来表此心事，求恳出力，万祈留神。"

直生与他言来语去，觉得更深了，心里动念道："他是个鬼，我与他说话已久，不要为鬼气所侵，被他迷了。趁心里清时，打发他去罢。"因对他道："刘兄所托既完，可以去了。我身子已倦，不要误了我睡觉。"说罢，就不听见声响了，叫两声"刘兄"、"刘念嗣"，并不答应。直生想道已去，揭帐看时，月光朦胧，禅椅之上依然有个人坐着不动。直生道："可又作怪，鬼既已去，此又何物？"大声咳嗽，禅椅之物也依样咳嗽。直生不理他，假意鼾呼，椅上之物也依样鼾呼。及至仍前叫刘兄，他却不答应。

直生初时胆大，与刘鬼相问答之时，竟把生人待他一般，毫不为异。此时精神既已少倦，又不见说话了，却只如此作影响，心里就怕将起来，道："万一走上床来，却不利害？"急急走了下床，往外便跑。椅上之物，从背后一路赶来。直生走到佛堂中，听得背后脚步响，想道："曾闻得人说，鬼物行步，但会直前，不能曲折。我今环绕而走，必然赶不着。"遂在堂柱边绕了一转。那鬼物踉跄，走不迭了，扑在柱上，就抱住不动。直生见他抱了柱，叫声"惭愧"！一道烟望门外溜了，两三步并作一步，一口气奔到山脚下。

天色已明，只见山下两个人，前后走来，正是竹林与行童。见了直生道:“官人起得这等早！为甚恁地喘气?”直生喘息略定,道:“险些吓死了人!”竹林道:“为何呢?”直生把夜来的事,从头说了一遍。道:“你们撇了我在檀越家快活,岂知我在山上受如此惊怕？今我下了山,正不知此物怎么样了。”竹林道:“好教官人得知,我每撞着的事,比你的还希奇哩。”直生道:“难道还有奇似我的?”竹林道:“我们做了大半夜佛事,正要下棺,摇动铃杵①,念过真言②,抛个颂子③,揭开海被一看,正不知死人尸骸在那里去了。合家惊慌了,前后找寻,并无影响。送敛的诸亲多吓得走了,孝子无头可奔,满堂鼎沸,连我们做佛事的没些意智,只得散了回来。你道作怪么?”直生摇着头道:“奇！奇！奇！世间人事改常,变怪不一,真个是天翻地覆的事。若不眼见,说着也不信。”竹林道:“官人你而今往那里去?”直生道:“要寻刘家的儿子,与他说去。”竹林道:“且从容,昨夜不曾相陪得,又吃了这样惊恐,而今且到小庵里坐坐,吃些早饭再处。”直生道:“我而今青天白日,便再去寻寻昨夜光景,看是怎的。”就同了竹林,一行三个,一头说,一头笑,踱上山来。

一宵两地作怪,闻说也须惊坏。

禅师不见不闻,未必心无挂碍。

三人同到庵前,一齐抬起头来。直生道:“元来还在此。”竹林看时,只见一个死人,抱住在堂柱上。行童大叫一声,把经箱扑的掼在地上了,连声喊道:“不好！不好!”竹林啐了一口道:“有我两人在此,怕怎的？且仔细看看着。”竹林把庵门大开,向亮处一看,叫声奇怪！把个舌头伸了出来,缩不进去。直生道:“昨夜与我讲了半夜话、后来赶我的,正是这个。依他说,只该是刘念嗣的尸首今却不认得。”竹林道:“我仔细看他,分明像是张家主翁的模样。敢就是昨夜失去的,却如何走在这里?”直生道:“这等是刘念嗣借附了尸首,来与我讲话的了。怪道他说到山下人家赴斋来的,可也奇怪得紧！我而今且把他分付我的说话,一一写了出来,省得过会忘记了些。”竹林道:“你自做你的事。而今这个

①铃杵:僧道手持的响器。

②真言:咒语。

③颂子:偈颂。佛经中的唱颂词。

尸首在此,不稳便,我且知会张家人来认一认看。若认来不是,又作计较。"连忙叫行童做些早饭,大家吃了,打发他下山张家去报信。说:"山上有个死尸,抱在柱上,有些像老檀越,特来邀请亲人去看。"张家儿子见说,急约亲戚几人,飞也似到山上来认。邻里间闻得此说,尽道希奇,不约而同,无数的随着来看。但见:

　　一会子闹动了剡溪里,险些儿踹平了鹿胎庵。

　　且说张家儿子走到庵中一看,柱上的果然是他父亲尸首。号天拍地,哭了一场。哭罢,拜道:"父亲,何不好好入殓,怎的走到这个所在,如此作怪? 便请到家里去罢!"叫众人帮了,动手解他下来。怎当得双手紧抱,牢不可脱。欲用力拆开,又恐怕折坏了些肢体,心中不忍。舞弄了多时,再不得计较。

　　此时山下来看的人越多了。内中有的道:"新尸强魂必不可脱,除非连柱子弄了家去。"张家是有力之家,便依着这话,叫些匠人把几枝木头,将屋梁支架起来,截断半柱,然后连柱连尸,倒了下来,挺在木板上了,才偷得柱子出来。一面将木板扎缚了绳索,正要扛抬他下山去,内中走出一个里正来道①:"列位不可造次! 听小人一句说话。此事大奇,关系地方怪异,须得报知知县相公,眼同验看方可②。"众人齐住了手,道:"怎地时你自报去。"里正道:"报时须说此尸在本家怎么样不见了,几时走到这庵里,怎么样抱在这柱子上。说得备细,方可对付知县相公。"张家人道:"我们只知下棺时,揭开被来,不见了尸首。已后却是庵里师父来报,才寻得着。这里的事,我们不知。"竹林道:"小僧也因做佛事,同在张家,不知这里的事。今早回庵,方才知道。这庵里自有个秀才官人,晚间在此歇宿,见他尸首来的。"

　　此时直生已写完了帐,走将出来,道:"晚间的事,多在小生肚里。"里正道:"这等,也要烦官人见一见知县相公,做个证见。"直生道:"我正要见知县相公,有话说。"里正就齐了一班地方人,张家孝子扶从了扛尸的,直秀才自带了写的帐,一拥下山,同到县里来。

---

　　①里正:地方协助官府办事的乡官,与后来的地保相当。
　　②眼同:一同,会同。

此时看的何止人山人海？嚷满了县堂。知县出堂，问道："何事喧嚷？"里正同两处地方一齐跪下，道："地方怪异，将来告明。"知县道："有何怪异？"里正道："剡溪里民家张某，新死入殓，尸首忽然不见。第二日却在鹿胎山上庵中，抱住佛堂柱子。见有个直秀才在山中歇宿，见得来时明白。今本家连柱取下，将要归家。小人们见此怪异，关系地方，不敢不报。故连作怪之尸，并一干人等，多送到相公台前，凭相公发落。"知县道："我曾读过野史，死人能起，唤名尸蹶，也是人世所有之事。今日偶然有此，不足为异。只是直秀才所见来的光景，是怎么样的？"直生道："大人所言尸蹶固是，但其间还有好些缘故。此尸非能作怪，乃一不平之鬼，借此尸来托小生求申理的。今见大人，当以备陈。只是此言未可走泄，望大人主张，发落去了这一干人，小生别有下情实告。"

知县见他说得有些因由，便叫该房与地方取词立案，打发张家亲属领尸归殓，各自散去。单留着直生问说备细。直生道："小生有个旧友刘念嗣，家事尽也温饱，身死不多时，其妻房氏席卷家资，改嫁后夫，致九岁一子流离道路。昨夜鬼扣山庵，与小生诉苦，备言其妻所掩没之数及寄顿之家①，朗朗明白，要小生出身代告大人台下，求理此项。小生义气所激，一力应承，此鬼安心而去。不想他是借张家新尸附了来的，鬼去尸存。小生觉得有异，离了房门走出，那尸就来赶逐小生，遇柱而抱。幸已天明，小生得脱。故地方见此异事，其实乃友人这一点不平之怨气所致。今小生记其所言，满录一纸，大人台鉴，照此单款为小生一追，使此子成立。不枉此鬼苦苦见托之意，亦是大人申冤理枉、救困存孤之大德也。"

知县听罢，道："世间有此薄行之妇，官府不知，乃使鬼来求申，有愧民牧矣②！今有烦先生做个证明，待下官尽数追取出来。"直生道："待小生去寻着其子，才有主脑。"知县道："追明了家财，然后寻其子来给还，未为迟也，不可先漏机关。"直生道："大人主张极当。"知县叫直生出外

---

①掩没：掩盖埋没。
②民牧：指治理人民的地方长官。

边伺候，密地金个小票①，竟拿刘念嗣元妻房氏到官。

元来这个房氏，小名恩娘，体态风流，情性淫荡。初嫁刘家，虽则家道殷厚，争奈刘生禀赋羸弱，遇敌先败，尽力奉承，终不惬意。所以得了虚怯之病，三年而死。刘家并无翁姑伯叔之亲②，只凭房氏作主。守孝终七③，就有些耐不得。未满一年，就嫁了本处一个姓幸的，叫做幸德，倒比房氏年小三五岁。少年美貌，精力强壮，更善抽添之法④，房氏才知有人道之乐，只恨丈夫死得迟了几年，所以一家所有，尽情拿去奉承了晚夫，连儿子多不顾了。儿子有时去看他，他一来怕晚夫嫌忌，二来儿子渐长，这些与晚夫恣意取乐光景，终是碍眼，只是赶了出来。"刘家"二字也怕人提起了。不料青天一个霹雳，县间竟来拿起刘家元妻房氏来。惊得个不知头脑，与晚夫商量道："我身上无事，如何县间来拿我？他票上有'刘家'二字，莫非有人唆哄小业种告了状么？"及问差人讨票看，竟不知原告是那个。却是没处躲闪，只得随着差人到衙门里来。幸德虽然跟着同去，票上无名，不好见官，只带得房氏当面。

知县见了房氏，问道："你是刘念嗣的元妻么？"房氏道："当先在刘家，而今的丈夫叫做幸德。"知县道："谁问你后夫！你只说前夫刘念嗣身死，他的家事怎么样了？"房氏道："原没什么大家事，死后儿子小，养小妇人不活，只得改嫁了。"知县道："你丈夫托梦于我，说你卷掳家私，嫁了后夫。他有许多东西在你手里，我一一记得的，你可实招来。"房氏心中不信，赖道："委实一些没有。"知县叫把拶来拶了指，房氏忍着痛还说没有。知县道："我且逐件问你：你丈夫说，有钱若干、粟若干、布若干在你家，可有么？"房氏道："没有。"知县道："田在某乡、屋在某里，可有么？"房氏道："没有。"知县道："你丈夫说，钱物细帐在减妆匣内⑤，钥匙在你身边；田房文契在紫漆箱中，放于床顶上。如此明白的，你还要

---

①小票：即金票。旧时官府拘传人犯的凭证。

②翁姑：公婆。

③终七：旧俗以人死后每隔七日祭奠一次，到七七四十九日止，叫终七。

④抽添：指男女房事。

⑤减妆匣：古代妇女的梳妆匣子。

赖?"房氏起初见说着数目,已自心慌,还勉强只说没有,今见如此说出海底眼来,心中惊骇道:"是丈夫梦中告诉明白的!"便就遮饰不出了,只得叩头道:"谁想老爷知得如此备细,委实件件真有的。"

知县就唤松了拶,登时押去,取了那减妆匣与紫漆箱来,当堂开看,与直生所写的无一不对。又问道:"还有白银五百两寄在亲眷赖某家,可有的么?"房氏道:"也是有的,只为赖家欺小妇人是偷寄的东西,已后去取,推三阻四,不肯拿出来还了。"知县道:"这个我自有处。"当下点一个差役,押了那妇人去寻他刘家儿子同来回话。又分付请直秀才进来,知县对直生道:"多被下官问将出来了,与先生所写一一皆同,可见鬼之有灵矣。今已押此妇寻他儿子去了。先生也去,大家一寻,若见了,同到此间,当面追给家财与他,也完先生一场为友的事。"直生谢道:"此乃小生分内事,就当出去找寻他来。"直生去了。

知县叫牢内取出一名盗犯来,密密分付道:"我带你到一家去,你只说劫来银两,多寄在这家里的。只这等说,我宽你几夜锁押,赏你一顿点心。"贼犯道:"这家姓甚?"知县道:"姓赖。"贼犯道:"姓得好!好歹赖他家娘罢了。"知县立时带了许多缉捕员役,押锁了这盗犯,一径抬到这赖家来。

赖家是个民户,忽然知县相公抬进门来,先已慌做一团。只见众人役簇拥知县中间坐了,叫赖某过来。赖某战兢兢的跪倒。知县道:"你良民不要做,却窝顿盗赃么?"赖某道:"小人颇知书礼,极守本分的,怎敢干此非为之事?"知县指着盗犯道:"见有这贼招出姓名,说有现银千两,寄在你家,怎么赖得?"赖某正要认看何人如此诬他,那盗犯受过分付,口里便喊道:"是有许多银两藏在他家的。"赖某慌了道:"小人不曾认得这个人的,怎么诬得小人?"知县道:"口说无凭,左右动手前后搜着!赖某也自去做眼,不许乘机抢匿物事!"

那一干如狼似虎的人,得了口气,打进房来。只除地皮不翻转,把箱笼多搬到官面前来。内中一箱沉重,知县叫打开来看。赖某晓得有银子在里头的,着了急,就喊道:"此是亲眷所寄。"知县道:"也要开看。"打将开来,果然满箱白物,约有四五百两。知县道:"这个明是盗赃了。"盗犯也趁口喊道:"这正是我劫来的东西。"赖某道:"此非小人所有,乃是亲眷人家寡妇房氏之物，他起身再醮①，权寄在此，岂是盗赃？"知县道："信你不得，你写个口词到县验看！"赖某当下写了个某人寄顿银两数目明白，押了个字，随着到县间来。却好房氏押出来，寻着了儿子，直生也撞见了，一同进县里回话。知县叫赖某过来道："你方才说银两不是盗赃，是房氏寄的么？"赖某道："是。"知县道："寄主今在此，可还了他，果然盗情与你无干，赶出去罢。"赖某见了房氏，对口无言，只好直看。用了许多欺心，却被赚了出来，又吃了一个虚惊，没兴自去了。

知县唤过刘家儿子来看了，对直生道："如此孩子，正好提携，而今帐目文券俱已见在，只须去交点明白，追出银两也给与他去，这已后多是先生之事了。"直生道："大人神明，奸欺莫遁。亡友有知，九泉衔感。此子成立之事，是亡友幽冥见托，既仗大人申理，若小生有始无终，不但人非，难堪鬼责。"知县道："先生诚感幽冥，故贵友犹相托。今鬼语无一不真，亡者之灵与生者之谊，可畏可敬。岂知此一场鬼怪之事，却勘出此一案来，真奇闻也！"当下就押房氏与儿子出来，照帐目交收了物事，将文契查了田房，一一踏实金管了②，多是直生与他经理。一个乞丐小厮，遂成富室之子，固是直生不负所托，也全亏得这一夜鬼话。

彼时，晚夫幸德见房氏说是前夫托梦与知县相公，故知得这等明白，心中先有些害怕，夫妻二人怎敢违拗一些？后来晓得鬼来活现了一夜，托与直秀才的，一发打了好些寒噤。略略有些头疼脑热，就生疑惑。后来破费了些钱钞，荐度了几番，方得放心。可见人虽已死之鬼，不可轻负也。有诗为证：

> 何缘世上多神鬼？只为人心有不平。
>
> 若使光明如白日，纵然有鬼也无灵。

①再醮：古代举行婚礼时，父母给子女酌酒的仪式称"醮"。这里指女子再嫁为"再醮"。

②金管：下令看管。

卷十四

赵县君乔送黄柑　吴宣教干偿白镪

诗云：

> 睹色相悦人之情，个中原有真缘分。
> 只因无假不成真，就里藏机不可问①。
> 少年卤莽浪贪淫，等闲踹入风流阵。
> 馒头不吃惹身膻，世俗传名扎火囤②。

听说世上男贪女爱，谓之风情。只这两个字，害的人也不浅，送的人也不少。其间又有奸诈之徒，就在这些贪爱上面，想出个奇巧题目来。做自家妻子不着③，装成圈套，引诱良家子弟，诈他一个小富贵，谓之"扎火囤"。若不是识破机关，硬浪的郎君，十个着了九个道儿④。

记得有个京师人，靠着老婆吃饭的，其妻涂脂抹粉，惯卖风情，挑逗那富家郎君。到得上了手的，约会其夫，只做撞着，要杀要剐，直等出财买命，餍足方休。被他弄得也不止一个了。

有一个泼皮子弟深知他行径，佯为不晓，故意来缠。其妻与了他些甜头，勾引他上手，正在床里作乐，其夫打将进来。别个着了忙的，定是跳下床来，寻躲避去处。怎知这个人不慌不忙，且把他妻子搂抱得紧紧的，不放一些宽松。其妻杀猪也似喊起来，乱颠乱推，只是不下来。其夫进了门，揎起帐子⑤，喊道："干得好事！要杀！要杀！"将着刀背放在颈子上，掞了一掞，却不下手。泼皮道："不必作腔，要杀就请杀。小子

---

① 藏机：藏匿心机。
② 扎火囤：指编造事由讹诈他人。
③ 做自家妻子不着："做……不着"这种句式，有拿某人作牺牲或拼舍的意思。
　这里谓以自己妻子做诱饵。
④ 道儿：圈套，诡计。
⑤ 揎起：揭起。

固然不当,也是令正约了来的①。死便死做一处,做鬼也风流,终不然独
杀我一个不成?"其夫果然不敢动手,放下刀子,拿起一个大捍杖来,喝
道:"权寄颗驴头在颈上,我且痛打一回。"一下子打来,那拨皮溜撒②,急
把其妻番过来,早在臀脊上受了一杖。其妻又喊道:"是我,是我! 不要
错打了!"泼皮道:"打也不错,也该受一杖儿。"其夫假势头已过,早已发
作不出了。拨皮道:"老兄放下性子,小子是个中人,我与你熟商量。你
要两人齐杀,你嫂子是摇钱树,料不舍得。若抛得到官,只是和奸③。这
番打破机关,你那营生弄不成了。不如你舍着嫂子与我往来,我公道使
些钱钞,帮你买煤买米。若要扎火囤,别寻个主儿弄弄,须靠我不着
的。"其夫见说出海底眼④,无计可奈,没些收场,只得住了手,倒缩了出
去。泼皮起来,从容穿了衣服,对着妇人叫声"聒噪"⑤,摇摇摆摆竟自去
了。正是:

　　　　强中更有强中手,得便宜处失便宜。

　　却是富家子弟郎君,多是娇嫩出身,谁有此泼皮胆气、泼皮手段!
所以着了道儿。

　　宋时向大理的衙内向士肃⑥,出外拜客,唤两个院长相随⑦。到军
将桥,遇个妇人,鬓发蓬松,涕泣而来。一个武夫,着青绉丝袍,状如将
官,带剑牵驴,执着皮鞭,一头走一头骂那妇人,或时将鞭打去,怒色不
可犯。随后就有健卒十来人,抬着几杠箱笼,且是沉重,跟着同走。街
上人多立驻看他,也有说的,也有笑的。士肃不知其故,方在疑讶,两个
院长笑道:"这番经纪做着了⑧。"士肃问道:"怎么解?"院长道:"男女们

---

①令正:称对方嫡妻的敬词。
②溜撒:行动迅速、敏捷。
③和奸:指男女情愿,和同私奸。
④海底眼:比喻事情的底细、内幕或隐秘。
⑤聒噪:吵闹,打扰。
⑥大理:即大理寺卿,掌管刑狱的官。
⑦院长:对衙门中的吏役的尊称。
⑧经纪:买卖。也指买卖人。

也试猜①,未知端的②。衙内要知备细,容打听的实来回话。"去了一会,院长来了,回说详细:

元来浙西一个后生官人,到临安赴铨试③,在三桥黄家客店楼上下着④。每下楼出入,见小房青帘下有个妇人行走,姿态甚美。撞着了多次,心里未免欣动。问那送茶的小童道:"帘下的是店中何人?"小童攒着眉头道:"一店中被这妇人累了三年了。"官人惊道:"却是为何?"小童道:"前岁一个将官带着这个妇人,说是他妻子,要住个洁净房子。住了十来日,就要到那里近府去,留这妻子守着房卧行李⑤,说道去半个月就好回来。自这一去,杳无信息。起初妇人自己盘缠,后来用得没了,苦央主人家说:'赊了吃时,只等家主回来算还。'主人辞不得,一日供他两番,而今多时了,也供不起了。只得替他募化着同寓这些客人,轮次供他。也不是常法,不知几时才了得这业债。"官人听得满心欢喜,问道:"我要见他一见,使得么?"小童道:"是好人家妻子,丈夫又不在,怎肯见人?"官人道:"既缺饮食,我寻些吃口物事送他,使得么?"小童道:"这个使得。"

官人急走到街上茶食大店里,买了一包蒸酥饼、一包果馅饼,在店家讨了两个盒儿装好了,叫小童送去。说道:"楼上官人闻知娘子不方便,特意送此点心。"妇人受了,千恩万谢。明日妇人买了一壶酒,装着四个菜碟,叫小童来答谢,官人也受了。自此一发注意不舍。隔两日又买些物事相送,妇人也如前买酒来答。官人即烫其酒来吃,箧内取出金杯一只,满斟着一杯,叫茶童送下去,道:"楼上官人奉劝大娘子。"妇人不推,吃干了。茶童覆命,官人又斟一杯下去,说:"官人多致意娘子,出外之人不要吃单杯。"妇人又吃了。官人又叫茶童下去,致意道:"官人多谢娘子不弃,吃了他两杯酒。官人不好下来自劝,意欲奉邀娘子上

---

①男女:奴仆的自称。
②端的:底细。
③铨试:通过考试进行选拔,量材授官。
④三桥:在临安城内西河上。见宋施谔《淳熙临安志》卷七《桥梁》。
⑤房卧:指铺盖衣饰。

楼,亲献一杯如何?"往返两三次,妇人不肯来。官人只得把些钱来买嘱茶童道:"是必要你设法他上来见见。"茶童见了钱,欢喜起来,又去说风说水①:"娘子受了两杯,也该去回敬一杯。"被他一把拖了上来,道:"娘子来了。"官人没眼得看。妇人道了个万福。官人急把酒斟了,唱个肥喏②,亲手递一杯过来,道:"承蒙娘子见爱,满饮此杯。"妇人接过手来,一饮而干,把杯放在桌上。官人看见杯内还有余沥,拿过来吭喝个不歇。妇人看见,嘻的一笑,急急走了下去。官人看见情态可动,厚赠小童,叫他做着牵头③,时常弄他上楼来饮酒。以后便留他同坐,渐不推辞,不像前日走避光景了。眉来眼去,彼此动情,勾搭上了手。然只是日里偷做一二,晚间隔开,不能同宿。

　　如此两月余,妇人道:"我日日自下而升,人人看见,毕竟免不得起疑。官人何不把房迁了下来? 与奴相近,晚间便好相机同宿了。"官人大喜过望,立时把楼上囊橐搬下来④,放在妇人间壁一间房里,推说道:"楼上有风,睡不得,所以搬了。"晚间虚闭着房门,竟自在妇人房里同宿。自道是此乐即并头之莲、比翼之鸟无以过也。才得两晚,一日早起,尚未梳洗,两人正自促膝而坐,只见外边店里一个长大汉子,大踏步端将进来,大声道:"娘子那里?"惊得妇人手脚忙乱,面如土色,慌道:"坏了! 坏了! 吾夫来了!"那官人急闪了出来,已与大汉打了照面。大汉见个男子在房里走出,不问好歹,一手揪住妇人头发,喊道:"干得好事! 干得好事!"提起醋钵大的拳头只是打。那官人慌了,脱得身子,顾不得甚么七长八短,急从后门逃了出去。剩了行李囊资,尽被大汉打开房来,席卷而去。适才十来个健卒扛着的箱箧,多是那官人房里的了。他恐怕有人识破,所以还装着丈夫打骂妻子模样走路。其实妇人、男子、店主、小童,总是一伙人也。

────────

①说风说水:撺掇怂恿。

②唱个肥喏(rě):古代男子一边拱手行礼,一边口中喊喏(即唱喏)。唱个肥喏,犹言深深作一个揖。

③牵头:指不正当男女关系的牵线人。

④囊橐(tuó):口袋,袋子。《诗·大雅·公刘》:"乃裹糇粮,于橐于囊。"毛传:"小曰橐,大曰囊。"

士肃听罢道："那里这样不睹事的少年①，遭如此圈套？可恨！可恨！"后来常对亲友们说此目见之事，以为笑话。虽然如此，这还是到了手的，便扎了东西去，也还得了些甜头儿。更有那不识气的小二哥，不曾沾得半点滋味，也被别人弄了一番手脚，折了偌多本钱，还悔气哩！正是：

> 美色他人自有缘，从旁何用苦垂涎？
>
> 请君只守家常饭，不害相思不损钱。

话说宣教郎吴约②，字叔惠，道州人③，两任广右官④。自韶州录曹赴吏部磨勘⑤。宣教家本饶裕，又兼久在南方，珠翠香象，蓄积奇货颇多，尽带在身边随行，作寓在清河坊客店。因吏部引见留滞，时时出游伎馆，衣服鲜丽，动人眼目。客店相对有一小宅院，门首挂着青帘，帘内常有个妇人立着，看街上人做买卖。宣教终日在对门，未免留意体察。时时听得他娇声媚语，在里头说话。又有时露出双足在帘外来，一弯新笋⑥，着实可观。只不曾见他面貌如何。心下惶惑不定，恨不得走过去，揎开帘子一看，再无机会。那帘内或时巧啭莺喉，唱一两句词儿。仔细听那两句，却是：

> 柳丝只解风前舞，诮系惹那人不住。

虽是也间或唱着别的，只是这两句为多，想是喜欢此二语，又想是他有甚么心事。宣教但听得了，便跌足叹赏道："是在行得紧⑦，世间无此妙人。想来必定标致，可惜未能勾一见！"怀揣着个提心吊胆，魂灵多不知

---

①不睹事：糊里糊涂，不懂事。

②宣教郎：宋代文散官，正七品。

③道州：宋代荆湖南路的属州，治所在营道（今湖南道县）。

④广右：即广东。

⑤韶州录曹：犹录事，韶州，治所在曲江（今广东韶关西南）；录曹，掌管文书簿籍的官。磨勘：唐代文武官由州府和百司考核，再经吏部等复验，决定升降，称磨勘。宋代由审官院主持其事，文武官员任职满三年，给磨勘迁秩。

⑥一弯新笋：形容女子的纤足。

⑦在行得紧：内行得很。

飞在那里去了。

一日正在门首坐地,呆呆的看着对门帘内。忽有个经纪,挑着一篮永嘉黄柑子过门①。宣教叫住,问道:"这柑子可要博的②?"经纪道:"小人正待要博两文钱使使,官人作成则个。"宣教接将头钱过来③,往下就扑。那经纪墩在柑子篮边,一头拾钱,一头数数。怎当得宣教一边扑,一心牵挂着帘内那人在里头看见,没心没想的抛下去,何止千扑,再扑不成一个浑成来④。算一算输了一万钱。宣教还是做官人心性,不觉两脸通红,哏的一声道:"坏了我十千钱,一个柑不得到口,可恨!可恨!"欲待再扑,恐怕扑不出来,又要贴钱;欲待住手,输得多了,又不甘伏。

正在叹恨间,忽见个青衣童子,捧一个小盒,在街上走进店内来。你道那童子生得如何:

> 短发齐眉,长衣拂地。滴溜溜一双俊眼,也会撩人;黑洞洞一
> 个深坑,尽能害客。痴心偏好,反言胜似妖娆;拗性酷贪,还是图他
> 撇脱。身上一团孩子气,独耸孤阳;腰间一道木樨香,合成众唾。

向宣教道:"官人借一步说话。"宣教引到僻处,小童出盒道:"赵县君奉献官人的⑤。"宣教不知是那里说起,疑心是错了,且揭开盒子来看一看,元来正是永嘉黄柑子十数个。宣教道:"你县君是那个?与我素不相识,为何忽地送此?"小童用手指着对门道:"我县君即是街南赵大夫的妻室。适在帘间看见官人扑柑子,折了本钱,不曾尝得他一个,有些不快活。县君老大不忍,偶然藏得此数个,故将来送与官人见意。县君道:'可惜止有得这几个,不能勾多,官人不要见笑。'"宣教道:"多感县

---

①永嘉:宋为两浙路瑞安府的属县,今浙江温州,盛产柑橘。

②博:赌博。不仅博钱,也可博物,如"博鱼"、"博柑"等。

③头钱:一种博具。用钱六枚,博者掷下去,看"字"(正面)和"镘"(背面)的
多少,决定胜负。

④浑成:六枚钱掷下去,全"字"或全"镘",叫浑成。也叫"六浑纯",或
"浑纯儿"。

⑤县君:古代妇人的封号。唐代五品官的妻子封为县君,宋徽宗改为室人等
名号。亦用作命妇(有封号妇女)的通称。

君美意。你家赵大夫何在?"小童道:"大夫到建康探亲去了①,两个月还未回来,正不知几时到家。"宣教听得此话,心里想道:"他有此美情,况且大夫不在,必有可图,煞是好机会!"连忙走到卧房内,开了箧取出色彩二端来②,对小童道:"多谢县君送柑,客中无可奉答,小小生活二匹③,伏祈笑留。"小童接了,走过对门去。

须臾,又将这二端来还,上复道:"县君多多致意,区区几个柑子,打甚么不紧的事④,要官人如此重酬? 决不敢受。"宣教道:"若是县君不收,是羞杀小生了,连小生黄柑也不敢领。你依我这样说去,县君必收。"小童领着言语对县君说去,此番果然不辞了。

明日,又见小童拿了几瓶精致小菜走过来道:"县君昨日蒙惠过重,今见官人在客边,恐怕店家小菜不中吃,手制此数瓶送来奉用。"宣教见这般知趣着人⑤,必然有心于他了,好不徼幸⑥。想道:"这童子传来传去,想必在他身旁讲得话做得事的,好歹要在他身上图成这事,不可怠慢了他。"急叫家人去买些鱼肉果品之类,烫了酒来与小童对酌。小童道:"小人是赵家小厮,怎敢同官人坐地?"宣教道:"好兄弟,你是赵县君心腹人儿,我怎敢把你做等闲厮觑! 放心饮酒。"小童告过无礼,吃了几杯,早已脸红,道:"吃不得了。若醉了,县君须要见怪,打发我去罢。"宣教又取些珠翠花朵之类,答了来意,付与小童去了。

隔了两日,小童自家走过来玩耍,宣教又买酒请他。酒间与他说得入港,宣教便道:"好兄弟,我有句话儿问你,你家县君多少年纪了?"小童道:"过新年才廿三岁,是我家主人的继室。"宣教道:"模样生得如何?"小童摇头道:"没正经! 早是没人听见,怎把这样说话来问? 生得如何,便待怎么?"宣教道:"总是没人在此,说话何妨? 我既与他送东送

———————————

①建康:今江苏南京。

②二端:犹言二匹。

③生活:用品。

④打甚么不紧:没有什么要紧。元马致远《黄粱梦》第二折:"解子哥,可怜见,容俺哥哥和孩儿住一两日去,打甚么不紧。"

⑤着人:讨人喜欢。

⑥徼幸:侥幸。

西,往来了两番,也须等我晓得他是长是短的。"小童道:"说着我县君容貌,真个是世间少比,想是天仙里头摘下来的。除了画图上仙女,再没见这样第二个。"宣教道:"好兄弟,怎生得见他一见?"小童道:"这不难。等我先把帘子上的系带解松了,你明日只在对门,等他到帘子下来看的时节,我把帘子揎将出来,揎得重些,系带散了,帘子落了下来,他一时回避不及,可不就看见了?"宣教道:"我不要是这样见。"小童道:"要怎的见?"宣教道:"我要好好到宅子里面拜见一拜见,谢他平日往来之意,方称我愿。"小童道:"这个知他肯不肯? 我不好自专得。官人有此意,待我回去禀白一声,好歹讨个回音来复官人。"宣教又将银一两送与小童,叮嘱道:"是必要讨个回音。"

去了两日,小童复来说:"县君闻得要见之意,说道:'既然官人立意惓切,就相见一面也无妨。只是非亲非戚,不过因对门在此,礼物往来得两番,没个名色①,遽然相见,恐怕惹人议论。'是这等说。"宣教道:"也是,也是。怎生得个名色?"想了一想道:"我在广里来,带得许多珠宝在此,最是女人用得着的。我只做当面送物事来与县君看,把此做名色,相见一面何如?"小童道:"好倒好,也要去对县君说过,许下方可。"小童又去了一会,来回言道:"县君说:'使便使得,只是在厅上见一见就要出去的。'"宣教道:"这个自然,难道我就挨住在宅里了不成?"小童笑道:"休得胡说! 快随我来。"宣教大喜过望。整一整衣冠,随着小童三脚两步走过赵家前厅来。

小童进去禀知了,门响处,宣教望见县君打从里面从从容容走将出来。但见:

> 衣裳楚楚,佩带飘飘。大人家举止端详,没有轻狂半点;小年纪面庞娇嫩,并无肥重一分。清风引出来,道不得云是无心之物;好光挨上去,真所谓容是诲淫之端。犬儿虽已到篱边,天鹅未必来沟里。

宣教看见县君走出来,真个如花似玉,不觉的满身酥麻起来,急急趋上前去唱个肥喏,口里谢道:"屡蒙县君厚意,小子无可答谢,惟有心感而

---

①名色:名目,名称。

已。"县君道:"惶愧,惶愧。"宣教忙在袖里取出一包珠玉来,捧在手中道:"闻得县君要换珠宝,小子随身带得有些,特地过来面奉与县君拣择。"一头说,一眼看,只指望他伸手来接。谁知县君立着不动,呼唤小童接了过来,口里道:"容看过议价。"只说了这句,便抽身往里面走了进去。

宣教虽然见了一见,并不曾说得一句倬俏的说话①,心里猬猬突突②,没些意思走了出来。到下处,想着他模样行动,叹口气道:"不见时犹可,只这一番相见,定害杀了小生也!"以后遇着小童,只央及他设法再到里头去见见,无过把珠宝做因头,前后也曾会过五六次面,只是一揖之外,再无他词。颜色庄严,毫不可犯,等闲不曾笑了一笑,说了一句没正经的话。那宣教没入脚处,越越的心魂撩乱③,注恋不舍了。

那宣教有个相处的粉头,叫做丁惜惜,甚是相爱的。只因想着赵县君,把他去在脑后了,许久不去走动。丁惜惜邀请了两个帮闲的再三来约宣教,叫他到家里走走。宣教一似掉了魂的,那里肯去?被两个帮闲的不由分说,强拉了去。丁惜惜相见,十分温存,怎当得吴宣教一些不在心上。丁惜惜撒娇撒痴了一会,免不得摆上东道来④。宣教只是心不在焉光景,丁惜惜唱个歌儿嘲他道:

> 俏冤家,你当初缠我怎的?到今日又丢我怎的?丢我时顿忘了缠我意。缠我又丢我,丢我去缠谁?似你这般丢人也,少不得也有人来丢了你!

当下吴宣教没情没绪,吃了两杯,一心想着赵县君生得十分妙处,看了丁惜惜,有好些不像意起来⑤。却是身既到此,没及奈何,只得勉强同惜惜上床睡了。虽然少不得干着一点半点儿事,也是想着那个,借这个出火的。云雨已过,身体疲倦。正要睡去,只见赵家小童走来道:"县君特请宣教叙话。"宣教听了这话,急忙披衣起来,随着小童就走。小童领了

---

①倬俏,这里指俏皮,动听。
②猬猬突突:形容心里烦乱的样子。
③越越:暗暗,悄悄。
④东道:这里指请客的宴席。
⑤像意:如意、满意。

竟进内室,只见赵县君雪白肌肤,脱得赤条条的眠在床里,专等吴宣教来。小童把吴宣教尽力一推,推进床里。吴宣教喜不自胜,腾的番上身去,叫一声:"好县君,快活杀我也!"用得力重了,一个失脚,跌进里床,吃了一惊醒来,见惜惜睡在身边,朦胧之中,还认做是赵县君,仍旧跨上身去。丁惜惜也在睡里惊醒道:"好馋货! 怎不好好的,做出这个极模样!"吴宣教直等听得惜惜声音,方记起身在丁家床上,适才是梦里的事,连自己也失笑起来。丁惜惜再四问,问他:"你心上有何人,以致七颠八倒如此?"宣教只把闲话支吾,不肯说破。到了次日,别了出门。自此以后,再不到丁家来了。无昼无夜,一心只痴想着赵县君,思量寻机会挨光。

忽然一日,小童走来道:"一句话对官人说:明日是我家县君生辰,官人既然与县君往来,须办些寿礼去与县君作贺一作贺,觉得人情面上愈加好看。"宣教喜道:"好兄弟,亏你来说,你若不说,我怎知道? 这个礼节最是要紧,失不得的。"亟将彩帛二端封好,又到街上买了些时鲜果品、鸡鸭熟食各一盘,酒一樽,配成一副盛礼,先令家人一同小童送了去,说:"明日虔诚拜贺。"小童领家人去了。赵县君又叫小童来推辞了两番,然后受了。

明日起来,吴宣教整肃衣冠到赵家来,定要请县君出来拜寿。赵县君也不推辞,盛装出到前厅,比平日更齐整了。吴宣教没眼得看,足恭下拜①。赵县君慌忙答礼,口说道:"奴家小小生朝②,何足挂齿? 却要官人费心,赐此厚礼,受之不当!"宣教道:"客中乏物为敬,甚愧菲薄。县君如此致谢,反令小子无颜。"县君回顾小童道:"留官人吃了寿酒去。"宣教听得此言,不胜之喜,道:既留下吃酒,必有光景了。谁知县君说罢,竟自进去。宣教此时如热地上蚂蚁,不知是怎的才是。又想那县君如设帐的方士,不知葫芦里卖甚么药出来。呆呆的坐着,一眼望着内里。

①足恭:过度谦敬,以取悦于人。
②生朝:生日。

须臾之间，两个走使的男人①，抬了一张桌儿，揩抹干净。小童从里面捧出攒盒酒果来②，摆设停当，掇张椅儿请宣教坐。宣教轻轻问小童道："难道没个人陪我？"小童也轻轻道："县君就来。"宣教且未就坐，还立着徘徊之际，小童指道："县君来了。"果然赵县君出来，双手纤纤捧着杯盘，来与宣教安席，道了万福③，说道："拙夫不在，没个主人做主，诚恐有慢贵客，奴家只得冒耻奉陪。"宣教大喜道："过蒙厚情，何以克当？"在小童手中，也讨个杯盘来与县君回敬。安席了，两下坐定。

宣教心下只说此一会必有眉来眼去之事，便好把几句说话撩拨也，希图成事。谁知县君意思虽然浓重，容貌却是端严，除了请酒请馔之外，再不轻说一句闲话。宣教也生煞煞的浪开不得闲口④，便宜得饱看一回而已。酒行数过，县君不等宣教告止，自立起身道："官人慢坐，奴家家无夫主，不便久陪，告罪则个。"吴宣教心里恨不得伸出两只臂来，将他一把抱着，却不好强留得他，眼盼盼的看他洋洋走了进去。宣教一场扫兴。里边又传话出来，叫小童送酒。宣教自觉独酌无趣，只得分付小童：多多上复县君，厚扰不当，容日再谢。慢慢地踱过对门下处来。真是一点甜糖抹在鼻头上，只闻得香，却餂不着⑤，心里好生不快。有《银绞丝》一首为证：

> 前世里冤家，美貌也人，挨光已有二三分。好温存，几番相见意殷勤。眼儿落得穿，何曾近得身？鼻凹中糖味，那有唇儿分？一个清白的郎君，发了也昏。我的天那！阵魂迷，迷魂阵。

是夜，吴宣教整整想了一夜，踌躇道："若说是无情，如何两次三番许我会面，又留酒，又肯相陪？若说是有情，如何眉梢眼角不见些些光景？只是恁等板板地往来，有何了结？思量他每常帘下歌词，毕竟通知

---

①走使：使唤，差遣。
②攒盒：一种分成多格用来盛糕点果肴等食物的盘盒。
③万福：古代妇女相见行礼，双手在胸前合拜，口称"万福"。后也用以称妇女所行的敬礼。
④生煞煞：形容生硬不自然的样子。
⑤餂(tiǎn)：同"舔"。

文义，且去讨讨口气看，看他如何回我。"算计停当，次日起来，急将西珠十颗①，用个沉香盒子盛了，取一幅花笺，写诗一首在上。诗云：

> 心事绵绵欲诉君，洋珠颗颗寄殷勤。
>
> 当时赠我黄柑美，未解相如渴半分②。

写毕，将来同放在盒内，用个小记号图书印，封皮封好了。忙去寻那小童过来，交付与他道："多拜上县君，昨日承蒙厚款③，些些小珠奉去添妆，不足为谢。"小童道："当得拿去。"宣教道："还有数字在内，须县君手自拆封，万勿漏泄则个。"小童笑道："我是个有柄儿的红娘，替你传书递简。"宣教道："好兄弟，是必替我送送，倘有好音，必当重谢。"小童道："我县君诗词歌赋，最是精通，若有甚话写去，必有回答。"宣教道："千万在意！"小童说："不劳分付，自有道理。"

小童去了半日，笑嘻嘻的走将来道："有回音了。"袖中拿出一个碧甸匣来递与宣教，宣教接上手看时，也是小小花押封记着的。宣教满心欢喜，慌忙拆将开来，中又有小小纸封裹着青丝发二缕，挽着个同心结儿④，一幅罗纹笺上，有诗一首。诗云：

> 好将鬓发付并刀⑤，只恐经时失俊髦⑥。
>
> 妾恨千丝差可拟，郎心双挽莫空劳！

末又有细字一行云：

> 原珠奉璧⑦，唐人云"何必珍珠慰寂寥"也。

宣教读罢，跌足大乐，对小童道："好了！好了！细详诗意，县君深有意于我了。"小童道："我不懂得，可解与我听?"宣教道："他剪发寄我，

---

① 西珠：外国商人从广州等口岸贩运进来的珍珠，价值昂贵。

② 相如渴：《史记·司马相如列传》说司马相如"常有消渴疾"，今人认为即糖尿病，食物亢进，时常口渴。

③ 厚款：盛情款待。

④ 同心结儿：旧时用锦带或青丝发编成的连环回文样式的结子，用以象征坚贞的爱情。

⑤ 鬓(zhěn)发：稠美的黑发。并刀：山西并州产的剪刀，以锋利著称。

⑥ 俊髦：才智杰出之人。

⑦ 奉璧：指原物奉还。

诗里道要挽住我的心,岂非有意?"小童道:"既然有意,为何不受你珠子!"宣教道:"这又有一说,这是一个故事在里头。"小童道:"甚故事?"宣教道:"当时唐明皇宠了杨贵妃,把梅妃江采蘋贬入冷宫①。后来思想他,惧怕杨妃不敢去,将珠子一封私下赐与他。梅妃拜辞不受,回诗一首,后二句云:'长门尽日无梳洗②,何必珍珠慰寂寥?'今县君不受我珠子,却写此一句来,分明说你家主不在,他独居寂寥,不是珠子安慰得的,却不是要我来伴他寂寥么?"小童道:"果然如此,官人如何谢我?"宣教道:"惟卿所欲。"小童道:"县君既不受珠子,何不就送与我了?"宣教道:"珠子虽然回来,却还要送去,我另自谢你便是。"宣教箱中去取通天犀簪一枝,海南香扇坠二个,将出来送与小童道:"权为寸敬③,事成重谢。这珠子再烦送一送去,我再附一首诗在内,要他必受。"诗云:

> 往返珍珠不用疑,还珠垂泪古来痴。
>
> 知音但使能欣赏,何必相逢未嫁时?

宣教便将一幅冰鲻帕写了④,连珠子付与小童。小童看了笑道:"这诗意,我又不晓得了。"宣教道:"也是用着个故事。唐张籍诗云⑤:'还君明珠双泪垂,恨不相逢未嫁时。'今我反用其意,说道只要有心,便是嫁了何妨?你县君若有意于我,见了此诗,此珠必受矣。"小童笑道:"元来官人是偷香的老手⑥。"宣教也笑道:"将就看得过。"小童拿了,一径自去,此番不见来推辞,想多应受了。宣教暗自喜欢,只待好音。丁惜惜那里时常叫小二来请他走走⑦,宣教好一似朝门外候旨的官,惟恐不时失误

---

①梅妃:姓江名采蘋,福建莆田人。娇俏美丽,能诗文,精乐器,善歌舞,受宠于唐玄宗。后为杨贵妃所忌,被贬入冷宫。见宋佚名《梅妃传》。

②长门:即长门官,陈皇后失宠于汉武帝,被幽居此。后用作"失宠"或"贬入冷宫"意。

③寸敬:微薄的敬意。

④冰鲻帕:薄而洁白的丝手帕。

⑤张籍:唐代诗人。所引"还君明珠双泪垂"二句,出自他的《节妇吟》诗。

⑥偷香:晋贾充女午喜欢韩寿,两人私通。午将皇帝赐给贾充的异香赠韩,后为其父发觉,遂以午嫁韩。后用"偷香"指男女偷情。

⑦小二:即小二哥。市井青年男子;也指旅店、茶馆、店铺的伙计。

了宣召,那里敢移动半步?

忽然一日傍晚,小童笑笑嘻嘻的走来道:"县君请官人过来说话。"宣教听罢,忖道:"平日只是我去挨光,才设法得见面,并不是他着人来请我的。这番却是先叫人来相邀,必有光景①。"因问小童道:"县君适才在那里? 怎生对你说叫你来请我的?"小童道:"适才县君在卧房里,卸了妆饰,重新梳裹过了,叫我进去,问说:'对门吴官人可在下处否?'我回说'他这几时只在下处,再不到外边去。'县君道:'既如此,你可与我悄悄请过来,竟到房里来相见,切不可惊张。'如此分付的。"宣教不觉踊跃道:"依你说来,此番必成好事矣!"小童道:"我也觉得有些异样,决比前几次不同。只是一件,我家人口颇多,耳目难掩。日前只是体面上往来,所以外观不妨。今却要到内室里去,须瞒不得许多人。就是悄着些,是必有几个知觉,露出事端,彼此不便,须要商量。"宣教道:"你家中事体,我怎生晓得备细? 须得你指引我道路,应该怎生才妥?"小童道:"常言道:'有钱使得鬼推磨。'世上那一个不爱钱的? 你只多把些赏赐分送与我家里人了,我去调开了他每。他每各人心照,自然躲开去了,任你出入,就有撞见的也不说破了。"宣教道:"说得甚是有理,真可以筑坛拜将。你前日说我是老偷香手,今日看起来,你也像个老马泊六了②。"小童道:"好意替你计较,休得取笑!"当下吴宣教拿出二十两零碎银两,付与小童说道:"我须不认得宅上甚么人,烦你与我分派一分派,是必买他们尽皆口静方妙。"小童道:"这个在我,不劳分付。我先行一步,停当了众人,看个动静,即来约你同去。"宣教道:"快着些个。"小童先去了,吴宣教急拣时样济楚衣服,打扮得齐整。真个赛过潘安,强如

①光景:指情况。
②马泊六:指男女私情的撮合者。

宋玉①。眼巴巴只等小童到来,即去行事。正是:

> 罗绮层层称体裁,一心指望赴阳合②。
>
> 巫山神女虽相待,云雨宁知到底谐?

说这宣教坐立不定,只想赴期。须臾,小童已至,回覆道:"众人多有了贿赂,如今一去,径达寝室,毫无阻碍了。"宣教不胜欢喜,整一整巾帻,洒一洒衣裳,随着小童便走过了对门。不由中堂,在旁边一条弄里转了一两个湾曲,已到卧房之前。只见赵县君懒梳妆模样,早立在帘儿下等候。见了宣教,满面堆下笑来,全不比日前的庄严了。开口道:"请官人房里坐地。"一个丫鬟掀起门帘,县君先走了进房,宣教随后入来。只见房里摆设得精致,炉中香烟馥郁,案上酒肴齐列。宣教此时荡了三魂,失了六魄,不知该怎么样好,只得低声柔语道:"小子有何德能,过蒙县君青盼如此③?"县君道:"一向承蒙厚情,今良宵无事,不揣特请官人清话片晌④,别无他说。"宣教道:"小子客居旅邸,县君独守清闺,果然两处寂寥,每遇良宵,不胜怀想。前蒙青丝之惠,小子紧系怀袖,胜如贴肉。今蒙宠召,小子所望,岂在酒食之类哉?"县君微笑道:"休说闲话,且自饮酒。"宣教只得坐了,县君命丫鬟一面斟下热酒,自己举杯奉陪。

宣教三杯酒落肚,这点热团团兴儿直从脚跟下冒出天庭来,那里按纳得住?面孔红了又白,白了又红。箸子也倒拿了,酒盏也泼翻了,手脚都忙乱起来。觑个丫鬟走了去,连忙走过县君这边来,跪下道:"县君可怜见,急救小子性命则个!"县君一把扶起道:"且休性急!妾亦非无

---

① "赛过潘安"二句:潘安,名岳,字安仁,西晋文学家。其人"姿容既好,神情亦佳"。他少年时挟弹行在洛阳道上,引起妇女艳羡,牵手将他围住,争相向他的车上投水果,满载而归(见《晋书·潘岳传》)。宋玉,战国时楚国的辞赋家。他东邻有女,其容貌令楚国贵公子倾倒,但她心不为所动,却爬墙偷看宋玉三年。说明宋玉的体貌特别俊美。(见《登徒子好色赋》)。后人形容美男子都爱说"颜如宋玉,貌比潘安"。

② 阳台:楚王游高唐,梦巫山神女来侍寝,神女化云化雨于阳台。后以"阳台"指男女欢会之所。见宋玉《高唐赋序》。

③ 青盼:即顾盼。

④ 不揣:谦词,犹言不自量。

心者,自前日博柑之日,便觉钟情于子。但礼法所拘,不敢自逞。今日久情深,清夜思动,愈难禁制。冒礼忘嫌,愿得亲近。既到此地,决不教你空回去了。略等人静后,从容同就枕席便了。"宣教道:"我的亲亲的娘! 既有这等好意,早赐一刻之欢,也是好的。叫小子如何忍耐得住?"县君笑道:"怎恁地馋得紧?"即唤丫鬟们快来收拾。

未及一半,只听得外面喧嚷,似有人喊马嘶之声,渐渐近前堂来了。宣教方在神魂荡扬之际,恰像身子不是自己的,虽然听得有些诧异,没工夫得疑虑别的,还只一味痴想。忽然一个丫鬟慌慌忙忙撞进房来,气喘喘的道:"官人回来了! 官人回来了!"县君大惊失色道:"如何是好?快快收拾过了桌上的!"即忙自己帮着搬得桌上罄净。宣教此时任是奢遮胆大的,不由得不慌张起来,道:"我却躲在那里去?"县君也着了忙道:"外边是去不及了。"引着宣教的手,指着床底下道:"权躲在这里面去,勿得做声!"宣教思量走了出去便好,又恐不认得门路,撞着了人。左右看着房中,却别无躲处。一时慌促,没计奈何,只得依着县君说话,望着床底一钻,顾不得甚么尘灰龃龊。且喜床底宽阔,战陡陡的蹲在里头,不敢喘气。一眼偷觑着外边,那暗处望明处,却见得备细。

看那赵大夫大踏步走进房来,口里道:"这一去不觉好久,家里没事么?"县君着了忙的,口里牙齿捉对儿厮打着,回言道:"家……家……家里没事。你……你……你如何今日才来?"大夫道:"家里莫非有甚事故么? 如何见了我举动慌张,语言失措,做这等一个模样?"县君道:"没……没……没甚事故。"大夫对着丫鬟问道:"县君却是怎的?"丫鬟道:"果……果……果然没有甚么怎……怎……怎的。"宣教在床下着急,恨不得替了县君、丫鬟的说话,只是不敢爬出来。大夫迟疑了一回道:"好诧异! 好诧异!"县君按定了性,才说得话儿圆圆,重复问道:"今日在那里起身? 怎夜间到此?"大夫道:"我离家多日,放心不下。今因有事在婺州①,在此便道暂归来一看,明日五更就要起身过江的。"

宣教听得此言,惊中有喜,恨不得天也许下了半边,道:"原来还要出去,却是我的造化也!"县君又问道:"可曾用过晚饭?"大夫道:"晚饭

①婺州:治所在今浙江金华。

已在船上吃过,只要取些热水来洗脚。"县君即命丫鬟安好了足盆,厨下去取热水来倾在里头了。大夫便脱了外衣,坐在盆间,大肆浇洗。浇洗了多时,泼得水流满地,一直淌进床下来。盖是地板房子,铺床处压得重了,地板必定低些,做了下流之处。那吴宣教正蹲在里头,身上穿着齐整衣服,起初一时极了,顾不得惹了灰尘,钻了进去。而今又见水流来了,恐怕污了衣服,不觉的把袖子东收西敛来避那些龌龊水,未免有些窸窸窣窣之声。大夫道:"奇怪!床底下是甚么响?敢是蛇鼠之类,可拿灯烛来照照。"丫鬟未及答应,大夫急急揩抹干净。即伸手桌子上去取烛台过来。捏在手中,向床底下一看。不看时万事全休,这一看,好似:

　　霸王初入垓心内,张飞刚到灞陵桥。

大夫大吼一声道:"这是个甚么鸟人?躲在这底下?"县君支吾道:"敢是个贼?"大夫一把将宣教拖出来道:"你看!难道有这样齐整的贼?怪道方才见吾慌张,元来你在家养着奸夫!我去得几时,你就是这等羞辱门户!"先是一掌打去,把县君打个满天星①。县君啼哭起来,大夫喝教众奴仆都来。此时小童也只得随着众人行止。大夫叫将宣教四马攒蹄,捆做一团。声言道:"今夜且与我送去厢里吊着,明日临安府推问去!"大夫又将一条绳来,亲自动手也把县君缚住道:"你这淫妇,也不与你干休!"县君只是哭,不敢回答一言。大夫道:"好恼!好恼!且烫酒来我吃着消闷!"从人丫鬟们多慌了,急去灶上撮哄些嘎饭②,烫了热酒拿来。大夫取个大瓯,一头吃,一头骂。又取过纸笔,写下状词,一边写,一边吃酒。吃得不少了,不觉懵懵睡去。

　　县君悄悄对宣教道:"今日之事固是我误了官人,也是官人先有意向我,谁知随手事败。若是到官,两个多不好了,为之奈何?"宣教道:"多蒙县君好意相招,未曾沾得半点恩惠,今事若败露,我这一官只当断送在你这冤家手里了。"县君道:"没奈何了,官人只是下些小心求告他,他也是心软的人,求告得转的。"正说之间,大夫醒来,口里又喃喃的骂

---

　　①满天星:形容满眼冒金星的头晕感觉。
　　②撮哄(hǒng):这里指准备,备办。

道:"小的们打起火把,快将这贼弟子孩儿送到厢里去①!"众人答应一声,齐来动手。宣教着了急,喊道:"大夫息怒,容小子一言。小子不才,忝为宣教郎②,因赴吏部磨勘,寓居府上对门。蒙县君青盼,往来虽久,实未曾分毫犯着玉体。今若到公府,罪犯有限,只是这官职有累。望乞高抬贵手,饶过小子,容小子拜纳微礼,赎此罪过罢!"大夫大笑道:"我是个宦门,把妻子来换钱么?"宣教道:"今日便坏了小子微官,与君何益? 不若等小子纳些钱物,实为两便。小子亦不敢轻,即当奉送五百千过来。"大夫道:"如此口轻,你一个官,我一个妻子,只值得五百千么?"宣教听见论量多少,便道是好处的事了,满口许道:"便再加一倍,凑做千缗罢。"大夫还只是摇头。县君在旁哭道:"我只为买这官人的珠翠,约他来议价,实是我的不是。谁知撞着你来捉破了,我原不曾点污。今若拿这官人到官,必然扳下我来。我也免不得当官对理,出乖露丑,也是你的门面不雅。不如你看日前夫妻之面,宽恕了我,放了这官人罢!"大夫冷笑道:"难道不曾点污?"众从人与丫鬟们先前是小童贿赂过的,多来磕头讨饶道:"其实此人不曾犯着县君,只是暮夜不该来此,他既情愿出钱赎罪,官人罚他重些,放他去罢。一来免累此人官职,二来免致县君出丑,实为两便。"县君又哭道:"你若不依我,只是寻个死路罢了!"大夫默然了一晌,指着县君道:"只为要保全你这淫妇,要我忍这样赃污!"小童忙掮到宣教耳边厢低言道:"有了口风了③,快快添多些,收拾这事罢。"宣教道:"钱财好处,放绑要紧。手脚多麻木了。"大夫道:"要我饶你,须得二千缗钱,还只是买那官做,羞辱我门庭之事,只当不曾提起,便宜得多了。"宣教连声道:"就依着是二千缗,好处④! 好处!"

大夫便喝从人,教且松了他的手。小童急忙走去把索子头解开,松出两只手来。大夫叫将纸墨笔砚拿过来,放在宣教面前,叫他写个不愿

---

①弟子孩儿:骂人话,指娼妓所生的孩子。

②忝:谦词,辱。

③口风:话中透露出来的意思。

④好处(chǔ):好办,容易处理。

当官的招伏①。宣教只得写道：

> 吏部候勘宣教郎吴某，只因不合闯入赵大夫内室，不愿经官，情甘出钱二千贯赎罪，并无词说。私供是实。

赵大夫取来看过，要他押了个字。便叫放了他绑缚，只把脖子拴了，叫几个方才随来家的带大帽、穿一撒的家人②，押了过对门来，取足这二千缗钱。

此时亦有半夜光景，宣教下处几个手下人已此都睡熟了。这些赵家人个个如狼似虎，见了好东西便抢，珠玉犀象之类，狼藉了不知多少③，这多是二千缗外加添的。吴宣教足足取勾了二千数目，分外又把些零碎银两送与众家人，做了东道钱，众家人方才住手。赍了东西，仍同了宣教，押到家主面前交割明白。大夫看过了东西，还指着宣教道："便宜了这弟子孩儿！"喝叫："打出去！"

宣教抱头鼠窜走归下处，下处店家灯尚未熄。宣教也不敢把这事对主人说，讨了个火，点在房里了，坐了一回，惊心方定。无聊无赖，叫起个小厮来，烫些热酒，且图解闷。一边吃，一边想道："用了这几时工夫，才得这个机会，再差一会儿也到手了，谁想却如此不偶，反费了许多钱财！"又自解道："还算造化哩。若不是县君哭告，众人拜求，弄得到当官，我这官做不成了。只是县君如此厚情厚德，又为我如此受辱。他家大夫说明日就出去的，这倒还好个机会，只怕有了这番事体，明日就使不在家，是必分外防守，未必如前日之便了。不知今生到底能勾相傍否？"心口相问，不觉潜然泪下，郁抑不快，呵欠上来，也不脱衣服，倒头便睡。

只因辛苦了大半夜，这一睡直睡到第二日晌午，方才醒来。走出店中举眼看去，对门赵家门也不关，帘子也不见了。一望进去，直看到里头，内外洞然，不见一人。他还怀着昨夜鬼胎，不敢自进去，悄悄叫个小厮，一步一步挨到里头探听。直到内房左右看过，并无一个人走

---

①当官：当堂见官。招伏：招认。
②一撒：一条衬裤。
③狼藉：犹糟蹋。

动踪影。只见几间空房，连家伙什物一件也不见了。出来回复了宣教。宣教忖道："他原说今日要到外头去，恐怕出去了我又来走动，所以连家眷带去了。只是如何搬得这等罄净？难道再不回来住了？其间必有缘故。"试问问左右邻人，才晓得这赵家也是那里搬来的，住得不十分长久。这房子也只是赁下的，原非己宅，是用着美人之局，扎了火囤去了。

宣教浑如做了一个大梦一般，闷闷不乐，且到丁惜惜家里消遣一消遣。惜惜接着宣教，笑容可掬道："甚好风吹得贵人到此？"连忙置酒相待。饮酒中间，宣教频频的叹气。惜惜道："你向来有了心上人，把我冷落了多时。今日既承不弃到此，如何只是嗟叹，像有甚不乐之处？"宣教正是事在心头，巴不得对人告诉，只得把如何对门作寓，如何与赵县君往来，如何约去私期，却被丈夫归来拿住，将钱买得脱身，备细说了一遍。惜惜大笑道："你枉用痴心，落了人的圈套了。你前日早对我说说，我敢也先点破你，不着他道儿也不见得。我那年有一伙光棍将我包到扬州去，也假了商人的爱妾，扎了一个少年子弟千金，这把戏我也曾弄过的。如今你心爱的县君，又不知是那一家的歪剌货也①！你前日瞒得我好，撇得我好，也叫教你受些业报。"宣教满脸羞惭，懊恨无已。丁惜惜又只顾把说话盘问，见说道身畔所有剩得不多，徜徉家本色，就不十分亲热得紧了。

宣教也觉怏怏，住了一两晚，走了出来。满城中打听，再无一些消息。看看盘费不勾用了，等不得吏部改秩②，急急走回故乡。亲眷朋友晓得这事的，把来做了笑柄。宣教常时忽忽如有所失，感了一场缠绵之疾，竟不及调官而终。可怜吴宣教一个好前程，惹着了这一些魔头，不自尊重，被人弄得不尴不尬，没个收场。如此奉劝人家少年子弟每，血气未定贪淫好色，不守本分不知利害的，宜以此为鉴！诗云：

---

①歪剌货：也作"歪剌姑"，"歪剌骨"。骂人话，卑劣下贱的人。多用于妇女。

②改秩：调官。

一脔肉味不曾尝，已遣缠头罄橐装①。

尽道陷人无底洞，谁知洞口赚刘郎！

---

①缠头：古代歌舞艺人表演完毕，客以罗锦为赠，叫做"缠头"。后来又作为赠送妓女财物的通称。橐装：囊中装裹之物。多指珠宝财物。

卷十五

韩侍郎婢作夫人　顾提控掾居郎署

诗云：

　　曾闻阴德可回天，古往今来效灼然①。

　　奉劝世人行好事，到头元是自周全。

话说湖州府安吉州地浦滩有一居民②，家道贫窭，因欠官粮银二两，监禁在狱。家中止有一妻，抱着个一周未满的小儿子度日，别无门路可救。栏中畜养一猪，算计卖与客人，得价还官。因性急银子要紧，等不得好价，见有人来买，即便成交。妇人家不认得银子好歹，是个白晃晃的，说是还得官了。客人既去，拿出来与银匠熔着锭子。银匠说："这是些假银，要他怎么？"妇人慌问："有多少成色在里头③？"银匠道："那里有半毫银气？多是铅铜锡镴装成，见火不得的。"妇人着了忙，拿在手中走回家来，寻思一回道："家中并无所出，止有此猪，指望卖来救夫，今已被人骗去，眼见得丈夫出来不成。这是我不仔细上害了他，心下怎么过得去？我也不要这性命了！"待寻个自尽，看看小儿子，又不舍得，发个狠道："罢！罢！索性抱了小冤家，同赴水而死，也免得牵挂。"急急奔到河边来。

正待撺下去，恰好一个徽州商人立在那里，见他忙忙投水，一把扯住。问道："清白后生④，为何做此短见勾当？"妇人拭泪答道："事急无奈，只图一死。"因将救夫卖猪，误收假银之说，一一告诉。徽商道："既然如此，与小儿子何干？"妇人道："没爷没娘，少不得一死，不如同死了干净。"徽商恻然道："所欠官银几何？"妇人道："二两。"徽商道："能得多少，坏此三条性命！我下处不远，快随我来，我舍银二两，与你还官罢。"

――――――――――

①效灼然：结果明显。效，验证，结果。灼然：形容明显的样子。

②安吉州：明正德元年（1506）升为州，今浙江安吉县。

③成色：银子中所含纯银的成分。

④后生：年轻人。这里指女青年。

妇人转悲作喜,抱了儿子,随着徽商行去。不上半里,已到下处。徽商走入房,秤银二两出来,递与妇人道:"银是足纹①,正好还官,不要又被别人骗了。"妇人千恩万谢转去,央个邻舍同到县里,纳了官银,其夫始得放出监来。

到了家里,问起道:"那得这银子还官救我?"妇人将前情述了一遍,说道:"若非遇此恩人,不要说你不得出来,我母子两人已作黄泉之鬼了。"其夫半喜半疑:喜的是得银解救,全了三命,疑的是妇人家没志行,敢怕独自个一时喉极了②,做下了些不伶俐勾当③,方得这项银子也不可知。不然怎生有此等好人,直如此凑巧?口中不说破他,心生一计道:"要见明白,须得如此如此。"问妇人道:"你可认得那恩人的住处么?"妇人道:"随他去秤银的,怎不认得?"其夫道:"既如此,我与你不可不去谢他一谢。"妇人道:"正该如此。今日安息了,明日同去。"其夫道:"等不得明日,今夜就去。"妇人道:"为何不要白日里去,倒要夜间?"其夫道:"我自有主意,你不要管我!"妇人不好拗得,只得点着灯,同其夫走到徽商下处门首。

此时已是黄昏时候,人多歇息寂静了。其夫叫妇人扣门,妇人道:"我是女人,如何叫我黑夜敲人门户?"其夫道:"我正要黑夜试他的心事。"妇人心下晓得丈夫有疑了,想道:"一个有恩义的人,到如此猜他,也不当人子!"却是恐怕丈夫生疑,只得出声高叫。徽商在睡梦间,听得是妇人声音,问道:"你是何人,却来叫我?"妇人道:"我是前日投水的妇人。因蒙恩人大德,救吾夫出狱,故此特来踵门叩谢④。"看官,你道徽商此时若是个不老成的,听见一个妇女黑夜寻他,又是施恩过来的,一时动了不良之心,未免说句把悼俏绰趣的话⑤,开出门来撞见其夫,可不是老大一场没趣,把起初做好事的念头多弄脏了?不想这个朝奉煞是

---

①足纹:足色的纹银。
②喉极:情急。下文"喉急",则指着急。
③不伶俐:不正当,不干净。
④踵门:登门。
⑤悼俏绰趣:风流逗趣。

有正经①,听得妇人说话,便厉声道:"此我独卧之所,岂汝妇女家所当来! 况昏夜也不是谢人的时节,但请回步,不必谢了。"其夫听罢,才把一天疑心尽多消散。妇人乃答道:"吾夫同在此相谢。"

徽商听见其夫同来,只得披衣下床,要来开门。走得几步,只听得天崩地塌之声,连门外多震得动。徽商慌了自不必说,夫妇两人多吃了一惊。徽商忙叫小二掌火来看,只见一张卧床压得四脚多折,满床尽是砖头泥土。元来那一垛墙走了②,一向床遮着不觉得,此时偶然坍将下来。若有人在床时,便是铜筋铁骨也压死了。徽商看了,伸了舌头出来,一时缩不进去。就叫小二开门,见了夫妇二人,反谢道:"若非贤夫妇相叫起身,几乎一命难存!"夫妇两人看见墙坍床倒,也自大加惊异,道:"此乃恩人洪福齐天,大难得免。莫非恩人阴德之报?"两相称谢。徽商留夫妇茶话少时,珍重而别。

只此一件,可见商人二两银子,救了母子两命,到底因他来谢,脱了墙压之厄,仍旧是自家救了自家性命一般,此乃上天巧于报德处。所以古人说:"与人方便,自己方便。"小子起初说"到头元是自周全",并非诳语。看官每不信,小子而今单表一个周全他人,仍旧周全了自己一段长话,作个正文。有诗为证:

> 有女颜如玉,酬德讵能足?
> 遇彼素心人③,清操同秉烛。
> 兰蕙保幽芳,移来贮金屋④。
> 容台粉署郎⑤,一朝畀掾属⑥。

----

①朝奉:本是官名,宋代有朝奉郎、朝奉大夫。后来徽俗用作对商人、富翁的称呼。见清翟灏《风俗通》卷十八引吕种玉《言鲭》:"徽俗称富翁为朝奉。"翟氏按语又云:"今徽毂贾此称谓。"

②走了:吴语,走了原样,意为倾斜、坍塌。

③素心人:心地纯结、世情淡泊的人。

④贮金屋:汉武帝小时喜爱表妹阿娇,说如能得阿娇作妇,要用黄金作屋让她住。后常用"金屋贮娇"或"贮金屋"形容娶妻或纳妾。

⑤容台:指礼台,礼部的别称。粉署郎:指礼部主事。

⑥掾属:官府中佐治的官吏。

圣明重义人，报施同转毂①。

这段话文，出在弘治年间直隶太仓州地方②。州中有一个吏典③，姓顾名芳。平日迎送官府出城，专在城外一个卖饼的江家做下处歇脚。那江老儿名溶，是个老实忠厚的人，生意尽好，家道将就过得。看见顾吏典举动端方，容仪俊伟，不像个衙门中以下人④，私心敬爱他。每遇他到家，便以"提控"呼之⑤，待如上宾。江家有个嬷嬷⑥，生得个女儿，名唤爱娘，年方十七岁，容貌非凡。顾吏典家里也自有妻子，便与江家内里通往来，竟成了一家骨肉一般。常言道："一家饱暖千家怨。"江老虽不怎的富，别人看见他生意从容，衣食不缺，便传说了千金、几百金家事。有那等眼光浅、心不足的，目中就着不得，不由得不妒忌起来。

忽一日，江老正在家里做活，只见如狼似虎一起捕人打将进来⑦，喝道："拿海贼⑧！"把店中家火打得粉碎。江老出来分辨，众捕一齐动手，一索子捆倒。江嬷嬷与女儿顾不得羞耻，大家啼啼哭哭嚷将出来，问道："是何事端？说个明白。"捕人道："崇明解到海贼一起⑨，有江溶名字，是个窝家，还问什么事端！"江老夫妻与女儿叫起撞天屈来⑩，说道："自来不曾出外，那里认得什么海贼？却不屈杀了平人！"捕人道："不管屈不屈，到州里分辨去，与我们无干。快些打发我们见官去！"江老是个乡子里人，也不晓得盗情利害，也不晓得该怎的打发公差，合家只是一味哭。捕人每不见动静，便发起狠来道："老儿奸诈，家里必有赃物，我

---

① 转毂：飞转的车轮。形容快速。

② 弘治：明孝宗朱祐樘的年号（1488—1505）。太仓州：明为苏州府的直属州，今江苏太仓县。

③ 吏典：明代府县的吏员。

④ 以下：指身份地位低下。

⑤ 提控：这里是对管事吏员的尊称。

⑥ 嬷嬷：即奶奶。

⑦ 一起捕人：一起，犹一伙；捕人，州县中从事缉捕的差役。

⑧ 海贼：明初江浙沿海与倭寇勾通的海盗。

⑨ 崇明：县名，今属上海市。

⑩ 撞天屈：冲天的冤枉，天大的冤屈。

们且搜一搜!"众人不管好歹,打进内里一齐动手,险些把地皮多翻了转来,见了细软便藏匿了。江老夫妻、女儿三口,杀猪也似的叫喊,擂天倒地价哭①。捕人每揎拳裸手,耀武扬威。

正在没摆布处,只见一个人踱将进来,喝道:"有我在此,不得无理!"众人定睛看时,不是别人,却是州里顾提控。大家住手道:"提控来得正好,我们不要粗鲁,但凭提控便是。"江老一把扯住提控道:"提控,救我一救!"顾提控问道:"怎的起?"捕人拿牌票出来看,却是海贼指扳窝家,巡捕衙里来拿的。提控道:"贼指的事,多出仇口。此家良善,明是冤屈。你们为我面上,须要周全一分。"捕人道:"提控在此,谁敢多话?只要分付我们,一面打点见官便是。"提控即便主张江老支持酒饭,鱼肉之类摆了满桌,任他每狼飧虎咽吃个尽情。又摸出几两银子做差使钱,众捕人道:"提控分付,我每也不好推辞,也不好较量,权且收着。凡百看提控面上,不难为他便了。"提控道:"列位别无帮衬处,只求迟带到一日,等我先见官人替他分诉一番,做个道理,然后投牌,便是列位盛情。"捕人道:"这个当得奉承。"当下江老随捕人去了,提控转身安慰他母子道:"此事只要破费,须有分辨处,不妨大事。"母子啼哭道:"全仗提控搭救则个。"提控道:"且关好店门,安心坐着,我自做道理去。"

出了店门,进城来,一径到州前来见捕盗厅官人,道:"顾某有个下处主人江溶,是个良善人户,今被海贼所扳,想必是仇家陷害。望乞爷台为顾某薄面周全则个。"捕官道:"此乃堂上公事,我也不好自专。"提控道:"堂上老爷,顾某自当禀明,只望爷台这里带到时,宽他这一番拷究。"捕官道:"这个当得奉命。"

须臾,知州升堂,顾提控觑个堂事空便,跪下禀道:"吏典平日伏侍老爷,并不敢有私情冒禀。今日有个下处主人江溶,被海贼诬扳。吏典熟知他是良善人户,必是仇家所陷,故此斗胆禀明。望老爷天鉴之下,超豁无辜②。若是吏典虚言妄禀,罪该万死。"知州道:"盗贼之事,非同小可。你敢是私下受人买嘱,替人讲解么?"提控叩头道:"吏典若有此

---

①擂天倒地:呼天抢地,形容哭喊。

②超豁:饶恕,宽免。

等情弊,老爷日后必然知道,吏典情愿受罪。"知州道:"待我细审,也听不得你一面之词。"提控道:"老爷'细审'二字,便是无辜超生之路了。"复叩一头,走了下来。想过:"官人方才说听不得一面之词,我想人众则公,明日约同同衙门几位朋友,大家禀一声,必然听信。"是日,拉请一般的十数个提控,到酒馆中坐一坐,把前事说了,求众人明日帮他一说。众人平日与顾提控多有往来,无有不依的。

次日,捕人已将江溶解到捕厅,捕厅因顾提控面上,不动刑法,竟送到堂上来。正值知州投文①,挨牌唱名。点到江溶名字,顾提控站在旁边,又跪下来禀道:"这江溶即是小吏典昨日所禀过的,果是良善人户。中间必有冤情,望老爷详察。"知州作色道:"你两次三回替人辩白,莫非受了贿赂,故敢大胆?"提控叩头道:"老爷当堂明查,若不是小吏典下处主人及有贿赂情弊,打死无怨!"只见众吏典多跪下来禀道:"委是顾某主人,别无情弊,众吏典敢百口代保。"知州平日也晓得顾芳行径,是个忠直小心的人,心下有几分信他的,说道:"我审时自有道理。"便问江溶:"这伙贼人扳你,你平日曾认得一两个否?"江老儿叩头道:"爷爷,小的若认得一人,死也甘心。"知州道:"他们有人认得你否?"江老儿道:"这个小的虽不知,想来也未必认得小的。"知州道:"这个不难。"唤一个皂隶过来,教他脱下衣服与江溶穿了,扮做了皂隶,却叫皂隶穿了江溶的衣服,扮做了江溶。分付道:"等强盗执着江溶时,你可替他折证②,看他认得认不得。"皂隶依言与江溶更换停当,然后带出监犯来。

知州问贼首道:"江溶是你窝家么?"贼首道:"爷爷,正是。"知州敲着气拍,故意问道:"江溶怎么说?"这个皂隶扮的江溶,假着口气道:"爷爷,并不干小人之事。"贼首看着假江溶,那里晓得不是,一口指着道:"他住在城外,倚着卖饼为名,专一窝着我每赃物,怎生赖得?"皂隶道:"爷爷,冤枉!小的不曾认得他的。"贼首道:"怎生不认得?我们长在你家吃饼。某处赃若干,某处赃若干,多在你家,难道忘了?"知州明知不是,假意说道:"江溶是窝家,不必说了,却是天下有名姓相同。"一手指

①投文:投递诉状。

②折证:对证,辩白。

着真江溶扮皂隶的道："我这个皂隶，也叫得江溶，敢怕是他么？"贼首把皂隶一看，那里认得？连喊道："爷爷，是卖饼的江溶，不是皂隶江溶。"知州又手指假江溶道："这个卖饼的江溶，叵是么？"贼首道："正是这个。"知州冷笑一声，连敲气拍两三下，指着贼首道："你这杀剐不尽的奴才！自做了歹事，又受人买嘱，扳陷良善。"贼首连喊道："这江溶果是窝家，一些不差，爷爷！"知州喝叫："掌嘴！"打了十来下，知州道："还要嘴强！早是我先换过了，试验虚实，险些儿屈陷平民。这个是我皂隶周才，你却认做了江溶，就信口扳杀他，这个扮皂隶的，正是卖饼江溶，你却又不认得，就说道无干，可知道你受人买嘱来害江溶，元不曾认得江溶的么！"贼首低头无语，只叫："小的该死！"

知州叫江溶与皂隶仍旧换过了衣服，取夹棍来，把贼首夹起，要招出买他指扳的人来。贼首是顽皮赖肉，那里放在心上？任你夹打，只供称是因见江溶殷实，指望扳赔赃物是实，别无指使。知州道："眼见得是江溶仇家所使，无得可疑。今这奴才死不肯招，若必求其人，他又要信口诬害，反生株连。我只释放了江溶，不根究也罢。"江溶叩头道："小的也不愿晓得害小的的仇人，省得中心不忘，冤冤相结。"知州道："果然是个忠厚人。"提起笔来，把名字注销，喝道："江溶无干，直赶出去！"当下江溶叩头不止，皂隶连喝："快走！"

江溶如笼中放出飞鸟，欢天喜地出了衙门。衙门里许多人撮空叫喜①，拥住了不放。又亏得顾提控走出来，把几句话解散开了众人，一同江溶走回家来。

江老儿一进门，便唤过妻女来道："快来拜谢恩人！这番若非提控搭救，险些儿相见不成了。"三个人拜做一堆。提控道："自家家里，应得出力，况且是知州老爷神明做主，与我无干，快不要如此！"江嬷嬷便问老儿道："怎么回来得这样撒脱，不曾吃亏么？"江老儿道："两处俱仗提

①撮空：沾光，揩油。

控先说过了，并不动一些刑法。天字号一场官司①，今没一些干涉，竟自平净了。"江嬷嬷千恩万谢。提控立起身来道："你们且慢慢细讲，我还要到衙门去谢谢官府去。"当下提控作别自去了。

江老送了出门，回来对嬷嬷说："正是闭门家里坐，祸从天上来，谁想遭此一场飞来横祸，若非提控出力，性命难保。今虽然破费了些东西，幸得太平无事。我每不可忘了恩德，怎生酬报得他便好？"嬷嬷道："我家家事向来不见怎的，只好度日，不知那里动了人眼，被天杀的暗算，招此飞灾。前日众捕人一番掳掠，狠如打劫一般。细软东西尽被抄扎过了，今日有何重物谢得提控大恩？"江老道："便是没东西难处，就凑得些少也当不得数，他也未必肯受，怎么好？"嬷嬷道："我到有句话商量，女儿年一十七岁，未曾许人。我们这样人家，就许了人，不过是村庄人户，不若送与他做了妾，扳他做个女婿，支持门户，也免得外人欺侮。可不好？"江老道："此事到也好，只不知女儿肯不肯。"嬷嬷道："提控又青年，他家大娘子又贤惠，平日极是与我女儿说得来的，敢怕也情愿。"遂唤女儿来，把此意说了。女儿道："此乃爹娘要报恩德，女儿何惜此身？"江老道："虽然如此，提控是个近道理的人，若与他明说，必是不从。不若你我三人，只作登门拜谢，以后就留下女儿在彼，他便不好推辞得。"嬷嬷道："言之有理。"当下三人计议已定，拿本历日来看，来日上吉。

次日起早，把女儿装扮了，江老夫妻两个步行，女儿乘着小轿，抬进城中，竟到顾家来。提控夫妻接了进去，问道："何事光降？"江老道："老汉承提控活命之恩，今日同妻女三口登门拜谢。"提控夫妻道："有何大事，直得如此！且劳烦小娘子过来，一发不当。"江老道："老汉有一句不知进退的话奉告：老汉前日若是受了非刑，死于狱底，留下妻女，不知流落到甚处。今幸得提控救命重生，无恩可报。止有小女爱娘，今年正十

---

①天字号：旧时常用《千字文》文句的字来编排次序，"天"字是《千字文》首句"天地玄黄"的第一个字，因此"天字号"就是第一类中的第一号，借指最大的，第一等的。

七岁，与老妻商议，送来与提控娘子铺床叠被，做个箕帚之妾①。提控若不弃嫌粗丑，就此俯留，老汉夫妻终身有托。今日是个吉日，一来到此拜谢，二来特送小女上门。"提控听罢，正色道："老丈说哪里话！顾某若做此事，天地不容。"提控娘子道："难得老伯伯、干娘、妹妹一同到此，且请过小饭，有话再说。"提控一面分付厨下摆饭相待。

饮酒中间，江老又把前话提起，出位拜提控一拜道："提控若不受老汉之托，老汉死不瞑目。"提控情知江老心切，暗自想道："若不权且应承，此老必不肯住，又去别寻事端谢我，反多事了。且依着他言语，我日后自有处置。"饭罢，江老夫妻起身作别，分付女儿留住，道："你在此伏侍大娘。"爱娘含羞忍泪，应了一声。提控道："休要如此说！荆妻且权留小娘子盘桓几日②，自当送还。"江老夫妻也道是他一时门面说话，两下心照罢了。

两口儿去得，提控娘子便请爱娘到里面自己房里坐了，又摆出细果茶品请他，分付走使丫鬟铺设好了一间小房，一床被卧。连提控娘子心里，也只道提控有意留住的，今夜必然趁好日同宿。他本是个大贤惠不拈酸的人③，又平日喜欢着爱娘，故此是件周全停当，只等提控到晚受用。正是：

　　　　一朵鲜花好护持，芳菲只待赏花时。

　　　　等闲未动东君意④，惜处重将帷幕施。

谁想提控是夜竟到自家娘子房里来睡了，不到爱娘处去。提控娘子问道："你为何不到江小娘那里去宿？莫要忌我。"提控道："他家不幸遭难，我为平日往来，出力救他。今他把女儿谢我，我若贪了女色，是乘人危处，遂我欲心，与那海贼指扳，应捕抢掳⑤，肚肠有何两样？顾某虽是小小前程，若坏了行止，永远不吉。"提控娘子见他说出咒来，知是真

---

①箕帚：旧时称妇人操持家内杂务、服侍丈夫为奉箕帚，后借指为妻妾。

②荆妻：对人称自己妻子的谦词。盘桓：逗留。

③拈酸：吃醋。

④东君：指春神。

⑤应捕：捕盗贼的吏役。

心。便道："果然如此，也是你的好处。只是日间何不力辞脱了，反又留在家中做甚？"提控道："江老儿是老实人，若我不允女儿之事，他又剜肉做疮，别寻道路谢我，反为不美。他女儿平日与你相爱，通家姊妹，留下你处住几日，这却无妨。我意欲就此看个中意的人家子弟，替他寻下一头亲事，成就他终身结果，也是好事。所以一时不辞他去，原非我自家有意也。"提控娘子道："如此却好。"当夜无词。

　　自此江爱娘只在顾家住，提控娘子与他如同亲姐妹一般，甚是看待得好。他心中也时常打点提控到他房里的，怎知道：

> 落花有意随流水，流水无情恋落花。
>
> 直待他年荣贵后，方知今日不为差。

提控只如常相处，并不曾起一毫邪念，说一句戏话，连爱娘房里脚也不蹓进去一步①。爱娘初时疑惑，后来也不以为怪了。

　　提控衙门事多，时常不在家里。匆匆过了一月有余。忽一日得闲在家中，对娘子道："江小娘在家，初意要替他寻个人家，急切里凑不着巧。而今一月多了，久留在此也觉不便。不如备下些礼物，送还他家。他家父母必然问起女儿相处情形，他晓得我心事如此，自然不来强我了。"提控娘子道："说得有理。"当下把此意与江爱娘说明了。就备了六个盒盘，又将出珠花四朵、金耳环一双，送与江爱娘插戴好，一乘轿着个从人径送到江老家里来。

　　江老夫妻接着轿子，晓得是顾家送女儿回家，心里疑道："为何叫他独自个归来？"问道："提控在家么？"从人道："提控不得工夫来，多多拜上阿爹，这几时有慢了小娘子，今特送还府上。"江老见说话蹊跷，反怀着一肚子鬼胎道："敢怕有甚不恰当处。"忙忙领女儿到里边坐了，同嬷嬷细问他这一月的光景。爱娘把顾娘子相待甚厚，并提控不进房、不近身的事，说了一遍。江老呆了一晌道："长要来问个信，自从为事之后，生意淡薄，穷忙没有工夫，又是素手②，不好上门。欲待央个人来，急切里没便处。只道你一家和睦，无些别话，谁想却如此行径。这怎么说？"

---

①蹓：踩，踏。

②素手：空手。

嬷嬷道："敢是日子不好，与女儿无缘法，得个人解禳解禳便好①。"江老道："且等另拣个日子，再送去又做处②。"爱娘道："据女儿看起来，这个提控不是贪财好色之人，乃是个正人君子。我家强要谢他，他不好推辞得，故此权留这几时，誓不玷污我身。今既送了归家，自不必再送去。"江老道："虽然如此，他的恩德毕竟不曾报得，反住在他家打搅多时，又加添礼物送来，难道便是这样罢了？还是改日再送去的是。"爱娘也不好阻当，只得凭着父母说罢了。

　　过了两日，江老夫妻做了些饼食，买了几件新鲜物事，办着十来个盒盘，一坛泉酒，雇个担夫挑了，又是一乘轿抬了女儿。留下嬷嬷看家，江老自家伴送过顾家来。提控迎着江老，江老道其来意，提控作色道："老丈难道不曾问及令爱来？顾某心事唯天可表，老丈何不见谅如此？此番决不敢相留。盛惠谨领，令爱不及款接，原轿请回。改日登门拜谢。"江老见提控词色严正，方知女儿不是诳语。连忙出门止往来轿，叫他仍旧抬回家去。提控留江老转去茶饭，江老也再三辞谢，不敢叨领，当时别去。

　　提控转来，受了礼物，出了盒盘，打发了脚担钱，分付多谢去了。进房对娘子说江老今日复来之意。娘子道："这个便老没正经，难道前番不谐，今番有再谐之理？只是难为了爱娘，又来一番，不曾会得一会去。"提控道："若等他下了轿，接了进来，又多一番事了。不如决绝回头了的是。这老儿真诚，却不见机。既如此把女儿相缠，此后往来倒也要稀疏了些。外人不知就里，惹得造下议论来，反害了女儿终身，是要好成歉③。"娘子道："说得极是。"自此提控家不似前日十分与江家往来得密了。

　　那江家原无甚么大根基，不过生意济楚④，自经此一番横事剥削之

---

①解禳：祷神消灾。

②做处（chǔ）：行为，举动。这里意为设法处置。

③要好成歉：好意反而招来怨恨。

④济楚：美好。引申为兴隆。

后,家计萧条下来。自古道:"人家天做。"运来时,撞着就是趁钱的①,火焰也似长起来;运退时,撞着就是折本的,潮水也似退下去。江家悔气头里,连五热行里生意多不济了②。做下饼食,常管五七日不发市③,就是馊蒸气了,喂猪狗也不中。你道为何如此?先前为事时不多几日,只因惊怕了,自女儿到顾家去后,关了一个月多店门不开,主顾家多生疏,改向别家去,就便拗不转来。况且窝盗为事,声名扬开去不好听,别人不管好歹,信以为实,就怕来缠帐。以此生意冷落,日吃日空,渐渐支持不来。要把女儿嫁个人家,思量靠他过下半世,又高不凑,低不就。光阴眨眼,一错就是论年,女儿也大得过期了。

忽一日,一个徽州商人经过,偶然间瞥见爱娘颜色,访问邻人,晓得是卖饼江家。因问:"可肯与人家为妾否?"邻人道:"往年为官事时,曾送与人做妾,那家行善事,不肯受,还了的。做妾的事,只怕也肯。"徽商听得此话,去央个熟事的媒婆,到江家来说此亲事。只要事成,不惜重价。

媒婆得了口气,走到江家,便说出徽商许多富厚处,情愿出重礼,聘小娘子为偏房。江老夫妻正在喉急头上,见说得动火,便问道:"讨在何处去的?"媒婆道:"这个朝奉只在扬州开当种盐④,大孺人自在徽州家里。今讨去做二孺人,住在扬州当中,是两头大的⑤,好不受用!亦且路不多远。"江老夫妻道:"肯出多少礼?"媒婆道:"说过只要事成,不惜重价。你每能要得多少,那富家心性,料必勾你每心下的,凭你们讨礼罢了。"江老夫妻商量道:"你我心下不割舍得女儿,欲待留下他,遇不着这样好主。有心得把与别处人去,多讨得些礼钱,也勾下半世做生意度日方可。是必要他三百两,不可少了。"商量已定,对媒婆说过。媒婆道:"三百两,忒重些。"江嬷嬷道:"少一厘,我也不肯。"媒婆道:"且替你们

①趁钱:赚钱,挣钱。
②五热:犹五熟,指各味食物。
③发市:开张。
④种盐:做盐商。
⑤两头大:原意为不分妻妾,引申为和大老婆处于同等地位的妾。

说说看,只要事成后,谢我多些儿。"三个人尽说三百两是一大主财物,极顶价钱了,不想商人慕色心重,二三百金之物,那里在他心上? 一说就允。如数下了财礼,拣个日子娶了过去,开船往扬州。江爱娘哭哭啼啼,自道终身不得见父母了。江老虽是卖去了女儿,心中凄楚,却幸得了一主大财,在家别做生理不题。

却说顾提控在州六年,两考役满,例当赴京听考。吏部点卯过①,拨出在韩侍郎门下办事效劳②。那韩侍郎是个正直忠厚的大臣,见提控谨厚小心,仪表可观,也自另眼看他,时留在衙前听候差役。

一日侍郎出去拜客,提控不敢擅离衙门左右,只在前堂伺候归来。等了许久,侍郎又往远处赴席,一时未还。提控等得不耐烦,困倦起来,坐在槛上打盹,朦胧睡去。见空中云端里黄龙现身,彩霞一片,映在自己身上。正在惊看之际,忽有人蹴他起来,飒然惊觉,乃是后堂传呼,高声喝:"夫人出来!"提控仓惶失措,连忙趋避不及。

夫人步至前堂,亲看见提控慌遽走出之状,着人唤他转来。提控自道失了礼度,必遭罪责,趋至庭中跪倒,俯伏地下,不敢仰视。夫人道:"抬起头来我看。"提控不敢放肆,略把脖子一伸。夫人看见道:"快站起来,你莫不是太仓顾提控么? 为何在此?"提控道:"不敢,小吏顾芳,实是太仓人。考满赴京,在此办事。"夫人道:"你认得我否?"提控不知甚么缘故,摸个头路不着,不敢答应一声。夫人笑道:"妾身非是别人,即是卖饼江家女儿也。昔年徽州商人娶去,以亲女相待。后来嫁于韩相公为次房。正夫人亡逝,相公立为继室,今已受过封诰。想来此等荣华,皆君所致也。若是当年非君厚德,义还妾身,今日安能到此地位?妾身时刻在心,正恨无由补报。今天幸相逢于此,当与相公说知就里,少图报效。"提控听罢,恍如梦中一般,偷眼觑着堂上夫人,正是江家爱娘。心下道:"谁想他却有这个地位?"又寻思道:"他分明卖与徽州商人做妾了,如何却嫁得与韩相公? 方才听见说徽商以亲女相待,这又不知

---

①点卯:官员查点到班的人数。因在卯时(早晨五至七时)进行,故称。
②侍郎:明代中央各部长官的副职。

怎么解说。"当下退出外来,私下偷问韩府老都管①,方知事体备细。

　　当日徽商娶去时节,徽人风俗,专要闹房炒新郎。凡亲戚朋友相识的,在住处所在,闻知娶亲,就携了酒榼前来称庆②。说话之间,名为祝颂,实半带笑耍,把新郎灌得烂醉方以为乐。是夜徽商醉极,讲不得甚么云雨勾当,在新人枕畔一觉睡倒,直至天明。朦胧中见一个金甲神人,将瓜锤扑他脑盖一下,踢他起来道:"此乃二品夫人,非凡人之配,不可造次胡行!若违我言,必有大咎!"徽商惊醒,觉得头疼异常,只得爬了起来。自想此梦稀奇,心下疑惑。平日最信的是关圣灵签③,梳洗毕,开个随身小匣,取出十个钱来,对空虔诚祷告,看与此女缘分何如。卜得个乙戊,乃是第十五签。签曰:

　　　　两家门户各相当,不是姻缘莫较量。

　　　　直待春风好消息,却调琴瑟向兰房④。

详了签意,疑道:"既明说不是姻缘了,又道直待春风,却调琴瑟,难道放着见货,等待时来不成?"心下一发糊涂。再缴一签,卜得个辛丙,乃是第七十三签。签曰:

　　　　忆昔兰房分半钗⑤,而今忽报信音乖。

　　　　痴心指望成连理⑥,到底谁知事不谐。

得了这签,想道:"此签说话明白,分明不是我的姻缘,不能到底的了。梦中说有二品夫人之分,若把来另嫁与人,看是如何?"祷告过,再卜一签,得了个丙庚,乃是第二十七签。签曰:

　　　　世间万物各有主,一粒一毫君莫取。

　　　　英雄豪杰本天生,也须步步循规矩。

徽商看罢,道:"签句明白如此,必是另该有个主,吾意决矣。"

_____

①都管:总管,管家。

②酒榼(kē):古代可提挈的贮酒器。这里借指酒食。

③关圣:指关羽。明万历四十二年,追尊他为"三界伏魔大帝神威远镇天尊关圣帝君",省称关圣。

④调琴瑟:喻夫妻感情和谐。

⑤分半钗:古时夫妇离别,将钗擘开,各执半股。后用"分钗"比喻夫妻离异。

⑥连理:喻结为夫妇。

虽是这等说，日间见他美色，未免动心，然但是有些邪念，便觉头疼。到晚来走近床边，愈加心神恍惚，头疼难支。徽商想道："如此蹊跷，要见梦言可据，签语分明。万一破他女身，必为神明所恶。不如放下念头，认他做个干女儿，寻个人嫁了他，后来果得富贵，也不可知。"遂把此意对江爱娘说道："在下年四十余岁，与小娘子年纪不等。况且家中原有大孺人，今扬州典当内又有二孺人。前日只因看见小娘子生得貌美，故此一时聘娶了来。昨晚梦见神明，说小娘子是个贵人，与在下非是配偶。今不敢胡乱辱莫了小娘子，在下痴长一半年纪，不若认义为父女，等待寻好姻缘配着，图个往来。小娘子意下如何？"江爱娘听见说不做妾做女，有甚么不肯处？答应道："但凭尊意，只恐不中抬举。"当下起身，插烛也似拜了徽商四拜。以后只称徽商做"爹爹"，徽商称爱娘做"大姐"，各床而睡。同行至扬州当里，只说是路上结拜的朋友女儿，托他寻人家的，也就分付媒婆替他四下里寻亲事。

正是春初时节，恰好凑巧韩侍郎带领家眷上任，舟过扬州，夫人有病，要娶个偏房，就便伏侍夫人，停舟在关下。此话一闻，那些做媒的如蝇聚膻，来的何止三四十起？各处寻将出来，多看得不中意。落末有个人说："徽州当里有个干女儿，说是太仓州来的，模样绝美，也是肯与人为妾的，问问也好。"其间就有媒婆叨揽去当里来说①。

元来徽州人有个僻性，是"乌纱帽"、"红绣鞋"②，一生只这两件不争银子，其余诸事悭吝了。听见说个韩侍郎娶妾，先自软摊了半边，自夸梦兆有准，巴不得就成了。韩府也叫人看过，看得十分中意。徽商认做自己女儿，不争财物，反赔嫁装，只贪个纱帽往来，便自心满意足。韩府仕宦人家，做事不小，又见徽商行径冠冕，不说身价，反轻易不得了，连钗环首饰、缎匹银两也下了三四百金礼物。徽商受了，增添嫁事，自己穿了大服，大吹大擂，将爱娘送下官船上来。侍郎与夫人看见人物标致，更加礼义齐备，心下喜欢，另眼看待。到晚云雨之际，俨然身是处子，一发敬重。一路相处，甚是相得。

---

①叨揽：兜揽，招揽。

②乌纱帽、红绣鞋：前者指做官，后者指女色。

　　到了京中,不料夫人病重不起,一应家事尽嘱爱娘掌管。爱娘处得井井有条,胜过夫人在日。内外大小,无不喜欢。韩相公得意,拣个吉日,立为继房。恰遇弘治改元覃恩①,竟将江氏入册报去,请下了夫人封诰,从此内外俱称夫人了。自从做了夫人,心里常念先前嫁过两处,若非多遇着好人,怎生保全得女儿之身,致今日有此享用? 那徽商认做干爷,兀自往来不绝,不必说起。只不知顾提控近日下落,忽然堂前相遇,恰恰正在门下走动。正所谓:

　　　　一叶浮萍归大海,人生何处不相逢?

夫人见了顾提控,返转内房。等候侍郎归来,对侍郎说道:“妾身有个恩人,没路报效,谁知却在相公衙门中服役。”侍郎问是谁人,夫人道:“即办事吏顾芳是也。”侍郎道:“他与你有何恩处?”夫人道:“妾身原籍太仓人,他也是太仓州吏,因妾家里父母被盗扳害,得他救解,幸免大祸。父母将身酬谢,坚辞不受,强留在彼,他与妻子待以宾礼,誓不相犯。独处室中一月,以礼送归。后来过继与徽商为女,得有今日。岂非恩人?”侍郎大惊道:“此柳下惠、鲁男子之事②,我辈所难,不道掾吏之中,却有此等仁人君子,不可埋没了他。”竟将其事写成一本,奏上朝廷。本内大略云:

　　　　窃见太仓州吏顾芳,暴白冤事,侠骨著于公庭;峻绝谢私,贞心矢乎暗室③。品流虽溅,衣冠所难④。合行特旌,以彰笃行。

孝宗见奏大喜道:“世间那有此等人?”即召韩侍郎面对,问其详细。侍郎一一奏知,孝宗称叹不置。侍郎道:“此皆陛下中兴之化所致,应与表扬。”孝宗道:“何止表扬,其人堪为国家所用。今在何处?”侍郎道:“今在京中考满,拨臣衙门办事。”孝宗回顾内侍,命查那部里缺司官。司礼

---

　　①改元覃恩:帝王改用新的年号纪年。年号以一为元,故称“改元”。改元是大的庆典,帝王要对臣下进行封赏、赦免等,叫做“覃恩”。

　　②柳下惠、鲁男子:两人都是不爱女色的人。柳下惠,即展获,春秋鲁国的大夫。相传他与一女子共坐一夜,不曾淫乱。鲁男子,春秋鲁国人,相传在一个暴风雨之夜,邻居寡妇向他借宿,他闭门不纳。

　　③“贞心”句:即使在他人看不见的地方,发誓也不做亏心事,行为光明磊落。

　　④衣冠:借指士大夫,官绅。

监秉笔内监奏道①："昨日吏部上本，礼部仪制司缺主事一员②。"孝宗道："好，好。礼部乃风化之原③，此人正好。"即御批："顾芳除补，吏部知道。"韩侍郎当下谢恩而出。

　　侍郎初意不过要将他旌表一番，与他个本等职衔，梦里也不料圣意如此嘉奖，骤与殊等美官，真个喜出望外。出了朝中，竟回衙来，说与夫人知道。夫人也自欢喜不胜，谢道："多感相公为妾报恩，妾身万幸。"侍郎看见夫人欢喜，心下愈加快活。忙叫亲随报知顾提控。提控闻报，犹如地下升天，还服着本等衣服，随着亲随进来，先拜谢相公。侍郎不肯受礼，道："如今是朝廷命官，自有体制。且换了冠带，谢恩之后，然后私宅少叙不迟。"须臾，便有礼部衙门人来伺候，伏侍去到鸿胪寺报了名④。次早，午门外谢了圣恩，到衙门到任。正是：

　　　　昔年萧主吏⑤，今日叔孙通⑥。
　　　　两翅何曾异⑦? 只是锦袍红。

　　当日顾主事完了衙门里公事，就穿着公服，竟到韩府私宅中来拜见侍郎。顾主事道："多谢恩相提携，在皇上面前极力举荐，故有今日。此恩天高地厚。"韩侍郎道："此皆足下阴功浩大，以致圣主宠眷非常⑧，得此殊典，老夫何功之有？"拜罢，主事请拜见夫人，以谢推许大恩。侍郎道："贱室既忝同乡⑨，今日便同亲戚。"传命请夫人出来相见。夫人见主

―――――――――

①司礼监秉笔内监：司礼监，明代设置的官署，有提督、掌印、秉笔、随堂等太监。凡皇帝的口述命令，例由秉笔太监用朱笔记录，再交内阁撰拟诏谕颁发。

②礼部仪制司：明代礼部设仪制、祠祭，主客、精膳四清吏司，仪制司掌管礼仪、宗封、贡举、学校等事。主事：位在员外郎之下，正六品，为部中司官。

③风化：风教，风气。

④鸿胪寺：掌管朝会、宾客、仪礼等事。主官为鸿胪寺卿。

⑤萧主吏：指汉代萧何，曾为沛县主吏掾。

⑥叔孙通：汉初薛县(今山东滕县)人，先为项羽部属，后归刘邦，官至太子太傅。汉朝建立，与儒生共立朝仪。借喻顾芳任礼部仪制司主事。

⑦两翅：乌纱帽的两翅。这里指乌纱帽。

⑧宠眷：指帝王的宠爱和关注。

⑨忝：谦辞，指辱没。

事,两相称谢,各拜了四拜。夫人进去治酒。是日侍郎款待主事,尽欢而散。夫人又传问顾主事,离家在几时,父母的安否下落。顾主事回答道:"离家一年。江家生意如常,却幸平安无事。"

侍郎与顾主事商议,待主事三月之后,给个假限回籍,就便央他迎取江老夫妇。顾主事领命。果然给假衣锦回乡,乡人无不称羡。因往江家拜候,就传女儿消息。江家喜从天降。主事假满,携了妻子回京复任,就分付二号船里着落了江老夫妇①。到京相会,一家欢忭无极。

自此侍郎与主事通家往来,俨如伯叔子侄一般。顾家大娘子与韩夫人愈加亲密,自不必说。后来顾主事三子皆读书登第。主事寿登九十五岁,无病而终。此乃上天厚报善人也。所以奉劝世间,行善原是积来自家受用的。有诗为证:

美色当前谁不慕? 况是酬恩去复来。
若使偶然通一笑,何缘掾吏入容台?

---

①着落:安顿,安置。

卷十六

迟取券毛烈赖原钱　失还魂牙僧索剩命

诗云：

> 一陌金钱便返魂①，公私随处可通门。
>
> 鬼神有德开生路，日月无光照覆盆②。
>
> 贫者何缘蒙佛力？富家容易受天恩。
>
> 早知善恶多无报，多积黄金遗子孙。

这首诗乃是令狐譔所作。他邻近有个乌老，家资巨万，平时奸贪不义。死去三日，重复还魂。问他缘故，他说死后亏得家里广作佛事，多烧楮钱③，冥官大喜，所以放去。令狐譔闻得，大为不平道："我只道只有阳世间贪官污吏受财枉法、卖富差贫，岂知阴间也自如此！"所以做这首诗。后来冥司追去④，要治他谤讪之罪⑤，被令狐譔是长是短辨析一番⑥。冥司道他持论甚正，放教还魂，仍追乌老置之地狱。盖是世间没分剖处的冤枉，尽拼到阴司里理直。若是阴司也如此糊涂，富贵的人只消作恶造业，到死后分付家人多做些功果，多烧些楮钱，便多退过了，却不与阳间一样没分晓？所以令狐生不伏，有此一诗。其实阴司报应，一毫不差的。

宋淳熙年间⑦，明州有个夏主簿⑧，与富民林氏共出本钱，买扑官酒

---

① 一陌：即一百。作一串或一挂讲。

② 覆盆：翻转放着的盆子，里面照不到阳光，比喻无处申诉的冤枉。

③ 楮（chǔ）钱：祭祀时焚化的纸钱。

④ 冥司：阴间。

⑤ 谤讪：毁谤讥刺。

⑥ 辨析：辩解，分说。

⑦ 淳熙：宋孝宗赵昚年号（1174—1189）。

⑧ 明州：南宋绍熙五年（1194）升为府，鄞县为府治，今浙江鄞县。

坊地店①,做那沽拍生理②。夏家出得本钱多些,林家出得少些。却是经纪营运尽是林家家人主当。夏家只管在里头照本算帐,分些干利钱。夏主簿是个忠厚人,不把心机堤防,指望积下几年,总收利息。虽然零碎支动了些,笼统算着,还该有二千缗钱多在那里。若把银算,就是二千两了。去到林家取讨时,林家在店管帐的共有八个,你推我推,只说算帐未清,不肯付还。讨得急了两番,林家就说出没行止话来道③:"我家累年价辛苦,你家打点得自在钱,正不知钱在那里哩!"夏主簿见说得蹊跷,晓得要赖他的,只得到州里告了一状。林家得知告了,笑道:"我家将猫儿尾拌猫饭吃④,拼得将你家利钱折去了一半,官司好歹是我赢的。"遂将二百两送与州官。连夜叫八个干仆把簿籍尽情改造,数目字眼多换过了。反说是夏家透支了,也诉下状来。州官得过了贿赂,那管青红皂白? 竟断道:"夏家欠林家二千两。"把夏主簿收监追比⑤。

其时郡中有个刘八郎,名元,人叫他做刘元八郎,平时最有直气。见了此事,大为不平,在人前裸臂揎拳的嚷道:"吾乡有这样冤枉事! 主簿被林家欠了钱,告状反致坐监,要那州县何用? 他若要上司去告,指我作证,我必要替他伸冤理枉,等林家这些没天理的个个吃棒!"到一处,嚷一处。

林家这八个人见他如此行径,恐怕弄得官府知道了,公道上去不得,翻过案来。商量道:"刘元八郎是个穷汉,与他些东西,买他口静罢。"就中推两个有口舌的去邀了八郎,到旗亭中坐定⑥。八郎问道:"两

①买扑:宋元的一种包税制度。宋初对酒、醋、陂塘、墟市、渡口等的税收,由官府核计应征数额,招商承包。

②沽拍(bó):卖酒。

③没行止:指行为不正,不正派。

④猫儿尾拌猫饭吃:比喻自己吃自己。就是说,林家预备把应该给夏家的钱来作打官司的费用。从王古鲁注释。

⑤追比:地方官严逼限期交税、交差或交代问题,过期以杖责、监禁等方式继续追逼,叫"追比",也称"比较"。

⑥旗亭:酒楼。

位何故见款①?"两人道:"仰慕八郎义气,敢此沽一杯奉敬②。"酒中说起夏家之事,两人道:"八郎不要管别人家闲事,且只吃酒。"酒罢,两人袖中摸出官券二百道来送与八郎,道:"主人林某晓得八郎家贫,特将薄物相助,以后求八郎不要多管。"八郎听罢,把脸儿涨得通红,大怒起来道:"你每做这样没天理的事,又要把没天理的东西赃污我。我就饿死了,决不要这样财物!"叹一口气道:"这等看起来,你每财多力大,夏家这件事在阳世间不能勾明白了。阴间也有官府,他少不得有剖雪处③。且看,且看。"忿忿地叫酒家过来,问道:"我每三个吃了多少钱钞?"酒家道:"算该一贯八百文。"八郎道:"三个同吃,我该出六百文。"就解一件衣服,到隔壁柜上解当了六百文钱,付与酒家。对这两人拱拱手道:"多谢携带。我是清白汉子,不吃这样不义无名之酒。"大踏步竟自去了。两个人反觉没趣,算结了酒钱自散了。

且说夏主簿遭此无妄之灾④,没头没脑的被贪赃州官收在监里。一来是好人家出身,不曾受惯这苦;二来被别人少了钱,反关在牢中,心中气蛊⑤。染了牢瘟,病将起来。家属央人保领,方得放出,已病得八九分了。临将死时,分付儿子道:"我受了这样冤恨,今日待死。凡是一向扑官酒坊公店,并林家欠钱帐目与管帐八人名姓,多要放在棺内,吾替他地府申辨去⑥。"才死得一月,林氏与这八个人陆陆续续尽得暴病而死。眼见得是阴间状准了。

又过一个多月,刘八郎在家忽觉头眩眼花,对妻子道:"眼前境界不好,必是夏主簿要我做对证,势必要死。奈我平时没有恶业,对证过了,还要重生。且不可入殓!三日后不还魂,再作道理。"果然死去。两日,活将转来,拍手笑道:"我而今才出得这口恶气!"家人问其缘故,八郎道:"起初见两个公吏邀我去,走勾百来里路,到了一个官府去处。见一

---

①见款:款待我。

②沽:买。

③剖雪:剖析昭雪。

④无妄之灾:语出《易·无妄》:"六三,无妄之灾。"指平白无故受害。

⑤气蛊(gǔ):这里犹气结。指因生气而心情郁闷,气凝滞不行。

⑥替:同,和。

个绿袍官人在廊房中走出来,仔细一看,就是夏主簿。再三谢我道:'烦劳八郎来此。这里文书都完,只要八郎略一证明,不必忧虑。'我抬眼看见丹墀之下①,林家与八个管帐人共顶着一块长枷,约有一丈五六尺长,九个头齐齐露出在枷上。我正要消遣他②,忽报王升殿了。吏引我去见过,王道:'夏家事已明白,不须说得。旗亭吃酒一节,明白说来。'我供道:'是两人见招饮酒,与官会二百道③,不曾敢接。'王对左右叹道:'世上却有如此好人!须商议报答他。可检他来(寿)算。'吏禀:'他该七十九。'王道:'穷人不受钱,更为难得,岂可不赏?添他阳寿一纪④。'就着元追公吏送我回家。出门之时,只见那一伙连枷的人赶入地狱里去了。必然细细要偿还他的,料不似人世间葫芦提⑤。我今日还魂,岂不快活也!"后来此人整整活到九十一岁,无疾而终。

可见阳世间有冤枉,阴司事再没有不明白的。只是这一件事,阴报虽然明白,阳世间欠的钱钞到底不曾显还得,未为大畅。而今说一件阳间赖了,阴间断了,仍旧阳间还了,比这事说来好听。

　　阳世全凭一张纸,是非颠倒多因此。

　　岂似幽中业镜台⑥,半点欺心没处使。

话说宋绍兴年间⑦,庐州合江县赵氏村有一个富民⑧,姓毛名烈,平日贪奸不义,一味欺心,设谋诈害。凡是人家有良田美宅,百计设法,直到得上手才住。挣得泼天也似人家,心里不曾有一毫止足。看见人家略有些小衅隙,便在里头挑唆,于中取利,没便宜不做事。其时昌州有

---

　　①丹墀:红漆台阶。

　　②消遣:戏弄,整治。

　　③官会:宋代发行的一种纸币。

　　④一纪:十二年为一纪。

　　⑤葫芦提:糊里糊涂。

　　⑥业镜:佛教语。指冥界能照摄众善恶业的镜子。

　　⑦绍兴:南宋高宗赵构的年号(1131—1162)。

　　⑧庐州合江县:据《宋史·地理志》,合江县属泸州(今属四川)。"庐州"或为泸州之误。

一个人①,姓陈名祈,也是个狠心不守分之人,与这毛烈十分相好。你道
为何? 只因陈祈也有好大家事。他一母所生还有三个兄弟,年纪多幼
小,只是他一个年纪长成,独掌家事。时常恐怕兄弟每大来,这家事须
四分分开,要趁权在他手之时做个计较,打些偏手②,讨些便宜。晓得毛
烈是个极有算计的人,早晚用得他着,故此与他往来交好。毛烈也晓得
陈祈有三个幼弟,却独掌着家事,必有欺心毛病,他日可以在里头看景
生情,得些渔人之利。所以两下亲密,语话投机,胜似同胞一般。

　　一日,陈祈对毛烈计较道③:"吾家小兄弟们渐渐长大,少不得要把
家事四股分了。我枉替他们白做这几时奴才,心不甘伏。怎么处④?"毛
烈道:"大头在你手里,你把要紧好的藏起了些不得⑤?"陈祈道:"藏得的
藏了,田地是露天盘子,须藏不得。"毛烈道:"只要会计较,要藏时田地
也藏得。"陈祈道:"如何计较藏地?"毛烈道:"你如今只推有甚么公用,
将好的田地卖了去,收银子来藏了,不就是藏田地一般?"陈祈道:"祖上
的好田好地,又不舍得卖掉了。"毛烈道:"这更容易。你只拣那好田地,
少些价钱,权典在我这里⑥,目下拿些银子去用用,以后直等你们弟兄已
将见在田地四股分定了,然后你自将原银在我处赎了去。这田地不多
是你自己的了?"陈祈道:"此言诚为有见。但你我虽是相好,产业交
关⑦,少不得立个文书,也要用着个中人才使得。"毛烈道:"我家出入银
两,置买田产,大半是大胜寺高公做牙侩⑧。如今这件事,也要他在里头
做个中见罢了⑨。"陈祈道:"高公我也是相熟的。我去查明了田地,写下
了文书,去要他着字便了。"

---

①昌州:宋代潼川府路的属州,治所在今四川大足县。

②打些偏手:私自做手脚占便宜。

③计较:计议;商量。

④处:安排,处置。

⑤要紧:重要,特别。

⑥权典:暂时抵押。

⑦交关:犹交接。

⑧牙侩(kuài):即牙人,居于买卖双方之间,从中撮合,以获取佣金的人。

⑨中见:中人见证。

元来这高公法名智高，虽然是个僧家，倒有好些不像出家人处。头一件是好利，但是风吹草动，有些个赚得钱的所在，他就钻的去了。所以囊钵充盈，经纪惯熟。大户人家做中做保，倒多是用得他着的，分明是个没头发的牙行①。毛家债利出入，好些经他的手，就是做过几件欺心事体，也有与他首尾过来的。陈祈因此央他做了中，将田立券，典与毛烈。因要后来好赎，十分不典他重价钱，只好三分之一，做个交易的意思罢了。陈祈家里田地广有，非止一处，但是自家心里贪着的，便把来典在毛烈处做后门②。如此一番，也累起本银三千多两了，其田足值万金，自不消说。毛烈放花作利③，已此便宜得多了。只为陈祈自有欺心，所以情愿把便宜与毛烈得了去。以后陈祈母亲死过，他将见在户下的田产分做四股，把三股分与三个兄弟，自家得了一股。兄弟们不晓得其中委曲，见眼前分得均平，多无说话了。

过了几时，陈祈端正起赎田的价银，径到毛烈处取赎。毛烈笑道："而今这田却不是你独享的了？"陈祈道："多谢主见高妙。今兄弟们皆无言可说，要赎了去自管。"随将原价一一交明。毛烈照数收了，将进去交与妻子张氏藏好。此时毛烈若是个有本心的，就该想着出的本钱原轻，收他这几年花息，便宜多了。今有了本钱，自该还他去，有何可说？谁知狠人心性，却又不然。道这田总是欺心来的，今赎去独吞，有好些放不过。他就起个不良之心，出去对陈祈道："原契在我拙荆处，一时有些身子不快，不便简寻。过一日还你罢。"陈祈道："这等，写一张收票与我。"毛烈笑道："你晓得我写字不大便当，何苦难我？我与你甚样交情，何必如此？待一二日间翻出来就送还罢了。"陈祈道："几千两往来，不是取笑。我交了这一主大银子，难道不要讨一些把柄回去？"毛烈道："正为几千两的事，你交与我了，又好赖得没有不成？要甚么把柄？老兄忒过虑了。"陈祈也托大，道是毛烈平日相好，其言可信，料然无事。

隔了两日，陈祈到毛烈家去取前券，毛烈还推道一时未寻得出。又

---

①牙行：为买卖双方说合交易而从中收取佣金的商行。也指其行主。

②做后门：吴语，指家庭成员隐藏或偷偷转移财物占为己有。

③放花作利：即花利，指田地等所得的收益。

隔了两日去取，毛烈躲过，竟推道不在家了。如此两番，陈祈走得不耐烦，再不得见毛烈之面，才有些着急起来。走到大胜寺高公那里去商量，要他去问问毛烈下落。高公推道："你交银时不曾通我知道，我不好管得。"陈祈没奈何，只得又去伺候毛烈。一日撞见了，好言与他取券，毛烈冷笑道："天下欺心事只许你一个做？你将众兄弟的田偷典我处，今要出去自吞。我便公道欺心，再要你多出两千也不为过。"陈祈道："原只典得这些，怎要我多得？"毛烈道："不与我，我也不还你券，你也管田不成。"陈祈大怒道："前日说过的说话，怎倒要诈我起来？当官去说，也只要的我本钱。"毛烈道："正是，正是。当官说不过时，还你罢了。"

陈祈一忿之气，归家写张状词，竟到县里告了毛烈。当得毛烈豫先防备这着的，先将了些钱钞去寻县吏丘大，送与他了，求照管此事。丘大领诺。比及陈祈去见时，丘大先自装腔了，问其告状本意。陈祈把实情告诉了一遍，丘大只是摇头道："说不去。许多银两交与他了，岂有没个执照的理①？教我也难帮衬你。"陈祈道："因为相好的，不防他欺心，不曾讨得执照。今告到了官，全要提控说得明白。"丘大含糊应承了，却在知县面前只替毛烈说了一边的话，又替毛家送了些孝顺意思与知县了。知县听信。到得两家听审时，毛烈把交银的事一口赖定，陈祈其实一些执照也拿不出。知县声口有些向了毛烈，陈祈发起极来，在知县面前指神罚咒。知县道："就是银子有的，当官只凭文券；既没有文券，有甚么做凭据断还得你？分明是一划混赖②！"倒把陈祈打了二十个竹篦，问了"不合图赖人"罪名，量决脊杖③。这三千银子只当丢去东洋大海，竟没说处。

陈祈不服，又到州里去告，准了。及至问起来，知是县间问过的，不肯改断，仍复照旧。又到转运司告了④，批发县间，一发是原问衙门。只多得一番纸笔，有甚么相干？落得费坏了脚手，折掉了盘缠。毛烈得了

---

①执照：证明，凭据。这里指文券。

②一划（zhàn）：一味。

③量决：酌量裁决。

④转运司：转运使司省称。职掌一路或数路财赋，兼及纠察本路州县官吏。《宋史·职官志七》。

便宜,暗地喜欢。陈祈失了银子,又吃打吃断,竟没处伸诉。正所谓:

> 浑身是口不能言,遍体排牙说不得。
>
> 欺心又遇狠心人,贼偷落得还贼没。

看官,你道这事多只因陈祈欺瞒兄弟,做这等奸计,故见得反被别人赚了①,也是天有眼力处。却是毛烈如此欺心,难道银子这等好使的不成?不要性急,还有话在后头。

且说陈祈受此冤枉,没处叫撞天屈②,气忿忿的,无可摆布。宰了一口猪、一只鸡,买了一对鱼、一壶酒。左近边有个社公祠③,他把福物拿到祠里摆下了④,跪在神前道:“小人陈祈,将银三千两与毛烈赎田。毛烈收了银子,赖了券书。告到官司,反问输了小人,小人没处申诉。天理昭彰,神目如电。还是毛烈赖小人的、小人赖毛烈的?是必三日之内求个报应。”扣了几个头,含泪而出。到家里,晚上得一梦,梦见社神来对他道:“日间所诉,我虽晓得明白,做不得主。你可到东岳行宫诉告⑤,自然得理。”

次日,陈祈写了一张黄纸,捧了一对烛、一股香,竟望东岳行宫而来。进得庙门,但见:

> 殿宇巍峨,威仪整肃。离娄左视⑥,望千里如在目前;师旷右边⑦,听九幽直同耳畔。草参亭内,炉中焚百合明香;祝献台前,案上放万灵杯珓⑧。夜听泥神声诺⑨,朝闻木马号嘶。比岱宗具体而

----

①赚(zuàn):哄骗。

②撞天屈:冲天的冤枉,天大的冤屈。《水浒传》第五十三回:“李逵听罢,叫起撞天屈来。”

③社公祠:土地庙。

④福物:祭祀所用酒肉。

⑤东岳行宫:即东岳庙,祭祀泰山神东岳大帝的庙宇。迷信谓东岳大帝掌管人间赏罚和生死。

⑥离娄:传说黄帝时视力特强的人。

⑦师旷:春秋晋国的乐师,听觉敏锐,善辨音。

⑧杯珓:占卜用具。

⑨声诺:出声应答。

微①，虽行馆有呼必应②。若非真正冤情事，敢到庄严法相前③？陈祈衔了一天怨忿，一步一拜，拜上殿来。将心中之事，是长是短，照依在社神面前时一样，表白了一遍。只听得幡帏里面，仿佛有人声到耳朵内道："可到夜间来。"陈祈吃了一惊，晓得灵感，急急站起，走了出来。候到天色晚了，陈祈是气忿在胸之人，虽是幽暗阴森之地，并无一些畏怯，一直走进殿来。将黄纸状在烛上点着火，烧在神前炉内了，照旧通诚拜祷④。已毕，又听得隐隐一声道："出去。"陈祈亲见如此神灵，明知必有报应。不敢再读，悚然归家。此时是绍兴四年四月二十日⑤。

陈祈时时到毛烈家边去打听。过了三日，只见说毛烈死了。陈祈晓得蹊跷。去访问邻舍间，多说道："毛烈走出门首，撞见一个着黄衣的人，走入门来揪住。毛烈奔脱，望里面飞也似跑，口里喊道：'有个黄衣人捉我，多来救救。'说不多几句，倒地就死。从不见死得这样快的。"陈祈口里不说，心里暗暗道："是告的阴状有应，现报在我眼里了。"又过了三日，只见有人说，大胜寺高公也一时卒病而死⑥。陈祈心里疑惑道："高公不过是原中，也死在一时，看起来莫不要阴司中对这件事么？"不觉有些恍恍惚惚，走到家里，就昏晕了去。少顷醒将转来，分付家人道："有两个人追我去对毛烈事体，闻得说我阳寿未尽，未可入殓。你们守我十来日着，敢怕还要转来。"分付毕，即倒头而卧，口鼻俱已无气。家人依言，不敢妄动，呆呆守着，自不必说。

且说陈祈随了来追的人竟到阴府，果然毛烈与高公多先在那里了。一同带见判官。判官一一点名过了，问道："南岳发下状来⑦，毛烈赖了陈祈三千银两，这怎么说？"陈祈道："是小人与他赎田，他亲手接受，后来不肯还原券，竟赖道没有。小人在阳间与他争讼不过，只得到南岳大

———

① 岱宗：即泰山。

② 行馆：出行途中的临时居所。

③ 法相：即佛像。

④ 通诚：祷祝。

⑤ 绍兴四年：即公元 1134 年。

⑥ 卒（cù）病：卒，同"猝"。突然发病。

⑦ 南岳：疑为"东岳"之误。下文"南岳大王"亦疑为"东岳大王"之误。

王处告这状的。"毛烈道:"判爷休听他胡说。若是有银与小人时,须有小人收他的执照。"判官笑道:"这是你阳间哄人,可以借此厮赖。"指着毛烈的心道:"我阴间只凭这个,要甚么执照不执照!"毛烈道:"小人其实不曾收他的。"判官叫取业镜过来。旁边一个吏就拿着铜盆大一面镜子来照着毛烈。毛烈、陈祈与高公三人一齐看那镜子里面,只见里头照出陈祈交银,毛烈接受,进去付与妻子张氏,张氏收藏。是那日光景宛然见在。判官道:"你看我这里可是要甚么执照的么?"毛烈没得开口。陈祈合首掌向空里道:"今日才表明得这件事。阳间官府要他做甚么干?"高公也道:"元然这银子果然收了①,却是毛大哥不通。"当下判官把笔来写了些甚么,就带了三人到一个大庭内。

只见旁边列着兵卫甚多,也不知殿上坐的是甚么人,远望去是冕旒衮袍的王者。判官走上去说了一回,殿上王者大怒,叫取枷来,将毛烈枷了。口里大声分付道:"县令听决不公,削去已后官爵。县吏丘大,火焚其居,仍削阳寿一半。"又唤僧人智高问道:"毛烈欺心事,与你商同的么②?"智高道:"起初典田时,曾在里头做交易中人,以后事体多不知道。"又唤陈祈问道:"赎田之银,固是毛烈要赖欺心。将田出典的缘故,却是你的欺心。"陈祈道:"也是毛烈教导的。"王者道:"这个推不得,与智高僧人做牙侩一样,该量加罚治。两人俱未合死,只教阳世受报。毛烈作业尚多,押入地狱受罪!"

说毕,只见毛烈身边就有许多牛头夜叉③,手执铁鞭、铁棒赶得他去。毛烈一头走,一头哭,对陈祈、高公说道:"吾不能出头了。二公与我传语妻子,快作佛事救援我。陈兄原券在床边木箱之内,还有我平日贪谋强诈得别人家田宅文券,共有一十三纸,也在箱里。可叫这一十三家的人来,一一还了他,以减我罪。二公切勿有忘!"陈祈见说着还他原契,还要再问个明白,一个夜叉把一根铁棍在陈祈后心窝里一捣,喝道:

---

① 元然:原来。

② 商同:串通。

③ 牛头夜叉:牛头,佛教指阴司鬼卒。夜叉,梵文意译为"捷疾鬼"、"能咬鬼"。为佛教天龙八部神众之一。由于面狰狞可怖,民间喻为恶鬼或恶人。

"快去！"陈祈慌忙缩退，飒然惊醒，出了一身冷汗。

只见妻子坐在床沿守着。问他时节，已过了七昼夜了。妻子道："因你分付了，不敢入殓。况且心头温温的，只得坐守，幸喜得果然还魂转来。毕竟是毛烈的事对得明白否？"陈祈道："东岳真个有灵，阴间真个无私，一些也瞒不得。大不似阳世间官府没清头①、没天理的。"因把死后所见事体备细说了一遍。抖擞了精神，坐定了性子一回，先叫人到县吏丘大家一看，三日之前已被火烧得精光，止烧得这一家火就息了。陈祈越加敬信。再叫人到大胜寺中访问高公，看果然一同还魂，意思要约他做了证见，索取毛家文券。人回来说："三日之前，寺中师徒已把他荼毗了②。"说话的，怎么叫做"荼毗"？看官，这就是僧家西方的说话，又有叫得"阇维"的，总是我们华言"火化"也。陈祈见说高公已火化了，吃了一大惊，道："他与我同在阴间，说阳寿未尽，一同放转世的。如何就把来化了？叫他还魂在何处？这又是了不得的事了，怎么收场？"

陈祈心下忐忑，且走到毛家，去取文券。看见了毛家儿子，问道："尊翁故世，家中有什么影响否？"毛家儿子道："为何这般问及？"陈祈道："在下也死去七日，倒与尊翁会过一番来，故此动问。"毛家儿子道："见家父光景何如？有甚说话否？"陈祈道："在下与尊翁本是多年相好的，只因不还我典田文书，有这些争讼。昨日到亏得阴间对明，说文书在床前木箱里面，所以今日来取。"毛家儿子道："文书便或者在木箱里面，只是阴间说话，谁是证见，可以来取？"陈祈道："有到有个证见，那时大胜寺高师父也在那里同见说了，一齐放还魂的。可惜他寺中已将他身尸火化，没了个活证。却有一件可信，你尊翁还说另有一十三家文券，也多是来路不明的田产，叫还了这一十三家，等他受罪轻些。又叫替他多做些佛事。这须是我造不出的。"

毛家儿子听说，有些呆了。你道为何？元来阴间业镜照出毛妻张氏同受银子之时，张氏在阳间恰像做梦一般，也梦见阴司对理之状，曾与儿子说过，故听得陈祈说着阴间之事，也有些道是真的了。走进去与

---

①没清头：不明是非、轻重。

②荼毗：梵语，即火化，火葬。

母亲说知,张氏道:"这项银子委实有的。你父亲只管道便宜了他,勒揩着文书不与他,意思还要他分外出些加添。不道他竟自去告了官,所以索性一口赖了。又不料死得这样诧异。今恐怕你父亲阴间不宁,只该还了他。既说道还有一十三纸,等明日一总翻将出来,逐一还罢。"毛家儿子把母亲说话对陈祈说了,陈祈道:"不要又像前番,回了明日,渐渐赖皮起来。此关系你家尊翁阴间受罪,非同阳间儿戏的。"毛家儿子道:"这个怎么还敢!"陈祈当下自去了。

毛家儿子关了门进来。到了晚间,听得有人敲门,开出去却又不见,关了又敲得紧。问是那个,外边厉声答道:"我是大胜寺中高和尚。为你家父亲赖了典田银子,我是原中人,被阴间追去做证见。放我归来,身尸焚化,今没处去了。这是你家害我的,须凭你家里怎么处我?"毛家儿子慌做一团,走进去与母亲说了。张氏也怕起来,移了火,同儿子走出来。听听外边,越敲得紧了,道:"你若不开时,我门缝里自会进来。"张氏听着果然是高公平日的声音,硬着胆回答道:"晓得有累师父了。而今既已如此,教我们母子也没奈何,只好做些佛事超度师父罢。"外边鬼道:"我命未该死,阴间不肯收留。还有世数未尽,又去脱胎做人不得,随你追荐阴功也无用处。直等我世数尽了才得托生。这些时叫我在那里好? 我只是守住在你家不开去了①。"毛家母子只得烧些纸钱,奠些酒饭,告求他去。鬼道:"叫我别无去处,求我也没干。"毛家母子没奈何,只得局局蹜蹜②,过了一夜。第二日急急去寻请僧道做道场,一来追荐毛烈,二来超度这个高公。母子亲见了这些异样,怎敢不信? 把各家文券多送去还了。

谁知陈祈自得了文券之后,忽然害起心痛来,一痛发便待死去,记起是阴中被夜叉将铁棍心窝里捣了一下之故,又亲听见王者道"陈祈欺心,阳世受报",晓得这典田事是欺心的,只得叫三个兄弟来,把毛家赎出之田均作四分分了。却是心痛仍不得止,只因平日掌家时,除典田之外,他欺心处还多。自此每一遭痛发,便去请僧道保禳,或是东岳烧献。

---

① 开去:离开。

② 局局蹜蹜:形容非常害怕的样子。

年年所费，不计其数。此病随身，终不脱体。到得后来，家计倒比三个兄弟消耗了①。

那毛家也为高公之鬼不得离门，每夜必来扰乱，家里人口不安。卖掉房子，搬到别处，鬼也随着不舍。只得日日超度，时时斋醮。以后看看声音远了些，说道："你家福事做得多了。虽然与我无益，时常有神佛在家，我也有些不便。我且暂时去去，终是放你家不过的。"以后果然隔着几日才来，这里就做法事退他，或做佛事度他。如此缠帐多时，支持不过，毛家家私也逐渐消费下来②。以后毛家穷了，连这些佛事、法事多做不起了，高公的鬼也不来了。

可见欺诈之财，没有得与你入己受用的。阴司比阳世间公道，使不得奸诈，分毫不差池。这两家显报，自不必说。只高公僧人，贪财利，管闲事，落得阳寿未终，先被焚烧。虽然为此搅破了毛氏一家，却也是僧人的果报了。若当时徒弟们不烧其尸，得以重生，毕竟还与陈祈一样，也要受些现报，不消说得的。人生作事，岂可不知自省？

　　阳间有理没处说，阴司不说也分明。

　　若是世人终不死，方可横心自在行。

又有人道这诗未尽，翻案一首云：

　　阳间不辨到阴间，阴间仍旧判阳还。

　　纵是世人终不死，也须难使到头顽。

---

①家计：家产，家财。

②消费：消耗，耗费。

卷十七

同窗友认假作真　女秀才移花接木

诗曰：

> 万里桥边薛校书①，枇杷窗下闭门居。
>
> 扫眉才子知多少②，管领春风总不如。

这四句诗，乃唐人赠蜀中妓女薛涛之作。这个薛涛乃是女中才子，南康王韦皋做西川节度使时③，曾表奏他做军中校书，故人多称为薛校书。所往来的是高千里、元微之、杜牧之一班儿名流④。又将浣花溪水造成小笺，名曰"薛涛笺"。词人墨客得了此笺，犹如拱璧⑤。真正名重一时，芳流百世。

国朝洪武年间⑥，有广东广州府人田洙，字孟沂，随父田百禄到成都赴教官之任。那孟沂生得风流标致，又兼才学过人，书画琴棋之类，无不通晓。学中诸生日与嬉游，爱同骨肉。过了一年，百禄要遣他回家。孟沂的母亲心里舍不得他去，又且寒官冷署，盘费难处。百禄与学中几个秀才商量，要在地方上寻一个馆与儿子坐坐，一来可以早晚读书，二来得些馆资，可为归计。这些秀才巴不得留住他，访得附郭一个大姓张氏要请一馆宾⑦，众人遂将孟沂力荐于张氏。张氏送了馆约，约定明年

---

①"万里桥边薛校书"四句：这是唐胡曾《寄薛涛》诗。万里桥，在今四川成都西南锦江上。薛校书，即薛涛，字洪度。成都名妓，善诗文。时人呼为女校书。

②扫眉才子：指有文才的女子。

③韦皋：唐京兆人，德宗时任剑南、西川节度使，封南康郡王。

④高千里：高骈，字千里，唐僖宗时任天平、剑南、镇海、淮南节度使。元微之：元稹，字微之，唐代诗人，与白居易齐名，并称"元白"。杜牧之：杜牧，字牧之，后世称为"小杜"。

⑤拱璧：大璧。璧，有孔的圆形玉器。

⑥国朝：指本朝。洪武：明太祖朱元璋的年号（1368—1398）。

⑦附郭：近城的地方；郊外。馆宾：教书先生。也称"西宾"。

正月元宵后到馆。至期，学中许多有名的少年朋友，一同送孟沂到张家来，连百禄也自送去。张家主人曾为运使①，家道饶裕，见是老广文带了许多时髦到家②，甚为喜欢。开筵相待，酒罢各散，孟沂就在馆中宿歇。

到了二月花朝日③，孟沂要归省父母。主人送他节仪二两④，孟沂袋在袖子里了⑤，步行回去。偶然一个去处，望见桃花盛开，一路走去看，境甚幽僻。孟沂心里喜欢，伫立少顷，观玩景致。忽见桃林中一个美人，掩映花下。孟沂晓得是良人家，不敢顾盼，径自走过。未免带些卖俏身子，拖下袖来，袖中之银，不觉落地。美人看见，便叫随侍的丫鬟拾将起来，送还孟沂。孟沂笑受，致谢而别。

明日，孟沂有意打那边经过，只见美人与丫鬟仍立在门首。孟沂望着门前走去，丫鬟指道："昨日遗金的郎君来了。"美人略略敛身避入门内。孟沂见了丫鬟，叙述道："昨日多蒙娘子美情，拾还遗金，今日特来造谢。"美人听得，叫丫鬟请入内厅相见。孟沂喜出望外，急整衣冠，望门内而进。美人早已迎着，至厅上相见礼毕，美人先开口道："郎君莫非是张运使宅上西宾么？"孟沂道："然也。昨日因馆中回家，道经于此，偶遗少物，得遇夫人盛情，命尊姬拾还，实为感激。"美人道："张氏一家亲戚，彼西宾即我西宾。还金小事，何足为谢？"孟沂道："欲问夫人高门姓氏，与敝东何亲？"美人道："寒家姓平，成都旧族也。妾乃文孝坊薛氏女，嫁与平氏子康，不幸早卒，妾独孀居于此。与郎君贤东乃乡邻姻娅⑥，郎君即是通家了。"

孟沂见说是孀居，不敢久留。两杯茶罢，起身告退。美人道："郎君便在寒舍过了晚去。若贤东晓得郎君到此，妾不能久留款待，觉得没趣了。"即分付快办酒馔。不多时，设着两席，与孟沂相对而坐。坐中殷勤

---

①运使：即都转运盐使，是专管盐务的长官。
②广文：明清时对教官的称呼。时髦：当代俊杰。
③花朝：俗传阴历二月十二日为百花生日，称为"花朝"。
④节仪：节日礼物。
⑤袋：装。
⑥姻娅：指有姻亲关系的亲属。

劝酬,笑语之间,美人多带些谑浪话头①。孟沂认道是张氏至戚,虽然心里技痒难熬②,还拘拘束束,不敢十分放肆。美人道:"闻得郎君倜傥俊才,何乃作儒生酸态? 妾虽不敏,颇解吟咏。今遇知音,不敢爱丑,当与郎君赏鉴文墨,唱和词章。郎君不以为鄙,妾之幸也。"遂叫丫鬟取出唐贤遗墨与孟沂看。孟沂从头细阅,多是唐人真迹手翰诗词,惟元稹、杜牧、高骈的最多,墨迹如新。孟沂爱玩不忍释手,道:"此希世之宝也。夫人情种此类,真是千古韵人了。"美人谦谢。

两个谈话有味,不觉夜已二鼓。孟沂辞酒不饮,美人延入寝室,自荐枕席道:"妾独处已久,今见郎君高雅,不能无情,愿得奉陪。"孟沂道:"不敢请耳,固所愿也。"两个解衣就枕,鱼水欢情,极其缱绻。枕边切切叮咛道:"慎勿轻言,若贤东知道,彼此名节丧尽了。"次日,将一个卧狮玉镇纸赠与孟沂③,送至门外道:"无事就来走走,勿学薄幸人!"孟沂道:"这个何劳分付?"

孟沂到馆,哄主人道:"老母想念,必要小生归家宿歇,小生不敢违命留此,从今早来馆中,晚归家里便了。"主人信了说话,道:"任从尊便。"自此,孟沂在张家,只推家里去宿,家里又说在馆中宿,竟夜夜到美人处宿了。整有半年,并没一个人知道。

孟沂与美人赏花玩月,酌酒吟诗,曲尽人间之乐。两人每每你唱我和,做成联句④,如《落花二十四韵》、《月夜五十韵》,斗巧争妍,真成敌手。诗句太多,恐看官每厌听,不能尽述。只将他两人《四时回文诗》表白一遍⑤。美人诗道:

> 花朵几枝柔傍砌,柳丝千缕细摇风。

---

①谑浪话头:玩笑调情的话语。

②技痒:有某种技艺的人遇到机会急欲表现。这里借指他情欲难熬。

③镇纸:也称"镇尺"、"压尺"。用来压纸或书册的文具。多取材玉石、陶瓷、铜及紫檀木等,制成鸟兽等艺术造型。

④联句:古人作诗的一种方式,由两人或多人共同作一首诗。先由一人一句一韵,或两句一韵,续者再对成一联,轮流相继,联成长篇排律。

⑤回文诗:也作"迴文诗"。指可以倒读的诗篇。有的甚至可以反复回旋读。多属于文字游戏。

霞明半岭西斜日,月上孤村一树松。《春》

凉回翠簟冰人冷①,齿沁清泉夏月寒。

香篆袅风清缕缕②,纸窗明月白团团。《夏》

芦雪覆汀秋水白,柳风凋树晚山苍。

孤帏客梦惊空馆,独雁征书寄远乡。《秋》

天冻雨寒朝闭户,雪飞风冷夜关城。

鲜红炭火围炉暖,浅碧茶瓯注茗清。《冬》

这个诗怎么叫得回文?因是顺读完了,倒读转去,皆可通得。最难得这样浑成,非是高手不能,美人一挥而就。孟沂也和他四首道:

芳树吐花红过雨,入帘飞絮白惊风。

黄添晓色青舒柳,粉落晴香雪覆松。《春》

瓜浮瓮水凉消暑,藕叠盘冰翠嚼寒。

斜石近阶穿笋密,小池舒叶出荷团。《夏》

残石绚红霜叶出,薄烟寒树晚林苍。

鸾书寄恨羞封泪③,蝶梦惊愁怕念乡④。《秋》

风卷雪蓬寒罢钓,月辉霜柝冷敲城⑤。

浓香酒泛霞杯满,淡影梅横纸帐清⑥。《冬》

孟沂和罢,美人甚喜。真是才子佳人,情味相投,乐不可言。却是好物不坚牢,自有散场时节。

一日,张运使偶过学中,对老广文田百禄说道:"令郎每夜归家,不胜奔走之劳。何不仍留寒舍住宿,岂不为便?"百禄道:"自开馆后,一向只在公家。止因老妻前日有疾,曾留得数日,这几时并不曾来家宿歇,怎么如此说?"张运使晓得内中必有跷蹊,恐碍着孟沂,不敢尽言而别。

---

①簟(diàn):竹凉席。

②香篆:焚香时的烟缕,因似篆文,故称。

③鸾书:男女定亲的婚帖。这里借指情书。

④蝶梦:庄周梦中化蝶,后人遂用"蝶梦"称梦。

⑤柝(tuò):打更用的梆子。

⑥纸帐:一种用藤皮、茧纸缝制的帐子,以稀布为顶,取其透气。常绘有梅花、蝴蝶,情致清雅。见明高濂《遵生八笺》卷八"纸帐"。

是晚，孟沂告归，张运使不说破他，只叫馆仆尾着他去。到得半路，忽然不见。馆仆赶去追寻，竟无下落。回来对家主说了，运使道："他少年放逸，必然花柳人家去了。"馆仆道："这条路上，何曾有甚么伎馆？"运使道："你还到他衙中问问看。"馆仆道："天色晚了，怕关了城门，出来不得。"运使道："就在田家宿了，明日早晨来回我不妨。"

　　到了天明，馆仆回话，说是不曾回衙。运使道："这等，那里去了？"正疑怪间，孟沂恰到。运使问道："先生昨宵宿于何处？"孟沂道："家间。"运使道："岂有此理！学生昨日叫人跟随先生回去，因半路上不见了先生，小仆直到学中去问，先生不曾到宅，怎如此说？"孟沂道："半路上偶到一个朋友处讲话，直到天黑回家，故此盛仆来时问不着①。"馆仆道："小人昨夜宿在相公家了，方才回来的。田老爹见说了，甚是惊慌，要自来寻问。相公如何还说着在家的话？"孟沂支吾不来，颜色尽变。运使道："先生若有别故，当以实说。"孟沂晓得遮掩不过，只得把遇着平家薛氏的话说了一遍，道："此乃令亲相留，非小生敢作此无行之事。"运使道："我家何尝有亲戚在此地方？况亲中也无平姓者，必是鬼祟。今后先生自爱，不可去了。"孟沂口里应承，心里那里信他？傍晚又到美人家里去，备对美人说形迹已露之意。美人道："我已先知了。郎君不必怨悔，亦是冥数尽了②。"遂与孟沂痛饮，极尽欢情。到了天明，哭对孟沂道："从此永别矣！"将出洒墨玉笔管一枝，送与孟沂道："此唐物也。郎君慎藏在身，以为记念。"挥泪而别。

　　那边张运使料先生晚间必去，叫人看着，果不在馆。运使道："先生这事必要做出来，这是我们做主人的干系，不可不对他父亲说知。"遂步至学中，把孟沂之事备细说与百禄知道。百禄大怒，遂叫了学中一个门子，同着张家馆仆，到馆中唤孟沂回来。孟沂方别了美人，回到张家，想念道："他说永别之言，只是怕风声败露，我便耐守几时再去走动，或者还可相会。"正踌躇间，父命已至，只得跟着回去。百禄一见，喝道："你书倒不读，夜夜在那里游荡？"孟沂看见张运使一同在家了，便无言可

―――――――――――――

　　①盛仆：对他人仆役的敬称。
　　②冥数：阴间的气数。

对。百禄见他不说,就拿起一条柱杖劈头打去,道:"还不实告!"孟沂无奈,只得把相遇之事,及录成联句一本,与所送镇纸、笔管二物多将出来,道:"如此佳人,不容不动心,不必罪儿了。"百禄取来逐件一看,看那玉色是几百年出土之物,管上有篆刻"渤海高氏清玩"六个字①。又揭开诗来,从头细阅,不觉心服。对张运使道:"物既稀奇,诗又俊逸,岂寻常之怪! 我每可同了不肖子②,亲到那地方去查一查踪迹看。"

遂三人同出城来,将近桃林,孟沂道:"此间是了。"进前一看,孟沂惊道:"怎生屋宇俱无了?"百禄与运使齐抬头一看,只见水碧山青,桃株茂盛。荆棘之中,有冢累然。张运使点头道:"是了,是了。此地相传是唐妓薛涛之墓。后人因郑谷诗有'小桃花绕薛涛坟'之句③,所以种桃百株,为春时游赏之所。贤郎所遇,必是薛涛也。"百禄道:"怎见得?"张运使道:"他说所嫁是平氏子康,分明是平康巷了。又说文孝坊,城中并无此坊,'文孝'乃是'教'字,分明是教坊了。平康巷教坊乃是唐时妓女所居④,今云薛氏,不是薛涛是谁? 且笔上有高氏字,乃是西川节度使高骈。骈在蜀时,涛最蒙宠待,二物是其所赐无疑。涛死已久,其精灵犹如此。此事不必穷究了。"百禄晓得运使之言甚确,恐怕儿子还要着迷,打发他回归广东。后来孟沂中了进士,常对人说,便将二玉物为证。虽然想念,再不相遇了,至今传有"田洙遇薛涛"故事。

小子为何说这一段鬼话? 只因蜀中女子从来号称多才,如文君、昭君⑤,多是蜀中所生,皆有文才。所以薛涛一个妓女,生前诗名不减当时词客,死后犹且诗兴勃然,这也是山川的秀气。唐人诗有云:

　　锦江腻滑蛾眉秀,幻出文君与薛涛。⑥

----

①渤海高氏清玩:渤海高氏,指唐代高骈,他是渤海郡人。清玩:供玩赏的精雅物品,如玉管笔、端砚等。

②不肖子:指不成才的人。常用来称自己的儿子。

③郑谷:字守愚,唐代诗人。

④平康巷:唐代妓女所居的地方。教坊:这里指妓院。

⑤昭君:王嫱,字昭君,汉南郡秭归(今属湖北)人。元帝宫女,匈奴呼韩邪单于入朝,求美人为阏氏,以结和亲,她自请嫁匈奴。

⑥"锦江"二句:唐元稹《寄赠薛涛》诗。

诚为千古佳话。至于黄崇嘏女扮为男①，做了相府掾属，今世传有《女状元》本，也是蜀中故事。可见蜀女多才，自古为然。至今两川风俗，女人自小从师上学，与男人一般读书。还有考试进庠做青衿弟子②。若在别处，岂非大段奇事？而今说着一家子的事，委曲奇咤，最是好听。

　　从来女子守闺房，几见裙钗入学堂？
　　文武习成男子业，婚姻也只自商量。

　　话说四川成都府绵竹县，有一个武官，姓闻名确，乃是卫中世袭指挥③。因中过武举两榜④，累官至参将⑤，就镇守彼处地方。家中富厚，赋性豪奢。夫人已故，房中有一班姬妾，多会吹弹歌舞。有一子，也是妾生，未满三周。有一个女儿，年十七岁，名曰蕙娥，丰姿绝世，却是将门将种，自小习得一身武艺，最善骑射，直能百步穿杨。模样虽是娉婷，志气赛过男子。他起初因见父亲是个武出身，受那外人指目，只说是个武弁人家⑥，必须得个子弟在黉门中出入⑦，方能结交斯文士夫，不受人的欺侮。争奈兄弟尚小，等他长大不得，所以一向妆做男子，到学堂读书。外边走动，只是个少年学生。到了家中内房，方还女扮。如此数年，果然学得满腹文章，博通经史。这也是蜀中做惯的事。遇着提学到来⑧，他就报了名，改为胜杰，说是胜过豪杰男人之意，表字俊卿，一般的

---

①黄崇嘏(jiǎ)：五代前蜀临邛人，幼丧父母，女扮男装。因失火下狱，献诗蜀相周庠，为其赏识，即命释放，荐为司户参军。明徐渭据以敷演成《女状元》杂剧。
②进庠：也称"游庠"。即考中秀才。庠，古代学校。青衿(jīn)：青色交领的长衫。古代学子和明清秀才的常服。借指学士，也指秀才。
③指挥：明初在京师或数府划为一个军事防区设卫，其军官为指挥使，简称指挥，多为世袭。
④两榜：科举考试，考取举人的榜为乙榜，进士的榜为甲榜，进士名列两榜，故称。
⑤参将：低于副总兵的统兵官。
⑥武弁：武官。
⑦黉(hóng)门：也作"黉宫"。古代的指学校。
⑧提学：即提学道，每省管理所属州县学校和教育行政的学官。

入了队去考童生①。一考就进了学，做了秀才②。他男扮久了，人多认他做闻参将的小舍人③，一进了学，多来贺喜，府县迎送到家，参将也只是将错就错，一面欢喜开宴。盖是武官人家，秀才乃极难得的，从此参将与官府往来，添了个帮手，有好些气色。为此，内外大小却像忘记他是女儿一般的，凡事尽是他支持过去。

他同学朋友，一个叫做魏造，字撰之；一个叫做杜亿，字子中。两人多是出群才学，英锐少年，与闻俊卿意气相投，学业相长。况且年纪差不多：魏撰之年十九岁，长闻俊卿两岁；杜子中与闻俊卿同年，又是闻俊卿月生大些④。三人就像一家弟兄一般，极是过得好，相约了同在学中一个斋舍里读书。两个无心，只认做一伴的好朋友。闻俊卿却有意要在两个里头拣一个嫁他。两个人并起来，又觉得杜子中同年所生，凡事仿佛些，模样也是他标致些，更为中意，比魏撰之分外说的投机。

杜子中见闻俊卿意思又好，丰姿又妙，常对他道："我与兄两人可惜多做了男子，我若为女，必当嫁兄；兄若为女，我必当娶兄。"魏撰之听得，便取笑道："而今世界盛行男色，久已颠倒阴阳，那见得两男便嫁娶不得？"闻俊卿正色道："我辈俱是孔门弟子，以文艺相知⑤，彼此爱重，岂不有趣？若想着淫昵，便把面目放在何处？我辈堂堂男子，谁肯把身子做顽童乎？魏兄该罚东道便好。"魏撰之道："适才听得杜子中爱慕俊卿，恨不得身为女子，故尔取笑。若俊卿不爱此道，子中也就变不及身子了。"杜子中道："我原是两下的说话，今只说得一半，把我说得失便宜了。"魏撰之道："三人之中，谁叫你独小些，自然该吃亏些。"大家笑了一回。

俊卿归家来，脱了男服，还是个女人。自家想道："我久与男人做

①童生：凡参加生员（秀才）考试者，不论年龄大小，皆称童生。别称"文童"或"儒生"。

②秀才：凡经本省各级考试取入府、州、县学者，通称生员，即习惯上所谓秀才。

③舍人：明代军卫应袭子弟称舍人。

④月生：吴语，出生月份和日子。

⑤文艺：指文章。

伴,已是不宜,岂可他日舍此同学之人,另寻配偶不成? 毕竟止在二人之内了。虽然杜生更觉可喜,魏兄也自不凡,不知后来还是那个结果好,姻缘还在那个身上?"心中委决不下。

他家中一个小楼,可以四望。一个高兴,趁步登楼。见一只乌鸦在楼窗前飞过,却去住在百来步外一株高树上,对着楼窗呀呀的叫。俊卿认得这株树,乃是学中斋前之树,心里道:"叵耐这业畜叫得不好听,我结果他去。"跑下来自己卧房中,取了弓箭,跑上楼来,那乌鸦还在那里狠叫。俊卿道:"我借这业畜卜我一件心事则个。"扯开弓,搭上箭,口里轻轻道:"不要误我!"飕的一声,箭到处,那边乌鸦坠地。这边望去看见,情知中箭了,急急下楼来,仍旧改了男妆,要到学中看那枝箭的下落。

且说杜子中在斋前闲步,听得鸦鸣正急,忽然扑的一响,掉下地来。走去看时,鸦头上中了一箭,贯睛而死。子中拔了箭出来道:"谁有此神手? 恰恰贯着他头脑。"仔细看那箭干上,有两行细字道:"矢不虚发,发必应弦。"子中念罢,笑道:"那人好夸口!"魏撰之听得,跳出来急叫道:"拿与我看!"在杜子中手里接了过去。正同看时,忽然子中家里有人来寻,子中掉着箭自去了,魏撰之细看之时,八个字下边,还有"蚩娥记"三小字,想着:"蚩娥乃女人之号,难道女人中有此妙手? 这也诧异。适才子中不看见这三个字,若见时必然还要称奇了。"

沉吟间,早有闻俊卿走将来,看见魏撰之捻了这枝箭立在那里,忙问道:"这枝箭是兄拾了么?"撰之道:"箭自何来的,兄却如此盘问?"俊卿道:"箭上有字的么?"撰之道:"因为有字,在此念想。"俊卿道:"念想些甚?"撰之道:"有'蚩娥记'三字。蚩娥必是女人,故此想着,难道有这般善射的女子不成?"俊卿捣个鬼道:"不敢欺兄,蚩娥即是家姊。"撰之道:"令姊有如此巧艺,曾许聘那家了?"俊卿道:"未曾许人家。"撰之道:"模样如何?"俊卿道:"与小弟有些厮像。"撰之道:"这等,必是极美的了。俗语道:'未看老婆,先看阿舅。'小弟尚未有室,吾兄与小弟做个撮合山何如①?"俊卿道:"家下事,多是小弟作主。老父面前,只消小弟

---

①撮合山:媒人。

一说，无有不依。只未知家姐心下如何。"撰之道："令姊面前，也在吾兄帮衬，通家之雅，料无推拒。"俊卿道："小弟谨记在心。"撰之喜道："得兄应承，便十有八九了。谁想姻缘却在此枝箭上，小弟谨当宝此以为后验。"便把箭来收拾在拜匣内了。取出羊脂玉闹妆一个递与俊卿①，道："以此奉令姊，权答此箭，作个信物。"俊卿收来束在腰间。撰之道："小弟作诗一首，道意于令姊，何如？"俊卿道："愿闻。"撰之吟道：

　　　　闻得罗敷未有夫②，支机肯许问津无③？

　　　　他年得射如皋雉④，珍重今朝金仆姑⑤。

俊卿笑道："诗意最妙，只是兄貌不陋，似太谦了些。"撰之笑道："小弟虽不便似贾大夫之丑，却与令妹相并，必是不及。"俊卿含笑自去了。从此撰之胸中痴痴里想着闻俊卿有个姊妹，美貌巧艺，要得为妻。有了这个念头，并不与杜子中知道。因为箭是他拾着的，今自己把做宝贝藏着，恐怕他知因，来要了去。

　　谁想这个箭，元有来历，俊卿学射时节，便怀有择配之心。竹干上刻那二句，固是夸着发矢必中，也暗藏个应弦的哑谜。他射那乌鸦之时，明知在书斋树上，射去这枝箭，心里暗卜一卦，看他两人那个先拾得者，即为夫妻。为此急急来寻下落，不知是杜子中先拾着，后来掉在魏撰之手里。俊卿只见在魏撰之处，以为姻缘有定，故假意说是姐姐，其实多暗隐着自己的意思。魏撰之不知其故，凭他捣鬼，只道真有个姐姐罢了。俊卿固然认了魏撰之是天缘，心里却为杜子中十分相爱，好些撇

---

①羊脂玉闹妆：白玉镶嵌成的腰带。

②罗敷：古诗《陌上桑》中美女名。这里借指闻俊卿的令姊。

③支机：即支机石。相传有人探黄河源，遇见织女，织女送他一块支撑织机的石头，携之而归。这里用支机石指见《太平御览》卷八引南朝宋刘义庆《集林》。这里用支机石指"令姊"。"支机肯许问津无"，隐喻"令姊"肯与魏撰之成婚。

④如皋雉：春秋齐国大夫贾辛貌丑，娶妻而美，三年不言笑，后来贾辛在如皋射中了雉（野鸡），其妻始笑而言。

⑤金仆姑：箭名。暗指竹箭是婚姻的媒介。

打不下①。叹口气道："一马跨不得双鞍，我又违不得天意。他日别寻件事端，补还他美情罢。"明日来对魏撰之道："老父与家姊面前，小弟十分撺掇，已有允意，玉闹妆也留在家姊处了。老父的意思，要等秋试过，待兄高捷了方议此事。"魏撰之道："这个也好，只是一言既定，再无翻变才妙。"俊卿道："有小弟在，谁翻变得？"魏撰之不胜之喜。

时值秋闱②，魏撰之与杜子中、闻俊卿多考在优等，起送乡试。两人来拉了俊卿同去。俊卿与父参将计较道："女孩儿家只好瞒着人，暂时做秀才耍子，若当真去乡试，一下子中了举人，后边露出真情来，就要关着奏请干系③。事体弄大了，不好收场，决使不得。"推了有病不行。魏、杜两生只得撇了，自去赴试。揭晓之日，两生多得中了。闻俊卿见两家报了，也自欢喜。打点等魏撰之迎到家时，方把求亲之话与父亲说知，图成此亲事。

不想安绵兵备道与闻参将不合④，时值军政考察，在按院处开了款数⑤，递了一个揭帖⑥，诬他冒用国课⑦，妄报功绩，侵克军粮，累赃巨万。按院参上一本。奉圣旨，着本处抚院提问⑧。此报一至，闻家合门慌做了一团，也就有许多衙门人寻出事端来缠扰。还亏得闻俊卿是个出名的秀才，众人不敢十分罗唣⑨。过不多时，兵道行个牌到府来，说是

---

①撇打：割舍。

②秋闱：因乡试在在秋季举行，故称秋闱。

③奏请干系：奏明情况，请求追查责任。

④安绵兵备道：安绵，四川安县和绵州。兵备道，明代在各省重要地方设整饬兵备的道员，称兵备道。

⑤按院：明代巡按御史的别称。明代都察院分十三道，设都察御史，巡按各州县，考察吏治和刑狱，称为巡按。款数：指罪状的条款。

⑥揭帖：这里指官府揭发违法官员的文书。也可指私人的启事帖，备言事情的始末或冤情，可以散发和张贴。如下文闻俊卿"做成一个备细揭帖，到京中诉冤"，即指后者。

⑦国课：国家的赋税。

⑧抚院：明代巡抚例加都御史、副都御使、佥都御使衔，故称"抚院"。

⑨罗唣：啰嗦，纠缠。

奉旨犯人，把闻参将收拾在府狱中去了。闻俊卿自把生员出名①，去递投诉，就求保候父亲。府间准了诉词，不肯召保。俊卿就央了同窗新中的两个举人去见府尊②。府尊说："碍上司分付，做不得情。"三人袖手无计。

此时魏撰之自揣道："他家患难之际，料说不得求亲的闲话，只好不提起，且一面去会试再处③。"两人临行之时，又与俊卿作别。撰之道："我们三人同心之友，我两人喜得侥幸，方恨俊卿因病蹉跎，不得同登，不想又遭此家难。而今我们匆匆京去了，心下如割，却是事出无奈。多致意尊翁，且自安心听问，我们若少得进步，必当出力相助，来白此冤！"子中道："此间官官相护，做定了圈套陷人。闻兄只在家营救，未必有益。我两人进去，倘得好处，闻兄不若径到京来商量，与尊翁寻个出场。还是那边上流头好辨白冤枉④，我辈也好相机助力。切记！切记！"撰之又私自叮嘱道："令姊之事，万万留心。不论得意不得意，此番回来必求事谐了。"俊卿道："闹妆现在，料不使兄失望便了。"三人洒泪而别。

闻俊卿自两人去后，一发没有商量可救父亲。亏得官无三日急，到有七日宽，无非凑些银子，上下分派一分派，使用得停当，狱中的也不受苦，官府也不来急急要问，丢在半边，做一件未结公案了。参将与女儿计较道："这边的官司既未问理，我们正好做手脚。我意要修上一个辨本，做成一个备细揭帖，到京中诉冤。只没个能干的人去得，心下踌躇未定。"闻俊卿道："这件事须得孩儿自去。前日魏、杜两兄临别时，也教孩儿进京去，可以相机行事。但得两兄有一人得第，也就好做靠傍了。"参将道："虽然你是个女中丈夫，是你去毕竟停当。只是万里程途，路上恐怕不便。"俊卿道："自古多称缇萦救父⑤，以为美谈。他也是个女子，

---

① 出名：除名。

② 府尊：明清时对知府的尊称。

③ 会试：明代每三年在京城举行的考试，各省的举人皆可应考，称为"会试"。中式者称贡士。

④ 上流头：原指河流的上水方向。这里指京中。

⑤ 缇萦救父：汉文帝时，太仓令淳于意有罪当刑，其女缇萦上书，愿为官婢，以赎父罪。文帝怜之，为除肉刑。

况且孩儿男妆已久,游庠已过,一向算在丈夫之列,有甚去不得?虽是路途遥远,孩儿弓矢可以防身。倘有甚么人盘问,凭着胸中见识,也支持得他过,不足为虑。只是须得个男人随去,这却不便。孩儿想得有个道理,家丁闻龙夫妻多是苗种①,多善弓马,孩儿把他妻子也扮做男人,带着他两个,连孩儿共是三人一起走。既有妇女伏侍,又有男仆跟随,可以放心一直到京了。"参将道:"既然算计得停当,事不宜迟,快打点动身便是。"俊卿依命,一面去收拾。听得街上报进士,说魏、杜两人多中了。俊卿不胜之喜,来对父亲说道:"有他两人在京做主,此去一发不难做事。"

就拣定一日,作急起身。在学中动了一个游学呈子②,批个文书执照,带在身边了。路经省下来,再察听一察听上司的声口消息。你道闻小姐怎生打扮?

> 飘飘巾帻③,覆着两鬓青丝;窄窄靴鞋,套着一双玉笋。上马衣裁成短后④,蛮狮带妆就偏垂。囊一张玉靶弓,想开时,舒臂扭腰多体态;插几枝雁翎箭,看放处,猿啼雕落逞高强。争羡道能文善武的小郎君,怎知是女扮男妆的乔秀士⑤?

一路来到了成都府中,闻龙先去寻下了一所幽静饭店。闻俊卿后到,歇下了行李,叫闻龙妻子取出带来的山菜几件,放在碟内,向店中取了一壶酒,斟着慢吃。

又道是无巧不成话,那坐的所在,与隔壁人家窗口相对,只隔得一个小天井⑥。正吃之间,只见那边窗里一个女子掩着半窗,对着闻俊卿不转眼的看。及至闻俊卿抬起眼来,那边又闪了进去。遮遮掩掩,只不走开。忽地打个照面,乃是个绝色佳人。闻俊卿想道:"原来世间有这

---

①苗种:苗族人。

②游学呈子:申报本人外出,请求保留学籍的呈文。

③帻(zé):包裹头的头巾。

④短后:指后幅较短的上衣,便于骑马和活动。

⑤乔:假装。

⑥天井:南方宅院中的房屋和房屋或房屋和围墙中间的露天空地。因面积较小,光线较暗,犹如深井,故名。

样标致的?"看官,你道此时若是个男人,必然动了心,就想妆出些风流
家数,两下做起光景来①。怎当得闻俊卿自己也是个女身,那里放在心
上?一面取饭来吃了,且自衙门前干事去。

　　到得出去了半日,傍晚转来,俊卿刚得坐下,隔壁听见这里有人声,
那个女子又在窗边来看了。俊卿私下自笑道:"看我做甚?岂知我与你
是一般样的!"正嗟叹间,只见门外一个老姥走将进来②,手中拿着一个
小榼儿。见了俊卿,放下榼子,道了万福,对俊卿道:"间壁景家小娘子
见舍人独酌,送两件果子,与舍人当茶。"俊卿开看,乃是南充黄柑、顺庆
紫梨,各十来枚。俊卿道:"小生在此经过的,与娘子非亲非戚,如何承
此美意?"老姥道:"小娘子说来,此间来万去千的人,不曾见有似舍人这
等丰标的,必定是富贵家的出身。及至问人来,说是参府中小舍人。小
娘子说,这俗店无物可口,叫老媳妇送此二物来解渴。"俊卿道:"小娘子
何等人家,却居此间壁?"老姥道:"这小娘子是井研景少卿的小姐③。只
因父母双亡,他依着外婆家住。他家里自有万金家事,只为寻不出中意
的丈夫,所以还未嫁人。外公是此间富员外,这城中极兴的客店,多是
他家的房子,何止有十来处,进益甚广。只有这里幽静些,却同家小每
住在间壁。他也不敢主张把外甥许人,恐怕做了对头,后来怨恨。常对
景小娘子道:'凭你自家看得中意的,实对我说,我就主婚。'这个小娘子
也古怪,自来会拣相人物,再不曾说那一个好。方才见了舍人,便十分
称赞,敢是舍人有些姻缘动了?"俊卿不好答应,微微笑道:"小生那有此
福?"老姥道:"好说,好说。老媳妇且去着。"俊卿道:"致意小娘子,多承
佳惠,客中无可奉答,但有心感盛情。"老姥去了,俊卿自想一想,不觉失
笑道:"这小娘子看上了我,却不枉费春心?"吟诗一首,聊寄其意。
诗云:
　　　　为念相如渴不禁④,交梨邛橘出芳林。

---

　　①做起光景:指调情。
　　②老姥(mǔ):老妇。
　　③井研:明成都府的属县,今属四川省。
　　④渴:指司马相如患有消渴病(糖尿病),口渴喜多饮。

却惭未是求凰客①,寂寞囊中绿绮琴②。

次日早起,老姥又来,手中将着四枚剥净的熟鸡子,做一碗盛着,同了一小壶好茶,送到俊卿面前道:"舍人吃点心。"俊卿道:"多谢妈妈盛情。"老姥道:"这是景小娘子昨夜分付的,老身支持来的③。"俊卿道:"又是小娘子美情,小生如何消受? 有一诗奉谢,烦妈妈与我带去。"俊卿就把昨夜之诗写在笺纸上,封了付妈妈。诗中分明是推却之意,妈妈将去与景小姐看了,景小姐一心喜着俊卿,见他以相如自比,反认做有意于文君,后边二句不过谦让些说话。遂也回他一首,和其末韵。诗云:

宋玉墙东思不禁,愿为比翼止同林④。

知音已有新裁句,何用重挑焦尾琴⑤?

吟罢,也写在乌丝茧纸上⑥,教老姥送将来。俊卿看罢,笑道:"元来小姐如此高才! 难得,难得!"俊卿见他来缠得紧,生一个计较,对老姥道:"多谢小姐美意,小生不是无情,争奈小生已聘有妻室,不敢欺心妄想。上覆小姐,这段姻缘种在来世罢。"老姥道:"既然舍人已有了亲事,老身去回覆了小娘子,省得他牵肠挂肚,空想坏了。"老姥去得,俊卿自出门去打点衙门事体,央求宽缓日期。诸色停当,到了天晚才回得下处。是夜无词。

来日天早,这老姥又走将来,笑道:"舍人小小年纪,倒会掉谎,老婆滚到身边,推着不要。昨日回了小娘子,小娘子教我问一问两位管家,多说道舍人并不曾聘娘子过。小娘子喜欢不胜,已对员外说过,少刻员外自来奉拜说亲,好歹要成事了。"俊卿听罢,呆了半晌,道:"这冤家帐

────────────

① 求凰客:求婚人。司马相如曾弹奏《凤求凰》曲,挑动卓文君。
② 绿绮:琴名。司马相如曾用过此琴。
③ 支持:应付。
④ "宋玉东墙"二句:指宋玉不为邻家女墙东偷看所动。表达景小姐对女扮男装的闻俊卿的爱慕,愿意结为夫妻,比翼齐飞。
⑤ 焦尾琴:吴人用桐木烧饭,蔡邕听到火烈之声,知其为良木,求之作琴,声音甚美。因琴尾为烧焦处,时人称为焦尾琴。
⑥ 乌丝茧纸:指有黑线界格的白棉纸信笺。乌丝:即朱墨栏界格。茧纸:用蚕茧制作的纸。这里是对白棉纸的美称。

那里说起？只索收拾行李起来，趁早去了罢。"分付闻龙与店家会了钞，急待起身。

只见店家走进来报道："主人富员外相拜闻相公。"说罢，一个七十多岁的老人家笑嘻嘻进来。堂中望见了闻俊卿，先自欢喜，问道："这位小相公，想就是闻舍人了么？"老姥还在店内，也跟将来，说道："正是这位。"富员外把手一拱道："请过来相见。"闻俊卿见过了礼，整了客座坐了。富员外道："老汉无事不敢冒叩新客。老汉有一外甥，乃是景少卿之女，未曾许着人家。舍甥立愿不肯轻配凡流，老汉不敢擅做主张，凭他意中自择。昨日对老汉说，有个闻舍人下在本店，丰标不凡，愿执箕帚。所以要老汉自来奉拜，说此亲事。老汉今见足下，果然俊雅非常。舍甥也有几分姿容，况且粗通文墨，实是一对佳耦，足下不可错过。"闻俊卿道："不敢欺老丈，小生过蒙令甥谬爱，岂敢自外？一来令甥是公卿阀阅①，小生是武弁门风，恐怕攀高不着；二来老父在难中，小生正要入京辨冤，此事既不曾告过，又不好为此担阁，所以应承不得。"员外道："舍人是簪缨世胄②，况又是黄宫有士，指日飞腾，岂分甚么文武门楣③？若为令尊之事，慌速入京，何不把亲事议定了，待归时禀知令尊，方才完娶？既安了舍甥之心，又不误了足下之事，有何不可？"

闻俊卿无计推托，心下想道："他家不晓得我的心病，如此相逼，却又不好十分过却，打破机关④。我想魏撰之有竹箭之缘，不必说了。还有杜子中更加相厚，倒不得不闪下了他。一向有个主意，要在骨肉女伴里边别寻一段姻缘⑤，发付他去。而今既有此事，我不若权且应承，定下在这里，他日作成了杜子中，岂不为妙？那时晓得我是女身，须怪不得我说谎。万一杜子中也不成，那时也好开交了⑥，不像而今碍手。"算计已定，就对员外说："既承老丈与令甥如此高情，小生岂敢不受人提挈！

①阀阅：显贵门第、家世。

②簪缨世胄：显贵世家的子弟。

③门楣：即门第。

④机关：经过周密巧妙的计谋。这里指男扮女装的事。

⑤骨肉女伴：至亲的女友。

⑥开交：打发，了结。

只得留下一件信物在此为定。待小生京中回来，上门求娶就是了。"说罢，就在身边解下那个羊脂玉闹妆，双手递与员外道："奉此与令甥表信。"富员外千欢万喜，接受在手，一同老姥去回覆景小姐道："一言已定了。"员外就叫店中办起酒来，与闻舍人饯行。俊卿推却不得，吃得尽欢而罢，相别了起身上路。

少不得风飡水宿，夜住晓行。不一日，到了京城。叫闻龙先去打听魏、杜两家新进士的下处。问着了杜子中一家。元来那魏撰之已在部给假回去了。杜子中见说闻俊卿来到，不胜之喜，忙差长班来接到下处①。

两人相见，寒温已毕②。俊卿道："小弟专为老父之事，前日别时，承兄每分付入京图便，切切在心。后闻两兄高发，为此不辞跋涉，特来相托。不想魏撰之已归，今幸吾兄尚在京师，小弟不致失望了。"杜子中道："仁兄先将老伯被诬事款做一个揭帖，逐一辨明，刊刻起来，在朝门外逢人就送。等公论明白了，然后小弟央个相好的同年在兵部的，条陈别事，带上一段，就好到本籍去生发出脱了③。"俊卿道："老父有个本稿，可以上得否？"子中道："而今重文轻武，老伯是按院题的，若武职官出名自辨，他们不容起来，反致激怒，弄坏了事。不如小弟方才说的为妙，仁兄不要轻率。"俊卿道："感谢指教。小弟是书生之见，还求仁兄做主行事。"子中道："异姓兄弟，原是自家身上的事，何劳叮咛？"俊卿道："撰之为何回去了？"子中道："撰之原与小弟同寓了多时，他说有件心事，要归来与仁兄商量。问其何事，又不肯说。小弟说，仁兄见吾二人中了，未必不进京来。他说这是不可期的，况且事体要来家里做的，必要先去，所以告假去了。正不知仁兄却又到此，可不两相左了？敢问仁兄，他果然要商量何等事？"俊卿明知是为婚姻之事，却只做不知，推说道："连小弟也不晓得他为甚么，想来无非为家里的事。"子中道："小弟也想他没甚么，为何恁地等不得？"

---

① 长班：旧时官员的随身仆从。
② 寒温：问候冷暖起居。
③ 生发：萌生，兴起。这里指设法。出脱：开脱罪名。

两个说了一回，子中分付治酒接风，就叫闻家家人安顿好了行李，不必另寻寓所，只在此间同寓。盖是子中先前与魏家同寓，今魏家去了，房舍尽有，可以下得闻家主仆三人。子中又分付打扫闻舍人的卧房，就移出自己的榻来，相对铺着，说晚间可以联床清话。俊卿看见，心里有些突兀起来。想道：平日与他们同学，不过是日间相与，会文会酒，并不看见我的卧起，所以不得看破。而今弄在一间房内了，须闪避不得。露出马脚来怎么处？却又没个说话可以推掉得两处宿，只是自己放着精细，遮掩过去便了。

虽是如此说，却是天下的事是真难假，是假难真。亦且终日相处，这些细微举动，水火不便的所在①，那里妆饰得许多来？闻俊卿日间虽是长安街上去送揭帖，做着男人的勾当；晚间宿歇之处，有好些破绽现出在杜子中的眼里了。杜子中是聪明人，有甚省不得的事？晓得有些诧异，越加留心闲觑，越看越是了。

这日，俊卿出去忘锁了拜匣②，子中偷揭开来一看，多是些文翰柬帖，内有一幅草稿，写着道：

　　成都绵竹县信女闻氏③，焚香拜告关真君神前④：愿保父闻确
冤情早白，自身安稳还乡，竹箭之期，闹妆之约，各得如意。谨疏⑤。
子中见了拍手道："眼见得公案在此了⑥。我枉为男子，被他瞒过了许多时。今不怕他飞上天去。只是后边两句解他不出，莫不许过了人家？怎么处？"心里狂荡不禁。

忽见俊卿回来，子中接在房里坐了，看着俊卿只是笑。俊卿疑怪，将自己身子上下前后看了又看，问道："小弟今日有何举动差错了，仁兄

---

①水火：大小便。

②拜匣：旧时用于送礼或递柬帖的长方木匣。

③信女：信奉佛教而未出家为尼的妇女。

④关真君：宋徽宗崇宁三年(1104)进封关羽为"崇宁真君"。明神宗万历四十二年(1614)加封关公为"三界伏魔大帝神威远镇天尊关圣帝君"。故民间称他关真君、关圣帝君，当神仙供奉。

⑤疏：上奏疏、奏章。这里指向神祈求。

⑥公案：这里指闻俊卿女扮男装事。

见哂之甚?"子中道:"笑你瞒得我好。"俊卿道:"小弟到此来做的事,不曾瞒仁兄一些。"子中道:"瞒得多哩!俊卿自想么?"俊卿道:"委实没有。"子中道:"俊卿记得当初同斋时言语么?原说弟若为女,必当嫁兄,兄若为女,必当娶兄。可惜弟不能为女,谁知兄果然是女,却瞒了小弟。不然,娶兄多时了。怎么还说不瞒?"俊卿见说着心中病,脸上通红起来道:"谁是这般说?"子中袖中摸出这纸疏头来道:"这须是俊卿的亲笔。"俊卿一时低头无语。

　　子中就挨过来坐在一处了,笑道:"一向只恨两雄不能相配,今却遂了人愿也。"俊卿站了起来道:"行踪为兄识破,抵赖不得了。只有一件,一向承兄过爱,慕兄之心非不有之。争奈有件缘事,已属了撰之,不能再以身事兄,望兄见谅。"子中愕然道:"小弟与撰之同为俊卿窗友,论起相与意气,还觉小弟胜他一分。俊卿何得厚于撰之,薄于小弟?况且撰之又不在此间,'现钟不打,反去炼铜'①,这是何说?"俊卿道:"仁兄有所不知,仁兄可看疏上竹箭之期的说话么?"子中道:"正是不解。"俊卿道:"小弟因为与两兄同学,心中愿卜所从。那日向天暗祷,箭到处,先拾得者即为夫妇。后来这箭却在撰之处。小弟诡说是家姐所射,撰之遂一心想慕,把一个玉闹妆为定。此时小弟虽不明言,心已许下了。此天意有属,非小弟有厚薄也。"子中大笑道:"若如此说,俊卿宜为我有无疑了。"俊卿道:"怎么说?"子中道:"前日斋中之箭,原是小弟拾得。看见干上有两行细字,以为奇异,正在念诵,撰之听得走出来,在小弟手里接去看。此时偶然家中接小弟,就把竹箭掉在撰之处,不曾取得。何曾是撰之拾取的?若论俊卿所卜天意,一发正是小弟应占了。撰之他日可问,须混赖不得。"俊卿道:"既是曾见箭上字来,可记得否?"子中道:"虽然看时节仓卒无心,也还记是'矢不虚发,发必应弦'八个字,小弟须是造不出。"

　　俊卿见说得是真,心里已自软了,说道:"果是如此,乃天意了。只是枉了魏撰之望空想了许多时,而今又赶将回去,日后知道,甚么意思?"子中道:"这个说不得。从来说先下手为强,况且元该是我的。"就

_____

①现钟不打,反去炼铜:谚语,比喻舍近求远。也作"现钟不打,去打铸钟"。

拥了俊卿求欢,道:"相好兄弟,而今得同衾枕,天上人间,无此乐矣。"俊卿推拒不得,只得含羞走入帷帐之内,一任子中所为。有一首《奋调山坡羊》,单道其事:

> 这小秀才有些儿怪样,走到罗帏,忽现了本相。本是个黉宫里折桂的郎君①,改换了章台内司花的主将②。金兰契③,只觉得肉味馨香;笔砚交,果然是有笔如枪。皱眉头,忍着疼,受的是良朋针砭;趁胸怀,揉着窍,显出那知心酣畅。用一番切切偲偲④,来也,哎呀,分明是远方来,乐意洋洋。思量,一棠一棣,是联句的篇章;慌忙,为云为雨,还错认了龙阳⑤。

事毕,闻小姐整容而起,叹道:"妾一生之事,付之郎君,妾愿遂矣。只是哄了魏撰之,如何回他?"忽然转了一想,将手床上一拍道:"有处法子。"杜子中倒吃了一惊,道:"这事有甚处法?"小姐道:"好教郎君得知:妾身前日行至成都,在店内安歇,主人有个甥女窥见了妾身,对他外公说了,逼要相许。是妾身想个计较,将信物权定,推说归时完娶。当时妾身意思,道魏撰之有了竹箭之约,恐怕冷淡了郎君,又见那个女子才貌双全,可为君配,故此留下这个姻缘。今妾既归君,他日回去,魏撰之问起所许之言,就把这家的说合与他成了,岂不为妙?况且当时只说是姊姊,他心里并不曾晓得是妾身自己,也不是哄他了。"子中道:"这个最妙。足见小姐为朋友的美情。有了这个出场⑥,就与小姐配合,与撰之也无嫌了。谁晓得途中又有这件奇事?还有一件要问:途中认不出是女容,不必说了,但小姐虽然男扮,同两个男仆行走,好些不便。"小姐笑道:"谁说同来的多是男人? 他两个元是一对夫妇,一男一女,打扮做一样

---

① 折桂:科举得第叫蟾宫折桂。

② "章台"句:唐韩翃有姬柳氏,居住长安章台街,以艳丽著称。借指闻俊卿现了本相,又成为一个窈窕美丽的女子。

③ 金兰契:深厚而牢固的友情。语出《易经·系辞》:"二人同心,其利断金;同心之言,其臭如兰。"契:情意相投。

④ 切切偲偲:相互敬重切磋勉励。

⑤ 龙阳:战国魏男宠龙阳君。后用以指男色。

⑥ 出场:结局,收场。

的。所以途中好伏侍走动,不必避嫌也。"子中也笑道:"有其主必有其仆,有才思的人做来多是奇怪的事。"小姐就把景家女子所和之诗,拿出来与子中看。子中道:"世间也还有这般的女人!魏撰之得此也好意足了。"

小姐再与子中商量着父亲之事。子中道:"而今说是我丈人,一发好措词出力。我吏部有个相知,先央他把做对头的兵道调了地方,就好营为了①。"小姐道:"这个最是要着,郎君在心则个。"子中果然去央求吏部。数日之间推升本上,已把兵道改升了广西地方。子中来回覆小姐道:"对头改去,我今作速讨个差与你回去,救取岳丈了事。此间辨白已透,抚按轻拟上来②,无不停当了。"小姐愈加感激,转增恩爱。

子中讨下差来,解饷到山东地方,就便回籍。小姐仍旧扮做男人,一同闻龙夫妻,擎弓带箭,照前妆束,骑了马,傍着子中的官轿。家人原以舍人相呼。行了几日,将过鄚州③,旷野之中,一枝响箭擦着官轿射来。小姐晓得有歹人来了,分付轿上:"你们只管前走,我在此对付他。"真是忙家不会,会家不忙。扯出囊弓,扣上弦,搭上箭。只见百步之外,一骑马飞也似的跑来。小姐掣开弓,喝声道:"着!"那边人不防备的,早中了一箭,倒撞下马,在地下挣扎。小姐疾鞭着坐马赶上前轿,高声道:"贼人已了当了,放心前去。"一路的人多称赞小舍人好箭,个个忌惮。子中轿里得意,自不必说。

自此完了公事,平平稳稳到了家中。父亲闻参将已因兵道升去,保候在外了。小姐进见,备说了京中事体及杜子中营为,调去了兵道之事。参将感激不胜,说道:"如此大恩,何以为报?"小姐又把被他识破,已将身子嫁他,共他同归的事也说了。参将也自喜欢道:"这也是郎才女貌,配得不枉了。你快改了妆,趁他今日荣归吉日,我送你过门去罢!"小姐道:"妆还不好改得,且等会过了魏撰之着。参将道:"正要对你说,魏撰之自京中回来,不知为何只管叫人来打听,说我有个女儿,他

①营为:竭力谋划。
②轻拟:从轻拟定罪名。指从轻发落。
③鄚州:元代为莫州,明初改为任丘,河间府属县。今河北省任丘。

要求聘。我只说他晓得些风声，是来说你了，及到问时，又说是同窗舍人许他的，仍不知你的事。我不好回得，只是含糊说等你回家。你而今要会他怎的？"小姐道："其中有许多委曲，一时说不及，父亲日后自明。"

正说话间，魏撰之来相拜。元来魏撰之正为前日婚姻事，在心中放不下，故此就回。不想问着闻舍人，又已往京，叫人探听舍人有个姐姐的说话，一发言三语四，不得明白。有的说："参将只有两个舍人，一大一小，并无女儿。"又有的说："参将有个女儿，就是那个舍人。"弄得魏撰之满肚疑心，胡猜乱想。见说闻舍人回来了，所以亟亟来拜，要问明白。闻小姐照旧时家数接了进来①。寒温已毕，撰之急问道："仁兄，令姊之说如何？ 小弟特为此赶回来的。"小姐说："包管兄有一位好夫人便了。"撰之道："小弟叫人宅上打听，其言不一，何也？"小姐道："兄不必疑，玉闹妆已在一个人处，待小弟再略调停，准备迎娶便了。"撰之道："依兄这等说，不像是令姐了？"小姐道："杜子中尽知端的②，兄去问他就明白。"撰之道："兄何不就明说了，又要小弟去问？"小姐道："中多委曲，小弟不好说得，非子中不能详言。"说得魏撰之愈加疑心。

他正要去拜杜子中，就急忙起身来到杜子中家里，不及说别样说话，忙问闻俊卿所言之事。杜子中把京中同寓，识破了他是女身，已成夫妇的始末根由说了一遍。魏撰之惊得木呆道："前日也有人如此说，我却不信，谁晓得闻俊卿果是女身！ 这分明是我的姻缘，平白错过了。"子中道："怎见得是兄的？"撰之述当初拾箭时节，就把玉闹妆为定的说话。子中道："箭本小弟所拾，原系他向天暗卜的，只是小弟当时不知其故，不曾与兄取得此箭在手，今仍归小弟，原是天意。兄前日只认是他令姐，原未尝属意他自身。这个不必追悔，兄只管闹妆之约不脱空罢了。"撰之道："符已去矣，怎么还说不脱空？ 难道当真还有个令姐？"子中又把闻小姐途中所遇景家之事说了一遍，道："其女才貌非常，那日一时难推，就把兄的闹妆权定在彼。而今想起来，这就有个定数在里边

---

①家数：规矩，习惯，方式。

②端的：始末，底细。

了①,岂不是兄的姻缘么?"撰之道:"怪不得闻俊卿道自己不好说,元来有许多委曲。只是一件:虽是闻俊卿已定下在彼,他家又不曾晓得明白,小弟难以自媒,何由得成?"子中道:"小弟与闻氏虽已成夫妇,还未曾见过岳翁。打点就是今日迎娶,少不得还借重一个媒妁,而今就烦兄与小弟做一做。小弟成礼之后,代相恭敬,也只在小弟身上撮合就是了。"撰之大笑道:"当得,当得。只可笑小弟一向在睡梦中,又被兄占了头筹②。而今不使小弟脱空,也还算是好了。既是这等,小弟先到闻宅去道意,兄可随后就来。"

魏撰之讨大衣服来换了,竟抬到闻家。此时闻小姐已改了女妆,不出来了,闻参将自己出来接着。魏撰之述了杜子中之言,闻参将道:"小女娇痴慕学,得承高贤不弃。今幸结此良缘,蒹葭倚玉③,惶恐,惶恐。"闻参将已见女儿说过,是件整备。门上报说:"杜爷来迎亲了。"鼓乐喧天,杜子中穿了大红衣服,抬将进门。真是少年郎君,人人称羡。走到堂中,站了位次,拜见了闻参将。请出小姐来,又一同行礼。谢了魏撰之,启轿而行。迎至家里,拜告天地,见了祠堂。杜子中与闻小姐正是新亲旧朋,喜喜欢欢,一桩事完了。

只有魏撰之有些眼热④,心里道:"一样的同窗朋友,偏是他两个成双。平时杜子中分外相爱,常恨不将男作女,好做夫妻。谁知今日竟遂其志,也是一段奇话。只所许我的事,未知果是如何?"次日,就到子中家里贺喜,随问其事。子中道:"昨晚弟就和小弟计较,今日专为此要同到成都去。弟妇誓欲以此报兄,全其口信,必得佳音方回来。"撰之道:"多感,多感。一样的同窗,也该记念着我的冷静。但未知其人果是如何?"子中走进去,取出景小姐前日和韵之诗与撰之看了。撰之道:"果得此女,小弟便可以不妒兄矣!"子中道:"弟妇赞之不容口,大略不

---

①定数:命运,气数。

②头筹:第一。

③蒹葭倚玉:犹言蒹葭倚玉树。语出《世说新语·容止》:"魏明帝使后弟毛曾与夏侯玄共坐,时人谓'蒹葭倚玉树'。"这里是谦辞,表示品貌不相称。蒹葭,芦荻;玉,指玉树。

④眼热:羡慕,眼红。

负所举。"撰之道："这件事做成，真愈出愈奇了。小弟在家颙望①。"俱大
笑而别。杜子中把这些说话与闻小姐说了，闻小姐道："他盼望久了的，
也怪他不得。只索作急成都去，周全了这事。

　　小姐仍旧带了闻龙夫妻跟随，同杜子中到成都来。认着前日饭店，
歇在里头了。杜子中叫闻龙拿了帖径去拜富员外。员外见说是新进士
来拜，不知是甚么缘故，吃了一惊，慌忙迎接进去，坐下了，道："不知为
何大人贵足赐踹贱地？"子中道："学生在此经过，闻知有位景小姐，是老
丈令甥，才貌出众。有一敝友也叨过甲第了，欲求为夫人，故此特来奉
访。"员外道："老汉是有个甥女，他自要择配，前日看上了一个进京去的
闻舍人，已纳下聘物，大人见教迟了。"子中道："那闻舍人也是敝友，学
生已知他另有所就，不来娶令甥了，所以敢来作伐。"员外道："闻舍人也
是读书君子，既已留下信物，两心相许，怎误得人家儿女？舍甥女也毕
竟要等他的回信。"子中将出前日景小姐的诗笺来道："老丈试看此纸，
不是令甥写与闻舍人的么？因为闻舍人无意来娶了，故把与学生做执
照，来为敝友求令甥。即此是闻舍人的回信了。"

　　员外接过来看，认得是甥女之笔，沉吟道："前日闻舍人也曾说道聘
过了，不信其言，逼他应承的。元来当真有这话，老汉且与甥女商量一
商量，来回覆大人。"员外别了，进去了一会，出来道："适间甥女见说，甚
是不快。他也说得是：就是闻舍人负了心，是必等他亲身见一面，还了
他玉闹妆，以为诀别，方可别议姻亲。"子中笑道："不敢欺老丈说，那玉
闹妆也即是敝友魏撰之的聘物，非是闻舍人的。闻舍人因为自己已有
姻亲，不好回得，乃为敝友转定下了。是当日埋伏机关，非今日无因至
前也。"员外道："大人虽如此说，甥女岂肯心伏？必是闻舍人自来说明，
方好处分。"子中道："闻舍人不能复来，有拙荆在此，可以进去一会令
甥，等他与令甥说这些备细，令甥必当见信。"员外道："有尊夫人在此，
正好与舍甥面会一会，有言可以尽吐，省得传递消息。最妙，最妙！"就
叫前日老姥来接取杜夫人。

　　老姥一见闻小姐举止形容有些面善，只是改妆过了，一时想不出。

_____

　　①颙（yóng）望：仰望，企望。

一路相看,只管迟疑。接到间壁,里边景小姐出来相接,各叫了万福。闻小姐对景小姐笑道:"认得闻舍人否?"景小姐见模样厮像,还只道或是舍人的姊妹,答道:"夫人与闻舍人何亲?"闻小姐道:"小姐怎等识人,难道这样眼钝? 前日到此,过蒙见爱的舍人,即妾身是也。"景小姐吃了一惊,仔细一认,果然一毫不差。连老姥也在旁拍手道:"是呀,是呀。我方才道面庞熟得紧,那知就是前日的舍人。"景小姐道:"请问夫人前日为何这般打扮?"闻小姐道:"老父有难,进京辨冤,故乔妆作男,以便行路。所以前日过蒙见爱,再三不肯应承者,正为此也。后来见难推却,又不敢实说真情,所以代友人纳了聘,以待后来说明。今纳聘之人已登黄甲①,年纪也与小姐相当,故此愚夫妇特来奉求,与小姐了此一段姻亲,报答前日厚情耳。"

景小姐见说,半晌做声不得。老姥在旁道:"多谢夫人美意。只是那位老爷姓甚名谁,夫人如何也叫他是友人?"闻小姐道:"幼年时节曾共学堂,后来同在庠中,与我家相公三人年貌多相似,是异姓骨肉。知他未有亲事,所以前日就有心替他结下了。这人姓魏,好一表人物,就是我相公同年。也不辱没了小姐。小姐一去,也就做夫人了。"景小姐听了这一篇说话,晓得是少年进士,有甚么不喜欢? 叫老姥陪住了闻小姐,背地去把这些说话备细告诉员外。员外见说是许个进士,岂有不撺掇之理? 真个是一让一个肯,回覆了闻小姐,转说与杜子中,一言已定。富员外设起酒来谢媒,外边款待杜子中,内里景小姐作主,款待杜夫人。两个小姐,说得甚是投机,尽欢而散。

约定了回来,先教魏撰之纳币②,拣个吉日迎娶回家。花烛之夕,见了模样,如获天人。因说起闻小姐闹妆纳聘之事,撰之道:"那聘物元是我的。"景小姐问:"如何却在他手里?"魏撰之又把先时竹篦题字,杜子中拾得,掉在他手里,认做另有个姐姐,故把玉闹妆为聘的根由说了一遍。一齐笑道:"彼此凤缘,颠颠倒倒,皆非偶然也。"

---

①黄甲:甲科进士及第者用黄纸书写,故名。
②纳币:古代婚礼六礼之一。纳吉(卜吉兆)之后,择日具书,送聘礼至女家,女家接受礼复书,婚姻乃定。

明日，魏撰之取出竹箭来与景小姐看，小姐道："如今只该还他了。"撰之就提笔写一柬与子中夫妻道：

　　既归玉环，返卿竹箭。两段姻缘，各从其便。一笑，一笑。

写罢，将竹箭封了，一同送去。杜子中收了，与闻小姐拆开来看，方见八字之下，又有"蜚娥记"三字。问道："'蜚娥'怎么解？"闻小姐道："此妾闺中之名也。"子中道："魏撰之错认了令姊，就是此二字了。若小生当时曾见此二字，这箭如何肯便与他！"闻小姐道："他若没有这箭起这些因头，那里又绊得景家这头亲事来？"两人又笑了一回，也题了一柬戏他道：

　　环为旧物，箭亦归宗。两俱错认，各不落空。一笑，一笑。

从此两家往来，如同亲兄弟姊妹一般。

两个甲科合力与闻参将辨白前事，世间情面那里有不让缙绅的？逐件赃罪得以开释，只处得他革任回卫。闻参将也不以为意了。后边魏、杜两人俱为显官。闻、景二小姐各生子女，又结了婚姻，世交不绝。这是蜀多才女，有如此奇奇怪怪的妙话。卓文君成都当垆①，黄崇嘏相府掌记②，又平平了。诗曰：

　　世上夸称女丈夫，不闻巾帼竟为儒。

　　朝廷若也开科取，未必无人待价沽③。

①当垆：卖酒。垆，放酒坛的土墩。

②掌记：掌书记。

③"朝廷"二句：谓如果朝廷也开女科取士，一定有才女去应试出仕。待价沽：等待善价出售。语出《论语・子罕》："有美玉于斯，韫椟而藏诸？求善贾而沽诸？子曰'沽之哉，沽之哉？我待价沽者也。'"

卷十八

甄监生浪吞秘药　春花婢误泄风情

诗云：

> 自古成仙必有缘，仙缘不到总徒然。
>
> 世间多少痴心者，日对丹炉取药煎。

　　话说昔日有一个老翁，极好奉道，见有方外人经过①，必厚加礼待，不敢怠慢。一日，有个双髽髻的道人特来访他②，身上甚是蓝褛不像，却神色丰满和畅。老翁疑是异人，迎在家中，好生管待。那道人饮酒食肉，且是好量。老翁只是支持与他③，并无厌倦。道人来去了几番，老翁相待到底是一样的。道人一日对老翁道："贫道叨扰吾丈久矣，多蒙老丈再无弃嫌。贫道也要老丈到我山居中，寻几味野蔬，少少酬答厚意一番，未知可否？"老翁道："一向不曾问得仙庄在何处，有多少远近，老汉可去得否？"道人道："敝居只在山深处，原无多远。若随着贫道走去，顷刻就到。"老翁道："这等，必定要奉拜则个。"当下道人在前，老翁在后，走离了乡村闹市去处，一步步走到荒田野径中，转入山路里来。境界清幽，林木茂盛。迤逦过了几个山岭，山凹之中露出几间茅舍来。道人用手指道："此间已是山居了。"不数步，走到面前，道人开了门，拉了老翁一同进去。老翁看那里面光景时：

> 虽无华屋朱门气，却有琪花瑶草香④。

道人请老翁在中间堂屋里坐下，道人自走进里面去了，一回，走出来道："小蔬已具，老丈且消停坐一会。等贫道去请几个道伴，相陪闲话则个。"老翁喜的是道友，一发欢喜道："师父自尊便，老汉自当坐等。"道人

---

① 方外人：指离尘绝俗的僧道之人。

② 髽（zhuā）髻：梳在头顶两旁的发髻。

③ 支持：供应。

④ 琪花瑶草：古人想象中仙境的花草。也用来形容晶莹美丽的花草。琪、瑶：两种美玉。

一径望外去了。

　　老翁呆呆坐着,等候多时,不见道人回来,老翁有些不耐烦,起来前后走看。此时肚里也有些饥了,想寻些甚么东西吃吃,料道厨房中必有,打从旁门走到厨房中来。谁想厨房中锅灶俱无,止有些椰瓢棘匕之类①。又有两个陶器的水缸,用笠篷盖着。老翁走去揭开一个来看,吃了一惊,原来是一盆清水,内浸着一只雪白小狗子,毛多挦干净了的。老翁心里道:"怪道他酒肉不戒,还吃狗肉哩!"再揭开这一缸来看,这一惊更不小。水里浸着一个小小孩童,手足多完全的,只是没气。老翁心里才疑道:"此道人未必是好人了,吃酒吃肉,又在此荒山居住,没个人影的所在,却家里放下这两件东西。狗也罢了,如何又有此死孩子? 莫非是放火杀人之辈? 我一向错与他相处了。今日在此,也多凶少吉。"欲待走了去,又不认得来时的路,只得且耐着。正疑惑间,道人同了一伙道者走来,多是些庞眉皓发之辈,共有三四个。进草堂中与老翁相见,叙礼坐定。老翁心里怀着鬼胎,看他们怎么样。

　　只见道人道:"好教列位得知,此间是贫道的主人,一向承其厚款,无以为答。今日恰恰寻得野蔬二味在此,特请列位过来,陪着同享,聊表寸心。"道人说罢,走进里面,将两个瓦盆盛出两件东西来,摆在桌上。就每人面前放一双棘匕。向老翁道:"勿嫌村鄙,略尝些少则个。"老翁看着卓上摆的二物,就是水缸内浸的那一只小狗,一个小孩子。众道流掀髯拍掌道:"老兄何处得此二奇物?"尽打点动手,先向老翁推逊,老翁慌了道:"老汉自小不曾破犬肉之戒,何况人肉! 今已暮年,怎敢吃此!"道人道:"此皆素物,但吃不妨。"老翁道:"就是饿死也不敢吃。"众道流多道:"果然立意不吃,也不好相强。"拱一拱道:"恕无礼了。"四五人攒做一堆,将两件物事吃个罄尽。盆中溅着几点残汁,也把来餂干净了。老翁呆着脸,不敢开言,只是默看。道人道:"老丈既不吃此,枉了下顾这一番。乏物相款,肚里饥了怎好?"又在里面取出些白糕来递与老翁道:"此是家制的糕,尽可充饥,请吃一块。"老翁看见是糕,肚里本等又是饿了,只得取来吞嚼,略觉有些涩味,正是饿得荒时,也管不得好歹

---

　　①棘匕:枣木匙子。

了。才吃下去，便觉精神陡搜起来①。想道："长安虽好，不是久恋之家。趁肚里不饿了，走回去罢。"来与道人作别，道人也不再留，但说道："可惜了此会，有慢老丈，反觉不安。贫道原自送老丈回去。"与众道流同出了门。众道流叫声多谢，各自散去。

道人送老翁到了相近闹热之处，晓得老翁已认得路，不别而去。老翁独自走了家来。心里只疑心这一干人多不是善男子、好相识，眼见得吃狗肉、吃人肉惯的，是一伙方外采生灵割做歹事的强盗②，也不见得。

过了两日，那个双鬟髻的道人又到老翁家来，对老翁拱手道："前日有慢老丈。"老翁道："见了异样食品，至今心里害怕。"道人笑道："此乃老丈之无缘也。贫道历劫修来，得遇此二物，不敢私享。念老丈相待厚意，特欲邀至山中，同众道侣食了此味，大家得以长生不老。岂知老丈仙缘尚薄，不得一尝！"老翁道："此一小犬、小儿，岂是仙味？"道人道："此是万年灵药，其形相似，非血肉之物也。如小犬者，乃万年枸杞之根，食之可活千岁。如小儿者，乃万年人参成形，食之可活万岁。皆不宜犯烟火，只可生吃。若不然，吾辈皆是人类，岂能如虎狼吃那生犬、生人，又毫无骸骨吐弃乎？"老翁才想着前日吃的光景，果然是大家生啖，不见骨头吐出来，方信其言是真，懊悔道："老汉前日直如此懵懂，师父何不明言？"道人道："此乃生成的缘分。没有此缘，岂可泄漏天机？今事已过了，方可说破。"老翁捶胸跌足道："眼面前错过了仙缘，悔之何及！师父而今还有时，再把一个来老汉吃吃。"道人笑道："此等灵根，寻常岂能再遇？老丈前日虽不曾尝得二味，也曾吃过千年茯苓。自此也可一生无疫，寿过百岁了。"老翁道："甚么茯苓？"道人道："即前日所食白糕便是。老丈的缘分只得如此，非贫道不欲相度也。"道人说罢而去，已后再不来了。自此老翁整整直活到一百余岁，无疾而终。

可见神仙自有缘分。仙药就在面前，又有人有心指引的，只为无

---

①陡搜：同"抖擞"。

②采生灵割：疑为"采生割灵"，即"采生折割"。这是一种捕杀生人，折割其肢体，取五官脏腑等用以合药敛财的罪恶勾当。《明律》云："凡采生折割人者，凌迟处死。"

缘，兀自不得到口。却有一等痴心的人，听了方士之言，指望炼那长生不死之药，死砒死汞，弄那金石之毒到了肚里，一发不可复救。古人有言："服药求神仙，多为药所误。"自晋人作兴那五石散、寒食散之后①，不知多少聪明的人被此坏了性命。臣子也罢，连皇帝里边药发不救的也有好几个。这迷而不悟，却是为何？只因制造之药，其方未尝不是仙家的遗传。却是神仙制炼此药，须用身心宁静，一毫嗜欲具无，所以服了此药，身中水火自能匀炼，故能骨力坚强，长生不死。今世制药之人，先是一种贪财好色之念横于胸中，正要借此药力挣得寿命，可以恣其所为，意思先错了。又把那耗精劳形的躯壳要降伏他金石熬炼之药。怎当得起？所以十个九个败了。朱文公有《感遇》诗云②：

> 飘摇学仙侣，遗世在云山。盗启元命秘，窃窥生死关。金鼎蟠龙虎③，三年养神丹。刀圭一入口④，白日生羽翰⑤。我欲往从之，脱屣谅非难。但恐逆天理，偷生讵能安？

看了文公此诗，也道仙药是有的，只是就做得来，也犯造化所忌，所以不愿学他。岂知这些不明道理之人，只要蛮做蛮吃，岂有天上如此没清头，把神仙与你这伙人做了去？落得活活弄杀了。而今说一个人，信着方上人，好那丹方鼎器⑥，弄掉了自己性命，又几乎连累出几条人命来。

> 欲作神仙，先去嗜欲。愚者贪淫，惟日不足。借力药饵，取欢枕褥。一朝药败，金石皆毒。夸言鼎器，鼎覆其餗⑦。

话说国朝山东曹州⑧，有一个甄廷诏，乃是国子监监生。家业富厚，

---

①五石散：即寒食散。配方中有紫石英、白石英、赤石脂，钟乳石、硫黄等五石，故名。魏晋名士服散，成为一时风气。

②朱文公：即朱熹。宋代理学家。

③龙虎：道教外丹家称炼外丹的原料铅和汞为龙虎。内丹家则以龙喻元神，虎喻元精。

④刀圭：这里指药物。

⑤羽翰：翅膀。指飞升成仙。

⑥鼎器：炼丹的容器。

⑦鼎覆其餗：指鼎折足后食物倾倒出来。比喻招致灾祸。

⑧曹州：明代兖州府的属州，今山东省曹县。

有一妻二妾。生来有一件僻性,笃好神仙黄白之术。何谓黄白之术?
方上丹客哄人炼丹,说养成黄芽,再生白雪,用药点化为丹,便铅汞之类
皆变黄金白银。故此炼丹的叫做黄白之术。有的只贪图银子,指望丹
成;有的说丹药服了就可成仙度世,又想长生起来。有的又说内丹成①,
外丹亦成②,却用女子为鼎器,与他交合,采阴补阳,捉坎填离,炼成婴儿
姹女③,以为内丹,名为采战功夫④。乃黄帝、容成公、彭祖御女之术⑤,
又可取乐,又可长生。其中有本事不济,等不得女人精至,先自战败了
的,只得借助药力,自然坚强耐久,有许多话头做作,哄动这些血气未定
的少年,其实有枝有叶,有滋有味。那甄监生心里也要炼银子,也要做
神仙,也要女色取乐,无所不好。但是方士所言之事,无所不依,被这些
人弄了几番谊头⑥,提了几番罐子⑦,只是不知懊悔,死心塌地在里头,
把一个好好的家事弄得七零八落,田产多卖尽,用度渐渐不足了。同乡
有个举人朱大经,苦口劝谏了几遭,只是不悟,乃作一首口号嘲他道⑧:

> 曹州有个甄廷诏,养着一伙真强盗。养砂乾汞立投词,采阴补
> 阳去祷告。一股青烟不见踪,十顷好地随人要。家间妻子低头恼,
> 街上亲朋拍手笑。

又做一首歌警戒他道:

> 闻君多智兮,何邪正之混施? 闻君好道兮,何妻子之嗟咨? 予
> 知君不孝兮,弃祖业而无遗。又知君不寿兮,耗元气而难医。

---

①内丹:是道教修炼的方式。以天人合一的思想为指导,以人体为鼎炉,精
　气神为药物,在体内炼结成丹的修行方式。

②外丹:指用鼎炉炼铅汞等矿物药物,以配制所谓长生不死的金丹。

③婴儿姹女:道家称铅为婴儿,水银为姹女。

④采战:犹采补。汲取他人元气、精血以补益自己身体。也隐指两性关系。

⑤容成公:道教所尊奉的仙人。相传为老子之师,擅长房中养生术。彭祖:
　传说姓籛,名铿,古代长寿之人,善导引养气之术。

⑥谊头:指骗局。

⑦提罐子:方士隐语。《初刻拍案惊奇》卷十八说:"只要先将银子为母,后来
　觑个空儿,偷了银子便走。叫做提罐。"

⑧口号:随口吟成的诗,小说中多指打油诗、顺口溜之类。

甄监生得知了，心里恼怒，发个冷笑道："朱举人肉眼凡夫，那里晓得就里！说我弃了祖业，这是他只据目前，怪不得他说，也罢！怎反道我不寿？看你们倒做了仙人不成？"恰像与那个别气一般的，又把一所房子卖掉了。卖得一二百两银子，就一气讨了四个丫头，要把来采取做鼎器。内中一个唤名春花，独生得标致出众，甄监生最是喜欢，自不必说。

一日请得一个方士来，没有名姓，道号玄玄子，与甄监生讲着内外丹事，甚是精妙。甄监生说得投机，留在家里多日，把向来弄过旧方请教他。玄玄子道："方也不甚差，药材不全，所以不成。若要成事，还要养炼药材，这药材须到道口集上去买。"甄监生道："药材明日我与师父亲自买去，买了来从容养炼，至于内外事口诀，先要求教。"玄玄子先把外丹养砂乾汞许多话头传了，再说到内丹采战抽添转换、升提呼吸要紧关头。甄监生听得津津有味，道："学生于此事究心已久，行之颇得其法，只是到得没后一着，不能忍耐。有时提得气上，忍得牢了，却又兴趣已过，便自软瘘，不能抽送，以此不能如意。"玄玄子道："此事最难。在此地位，须是形交而神不交，方能守得牢固。然功夫未熟，一个主意要神不交，才付之无心，便自软瘘。所以初下手人必须借力于药。有不倒之药，然后可以行久御之术。有久御之功，然后可以收阴精之助。到得后来，收得精多，自然刚柔如意，不用药了。若不先资药力，竟自讲究其法，便有些说时容易做时难，弄得不尴尬①，落得损了元神②。"甄监生道："药不过是春方，有害身子。"玄玄子道："春方乃小家之术，岂是仙家所宜用？小可有炼成秘药，服之久久，便可骨节坚强，长生度世。若试用鼎器，阳道壮伟坚热，可以胶结不解，自能伸缩，女精立至，即夜度十女，金枪不倒。此乃至宝之丹，万金良药也。"甄监生道："这个就要相求了。"玄玄子便去葫芦内倾出十多丸来，递与甄监生道："此药每服一丸，然未可轻用，还有解药。那解药合成，尚少一味，须在明日一同这些药料买去。"甄监生收受了丸药，又要玄玄子参酌内丹口诀异同之处。玄

_____

①尴尬：不好处理。
②元神：道家十分重视修炼活动的精神作用，认为元神是人神志活动的原动力，禀受先天精气而产生，为生命之根本。

玄子道:"此须晚间卧榻之上,才指点得穴道明白,传授得做法手势亲切。"甄监生道:"总是明日要起早到道口集上去买药,今夜学生就同在书房中一处宿了,讲究便是。"当下分付家人:"早起做饭,天未明就要起身,倘或睡着了,饭熟时来叫一声。"家人领命已讫。是夜遂与玄玄子同宿书房,讲论房事,传授口诀。约莫一更多天,然后睡了。

第二日天未明,家人们起来做饭停当,来叫家主起身。连呼数声,不听得甄监生答应,却惊醒了玄玄子。玄玄子摸摸床子,不见主人家。回说道:"昨夜一同睡的,我睡着了,不知何往,今不在床上了。"家人们道:"那有此话!"推进门去,把火一照,只见床上里边玄玄子睡着,外边脱下里衣一件,却不见家主。尽道:想是原到里面睡去了。走到里头敲门问时,说道:"昨晚不曾进来。"合家惊起,寻到书房外边一个小室之内,只见甄监生直挺挺眠于地上,看看口鼻时,已是没气的了。大家慌张起来,道:"这死得希奇!"其子甄希贤听得,慌忙走来,仔细看时,口边有血流出。希贤道:"此是中毒而死,必是方士之故。"希贤平日见父亲所为,心中不伏气,怪的是方士。不匡父亲这样死得不明,不恨方士恨谁?领了家人,一头哭,一头走,赶进书房中揪着玄玄子,不管三七二十一,拳头脚尖齐上,先是一顿肥打。玄玄子不知一些头脑,打得口里乱叫:"老爷!相公!亲爹爹!且饶狗命!有话再说。"甄希贤道:"快还我父亲的性命来!"玄玄子慌了道:"老相公怎的了?"家人走上来,一个巴掌打得应声响,道:"怎的了?怎的了?你难道不知道的,假撇清么①?"一把抓来,将一条铁链锁住在甄监生尸首边了,一边收拾后事。

待天色大明了,写了一状,送这玄玄子到县间来。知县当堂问其实情,甄希贤道:"此人哄小人父亲炼丹,晚间同宿,就把毒药药死了父亲。口中现有血流,是谋财害命的。"玄玄子诉道:"晚间同宿是真。只是小的睡着了,不知几时走了起去,以后又不知怎样死了。其实一些也不知情。"知县道:"胡说!既是同宿,岂有不知情?况且你每这些游方光棍有甚么事做不出来!"玄玄子道:"小人见这个监生好道,打点哄他些东西,情是有的;至于死事,其实不知。"知县冷笑道:"你难道肯自家

---

①假撇清:假装作清白、正经。

说是怎么样死的不成？自然是赖的！"叫左右："将夹强盗的头号夹棍，把这光棍夹将起来！"可怜那玄玄子：

> 管什么玄之又玄，只看你熬得不得。吆呵力重，这算做洗髓伐毛；叫喊声高，用不着存神闭气。口中白雪流将尽，谷道黄芽挣出来①。

当日把玄玄子夹得一佛出世，二佛升天②，又打勾一二百椰头。玄玄子虽然是江湖上油嘴棍徒，却是惯哄人家好酒好饭吃了，叫先生、叫师父尊敬过的，倒不曾吃着这样苦楚，好生熬不得。只得招了道："用药毒死，图取财物是实。"知县叫画了供，问成死罪，把来收了大监，待叠成文案再申上司。乡里人闻知的多说："甄监生尊信方士，却被方士药死了。虽是甄监生迷而不悟，自取其祸；那些方士这样没天理的，今官府明白，将来抵罪，这才为现报了。"亲戚朋友没个不欢喜的。到于甄家家人，平日多是恨这些方士入骨的，今见家主如此死了，恨不登时咬他一块肉，断送得他在监里问罪，人人称快，不在话下。

　　岂知天下自有冤屈的事。元来甄监生二妾四婢，惟有春花是他新近宠爱的。终日在闺门之内，轮流侍寝，采战取乐③。终久人多耳目众，觉得春花兴趣颇高，碍着同伴窃听，不能尽情，意思要与他私下在那里弄一个翻天覆地的快活。是夜口说在书房中歇宿，其实暗地里约了春花，晚间开出来，同到侧边小室中行事，春花应允了。甄监生先与玄玄子同宿，教导术法，传授了一更多次，习学得熟。正要思量试用，看见玄玄子睡着，即走下床来，披了衣服，悄悄出来。走到外边，恰好春花也在里面走出来。两相遇着，拽着手，竟到侧边小室中，有一把平日坐着运气的禅椅在内，叫春花脱了下衣，坐好在上面了，甄监生就舞弄起来，按着方法，九浅一深，你呼我吸，弄勾多时。那春花花枝也似一般的后生，兴趣正浓，弄得浑身酥麻，做出千妖百媚哼哼唧唧的声气来。身子好像

---

①谷道黄芽：谷道，指肛门；黄芽，戏称粪便。

②一佛出世，二佛升天：升天，佛家语，意谓"生于天界"，即"死"。这里比喻死去活来。

③采战：道教所说的房中术。

蜘蛛做网一般,把屁股向前突了一突,又突一突。两只脚一伸一宿,踏车也似的不住。间深之处,紧抱住甄监生,叫声:"我的爹,快活死了!"早已阴精直泄。甄监生看见光景,兴动了,也有些喉急,忍不住,急按住身子。闭着一口气,将尾闾向上一趱,如忍大便一般,才阻得不来。那些清水游精,也流个不住。虽然忍住,只好站着不动,养在阴户里面,要再抽送。就差不多丢出来。

甄监生极了,猛想道:"日间玄玄子所与秘药,且吃他一丸,必是耐久的。"就在袖里摸出纸包来,取一丸,用唾津咽了下去。才咽得下,就觉一股热气竟趋丹田,一霎时,阳物振荡起来,其热如火,其硬如铁,毫无起初欲泄之意了。发起狠来,尽力抽送。春花快活连声。甄监生只觉他的阴户窄小了好些,元来得了药力,自己的内具涨得典瓜也似大了。用手摸摸,两下凑着肉,没些些缝地。甄监生晓得这药有些妙处,越加乐意。只是阴户塞满,微觉抽送艰涩。却是这药果然美妙,不必抽送,里头肉具自会伸缩。弄得春花死来活去,又丢过了一番。甄监生亏得药力,这番耐得住了。谁知那阳物得了阴精之助,一发势硬壮伟,把阴中淫水煤干,两相吸牢,扯拔不出。

甄监生想道:"他日间原说还有解药,不曾合成。方才性急头上,一下子吃了。而今怎得药来解他?"心上一急,便有些口渴气喘起来,对春花道:"怎得口水来吃吃便好!"春花道:"放我去取水来与你吃。"甄监生待要拔出时,却像皮肉粘连生了根的,略略扯动,两下叫疼的了不得!甄监生道:"不好!不好!待我高声叫个人来取水罢。"春花道:"似此粘连的模样,叫个人来看见,好不羞死!"甄监生道:"这等,如何能勾解开?"春花道:"你丢了不得?"甄监生道:"说得是。虽是我们内养家不可轻泄,而今弄到此地位,说不得了!"因而一意要泄。谁知这样古怪,先前不要他住,却偏要钻将出来;而今要泄了时,却被药力涩住。落得头红面热,火气反望上攻。口里哼道:"活活的急死了我!"咬得牙齿格格价响,大喊一声道:"罢了我了!"两手撒放,扑的望地上倒了下来。

春花只觉阴户螯得生疼,且喜已脱出了,连忙放下双脚,站起身来道:"这是怎的说?"去扶扶甄监生时,声息俱无,四肢挺直,但身上还是热的,叫问不应了。春花慌了手脚,道:"这事利害。若声张起来,不要说羞人，我这罪过须逃不去。总是夜里没人知道，瞒他娘罢！”且不管家主死活，轻轻的脱了身子，望自己卧房里只一溜，溜进去睡了，并没一个人知觉。到得天明，合家人那查夜来细帐？却把一个甚么玄玄子顶了缸①，以消平时恶气，再不说他冤枉的了。只有春花肚里明白，怀着鬼胎，不敢则声，眼盼盼便做这个玄玄子悔气不着也罢。

　　看官，你道这些方士固然可恨，却是此一件事是甄监生自家误用其药，不知解法，以致药发身死，并非方士下手故杀的。况且平时提了罐、着了道儿的②，又别是一伙，与今日这个方士没相干。只为这一路的人，众恶所归，官打见在，正所谓张公吃酒李公醉③，又道是拿着黄牛便当马。又是个无根蒂的，没个亲戚朋友与他辩诉一纸状词，活活的顶罪罢了。却是天理难昧，元不是他谋害的，毕竟事久辨白出来。这放着做后话。

　　且说甄希贤自从把玄玄子送在监里了，归家来成了孝服。把父亲所作所为尽更变过来。将药炉、丹灶之类打得粉碎，一意做人家④。先要卖去这些做鼎器的使女。其时有同里人李宗仁，是个富家子弟，新断了弦，闻得甄家使女多有标致的，不惜重价，来求一看。希贤叫将出来看时，头一名就点中了春花，用掉了六十多两银子，讨了家去。宗仁明晓得春花不是女身⑤，却容貌出众，风情动人，两下多是少年，你贪我爱，甚是过得绸缪。春花心性飘逸，好吃几杯酒，有了酒，其兴愈高，也是甄家家里掺炼过，是能征惯战的手段。宗仁肉麻头里，高兴时节，问他甄家这些采战光景。春花不十分肯说，直等有了酒，才略略说些出来。

　　宗仁一日有亲眷家送得一小坛美酒，夫妻两个将来对酌。宗仁把春花劝得半醉，两个上床，乘着酒兴干起事来。就便问起甄家做作，春花也斜着双眼道：“他家动不动吃了药做事，好不爽利煞人！只有一日正弄得极快活，可惜就收场。”宗仁道：“怎的就收场了？”春花道：“人

────────

①顶了缸：顶替，代替。
②提了罐：指方士偷了银子溜走。着了道儿：指中了圈套。
③“张公”句：古代俗谚，比喻代人受过。下句“拿着黄牛便当马”意同。
④做人家：吴语，节俭，节约。
⑤女身：指处女。

多弄杀了,不收场怎的?"宗仁道:"我正见说甄监生被方士药死了的。"春花道:"那里是方士药死?这是一桩冤屈事。其实只是吃了他的药,不解得,自弄死了。"宗仁道:"怎生不解得弄死了?"春花却把前日晚间的事,是长是短,备细说了一遍。宗仁道:"这等说起来,你当时却不该瞒着,急急叫起人来,或者还可有救。"春花道:"我此时慌了,只管着自己身子干净,躲得过便罢了,那里还管他死活?"宗仁道:"这等,你也是个没情的。"春花道:"若救活了,今日也没你的分了。"两个一齐笑将起来。虽然是一番取笑说话,自此宗仁心里毕竟有些嫌鄙春花,不足他的意思。

看官听说,大凡人情,专有一件古怪:心里热落时节①,便有些缺失之处,只管看出好来;略有些小不像意起头②,随你承奉他,多是可嫌的,并那平日见的好处也要拣相出不好来,这多是缘法在里头。有一只小词儿单说那缘法尽了的:

> 缘法儿尽了,诸般的改变。缘法儿尽了,要好也再难。缘法儿尽了,恩成怨。缘法儿若尽了,好言当恶言。缘法儿尽了也,动不动变了脸。

今日说起来,也是春花缘法将尽,不该趁酒兴把这些话柄一盘托了出来。男子汉心肠,见说了许多用药淫战之事,先自有些拈酸不耐烦,觉得十分轻贱。又兼说道弄死了在地上,不管好歹,且自躲过,是个无情不晓事的女子,心里淡薄了好些。朝暮情意,渐渐不投。春花看得光景出来,心里老大懊悔。正是一言既出,驷马难追。此时便把舌头剪了下来,嘴唇缝了拢去,也没一毫用处。思量一转,便自捶胸跌足,时刻不安。

也是合当有事。一日,公婆处有甚么不合意,骂了他:"弄死汉子的贱淫妇!"春花听见,恰恰道着心中之事,又气恼,又懊悔。没怨怅处,妇人短见,走到房中,一索吊起。无人防备的,那个来救解?不上一个时辰,早已呜呼哀哉!

---

①热落:亲热,要好。
②像意:如意,满意。

只缘身作延年药，一服曾经送主终。

今日投缳殆天意，双双采战夜台中①。

却说春花含羞自缢而死，过了好一会，李宗仁才在外厢走到房中。忽见了这件打秋千的物事，吃了一惊，慌忙解放下来，早已气绝的了。宗仁也有些不忍，哭将起来。父母听得，急走来看时，只叫得苦。老公婆两个互相埋怨道："不合骂了他几句，谁晓得这样心性，就做短见的事！"宗仁明知道是他自怀羞愧之故，不好说将出来。邻里地方闻知了来问的，只含糊回他道："妻子不孝，毁骂了公婆，惧罪而死。"幸喜春花是甄家远方讨来的，没有亲戚，无人生端告执人命②。却自有这伙地方人等要报知官府，投递结状③，相验尸伤，许多套数。宗仁也被缠得一个不耐烦，费掉了好些盘费，才得停妥，也算是大悔气。

春花既死，甄监生家里的事越无对证。这方士玄玄子永无出头日子了。谁知天理所在，事到其间，自有机会出来。其时山东巡按是灵宝许襄毅公④，按临曹州⑤，会审重囚。看见了玄玄子这宗案卷，心里疑道："此辈不良，用药毒人，固然有这等事，只是人既死了，为何不走？"次早提问这事。先叫问甄希贤，希贤把父亲枉死之状说了一遍。许公道："汝父既与他同宿，被他毒了，想就死在那房里的了。"希贤道："死在外边小室之中。"许公道"为何又在外边？"希贤道："想是药发了，当不得⑥，乱走出来寻人，一时跌倒了的。"许公道："这等，那方士何不逃了去？"希贤道："彼时合家惊起，登时拿住，所以不得逃去。"许公道："死了几时，你家才知道？"希贤道："约了天早同去买药，因家人叫呼不应，不见踪迹，前后找寻，才看见死了的。"许公道："这等，他要走时，也去久了。他招上说谋财害命，谋了你家多少财？而今在那里？"希贤道："止是些买

---

①夜台：指阴间。

②生端：制造事端，惹事生非。

③结状：证明案情已经了结的文书。

④许襄毅公：许进，字季升，灵宝（今属河南）人。成化二年(1466)进士，授御史，曾巡按甘肃、山东。官至吏部尚书，谥襄毅。

⑤按临：巡视到某处。

⑥当不得：受不住。

药之本，十分不多，还在父亲身边，不曾拿得去。"许公道："这等，他毒死你父亲何用？"希贤道："正是不知为何这等毒害。"

许公就叫玄玄子起来，先把气拍一敲道："你这伙人死有余辜！你药死甄廷诏，待要怎的？"玄玄子道："廷诏要小人与他炼外丹，打点哄他些银子，这心肠是有的。其实药也未曾买，正要同去买了，才弄起头，小人为何先药死他？前日熬刑不过，只得屈招了。"许公道："与你同宿是真的么？"玄玄子道："先在一床上宿的，后来睡着了，不知几时走了去。小人睡梦之中，只见许多家人打将进来，拿小人去偿命，小人方知主人死了，其实一些情也不晓得。"许公道："为甚么与你同宿？"玄玄子道："要小人传内事功夫。小人传了他些口诀，又与了他些丸药，小人自睡了。"许公道："丸药是何用的？"玄玄子道："是房中秘戏之药。"许公点头道："是了，是了。"又叫甄希贤问道："你父亲房中有几人？"希贤道："有二妾四女。"许公道："既有二妾，焉用四女？"希贤道："父亲好道，用为鼎器。"许公道："六人之中，谁为最爱？"希贤道："二妾已有年纪，四女轮侍，春花最爱。"许公道："春花在否？"希贤道："已嫁出去了。"许公道："嫁在那里？快唤将来！"希贤道："近日死了。"许公道："怎样死了？"希贤道："闻是自缢死的。"许公哈哈大笑道："即是一桩事一个情也！其夫是何名姓？"希贤道："是李宗仁。"

许公就掣一签，差个皂隶去，不一时拘将李宗仁来。许公问道："你妻子为何缢死的？"宗仁磕头道："是不孝公姑，惧罪而死。"许公故意作色道："分明是你致死了他，还要胡说！"宗仁慌了道："妻子与小人从来好的，并无说话。地方邻里现有干结在官①。委是不孝小人的父母，父母要声说，自知不是，缢死了的。"许公道："你且说他如何不孝？"宗仁一时说不出来，只是支吾道："毁骂公姑。"许公道："胡说！既敢毁骂，是个放泼的妇人了，有甚惧怕，就肯自死？"指着宗仁道："这不是他惧怕，还是你的惧怕。"宗仁道："小人有甚惧怕？"许公道："你惧怕甄家丑事彰露出来，乡里间不好听，故此把不孝惧罪之说支吾过了，可是么？"宗仁见许公道着真情，把个脸涨红了，开不得口。许公道："你若实说，我不打

---

① 干结：犹言结状。

你；若有隐匿，必要问你偿命。"宗仁慌了，只得实实把妻子春花吃酒醉了，说出真情，甄监生如何相约，如何吃了药不解得，一口气死了的话，备细述了一遍，道："自此以后，心里嫌他，委实没有好气相待。妻子自觉失言，悔恨自缢，此是真情。因怕乡亲耻笑，所以只说因骂公姑，惧怕而死。今老爷所言分明如见，小人不敢隐瞒一句。只望老爷超生。"许公道："既实说了，你原无罪，我不罪你。"一面录了口词。

就叫玄玄子来道："我晓得甄廷诏之死与你无干。只是你药如此误事，如何轻自与人？"玄玄子道："小人之药，原有解法。今甄廷诏自家妄用，丧了性命，非小人之罪也。"许公道："却也误人不浅。"提笔写道：

审得甄廷诏误用药而死于淫，春花婢醉泄事而死于悔。皆自贻伊戚①，无可为抵，两死相偿足矣。玄玄子财未交涉，何遽生谋？死尚身留，必非毒害。但淫药误人，罪亦难免。甄希贤痛父执命②，告不为诬。李宗仁无心妻妾，情更可悯。俱免拟释放③。

当下将玄玄子打了廿板，引"庸医杀人"之律，问他杖一百，逐出境押回原籍。又行文山东六府：凡军民之家敢有听信术士、道人邪说采取炼丹者，一体问罪。发放了毕。

甄希贤回去与合家说了，才晓得当日甄监生死的缘故却因春花，春花又为此缢死，深为骇异。尽道："虽不干这个方士的事，却也是平日误信此辈，致有此祸也。"

六府之人见察院行将文书来④，张挂告示，三三两两尽传说甄家这事，乃察院明断⑤，以为新闻。好些好此道的，也不敢妄做了。真足为好内外丹事者之鉴。

从来内外有丹术，不是贪财与好色。外丹原在广施济，内丹却用调呼吸。而今烧汞要成家，采战无非图救急。□有神仙累劫修，

———————

① 自贻伊戚：自招灾殃。
② 执命：追查凶手偿命。
③ 拟：即拟罪，定罪。
④ 六府：明代山东六府为济南、兖州、东昌、青州、莱州、登州。
⑤ 察院：明代巡按全衔为"巡按某处监察御史"，故称为"巡按察院"，简称"察院"。

不及庸流眼前力。一盆火内炼能成，两片皮中抽得出。

卷十九

田舍翁时时经理　牧童儿夜夜尊荣

词云：

> 扰扰劳生，待足何时足？据见定、随家丰俭，便堪龟缩。得意浓时休进步，须防世事多翻覆。枉教人白了少年头，空碌碌。

此词乃是宋朝诗僧晦庵所作《满江红》前阕，说人生富贵荣华，常防翻覆，不足凭恃。劳生扰扰，巴前算后，每怀不足之心，空白了头没用处，不如随缘过日的好。

只看宋时嘉祐年间①，有一个宣义郎万延之②，乃是钱塘南新人③，曾中乙科出仕④。性素刚直，做了两三处地方州县官，不能屈曲，中年拂衣而归。徙居余杭⑤，见水乡陂泽，可以耕种作田的，因为低洼，有水即没，其价甚贱。万氏费不多些本钱，买了无数。也是人家该兴，连年亢旱，是处低田大熟，岁收租米万石有余。万宣义喜欢，每对人道："吾以万为姓，今岁收万石，也勾了我了。"自此营建第宅，置买田园，扳结婚姻。有人来献勤作媒，第三个公子说合驸马都尉王晋卿家孙女为室⑥，约费用二万缗钱，才结得这头亲事。儿子因是驸马孙婿，得补三班借职⑦。一时富贵熏人，诈民无算。

---

①嘉祐：宋仁宗赵祯年号（1056—1063）。

②宣义郎：宋代文职散官。

③钱塘：宋代临安府的属县，属两浙路，今浙江杭州。

④中乙科：即考中进士。唐宋进士分为甲乙科；而明清称举人为乙科，进士甲科。

⑤余杭：宋代临安府的属县，属两浙路，今属浙江省。

⑥王晋卿：名诜，开封（今属河南）人。熙宁二年（1069）尚英宗女蜀国长公主，拜左卫将军、驸马都尉，官利州防御使。擅诗词，工山水。喜收藏，精于鉴赏。广交苏轼、黄庭坚、米芾、秦观、李公麟等文人雅士。

⑦三班借职：宋代低级武臣阶官。

　　他家有一个瓦盆，是希世的宝物。乃是初选官时，在都下，为铜禁甚严，将十个钱市上买这瓦盆来盥洗。其时天气凝寒，注汤沃面过了①，将残汤倾去，还有倾不了的，多少留些在盆内。过了一夜，凝结成冰，看来竟是桃花一枝。人来见了，多以为奇，说与宣义。宣义看见道："冰结拢来，原是花的。偶像桃花，不是奇事。"不以为意。明日又复剩些残水在内，过了一会看时，另结一枝开头牡丹，花朵丰满，枝叶繁茂，人工做不来的。报知宣义来看，道："今日又换了一样，难道也是偶然？"宣义方才有些惊异道："这也奇了，且待我再试一试。"亲自把瓦盆拭净，另洒些水在里头。次日再看，一发结得奇异了，乃是一带寒林，水村竹屋，断鸿翘鹭，远近烟峦，宛如图画。宣义大骇，晓得是件奇宝，唤将银匠来，把白金镶了外层，将锦绮做了包袱，什袭珍藏②。但遇凝寒之日，先期约客，张筵置酒，赏那盆中之景。是一番另结一样，再没一次相同的。虽是名家画手，见了远愧不及。前后色样甚多，不能悉纪。只有一遭最奇异的，乃是上皇登极，恩典下颁，致仕官皆得迁授一级③，宣义郎加迁〔宣〕德郎④。敕下之日，正遇着他的生辰，亲戚朋友来贺喜的，满坐堂中。是日天气大寒，酒席中放下此盆，洒水在内，须臾凝结成像。却是一块山石上坐着一个老人，左边一龟，右边一鹤，俨然是一幅"寿星图"。满堂饮酒的无不喜跃赞叹。内中有知今识古的士人议论道："此是瓦器，无非凡火烧成，不是甚么大地精华五行间气结就的⑤。有此异样，理不可晓，诚然是件罕物！"又有小人辈胁肩谄笑，掇臀捧屁⑥，称道："分明万寿无疆之兆，不是天下大福人，也不能勾有此异宝。"当下尽欢而散。

---

　①注汤沃面：用热水洗脸。

　②什袭珍藏：郑重珍藏。

　③致仕官：退休官员。致仕：辞官，交还所执掌的职权。古人一般七十岁致仕。

　④宣德郎：宋代文职散官。原文脱"宣"字。

　⑤五行：指木、火、土、金、水。五行学说认为宇宙万物，都由这五种基本物质的运行和变化所构成。

　⑥掇臀捧屁：吴语，形容谄媚巴结的丑态。明冯梦龙《醒世恒言》卷二十五："白长吉自挨进了身子，无一日不来掇臀捧屁。"

此时万氏又富又贵，又与皇亲国戚联姻，豪华无比，势焰非常。尽道是用不尽的金银，享不完的福禄了。谁知过眼云烟，容易消歇。宣德郎万延之死后，第三儿子补三班的也死了。驸马家里见女婿既死，来接他郡主回去①，说道万家家资多是都尉府中带来的，伙着二三十男妇，内外一抢，席卷而去。万家两个大儿子只好眼睁睁看他使势行凶，不敢相争，内财一空。所有低洼田千顷，每遭大水淹没，反要赔粮，巴不得推与人了倒干净，凭人占去。家事尽消，两子寄食亲友，流落而终。此宝盆被驸马家取去，后来也归了蔡京太师②。

识者道："此盆结冰成花，应着万氏之富，犹如冰花一般，原非坚久之象，乃是不祥之兆。"然也是事后如此猜度。当他盛时，那个肯是这样想？敢是这样说？直待后边看来，真个是如同一番春梦。所以古人寓言，做着《邯郸梦记》《樱桃梦记》③，尽是说那富贵繁华直同梦境。却是一个人做得一个梦了却一生，不如庄子说那牧童做梦，日里是本相，夜里做王公，如此一世，更为奇特。听小子敷演来看④：

> 人世原同一梦，梦中何异醒中？
>
> 若果夜间富贵，只算半世贫穷。

话说春秋时鲁国曹州有座南华山，是宋国商丘小蒙城庄子休流寓来此⑤，隐居著书，得道成仙之处。后人称庄子为南华老仙，所著书就名为《南华经》，皆因此起。彼时山畔有一田舍翁，姓莫名广，专以耕种为业。家有肥田数十亩，耕牛数头，工作农夫数人。茆檐草屋，衣食丰足，

---

①郡主：即郡公主，宗室之女。

②蔡京：字元长，仙游（今属福建）人。熙宁进士，官至右仆射、太师。与童贯勾结，为"六贼"之首。金兵攻宋时，举家南逃，遭放逐岭南，死于途中。

③《邯郸梦记》：明汤显祖所撰的传奇剧本，取材于唐沈既济的传奇小说《枕中记》，写吕洞宾以磁枕使卢生入梦，入将入相，享尽荣华，梦醒，才知是黄粱梦。《樱桃梦记》：明陈与郊所撰传奇剧本，据唐传奇小说《樱桃青衣》改编。写卢生梦中由手持樱桃的丫鬟相助，与豪门结亲，享受富贵荣华，经尽悲欢离合，梦醒，始省悟，遂寻仙访道。

④敷演：陈述。

⑤流寓：流落他乡居住。

算做山边一个土财主。他并无子嗣，与庄家老姥夫妻两个早夜算计思量，无非只是耕田锄地、养牛牧猪之事。有几句诗单道田舍翁的行径：

> 田舍老翁性夷逸，僻向小山结幽室。生意不满百亩田①，力耕水耨艰为食。春晚喧喧布谷鸣，春云霭霭檐溜滴。呼童载犁躬负锄，手牵黄犊头戴笠。一耕不自己，再耕还自力。三耕且插苗，看看秀而硕。夏耘勤勤秋复来，禾黍如云堪刈铚②。担箩负囊纷敛归，仓盈囷满居无隙。教妻囊酒赛田神，烹羊宰豚享亲戚。击鼓咚咚乐未央，忽看玉兔东方白③。

那个莫翁勤心苦脈，牛畜渐多。庄农不足，要寻一个童儿专管牧养。其时本处有一个小厮儿，祖家姓言。因是父母双亡，寄养在人家，就叫名寄儿。生来愚蠢，不识一字，也没本事做别件生理，只好出力做工度活。一日在山边拔草，忽见一个双丫髻的道人走过，把他来端相了一回，道"好个童儿！尽有道骨，可惜痴性颇重，苦障未除。肯跟我出家么？"寄儿道："跟了你，怎受得清淡过？"道人道："不跟我，怎受得烦恼过？也罢，我有个法儿，教你夜夜快活，你可要学么？"寄儿道："夜里快活，也是好的，怎不要学？师父可指教我。"道人道："你识字么？"寄儿道："一字也不识。"道人道："不识也罢。我有一句真言，只有五个字，既不识字，口传心授，也容易记得。"遂叫他将耳朵来："说与你听，你牢记着！"是那五个字？乃是

婆珊婆演底

道人道："临睡时，将此句念上百遍，管你有好处。"寄儿谨记在心。道人道："你只依着我，后会有期。"捻着渔鼓简板，口唱道情④，飘然而去。

是夜寄儿果依其言，整整念了一百遍，然后睡下。才睡得着，就入梦境。正是：

---

① 生意：生计，生活。

② 刈铚（yìzhì）：两种镰刀名。指收割。

③ 玉兔：月亮。

④ 道情：用渔鼓和简板伴奏，原为道士所唱的曲子，后成为民间曲艺的一种形式。

人生劳扰多辛苦，已逊山间枕石眠①。

况是梦中游乐地，何妨一觉睡千年！

看官牢记话头，这回书，一段说梦，一段说真，不要认错了。却说言寄儿睡去，梦见身为儒生，粗知文义，正在街上斯文气象，摇来摆去。忽然见个人来说道："华胥国王黄榜招贤②，何不去求取功名，图个出身？"寄儿听见，急取官名寄华，恍恍惚惚，不知涂抹了些甚么东西，叫做万言长策，将去献与国王。国王发与那掌文衡看阅③。寄华使用了些裹蹄金作为贽礼④。掌文衡的大悦，说这个文字乃惊天动地之才，古今罕有。加上批点，呈与国王。国王授为著作郎⑤，主天下文章之事。旗帜鼓乐，高头骏马，送入衙门到任。寄华此时身子如在云里雾里，好不风骚⑥！正是：

电光石火梦中身，白马红缨衫色新。

我贵我荣君莫羡，做官何必读书人？

寄华跳下得马，一个虚跌，惊将醒来。擦擦眼，看一看，仍睡在草铺里面，叫道："呸，呸！作他娘的怪！我一字也不识的，却梦见献甚策，得做了官，管甚么天下文章。你道是真梦么？且看他怎生应验？"嗤嗤的还定着性想那光景⑦。只见平日往来的邻里沙三走将来，叫寄儿道："寄哥，前村莫老官家寻人牧牛，你何不投与他家了？省得短趁⑧，闲了一日便待嚼本。"寄儿道："投在他家，可知好哩，只是没人引我去。"沙三道："我昨日已与他家说过你了，今日我与你同去，只要写下文券就成了。"寄儿道："多谢美情指点则个。"

---

①逊：不及，比不上。

②华胥：相传黄帝梦中游华胥仙国。后作为梦境的代称。

③掌文衡：指考官。文衡，评定文章高下以取士。

④裹（niǎo）蹄金：古代铸成马蹄形的黄金。贽礼：初次求人的见面礼。

⑤著作郎：掌管撰拟文字的官。宋代著作郎还参与汇编"日历"（每日时事）等。

⑥风骚：这里犹言"风光"。

⑦嗤嗤：犹言痴痴，形容呆呆的、傻呼呼的样子。

⑧短趁：打短工。

　　两个说说话话，一同投到莫家来。莫翁问其来意，沙三把寄儿勤谨过人，愿投门下牧养说了一遍。莫翁看寄儿模样老实，气力粗夯，也自欢喜，情愿雇倩，叫他写下文卷。寄儿道："我须不识字，写不得。"沙三道："我写了，你画个押罢。"沙三曾在村学中读过两年书，尽写得几个字，便写了一张"情愿受雇，专管牧畜"的文书。虽有几个不成的字儿，意会得去也便是了。后来年月之下要画个押字，沙三画了，寄儿拿了一管笔，不知左画是、右画是，自想了暗笑道："不知昨夜怎的献了万言长策来！"捻着笔千斤来重，沙三把定了手，才画得一个十字。莫翁当下发了一季工食，着他在山边草房中住宿，专管牧养。

　　寄儿领了钥匙，与沙三同到草房中。寄儿谢了沙三些常例媒钱①。是夜就在草房中宿歇，依着道人念过五字真言百遍，倒翻身便睡。看官，你道从来只是说书的绫上前因，那有做梦的接着前事？而今煞是古怪，寄儿一觉睡去，仍旧是昨夜言寄华的身分，顶冠束带，新到著作郎衙门升堂理事。只见跄跄跄跄跄，一群儒生将着文卷，多来请教。寄华一一批答，好的歹的，圈的抹的，发将下去，纷纷争看。众人也有服的，也有不服的，喧哗闹嚷起来。寄华发出规条，分付多要遵绳束②，如不伏者，定加鞭笞。众儒方弭耳拱听③，不敢放肆，俱各从容雅步，逡巡而退。是日，同衙门官摆着公会筵席，特贺到任。美酒嘉肴，珍羞百味，歌的歌，舞的舞，大家尽欢。直吃到斗转参横④，才得席散，回转衙门里来。

　　那边就寝，这边方醒，想着明明白白记得的，不觉失笑道："好怪么！那里说起？又接着昨日的梦，身做高官，管着一班士子，看甚么文字，我晓得文字中吃的不中吃的？落得吃了些酒席，倒是快活。"起来抖抖衣服，看见褴褛，叹道："不知昨夜的袍带，多在那里去了？"将破布袄穿着停当，走下得床来。只见一个庄家老苍头，奉着主人莫翁之命，特来交盘牛畜与他。一群牛共有八九只，寄儿逐只看相，用手去牵他鼻子。那

----

①常例媒钱：即按惯例送给媒婆的钱。

②绳束：约束。

③弭耳拱听：犹言静静地恭听。弭耳：即帖耳，意为"安顺"。

④斗转参横：北斗星转向，参星横斜。表示天色将明。

些牛不曾认得寄儿，是个面生的，有几只驯扰不动，有几只奔突起来。老苍头将一条皮鞭付与寄儿，寄儿赶去，将那奔突的牛两三鞭打去。那些牛不敢违拗，顺顺被寄儿牵来一处拴着，寄儿慢慢喂放。

老苍头道："你新到我主翁家来，我们该请你吃三杯。昨日已约下沙三哥了，这早晚他敢就来。"说未毕，沙三提了一壶酒、一个篮，篮里一碗肉、一碗芋头、一碟豆，走将来。老苍头道："正等沙三哥来商量吃三杯，你早已办下了，我补你分罢。"寄儿道："甚么道理要你们破钞？我又没得回答处，我也出个分在内罢了。"老苍头道："甚么大事直得这个商量？我们尽个意思儿罢。"三人席地而坐，吃将起来。寄儿想道："我昨夜梦里的筵席，好不齐整。今却受用得这些东西，岂不天地悬绝！"却是怕人笑他，也不敢把梦中事告诉与人。正是：

　　对人说梦，说听皆痴。

　　如鱼饮水，冷暖自知。

寄儿酒量元浅，不十分吃得，多饮了一杯，有些醺意，两人别去。寄儿就在草地上一眠，身子又到华胥国中去。国王传下令旨，访得著作郎能统率多士[1]，绳束严整，特赐锦衣冠带一袭，黄盖一顶[2]，导从鼓吹一部[3]。出入鸣驺[4]，前呼后拥，好不兴头。忽见四下火起，忽然惊觉。身子在地上眠着，东方大明，日轮红焰焰钻将出来了。起来吃些点心，就骑着牛，四下里放草。那日色在身上晒得热不过，走来莫翁面前告诉。莫翁道："我这里原有蓑笠一副，是牧养的人一向穿的；又有短笛一管，也是牧童的本等。今拿出来交付与你，你好好去看养，若瘦了牛畜，要与你说话的。"牧童道："再与我一把伞遮遮身便好。若只是笠儿，只遮得头，身子须晒不过。"莫翁道："那里有得伞？池内有的是大荷叶，你日日摘将来遮身不得？"寄儿唯唯，受了蓑笠、短笛，果在池内摘张大荷叶擎着，骑牛前去。牛背上自想道："我在华胥国里是贵人，今要一把日照

---

①多士：指众多贤士。

②黄盖：黄伞。

③鼓吹：乐队。

④鸣驺：随从显贵出行并传呼喝道的骑卒。

也不能勾了①,却叫我擎着荷叶遮身。"猛然想道:"这就是梦里的黄盖了,蓑与笠就是锦袍官帽了。"横了笛,吹了两声,笑道:"这可不是一部鼓吹么?我而今想来,只是睡的快活。"有诗为证:

草铺横野六七里,笛弄晚风三四声。

归来饱饭黄昏后,不脱蓑衣卧月明。

自此之后,但是睡去,就在华胥国去受用富贵,醒来只在山坡去处做牧童。无日不如此,无梦不如此。不必逐日逐夜,件件细述,但只拣有些光景的,才把来做话头。

一日梦中,国王有个公主要招赘驸马,有人启奏:"著作郎言寄华才貌出众,文彩过人,允称此选。"国王准奏,就着传旨:"钦取著作郎为驸马都尉,尚范阳公主②。"迎入驸马府中成亲。灯烛辉煌,仪文璀璨,好不富贵!有《贺新郎》词为证:

瑞气笼清晓。卷珠帘、〔次第笙歌〕③,一时齐奏,无限神仙离蓬岛。凤驾鸾车初到,见拥个、仙娥窈窕。玉珮叮玱风缥缈,〔望〕娇姿一似垂杨袅。天上有,世间少。

那范阳公主生得面长耳大,曼声善啸,规行矩步,颇会周旋。寄华身为王婿,日夕公主之前对案而食,比前受用更加贵盛。

明日睡醒,主人莫翁来唤,因为家中有一匹拽磨的牝驴儿,一并交与他牵去喂养。寄儿牵了暗笑道:"我夜间配了公主,怎生烜赫!却今日来弄这个买卖,伴这个众生④。"跨在背上,打点也似骑牛的骑了到山边去,谁知骑上了背,那驴儿只是团团而走,并不前进。盖因是平日拽的磨盘走惯了。寄儿没奈何,只得跳下来,打着两鞭,牵着前走。从此又添了牲口,恐怕走失,饮食无暇,只得备了干粮,随着四处放牧。莫翁又时时来稽查,不敢怠慢一些儿。辛苦一日,只图得晚间好睡。

是夜又梦见在驸马府里,正同着公主欢乐,有邻邦玄菟、乐浪二国

---

① 日照:伞。

② 尚:婚配。专指娶公主为妻。

③ 次第笙歌:原脱,据本书二十五卷引此词上阕补。

④ 众生:吴语,指畜生。也泛指禽兽。

前来相犯①。华胥国王传旨:命驸马都尉言寄华讨议退兵之策。言寄华聚着旧日著作衙门一干文士到来,也不讲求如何备御,也不商量如何格斗,只高谈"正心诚意,强邻必然自服"。诸生之中也有情愿对敌的,多退着不用。只有两生献策,他一个到玄菟,一个到乐浪,舍身往质②,以图讲和。言寄华大喜,重发金帛,遣两生前往。两生屈己听命,饱其所欲,果然那两国不来。言寄华夸张功绩,奏上国王。国王大悦,叙录军功,封言寄华为黑甜乡侯③,加以九锡④。身居百僚之上,富贵已极。有诗为证:

> 当时魏绛主和戎⑤,岂是全将金币供?
>
> 厥后宋人偏得意,一班道学自雍容⑥。

言寄华受了封侯锡命,绿韨衮冕⑦,鸾辂乘马⑧,彤弓卢矢⑨,左建朱钺、右建金戚⑩,手执圭瓒⑪,道路辉煌。自朝归第,有一个书生叩马上言,道:"日中必昃,月满必亏。明公功名到此,已无可加。急流勇退,此其时矣。直待福过灾生,只恐悔之无及!"言寄华此时志得意满,那里听他? 笑道:"我命里生得好,自然富贵逼人,有福消受,何须过虑,只管

———

① 玄菟、乐浪:汉代设有此二郡。这里似指传说中的小国名。

② 质:做人质。

③ 黑甜乡:梦乡。

④ 九锡:古代天下赐给诸侯、大臣的九种器物,是一种最高的礼遇。《公羊传·庄公元年》"加我服也"何休注:"礼有九赐,一曰车马,二曰衣服,三曰乐则,四曰朱户,五曰纳陛,六曰虎贲,七曰斧钺,八曰弓矢、九曰秬鬯。"锡:赏赐。

⑤ 魏绛:春秋晋国大夫,悼公时,力主与戎族和好。

⑥ 雍容:形容从容不迫。

⑦ 绿韨(fú)衮冕:绿韨,古代贵族祭祀时戴的皮制蔽膝。衮冕,古代帝王上公的礼服和礼冠。

⑧ 鸾辂:天子王侯所乘的车。鸾辂:有鸾铃的车子。

⑨ 彤弓卢矢:指特制的红、黑色的专用弓箭。

⑩ 朱钺、金戚:仪仗用的红色斧钺和金色斧子。《汉书·王莽传上》:"左建朱钺,右建金戚。"颜师古注:"戚皆斧属。"

⑪ 圭(guī)瓒:有玉柄的酒器。

目前享用勾了。寒酸见识,晓得甚么?"大笑坠车。

吃了一惊,醒将起来,点一点牛数,只叫得苦,内中不见了二只。山前山后,到处寻访踪迹。原来一只被虎咬伤,死在坡前;一只在河中吃水,浪涌将来,没在河里。寄儿看见,急得乱跳道:"梦中甚么两国来侵,谁知倒了我两头牲口!"急去报与莫翁,莫翁听见大怒道:"此乃你的典守,人多说你只是贪睡,眼见得坑了我头口!"取过匾担来要打。寄儿负极,辩道:"虎来时,牛尚不敢敌,况我敢与他争夺救得转来的?那水中是牛常住之所,波浪涌来,一时不测,也不是我力挡得住的。"莫翁虽见他辩得也有些理,却是做家心重的人,那里舍得两头牛死?怒吽吽不息①,定要打匾担十下。寄儿哀告讨饶,才饶得一下,打到九下住了手。寄儿泪汪汪的走到草房中,摸摸臀上痛处道:"甚么九锡九锡,倒打了九下屁股!"想道:"梦中书生劝我歇手,难道教我不要看牛不成?从来说梦是反的,梦福得祸,梦笑得哭。我自念了此咒,夜夜做富贵的梦,所以日里倒吃亏。我如今不念他了,看待怎的!"

谁知这样作怪,此咒不念,恐怖就来。是夜梦境,范阳公主疽发于背,偃塞不起,寄华尽心调治未痊。国中二三新进小臣,逆料公主必危,寄华势焰将败,摭拾前过,纠弹一本,说他御敌无策、冒滥居功、欺君误国许多事件。国王览奏大怒,将言寄华削去封爵,不许他重登著作堂,锁去大窖边听罪,公主另选良才别降②。令旨已下,随有两个力士,将银铛锁了言寄华③,到那大粪窖边墩着。寄华看那粪秽狼籍,臭不堪闻,叹道:"我只道到底富贵,岂知有此恶境乎?书生之言,今日验矣!"不觉号号咷恸哭起来。

这边噙泪而醒,啐了两声道:"作你娘的怪,这番做这样恶梦!"看视牲口,那匹驴子塞卧地下,打也打不起来。看他背项之间,乃是绳损处烂了老大一片趷跶。寄儿慌了道:"前番倒失了两头牛,打得苦恼。今这众生又病害起来,万一死了,又是我的罪过。"忙去打些水来,替他澡

①怒吽吽:盛怒的样。
②降:帝王之女下嫁。
③银铛:拘系罪犯的铁锁链。

洗腐肉,再去拔些新鲜好草来喂他。拿着锲刀①,望山前地上下手斫时,有一科草甚韧,刀斫不断。寄儿性起,连根一拔,拔出泥来。泥松之处,露出石板,那草根还缠缠绕绕绊在石板缝内。

寄儿将锲刀撬将开来,板底下是个周围石砌就的大窖,里头多是金银。寄儿看见,慌了手脚,擦擦眼道:"难道白日里又做梦么?"定睛一看,草木树石,天光云影,眼前历历可数。料道非梦,便把锲刀草蔀一撩道②:"还干那营生么?"取起五十多两一大锭在手,权把石板盖上,仍将泥草遮覆,竟望莫翁家里来见莫翁。未敢竟说出来,先对莫翁道:"寄儿蒙公公相托,一向看牛不差。近来时运不济,前日失了两牛,今蹇驴又生病③,寄儿看管不来。今有大银一锭,纳与公公,凭公公除了原发工银,余者给还寄儿为度日之用,放了寄儿,另着人牧放罢。"莫翁看见是锭大银,吃惊道:"我田家人苦积勤攒了一世,只有些零星碎银,自不见这样大锭,你却从何处得来? 莫非你合着外人做那不公不法的歹事?你快说个明白,若说得来历不明,我须把你送出官府,究问下落。"寄儿道:"好教公公得知,这东西多哩。我只拿得他一件来看样。"莫翁骇道:"在那里?"寄儿道:"在山边一个所在,我因斫草掘着的,今石板盖着哩。"

莫翁情知是藏物,急叫他不要声张,悄悄同寄儿到那所在来。寄儿指与莫翁,揭开石板来看,果是一窖金银,不计其数。莫翁喜得打跌,拊着寄儿背道:"我的儿,偌多金银东西,我与你两人一生受用不尽! 今番不要看牛了,只在我庄上吃些安乐茶饭,掌管帐目。这些牛只,另自雇人看管罢。"两人商量,把个草蔀来里外用乱草补塞,中间藏着窖中物事。莫翁前走,寄儿驮了后随。运到家中放好,仍旧又用前法去取。不则一遭,把石窖来运空了。

莫翁到家,欢喜无量,另叫一个苍头去收拾牛只,是夜就留寄儿在家中宿歇。寄儿的床铺,多换齐整了。寄儿想道:"昨夜梦中吃苦,谁想

---

①锲刀:镰刀。

②草蔀(bù):有盖的草制盛具。

③蹇驴:跛足驽弱的驴子。

粪窖正应着发财,今日反得好处。果然,梦是反的,我要那梦中富贵则甚?那五字真言,不要念他了。"

其夜睡去,梦见国王将言寄华家产抄没,发在养济院中度日①。只见前日的扣马书生高歌将来道:

落叶辞柯,人生几何!六战国而漫流人血,三神山而杳隔鲸波②。任夸百斛明珠,虚延遐算;若有一卮芳酒,且共高歌。

寄华闻歌,认得其人,邀住他道:"前日承先生之教,不能依从,今日至于此地。先生有何高见可以救我?"那书生不慌不忙,说出四句来道:

颠颠倒倒,何时局了?遇着漆园③,还汝分晓。

说罢,书生飘然而去。寄华扯住不放,被他袍袖一摔,闪得一跌,即时惊醒。张目道:"还好,还好。一发没出息,弄到养济院里去了。"

须臾,莫翁走出堂中。元来莫翁因得了金银,晚间对老姥说道:"此皆寄儿的造化掘着的,功不可忘。我与你没有儿女,家事无传。今平空地得来许多金银,难道好没取得他的。不如认义他做个儿子,把家事付与他,做了一家一计④,等他养老了我们。这也是我们知恩报恩处。"老姥道:"说得有理。我们眼前没个传家的人,别处平白寻将来,要承当家事,我们也气不干。今这个寄儿,他见有着许多金银付在我家,就认义他做了儿子,传我家事,也还是他多似我们的,不叫得过分。"商量已定,莫翁就走出来,把这意思说与寄儿。寄儿道:"这个折杀小人,怎么敢当!"莫翁道:"若不如此,这些东西,我也何名享受你的?我们两老口议了一夜,主意已定,不可推辞。"寄儿没得说,当下纳头拜了四拜,又进去把老姥也拜了。自此改姓名为莫继,在莫家庄上做了干儿子。

本是驴前厮养⑤,今为舍内螟蛉⑥。

---

①养济院:收养孤寡老弱和乞丐的地方。

②三神山:即蓬莱、方丈、瀛洲,传说海上仙人所住的地方。

③漆园:庄子曾为漆园吏。这里借指庄子。

④一家一计:指一夫一妻的家室。

⑤厮养:即厮役,干杂活劳役的奴仆。

⑥螟蛉:过继子。

何缘分外亲热？只看黄金满簏①。

却是此番之后，晚间睡去，就做那险恶之梦。不是被火烧水没，便是被盗劫官刑。初时心里道："梦虽不妙，日里落得好处，不像前番做快活梦时日里受辛苦。"以为得意。后来到得夜夜如此，每每惊魇不醒，才有些慌张，认旧念取那五字真言，却不甚灵了。你道何故？只因财利迷心，身家念重，时时防贼发火起，自然梦魂颠倒。怎如得做牧童时无忧无虑，饱食安眠，夜夜梦里逍遥，享那王公之乐？莫继要寻前番梦境，再不能勾，心里鹘突②，如醉如痴，生得病来。

莫翁见他如此，要寻个医人来医治他。只见门前有一个双丫髻的道人走将来，口称善治人间恍惚之症。莫翁接到厅上，教莫继出来相见。元来正是昔日传与真言的那个道人。见了莫继道："你的梦还未醒么？"莫继道："师父，你前者教我真言，我不曾忘了。只是前日念了，夜夜受用。后来因夜里好处，多应着日里歹处，一程儿不敢念，便再没快活的梦了。而今就念煞也无用了，不知何故。"道人道："我这五字真言，乃是主夜神咒。《华严经》云③：

　　善财童子参善知识④，至阎浮提摩竭提国迦毗罗城⑤，见主夜神，名曰婆珊婆演底。神言：我得菩萨破一切生痴暗法，光明解脱。所以持念百遍，能生欢喜之梦。前见汝苦恼不过，故使汝梦中快活。汝今日间要享富厚，晚间宜受恐怖，此乃一定之理。人世有好必有歉，有荣华必有销歇，汝前日梦中岂不见过了么？"莫继言下大悟，倒身下拜道："师父，弟子而今晓得世上没有十全的事，要那富贵无干，总来与我前日封侯拜将一般，不如跟的师父出家去罢！"道人道："吾乃南华老仙

---

①簏：箱笼之类器具。

②鹘(hú)突：即糊涂。

③《华严经》：全称《大方广佛华严经》，为佛教华严宗的主要经典。

④善财童子：佛教菩萨。其像常侍立于观音的塑像或画像旁。善知识：佛教语，即善友、好伴侣。后泛指高僧。

⑤阎浮提：佛教所说的大洲名，即人间所居之处。

漆园中高足弟子。老仙道汝有道骨,特遣我来度汝的①。汝既见了境头②,宜早早回首。"莫继遂是长是短述与莫翁、莫姥。两人见是真仙来度他,不好相留。况他身子去了,遗下了无数金银,两人尽好受用,有何不可? 只得听他自行。

　　莫继随也披头发,挽做两丫髻,跟着道人云游去了。后来不知所终,想必成仙了道去了。看官不信,只看《南华真经》,有此一段因果。话本说彻,权作散场。

　　　　总因一片婆心,日向痴人说梦。
　　　　此中打破关头,棒喝何须拈弄③?

---

　　①度:佛教语,使人出家。意谓引其离俗世出生死。
　　②境头:所谓前身的情景。多指神佛点化的梦境。
　　③棒喝:原为佛教禅宗用语,后用来称警醒人们的迷误。拈弄:摆弄。

卷二十

贾廉访赝行府牒　商功父阴摄江巡

诗曰：

世人结交须黄金，黄金不多交不深。

纵令然诺暂相许，终是悠悠行路心①。

这四句乃是唐人之诗，说天下多是势利之交，没有黄金成不得相交。这个意思还说得浅，不知天下人但是见了黄金，连那一向相交人也不顾了。不要说相交的，纵是至亲骨肉，关着财物面上，就换了一条肚肠，使了一番见识，当面来弄你、算计你。几时见为了亲眷，不要银子做事的？几曾见眼看亲眷富厚，不想来设法要的？至于撞着有些不测事体②，落了患难之中，越是平日往来密的，头一场先是他骗你起了。

直隶常州府武进县有一个富户③，姓陈名定。有一妻一妾，妻巢氏，妾丁氏。妻已中年，妾尚少艾④。陈定平日情分在巢氏面上淡些，在丁氏面上浓些，却也相安无说。巢氏有兄弟巢大郎，是一个鬼头鬼脑的人，奉承得姊夫姊姊好。陈定托他掌管家事，他内外揽权，百般欺侵，巴不得姊夫有事，就好科派用度⑤，落来肥家。

一日，巢氏偶染一病。大凡人病中，性子易得惹气。又且其夫有妾，一发易生疑忌，动不动就呕气，说道："巴不得我死了，让你们自在快

①"世人结交须黄金"四句诗：此诗为唐代诗人张谓的《题长安壁主人》。然诺：许诺。
②不测事体：即未料到的事情。
③直隶：明代称直接隶属于京师的地区为直隶。明太祖朱元璋建都南京，以应天等府为直隶。永乐初年迁都北京后，又称直隶于北京的地区为北直隶，简称北直。直隶于南京的地区则称为南直隶，简称南直。武进县，今属江苏省。
④少艾：年少美貌。
⑤科派：摊派。

乐，省做你们眼中钉。"那陈定男人家心性，见大娘子有病在床，分外与小老婆肉麻的榜样，也是有的。遂致巢氏不堪，日逐嗔恼骂詈。也是陈定与丁氏合该晦气，平日既是好好的，让他是个病人，忍耐些个罢了。陈定见他聒絮不过，回答他几句起来。巢氏倚了病势，要死要活的颠了一场。陈定也没好气的，也不来管他好歹。巢氏自此一番，有增无减。陈定慌了，竭力医祷无效，丁氏也自尽心伏侍。争奈病痛犯拙①，毕竟不起，呜呼哀哉了。

陈定平时家里饱暖，妻妾享用。乡邻人忌克他的多，看想他的也不少。今闻他大妻已死，有晓得他病中相争之事的，来挑着巢大郎道："闻得令姊之死，起于妻妾相争。你是他兄弟，怎不执命告他？你若进了状，我邻里人家少不得要执结人命虚实②，大家有些油水。"巢大郎是个乖人，便道："我终日在姊夫家里走动，翻那面皮不转。不若你们声张出首，我在里头做好人，少不得听我处法，我就好帮衬你们了。只是你们要硬着些，必是到得官，方起发得大钱。只说过了，处来要对分的。"邻里人道："这个当得。"两下写开合同。

果然邻里间合出三四个要有事、怕太平的人来，走到陈定家里喧嚷说："人命死得不明，必要经官，入不得殓。"巢大郎反在里头劝解，私下对陈定说："我是亲兄弟，没有说话，怕他外人怎的。"陈定谢他道："好舅舅，你退得这些人，我自重谢你。"巢大郎即时扬言道："我姊姊自是病死的，有我做兄弟的在此，何劳列位多管！"邻里人自有心照，晓得巢大郎是明做好人之言，假意道："你自私受软口汤③，倒来吹散我们，我们自有说话处！"一哄而散。陈定心中好不感激巢大郎，怎知他却暗里串通地方，已自出首武进县了④。

武进县知县是个贪夫，其时正有个乡亲在这里打抽丰⑤，未得打发，见这张首状是关着人命，且晓得陈定名字是个富家，要在他身上设处

---

①争奈：怎奈。犯拙：恶化。

②执结：证实，对证。

③软口汤：为有所求而请人喝的酒。也泛指私下送的贿赂。

④出首：到官府告发。

⑤打抽丰：即打秋风。假借各种名义向别人索取财物。

些,打发乡亲起身。立时准状,金牌来拿陈定到官。不由分说,监在狱中。陈定急了,忙叫巢大郎到监门口与他计较,叫他快寻分上①。巢大郎正中机谋,说道:"分上固要,原首人等也要洒派些②,免得他每做对头,才好脱然无累。"陈定道:"但凭舅舅主张,要多少时,我写去与小妾,教他照数付与舅舅。"巢大郎道:"这个定不得数,我去用看,替姊夫省得一分是一分。"陈定道:"只要快些完得事,就多着些也罢了。"巢大郎别去,就去寻着了这个乡里,与他说倒了银子,要保个陈定无事。陈定面前说了一百两,取到了手,实与得乡里四十两。乡里是要紧归去之人,挑得篮里便是菜,一个信送将进去,登时把陈定放了出来。巢大郎又替他说合地方邻里,约费了百来两银子,尽皆无说。少不得巢大郎又打些虚账,又与众人私下平分,替他做了好些买卖,当官归结了③。

乡里得了银子,当下动身回去。巢大郎贪心不足,想道:"姊夫官事,其权全在于我,要息就息。前日乡里分上,不过保得出狱,何须许多银子?他如今已离了此处,不怕他了。不免赶至中途,倒他的出来。"遂不通陈定知道,竟连夜赶到丹阳④,撞见乡里正在丹阳写轿⑤,一把扭住,讨取前物。乡里道:"已是说倒见效过的,为何又来翻账?"巢大郎道:"官事问过,地方原无词说,尸亲愿息,自然无事的。起初无非费得一保,怎值得许多银子?"两不相服,争了半日。巢大郎要死要活,又要首官。那个乡里是个有体面的,忙忙要走路,怎当得如此歪缠?恐怕惹事,忍着气拿出来还了他,巢大郎千欢万喜转来了。

乡里受了这场亏,心里不甘,捎个便信把此事告诉了武进县知县。知县大怒,出牌重问,连巢大郎也标在牌上,说他私和人命,要拿来出气。巢大郎虚心,晓得是替乡里报仇,预先走了。只苦的是陈定,一同妾丁氏俱拿到官,不由分说,先是一顿狠打,发下监中。出牌吊尸,叫集了地方人等问验起来。陈定不知是那里起的祸,没处设法一些手脚。

①分(fēn)上:人情。
②洒派:分派。分摊。
③归结:了结。
④丹阳:明代为镇江府的属县,今属江苏省。
⑤写轿:立约租轿。

知县是有了成心的,只要从重坐罪。先分付仵作报伤要重①。仵作揣摩了意旨,将无作有,多报的是拳殴脚踢致命伤痕。巢氏幼时喜吃甜物,面前牙齿落了一个,也做了硬物打落之伤,竟把陈定问了斗殴杀人之律,妾丁氏威逼期亲尊长致死之律②,各问绞罪。陈定央了几个分上来说,只是不听。

丁氏到了女监,想道:"只为我一身,致得丈夫受此大祸。不若做我一个不着③,好歹出了丈夫。"他算计定了。解审察院④,见了陈定,遂把这话说知。当官招道:"不合与大妻厮闹,手起凳子打落门牙,即时晕地身死。并与丈夫陈定无干。"察院依口词驳将下来,刑馆再问⑤,丁氏一口承认。丁氏晓得有了此一段说话在案内了,丈夫到底脱罪。然必须身死,问官方肯见信,作做实据,游移不得,亦且丈夫可以速结,是夜在监中自缢而死。狱中呈报,刑馆看详巢氏之死,既系丁氏生前招认下手,今已惧罪自尽,堪以相抵,原非死后添情推卸,陈定止断杖赎发落⑥。

陈定虽然死了爱妾,自却得释放,已算大幸,一喜一悲。到了家内,方才见有人说巢大郎许多事迹:"这件是非,全是他起的,在里头打偏手使用,得了偌多东西还不知足,又去知县、乡里处拔短梯⑦,故重复弄出这个事来,他又脱身走了,枉送了丁氏一条性命。"陈定想着丁氏舍身出脱他罪一段好情,不觉越恨巢大郎得紧了,只是逃去未回,不得见面。

后来知县朝觐去了⑧,巢大郎已知陈定官司问结,放胆大了,喜气洋洋,转到家里。只道陈定还未知其奸,照着平日光景前来探望。陈定虽不说破甚么,却意思冷淡了好些。巢大郎也看得出,且喜财物得过,尽

①仵(wǔ)作:旧时官署检验死伤的差役。
②期(jī)亲:服丧一年的亲属。
③做我一个不着:豁出、拼弃(我一个人)。
④察院:明代巡抚按某处监察御史的办公场所。
⑤刑馆:即理刑馆,知府下属推官的衙署。这里指掌管刑事的官吏。
⑥杖赎:判了杖刑并用钱物赎免罪行。
⑦拔短梯:吴语,与人相约,末了失信翻悔毁约,叫做拔短梯。
⑧朝觐:朝见皇帝。明制,布政使、按察使及府、州县官,每三年进京一朝觐,接受吏部的考核。

勾几时的受用,便姊夫怪了也不以为意。岂知天理不容。自见了姊夫归家来,他妻子便癫狂起来,口说的多是姊姊巢氏的说话,嚷道:"好兄弟,我好端端死了,只为你要银子,致得我粉身碎骨,地下不宁!你快超度我便罢,不然,我要来你家作祟,领两个人去!"巢大郎惊得只是认不是讨饶,去请僧道念经设醮①。安静得两日,又换了一个声口道:"我乃陈妾丁氏,大娘病死与我何干?为你家贪财,致令我死于非命,今须偿还我!"巢大郎一发惧怕,烧纸拜献,不敢吝惜,只求无事。怎当得妻妾两个,推班出色②,递换来扰?不勾几时,把所得之物干净弄完。宁可赔了些,又不好告诉得人,姊夫那里又不作准了,恹恹气色,无情无绪,得病而死。此是贪财害人之报。可见财物一事,至亲也信不得,上手就骗害的。

小子如今说着宋朝时节一件事,也为至亲相骗,后来报得分明,还有好些希奇古怪的事,做一回正话。

利动人心不论亲,巧谋赚取橐中银。

直从江上巡回日,始信阴司有鬼神。

却说宋时靖康之乱③,中原士大夫纷纷避地,大多尽入闽广之间。有个宝文阁学士贾说之弟贾谋,以勇爵入官④,宣和年间曾为诸路廉访使者⑤。其人贪财无行,诡诈百端。移来岭南,寓居德庆府⑥。其时有个济南商知县,乃是商侍郎之孙,也来寄居府中。商知县夫人已死,止

---

①设醮:即做道场,进行祭祀祈祷的活动。

②推班出色:犹言一个比一个厉害。

③靖康之乱:指宋哲宗靖康元年(1126),金兵南下攻破汴梁掳走徽、钦二帝等事。

④勇爵:武将。

⑤宣和:宋徽宗赵佶年号(1119—1125)。路:宋金元地方区划名。廉访使者:初名走马承受公事,简称走马承受,诸路各一员,以三班使臣或宦官担任。宋徽宗政和六年(1116),改为廉访使者,其权力可与经略安抚使抗衡。

⑥德庆府:南宋属广南东路,治所在今广东省德庆县。

有一小姐,年已及笄①。有一妾,生二子,多在乳抱。家资颇多,尽是这妾掌管,小姐也在里头照料,且自过得和气。贾廉访探知商家甚富,小姐还未适人②,遂为其子贾成之纳聘,取了过门。后来商知县死了,商妾独自一个管理内外家事,抚养这两个儿子。商小姐放心不下,每过十来日,即到家里看一看两个小兄弟,又与商妾把家里遗存黄白东西在箱匣内的③,查点一查点,及逐日用度之类,商量计较而行,习以为常。

一日,商妾在家,忽见有一个承局打扮的人④,来到堂前,口里道:"本府中要排天中节⑤,是合府富家大户金银器皿、绢段绫罗,尽数关借一用,事毕一一付还。如有隐匿不肯者,即拿家属问罪,财物入官。有一张牒文在此⑥。"商妾颇认得字义,见了府牒,不敢不信。却是自家没有主意,不知该应怎的⑦。回言道:"我家没有男子正人,哥儿们又小,不敢自做主,还要去贾廉访宅上,问问我家小姐与姐夫贾衙内才好行止。"承局打扮的道:"要商量快去商量,府中限紧,我还要到别处去催齐回话的,不可有误!"商妾见说,即差一个当直的到贾家去问。

须臾,来回言道:"小人到贾家,入门即撞见廉访相公。问小人来意,小人说要见姐姐与衙内。廉访相公道见他怎的,小人把这里的事说了一遍。廉访相公道:'府间来借,怎好不与?你只如此回你家二娘子就是。小官人与娘子处,我替他说知罢了。'小人见廉访是这样说,小人就回来了。因恐怕家里官府人催促,不去见衙内与姐姐。"商妾见说是廉访相公教借与他,必是不妨。遂照着牒文所开,且是不少。终久是女娘家见识⑧,看事不透,不管好歹多搬出来,尽情交与这承局打扮的,道:

---

① 及笄(jī):笄是古代女子束发的簪子。女子以笄结发,表示已经成年,女子一般十五岁开始结笄。

② 适人:嫁人。

③ 黄白东西:指金银。

④ 承局:这里是对衙役的尊称。

⑤ 天中节:即端午节。

⑥ 牒文:官府的文书。

⑦ 该应:吴语,应该。

⑧ 终久:吴语,到底,终究。女娘家:女人。

"只望排过节,就发来还了,自当奉谢。"承局打扮的道:"那不消说,官府门中岂肯少着人家的东西? 但请放心,把这张牒文留下,若有差池,可将此做执照,当官禀领得的。"当下商妾接了牒文,自去藏好。这承局打扮的捧着若干东西,欣然去了。

　　隔了几日,商小姐在贾家来到自家屋里①,走到房中,与商妾相见了,寒温了一会。照着平时翻翻箱笼看,只见多是空箱,金银器皿之类一些也不见,倒有一张花边栏纸票在内,拿起来一看,却是一张公牒,吃了一惊。问商妾道:"这却为何?"商妾道:"几日前有一个承局打扮的拿了这张牒文,说府里要排天中节,各家关借东西去铺设。当日奴家心中疑惑,却教人来问姐姐、姐夫,问的人回来说撞遇老相公说起,道是该借的,奴家依言借与他去。这几日望他拿来还我,竟不见来。正要来与姐姐、姐夫商量了,往府里讨去,可是中么?"商小姐面如土色,想道:"有些尴尬。"不觉眼泪落下来道:"偌多东西,多是我爹爹手泽②,敢是被那个拐的去了! 怎的好? 我且回去与贾郎计较,查个着实去。"

　　当下亟望贾家来,见了丈夫贾成之,把此事说了一遍。贾成之道:"这个姨姨也好笑,这样事何不来问问我们,竟自支分了去③?"商小姐道:"姨姨说来,曾教人到我家来问,遇着我家相公,问知其事,说是该借与他,问的人就不来见你我,竟自去回了姨姨,故此借与他去的。"贾成之道:"不信有这等事,我问爹爹则个。"贾成之进去问父亲廉访道:"商家借东西与府中,说是来问爹爹,爹爹分付借他,有些话么? 廉访道:"果然府中来借,怎好不借? 只怕被别人狐假虎威诓的去,这个却保不得他。"贾成之道:"这等,索向府中当官去告,必有下落。"遂与商妾取了那纸府牒,在德庆府里下了状子。

　　府里太守见说其事,也自吃惊,取这纸公牒去看,明知是假造的,只不知奸人是那个。当下出了一纸文书给与缉捕使臣④,命商家出五十贯

---

　　①自家屋里:据王古鲁注,指母家。

　　②手泽:即手汗。多指先人的遗墨或遗物。

　　③支分:打发。

　　④缉捕使臣:宋代专管缉捕罪犯的低级武官。

当官赏钱，要缉捕那作不是的①。访了多时，并无一些影响。商家吃这一闪②，差不多失了万金东西，家事自此消乏了③。商妾与商小姐但一说着，便相对痛哭不住。贾成之见丈人家里零替如此④，又且妻子时常悲哀，心里甚是怜惜，认做自家身上事，到处出力，不在话下。

　　谁知这赚去东西的，不是别人，正是：

> 远不远千里，近只在眼前。

看官你道赚去商家物事的，却是那个？真个是人心难测，海水难量，元来就是贾廉访。这老儿晓得商家有资财，又是孤儿寡妇，可以欺骗。其家金银什物多曾经媳妇商小姐盘验，儿子贾成之透明知道。因商小姐带回数目一本，贾成之有时拿出来看，夸说妻家富饶。被廉访留心，接过手去，逐项记着。贾成之一时无心，难道有甚么疑忌老子不成？岂知利动人心，廉访就生出一个计较，假着府里关文，着人到商家设骗。商家见所借之物多是家中的，不好推掉。又兼差当值的来，就问着这个日里鬼，怎不信了？此时商家决不疑心到亲家身上，就是贾成之夫妻二人，也只说是甚么神棍弄了去，神仙也不诬是自家老子。所以偌多时缉捕人那里访查得出？

　　说话的，依你说，而今为何知道了？看官听说，天下事欲人不知，除非莫为。

　　廉访拐了这主横财到手⑤，有些毛病出来。俗语道："偷得爷钱没使处。"心心念念要拿出来兑换钱钞使用。争奈多是见成器皿，若拿出来怕人认得，只得把几件来熔化。又不好托得人，便烧炽了炭，亲自坏销⑥。销开了却没处倾成锭子⑦。他心生了一计，将毛竹截了一段小管，将所销之银倾将下去，却成一个圆饼，将到铺中兑换钱钞。铺中看

---

　　①作不是的：指盗贼。

　　②一闪：挫折。

　　③消乏：折损，耗败。

　　④零替：衰败。

　　⑤主：指钱财一笔、一宗。

　　⑥坏销：浇铸。

　　⑦倾成：把银子熔铸成某种形状。

见廉访家里近日使的多是这竹节银，再无第二样。便有时零錾了将出来①，那圆处也还看得出。心里疑惑，问那家人道："宅上银两，为何却一色用竹筒铸的？是怎么说？"家人道："是我家廉访手自坏销，再不托人的。不知为着甚么缘故。"三三两两传将开去，道贾家用竹筒倾银用，煞是古怪。就有人猜到商家失物这件事上去。却是他两家儿女至亲，谁来执证？不过这些人费得些口舌。有的道："他们只当一家，那有此事。"有的道："官宦人家，怕不会唤银匠倾销物件，却自家动手？必是碍人眼目，出不得手，所以如此。况且平日不曾见他这等的，必然蹊跷②。"也只是如此疑猜，没人凿凿说得是不是。至于商家，连疑心也不当人子③，只好含辛忍苦，自己懊悔怨怅，没个处法。缉捕使臣等听得这话，传在耳朵里，也只好笑笑，谁敢向他家道个不字？这件事只索付之东流了。

只可笑贾廉访堂堂官长，却做那贼的一般的事。曾记得无名子有诗云：

> 解贼一金并一鼓④，迎官两鼓一声锣。
> 金鼓看来都一样，官人与贼不争多⑤。

又剧贼郑广受了招安⑥，得了官位，曾因官员每做诗，他也口吟一首云：

> 郑广有诗献众官，众官与广一般般。
> 众官做官却做贼，郑广做贼却做官。

今日贾廉访所为，正似此二诗所言"官人与贼不争多"、"做官却做贼"了。却又施在至亲面上，欺孤骗寡，尤为可恨！若如此留得东西与子孙受用，便是天没眼睛。

---

①錾：在金银上凿。

②蹊跷：奇怪，可疑。

③不当人子：不敢。

④一金：即"一金声"之略，指一声锣。

⑤不争多：即不多争。意为差不多。

⑥郑广：海寇，高宗绍兴五年(1135)与郑庆等率众入海，自号"滚海蛟"。六年，受朝廷招安，主延福州延祥寨统领兵。招安：投降归顺。

看官不要性急,且看后来报应。

果然光阴似箭,日月如梭,转眼二十年,贾廉访已经身故,贾成之得了出身①,现做粤西永宁横州通判②。其时商妾长子幼年不育,第二个儿子唤名商懋,表字功父,照通族排来,行在第六十五,同母亲不住德庆,迁在临贺地方③,与横州不甚相远。那商功父生性刚直,颇有干才,做事慷慨,又热心,又和气。贾成之本意怜着妻家,后来略闻得廉访欺心赚骗之事,越加心里不安,见了小舅子十分亲热。商小姐见兄弟小时母子伶仃,而今长大知事,也自喜欢他。所以成之在横州衙内,但是小舅子来,千欢万喜,上百两送他,姐姐又还有私赠,至于与人通关节得钱的在外。来一次,一次如此。功父奉着寡母过日,靠着贾家姐姐、姐夫恁地扶持,渐渐家事丰裕起来。在临贺置有田产庄宅,广有生息。又娶富人之女为妻,规模日大一日,不似旧时母子旅邸荒凉景况。

过了几时,贾成之死在官上,商小姐急差人到临贺地方接功父商量后事。诸凡停当过,要扶枢回葬。商功父撺掇姐姐道:“总是德庆也不过客居,原非本籍。我今在临贺已立了家业,姐姐只该同到临贺寻块好地,葬了姐夫,就在临贺住下,相傍做人家,也好时常照管,岂非两便?”小姐道:“我是女人家,又是孑身孀居④,巴不得依傍着亲眷。但得安居,便是住足之地。那德庆也不是我家乡,还去做甚?只凭着兄弟主张,就在临贺同住了。周全得你姐夫入了土⑤,大事便定,吾心安矣。”

元来商小姐无出⑥,有媵婢生得两个儿子⑦,绝是幼小,全仗着商功父提拨行动。当时计议已定,即便收拾家私,一起望临贺进发。少时来到,商功父就在自己住宅边寻个房舍,安顿了姐姐与两个小外甥。从此

---

①出身:这里指做官。

②横州通判:横州,今广西横县。通判,宋代州府长官的副手,但有连署州府公事和监察官吏的实权,号称“监州”。

③临贺:南宋为贺州属县,属广南东路,今广西贺县。

④孑身:孤独。

⑤周全:帮助,安排。

⑥无出:即无后,未生子女。

⑦媵(yìng)婢:随嫁的婢妾。

两家相依,功父母亲与商小姐两人,朝夕为伴,不是我到你家,便是你到我家,彼此无间。商小姐中年寡居,心贪安逸,又见兄弟能事,是件周到停当,遂把内外大小之事,多托与他执料,钱财出入,悉凭其手,再不问起数目。又托他与贾成之寻阴地,造坟安葬,所费甚多。商功父赋性慷慨,将着贾家之物作为己财,一律挥霍。虽有两个外甥,不是姐姐亲生,亦且乳臭未除,谁人来稽查得他? 商功父正气的人,不是要存私,却也只趁着兴头,自做自主,像心像意①,那里还分别是你的我的? 久假不归,连功父也忘其所以。贾廉访昔年设心拐去的东西,到此仍旧还与商家用度了。这是羹里来的饭里去,天理报复之常,可惜贾廉访眼里不看得见。

一日,商功父害了伤寒症候,身子热极。忽觉此身飘浮,直出帐顶,又升屋角,渐渐下来,恣行旷野。茫茫恰像海畔一般,并无一个伴侣。正散荡间,忽见一个公吏打扮的走来。相见已毕,问了姓名。公吏道:“郎君数未该到此②。今有一件公事,郎君合当来看一看,请得府中走走。”商功父不知甚么地方,跟着这公吏便走。走到一个官府门前,见一个囚犯,头戴黑帽,颈荷铁枷,绑在西边两扇门外③。仔细看这门,是个狱门。但见:

> 阴风惨惨,杀气霏霏。只闻鬼哭神号,不见天清日朗。狰狞隶卒挨肩立,蓬垢囚徒侧目窥。凭教铁汉销魂,任是狂夫失色。

商功父定睛看时,只见这囚犯绑处,左右各有一个人,执着大扇相对而立。把大扇一挥,这枷的囚犯叫一声:“阿呀!”登时血肉糜烂,淋漓满地,连囚犯也不见,止剩得一个空枷。少歇须臾,依然如旧。功父看得浑身打颤,呆呆立着。那个囚犯忽然张目大呼道:“商六十五哥,认得我否?”功父仓卒间,不曾细认,一时未得答应。囚犯道:“我乃贾廉访也,生前做得亏心事颇多,今要一一结证。诸事还一时了不来,得你到此,且与我了一件。我昔年取你家财,阳世间偿还已差不多了,阴间未曾

---

①像心像意:称心如意。

②数:指命运。

③绷(bēng):捆绑。

结绝得。多一件多受一样苦,今日烦劳你写一供状,认是还足,我先脱此风扇之苦。"说罢,两人又是一扇,仍如起初狼藉一番。

功父好生不忍,因听他适间之言。想起家里事体来,道:"平时曾见母亲说,向年间被人赚去家资万两,不知是谁。后来有人传说是贾廉访,因为亲眷家,不信有这事。而今听他说起来,这事果然是真了,所以受此果报。看他这般苦楚,吾心何安?况且我家受姐夫许多好处,而今他家家事见在我掌握之中,元来是前缘合当如此。我也该递个结状①,解他这一桩公案了。"就对囚犯说道:"我愿供结状。"囚犯就求旁边两人取纸笔递与功父,两人见说肯写结状,便停了扇不扇。功父看那张纸时,原已写得有字,囚犯道:"只消舅舅押个字就是了。"功父依言提起笔来写个花押,递与囚犯。两人就伸手来,在囚犯处接了,便喝道:"快进去!"囚犯对着功父大哭道:"今与舅舅别了,不知几时得脱。好苦!好苦!"一头哭,一头被两个执扇的人赶入狱门。

功父见他去了,叹息了一回,信步走出府门外来。只见起初同来这个公吏,手执一符②,引着卒徒数百,多像衙门执事人役,也有掮旗的,也有打伞的,前来声诺,恰似接新官一般。功父心疑,那公吏上前行起礼来,跪着禀白道:"泰山府君道③:'郎君刚正好义,既抵阴府,不宜空回,可暂充贺江地方巡按使者!'天符已下,就请起程。"功父身不自由,未及回答,吏卒前导,已行至江上。空中所到之处,神祇参谒④。但见华盖山、目岩山、白云山、荣山、歌山、泰山、蒙山、独山许多山神,昭潭洞、平乐溪、考槃涧、龙门滩、感应泉、漓江、富江、荔江许多水神,多来以次相见,待功父以上司之礼,各执文簿呈递。公吏就请功父一一查勘。查有境中某家,肯行好事,积有年数,神不开报,以致久受困穷;某家惯作歹事,恶贯已盈,神不开报,以致尚享福泽;某家外假虚名,存心不善,错认做好人,冒受好报;某家迹蒙暧昧,心地光明,错认做歪人,久行废弃;以

---

①结状:向官府出具表示证明、担保或了结的文书。

②符:即天符,即盖有阴府印信的授官公文。

③泰山府君:即东岳大帝。泰山府君:即东岳大帝,执掌人间赏罚和生死的泰山之神。

④神祇(zhī):泛指众神。

致山中虎狼食人，川中波涛溺人，有冥数不该，不行分别误伤性命的；多一一诘责，据案部判。随人善恶细微，各彰报应。诸神奉职不谨，各量申罚。诸神诺诺连声，尽服公平。

　　迤逦到封州大江口①，公吏禀白道："公事已完，现有福神来迎②，明公可回驾了。"就空中还至贺州。到了家里，原从屋上飞下，走入床中。一身冷汗，飒然惊觉，乃是南柯一梦。汗出不止，病已好了。

　　功父伸一伸腰，睁一睁眼，叫声"奇怪！"走下床来，只见母、妻两人，正把玄天上帝画像挂在床边③，焚香祷请。元来功父身子眠在床上，惛惛不知人事，叫问不应，饮食不进，不死不活，已经七昼夜了。母、妻见功父走将起来，大家欢喜道："全仗圣帝爷爷保佑之力。"功父方才省得公吏所言福神来迎，正是家间奉事圣帝之应。功父对母、妻把阴间所见之事，一一说来。母亲道："向来人多传说道是这老儿拐去我家东西，因是亲家，决不敢疑心。今日方知是真，却受这样恶报，可见做人在财物上不可欺心如此。"正嗟叹间，商小姐〔恰〕好到来，问兄弟的病信，见说走起来了，不胜欢喜。商功父见了姐姐，也说了阴间所见。商小姐见说公公如此受苦，心中感动，商议要设建一个醮坛④，替廉访解释罪业。功父道："正该如此，神明之事，灼然可畏⑤。我今日亲经过的，断无虚妄。"依了姐姐说，择一个日子，总是做贾家钱钞不着，建启一场黄箓大醮⑥，超拔商、贾两家亡过诸魂，做了七昼夜道场。功父梦见廉访来谢道："多蒙舅舅道力超拔，两家亡魂，俱得好处托生，某也得脱苦狱，随缘受生去了。"功父看去，廉访衣冠如常，不是前日蓬首垢面囚犯形容。觉来与合家说着，商小姐道："我夜来梦见廉访相公，说话也如此，可知报应是实。"

　　功父自此力行善事，敬信神佛。后来年至八十余，复见前日公吏，

────────

　　①迤逦：渐渐，渐次。封州：南宋为广南东路的属州，今封州：今广东封川县。
　　②福神：民间所信仰的赐福天官，即道教所祀奉的上元一品赐福大帝。
　　③玄天上帝：北方之神。
　　④醮坛：道士祭神的坛场。指做道场。
　　⑤灼然可畏：显然可怕。
　　⑥黄箓：道士设坛祈祷，所用符箓皆为黄色，故称。

执着一纸文书前来，请功父交代。仍旧卒徒数百人簇拥来迎，一如前日梦里江上所见光景。功父沐浴衣冠，无疾而终，自然入冥路为神道矣。

周亲忍去骗孤孀，到此良心已尽亡。

善恶到头如不报，空中每欲借巡江①。

---

①巡江："巡江使者"的简称，即上文所说的贺江地方巡按使者。

卷二十一

许察院感梦擒僧　王氏子因风获盗

诗云：

> 狱本易冤，况于为盗？
>
> 若非神明，鲜不颠倒！

话说天地间事，只有狱情最难测度。问刑官凭着自己的意思，认是这等了，坐在上面，只是敲打。自古道："棰楚之下①，何求不得？"任是什么事情，只是招了。见得说道："重大之狱，三推六问②。"大略多守着现成的案，能有几个伸冤理枉的？至于盗贼之事，尤易冤人。一心猜是那个人了，便觉语言行动，件件可疑，越辨越像。除非天理昭彰，显应出来，或可明白。若只靠着鞫问一节③，尽有屈杀了再无说处的。

记得宋朝隆兴元年④，镇江军将吴超守楚州⑤，魏胜在东海与虏人相抗⑥，因缺军中赏赐财物，遣统领官盛彦来取⑦。别将袁忠押了一担金帛，从丹阳来了。盛彦到船相拜，见船中白物堆积，笑道："财不可露白⑧，今满舟累累，晃人眼目如此。"袁忠道："官物甚人敢轻觑？"盛彦戏道："吾今夜当令壮士来取了去，看你怎地。"袁忠也笑道："有胆来取，任从取去。"大家一笑而别。是夜果有强盗二十余人跳上船来，将袁将捆

---

①棰楚：古代杖刑。棰：木棍；楚：荆杖。

②三推六问：反复审讯。

③鞫(jū)问：审问犯人。

④隆兴：南宋孝宗赵昚年号(1163—1164)。

⑤镇江军将：南宋镇江府，镇江军节度。将：指军的主将。楚州：南宋为淮南东路的属州。治所在山阳县，今江苏省淮安。

⑥虏人：指金兵。

⑦统领官：南宋诸军的统领，地位在统制、副统制之下。见《宋史·职官七》。

⑧露(lòu)白：暴露钱财。白，指银子。

缚,掠取船中银四百锭去了①。

次日袁将到帅府中哭告吴帅,说:"昨夜被统领官盛彦劫去银四百锭,且被绑缚,伏乞追还究治!"吴帅道:"怎见得是盛彦劫去!"袁将道:"前日袁忠船自丹阳来到,盛统领即来相拜。一见银两,便已动心,口说道:'今夜当遣壮士来取去。'袁忠还道他是戏言,不想至夜果然上船,劫掠了四百锭去,不是他是谁?"吴帅听罢,大怒道:"有这样大胆的!"即着四个捕盗人将盛彦及随行亲校②,尽数绑来。军令严肃,谁敢有违? 须臾,一干人众,绑入辕门,到了庭下。

盛统领请问得罪缘由,吴帅道:"袁忠告你带领兵校劫了他船上银四百锭,还说无罪?"盛彦道:"那有此事! 小人虽然卑微,也是个职官,岂不晓得法度,干这样犯死的事?"袁忠跪下来证道:"你日间如此说了,晚间就失了盗,还推得那里去?"盛彦道:"日间见你财物太露,故此戏言,岂有当真做起来的?"吴帅道:"这样事岂可戏得? 自然有了这意思,方才说那话。"盛彦慌了,道:"若小人要劫他,岂肯先自泄机?"吴帅怒道:"正是你心动火了,口里不觉自露。如此大事,料你不肯自招!"喝教用起刑来。盛彦杀猪也似叫喊冤屈,吴帅那里肯听,只是严加拷掠,备极惨酷。盛彦熬刑不过,只得招道:"不合见银动念,带领亲兵夜劫是实。"因把随来亲校逐个加刑起来,其间有认了的,有不认的。那不认的,落得多受了好些刑法③,有甚用处? 不由你不胡卢提一概画了招伏④。及至追究原赃,一些无有。搜索行囊已遍,别无踪迹。又把来加上刑法,盛统领没奈何,信口妄言道:"即时有个亲眷到湖湘,已尽数付他贩鱼米去了。"吴帅写了口词,军法所系,等不得赃到成狱,三日内便要押赴市曹,先行枭首示众⑤。盛统领不合一时取笑,到了这个地位。正是:

---

①锭:金银每锭重五两或十两。

②亲校:随身的兵丁。

③落得:结果。

④胡卢提:糊里糊涂。也作"葫芦提"。

⑤枭首:斩首悬挂以示众。

浑身是口不能言,遍体排牙说不得。

且说镇江市上有一个破落户,姓王名林,素性无赖,专一在扬子江中做些不用本钱的勾当。有妻冶容年少,当垆沽酒①,私下顺便结识几个倬俏的走动走动②。这一日,王林出去了,正与邻居一个少年在房中调情,搂着要干那话。怎当得七岁的一个儿子在房中顽耍,不肯出去,王妻骂道:"小业种,还不走了出去?"那儿子顽到兴头上,那里肯走? 年纪虽小,也倒晓得些光景,便苦毒道③:"你们自要入属,干我甚事? 只管来碍着我!"王妻见说着病痛,自觉没趣,起来赶去,一顿栗暴④,又将出去。小孩子被打得疼了,捧着头号天号地价哭,口里千入属万入属的喊,恼得王妻性起,且丢着汉子,抓了一条面杖赶来打他。小孩子一头喊一头跑,急急奔出街心,已被他头上捞了一下。小孩子护着痛,口里嚷道:"你家干得甚么好事? 倒来打我! 好端端的灶头拆开了,偷别人家许多银子放在里头遮好了,不要讨我说出来!"呜哩呜喇的正在嚷处,王妻见说出海底眼,急走出街心,拉了进去。

早有做公的听见这话,走去告诉与伙伴道:"小孩子这句话,造不出来的,必有缘故。目今袁将官失了银四百锭,冤着盛统领劫了,早晚处决,不见赃物。这个王林乃是惯家⑤,莫不有些来历么? 我们且去察听个消息。"约了五六个伙伴,到王林店中来买酒吃。吃得半阑⑥,大叫道:"店主人! 有鱼肉回些我们下酒⑦。"王妻应道:"我店里只是腐酒⑧,没有荤菜。"做公的道:"又不白吃了你们的,为何不肯?"王妻道:"家里不曾有得,变不出来,谁说白吃!"一个做公的,便倚着酒势,要来寻非,走

---

① 当垆沽酒:当垆,古时酒店垒土为垆,安放酒瓮,卖酒者就坐在垆边。沽酒:卖酒。

② 倬俏:放荡风流。走动:交往,往来。

③ 苦毒:怨恨。

④ 栗暴:将食指、中指弯曲敲击人头顶。

⑤ 惯家:行家;老手。《水浒传》第一〇四回:"那王庆是东京积赌惯家。"

⑥ 半阑:指酒吃了一半。

⑦ 回些:吴语,卖些、通融。

⑧ 腐酒:指素酒。

起来道:"不信没有,待我去搜看!"望着内里便走。一个赶来相劝,已被他抢入厨房中,故意将灶上一撞,撞下一块砖来,跌得粉碎。王妻便发话道:"谁人家没个内外?怎吃了酒没些清头,赶到人家厨房中,灶砧多打碎了!"做公的回嗔作喜道:"店家娘子不必发怒,灶砧小事,我收拾好还你。"便把手去挽那碎处。王妻慌忙将手来遮掩道:"不妨事,待我们自家修罢!"做公的看见光景有些尴尬,不由分说,索性用力一推,把灶角多推塌了,里面露出白晃晃大锭银子一堆来。胡哨一声道①:"在这里了!"众人一齐起身赶进来看见,先把王妻拴起,正要根究王林,只见一个人撞将进来道:"谁在我家罗唣!"众人看去,认得是王林,喝道:"拿住!拿住!"王林见不是头,转身要走。众做公的如鹰拿燕雀,将索来绑缚了。一齐动手,索性把灶头扒开。取出银子,数一数看,四百锭多在,不曾动了一些。连人连赃,一起解到帅府。

吴帅取问口词,王林招说:"打劫袁将官船上银两是实。"推究党与,就是平日与妻子往来的邻近一伙恶少年,共有二十余人。密地擒来,不曾脱了一个。招情相同,即以军法从事,立时枭首,妻子官卖。方才晓得前日屈了盛统领并一干亲校,放了出狱。若不是这日王林败露,再隔一晚,盛统领并亲校的头,多不在颈上了。可见天下的事,再不可因疑心妄坐着人的②。

而今也为一桩失盗的事,疑着两个人,后来却得清官辨白出来,有好些委曲之处,待小子试说一遍。

> 讼狱从来假,翻令梦寐真。
>
> 莫将幽暗事,冤却眼前人。

话说国朝正德年间③,陕西有兄弟二人,一个名唤王爵,一个名唤王禄。祖是个贡途知县④,致仕在家。父是个盐商,与母俱在堂。王爵生

---

①胡哨:即嗯哨。用发出尖锐声音,作为召集人的信号。

②妄坐:受冤枉而被误判罪。

③正德:明武宗朱厚照年号(1506—1521)。

④贡途知县:指贡生出身的知县。明代贡生有岁贡、选贡、恩贡及纳贡四种。贡生屡试不第者,也可按年资由吏部选派品及较低的官。《明史·选举志》:"外官推官、知县及学官,由举人、贡生选。"

有一子,名一皋;王禄生有一子,名一夔。爵、禄两人幼年俱读书,爵进学为生员,禄废业不成,却精于商贾权算之事。其父就带他去山东相帮种盐。见他能事,后来其父不出去了,将银一千两托他自往山东做盐商去。随行两个家人,一个叫做王恩,一个叫做王惠,多是经履风霜、惯走江湖的人。

王禄到了山东,主仆三个,眼明手快,算计过人,撞着时运又顺利,做去就是便宜的,得利甚多。自古道:饱暖思淫欲。王禄手头饶裕,又见财物易得,便思量淫荡起来。接着两个表子,一个唤做夭夭,一个唤做蓁蓁,嫖宿情浓,索性兑出银子来包了他身体。又与家人王恩、王惠各娶了一个小老婆,多拣那少年美貌的。名虽为家人媳妇,伏侍夭夭、蓁蓁,其实王禄轮转歇宿,反是王恩、王惠到手的时节甚少。兴高之时,日夜欢歌,酒色无度。不及二年,遂成劳怯,一丝两气,看看至死。王禄自知不济事了,打发王恩寄书家去与父兄,叫儿子王一夔同了王恩到山东来交付账目。

王爵看书中说得银子甚多,心里动了火,算计道:“侄儿年纪幼小,便去也未必停当;况且病势不好,万一等不得,却不散失了银两?”意要先赶将去,却交儿子一皋相伴一夔同走。遂分付王恩道:“你慢慢与两位小官人收拾了一同后来,待我星夜先自前去见二官人则个。”只因此去,有分交:白面书生,遽作离乡之鬼;缁衣佛子①,翻为入狱之囚。正是:

　　福无双至犹难信,祸不单行果是真。

　　不为弟兄多滥色②,怎教双丧异乡身?

王爵不则一日,到了山东,寻着兄弟王禄,看见病虽沉重,还未曾死。元来这些色病,固然到底不救,却又一时不死,最有清头的③。幸得兄弟两个还及相见,王禄见了哥哥,吊下泪来。王爵见了兄弟病势已到十分,涕泣道:“怎便狼狈至此?”王禄道:“小弟不幸,病重不起,忍着死

---

①缁衣佛子:借指僧人。缁衣,僧尼的服装;佛子,受戒者,佛门弟子。

②滥色:过度贪恋子女色。

③有清头:吴语,指神智清楚。

专等亲人见面。今吾兄已到,弟死不恨了。"王爵道:"贤弟在外日久,营利甚多,皆是贤弟辛苦得来。今染病危急,万一不好,有甚遗言回复父母?"王禄道:"小弟远游,父母兄长跟前有失孝悌①,专为着几分微利,以致如此。闻兄说我辛苦,只这句话,虽劳不怨了。今有原银一千两,奉还父母,以代我终身之养。其余利银三千余两,可与我儿一夔一半,侄儿一皋一半,两分分了。幸得吾兄到此,银既有托,我虽死亦瞑目地下矣。"分付已毕,王爵随叫家人王惠将银子查点已过。王禄多说了几句话,渐渐有声无气,挨到黄昏,只有出的气,没有入的气,呜呼哀哉!伏惟尚飨②。王爵与王惠哭做了一团,四个妇人也陪出了些哀而不伤的眼泪。

王爵着王惠去买了一副好棺木盛贮了,下棺之时,王爵推说日辰有犯,叫王惠监视着四个妇女,做一房锁着,一个人也不许来看,殡殓好了,方放出来。随去唤那夭夭、蓁蓁的鸨儿来到,写个领字,领了回去。还有这两个女人,也叫原媒人领还了娘家。也不管眼面前的王惠有些不舍得,身背后的王恩不曾相别得,只要设法轻松了便当走路。

当下一面与王惠收拾打叠起来,将银五百两装在一个大匣之内,将一百多两零碎银子、金首饰二副放在随身行囊中,一路使用。王惠疑心,问道:"二官人许多银两,如何只有得这些?"王爵道:"恐怕路上不好走,多的我自有妙法藏过,到家便有,所以只剩得这些在外边。"王惠道:"大官人既有妙法,何不连这五百两也藏过? 路上盘缠够用罢了。"王爵道:"一个大客商尸棺回去,难道几百两银子也没有的? 别人疑心起来,反要搜根剔齿,便不妙了。不如放此一匣在行李中,也够看得沉重,别人便再不疑心还有什么了。"王惠道:"大官人见得极是。"

计较已定,去雇起一辆车来,车户唤名李旺。车上载着棺木,满贮着行李。自己与王惠,短拨着牲口骑了③,相傍而行。一路西来,到了曹州东关饭店内歇下,车子也推来安顿在店内空处了。

---

①孝悌:孝顺父母,敬爱兄长。
②伏惟尚飨:祭文结尾用语。希望死者来享用祭品。飨,通"享"。
③短拨:拉转。

　　车户李旺行了多日，习见匣子沉重，晓得是银子在内，起个半夜，竟将这一匣抱着，趁人睡熟时离了店内，连车子撇下逃了出去。比及天明客起，唤李旺来推车，早已不知所向。急简点行李物件，止不见了匣子一个。王爵对店家道："这个匣子装着银子五百两在里头，你也脱不得干系。"店家道："若是小店内失所了，应该小店查还。今却是车户走了，车户是客人前途雇的，小店有何干涉？"王爵见他说得有理，便道："就与你无干，也是在你店内失去，你须指引我们寻他的路头①。"店家道："客人，这车户那里雇的？"王惠道："是省下雇来的北地里回头车子。"店家道："这等，他不往东去，还只在西去的路上。况且身有重物，行走不便，作速追去，还可擒获。只是得个官差回去，追获之时，方无疏失。"王爵道："这个不打紧，我穿了衣巾②，与你同去禀告州官，差个快手便是③。"店家道："原来是一位相公④，一发不难了。"问问州官，却也是个陕西人。王爵道："是我同乡，更妙。"

　　王爵写个帖子，又写着一纸失状。州官见是同乡，分外用情，即差快手李彪随着王爵跟捕贼人，必要擒获，方准销牌。王爵就央店家另雇了车夫，推了车子，别了店家，同公差三个人一起走路。到了开河集上，王爵道："我们带了累堆物事⑤，如何寻访？不若寻一大店安下了，住定了身子，然后分头缉探消息方好。"李彪道："相公极说得有理。我们也不是一日访得着的，访不着，相公也去不成。此间有个张善店极大，且把丧车停在里头，相公住起两日来。我们四下寻访，访得影响⑥，我们回复相公，方有些起倒⑦。"王爵道："我正是这个意思。"叫王惠分付车夫，竟把车子推入张善店内。店主人出来接了，李彪分付道："这位相公是州里爷的乡里，护丧回去，有些公干，要在此地方停住两日。你们店里

---

　　①路头：指途径、方向。

　　②衣巾：指青领衣和方巾。明清时秀才的服式。

　　③快手：专管缉捕的差役。

　　④相公：这里是对读书人的敬称。

　　⑤累堆：吴语，累赘。这里指棺木。

　　⑥影响：信息。

　　⑦起倒：头绪。

拣洁净好房收拾两间，我们歇宿，须要小心承直。"店主张善见李彪是个公差，不敢怠慢，回言道："小店在这集上，算是宽敞的。相公们安心住几日就是。"一面摆出常例的酒饭来。王爵自居上房另吃，王惠与李彪同吃。吃过了，李彪道："日色还早，小人去与集上一班做公的弟兄约会一声，大家留心一访。"王爵道："正该如此，访得着了，重重相谢。"李彪道："当得效劳。"说罢自去了。

王爵心中闷闷不乐，问店主人道："我要到街上闲步一回，没个做伴，你与我同走走。"张善道："使得。"王爵留着王惠看守行李房卧，自己同了张善走出街上来。在闹热市里挤了一番，王爵道："可引我到幽静处走走。"张善道"来，来，有一个幽静好去处在那里。"王爵随了张善在野地里穿将去，走到一个所在，乃是个尼庵。张善道："这里甚幽静，里边有好尼姑，我们进去讨杯茶儿吃吃。"张善在前，王爵在后，走入庵里。只见一个尼僧在里面踱将出来。王爵一见，惊道："世间有这般标致的！"怎见得那尼僧标致？

> 尖尖发印，好眉目新剃光头；窄窄缁袍，俏身躯雅裁称体。樱桃樊素口①，芬芳吐气只看经；杨柳小蛮腰②，袅娜逢人旋唱诺②。似是摩登女来生世③，那怕老阿难不动心！

王爵看见尼姑，惊得荡了三魂，飞了七魄。固然尼姑生得大有颜色，亦是客边人易得动火。尼姑见有客来，趋跄迎进拜茶④。王爵当面相对，一似雪狮子向火，酥了半边，看看软了，坐间未免将几句风话撩他。那尼姑也是多见识广的，公然不拒。王爵晓得可动，密怀有意。一盏茶罢，作别起身。同张善回到店中来。暗地取银一锭，藏在袖中，叮咛王惠道："我在此闷不过，出外去寻个乐地适兴，晚间不回来也不可知。店

---

①樱桃樊素口：唐范摅《云溪友议》云："（白）居易有妓樊素善歌，小蛮善舞，尝为诗曰：'樱桃樊素口，杨柳小蛮腰。'"

②唱诺：古代男子的行礼。

③摩登女：即摩登伽女，古印度摩登伽种的淫女。佛弟子阿难乞食，途径其淫室，摩登女以咒摄之淫席，如来敕文殊菩萨往救护，才使阿难免于毁戒体。

④趋跄：疾行。拜茶：献茶。

家问时，只推不知。你伴着公差好生看守行李。"王惠道："小人晓得，官人自便。"

王爵撇了店家，回身重到那个庵中来。尼姑出来见了，道："相公方才别得去，为何又来？"王爵道："心里舍不得师父美貌，再来相亲一会。"尼姑道"好说。"王爵道："敢问师父法号？"尼姑道："小尼贱名真静。"王爵笑道："只怕树欲静而风不宁，便动动也不妨。"尼姑道："相公休得取笑。"王爵道："不是取笑，小生客边得遇芳容，三生有幸①。若便是这样去了，想也教人想杀了。小生寓所烦杂，敢具白银一锭，在此要赁一间闲房住几晚，就领师父清诲②，未知可否？"尼姑道："闲房尽有，只是晚间不便，如何？"王爵笑道："晚间宾主相陪，极是便的。"尼姑也笑道："好一个老脸皮的客人！"元来那尼姑是个经弹的班鸠，着实在行的，况见了白晃晃的一锭银子，心下先自要了。便伸手来接着银子道："相公果然不嫌此间窄陋，便住两日去。"王爵道："方才说要主人晚间相陪的。"尼姑微笑道："夯货③！谁说道叫你独宿？"王爵大喜，彼此心照。是夜就与真静一处宿了，你贪我爱，颠鸾倒凤，恣行淫乐，不在话下。

睡到次日天明，来到店中看看，打发差人李彪出去探访，仍留王惠在店。傍晚又到真静处去了，两下情浓，割扯不开。王惠与李彪见他出去外边歇宿，只说是在花柳人家，也不查他根脚④。店主人张善一发不干他己事，只晓得他不在店里宿罢了。

如此多日，李彪日日出去，晚晚回店，并没有些消息。李彪对王爵道："眼见得开河集上地方没影踪，我明日到济宁密访去⑤。"王爵道："这个却好。"就秤些银子与他做盘缠，打发他去了。又转一个念头道："缉访了这几时，并无下落。从来说做公人的捉贼放贼，敢是有弊在里头？"

---

①三生有幸：结识新朋友时的客气话，形容机会极为难得。三生：佛家指前生、今生、来生为三生。

②清诲：对人教诲的敬辞。

③夯(bèn)货：笨蛋，蠢人。

④根脚：根底，底细。

⑤济宁：明代兖州府的属州，今山东省济宁市。

随叫王惠："可赶上去，同他一路走，他便没做手脚处①。"王惠领命也去了。王爵剩得一个在店，思量道："行李是要看守的，今晚须得住在店里。"日间先走去与尼姑说了今夜不来的缘故，真静恋恋不舍。王爵只得硬了肚肠，别了到店里来。店家送些夜饭吃了，收拾歇宿。店家并叠了家伙，关好了店门，大家睡去。

一更之后，店主张善听得屋上瓦响。他是个做经纪的人，常是提心吊胆的，睡也睡得惺憁②，口不做声，默默静听。须臾之间，似有个人在屋檐上跳下来的声响。张善急披了衣服，跳将起来，口里一面喊道："前面有甚么响动？大家起来看看！"张善等不得做工的起身，慌忙走出外边。脚步未到时，只听得劈扑之声，店门已开了。张善晓得着了贼，自己一个人不敢追出来，心下想道："且去问问王家房里看。"那王爵这间的住房门也开了，张善连声叫："王相公！王相公！不好了！不好了！快起来点行李！"不见有人应。只见店外边一个人气急呐哮的走进来道："这些时怎生未关店门，还在这里做甚？"张善抬头看时，却是快手李彪。张善道："适间响动，想是有贼，故来寻问王相公。你到济宁去了，为何转来？"李彪道："我吊下了随身腰刀在床铺里了，故连忙赶回拿去。既是响动，莫不失所了甚么？"张善道："正要去问王相公。"李彪道："大家去叫他起来。"

走到王爵房内，叫声不应。点火来看，一齐喊一声道："不好了！"元来王爵已被杀死在床上了。李彪呆了道："这分明是你店里的缘故了。见我每二人多不在，他是秀才家孤身，你就算计他了。"张善也变了脸道："我每睡梦里听得响声，才起来寻问，不见别人，只见你一个。你既到济宁去，为何还在？这杀人事，不是你，倒说是我？"李彪气得眼睁道："我自掉了刀转来寻的，只见你夜晚了还不关门，故此问你，岂知你先把人杀了！"张善也战抖抖的怒道："你有刀的，怕不会杀了人，反来赖我！"李彪道："我的刀须还在床上，不曾拿得在手里。"随走去床头取了出来，灯下与张善看道："你们多来看看，这可是方才杀人的？血迹也有一点

---

①做手脚：吴语，企图达到某种目的而耍阴谋诡计。

②惺憁(sōng)：形容警觉。

半点儿?"李彪是公差人,能说能话,张善那里说得他过?嚷道:"我只为
赶贼,走起来不见别贼,只撞着的是你!一同叫到房里,才见王秀才杀
死,怎赖得我?"两个人彼此相疑,大家混争,惊起地方邻里人等多来问
故。两个你说一遍,我说一遍。地方见是杀人公事,道:"不必相争,两
下多走不脱。到了天明,一同见官去。"把两个人拴起了,收在铺里①。

　　一霎时天明,地方人等一齐解到州里来。知州升堂,地方带将过
去。禀说是人命重情,州官问其缘由,地方人说:"客店内晚间杀死了
一个客人,这两个人互相疑推,多带来听爷究问。"李彪道:"小人就是爷
前日差出去同王秀才缉贼的公差。因停住在开河张善店内,缉访无踪。
小人昨日同王秀才家人王惠前往济宁广缉,单留得王秀才在下处。店
家看见单身,贪他行李,把来杀了。"张善道:"小人是个店家,歇下王秀
才在店几日了。只因访贼无踪,还未起身。昨日打发公差与家人到济
宁去了,独留在店。小人晚间听得有人开门响,这是小人店里的干系,
起来寻问。只见公差重复回店,说是寻刀。当看王秀才时,已被杀死。"
知州问李彪道:"你既去了,为何转来,得知店家杀了王秀才?"李彪道:
"小人也不知。小人路上记起失带了腰刀,与同行王惠说知,叫他前途
等候,自己转来寻的。到得店中,已自更余。只见店门不关,店主张善
正在店里慌张。看王秀才,已被杀了,不是店家杀了是谁?"知州也决断
不开,只得把两人多用起刑来。李彪终久是衙门中人,说话硬浪②,又受
得刑起。张善是个经纪人,不曾熬过这样痛楚的,当不过了,只得屈招
道:"是小人见财起意,杀了王秀才是实。"知州取了供词,将张善发下死
囚牢中,申详上司发落③,李彪保候听结。

　　且说王惠在济宁饭店里宿歇,等李彪到了一同访缉。第二日等了
一日,不见来到,心里不耐烦起来,回到开河来问消息。到得店中,只见
店家嚷成一片,说是王秀才被人杀了,却叫我家问了屈刑!王惠只叫得
苦,到房中看看家主王爵,颈下飧刀,已做了两截了。王惠号咷大哭了

———————————

①铺(pù):驿站。

②硬浪:即硬朗。硬气,敢于担当。

③申详:向上级官府详细呈报。

一场，急简点行李，已不见了银子八十两、金首饰二副。王惠急去买副棺木，盛贮了尸首，恐怕官府要相认，未敢钉盖。且就停在店内，排个座位，朝夕哭奠。已知张善在狱，李彪保候，他道："这件事，一来未有原告，二来不曾报得失赃，三来未知的是张善谋杀，下面官府未必有力量归结报得冤仇，须得上司告去，才得明白。"闻知察院许公善能断无头事，恰好巡按到来，遂写下一张状子，赴察院案下投告。

那个察院，就是河南灵宝有名的许尚书襄毅公。其时在山东巡按，见是人命重情，批与州中审解。州中照了原招，只坐在张善身上，其赃银候追。张善当官怕打，虽然一口应承，见了王惠，私下对他着实叫屈。且诉说那晚门响撞见李彪的光景，连王惠心里也不能无疑，只是不好指定了那一个。一同解到察院来，许公看了招词，叫起两下一问，多照前日说了一番说话。许公道："既然张善还攀着李彪，如何州里一口招了？"张善道："小人受刑不过，只得屈招。其实小人是屋主，些小失脱，还要累及小人追寻，怎敢公然杀死了人藏了财物？小人待躲到那里去？那日开门时，小人赶起来，只见李彪撞进来的。怎倒不是李彪，却栽在小人身上？"李彪道："小人是个官差，州里打发小人随着王秀才缉贼的。这秀才是小人的干系，杀了这秀才，怎好回得州官？况且小人掉了腰刀转身来寻的，进门时，手中无物，难道空拳头杀得人？已后床头才取刀出来，众目所见的，须不是杀人的刀了。人死在张善店里，不问张善问谁？"许公叫王惠问道："你道是那一个？"王惠道："连小人心里也胡突①，两下多可疑，两下多有辨，说不得是那一个。"许公道："据我看来，两个多不是，必有别情。"遂援笔判道：

　　　　李彪、张善，一为根寻，一为店主，动辄牵连，肯杀人以自累乎？
　　必有别情，监候审夺。

当下把李彪、张善多发下州监。自己退堂进去，心中只是放这事不下。晚间朦胧睡去，只见一个秀才同着一个美貌妇人前来告状，口称被人杀死了。许公道："我正要问这事。"妇人口中说出四句道：

　　　　无发青青，彼此来争。

———————

　　①胡突：即糊涂。

土上鹿走,只看夜明。

许公点头记着,正要问其详细,忽然不见。吃了一惊,飒然觉来,乃是一梦。那四句却记得清清的,仔细思之,不解其意,但忖道:"妇人口里说的,首句有无发二字,妇人无发,必是尼姑也。这秀才莫不被尼姑杀了?且待明日细审,再看如何。这诗句必有应验处。"

次日升堂,就提张善一起再问。人犯到了案前,许公叫张善起来,问道:"这秀才自到你店中,晚间只在店中歇宿的么?"张善道:"自到店中,就只留得公差与家人在店歇宿,他自家不知那里去过夜的。直到这晚,因为两人多差往济宁,方才来店歇宿,就被杀了。"许公道:"他曾到本地甚么庵观去处么?"张善想了一想,道:"这秀才初到店里,要在幽静处闲走散心,曾同了小人尼庵内走了一遭。"许公道:"庵内尼姑,年纪多少?生得如何?张善道:"一个少年尼僧,生得美貌。"许公暗喜道:"事有因了。"又问道:"尼僧叫得甚名字?"张善道:"叫得真静。"许公想着,拍案道:"是了!是了!梦中头两句'无发青青,彼此来争',无发二字,应了尼僧;下面青字配个争字,可不是个'静'字?这人命只在这真静身上。"就写个小票,掣一根签,差个公人李信,速拿尼僧真静解院。

李信承了签票,竟到庵中来拿。真静慌了,问是何因。李信道:"察院老爷要问杀人公事,非同小可。"真静道:"爷爷呵!小庵有甚杀人事体?"李信道:"张善店内王秀才被人杀了,说是曾在你这里走动的,故来拿你去勘问。"真静惊得木呆,心下想到:"怪道王秀才这两晚不见来,元来被人杀了。苦也!苦也!"求告李信道:"我是个女人,不出庵门,怎晓得他店里的事?牌头怎生可怜见①,替我回复一声,免我见官,自当重谢。"李信道:"察院要人,岂同儿戏!我怎生方便得?"真静见李信不肯,娇啼宛转,做出许多媚态来,意思要李信动心,拚着身子陪他,就好讨个方便。李信虽知其意,惧怕衙门法度,不敢胡行。只安慰他道:"既与你无干,见见官去,自有明白,也无妨碍的。"拉着就走。真静只得跟了,解至察院里来。

———————

①牌头:对差役的敬称。

　　许公一见真静,拍手道:"是了,是了!此即梦中之人也!煞恁奇怪!"叫他起来,跪在案前,问道:"你怎生与王秀才通奸,后来他怎生杀了,你从实说来,我不打你。有一句含糊,就活敲死了!"满堂皂隶雷也似吆喝一声。真静年纪不上廿岁,自不曾见官的,胆子先吓坏了。不敢隐瞒,战抖抖的道:"这个秀才,那一日到庵内游玩,看见了小尼。到晚来,他自拿了白银一锭,求在庵中住宿。小尼不合留他,一连过了几日,彼此情浓,他口许小尼道,店中有几十两银子,两副首饰,多要拿来与小尼。这一日,说道有事干,晚间要在店里宿,不得来了。自此一去,竟无影响。小尼正还望他来,怎知他被人杀了?"许公看见真静年幼,形容娇媚,说话老实,料道通奸是真,须不会杀的人,如何与梦中恰相符合?及至说所许银两物件之类,又与失赃不差,踌躇了一会,问道:"秀才许你东西之时,有人听见么?"真静道:"在枕边说的话,没人听见。"许公道:"你可曾对人说么?"真静想了一想,通红了脸,低低道:"是了,是了。不该与这狠厮说!这秀才苦死是他杀了①。"许公拍案道:"怎的说?"真静道:"小尼该死!到此地位,瞒不得了。小尼平日有一个和尚私下往来,自有那秀才在庵中,不招接他。这晚秀才去了,他却走来,问起与秀才交好之故。我说秀才情意好,他许下我若干银两东西,所以从他。和尚问秀才住处,我说他住在张善大店中。和尚就忙忙的起身去了,这几时也不见来。想必这和尚走去,就把那秀才来杀了。"许公道:"和尚叫甚名字?"真静道:"叫名无尘。"许公听说这和尚之名,跌足道:"是了,是了,土上鹿走',不是'尘'字么!他住在那寺里?"真静道:"住光善寺。"许公就差李信去光善寺里拿和尚无尘,分付道:"和尚干下那事,必然走了,就拿他徒弟来问去向。但和尚名多相类,不可错误生事!那尼僧晓得他徒弟名字么?"真静道:"他徒弟名月朗,住在寺后。"许公推详道:"一发是了。梦中道'只看夜明',夜明不是月朗么?一个个字多应了。但只拿了月朗,便知端的。"

　　李信领了密旨,去到光善寺拿无尘。果然徒弟回道:"师父几日前不知那里去了。"李信问得这徒弟,就是月朗。一索套了,押到公庭。许

────────────

　　①苦死:犹言苦苦。表示肯定。

公问无尘去向，月朗一口应承道："他只在亲眷人家，不要惊张①，致他走了。小的便与公差去挨出来②。"许公就差李信，押了月朗出去访寻。月朗对李信道："他结拜往来的亲眷甚多，知道在那一家？若晓得是公差访他，他必然惊走。不若你扮做道人，随我沿门化饭。访得的当，就便动手。"李信道："说得是。"当下扮做了道人，跟着月朗，走了几日，不见踪迹。来到一村中人家，李信与月朗进去化斋，正见一个和尚在里头吃酒。月朗轻轻对李信道："这和尚正是师父无尘。"李信悄悄去叫了地方，把牌票与他看了，一同闯入去，李信一把拿住无尘道："你杀人事发了，巡按老爷要你！"无尘说着心病，慌了手脚，看见李信是个道妆，叫道："斋公，我与你并无冤仇，何故首我？"李信扑地一掌打过去道："我把你这瞎眼的贼秃！我是斋公么？"掀起衣服，把出腰牌来道③："你睁着驴眼认认看！"无尘晓得是公差，欲待要走，却有一伙地方在那里，料走不脱，软软地跟了出来。看见了月朗，骂道："贼弟子，是你领他到这里的？"月朗道："官府押我出来，我自身也难保。你做了事，须自家当去，我替了你不成？"

　　李信一同地方押了无尘，俟候许公升堂，解进察院来。许公问他："为何杀了王秀才？"无尘初时抵赖，只推不知。用起刑法来，又叫尼姑真静与他对质。真静心里也恨他，便道："王秀才所许东西，止是对你说得，并不曾与别个讲。你那时狠狠出门，当夜就杀了，还推得那里？"李信又禀他在路上与徒弟月朗互相埋怨的说话。许公叫起月朗来，也要夹他。月朗道："爷爷，不要夹得。如今首饰银两，还藏在寺中箱里，只问师父便是。"无尘见满盘托出，晓得枉熬刑法，不济事了，遂把真情说出来道："委实一来忌他占住尼姑，致得尼姑心变了，二来贪他这些财物，当夜到店里去杀了这秀才，取了银两首饰是实。"画了供状，押去取了八十两原银、首饰二付，封在曹州库中，等待给主。无尘问成死罪。尼姑逐出庵舍，赎了罪，当官卖为民妇。张善、李彪与和尚月朗俱供明

---

①惊张：惊异声张。

②挨：即挨拿，搜捕。

③腰牌：系在腰间证明身份的牌子，常用作通行证。

无罪,释放宁家。这件事方得明白。若非许公神明,岂不枉杀了人?
正是

　　　　　　两值命途乖,相遭各致猜。岂知杀人者,原自色中来。

当下王惠禀领赃物,许公不肯,道:"你家两个主人俱死了,赃物岂是与
你领的?你快去原籍,叫了主人的儿子来,方准领出。"王惠只得叩头而
出。走到张善店里,大家叫一声:"悔气!亏得青天老爷追究得出来,不
害了平人。"张善烧了平安纸,反请王惠、李彪吃得大醉。

　　王惠次日与李彪说:"前有个兄弟到家接小主人,此时将到,我和你
一同过西去迎他,就便访缉去。"李彪应允。王惠将主人棺盖钉好了,交
与张善看守。自己收拾了包裹,同了李彪,望着家里进发。行至北直隶
开州长垣县地方①,下店吃饭。只见饭店里走出一个人来,却是前日家
去的王恩。王惠叫了一声,两下相见。王恩道:"两个小主人多在里
面。"王惠进去叩见一皋、一夔,哭说:"两位老家主多没有了。"备述了这
许多事故,四个人抱头哭做一团。哭了多时,李彪上前来劝,三个人却
不认得。王惠说:"这是李牌头,州里差他来访贼的。劳得久了,未得影
踪。今幸得接着小主人做一路儿行事,也不枉了。目今两棺俱停在开
河,小人原匡小主们将到②,故与李牌头迎上来。曹州库中现有银八十
两,首饰二副,要得主人们亲到,才肯给领。只这一项,盘缠两个棺木回
去够了。只这五百两一匣未有下落,还要劳着李牌头。"王恩道:"我去
时,官人尚有偌多银子,怎只说得这些?"王惠道:"银子多是大官人亲手
着落,前日我见只有得这些发出来,也曾疑心,问着大官人。大官人回
说:'我自藏得妙,到家便有。'今大官人已故,却无问处了。"王恩似信不
信,来对一皋、一夔说:"许多银两,岂无下落?连王惠也有些信不得了。
小主人记在心下,且看光景行去,道路之间,未可发露。"

　　五个人出了店门,连王惠、李彪多回转脚步,一起走路,重到开河
来。正行之间,一阵大风起处,卷得灰沙飞起,眼前对面不见,竟不知东
西南北了。五个人互相牵扭,信步行去。到了一个村房,方才歇了足,

――――――――――――

　　①长垣:明代大名府开州的属县,今属河南省。
　　②匡:料定;料想。

定一定喘息。看见风沙少静，天色明朗了。寻一个酒店，买碗酒吃再走。见一酒店中，止有妇人在内。王惠抬眼起来，见了一件物事，叫声："奇怪！"即扯着李彪密密说道："你看店桌上这个匣儿，正是我们放银子的，如何却在这里？必有缘故了。"一皋、一夔与王恩多来问道："说甚么？"王惠也一一说了。李彪道："这等，我们只在这家买酒吃，就好相脚手盘问他①。"

一齐走至店中，分两个座头上坐了。妇人来问："客人打多少酒？"李彪道："不拘多少，随意烫来。"王惠道："你家店中男人家那里去？"妇人道："我家老汉与儿子旺哥昨日去讨酒钱，今日将到。"王惠道："你家姓甚么？"妇人道："我家姓李。"王惠点头道："惭愧②！也有撞着的日子！"低低对众人道："前日车户正叫做李旺。我们且坐在这里吃酒。等他来认。"五个人多磨枪备箭，只等拿贼。

到日西时，只见两个人跟跟跄跄走进店来。此时众人已不吃了酒，在店闲坐。那两个带了酒意问道："你每一起是甚么人？"王惠认那后生的这一个，正是车户李旺，走起身来一把扭住道："你认得我么？"四人齐声和道："我们多是拿贼的。"李旺抬头，认得是王惠，先自软了。李彪身边取出牌来，明开着车户李旺盗银之事，把出铁链来锁了颈项，道："我每只管车户里打听，你却躲在这里卖酒！"连老儿也走不脱，也把绳来拴了。

李彪终究是衙门人手段，走到灶下取一根劈柴来，先把李旺打一个下马威，问道："银子那里去了？"李旺是贼皮贼骨，一任打着，只不开口。王惠道："匣子赃证现在，你不说便待怎么？"正施为间③，那店里妇人一眼估着灶前地下，只管努嘴。元来这妇人是李旺的继母，李旺凶狠，不把娘来看待，这妇人巴不得他败露的，不好说得，只做暗号。一皋、一夔看见，叫王惠道："且慢着打！可从这地下掘看。"王惠掉了李旺，奔来取了一把厨刀，依着指的去处，挖开泥来，泥内一堆白物。王惠喊道："在

_____

①脚手：即手脚。暗中采取行动。

②惭愧：难得，侥幸。

③施为：处置。

这里了。"王恩便取了匣子,走进来,将银只记件数,放在匣中。一皋、一夔将纸笔来写个封皮封记了,对李彪道:"有劳牌头这许多时,今日幸得成功,人赃俱获。我们一面解到州里发落去。"李彪又去叫了本处地方几个人一路防送,一直到州里来,州官将银当堂验过,收贮库中,候解院过,同前银一并给领。李彪销牌记功,就差他做押解,将一起人解到察院来。

　　许公升堂,带进,禀说是王秀才的子侄一皋、一夔路上适遇盗银贼人,同公差擒获,一同解到事情。遂将李旺打了三十,发州问罪,同僧人无尘一并结案。李旺父亲年老免科①。一皋、一夔当堂同递领状,求批州中同前入库赃物,一并给发。许公准了,抬起眼来看见一皋、一夔,多少年俊雅,问他作何生理,禀说:"多在学中。"许公喜欢,分付道:"你父亲不安本分,客死他乡,几乎不得明白。亏我梦中显报,得了罪人。今你每路上无心又获原贼,似有神助,你二子必然有福。今将了银子回去,各安心读书向上,不可效前人所为了。"

　　二人叩谢流泪,就禀说道:"生员每还有一言,父亲未死之时,寄来家书,银数甚多。今被贼两番所盗同贮州库者,不过六百金。据家人王惠所言,此外止有二棺寄顿饭店,并无所有,必有隐弊,乞望发下州中推勘前银下落,实为恩便。"许公道:"当初你父亲随行是那个?"二子道:"只有这个王惠。"许公便叫王惠,问道:"你小主说你家主死时,银两甚多,今在那里了?"王惠道:"前日着落银两,多是大主人王爵亲手搬弄。后来只剩得这些上车。小人当时疑心,就问缘故。主人说:'我有妙法藏了,但到家中,自然有银。'今可惜主人被杀,就没处问了。小人其实不晓得。"许公道:"你莫不有甚欺心藏匿之弊么?"王惠道:"小人孤身在此,途路上那里是藏匿得的所在?况且下在张善店中时,主人还在,止有得此行李与棺木,是店家及推车人、公差李彪众目所见的。小人那里存得私?"许公道:"前日王禄下棺时,你在面前么?"王惠道:"大主人道是日辰有犯,不许看见。"许公笑一笑道:"这不干你事,银子自在一处。"取一张纸来,不知写上些甚么,叫门子封好了,上面用颗印印着,付与二

①免科:免判罪行。

子道:"银子在这里头,但到家时开看,即有取银之处了。不可在此耽搁,又生出事端来。"

二子不敢再说,领了出来。回到张善店中,看见两个灵柩,一齐哭拜了一番。哭罢,取了院批的领状,到州中库里领这两项银子。州官原是同乡,周全其事,衙门人不敢勒揞①,一些不少,如数领了。到店中,将二十两谢了张善一向停柩,且累他吃了官司。就央他写雇诚实车户,车运两柩回家。明日,置办一祭,奠了两柩。祭物多与了店家与车脚夫,随即起柩而行。不则一日,到了家中。举家号咷,出来接着:

　　雄纠纠两人次第去,四方方两柩一齐来。
　　一般丧命多因色,万里亡躯只为财。

此时王爵、王禄的父母俱在堂,连祖公公岁贡知县也还康健,闻得两个小官人各接着父亲棺柩回来,大家哭得不耐烦,慢慢说着彼中事体,致死根由,及许公判断许多缘故。合家多感戴许公问得明白,不然几乎一命也没人偿了。其父问起余银,一皋、一夔道:"因是余银不见,禀告许公。许公发得有单,今既到家,可拆开来看了。"遂将前日所领印信小封,一齐拆开,看时,上面写道:

　　银数既多,非仆人可匿。尔父云藏之甚秘,必在棺中。若虑开棺碍法,执此为照。

看罢,王惠道:"当时不许我每看二官人下棺,后来盖好了,就不见了许多银子,想许爷之言,必然明见。"其父道:"既给了执照,况有我为父的在,开棺不妨。"即叫王惠取器械来,轻轻将王禄灵柩撬开,只见身尸之旁,周围多是白物。王惠叫道:"好个许爷!若是别个昏官,连王惠也造化低了!"一皋、一夔大家动手,尽数取了出来,眼同一兑,足足有三千五百两。内有一千,另是一包,上写道:"还父母原银。"余包多写"一皋、一夔均分"。

合家看见了这个光景,思量他们在外死的苦恼,一齐恸哭不禁。仍把棺木盖好了,银子依言分讫。那个老知县祖公公见说着察院给了执照,开棺见银之事,讨枝香来点了,望空叩头道:"亏得许公神明,仇既得

―――――――――――
①勒揞:敲诈,克扣。

报,银又得归。愿他福禄无疆,子孙受享!"举家顶戴不尽①。可见世间刑狱之事,许多隐昧之情,一些造次不得的。有诗为证:

世间经目未为真,疑似由来易枉人。

寄语刑官须仔细,狱中尽有负冤魂。

---

①顶戴:敬礼,感恩。

卷二十二

痴公子狠使噪脾钱　贤丈人巧赚回头婿

诗云：

最是富豪子弟，不知稼穑艰难①。

悖入必然悖出，天道一理循环。

话说宋时汴京有一个人，姓郭名信。父亲是内诸司官②，家事殷富。止生得他一个，甚是娇养溺爱。从小不教他出外边来的，只在家中读些点名的书③。读书之外，毫厘世务也不要他经涉。到了十七八岁，未免要务了声名④，投拜名师。其时有个蔡元中先生，是临安人，在京师开馆。郭信的父亲出了礼物，叫郭信从他求学。

那先生开馆去处，是个僧房，颇极齐整。郭家就赁了他旁舍三间，亦甚幽雅。郭信住了，心里不像意，道是不见华丽。看了舍后一块空地，另去兴造起来。总是他也不知数目，不识物料，凭着家人与匠作扶同破费⑤，不知用了多少银两，他也不管。只见造成了几间，妆饰起来，弄得花簇簇的，方才欢喜住下了。终日叫书童打扫门窗梁柱之类，略有点染不洁，便要匠人连夜换得过，心里方掉得下。身上衣服穿着，必要新的，穿上了身，左顾右盼，嫌长嫌短。甚处不熨贴，一些不当心里，便别买段匹，另要做过。鞋袜之类，多是上好绫罗，一有微污，便丢下另换。至于洗过的衣服，决不肯再着的。

彼时有赴京听调的一个官人，姓黄，表字德琬。他的寓所，恰与郭家为邻。见他行径如此，心里不然。后来往来得熟了，时常好言劝他

①稼穑：耕种和收获。泛指农业劳动。

②内诸司官：宋代诸司衙门有内外之分，设在禁中称内诸司。内诸司官即内诸司使，仅为叙迁的阶官而无实际职务。

③点名：装点门面。

④务了：致力，获取。

⑤扶同：伙同。

道：“君家后生年纪，未知世间苦辣。钱财入手甚难，君家虽然富厚，不宜如此枉费。日复一日，须有尽时，日后后手不上了①，悔之无及矣。”郭信听罢，暗暗笑他道：“多是寒酸说话。钱财那有用得尽的时节？吾家田产不计其数，岂有后手不上之理？只是家里没有钱钞，眼孔子小，故说出这等议论，全不晓得我们富家行径的。”把好言语如风过耳，一毫不理，只依着自己性子行去不改。黄公见说不听，晓得是纵惯了的，道：“看他后来怎生结果！”得了官，自别过出京去了，以后绝不相闻。

过了五年，有事干又到京中来②，问问旧邻，已不见了郭家踪迹。偌大一个京师，也没处查访了。一日，偶去拜访一个亲眷，叫做陈晟。主人未出来，先叫门馆先生出来陪着。只见一个人葳葳蕤蕤踱将出来③，认一认，却是郭信。戴着一顶破头巾，穿着一身蓝缕衣服，手臂颤抖抖的叙了一个礼，整椅而坐。黄公看他脸上饥寒之色，殆不可言，恻然问道：“足下何故在此？又如此形状？”郭信叹口气道：“谁晓得这样事？钱财要没有起来，不消用得完，便是这样没有了。”黄公道：“怎么说？”郭信道：“自别尊颜之后，家父不幸弃世。有个继娶的晚母，在丧中罄卷所有④，转回娘家。第二日去问，连这家多搬得走了，不知去向。看看家人，多四散逃去，剩得孑然一身，一无所有了。还亏得识得几个字，胡乱在这主家教他小学生度日而已。”黄公道：“家财没有了，许多田业须在，这是偷不去的。”郭信道：“平时不曾晓得田产之数，也不认得田产在那一块所在。一经父丧，薄籍多不见了，不知还有一亩田在那里。”黄公道：“当初我曾把好言相劝，还记得否？”郭信道：“当初接着东西便用，那管他来路是怎么样的？只道到底如此。见说道要惜费，正不知惜他做甚么。岂知今日一毫也没来处了！”黄公道：“今日这边所得束脩之仪多少⑤？”郭信道：“能有多少？每月千钱，不够充身。图得个朝夕糊口，不去寻柴米就好了。”黄公道：“当时一日之用，也就有一年馆资了。富家

---

①后手：指留给日后使用的钱财。

②事干：即事情。

③葳葳蕤蕤（ruí）：形容委顿、潦倒的样子。

④罄卷：犹席卷。

⑤束脩：原指十条干肉。古代学生送给先生的礼物。后世称作教师的薪俸。

儿女到此地位,可怜! 可怜!"身边恰带有数百钱,尽数将来送与他,以少见故人之意。少顷,主人出来,黄公又与他说了郭信出身富贵光景,教好看待他。郭信不胜感谢,捧了几百个钱,就像获了珍宝一般,紧紧收藏,只去守那冷板凳了。

看官,你道当初他富贵时节,几百文钱只与他家赏人也不爽利①。而今才晓得是值钱的,却又迟了。只因幼年时不知稼穑艰难,以致如此。到此地位,晓得值钱了,也还是有受用的。所以说败子回头好作家也②。小子且说一回败子回头的正话。

　　无端浪子昧持筹③,偌大家缘一旦休④。

　　不是丈人生巧计,夫妻怎得再同俦⑤?

话说浙江温州府有一个公子姓姚,父亲是兵部尚书⑥。丈人上官翁也是显宦。家世富饶,积累巨万。周匝百里之内,田圃池塘、山林川薮,尽是姚氏之业。公子父母俱亡,并无兄弟,独主家政。妻上官氏,生来软默,不管外事,公子凡事只凭着自性而行。自恃富足有余,豪奢成习。好往来这些淫朋狎友,把言语奉承他,哄诱他,说是:"自古豪杰英雄,必然不事生产,手段慷慨,不以财物为心,居食为志,方是侠烈之士。"公子少年心性,道此等是好言语,切切于心。见别人家算计利息、较量出入、孳孳作家的,便道龌龊小人⑦,不足指数的。又懒看诗书,不习举业⑧,见了文墨之士,便头红面热,手足无措,厌憎不耐烦,远远走开。只有一班捷给滑稽之人⑨,利口便舌,胁肩谄笑,一日也少不得。又有一班猛勇

①爽利:爽快。
②作家:振兴家业。
③持筹:手拿算筹。指理财或经商。
④家缘:家产。
⑤同俦:同伴,伴侣。
⑥尚书:明代中央各部的最高长官,相当于国务大臣。兵部尚书:正二品,掌天下武卫官军选授、简练之政令。见《明史·职官志一》。
⑦龌龊小人:琐屑而不洁的小人。龌龊:吴语,肮脏,不干净。
⑧举业:为应科举考试所准备的课业。明清时多指八股文。
⑨捷给(jǐ):应对敏捷。

骁悍之辈,揎拳舞袖,说强夸胜,自称好汉,相见了便觉分外兴高,说话处脾胃多燥①,行事时举步生风。是这两种人才与他说得话着。有了这两种人,便又去呼朋引类,你荐举我,我荐举你,市井无赖少年,多来倚草附木,献技呈能,掇臀捧屁②。公子要人称扬大量,不论好歹,一概收纳。一出一入,何止百来个人扶从他?那百来个人多吃着公子,还要各人安家分例③,按月衣粮。公子皆千欢万喜,给派不吝,见他们拿得家去,心里方觉爽利。

公子性好射猎,喜的是骏马良弓。有门客说道:"何处有名马一匹,价值千金,日走数百里。"公子即便如数发银,只要买得来,不争价钱多少④。及至买来,但只毛片好看,略略身材高耸些,便道值的了。有说贵了的,倒反不快,必要争说买便宜方喜。人晓得性子,看见买了物事,只是赞美上前了。遇说有良弓的,也是如此。门下的人又要利落,又要逢迎,买下好马一二十匹,好弓三四十张。公子拣一匹最好的,时常乘坐,其余的随意听骑。每与门下众客相约,各骑马持弓,分了路数,纵放辔头,约在某处相会。先到者为赏,后到者有罚。赏的多出公子己财,罚不过罚酒而已。只有公子先到,众皆罚酒,又将大觥上公子称庆。有时分为几队,各去打围⑤。须臾,合为一处,看擒兽多寡,以分赏罚。赏罚之法,一如走马之例。无非只是借名取乐。似此一番,所费酒食赏劳之类,已自不少了。还有时联镳放马,踏伤了人家田禾,惊失了人家六畜等事。公子是人心天理,又是慷慨好胜的人。门下客人又肯帮衬,道:"公子们出外,宁可使小百姓巴不得来,不可使他怨怅我每来!今若有伤损了他家,便是我每不是,后来他望见就怕了。必须加倍赔他,他每道有些便宜,方才赞叹公子,巴不得公子出来行走了。"公子大加点头道:"说得极有见识。"因而估值损伤之数,分付宁可估好看些,从重赔还,不要亏了他们。门客私下与百姓们说通了,得来平分,有一分,说了

①脾胃:脾气,性情。
②掇臀捧屁:吴语,指拍马屁奉承之态。
③分例:按定例发放钱财。
④不争:不计较。
⑤打围:打猎。

七八分。说去，公子随即赔偿，再不论量。这又是射猎中分外之费，时时有的。公子身边最讲得话、像心称意的，有两个门客，一个是萧管朋友贾清夫①，一个是拳棒教师赵能武。一文一武，出入不离左右。虽然献谄效勤、哄诱撺掇的人不计其数②，大小事多要串通得这两个，方才弄得成。这两个一鼓一板，只要公子出脱得些，大家有味。

一日，公子出猎，草丛中惊起一个兔来。兔儿腾地飞跑，公子放马赶去，连射两箭，射不着。恰好后骑随至，赵能武一箭射个正着，兔儿倒了，公子拍手大笑。因贪赶兔儿，跑来得远了，肚中有些饥饿起来。四围一看，山明水秀，光景甚好。可惜是个荒野去处，并无酒店饭店。贾清夫与一群少年随后多到，大家多说道："好一个所在！只该聚饮一回。"公子见说，兴高得不耐烦，问问后头跟随的，身边银子也有，铜钱也有，只没设法酒肴处。赵能武道："眼面前就有东西，怎苦没肴？"众人道："有甚么东西？"赵能武道："只方才射倒的兔儿，寻些火煨起，也够公子下酒。"贾清夫道："若要酒时，做一匹快马不着，跑他五七里路，遇个村坊去处，好歹寻得些来，只不能够多带得，可以畅饮。"公子道："此时便些少也好。"

正在商量处，只见路旁有一簇人，老少不等，手里各拿着物件，走近前来迎喏道："某等是村野小人，不曾识认财主贵人之面。今日难得公子贵步至此，谨备瓜果鸡黍、村酒野蔌数品③，聊献从者一饭。"公子听说酒肴，喜动颜色，回顾一班随从的道："天下有这样凑巧的事，知趣的人！"贾清夫等一齐拍手道："此皆公子吉人天相，酒食之来，如有神助。"各下了马，打点席地而坐。野老们道："既然公子不嫌饮食粗粝，何不竟到舍下坐饮？椅桌俱便。乃在此草地之上吃酒，不像模样。"众人一齐道："妙！妙！知趣得紧。"

野老们恭身在前引路，众人扶从了公子，一拥到草屋中来。那屋中虽然窄狭，也倒洁净。摆出椅桌来，拣一只齐整些的古老椅子，公子坐

---

①萧管朋友：唱曲的朋友。萧管：泛指管乐器。

②撺掇：怂恿，劝诱。

③野蔌(sù)：野菜。

了。其余也有坐椅的,也有坐凳的,也有扯张稻床来做杌子的,团团而坐。吃出兴头来,这家老小们供应不迭。贾清夫又打着撺鼓儿道①:"多拿些酒出来,我们要吃得快活,公子是不亏人的。"这家子将酝下的杜茅柴②,不住的烫来,吃得东倒西歪,撑肠挂腹。又道是饥者易为食,渴者易为饮。大凡人在饥渴之中,觉得东西好吃。况又在兴趣头上,就是肴馔粗些,鸡肉肥些,酒味薄些,一总不论,只算做第一次嘉肴美酒了。公子不胜之喜。门客多帮衬道:"这样凑趣的东道主人,不可不厚报他的。"公子道:"这个自然该的。"便教贾清夫估他约费了多少。清夫在行,多说了些。公子教一倍偿他三倍。管事的和众人克下了一倍自得,只与他两倍。这家子道已有了对合利钱③,怎不欢喜?

当下公子上马回步,老的少的多来马前拜谢,兼送公子。公子一发快活道:"这家子这等殷勤!"赵能武道:"不但敬心,且有礼数。"公子再教后骑赏他。管事的策马上前问道:"赏他多少?"公子叫打开银包来看,见有几两零碎银子,何止千百来块? 公子道:"多与他们罢! 论甚么多少?"用手只一抬,银子块块落地,只剩得一个空包。那些老小们看见银子落地,大家来抢,也顾不得尊卑长幼,扯扯拽拽,磕磕撞撞。溜撒的,拾了大块子,又来拈撮④;迟夯的,将拾到手,又被眼快的先取了去。老人家战抖抖的拿得一块,死也不放,还累了两个地滚。公子看此光景,与众客马上拍手大笑道:"天下之乐,无如今日矣!"公子此番虽费了些赏赐,却噪尽了脾胃⑤,这家子赔了些辛苦,落得便宜多了。这个消息传将开去,乡里人家,只叹惜无缘,不得遇着公子。

自此以后,公子出去,就有人先来探听马首所向,村落中无不整顿酒食,争来迎候。真个是:东驰,西人已为备馔;南猎,北人就去戒厨⑥。士有余粮,马多剩草。一呼百诺,顾盼生辉。此送彼迎,尊荣莫并。凭

①打着撺鼓儿:从旁帮腔。

②杜茅柴:村酿的酒。

③对合利钱:吴语,指本利相等的钱。

④拈撮:捡取。

⑤噪尽了脾胃:王古鲁注云:指公子哥儿摆阔架子。

⑥戒厨:吩咐厨下备餐。戒:令,请。

他出外连旬乐，不必先营隔宿装。公子到一处，一处如此。这些人也竭力奉承，公子也加意报答，还自歉然道："赏劳轻微，谢他们厚情不来。"众门客又齐声力赞道："此辈乃小人，今到一处，即便供帐备具，奉承公子，胜于君王。若非重赏，何以示劝？"公子道："说得有理。"每每赏了又赏，有增无减。元来这圈套多是一班门客串同了百姓们，又是贾、赵二人先定了去向，约会得停当。故所到之处，无不如意。及至得来赏赐，尽管分取，只是撺掇多些了。

亲眷中有老成的人，叫做张三翁，见公子日逐如此费用，甚为心疼。他曾见过当初尚书公行事来的，偶然与公子会间，劝讽公子道①："宅上家业丰厚，先尚书也不纯仗做官得来的宦囊，多半是算计做人家来的。老汉曾经眼见先尚书早起晏眠②，算盘天平、文书簿籍不离于手。别人少他分毫也要算将出来，变面变孔，费唇费舌。略有些小便宜，即便喜动颜色。如此挣来的家私，非同容易。今郎君十分慷慨撒漫，与先尚书苦挣之意，太不相同了。"公子面色通红，未及回答，贾清夫、赵能武等一班儿朋友大嚷道："这样气量浅陋之言，怎么在公子面前讲！公子是海内豪杰，岂把钱财放在眼孔上？况且人家天做，不在人为。岂不闻李太白有言'天生吾才终有用，黄金散尽还复来？'③先尚书这些孜孜为利，正是差处。公子不学旧样，尽改前非，是公子超群出众、英雄不羁之处，岂田舍翁所可晓哉！"公子听得这一番说话，方才觉得有些吐气扬眉，心里放下。张三翁见不是头，晓得有这一班小人，料想好言不入，再不开口了。

公子被他们如此舞弄了数年，弄得囊中空虚，看看手里不能接济。所有仓房中庄舍内积下米粮，或时粜银使用，或时即发米代银，或时先在那里移银子用了，秋收还米，也就东扯西拽，不能如意。公子要噪脾时，有些掣肘不爽利。门客每见公子世业不曾动损，心里道："这里面尽有大想头。"与贾、赵二人商议定了，来见公子献策道："有一妙着，公子

----

①劝讽：婉言相劝。

②晏眠：晚睡。

③"天生"二句：出自唐代诗人李白的《将进酒》，略有改动。

再不要愁没银子用了。"公子正苦银子短少,一闻此言,欣然起问:"有何妙计?"贾、赵等指手画脚道:"公子田连阡陌①,地占半州,足迹不到所在不知多少。这许多田地,大略多是有势之时,小民投献,富家馈送,原不尽用价银买的。就有些买的,也不过债利盘算,准折将来。或是户绝人穷,止剩得些跷田瘠地,只得收在户内,所值原不多的。所以而今荒芜的多,开垦的少。租利没有,钱粮要紧。这些东西留在后边,贴累不浅的。公子看来,不过是些土泥;小民得了,自家用力耕种,才方是有用的。公子若把这些作赏赐之费,不是土泥尽当银子用了?亦且自家省了钱粮之累。"公子道:"我最苦的是时常来要我完甚么钱粮,激聒得不耐烦②。今把来推将去,当得银子用,这是极便宜的事了。"

自此公子每要用银子之处,只写一纸卖契,把田来准去。那得田的,心里巴不得,反要妆个腔儿说不情愿,不如受些现物好。门客每故意再三解劝,强他拿去。公子蹙踖不安③,惟恐他不受,直等他领了文契方掉得下。所有良田美产,有富户欲得的,先来通知了贾、赵二人,借打猎为名,迂道到彼家边,极意酒食款待,还有出妻献子的;或又有接了娼妓养在家里,假做了妻女来与公子调情的。公子便有些晓得,只是将错就错,自以为得意。吃得兴阑将行,就请公子写契作赏。公子写字不甚利便。门客内有善写的,便来执笔。一个算价钱,一个查簿籍,写完了只要公子押字。公子也不知田在那里,好的歹的,贵的贱的,见说押字即便押了。又有时反有几两银子找将出来与公子用,公子却像落得的,分外喜欢。

如此多次,公子连押字也不耐烦了,对贾清夫道:"这些时不要我拿银子出来,只写张纸,颇觉便当。只是定要我执笔押字,我有些倦了。"赵能武道:"便是我们搭着枪棒且溜撒④,只这一管笔,重得可厌相!"贾清夫道:"这个不打紧,我有一策,大家可以省力。"公子道:"何策?"贾清

---

① 阡陌:田间纵横交错的小路。
② 激聒:犹絮聒。
③ 蹙(cù)踖(jí):形容窘迫的样子。
④ 搭(nuò):握,手持。

夫道："把这些买契套语刊刻了板，空了年月，刷印百张，放在身边。临时只要填写某处及多少数目，注了年月。连公子花押也另刻了一个①，只要印上去，岂不省力？"公子道："妙，妙。却有一件，卖契刻了印板，这些小见识的必然笑我，我那有气力逐个与他辨？我做一首口号，也刻在后面，等别人看见的，晓得我心事开阔，不比他们猥琐的②。"贾清夫道："口号怎么样的？"公子道："我念来你们写着：

> 千年田土八百翁，何须苦苦较雌雄？古今富贵知谁在，唐宋山河总是空！去时却似来时易，无他还与有他同。若人笑我亡先业，我笑他人在梦中。③

念罢，叫一个门客写了，贾清夫道："公子出口成章，如此何愁不富贵！些须田业，不足恋也。公子若刻此佳作在上面了，去得一张，与公子扬名一张矣。"公子大喜，依言刻了。每日印了十来张，带在贾、赵二人身边。行到一处，遇要赏恩，即取出来，填注几字，印了个花押，即已成契了。公子笑道："真正简便，此后再不消捏笔了。快活，快活！"其中门客每自家要的，只须自家写注，偷用花押，一发不难。如此过了几时，公子只见逐日费得几张纸，一毫不在心上。岂知皮里走了肉，田产俱已荡尽，公子还不知觉！但见供给不来，米粮不继，印板文契丢开不用，要些使费，别无来处。问问家人何不卖些田来用度？方知田多没有了。

　　门客看见公子艰难了些，又兼有靠着公子做成人家过得日子的，渐渐散去不来。惟有贾、赵二人哄得家里瓶满瓮满，还想道瘦骆驼尚有千斤肉，恋着未去。劝他把大房子卖了，得中人钱，又替他买小房子住，得后手钱。搬去新居不像意，又与他算计改造、置买木石落他的。造得像样，手中又缺了。公子自思宾客既少，要这许多马也没干，托着二人把来出卖，比原价只好十分之一二。公子问："为何差了许多？"二人道："骑了这些时，走得路多了，价钱自减了。"公子也不计论，见着银子，且

---

①花押：又称"押字"。签名。

②猥琐：繁杂琐碎。

③"千年田土八百翁"诗：这首律诗与前文"人道光阴疾似梭"长歌，均出自明邵景詹《觅灯因话》卷一《姚公子传》。

便接来应用。起初还留着自己骑坐两三匹好的,后来因为赏赐无处,随从又少,把个出猎之兴,叠起在三十三层高阁上了。一总要马没干,且喂养费力,贾、赵二人也设法卖了去,价钱不多,又不尽到得公子手里,够他几时用?只得又商量卖那新居。枉自装修许多,性急要卖,只卖得原价钱到手。新居既去,只得赁居而住。一向家中牢曹什物①,没处藏叠,半把价钱,烂贱送掉。

　　到得迁在赁的房子内时,连贾、赵二人也不来了,惟有妻子上官氏随起随倒。当初风花雪月之时,虽也曾劝谏几次,如水投石,落得反目。后来晓得说着无用,只得凭他。上官氏也是富贵出身,只会吃到口茶饭,不晓得甚么经求,也不曾做下一些私房②。公子有时,他也有得用;公子没时,他也没了。两个住在赁房中,且用着卖房的银子度日。走出街上来,遇见旧时的门客,一个个多新鲜衣服,仆从跟随。初时撞见公子,还略略叙寒温,已后渐渐掩面而过;再过几时,对面也不来理着了。

　　一日早晨,撞着了赵能武。能武道:"公子曾吃早饭未曾?"公子道:"正来买些点心吃。"赵能武道:"公子且未要吃点心,到家里来坐坐,吃一件东西去。"公子随了他到家里。赵能武道:"昨夜打得一只狗,煨得糜烂在这里,与公子同享。"果然拿出热腾腾的狗肉来,与公子一同狼餐虎咽,吃得尽兴。公子回来,饱了一日,心里道:"他还是个好人。"没些生意,便去寻他。后来也常时躲过,不十分招揽了。贾清夫遇着公子,原自满面堆下笑来。及至到他家里坐着,只是泡些好清茶来,请他评品些茶味,说些空头话。再不然,趁着脚儿把管箫闲吹一曲,只当是他的敬意。再不去破费半文钱钞多少弄些东西来点饥。公子忍饿不过,只得别去,此外再无人理他了。

　　公子的丈人上官翁是个达者,初见公子败时,还来主张争论。后来看他行径,晓得不了不住,索性不来管他。意要等他干净了,吃尽穷苦滋味,方有回转念头的日子。所以富时也不来劝戒,穷时也不来资助,只像没相干的一般。公子手里罄尽,衣食不敷,家中别无可卖,一身之

_____

　　①牢曹什物:指讨厌的物品器具。
　　②私房:即私房钱。

外，只有其妻。没做思量处，痴算道："若卖了他去，省了一口食，又可得些银两用用。"只是怕丈人，开不得这口。却是有了这个意思，未免露些光景出来。上官翁早已识破其情，想道："省得他自家蛮做出事来，不免用个计较，哄他在圈套中了，慢作道理。"遂挽出前日劝他好话的那个张三翁来，托他做个说客。

　　商量说话完了，竟来见公子。公子因是前日不听其言，今荒凉光景了，羞惭满面。张三翁道："郎君才晓得老汉前言不是迂阔么？"公子道："惶愧，惶愧！"张三翁道："近闻得郎君度日艰难，有将令正娘子改适之意，果否如何？"公子满面通红了道："自幼夫妻之情，怎好轻出此言？只是绝无来路，两口饭食不给，惟恐养他不活，不如等他别寻好处安身。我又省得多一个口食，他又有着落了，免得跟着我一同忍饿。所以有这一点念头，还不忍出口。"张三翁道："果有此意，作成老汉做个媒人何如①？"公子道："老丈有甚么好人家在肚么？"张三翁道："便是有个人叫老汉打听，故如此说。"公子道："就有了人家，岳丈面前怎好启齿？"张三翁道："好教足下得知，令岳正为足下败完了人家，令正后边日子难过，尽有肯改嫁之意。只是在足下身边起身，甚不雅相。令岳欲待接着家去，在他家门里择配人家。那时老汉便做个媒人，等令正嫁了出去，寂寂里将财礼送与足下，方为隐秀②，不伤体面。足下心里何如？"公子道："如此委曲最妙，省得眼睁睁的我与他不好分别。只是既有了此意，岳丈那里我不好再走去了。我在那里问消息？"张三翁道："只消在老汉家里讨回话。一过去了，就好成事体，我也就来回复你的，不必挂念！"公子道："如此做事，连房下面前我不必说破③，只等岳丈接他归家便了。"张三翁道："正是，正是。"两下别去。

　　上官翁一径打发人来接了女儿回家住了。过了两日，张三翁走来见公子道："事已成了。"公子道："是甚么人家？"张三翁道："人家豪富，也是姓姚。"公子道："既是富家，聘礼必多了。"张三翁道："他们道是中

---

①作成：吴语，犹言照顾。

②隐秀：吴语，隐秘，不显露。

③房下：指妻子。

年再醮①,不肯出多。是老汉极力称赞贤能,方得聘金四十两。你可省吃俭用些,再若轻易弄掉了,别无来处了。"公子见就有了银子,大喜过望,口口称谢。张三翁道:"虽然得了这几两银子,一入豪门,终身不得相见了,为何如此快活?"公子道:"譬如两个一齐饿死了,而今他既落了好处,我又得了银子,有甚不快活处?"元来这银子就是上官翁的,因恐他把女儿当真卖了,故装成这个圈套,接了女儿家去,把这些银子暗暗助他用度,试看他光景。

公子银子接到手,手段阔惯了的,那里够他的用?况且一向处了不足之乡,未免房钱、柴米钱之类,挂欠些在身上,拿来一出摩诃萨②,没多几时,手里又空。左顾右盼,别无可卖,单单剩得一个身子。思量索性卖与人了,既得身钱,又可养口。却是一向是个公子,那个来兜他?又兼目下已做了单身光棍,种火又长③,挂门又短④,谁来要这个废物?公子不揣,各处央人寻头路。上官翁知道了,又拿几两银子,另挑出一个来,要了文契,叫庄客收他在庄上用。庄客就假做了家主,与他约道:"你本富贵出身,故此价钱多了。既已投靠⑤,就要随我使唤,禁持苦楚⑥,不得违慢!说过方收留你。"公子思量道:"我当初富盛时,家人几十房,多是吃了着了闲荡的,有甚苦楚处?"一力应承道:"这个不难,既已靠身,但凭使唤了。"公子初时看见遇饭吃饭,遇粥吃粥,不消自己经营,颇谓得计。谁知隔得一日,庄客就限他功课起来:早晨要打柴,日里要挑水,晚要舂谷簸米,劳筋苦骨,没一刻得安闲。略略推故懈惰,就拿着大棍子吓他。公子受不得那苦,不够十日,魆地逃去⑦。庄客受了上官翁分付,不去追地,只看他怎生着落。

---

①再醮:指男子再娶。

②摩诃萨:即摩诃萨埵,梵语译音。菩萨之通称。佛经有"摩诃萨埵以身施虎"的故事。这里借指慷慨花钱。

③种火:生火。

④挂门:撑门。

⑤投靠:卖身为奴。

⑥禁持:经受,忍耐。

⑦魆(xū)地:暗地里;突然。

公子逃去两日，东不着边，西不着际，肚里又饿不过。看见乞儿每讨饭，讨得来到有得吃，只得也皮着脸去讨些充饥。讨了两日，挨去乞儿队里做了一伴了。自家想着当年的事，还有些气傲心高，只得作一长歌，当做似《莲花落》满市唱着乞食①。歌曰：

> 人道光阴疾似梭，我说光阴两样过。昔日繁华人羡我，一年一度易蹉跎。可怜今日我无钱，一时一刻如长年。我也曾轻裘肥马载高轩②，指麾万众驱山前。一声围合魑魅惊③，百姓邀迎如神明。今日黄金散尽谁复称？朋友离群猎狗烹。昼无饘粥夜无眠④，落得街头唱哩莲⑤。一生两截谁能堪？不怨爷娘不怨天。早知到此遭坎坷，悔教当日结妖魔。而今无计可奈何，殷勤劝人休似我！

上官翁晓得公子在街上乞化了，教人密地分付了一班乞儿故意要凌辱他，不与他一路乞食。及至自家讨得些须来，又来抢夺他的，没得他吃饱。略略不顺意，便吓他道："你无理，就扯你去告诉家主。"公子就慌得手脚无措，东躲西避，又没个着身之处。真个是冻馁忧愁，无件不尝得到了。上官翁道："奈何得他也够了。"乃先把一所大庄院与女儿住下了，在后门之旁收拾一间小房，被窝什物略略备些在里边。又叫张三翁来寻着公子，对他道："老汉做媒不久，怎知你就流落此中了！"公子道："此中了，可怜众人还不容我！"张三翁道："你本大家，为何反被乞儿欺侮？我晓得你不是怕乞儿，只是怕见你家主。你主幸不遇着，若是遇着，送你到牢狱中追起身钱来，你再无出头日子了。"公子道："今走身无路，只得听天命，早晚是死，不得见你了。前日你做媒，嫁了我妻子出去，今不知好过日子否。"说罢大哭。张三翁道："我正有一句话要对你说，你妻子今为豪门主母，门庭贵盛，与你当初也差不多。今托我寻一

---

① 《莲花落》：本为乞丐所唱，后为民间曲艺的一种、演唱者一二人，用竹板按拍。

② 高轩：高车。

③ 魑魅：古人谓能害人的山泽神怪。也泛指鬼怪。

④ 饘（zhān）粥：稀饭。

⑤ 唱哩莲：指唱莲花落，因莲花落歌中有"哩哩莲花，哩哩莲花落也"。

个管后门的，我若荐了你去，你只管晨昏启闭，再无别事。又不消自爨①，享着安乐茶饭，这可好么?"公子拜道"若得如此，是重生父母了。"张三翁道:"只有一件，他原先是你妻子，今日是你主母，必然羞提旧事。你切不可妄言放肆，露了风声，就安身不牢了。"公子道:"此一时，彼一时。他如今在天上，我得收拾门下，免死沟壑②，便为万幸了，还敢妄言甚么?"张三翁道:"既如此，你随我来，我帮衬你成事便了。"

公子果然随了张三翁去，住在门外，等候回音。张三翁去了好一会，来对他道:"好了，好了。事已成了，你随我进来。"遂引公子到后门这间房里来，但见:

> 床帐皆新，器具粗备。萧萧一室，强如庵寺坟堂;寂寂数椽，不见露霜风雨。虽单身之入卧，审容膝之易安。

公子一向草栖露宿受苦多了，见了这一间清净房室，器服整洁，吃惊问道:"这是那个住的?"张三翁道:"此即看守后门之房，与你住的了。"公子喜之不胜，如入仙境。张三翁道:"你主母家富，故待仆役多齐整。他着你管后门，你只坐在这间房里，吃自在饭够了③。凭他主人在前面出入，主母在里头行止，你一切不可窥探。他必定羞见你。又万不可走出门一步，倘遇着你旧家主，你就住在此不稳了。"再三叮嘱而去。公子吃过苦的，谨守其言。心中一来怕这饭碗弄脱了，二来怕露出踪迹，撞着旧主人的是非出来，呆呆坐守门房，不敢出外。过了两个月余，只是如此。

上官翁晓得他野性已收了，忽一日叫一个人拿一封银子与他④，说道:"主母生日，众人多有赏，说你管门没事，赏你一钱银子买酒吃。"公子接了，想一想这日正是前边妻子的生辰，思量在家富盛之时，多少门客来作贺，吃酒兴头，今却在别人家了，不觉凄然泪下。藏着这包银子，不舍得轻用。隔几日，又有个人走出来道:"主母唤你后堂说话。"公子

---

① 爨(cuàn):烧火做饭。爨:炊。

② 沟壑:山沟。借指野死的地方。

③ 自在饭:现成饭。

④ 一封:量词。用于银两、书信等封缄的东西。

吃了一惊,道:"张三翁前日说他羞见我面,叫我不要露形,怎么如今唤我说话起来? 我怎生去相见得?"又不好推故,只得随着来人一步步走进中堂。只见上官氏坐在里面,俨然是主母尊严,公子不敢抬头。上官氏道:"但见说管门的姓姚,不晓得就是你。你是富公子,怎在此与人守门?"说得公子羞惭满面,做声不得。上官氏道:"念你看门勤谨,赏你一封银子买衣服穿去。"丫鬟递出来,公子称谢受了。上官氏分付,原叫领了门房中来。公子到了房中,拆开封筒一看,乃是五钱足纹,心中喜欢,把来与前次生日里赏的一钱,并做一处包好,藏在身边。就有一班家人来与他庆松,哄他拿出些来买酒吃。公子不肯。众人又说:"不好独难为他一个,我们大家凑些,打个平火,"公子捏着银子道:"钱财是难得的,我藏着后来有用处。这样闲好汉再不做了。"众人强他不得,只得散了。

一日黄昏时候,一个丫鬟走来说道,主母叫他进房中来,问旧时说话。公子不肯,道:"夜晚间不是说话时节。我在此住得安稳,万一有些风吹草动,不要我管门起来,赶出去,就是个死。我只是守着这斗室罢了。你与我回复主母一声,决不敢胡乱进来的。"

上官翁逐时叫人打听①,见了这些光景,晓得他已知苦辣了。遂又去挽那张三翁来看公子。公子见了,深谢他荐举之德。张三翁道:"此间好过日子否?"公子道:"此间无忧衣食,吾可以老死在室内了,皆老丈之恩也。若非老丈,吾此时不知性命在那里! 只有一件,吃了白饭,闲过日子,觉得可惜。吾今积趱几钱银子在身边,不舍得用。老丈是好人,怎生教导我一个生利息的方法儿,或做些本等手业,也不枉了。"张三翁笑道:"你几时也会得惜光阴、惜财物起来了?"公子也笑道:"不是一时学得的,而今晓得也迟了。"张三翁道:"我此来,单为你有一亲眷要来会你,故着我先来通知。"公子道:"我到此地位,亲眷无一人理我了,那个还来要会我?"张三翁道:"有一个在此,你随我来。"

张三翁引了他走入中堂,只见一个人在里面,巍冠大袖,高视阔步,踱将出来。公子望去一看,见是前日的丈人上官翁。公子叫声"阿也!"

---

①逐时:随时。

失色而走。张三翁赶上一把拉住道:"是你的令岳,为何见了就走?"公子道:"有甚么面孔见他?"张三翁道:"自家丈人,有甚么见不得?"公子道:"妻子多卖了,而今还是我的丈人?"张三翁道:"他见你有些务实了,原要把女儿招你。"公子道:"女儿已是此家的主母,还有女儿在那里?"张三翁道:"当初是老汉做媒卖去,而今原是老汉做媒还你。"公子道:"怎么还得?"张三翁道:"痴呆子!大人家的女儿,岂肯再嫁人?前日恐怕你当真胡行起来,令岳叫人接了家去,只说嫁了。今住的原是你令岳家的房子。又恐怕你冻饿死在外边了,故着老汉设法了你家来,收拾在门房里。今见你心性转头,所以替你说明,原等你夫妻完聚。这多是令岳造就你成器的好意思。"公子道:"怪道住在此多时,只见说主母,从不见甚么主人出入。我守着老实,不敢窥探一些,岂知如此就里?元来岳丈恁般费心!"张三翁道:"还不上前拜见他去!"一手扯着公子走将进来。

上官翁也凑将上来,撞着道:"你而今记得苦楚,省悟前非了么?"公子无言可答,大哭而拜。上官翁道:"你痛改前非,我把这所房子与你夫妻两个住下,再拨一百亩田与你管运,做起人家来。若是饱暖之后,旧性复发,我即时逐你出去,连妻子也不许见面了。"公子哭道:"经了若干苦楚过来,今受了岳丈深恩,若再不晓得省改,真猪狗不值了!"上官翁领他进去与女儿相见,夫妻抱头而哭。说了一会,出来谢了张三翁。

张三翁临去,公子道:"只有一件不干净的事,倘或旧主人寻来,怎么好?"张三翁道:"那里甚么旧主人?多是你令岳捏弄出来的。你只要好做人家,再不必别虑!"公子方得放心,住在这房子里做了家主。虽不及得富盛之时,却是省吃俭用,勤心苦胝①,衣食尽不缺了。记恨了日前之事,不容一个闲人上门。

那贾清夫、赵能武见说公子重新做起人家来了,合了一伴来拜望他。公子走出来道:"而今有饭,我要自吃,与列位往来不成了。"贾清夫把些趣话来说说,议论些箫管;赵能武又说某家的马健,某人的弓硬,某

①苦胝(zhī):指辛苦劳作,皮肉生茧子。

处地方禽兽多。公子只是冷笑，临了道："两兄看有似我前日这样主顾，也来作成我，做一伙同去赚他些儿。"两人见说话不是头，扫兴而去。

　　上官翁见这些人又来歪缠，把来告了一状，搜根剔齿①，查出前日许多隐漏白占的田产来，尽归了公子。公子一发有了家业，夫妻竟得温饱而终。可见前日心性，只是不曾吃得苦楚过。世间富贵子弟，还是等他晓得些稼穑艰难为妙。至于门下往来的人，尤不可不慎也。

　　贫富交情只自知，翟公何必署门楣②？

　　今朝败子回头日，便是奸徒退运时。

---

　　①搜根剔齿：指寻根究底，连细微处也不放过。明施耐庵《水浒传》第四十一回："只恨黄文炳那厮搜根剔齿，几番唆毒，要害我们。"

　　②翟公：西汉翟公做廷尉时宾客盈门，失官后门前冷落，可张网捕雀。后来复职，宾客欲往，翟公乃大署其门曰："一死一生，乃知交情。一贫一富，乃知交态。一贵一贱。交情乃见。"

卷二十三

大姊魂游完宿愿　小姨病起续前缘①

诗曰：

　　生死由来一样情，豆其燃豆并根生②。

　　存亡姊妹能相念，可笑阋墙亲弟兄③。

　　话说唐宪宗元和年间④，有个侍御李十一郎⑤，名行修。妻王氏夫人，乃是江西廉使王仲舒女⑥，贞懿贤淑，行修敬之如宾。王夫人有个幼妹，端妍聪慧，夫人极爱他，常领他在身边鞠养⑦。连行修也十分爱他，如自家养的一般。

　　一日，行修在族人处赴婚礼喜筵，就在这家歇宿。晚间忽做一梦，梦见自身再娶夫人。灯下把新人认看，不是别人，正是王夫人的幼妹。猛然惊觉，心里甚是不快活。巴到天明，连忙归家。进得门来，只见王夫人清早已起身了，闷坐着，将手频频拭泪。行修问着不答，行修便问家人道：“夫人为何如此？”家人辈齐道：“今早当厨老奴，在厨下自说五更头做一梦，梦见相公再娶王家小娘子。夫人知道了，恐怕自身有甚山高水低，所以悲哭了一早起了⑧。”行修听罢，毛骨耸然，惊出一身冷汗，

---

①此篇与《初刻拍案惊奇》卷之二十三重复，注释可参考该文注。

②豆其燃豆：指曹植的七步诗：“煮豆持作羹，漉菽以为汁。其在釜下燃，豆在釜中泣。本是同根生，相煎何太急！”比喻兄弟相残。

③阋(xì)墙：兄弟不和。语出《诗经·小雅·常棣》：“兄弟阋于墙，外御其侮。”阋：争吵。

④元和：唐宪宗李纯年号(806—820)。

⑤侍御：唐代称殿中侍御史、监察御史为侍御。

⑥江西廉使：即江西道廉吏。江西：唐置江西南道，简称江西道。廉使：唐代观察使，亦称廉吏。职掌地方州县官吏的政绩，后兼管民事，为一道的行政长官。

⑦鞠养：抚养，抚育。

⑧一早起：一早晨。今方言中仍如此说。

想道："如何与我所梦正合？"他两个是恩爱夫妻，心下十分不乐，只得勉强劝谕夫人道："此老奴颠颠倒倒，是个愚憨之人，其梦何足凭准？"口里虽如此说，心下因是两梦不约而同，终究有些疑惑。只见隔不多几日，夫人生出病来累医不效，两月而亡。行修哭得死而复苏。书报岳父王公，王公举家悲恸。因不忍断了行修亲谊，回书还答，便有把幼女续婚之意。行修伤悼正极，不忍说起这事，坚意回绝了岳父。于时有个卫秘书卫随①，最能广识天下奇人。见李行修如此思念夫人，突然对他说道："侍御怀想亡夫人如此深重，莫不要见他么？"行修道："一死永别，如何能勾再见？"秘书道："侍御若要见亡夫人，何不去问稠桑王老②？"行修道："王老是何人？"秘书道："不必说破，侍御只牢牢记着稠桑王老四字，少不得有相会之处。"行修见说得作怪，切切记之于心。

过了两三年，王公幼女越长成了。王公思念亡女，要与行修续亲，屡次着人来说。行修不忍背了亡夫人，只是不从。此后，除授东台御史③。奉诏出关，行次稠桑驿。驿馆中先有敕使住下了④，只得讨个官房歇宿，那店名就叫做稠桑店。行修听得"稠桑"二字触着，便自上心，想道："莫不甚么王老正在此处？"正要跟寻问⑤，只听得街上人乱嚷。行修走到店门边一看，只见一伙人，团团围住一个老者。你扯我扯，你问我问，缠得一个头昏眼暗。行修问店主人道："这些人何故如此？"主人道："这个老儿姓王，是个希奇的人，善谈禄命，乡里人敬他如神。故此见他走过，就缠住他问祸福。"行修想着卫秘书之言，道："元来果有此人！"便叫店主人："快请他到店相见。"店主人见行修是个出差御史。不敢稽延⑥，拨开人丛，走进去扯住他道："店中有个李御史李十一郎

①秘书：秘书郎，管理皇家图书文籍的官员。
②稠桑：地名。稠桑驿，在今河南灵宝县西。
③除授：即拜官授职。东台御史：即东都洛阳御史台的御史。唐代以长安为都城，洛阳为陪都，因洛阳在长安的东部，故称东都。民间呼长安为西台，东都为东台。见唐赵璘《因话录·徵》。
④敕使：传达圣旨的太监。
⑤跟寻：追查、打听。
⑥稽延：迟延，拖延。

奉请。"众人见说是官府请,放开围,让他出来,一哄多散了。到店相见,行修见是个老人,不要他行礼。就把想念亡妻,有卫秘书指引来求他的话,说了一遍。便道:"不知老翁果有奇术,能使亡魂相见否?"老人道:"十一郎要见亡夫人,就是今夜罢了。"老人前走,叫行修打发开了左右,引了他,一路走入一个土山中。又升一个数丈的高坡,坡侧隐隐见有个丛林。老人便住在路旁,对行修道:"十一郎可走去林下,高声呼'妙子',必有人应。应了,便说道:'传语九娘子,今夜暂借妙子同看亡妻。'"行修依言,走去林间呼着,果有人应。又依着前言说了。

　　少顷,一个十五六岁的女子走出来道:"九娘子差我随十一郎去①。"说罢,便折竹二枝,自跨了一枝,一枝与行修跨。跨上,便同马一般快。行勾三四十里,忽到一处,城阙壮丽。前经一大宫,宫前有门。女子道:"但循西廊直北,从南第二宫,乃是贤夫人所居。"行修依言,趋至其处。果见十数年前一个死过的丫头出来拜迎,请行修坐下。夫人就走出来,涕泣相见。行修伸诉离恨,一把抱住不放。却待要再讲欢会,王夫人不肯,道:"今日与君幽显异途,深不愿如此,贻妾之患。若是不忘平日之好,但得纳小妹为婚,续此姻亲,妾心愿毕矣。所要相见,只此奉托。"言罢,女子已在门外厉声催叫道:"李十一郎速出。"行修不敢停留,含泪而出。女子依前与他跨了竹枝同行。到了旧处,只见老人头枕一块石头眠着正睡。听得脚步响,晓得是行修到了,走起来问道:"可如意么?"行修道:"幸已相会。"老人道:"须谢九娘子遣人相送。"行修依言,送妙子到林间,高声称谢。回来问老人道:"此是何等人?"老人道:"此原上有灵应九子母祠耳②。"老人复引行修到了店中。只见壁上灯盏荧荧,槽中马唉刍如故,仆夫等个个熟睡。行修疑道做梦,却有老人尚在可证。老

①娘子:少女的通称,也可称少妇。这里指闺中待字的姑娘。
②九子母:梵文音译为河梨帝母,意译为欢喜。为佛教护法二十诸天之一。传说生有五百个孩子,故称"鬼子母"。她原为恶神,每天吞食王舍城中的童子。因受到释迦摩尼的感化而皈依佛门,成为妇女和儿童的保护神。鬼子母传到我国,作为掌管人间生育的菩萨供奉,称之为送子娘娘。在佛寺中,造像为汉族中年妇女,身边围绕着一群小孩,手抚或怀抱着一个小孩。

人当即辞行修而去,行修叹异了一番。因念妻言谆恳,才把这段事情,备细写与岳丈王公。从此遂续王氏之婚,恰应前日之梦。正是:

> 旧女婿为新女婿,大姨夫做小姨夫。

古来只有娥皇、女英姊妹两个①,一同嫁了舜帝。其他姊姊亡故,不忍断亲,续上小姨,乃是世间常事。从来没有个亡故的姊姊,怀此心愿,在地下撮合完成好事的。今日小子先说此一段异事,见得人生只有这个情字至死不泯的。只为这王夫人身子虽死,心中还念着亲夫恩爱。又且妹子是他心上喜欢的,一点情不能忘,所以阴中如此主张,了其心愿。这个还是做过夫妇多时的,如此有情,未足为怪。小子如今再说一个不曾做亲过的,只为不忘前盟,阴中完了自己姻缘,又替妹子联成婚事,怪怪奇奇,真真假假,说来好听。有诗为证:

> 还魂从古有,借体亦其常。
>
> 谁摄生人魄,先将宿愿偿!

这本话文②,乃是元朝大德年间③,扬州有个富人,姓吴,曾做防御使之职④,人都叫他做吴防御。住居春风楼侧。生有二女,一个叫名兴娘,一个叫名庆娘。庆娘小兴娘两岁,多在襁褓之中。邻居有个崔使君,与防御往来甚厚。崔家有子,名曰兴哥,与兴娘同年所生。崔公即求聘兴娘为子妇,防御欣然相许。崔公以金凤钗一只为聘礼。定盟之后,崔公合家多到远方为官去了。一去一十五年,竟无消息回来。此时兴娘已十九岁。母亲见他年纪大了,对防御道:"崔家兴哥一去十五年,不通音耗。今兴娘年已长成,岂可执守前说,错过他青春?"防御道:"一言已定,千金不移。吾已许吾故人了,岂可因他无耗,便欲食言?"那母亲终究是妇人家识见,见女儿年长无婚,眼中看不过意,日日与防御絮聒,要另寻人家。兴娘肚里,一心专盼崔生来到,再没有二三的意思。

---

①娥皇、女英:帝尧的两个女儿,嫁给虞舜。

②话文:指宋元及其后说书艺人所用的话本。

③大德:元成宗奇渥渥温铁穆耳年号(1297—1307)。

④防御使:州有四等,即节度州,防御州,团练州及刺史州。见清钱大昕《廿二史考异·宋史三·地理志》。防御使,元代为防御州的长官,主管本州民政, 兼掌地方治安。

虽是亏得防御有正经，却看见母亲说起激聒①，便暗地恨命自哭。又恐怕父亲被母亲缠不过，一时更变起来，心中长怀着忧虑，只愿崔家郎早来得一日也好。眼睛几望穿了，那里叫得崔家应？看看饭食减少，生出病来。沉眠枕席，半载而亡。父母与妹及合家人等，多哭得发昏章第十一。临入殓时，母亲手持崔家原聘这只金凤钗，抚尸哭道："此是你夫家之物。今你已死，我留之何益？见了徒增悲伤，与你戴了去罢！"就替他插在髻上，盖了棺。三日之后，抬去殡在郊外了。家里设个灵座，朝夕哭奠。

　　殡过两个月，崔生忽然来到。防御迎进问道："郎君一向何处？尊父母平安否？"崔生告诉道："家父做了宣德府理官②，没于任所。家母亦先亡了数年。小婿在彼守丧，今已服除，完了殡葬之事。不远千里，特到府上，来完前约。"防御听罢，不觉吊下泪来道："小女兴娘薄命，为思念郎君成病，于两月前饮恨而终，已殡在郊外了。郎君便早到得半年，或者还不到得死的地步。今日来时，却无及了。"说罢又哭。崔生虽是不曾认识兴娘，未免感伤起来。防御道："小女殡事虽行，灵位还在。郎君可到他席前看一番，也使他阴魂晓得你来了。"噙着泪眼，一手拽了崔生，走进内房来。崔生抬头看时，但见：

　　　　纸带飘摇，冥童绰约③。飘摇纸带，尽写着梵字金言；绰约冥童，对捧着银盆绣悦。一缕炉烟常袅，双台灯火微荧。影神图④，画个绝色的佳人；白木牌⑤，写着新亡的长女。

崔生看见了灵座，拜将下去。防御拍着桌子大声道："兴娘吾儿，你的丈夫来了！你灵魂不远，知道也未？"说罢，放声大哭。合家见防御说得伤心，一齐号哭起来。直哭得一佛出世，二佛生天⑥，连崔生也不知陪下了

---

①激聒：烦琐、絮絮叨叨。

②宣德府理官：宣德府府治即今河北宣化。至元三年（1337）改名顺宁府。理官，管理刑狱的官员，元代为府推官。

③冥童：纸扎泥塑的童男童女。

④影神图：遗像。

⑤白木牌：死者牌位，即灵牌。

⑥"一佛出世"二句：比喻死去活来。

多少眼泪。哭罢，焚了些楮钱①，就引崔生在灵位前拜见了妈妈。妈妈
兀自哽哽咽咽的，还了个半礼。防御同崔生出到堂前来，对他道："郎君
父母既没，道途又远，今既来此，可便在吾家住宿。不要论到亲情，只是
故人之子，即同吾子。勿以兴娘没故，自同外人。"即令人替崔生搬将行
李来，收拾门侧一个小书房，与他住下了。朝夕看待，十分亲热。

　　将及半月，正值清明节届。防御念兴娘新亡，合家到他冢上，挂钱
祭扫。此时兴娘之妹庆娘，已是十七岁。一同妈妈抬了轿，到姊姊坟上
去了。只留崔生一个在家中看守。大凡好人家女眷，出外稀少。到得
时节头边，看见春光明媚，巴不得寻个事由，宋外边散心耍子。今日虽
是到兴娘新坟上，心中怀着凄惨的，却是荒郊野外，桃红柳绿，正是女眷
们游耍去处。盘桓了一日，直到天色昏黑，方才到家。崔生步出门外等
候。望见女轿二乘来了，走在门左迎接。前轿先进。后轿至前，到生身
边经过。只听得地下砖上铿的一声，却是轿中掉一件物事出来。崔生
待轿过了，急去拾起来看，乃是金凤钗一只。崔生知是闺中之物。急欲
进去纳还，只见中门已闭。元来防御合家在坟上辛苦了一日，又各带了
些酒意，进得门，便把来关了，收拾睡觉。崔生也晓得这个意思，不好去
叫得门，且待明日未迟。

　　回到书房，把钗子放好在书箱中了，明烛独坐。思念婚事不成，只
身孤苦，寄迹人门。虽然相待如子婿一般，终非久计，不知如何是个结
果。闷上心来，叹了几声。上了床，正要就枕，忽听得有人扣门响。崔
生问道："是那个？"不见回言。崔生道是错听了，方要睡下去，又听得敲
的毕毕剥剥。崔生高声又问，又不见声响了。崔生心疑，坐在床沿。正
要穿鞋到门边静听，只听得又敲响了，却只不见则声。崔生忍耐不住，
立起身来。幸得残灯未熄，重撺亮了，拿在手里，开出门来一看。灯却
明亮，见得明白，乃是十七八岁一个美貌女子，立在门外。看见门开，即
便塞起布帘走将进来。崔生大惊。吓得倒退了两步。那女子笑容可
掬，低声对生道："郎君不认得妾耶？妾即兴娘之妹庆娘也。适才进门
时，坠钗轿下，故此乘夜来寻。郎君曾拾得否？"崔生见说是小姨，恭恭

――――――――――

　　①楮(chǔ)钱：即冥钱。祭祀时焚化的纸钱。

敬敬答应道:"适才娘子乘轿在后,果然落钗在地。小生当时拾得,即欲奉还。见中门已闭,不敢惊动,留待明日。今娘子亲寻至此,即当持献。"就在书箱取出,放在桌上道:"娘子请拿了去。"女子出纤手来取钗。插在头上了。笑嘻嘻的,对崔生道:"早知是郎君拾得,妾亦不必乘夜来寻了。如今已是更阑时候①,妾身出来了,不可复进。今夜当借郎君枕席,侍寝一宵②。"崔生大惊道:"娘子说那里话?令尊令堂待小生如骨肉,小生怎敢胡行,有污娘子清德?娘子请回步,誓不敢从命的。"女子道:"如今合家睡熟,并无一个人知道的。何不趁此良宵,完成好事?你我悄悄往来,亲上加亲,有何不可?"崔生道:"欲人不知,莫若勿为。虽承娘子美情,万一后边有些风吹草动,被人发觉,不要说道无颜面见令尊,传将出去,小生如何做得人成?不是把一生行止多坏了③!"女子道:"如此良宵,又兼夜深,我既寂寥,你亦冷落。难得这个机会,同在一个房中,也是一生缘分。且顾眼前好事,管甚么发觉不发觉?况妾自能为郎君遮掩,不至败露。郎君休得疑虑,挫过了佳期。"崔生见他言词娇媚,美艳非常,心里也禁不住动火④。只是想着防御相待之厚,不敢造次;好像个小儿放纸炮,真个又爱又怕。却待依从,转了一念,又摇头道:"做不得!做不得!"只得向女子哀求道:"娘子看令姊兴娘之面,保全小生行止罢!"女子见他再三不肯,自觉羞惭。忽然变了颜色,勃然大怒道:"吾父以子侄之礼待你,留置书房。你乃敢于深夜诱我至此,将欲何为?我声张起来,去告诉了父亲,当官告你,看你如何折辨?不到得轻易饶你!"声色俱厉。崔生见他反跌一着⑤,放刁起来,心里好生惧怕。想道:"果是老大的利害!如今既见在我房中了,清浊难分。万一声张,被他一口咬定,从何分剖?不若且依从了他,倒还未见得即时败露。慢慢图个自全之策罢了。"正是:

---

①更阑:更深,夜深。
②侍寝:犹"荐枕"。女子伴眠。
③行止:品行。
④动火:动心,引起欲望。
⑤反跌一着:倒打一耙。

羝羊触藩①,进退两难。

只得陪着笑,对女子道:"娘子休要声高。既承娘子美意,小生但凭娘子做主便了。"女子见他依从,回嗔作喜道:"元来郎君恁地胆小的。"崔生闭上了门,两个解衣就寝。有《西江月》为证:

> 旅馆羁身孤客,深闺皓齿韶容。合欢裁就两情浓②,好对娇鸾雏凤。　　认道良缘辐辏,谁知哑谜包笼③。新人魂梦雨云中,还是故人情重。

两人云雨已毕。真是千恩万爱,欢乐不可名状。将至天明,就起身来辞了崔生,闪将进去。崔生虽然得了些甜头,心中只是怀着个鬼胎,战兢兢的,只怕有人晓得。幸得女子来踪去迹,甚是秘密。又且身子轻捷,朝隐而入,暮隐而去,只在门侧书房私自往来快乐,并无一个人知觉。

将及一月有余。忽然一晚对崔生道:"妾处深闺,郎处外馆,今日之事,幸而无人知觉。诚恐好事多磨,佳期易阻。一旦声迹彰露,亲庭罪责,将妾拘系于内,郎赶逐于外。在妾便自甘心,却累了郎之清德,妾罪大矣。须与郎从长商议一个计策便好。"崔生道:"前日所以不敢轻从娘子,专为此也。不然,人非草木,小生岂是无情之物?而今事已到此,还是怎的好?"女子道:"依妾愚见,莫若趁着人未及知觉,先自双双逃去。在他乡外县居住了,深自敛藏,方可优游偕老,不致分离。你心下如何?"崔生道:"此言固然有理,但我目下零丁孤苦,素少亲知。虽要逃亡,还是向那边去好?"想了又想,猛然省起来道:"曾记得父亲在日,常说有个旧仆金荣,乃是信义的人。见居镇江吕城④,以耕种为业,家道从容。今我与你两个前去投他,他有旧主情分,必不拒我。况且一条水路,直到他家,极是容易。"女子道:"既然如此,事不宜迟,今夜就走罢。"

---

①羝(dī)羊触藩:这是《易经·大壮》的爻辞:"羝羊触藩,羸其角。"是说公羊用角去触篱笆,叫篱笆困住了。比喻进退两难。

②合欢:指相爱男女的欢聚。

③"认道良缘"二句:以为是良缘巧合,谁知道还包藏着猜不透的哑谜。辐辏:车轮上的辐条聚集在车毂上。这里比喻喜结美满姻缘。包笼:包藏,隐藏。

④吕城:吕城镇。在丹阳县境内。丹阳为镇江府属县。

商量已定,起个五更,收拾停当了。那个书房即在门侧,开了甚便。出了门,就是水口。崔生走到船帮里①,叫了一只小划子船②。到门首下了女子,随即开船。径到瓜洲③,打发了船,又在瓜洲另讨了一个长路船。渡了江,进了润州④,奔丹阳;又四十里,到了吕城。泊住了船,上岸访问一个村人道:"此间有个金荣否?"村人道:"金荣是此间保正⑤。家道殷富,且是做人忠厚,谁不认得?你问他则甚?"崔生道:"他与我有些亲,特来相访。有烦指引则个。"村人把手一指道:"你看那边有个大酒坊,间壁大门,就是他家。"崔生问着了,心下喜欢,到船中安慰了女子。先自走到这家门首,一直走进去。金保正听得人声,在里面踱将出来,道:"是何人下顾?"崔生上前施礼。保正问道:"秀才官人何来?"崔生道:"小生是扬州府崔公之子。"保正见说了"扬州崔"三字,便吃一惊,道:"是何官位?"崔生道:"是宣德府理官。今已亡故了。"保正道:"是官人的何人?"崔生道:"正是我父亲。"保正道:"这等,是衙内了⑥。请问当时乳名可记得么?"崔生道:"乳名叫做兴哥。"保正道:"说起来,是我家小主人也。"推崔生坐了,纳头便拜。问道:"老主人几时归天的?"崔生道:"今已三年了。"保正就走去掇张椅桌,做个虚位,写一神主牌,放在桌上,磕头而哭。哭罢,问道:"小主人今日何故至此?"崔生道:"我父亲在日,曾聘定吴防御家小娘子兴娘……"保正不等说完,就接口道:"正是。这事老仆晓得的,而今想已完亲事了么?"崔生道:"不想吴家兴娘,为盼望吾家音信不至,得了病症。我到得吴家,死已两月。吴防御不忘前盟,款留在家。喜得他家小姨庆娘,为亲情顾盼,私下成了夫妇。恐怕发觉,要个安身之所。我没处投奔。想着父亲在时,曾说你是忠义之人,住在吕城。故此带了庆娘,一同来此。你既不忘旧主,一力周全则个。"金保正听说罢,道:"这个何难?老仆自当与小主人分忧。"便进去

───────

①船帮:船业行会。
②小划子:单人驾驶的双桨小船。
③瓜洲:瓜洲镇。在江都县南,濒长江,与镇江相对,为重要渡口。
④润州:即今江苏镇江。
⑤保正:宋代保长。元代五十家一个社长。此用旧名。
⑥衙内:对官员子弟的称呼。

唤嬷嬷出来①,拜见小主人。又叫他带了丫头,到船边接了小主人娘子起来,老夫妻两个亲自洒扫正堂,铺叠床帐,一如待主翁之礼。衣食之类,供给周备,两个安心住下。

　　将及一年。女子对崔生道:"我和你住在此处,虽然安稳,却是父母生身之恩,竟与他永绝了,毕竟不是个收场,心里也觉过不去。"崔生道:"事已如此,说不得了。难道还好去相见得?"女子道:"起初一时间做的事,万一败露,父母必然见责。你我离合,尚未可知,思量永久完聚,除了一逃,再无别着。今光阴似箭,已及一年。我想爱子之心,人皆有之。父母那时不见了我,必然舍不得的。今日若同你回去,父母重得相见,自觉喜欢。前事必不记恨,这也是料得出的。何不拚个老脸②,双双去见他一面,有何妨碍?"崔生道:"丈夫以四方为事,只是这样潜藏在此,原非长算。今娘子主见如此,小生拚得受岳丈些罪责,为了娘子,也是甘心的。既然做了一年夫妻,你家素有门望,料没有把你我重拆散了,再嫁别人之理。况有令姊旧盟未完,重续前好,正是应得。只须陪些小心往见,元自不妨。"两人计议已定,就央金荣讨了一只船③,作别了金荣,一路行去。渡了江,进瓜洲,前到扬州地方。看看将近防御家,女子对崔生道:"且把船歇在此处,未要竟到门口。我还有话和你计较。"崔生叫船家住好了船,问女子道:"还有甚么说话?"女子道:"你我逃窜一年,今日实然双双往见,幸得容恕,千好万好了。万一怒发,不好收场。不如你先去见见,看着喜怒,说个明白。大约没有变卦了,然后等他来接我上去,岂不婉转些? 我也觉得有颜采。我只在此等你消息就是。"崔生道:"娘子见得不差,我先去见便了。"跳上了岸,正待举步,女子又把手招他转来。道:"还有一说,女子随人私奔,原非美事。万一家中忌讳,故意不认帐起来的事,也是有的,须要防他。"伸手去头上拔那只金凤钗下来,与他带去。道:"倘若言语支吾,将此钗与他们一看,便推故不得了。"崔生道:"娘子怎地精细!"接将钗来,袋在袖里了,望着防御家

————————

①嬷(mā)嬷:乳母和老妇的称呼。

②老脸:犹厚脸皮。

③讨:寻觅;雇佣。

里来。到得堂中，传进去。防御听知崔生来了，大喜出见。不等崔生开口，一路说出来，道："向日看待不周①，致郎君住不安稳，老夫有罪。幸看先君之面，勿责老夫。"崔生拜伏在地，不敢仰视。又不好直说，口里只称："小婿罪该万死。"叩头不止。防御倒惊骇起来，道："郎君有何罪过，口出此言？快快说个明白，免老夫心里疑惑。"崔生道："是必岳父高抬贵手，恕着小婿，小婿才敢出口。"防御说道："有话但说。通家子侄，有何嫌疑？"崔生见他光景是喜欢的，方才说道："小婿蒙令爱庆娘不弃，一时间结了私盟。房帏事密，儿女情多，负不义之名，犯私通之律。诚恐得罪非小，不得已夤夜奔逃②，潜匿村墟。经今一载，音容久阻，书信难传。虽然夫妇情深，敢忘父母恩重？今日谨同令爱到此拜访。伏望察其深情，饶恕罪责，恩赐偕老之欢，永遂于飞之愿③。岳父不失为溺爱，小婿得完美室家，实出万幸。只求岳父怜悯则个！"防御听罢，大惊道："郎君说的是甚么话？小女庆娘卧病在床，经今一载。茶饭不进，转动要人扶靠，从不下床一步。方才的话在那里说起的？莫不见鬼了！"崔生见他说话，心里暗道："庆娘真是有见识。果然怕玷辱门户，只推说病在床上，遮掩着外人了。"便对防御道："小婿岂敢说慌。目今庆娘见在船中，岳父叫个人去，接了起来，便见明白。"防御只是冷笑不信，却对一个家僮说："你可走到崔家郎船上去看看，与同来的是什么人，却认做我家庆娘子？岂有此理！"

家僮走到船边，向船内一望。舱中悄然，不见一人。问着船家，船家正低着头艄上吃饭。家僮道："你舱里的人那里去了？"船家道："有个秀才官人，上岸去了。留个小娘子在舱中，适才看见也上去了。"家僮走来，回覆家主道："船中不见有甚么人。问船家说，有个小娘子上了岸了，却是不见。"防御见无影响，不觉怒形于色道："郎君少年，当诚实些。何乃造此妖妄，诬玷人家闺女，是何道理！"崔生见他发出话来，也着了

———————

① 向日：往日、从前。

② 夤（yín）夜：深夜。

③ 于飞：相偕而飞。语出《诗经·周南·葛覃》："黄鸟于飞，集于灌木，其鸣喈喈。"后用来比喻夫妻的恩爱和谐。

急。急忙袖中摸出这只金凤钗来。进上防御道："此即令爱庆娘之物，可以表信，岂是脱空说的①?"防御接来看了，大惊道："此乃吾亡女兴娘殡殓时戴在头上的钗。已殉葬多时了，如何得在你手里？奇怪！奇怪！"崔生却把去年坟上女轿归来，轿下拾得此钗，后来庆娘因寻钗夜出，遂得成其夫妇，恐怕事败，同逃至旧仆金荣处，住了一年，方才又同来的说话，备细述了一遍。防御惊得呆了，道："庆娘见在房中床上卧病。郎君不信，可以去看得的。如何说得如此有枝有叶？又且这钗如何得出世？真是蹊跷的事！"执了崔生的手，要引他房中去看病人，证辨真假。

却说庆娘果然一向病在床上，下地不得。那日外厢正在疑惑之际，庆娘托地在床上走将起来②，竟望堂前奔出。家人看见奇怪，同防御的嬷嬷一哄的都随了出来，嚷道："一向动不得的，如今忽地走将起来！"只见庆娘到得堂前，看见防御便拜。防御见是庆娘，一发吃惊道："你几时走起来的？"崔生心里还暗道是船里走进去的，且听他说甚么。只见庆娘道："儿乃兴娘也。早离父母，远殡荒郊。然与崔郎缘分未断。今日来此，别无他意。特为崔郎方便，要把爱妹庆娘续其婚姻。如肯从儿之言，妹子病体，当即痊愈；若有不肯，儿去妹也死了。"合家听说，个个惊骇。看他身体面庞，是庆娘的；声音举止，却是兴娘。都晓得是亡魂归来，附体说话了。防御正色责他道："你既已死了，如何又在人世妄作胡为，乱惑生人？"庆娘又说着兴娘的话道："儿死去见了冥司。冥司道儿无罪，不行拘禁，得属后土夫人帐下③，掌传笺奏。儿以世缘未尽，特向夫人给假一年，来与崔郎了此一段姻缘。妹子向来的病，也是儿假借他精魄，与崔郎相处来。今限满当去，岂可使崔郎自此孤单，与我家遂同

---

①脱空：平白无故，无根据。

②托地：突然、一下子。

③后土夫人：全称为"承天效法厚德光大后土皇地祇"。被道教尊为"四御"尊神之一，与天界的玉皇大帝相配，执掌阴阳生育和大地山川的女天帝。民间建后土娘娘祠祭祀。因为古人认为天阳地阴，故有后土神主宰幽都冥府之说。见东汉王逸《楚辞章句·招魂》："魂兮归来，君无下此幽都些。"注云："幽都，地下后土所治也。地下幽冥，故称幽都。"

路人？所以特来拜求父母，是必把妹子许了他①，续上前姻。儿在九泉之下，也放得心下了。"防御夫妻见他言词哀切，便许他道："吾儿放心。只依着你主张，把庆娘嫁他便了。"兴娘见父母许出，便喜动颜色，拜谢防御道："多感父母肯听儿言，儿安心去了。"走到崔生面前，执了崔生的手，哽哽咽咽哭起来，道："我与你恩爱一年，自此别了。庆娘亲事，父母已许我了。你好作娇客②，与新人欢好时节，不要竟忘了我旧人。"言毕大哭，崔生见说了来踪去迹，方知一向与他同住的，乃是兴娘之魂。今日听罢叮咛之语，虽然悲切，明知是小姨身体，又在众人面前，不好十分亲近得。只见兴娘的魂语分付已罢，大哭数声，庆娘身体蓦然倒地。众人惊惶，前来看时，口中已无气了。摸他心头，却温温的，急把生姜汤灌下。将有一个时辰，方醒转来。病体已好，行动如常。问他前事，一毫也不晓得。人丛之中，举眼一看，看见崔生站在里头。急急遮了脸，望中门奔了进去。崔生如梦初觉，惊疑了半日始定。防御就拣个黄道吉日，将庆娘与崔生合了婚。花烛之夜，崔生见过庆娘惯的，且是熟分。庆娘却不十分认得崔生的，老大羞惭③。真个是：

> 一个闺中弱质，与新郎未经半晌交谈；一个旅邸故人，共娇面曾做一年相识。一个只觉耳畔声音稍异，面目无差；一个但见眼前光景皆新，心胆尚怯。一个还认蝴蝶梦中寻故友④，一个正在海棠枝上试新红。

却说崔生与庆娘定情之夕，只见庆娘含苞未破，元红尚在，仍是处子之身。崔生悄地问他道："你令姊借你的身体，陪伴了我一年，如何你身子还是好好的？"庆娘怫然不悦道："你自撞见了姊姊鬼魂，做作出来的，干我甚事？说到我身上来！"崔生道："若非令姊多情，今日如何能勾与你成亲？此恩不可忘了。"庆娘道："这个也说得是。万一他不明不

---

① 是必：一定。
② 娇客：新郎。也可用于称呼新娘。
③ 老大：方言。很、非常。
④ 蝴蝶梦：庄周在梦中变为蝴蝶。后来用"蝴蝶梦"称做梦或虚幻朦胧的状态。

白,不来周全此事,借我的名头,出了我偌多时丑,我如何做得人成? 只你心里到底认是我随你逃走了的,岂不羞死人! 今幸得他有灵,完成你我的事,也是他十分情分了。"次日,崔生感兴娘之情不已,思量荐度他。却是身边无物,只得就将金凤钗到市上货卖。卖得钞二十锭①,尽买香烛楮锭。赍到琼花观中,命道士建醮三昼夜,以报恩德。醮事已毕。崔生梦中见一个女子来到,崔生却不认得。女子道:"妾乃兴娘也。前日是假妹子之形,故郎君不曾相识。却是妾一点灵性,与郎君相处一年了。今日郎君与妹子成亲过了,妾所以才把真面目与郎相见。"遂拜谢道:"蒙郎荐拔,尚有馀情。虽隔幽明,实深感佩。小妹庆娘,禀性柔和,郎好看觑他。妾从此别矣!"崔生不觉惊哭而醒。庆娘枕边见崔生哭醒来,问其缘故。崔生把兴娘梦中说话,一一对庆娘说。庆娘问道:"你见他如何模样?"崔生把梦中所见容貌,备细说来。庆娘道:"真是我姊也。"不觉也哭将起来。庆娘再把一年中相处事情,细细问崔生。崔生逐件和庆娘备说始末根由,果然与兴娘生前情性光景无二。两人感叹奇异,亲上加亲,越然过得和睦了②。自此兴娘别无影响。要知只是一个情字为重,不忘崔生,做出许多事体来。心愿既完,便自罢了。此后,崔生与庆娘年年到他坟上拜扫。后来崔生出仕,讨了前妻封诰。遗命三人合葬。曾有四句口号,道着这本话文:

> 大姊精灵,小姨身体。
> 到得圆成,无此无彼。

---

①钞:元代中统元年(1260)所发行的中统元宝交钞纸币,简称中统宝交钞或中统钞,民间习惯称"钞"。它不限年月通用,与银并行流转。其面值一贯为一两,五十贯为一锭。

②越然:越加、越发。

卷二十四

庵内看恶鬼善神　井中谈前因后果

《经》云：

要知前世因①，今生受者是；

要知来世因，今生作者是。

话说南京新桥有一人姓丘，字伯皋。平生忠厚志诚，奉佛甚谨。性喜施舍，不肯妄取人一毫一厘，最是个公直有名的人。一日独坐在家内屋檐之下，朗声诵经。忽然一个人背了包裹，走到面前来，放下包裹在地，向伯皋作一个揖道："借问老丈一声。"伯皋慌忙还礼道："有甚话？"那人道："小子是个浙江人，在湖广做买卖。来到此地，要寻这里一个丘伯皋，不知住在何处？"伯皋道："足下问彼住处，敢是与他旧相识么？"那人道："一向不曾相识，只是江湖上闻得这人是个长者，忠信可托。今小子在途路间，有些事体要干累他②，故此动问。"伯皋道："在下便是丘伯皋。足下既是远来相寻③，请到里面来细讲。"立起身来，拱进室内坐定。问道："足下高姓？"那人道："小子姓南，贱号少营。"伯皋道："有何见托？"少营道："小子有些事体，要到北京会一个人，两月后可回了。"手指着包裹道："这里头颇有些东西，今单身远走，路上干系④，欲要寄顿停当，方可起程。世上的人，便是亲眷朋友最相好的，撞着财物交关⑤，就未必保得心肠不变。一路闻得吾丈大名，是分毫不苟的人⑥，所以要将来寄放在此，安心北去，回来叩谢。即此便是干累老丈之处，别无他

---

①前世因：指前一辈的因缘。佛教依据未作不起、已作不失的理论，认为事物有起因必有结果，因此作善作恶，必各有报应。

②干累：连累。

③足下：旧时下称上或同辈相称的敬词（今多用于书信）。

④干系：麻烦。

⑤交关：吴语，许多。

⑥分毫不苟：指一点都不马虎。

事。"伯皋道:"这个当得。但请足下封记停当,安放舍下。只管放心自去,万无一失。"少营道:"如此多谢。"当下依言,把包裹封记好了,交与伯皋,拿了进去。伯皋见他是远来的人,整治酒饭待他。他又要置办上京去的几件物事,未得动身。伯皋就留他家里住宿两晚,方才别去。

过了两个多月,不见他来。看看等至一年有余,杳无音耗。伯皋问着北来的浙江人,没有一个晓得他的。要差人到浙江问他家里,又不晓得他地头住处①。相遇着浙人便问南少营,全然无人认得。伯皋道:"这桩未完事,如何是了?"没计奈何,巷口有一卜肆甚灵,特去问卜一卦。那占卦的道:"卦上已绝生气,行人必应沉没在外,不得回来。"伯皋心下委决不开,归来与妻子商量道:"前日此人与我素不相识,忽然来寄此包裹。今一去不来,不知包内是甚么东西,意欲开来看一看。这人道我忠厚可托,故一面不相识,肯寄我处,如何等不得他来? 欲待不看,心下疑惑不过。我想只不要动他原物,便看一看,想也无害。"妻子道:"自家没有欺心,便是看看何妨?"取将出来,觉得沉重,打开看时,多是黄金白银,约有千两之数。伯皋道:"原来有这些东西在这里,为何却不来了?启卦的说卦上已绝生气,莫不这人死了,所以不来。我而今有个主意,在他包里取出五十金来,替他广请高僧,做一坛佛事,祈求佛力,保佑他早早回来。倘若真个死了,求他得免罪苦,早早受生,也是我和他相与一番。受寄多时,尽了一片心,不便是这样埋没了他的。"妻子道:"若这人不死,来时节动了他五十两,怎么回他?"伯皋道:"我只把这实话对他讲,说是保佑他回来的,难道怪我不成? 十分不认账,我填还他也罢了。佛天面上,那里是使了屈钱处?"算计已定,果然请了几众僧人,做了七昼夜功果。伯皋是致诚人,佛前至心祈祷,愿他生得早归,死得早脱。功果已罢,又是几时,不见音信,眼见得南少营不来了。伯皋虽无贪他东西念头,却没个还处。自佛事五十两之外,已此是入己的财物。伯皋心里常怀着不安,日远一日,也不以为意了。

伯皋一向无子,这番佛事之后,其妾即有妊孕。明年生下一男,眉目疏秀,甚觉可喜。伯皋夫妻十分爱惜。养到五六岁,送他上学,取名

---

①地头:吴语,所在的地方。

丘俊。岂知小聪明甚有,见了书就不肯读,只是赖学。到得长大来,一发不肯学好,专一结识了一班无赖子弟,嫖赌行中一溜,撒漫使钱①,戒训不下。乡里人见他如此作为,尽皆叹息道:"丘伯皋做了一世好人,生下后代乃是败子。天没眼睛,好善无报。"如此过了几时,伯皋与他娶了妻,生有一子。指望他渐渐老成,自然收心。不匡丘俊有了妻儿,越加狂肆,连妻儿不放在心上,弃着不管。终日只是三街两市,和着酒肉朋友串哄,非赌即嫖,整个月不回家来。便是到家,无非是取钱钞,要当头②。伯皋气忿不过。

一日,伯皋出外去。思量他在家非为,哄他回来,锁在一间空室里头。团团多是墙壁,只留着一个圆洞,放进饮食。就是生了双翅,也没处飞将出来。伯皋去了多时,丘俊坐在房里,真如囹圄一般③。其大娘甚是怜他,恐怕他愁苦坏了。一日早起,走到房前,在壁缝中张他一张,看他在里面怎生光景。不看万事全休,只这一看,那一惊非小可!正是:

分开八片顶阳骨④,倾下一桶雪水来。

丘俊的大娘,看见房里坐的不是丘俊的模样,吃了一惊。仔细看时,俨然是向年寄包裹的客人南少营。大娘认得明白,不敢则声,默默归房。恰好丘伯皋也回来,妻子说着怪异的事,伯皋猛然大悟道:"是了,是了。不必说了,原是他的东西,我怎管得他浪费?枉做冤家!"登时开了门,放了丘俊出来,听他仍旧外边浮浪。快活不多几时,酒色淘空的身子,一口气不接,无病而死。伯皋算算所费,恰正是千金的光景。明晓得是因果,不十分在心上,只收拾孙子过日,望他长成罢了。

后边人议论,丘俊是南少营的后身,来取这些寄下东西的,不必说了。只因丘伯皋是个善人,故来与他家生下一孙,衍着后代,天道也不为差。但只是如此忠厚长者,明受人寄顿,又不曾贪谋了他的,还要填

---

①撒漫:也作"撒镘"。任意花钱,挥霍。镘,钱背。

②当头:指可以典当的物品。

③囹圄:监狱。

④顶阳骨:头盖骨。

还本人，还得尽了方休。何况实负欠了人，强要人的打点受用，天岂容得你过？所以冤债相偿，因果的事，说他一年也说不了。小子而今说一个没天理的，与看官们听一听。

　　钱财本有定数，莫要欺心胡做。

　　试看古往今来，只是一本帐簿。

　　却说元朝至正年间①，山东有一人姓元，名自实，田庄为生，家道丰厚。性质愚纯，不通文墨，却也忠厚认真，一句说话两个半句的人。同里有个姓缪的千户②，与他从幼往来相好。一日，缪千户选授得福建地方官职，收拾赴任。缺少路费，要在自实处借银三百两。自实慨然应允。缪千户写了文券送过去，自实道："通家至爱，要文券做甚么？他日还不还，在你心里。你去做官的人，料不赖了我的。"此时自实恃家私有余，把这几两银子也不放在心上，竟自不收文券，如数交与他去。缪千户自去上任了。

　　真是事有不测。至正末年间，山东大乱，盗贼四起。自实之家，被群盗劫掠一空，所剩者田地屋宇，兵戈扰攘中，又变不出银子来。恋着住下，又恐性命难保，要寻个好去处避兵。其时福建被陈友定所据③，七郡地方独安然无事。自实与妻子商量道："目今满眼兵戈，只有福建平静。况缪君在彼为官，可以投托。但道途阻塞，人口牵连，行动不得。莫若寻个海船，搭了他由天津出海，直趋福州。一路海洋，可以径达，便可挈家而去了。"商量已定，收拾了些零剩东西，载了一家，上了海船，看了风讯开去④。不则几时，到了福州地面。

　　自实上岸，先打听缪千户消息。见说缪千户正在陈友定幕下当道用事，威权隆重，门庭赫奕。自实喜之不胜，道是来得着了。匆忙之中，

　　①至正：元惠宗妥欢帖睦尔年号（1341—1370）。

　　②千户：金初设置，为世袭军职，即女真语猛安的意译。元代相沿，其军制千户设"千夫之长"，隶属于万户。

　　③陈友定：一名有定，字安国，福清人。因屡败陈友谅兵，官参知政事。时置分省于延平，授平章。于是据有福建八郡之地。后被朱元璋所杀。

　　④风讯：即风信。随着季节变化应时吹来的风。

未敢就去见他。且回到船里对妻子说道:"问了缪家,他正在这里兴头①,便是我们的造化了。"大家欢喜。自实在福州城中赁下了一个住居,接妻子上来,安顿行李停当,思量要见缪千户。转一个念头道:"一路受了风波,颜色憔悴,衣裳蓝楼,他是兴头的时节,不要讨他鄙贱,还宜从容为是。"住了多日,把冠服多整饰齐楚,面庞也养得黑色退了,然后到门求见。

门上人见是外乡人,不肯接帖,问其来由,说是山东。门上人道:"我们本官最怕乡里来缠,门上不敢禀得,怕惹他恼燥②。等他出来,你自走过来觌面见他③,须与吾们无干。他只这个时节出来,快了。"自实依言站着等候。果然不多一会,缪千户骑着马出来拜客。自实走到马前,躬身打拱。缪千户把眼看别处,毫厘不像认得的。自实急了,走上前去说了山东土音,把自己姓名大声叫喊。缪千户听得,只得叫拢住了马,认一认,假作吃惊道:"元来是我乡亲,失瞻④,失瞻!"下马来作了揖,拉了他转到家里来,叙了宾主坐定。一杯茶罢,千户自立起身来道:"适间正有小事要出去,不得奉陪。且请仁兄回寓,来日薄具小酌,奉请过来一叙。"自实不曾说得甚么,没奈何且自别过。

等到明日,千户着个人拿了一个单帖来请自实⑤。自实对妻子道:"今日请我,必有好意。"欢天喜地,不等再邀,跟着就走。到了衙内,千户接着,自实只说道长久不见,又远来相投,怎生齐整待他,谁知千户意思甚淡,草草酒果三杯,说些地方上大概的话,略略问问家中兵戈光景、亲眷存亡之类,毫厘不问着自实为何远来,家业兴废若何。比及自实说得遭劫逃难,苦楚不堪,千户听了,也只如常,并无惊骇怜恤之意。至于借银之事,头也不提起,谢也不谢一声。自实几番要开口,又想道:"刚到此地,初次相招,怎生就说讨债之事?万一冲撞了他,不好意思。"只

---

①兴头:高兴,得意。

②恼燥:恼火,发怒。

③觌(dí)面:当面,迎面。

④失瞻:客套话。失于瞻仰拜候。

⑤单帖(tiě):也叫"单红帖"。一种不折叠的名帖。

得忍了出门。

到了下处，旅寓荒凉，柴米窘急。妻子问说："何不与缪家说说前银，也好讨些来救急？"自实说初到不好启齿，未曾说得的缘故。妻子怨怅道①："我们万里远来，所干何事？专为要投托缪家。今特特请去一番，却只贪着他些微酒食，碍口识羞，不把正经话提起。我们有甚么别望头在那里？"自实被埋怨得不耐烦，踌躇了一夜。

次日早起，就到缪千户家去求见。千户见说自实到来，心里已有几分不像意了，免不得出来见他，意思甚倦。叙得三言两语，做出许多勉强支吾的光景出来。自实只得自家开口道："在下家乡遭变，拚了性命，挈家海上远来，所仗惟有兄长。今日有句话，不揣来告。"千户不等他说完，便接口道："不必兄说，小弟已知。向者承借路费，于心不忘。虽是一宦萧条，俸入微薄，恰是故人远至，岂敢辜恩？兄长一面将文券简出来，小弟好照依数目打点，陆续奉还。"

看官，你道此时缪千户肚里，岂是忘记了当初借银之时，并不曾有文券的？只是不好当面赖得，且把这话做出推头②，等他拿不出文券来，便不好认真催逼，此乃负心人起赖端的圈套处③。自实是个老实人，见他说得蹊跷了，吃惊道："君言差矣！当初乡里契厚④，开口就相借，从不曾有甚么文契。今日怎么说出此话来？"千户故意装出正经面孔来道："岂有是理！债负往来，全凭文券。怎么说个没有？或者兵火之后，君家自失去了，容或有之。然既与兄旧交，而今文券有无也不必论，自然处来还兄。只是小弟也在不足之乡，一时性急不得。从容些个，勉强措办才妙。"

自实听得如此说了，一时也难相逼，只得唯唯而出。一路想："他说话古怪，明是欺心光景。却是既到此地，不得不把他来作傍⑤。他适才也还有从容处还的话，不是绝无生意的，还须忍耐几日，再去求他。只

---

①怨怅：埋怨，怨恨。

②推头：推托。

③赖端：犹耍赖。

④契厚：指交往密切，感情深厚。

⑤作傍(bàng)：依附，依靠。

是我当初要好的不是，而今权在他人之手，就这般烦难了。"归来与妻子说知，大家叹息了一回，商量还只是求他为是。只得挨着面皮，走了几次，常只是这些说话，推三阻四。一千年也不赖，一万年也不还。耳朵里时时好听，并不见一分递过手里来。欲待不走时，又别无生路。自实走得一个不耐烦，正所谓：

　　　　羝羊触藩，进退两难。

自实枉自奔波多次，竟无所得。日挨一日，倏忽半年。看看已近新正。自实客居萧索，合家嗷嗷①，过岁之计，分毫无处。自实没奈何了，只得到缪家去，见了千户，一头哭，一头拜将下去道："望兄长救吾性命则个！"千户用手扶起道："何至于此！"自实道："新正在迩②，妻子饥寒，囊乏一钱，瓶无一粒粟，如何过得日子？向者所借银两，今不敢求还，任凭尊意应济多少，一丝一毫，尽算是尊赐罢了。就是当时无此借贷一项，今日故人之谊，也求怜悯一些。"说罢大哭。千户见哭得慌了，也有些不安。把手指数一数道："还有十日，方是除夜。兄长可在家专待，小弟分些禄米，备些柴薪之费，送到贵寓，以为兄长过岁之资。但勿以轻微为怪，便见相知。"自实穷极之际，见说肯送些东西了，心下放掉了好些，道："若得如此，且延残喘到新年，便是盛德无尽。"欢喜作别。临别之时，千户再三叮嘱道："除夕切勿他往，只在贵寓等着便是。"自实领诺，归到寓中，把千户之言对妻子说了，一家安心。

　　到了除日，清早就起来坐在家里等候。欲要出去寻些过年物事，又恐怕一时错过，心里还想等有些钱钞到手了，好去运动。呆呆等着，心肠扒将出来，叫一个小厮站在巷口，看有甚么动静，先来报知。去了一会，小厮奔来道："有人挑着米来了。"自实急出门一看，果然一个担夫挑着一担米，一个青衣人前头拿了帖儿走来。自实认道是了。只见走近门边，担夫并无歇肩之意，那个青衣人也径自走过了。自实疑心道："必是不认得吾家，错走过了。"连忙叫道："在这里，可转来。"那两个并不回头。自实只得赶上前去问青衣人道："老哥送礼到那里去的？"青衣人把

_____

①嗷嗷：象声词，哀号声。
②新正在迩：指阴历正月初一临近。迩：近。

手中帖与自实看道:"吾家主张员外送米与馆宾的,你问他则甚?"自实情知不是,佯佯走了转来,又坐在家里。

一会,小厮又走进来道:"有一个公差打扮的,肩上驮了一肩钱走来了。"自实到门边探头一望道:"这番是了。"只见那公差打扮的经过门首,脚步不停,更跑得紧了些。自实越加疑心,跑上前问时,公差答道:"县里知县相公送这些钱与他乡里过节的。"自实又见不是,心里道:"别人家多纷纷送礼,要见只在今日这一日了,如何我家的偏不见到?"自实心里好像十五个吊桶打水,七上八落的,身子好像熬盘上蚂蚁①,一霎也站脚不住。看看守到下午,竟不见来,落得探头探脑、心猿意马②。这一日,一件过年的东西也不买得。到街前再一看,家家户户多收拾起买卖,开店的多关了门,只打点过新年了。

自实反为缪家所误,粒米束薪家里无备,妻子只是怨怅啼哭。别人家欢呼畅饮,爆竹连天,自实攒眉皱目,凄凉相对。自实越想越气,双脚乱跳,大骂:"负心的狠贼,害人到这个所在!"一愤之气,箱中翻出一柄解腕刀来③,在磨石上磨得雪亮。对妻子道:"我不杀他,不能雪这口气!我拚着这命抵他,好歹三推六问,也还迟死几时。明日绝早清晨,等他一出门来,断然结果他了。"妻子劝他且耐性,自实那里按纳得下?捏刀在手,坐到天明。鸡鸣鼓绝,径望缪家门首而去。

且说这条巷中间有一个小庵,乃自实家里到缪家必由之路。庵中有一道者号轩辕翁,年近百岁,是个有道之士。自实平日到缪家里经过此庵,每走到里头歇足,便与庵主轩辕翁叙一会闲话。往来既久,遂成熟识。此日是正月初一日元旦,东方将动,路上未有行人。轩辕翁起来开了门,将一张桌当门放了,点上两枝蜡烛,朝天拜了四拜。将一卷经摊在桌上,中间烧起一炉香,对着门坐下,朗声而诵。诵不上一两板④,看见街上天光熹微中⑤,一个人当前走过,甚是急遽,认得是元自实。因

①鏊(ào)盘:烙饼的器具,即饼铛(chēng)。

②心猿意马:形容心神浮躁不安,犹猿马难以控制。

③解腕刀:即解腕尖刀,日常应用的小佩刀子。

④两板:板是印刷书画经卷所用印板的计数单位。两板:犹言两页。

⑤熹微:清晨的光亮。

为怕断了经头，由他自去，不叫住他。这个老人家道眼清明，看元自实在前边一面走，后面却有许多人跟着。仔细一看，那里是人？乃是奇形异状之鬼，不计其数，跳舞而行。但见：

> 或握刀剑，或执椎凿；
>
> 披头露体，势甚凶恶。

轩辕翁住了经不念，口里叫声道："怪哉！"把性定一回，重把经念起。不多时，见自实复走回来，脚步懒慢。轩辕翁因是起先诧异了，默默看他自走，不敢叫破①。自实走得过，又有百来个人跟着在后。轩辕翁着眼细看，此番的人多少比前差不远，却是打扮大不相同，尽是金冠玉珮之士。但见：

> 或挈幢盖，或举旌幡；
>
> 和容悦色，意甚安闲。

轩辕翁惊道："这却是甚么缘故？岁朝清早，所见如此，必是元生死了，适间乃其阴魂，故到此不进门来。相从的，多是神鬼。然恶往善归，又怎么解说？"心下狐疑未决，一面把经诵完了，急急到自实家中访消耗。

进了元家门内，不听得里边动静。咳嗽一声，叫道："有客相拜。"自实在里头走将出来，见是个老人家新年初一相拜，忙请坐下。轩辕翁说了一套随俗的吉利话，便问自实道："今日绝清早，足下往何处去？去的时节甚是匆匆，回来的时节甚是缓缓，其故何也？愿得一闻。"自实道："在下有一件不平的事，不好告诉得老丈。"轩辕翁道："但说何妨？"自实把缪千户当初到任借他银两，而今来取只是推托，希图混赖，及年晚哄送钱米，竟不见送，以致狼狈过年的事，从头至尾说了一遍。轩辕翁也顿足道："这等恩将仇报，其实可恨！这样人必有天报。足下今日出门，打点与他寻闹么？"自实道："不敢欺老丈，昨晚委实气了一晚。吃亏不过，把刀磨快了，巴到天明，意要往彼门首，等他清早出来，一刀刺杀了，以雪此恨。及至到了门首，再想一想，他固然得罪于我，他尚有老母妻子，平日与他通家往来的，他们须无罪。不争杀了千户一人，他家老母

----

① 叫破：道破，揭穿。

妻子就要流落他乡了。思量自家一门流落之苦,如此难堪,怎忍叫他家也到这地位!宁可他负了我,我不可做那害人的事。所以忍住了这口气,慢慢走了来。心想未定,不曾到老丈处奉拜得,却教老丈先降,得罪,得罪。"

轩辕翁道:"老汉不是来拜年,其实有桩奇异,要到宅上奉访。今见足下诉说这个缘故,当与足下称贺了。"自实道:"有何可贺?"轩辕翁道:"足下当有后禄。适间之事,神明已知道了。"自实道:"怎见得?"轩辕翁道:"方才清早足下去时节,老汉看见许多凶鬼相随;回来时节,多换了福神。老汉因此心下奇异。今见足下所言如此,乃知一念之恶,凶鬼便至;一念之善,福神便临。如影随形,一毫不爽①。暗室之内,造次之间,万不可萌一毫恶念,造罪损德的!足下善念既发,鬼神必当默佑,不必愁恨了。"自实道:"虽承老丈劝慰,只是受了负心之骗,一个新岁,钱米俱无,光景难堪。既不杀得他,自家寻个死路罢,也羞对妻子了。"轩辕翁道:"休说如此短见的话!老汉庵中尚有余粮,停会当送些过来,权时应用,切勿更起他念。"自实道:"多感,多感。"轩辕翁作别而去。

去不多时,果然一个道者领了轩辕翁之命,送一挑米、一贯钱到自实家来。自实枯渴之际,只得受了。转托道者致谢庵主。道者去后,自实展转思量:"此翁与我向非相识,尚承其好意如此。叵耐缪千户负欠了我的,反一毛不拔。本为他远来相投,今失了望,后边日子如何过得?我要这性命也没干!况且此恨难消,据轩辕翁所言神鬼如此之近,我阳世不忍杀他,何不寻个自尽到阴间告理他去?必有伸诉之处。"遂不与妻子说破,竟到三神山下一个八角井边,叹了一口气,仰天喊道:"皇天有眼,我元自实被人赖了本钱,却教我死于非命。可怜,可怜!"说罢,扑通的跳了下去。

自实只道是水淹将来,立刻可死。谁知道井中可煞作怪,自实脚踏实地,点水也无。伸手一摸,两边俱是石壁削成。中间有一条狭路,只好容身。自实将手托着两壁,黑暗中只管向前,依路走去。走够有数百步远,忽见有一线亮光透入,急急望亮处走去。须臾壁尽路穷,乃是一

---

①一毫不爽:即一毫不差。爽:差错。

个石洞小口。出得口时，豁然天日明朗，别是一个世界。又走了几十步，见一所大宫殿，外边门上牌额四个大金字，乃是"三山福地"。自实瞻仰了一会，方敢举步而入。但见：

　　古殿烟消，长廊昼静。徘徊四顾，阒无人踪①；钟磬一声，恍来云外。自是洞天福地，宜有神仙在此藏；绝非俗境尘居，不带凤缘那得到？

自实立了一晌，不见一个人面。肚里饥又饥，渴又渴，腿脚又酸，走不动了。见面前一个石坛，且是洁净。自实软倒来，只得眠在石坛傍边歇息一回。

忽然里边走出一个人来，乃是道士打扮。走到自实跟前，笑问自实道："翰林已知客边滋味了么？"自实吃一惊，道："客边滋味，受得够苦楚了。如何呼我做翰林？岂不大差！"道士道："你不记得在兴庆殿草诏书了么？"自实道："一发好笑，某乃山东鄙人，布衣贱士，生世四十，目不知书。连京里多不曾认得，晓得甚么兴庆殿草甚么诏书？"道士道："可怜！可怜！人生换了皮囊，便为嗜欲所汩②，饥寒所困，把前事多忘记了。你来此间，腹中已饿了么？"自实道："昨晚忿恨不食，直到如今，为寻死地到此，不期误入仙境。却是腹中又饿，口中又渴，腿软筋麻，当不得，暂卧于此。"

道士袖里摸出大梨一颗、大枣数枚，与自实道："你认得这东西么？此交梨、火枣也③。你吃了下去，不惟免了饥渴，兼可晓得过去之事。"自实接来手中，正当饥渴之际，一口气吃了下去。不觉精神爽健。瞑目一想，惺然明悟。记得前生身为学士，在大都兴庆殿侧草诏，犹如昨日。一骨辘扒将起来，拜着道士道："多蒙仙长佳果之味，不但解了饥渴，亦且顿悟前生。但前生既如此清贵④，未知作何罪业，以致今生受报，弄得如此没下梢了⑤？"道士道："你前世也无大罪，但在职之时，自恃文学高

---

　①阒（qù）：寂静。

　②汩：犹惑乱，扰乱。

　③交梨、火枣：俗传为神仙所吃的果品。

　④清贵：高贵显要。

　⑤没下梢：没有好结果、好下场。

强,忽略后进之人,不肯加意汲引,故今世罚你愚懵,不通文义。又妄自尊大,拒绝交游,毫无情面,故今世罚你漂泊,投人不着。这也是一还一报,天道再不差的。今因你一念之善,故有分到此福地与吾相遇,救你一命。"

道士因与自实说世间许多因果之事:某人是善人,该得好报;某人是恶人,该得恶报;某人乃是无厌鬼王出世,地下有十个炉替他铸横财,故在世贪饕不止,贿赂公行,他日福满,当受幽囚之祸;某人乃多杀鬼王出世,有阴兵五百,多是铜头铁额的,跟随左右,助其行虐,故在世杀害良民,不戢军士①,他日命衰,当受割截之殃。其余凡贪官污吏、富室豪民,及矫情干誉、欺世盗名种种之人,无不随业得报,一一不爽。

自实见说得这等利害明白,打动了心中事,遂问道:"假以缪千户欺心混赖,负我多金,反致得无聊如此,他日岂无报应?"道士道:"足下不必怪他。他乃是王将军的库子②,财物不是他的,他岂得妄动耶?"自实道:"见今他享荣华,我受贫苦,眼前怎么当得?"道士道:"不出三年,世运变革,地方将有兵戈大乱,不是这光景了。你快择善地而居,免受池鱼之祸③。"自实道:"在下愚昧,不识何处可以躲避?"道士道:"福宁可居④。且那边所在与你略有缘分,可偿得你前日好意贷人之物,不必想缪家还了。此皆子善念所至也。今到此已久,家人悬望,只索回去罢!"自实道:"起初自井中下来,行了许多暗路,今不能重记。就寻着了旧路,也上去不得,如何归去?"道士道:"此间别有一径,可以出外,不必从旧路了。"因指点山后一条路径,叫自实从此而行。自实再拜称谢,道士自转身去了。

自实依着所指之径,行不多时,见一个穴口,走将出来,另有天日。急回头认时,穴已不见。自实望去百步之外,远远有人行走,奔将去问路,元来即是福州城外,遂急急跑回家来。家人见了又惊又喜,道:"那

---

①戢:约束。

②库子:掌管官库的人。

③池鱼之祸:宋国城门失火,用池中水灭火,池水用干,池中鱼也因之干死。后用"城门失火,殃及池鱼"、"池鱼之祸"比喻无端受牵连遭祸害。

④福宁:元代置为州,治所在今福建省霞浦县。

里去了这几日?"自实道:"我今日去,就是今日来,怎么说几日?"家人道:"今日是初十了,自那日初一出门,到晚不见回来,只道在轩辕翁庵里,及至去问时,却又说不曾来。只疑心是有甚么山高水低,轩辕翁说:'你家主人还有后禄,定无他事。'所以多勉强宽解。这几日杳然无信,未免慌张。幸得来家却好了。"自实把愤恨投井,谁知无水不死,却遇见道士,奇奇怪怪许多说话,说了一遍,道:"闻得仙家日月长,今吾在井里只得一晌,世上却有十日。这道士多分是仙人,他的说话,必定有准,我们依言搬在福宁去罢。不要恋恋缪家的东西,不得到手,反为所误了。"一面叫家人收拾起来,打点上路。

自实走到轩辕翁庵中,别他一别,说迁去之意。轩辕翁问:"为何发此念头?"自实把井中之事说了一遍。轩辕翁跌足道:"可惜足下不认得人!这道士乃芙蓉真人也。我修炼了一世,不能相遇,岂知足下当面错过?仙家之言,不可有违!足下迁去为上。老汉也自到山中去了。若住在此地,必为乱兵所杀。"自实别了回来,一径领了妻子同到福宁。

此时天下扰乱,赋役烦重,地方多有逃亡之屋。自实走去寻得几间可以收拾得起的房子,并叠瓦砾,将就修葺来住。挥锄之际,铮然有声,掘将下去,却是石板一块。拨将开来,中有藏金数十锭。合家见了不胜之喜,恐怕有人看见,连忙收拾在箱匣中了。自实道:"井中道士所言,此间与吾有些缘分,可还所贷银两,正谓此也。"将来秤一秤,果是三百金之数,不多不少。自实道:"井中人果是仙人,在此住料然不妨。"从此安顿了老小,衣食也充足了些,不愁冻馁,放心安居。

后来张士诚大军临福州,陈平章遭掳①,一应官吏多被诛戮。缪千户一家,被王将军所杀,尽有其家资。自实在福宁竟得无事,算来恰恰三年。道士之言,无一不验,可见财物有定数,他人东西强要不得的。为人一念,善恶之报,一些不差的。有诗为证:

    一念起时神鬼至,何况前生夙世缘!

---

① 陈平章:即陈友定,他被明军俘获后杀死,非死于张士诚之手。话本所述
  与史实不符。

方知富室多悭吝，只为他人守业钱①。

---

①业钱：造孽钱。

卷二十五

徐茶酒乘闹劫新人　郑蕊珠鸣冤完旧案

词云：

> 瑞气笼清晓。卷珠帘、次第笙歌，一时齐奏。无限神仙离蓬岛，凤驾鸾车初到。见拥个、仙娥窈窕。玉珮玎珰风缥缈，望娇姿、一似垂杨袅。天上有，世间少。　　刘郎正是当年少①。更那堪、天教付与，最多才貌。玉树琼枝相映耀，谁与安排姝好？有多少、风流欢笑。直待来春成名了，马如龙、绿绶欺芳草②。同富贵，又偕老。

这首词名《贺新郎》，乃是宋时辛稼轩为人家新婚吉席而作③。天下喜事，先说洞房花烛夜最为热闹。因是这热闹，就有趁哄打劫的了。吴兴安吉州富家新婚④，当夜有一个做贼的，趁着人杂时节溜将进去，伏在新郎的床底下了，打点人静后，出来卷取东西。怎当这人家新房里头，一夜停火到天明。床上新郎新妇云雨欢浓了一会，枕边切切私语，你问我答，烦琐不休。说得高兴，又弄起那话儿来，不十分肯睡。那贼躲在床下，只是听得肉麻不过，却是不曾静悄。又且灯火明亮，气也喘不得一口，何况脱身出来做手脚⑤？只得耐心伏着不动。水火急时，直等日

---

①刘郎：相传东汉刘晨与阮肇入天台山采药遇二仙女，结成一段奇缘。见南朝宋刘义庆《幽明录》。后常用"刘郎"指情郎。

②绿绶：系金印的带子，古代只有三公以上者才有资格佩绿绶金印。这里泛指高官。

③辛稼轩：南宋词人辛弃疾，字幼安，号稼轩，历城（今山东济南）人。著有《稼轩长短句》。《宋史》卷三十五有传。所引这首《贺新郎》见《类编草堂诗余》卷四。收入《全宋词》第三册，按语云："此首词不似辛弃疾作，惟'刘郎正是当年少'三句，宋人已歌之，见刘熏《水云村诗余》，末句作'许多才调'，稍有不同。"

④安吉州：今为安吉县，属浙江省。

⑤做手脚：这里指盗窃。

间床上无人时节,就床下暗角中撒放。

如此三日夜,毕竟下不得手,肚中饿得难堪。顾不得死活,听得人声略定,拼着命魆魆走出,要寻路逃去。火影下早被主家守宿人瞧见,叫一声"有贼!"前后人多扒起来,拿住了。先是一顿拳头脚尖,将绳捆着,整备天明送官。贼人哀告道:"小人其实不曾偷得一毫物事,便做道不该进来,适间这一顿臭打,也折算得过了。千万免小人到官,放了出去,小人自有报效之处。"主翁道:"谁要你报效!你每这样歹人,只是送到官,打死了才干净。"贼人道:"十分不肯饶我,我到官自有说话。你每不要懊悔!"主翁见他说得倔强,更加可恨,又打了几个巴掌。

捆到次日,申破了地方①,一同送到县里去。县官审问时,正是贼有贼智,那贼人不慌不忙的道:"老爷详察,小人不是个贼,不要屈了小人!"县官道:"不是贼,是甚么样人,躲在人家床下?"贼人道:"小人是个医人,只为这家新妇,从小有个暗疾,举发之时,疼痛难当,惟有小人医得,必要亲手调治,所以一时也离不得小人。今新婚之夜,只怕旧疾举发,暗约小人随在房中,防备用药,故此躲在床下。这家人不认得,当贼拿了。"县官道:"那有此话?"贼人道:"新妇乳名瑞姑,他家父亲宠了妾生子女,不十分照管他。母亲与他一路,最是爱惜。所以有了暗疾,时常叫小人私下医治。今若叫他到官,自然认得小人,才晓得不是贼。"知县见他丁一确二说着②,有些信将起来,道:"果有这等事,不要冤屈了平人③。而今只提这新妇当堂一认就是了。"

元来这贼躲在床下这三夜,备细听见床上的说话。新妇果然有些心腹之疾,家里常医的。因告诉丈夫,被贼人记在肚里,恨这家不饶他,当官如此攀出来。不惟可以遮饰自家的罪,亦且可以弄他新妇到官,出他家的丑。这是那贼人怠赖之处。那晓县官竟自被他哄了,果然提将新妇起来。富家主翁急了,负极去求免新妇出官。县官那里肯听?富家翁又告情愿不究贼人罢了。县官大怒道:"告别人做贼也是你,及至

---

①申破:申报。

②丁一确二:确确实实。

③平人:平民百姓。

要个证见,就说情愿不究,可知是诬赖平人为盗。若不放新妇出来质对,必要问你诬告。"富家翁计无所出,方悔道:"早知如此,放了这猾贼也罢,而今反受他累了。"

衙门中一个老吏,见这富家翁徬徨,问知其故,便道:"要破此猾贼也不难,只要重重谢我。我去禀明了,有方法叫他伏罪。"富家翁许了谢礼十两。老吏去禀县官道:"这家新妇初过门,若出来与贼盗同辨公庭,耻辱极矣!老爷还该惜其体面。"县官道:"若不出来,怎知贼的真假?"老吏道:"吏典到有一个愚见。想这贼潜藏内室,必然不曾认得这妇人的,他却混赖其妇有约。而今不必其妇到官,密地另使一个妇人代了,与他相对。他认不出来,其诬立见,既可以辨贼,又可以周全这家了。"县官点头道:"说得有理。"就叫吏典悄地去唤一娼妇,打扮了良家,包头素衣,当贼人面前带上堂来,高声禀道:"其家新妇瑞姑拿到!"贼人不知是假,连忙叫道:"瑞姑,瑞姑,你约我到房中治病的,怎么你公公家里拿住我做贼送官,你就不说一声?"县官道:"你可认得正是瑞姑了么?"贼人道:"怎么不认得?从小认得的。"县官大笑道:"有这样奸诈贼人,险些被你哄了。元来你不曾认得瑞姑,怎赖道是他约你医病?这是个娼妓,你认得真了么?"贼人对口无言,县官喝叫用刑。贼人方才诉说不曾偷得一件,乞求减罪。县官打了一顿大板,枷号示众①。因为无赃,恕其徒罪。富家翁新妇方才得免出官。这也是新婚人家一场大笑话。先说此一段做个笑本。

小子的正话,也说着一个新婚人家,弄出好些没头的官司,直到后来方得明白。

本为花烛喜筵,弄作是非苦海。

不因天网恢恢,哑谜何时得解?

却说直隶苏州府嘉定县有一人家②,姓郑,也是经纪行中人,家事不为甚大。生有一女,小名蕊珠,这倒是个绝世佳人,真个有沉鱼落雁之容,闭月羞花之貌。许下本县一个民家,姓谢,是谢三郎,还未曾过门。

①枷号:将犯人上枷标明罪状示众。

②嘉定县:今属上海市。

这个月里拣定了吉日，谢家要来娶去。三日之前，蕊珠要整容开面①，郑家老儿去唤整容匠。元来嘉定风俗，小户人家女人篦头剃脸，多用着男人。

其时有一个后生，姓徐名达，平时最是不守本分，心性奸巧好淫，专一打听人家女子，那家生得好，那家生得丑。因为要像心看着内眷②，特特去学了那栉工生活③，得以进入内室。又去做那婚筵茶酒，得以窥看新人。如何叫得茶酒？即是那边傧相之名，因为赞礼时节在旁高声"请茶！""请酒！"多是他口里说的，所以如此称呼。这两项生意，多傍着女人行止，他便一身兼做了。此时郑家就叫他与女儿蕊珠开面。徐达带了篦头家火，一径到郑家内里来。蕊珠做女儿时节，徐达未曾见一面，而今却叫他整容，煞是看得亲切。徐达一头动手，一头觑玩，身子如雪狮子向火，看看软起来。那话儿如吃石髓的海燕，看看硬起来。可惜碍着前后有人，恨不就势一把抱住弄他一会。郑老儿在旁看见模样，识破他有些轻薄意思。等他用手一完，急打发他出到外边来了。

徐达看得浑身似火，背地手铳也不知放了几遭④，心里掉不下。晓得嫁去谢家，就设法到谢家包做了吉日的茶酒。到得那日，郑老儿亲送女儿过门。只见出来迎接的傧相，就是前日的栉工徐达。心下一转道："元来他又在此。"比至新人出轿，行起礼来，徐达没眼看得，一心只在新娘子身上。口里哩哩啰啰，把礼数多七颠八倒起来。但见：

> 东西错认，左右乱行。信口称呼，亲翁忽为亲妈；无心赞喝，该"拜"反做该"兴"⑤。见过泰山⑥，又请岳翁受礼；参完堂上，还叫父母升厅。不管嘈坏郎君，只是贪看新妇。

徐达乱嘈嘈的行过了许多礼数，新娘子花烛已过，进了房中，算是完了，只要款待送亲吃喜酒。

---

①开面：旧俗，女子未婚不修脸，出嫁时初次修脸，叫做开面。

②像心：指称心所欲。内眷：即女眷。

③栉(zhì)工：旧时专替人家梳头理发的人。

④手铳：手淫。

⑤该拜反做该兴：应该行跪拜礼反而让起立。拜，即跪拜；兴，即起立。

⑥泰山：明陈继儒《群碎录》："泰山有丈人峰，故又呼丈人岳翁，亦曰泰山。"

这谢家民户人家,没甚人力,谢翁与谢三郎只好陪客在外边,里头妈妈率了一二个养娘,亲自厨房整酒。有个把当直的,搬东搬西,手忙脚乱,常是来不迭的。徐达相礼,到客人坐定了席,正要"请汤"、"请酒",是件赞唱,忽然不见了他。两三次汤送到,只得主人自家请过吃了。将至终席,方见徐达慌慌张张在后面走出来,喝了两句。比至酒散,谢翁见茶酒如此参前失后,心中不喜,要叫他来埋怨几句,早又不见。当值的道:"方才往前面去了。"谢翁道:"怎么寻了这样不晓事的?如此淘气!"亲家翁不等茶酒来赞礼,自起身谢了酒。

谢三郎走进新房,不见新娘子在内,疑他床上睡了,揭帐一看,仍然是张空床。前后照看,竟不见影。跑至厨房问人时,厨房中人多嚷道:"我们多只在这里收拾,新娘子花烛过了,自坐房中,怎么倒来问我们?"三郎叫了当直的,后来各处找寻,到后门一看,门又关得好好的。走出堂前说了,合家惊惶。当直的道:"这个茶酒,一向不是个好人,方才喝礼时节看他没心没想①,两眼只看着新人,又两次不见了他,而今竟不知那里去了。莫不是他有甚么奸计,藏过了新人么?"郑老儿道:"这个茶酒,元不是好人。小女前日开面也是他。因见他轻薄态度,正心里怪恨,不想宅上茶酒也用着他。"郑家随来的仆人也说道:"他元是个游嘴光棍,这篦头赞礼,多是近新来学了撺哄过日子的②。毕竟他有缘故,去还不远,我们追去。"谢家当直的道:"他要内里拐出新人,必在后门出后巷里了。方才后门关好,必是他复身转来关的,使人不疑。所以又到堂前衍这一回,必定从前面转至后巷去了,故此这会不见,是他无疑。"

此时是新婚人家,篝子火把多有在家里③,就每人点着一根。两家仆人与同家主共是十来个,开了后门,多望后巷里起来。元来谢家这条后门路,是一个直巷,也无弯曲,也无旁路。火把照起,明亮犹同白日,一望去多是看见的。远远见有两三个人走,前头差一段路。去了两个,

———————————

①喝礼:即赞礼,高声唱颂行礼的仪式项目。没心没想:没有心思,无兴致。

②撺哄:哄骗;教唆。《初刻拍案惊奇》卷二:"睡到这等日高才起来,看这自由自在的模样,除非去做娼妓,倚门卖俏,撺哄子弟。方得这样快活像意。"

③篝(tán)子:王古鲁注云:吴语叫做"篾篝"。吴中夜行,多用篾篝点火照明。

后边有一个还在那里。疾忙赶上拿住,火把一照,正是徐茶酒。问道:"你为何在这里?"徐达道:"我有些小事,等不得酒散,我要回去。"众人道:"你要回去,直不得对本家说声? 况且好一会不见了你,还在这里行走,岂是回去的? 你好好说,拐将新娘子那里去了?"徐达支吾道:"新娘子在你家里,岂是我掌礼人包管的?"众人打的打,推的推,喝道:"且拿这游嘴光棍到家里拷问他出来!"一群人拥着徐达,到了家里。两家亲翁一同新郎各各盘问,徐达只推不知。一齐道:"这样顽皮赖骨,私下问他,如何肯说! 绑他在柱上,待天明送到官去,难道当官也赖得?"遂把徐达做一团捆住,只等天明。此时第一个是谢三郎扫兴了。

> 不能够握雨携云,整备着鼠牙雀角①。
> 喜筵前枉唤新郎,洞房中依然独觉。

众人闹闹嚷嚷簇拥着徐达,也有吓他的,也有劝他的,一夜何曾得睡? 徐达只不肯说。

须臾,天已大明,谢家父子教众人带了徐达,写了一纸状词,到县堂上告准,面禀其故。知县惊异道:"世间有此事?"遂唤徐达问道:"你拐的郑蕊珠那里去了?"徐达道:"小人是婚筵的茶酒,只管得行礼的事,怎晓得新人的去向?"谢公就把他不辞而去、在后巷赶着之事,说了一遍。知县喝叫用刑起来,徐达虽然是游花光棍②,本是柔脆的人,熬不起刑。初时支吾两句,看看当不得了,只得招道:"小人因为开面时见他美貌,就起了不良之心。晓得嫁与谢家,谋做了婚筵茶酒。预先约会了两个同伴埋伏在后门了。趁他行礼已完,外边只要上席,小人在里面一看,只见新人独坐在房中,小人哄他还要行礼。新人随了小人走出,新人却不认得路,被小人引他到了后门,就把新人推与门外二人。新人正待叫喊,却被小人关好了后门,望前边来了。仍旧从前边抄至后巷,赶着二人。正要奔脱,看见后面火把明亮,知是有人赶来。那两个人顾不得小

---

①鼠牙雀角:语出《诗经·召南·行露》:"谁谓雀无角,何以穿我屋? 谁谓女无家,何以速我狱……谁谓鼠无牙,何以穿我墉? 谁谓女无家,何以速我讼?"原谓强暴侵凌引起讼事。后用"鼠牙雀角"比喻打官司。

②游花光棍:专事女色的无赖。

人,竟自飞跑去了。小人有这个新人在旁,动止不得①。恰好路旁有个枯井,一时慌了,只得抱住了他,撺了下去。却被他们赶着,拿了送官。这新人现在井中。只此是实。"知县道:"你在他家时,为何不说?"徐达道:"还打点遮掩得过,取他出井来受用。而今熬刑不起,只得实说了。"知县写了口词,就差一个公人押了徐达,与同谢、郑两家人,快到井边来勘实回话。

一行人到了井边。郑老儿先去望一望,井底下黑洞洞,不见有甚声响。疑心女儿此时毕竟死了,扯着徐达狠打了几下,道:"你害我女儿死了,怕不偿命!"众人劝住道:"且捞了起来,不要厮乱,自有官法处他。"郑老儿心里又慌又恨,且把徐达咬住一块肉,不肯放。徐达杀猪也似叫喊。这边谢公叫人停当了竹兜绳索,一面下井去救人。一个胆大些的家人,扎缚好了,挂将下去。井中无水,用手一摸,果然一个人蹲倒在里面。推一推看,已是不动的了。抱将来放在兜中,吊将上去。众人一看,那里是甚么新娘子? 却是一个大胡须的男子,鲜血模糊,头多打开的了。众人多吃了一惊。郑老儿将徐达又是一巴掌,道:"这是怎么说?"连徐达看见,也吓得呆了。谢公道:"这又是甚么蹊跷的事?"对了井中问下边的人道:"里头还有人么?"井里应道:"并无甚么了,接了我上去。"随即放绳下去,接了那个家人上来。一齐问道:"井中还有甚么?"家人道:"止有些石块在内,是一个干枯的井。方才黑洞洞地摸起来的人,不知死活,可正是新娘子么?"众人道:"是一个死了的胡子,那里是新人? 你看么!"押差公人道:"不要鸟乱了,回覆官人去,还在这个入娘的身上寻究新人下落。"郑、谢两老儿多道:"说得是。"就叫地方人看了尸首,一同公人去禀白县官。

知县问徐达道:"你说把郑蕊珠推在井中,而今井中却是一个男尸,且说郑蕊珠那里去了? 这尸是那里来的?"徐达道:"小人只见后边赶来,把新人推下井里是实。而今却是一个男尸,连小人也猜不出了。"知县道:"你起初约会这两个同伴,叫做甚么名字? 必是这二人的缘故了。"徐达道:"一个张寅,一个李卯。"知县写了名字住址,就差人去拿

①动止:行动。

来。瓮中捉鳖，立时拿到，每人一夹棍，只招得道："徐达相约后门等待，后见他推出新人来，负了就走。徐达在后赶来，正要同去。望见后面火把齐明，喊声大震，我们两个胆怯了，把新人掉与徐达，只是拼命走脱了。已后的事，一些也不知。"又对着徐达道："你当时将的新人那里去了？怎不送了出来，要我们替你吃苦？"徐达对口无言。知县指着徐达道："还只是你这奴才奸巧！"喝叫再夹起来，徐达只喊得是小人该死。说来说去，只说到推在井中，便再说不去了。

　　知县便叫郑、谢两家父亲与同媒妁人等，又拘齐两家左右邻里，备细访问①。多只是一般不知情，没有甚么别话，也没有一个认得这尸首的。知县出了一张榜文，召取尸亲家属认领埋葬，也不曾有一个说起的。郑、谢两家自备了赏钱，知县又替他写了榜文，访取郑蕊珠下落，也没有一个人晓得影响的。知县断决不开，只把徐达收在监中，五日一比②。谢三郎苦毒，时时催票。县官没法，只得做他不着，也不知打了多多少少。徐达起初一时做差了事，到此不知些头脑，教他也无奈何。只好巴过五日，吃这番痛棒。也没个打听的去处，也没个结局的法儿，真正是没头的公事。表过不提。

　　再说郑蕊珠那晚被徐达拐至后门，推与二人，便见把后门关了，方晓得是歹人的做作。欲待叫着本家人，自是新来的媳妇，不曾知道一个名姓，一时叫不出来。亦且门已关了，便口里喊得两句"不好了"，也没人听得。那些后生背负着只是走，心里正慌，只见后面赶来，两个人撇在地下竟自去了。那个徐达一把抱来，丢在井里。井里无水，又不甚深，只跌得一下，毫无伤损。听见上面众人喧嚷，晓得是自己家人。又火把齐明，照得井里也有光。郑蕊珠负极叫喊救人，怎当得上边人拿住徐达，你长我短，嚷得一个不耐烦。妇人声音终久娇细，又在井里，那个听见？多簇拥着徐达，吆吆喝喝一路去了。郑蕊珠听得人声渐远，只叫得苦，大声啼哭。看看天色明亮，蕊珠想道："此时上边未必无人走动。"

---

　　①备细：详细。

　　②比：即比较。旧时官府缉拿人犯或征收租赋、额派人役，定期催逼，到期不成，加以重责，称之为"比"或"比较"。

高叫两声救人！又大哭两声，果然惊动了上边两个人。只因这两个人走将来，有分教：

　　黄尘行客，翻为坠井之魂；

　　绿鬓新人，竟作离乡之妇。

　　说那两个人，是河南开封府杞县客商。一个是赵申，一个是钱巳。合了本钱，同到苏、松做买卖。得了重利，正要回去。偶然在此经过，闻得啼哭喊叫之声，却在井中出来。两个多走到井边，望下一看。此时天光照下去，隐隐见是个女人。问道："你是甚么人，在这里头？"下边道："我是此间人家新妇，被强盗劫来丢在此的。快快救我出来，到家自有重谢。"两人听得，自商量道："从来说救人一命，胜造七级浮屠①。况是个女人，怎能够出来？ 没人救他，必定是死。我每撞着，也是有缘。行囊中有长绳，我每坠下去救了他起来。"赵申道："我溜撒些，等我下去。"钱巳道："我身子笨，果然下去不得，我只在上边吊着绳头，用些笨气力罢。"

　　也是赵申悔气到了，见是女子，高兴之甚。揎拳裸袖，把绳缚在腰间，双手吊着绳。钱巳一脚踹着绳头，双手提着绳，一步步放将下去。到了下边，见是没水的，他就不慌不忙对郑蕊珠道："我救你则个。"郑蕊珠道："多谢大恩。"赵申就把身上绳头解下来，将郑蕊珠腰间如法缚了，道："你不要怕，只把双手吊着绳，上边自提你上去，缚得牢，不掉下来的。快上去了，把绳来吊我。"郑蕊珠巴不得出来，放着胆吊了绳。上边钱巳见绳急了，晓得有人吊着。尽气力一扯一扯的，吊出井来。钱巳抬眼一看，却是一个艳妆的女子：

　　虽然鬓乱钗横，却是天姿国色。

　　猛地井里现身，疑是龙宫拾得。

大凡人不可有私心，私心一起，就要干出没天理的勾当来。起初钱巳与赵申商量救人，本是好念头。一下子救将起来，见是个美貌女子，就起了打偏手之心②。思量道："他若起来，必要与我争，不能够独享。况且

---

　　①浮屠：宝塔。

　　②打偏手：私下做手脚沾便宜。

他囊中本钱尽多,而今生死之权,操在我手。我不放他起来,这女子与囊橐多是我的了。"歹念正起,听得井底下大叫道:"怎不把绳下来?"钱已发一个狠道:"结果了他罢!"在井傍掇起一块大石头来,照着井中叫声:"下去!"可怜赵申眼盼盼望着上边放绳下来,岂知是块石头?不曾提防的,回避不及,打着脑盖骨,立时粉碎,呜呼哀哉了。

郑蕊珠在井中出来,见了天日,方抖擞衣服,略定得性。只见钱已如此做作,惊得魂不附体,口里只念阿弥陀佛。钱已道:"你不要慌,此是我仇人,故此哄他下去,结果了他性命。"郑蕊珠心里道:"是你的仇人,岂知是我的恩人!"也不敢说出来,只求送在家里去。钱已道:"好自在话!我特特在井里救你出来,是我的人了。我怎肯送还你家去?我是河南开封富家,你到我家里,就做我家主婆①,享用富贵了。快随我走!"郑蕊珠昏天暗地,不认得这条路是那里,离家里是近是远,又没个认得的人在旁边,心中没个主见。钱已催促他走动道:"你若不随我,仍旧撺你在井中,一石头打死了,你见方才那个人么?"郑蕊珠惧怕,思量无计,只得随他去。正是:

> 才脱风狂子,又逢轻薄儿。
>
> 情知不是伴,事急且相随。

钱已一路分付郑蕊珠,教道他:"到家见了家人,只说苏州讨来的,有人来问赵申时,只回他还在苏州就是了。"不多几日,到了开封杞县,进了钱已家里。谁知钱已家中还有一个妻子万氏,小名叫做虫儿。其人狠毒的甚。一见郑蕊珠就放出手段来,无所不至摆布他。将他头上首饰,身上衣服,尽多夺下,只许他穿着布衣服。打水做饭,一应粗使生活,要他一身支当。一件不到,大棒打来。郑蕊珠道:"我又不是嫁你家的,你家又不曾出银子讨我的,平白地强我来,怎如此毒打得我!"那个万虫儿那里听你分诉,也不问着来历,只说是小老婆,就该一味吃醋蛮打罢了。万虫儿一向做人恶劣,是邻里妇人没一个不相骂断的。有一个邻妈,看见他如此毒打郑蕊珠,心中常抱不平。忽听见郑蕊珠口中如

---

①家主婆:吴语,妻子。

此说话,心里道:"又不嫁,又不讨,莫不是拐来的?做这样阴骘事①,坑着人家儿女!"把这话留在心上。

一日,钱已出到外边去了,郑蕊珠打水,走到邻妈家借水桶。邻妈留他坐着,问道:"看娘子是好人家出身,为何宅上爹娘肯远嫁到此,吃这般磨折?"郑蕊珠哭道:"那里是爹娘嫁我来的!"邻妈道:"这等,怎得到此?"郑蕊珠把身许谢家,初婚之夜被人拐出抛在井中之事,说了一遍。邻妈道:"这等,是钱家在井中救出了你,你随他的了。"郑蕊珠道:"那里是!其时还有一个人下井,亲身救我起来的。这个人好苦,指望我出井之后,就将绳接他,谁知钱家那厮狠毒,就把一块大石头丢下去,打死了那人,拉了我就走。我彼时一来认不得家里,二来怕他那杀人手段,三来他说道到家就做家主婆,岂知堕落在此,受这样磨难!"邻妈道:"当初你家的与前村赵家一同出去为商,今赵家不回来,前日来问你家时,说道还在苏州,他家信了。依小娘子说起来,那下井救你吃打死的,必是赵家了。小娘子何不把此情当官告明了,少不得牒送你回去②,可不免受此间之苦?"郑蕊珠道:"只怕我跟人来了,也要问罪。"邻妈道:"你是妇人家,被人迫诱,有何可罪?我如今替你把此情先对赵家说了,赵家必定告状。再与你写一张首状③,当官递去。你只要实说,包你一些罪也没有,且得还乡见父母了。"郑蕊珠道:"若得如此,重见天日了。"

计较已定,邻妈一面去与赵家说了。赵家赴县理告,这边郑蕊珠也拿首状到官。杞县知县问了郑蕊珠口词,即时差捕钱已到官。钱已欲待支吾,却被郑蕊珠是长是短,一口证定。钱已抵赖不去,恨恨的向郑蕊珠道:"我救了你,你倒害我!"郑蕊珠道:"那个救我的,你怎么打杀了他?"钱已无言。赵家又来求判填命。知县道:"杀人情真,但皆系口词,尸首未见,这里成不得狱。这是嘉定县地方做的事,郑蕊珠又是嘉定县人,尸首也在嘉定县,我这里只录口词成招,将一行人连文卷押解到嘉定县结案就是了。"当下先将钱已打了三十大板,收在牢中,郑蕊珠召

①阴骘(zhì):原意为阴德,这里反其义,犹吴语"阴损",暗中使坏或捉弄人。
②牒送:官府行文护送。
③首状:诉讼状。

保,就是邻妈替他递了保状。且喜与那个恶妇万虫儿不相见了。杞县一面叠成文卷①,仝了长解②,把一干人多解到苏州府嘉定县来。

是日正逢五日比较之期,嘉定知县带出监犯徐达,恰好在那里比较。开封府杞县的差人投了文,当堂将那解批上姓名逐一点过③。叫到郑蕊珠,蕊珠答应。徐达抬头一看,却正是这个失去的郑蕊珠,是开面时认得亲切的。大叫道:"这正是我的冤家。我不知为你打了多少,你却在那里来?莫不是鬼么?"知县看见,问徐达道:"你为甚认得那妇人?"徐达道:"这个正是井里失去的新人,不消比较小人了。"知县也骇然道:"有这等事?"唤郑蕊珠近前,一一细问。郑蕊珠照前事细说了一遍。知县又把来文逐一简看,方晓得前日井中死尸,乃赵申被钱巳所杀。遂吊取赵申尸骨,令仵作人简验得头骨碎裂④,系是生前被石块打伤身死。将钱巳问成死罪,抵赵申之命。徐达拐骗,虽事不成,祸端所自,问三年满徒⑤。张寅、李卯各不应仗罪。郑蕊珠所遭不幸,免科,给还原夫谢三郎完配。赵申尸骨,家属领埋;系隔省,埋讫,释放宁家。知县发落已毕,笑道:"若非那边弄出,解这两个人来,这件未完何时了结也!"嘉定一县传为新闻。

可笑谢三郎好端端的新妇,直到这日,方得到手,已是个弄残的了。又为这事坏了两条性命,其祸皆在男人开面上起的。所以内外之防,不可不严也。

男子何当整女容?致令恶少起顽凶。

今朝试看含香蕊,已动当年函谷封⑥。

---

①叠成文卷:综合整理成公文案卷。

②长解:长途解送犯人。

③解批:解送犯人的公文。

④简验:检验。

⑤满徒:服满刑期,不予减免。

⑥函谷封:即函谷封泥。《后汉书·隗嚣传》载:王元对隗嚣说,他以一丸泥便可为隗嚣封住函谷关。后遂以"函谷封泥"形容对关隘把之严、封闭之固。这里用此典故说明再棘手难办的冤案也能被侦破。

卷二十六

懵教官爱女不受报　穷庠生助师得令终

诗曰：

> 朝日上团团①，照见先生盘。
>
> 盘中何所有？苜蓿长阑干。

这首诗乃是广文先生所作②，道他做官清苦处。盖因天下的官随你至卑极小的，如仓大使、巡检司③，也还有些外来钱④。惟有这教官，管的是那几个酸子⑤，有体面的，还来送你几分节仪；没体面的，终年面也不来见你，有甚往来交际？所以这官极苦。然也有时运好，撞着好门生，也会得他的气力起来。这又是各人的造化不同。

浙江温州府曾有一个廪膳秀才⑥，姓韩，名赞卿。屡次科第，不得中式，挨次出贡⑦，到京赴部听选。选得广东一个县学里的司训⑧。那个学直在海边，从来选了那里，再无人去做的。你道为何？元来与军民府州一样，是个有名无实的衙门。有便有几十个秀才，但是认得两个"上

---

①"朝日上团团"四句：这是唐薛令之为右庶子时，感叹东宫官僚清冷，题诗自悼的前半首。见《全唐诗》卷二百五十。苜蓿，可作饲料和食用的草。这里借指教书先生。

②广文：明清时对教官的称呼。

③仓大使：明代府州县管理官仓的小官，府为从九品，州县未入流（即不到从九品）。巡检司：主要设于各府州县关津要害处，巡检从九品，职掌缉捕盗贼，盘诘奸伪等。见《明史·职官四》。

④外来钱：吴语称"外快"，指非正常的收入。

⑤酸子：对寒酸的读书人的轻薄称呼。

⑥廪膳秀才：即廪生，是秀才的一种，由政府供给膳食。

⑦出贡：府州县选拔秀才，送到国子监就读，称贡生。贡生可以参加会试，为考中者，可由吏部分派到府州县任品级较低的官，叫做"出贡"。本人不愿出贡者，由下边的挨次递补。

⑧司训：明清时县学教谕的别称。

大人"的字脚①，就进了学，再不退了。平日只去海上寻些道路②，直到
上司来时，穿着衣巾，摆班接一接，送一送，就是他向化之处了③。不知
国朝几年间，曾创立得一个学舍，无人来住，已自东倒西歪。旁边有两
间舍房，住一个学吏④，也只管记记名姓簿籍。没事得做，就合着秀才一
伙去做生意。这就算做一个学了。韩赞卿悔气，却选着了这一个去处。
曾有走过广里的备知详细⑤，说了这样光景。合家恰像死了人一般，哭
个不歇。

　　韩赞卿家里穷得火出，守了一世书窗，指望巴个出身，多少挣些家
私。今却如此遭际，没计奈何。韩赞卿道："难道便是这样罢了不成？
穷秀才结煞⑥，除了去做官，再无路可走了。我想朝廷设立一官，毕竟也
有个用处。见放着一个地方，难道是去不得哄人的？也只是人自怕了，
我总是没事得做，拼着穷骨头去走一遭。或者撞着上司可怜，有些别样
处法，作成些道路，就强似在家里坐了。"遂发一个狠，决意要去。亲眷
们阻当他，多不肯听。措置了些盘缠，别了家眷，冒冒失失，竟自赴任。
到了省下，见过几个上司，也多说道："此地去不得，住在会城⑦，守几时，
别受些差委罢。"韩赞卿道："朝廷命我到此方行教，岂有身不履其地算
得为官的？是必到任一番，看如何光景。"上司闻知，多笑是迂儒腐气，
凭他自去了。

　　韩赞卿到了海边地方，寻着了那个学吏，拿出吏部急字号文凭与他
看了⑧。学吏吃惊道："老爹，你如何直走到这里来？"韩赞卿道："朝廷教
我到这里做教官，不到这里，却到那里？"学吏道："旧规但是老爹们来，

---

①上大人：旧时儿童入学，描红习字本上多写"上大人，孔乙己，化三千，七十
　　四"，其笔划简单，便于诵习。后遂用"上大人"指简单浅近的文字。
②道路：生意买卖，生活门路。
③向化：接受教化。
④学吏：地方官学掌文书旳吏役。
⑤广里：指广东。
⑥结煞：终了，归根结底。
⑦会城：即省城。
⑧文凭：用作凭证的官方文书。

只在省城住下，写个谕帖来知会我们①，开本花名册子送来，秀才廪粮中扣出一个常例②，一同送到，一件事就完了。老爹每俸薪自在县里去取，我们不管。以后升除去任③，我们总不知道了。今日如何却竟到这里？"韩赞卿道："我既是这里官，须管着这里秀才。你去叫几个来见我。"学吏见过文凭，晓得是本管官，也不敢怠慢。急忙去寻几个为头的积年秀才，与他说知了。秀才道："奇事，奇事。有个先生来了。"一传两，两传三，一时会聚了十四五个，商量道："既是先生到此，我们也该以礼相见。"有几个年老些的，穿戴了衣巾，其余的只是常服，多来拜见先生。韩赞卿接见已毕，逐个问了姓名，叙些寒温，尽皆欢喜。略略问起文字大意，一班儿都相对微笑。老成的道："先生不必拘此，某等敢以实情相告。某等生在海滨，多是在海里去做生计的。当道恐怕某等在内地生事④，作成我们穿件蓝袍⑤，做了个秀才羁縻着⑥。唱得几个喏、写得几字就了。其实不知孔夫子义理怎么样的，所以再没有先生们到这里的。今先生辛辛苦苦来走这番，这所在不可久留，却又不好叫先生便如此空回去。先生且安心住两日，让吾们到海中去去，五日后却来见先生，就打发先生起身，只看先生造化何如。"说毕，哄然而散。韩赞卿听了这番说话，惊得呆了，做声不得。只得依傍着学吏，寻间民房，权且住下。

这些秀才去了五日，果然就来，见了韩赞卿道："先生大造化，这五日内生意不比寻常，足足有五千金，够先生下半世用了。弟子们说过的话，毫厘不敢入己，尽数送与先生，见弟子们一点孝意。先生可收拾回去，是个高见。"韩赞卿见了许多东西，吓了一跳，道："多谢列位盛意。只是学生带了许多银两，如何回去得？"众秀才说："先生不必忧虑，弟子

①谕帖：上级给下级的手令。知会：通知，告诉。也作"支会"。
②常例：即常例钱，按惯例领取的银钱。
③升除：拜官曰"除"。升除，指升官。
④当道：指执政者，掌权者。
⑤作成：吴语，成全，照顾。《醒世恒言·卖油郎独占花魁》："今见朱小官在店，谁家不来作成，所以生理比前越盛。"
⑥羁縻：束缚。

们着几个与先生做伴,同送过岭①,万无一失。"韩赞卿道:"学生只为家贫无奈②,选了这里,不得不来。岂知遇着列位,用情如此!"众秀才道:"弟子们从不曾见先生面的。今劳苦先生一番,周全得回去,也是我们弟子之事。已后的先生不消再劳了。"当下众秀才替韩赞卿打叠起来③,水陆路程舟车之类,多是众秀才备得停当。有四五个陪他一路起身。但到泊舟所在,有些人来相头相脚,面生可疑的,这边秀才不知口里说些甚么,抛个眼色,就便走开了去。直送至交界地方,路上太平的了,然后别了韩赞卿告回。韩赞卿谢之不尽,竟带了重资回家。一个穷儒,一旦饶裕了。可见有造化的,只是这个教官,又到了做不得的地方,也原有起好处来④。

在下为何把这个教官说这半日?只因有一个教官,做了一任回来,贫得彻骨,受了骨肉许多的气。又亏得做教官时一个门生之力,挣了一派后运,争尽了气,好结果了。正是:

> 世情看冷暖,人面逐高低。
> 任是亲儿女,还随阿堵移⑤。

话说浙江湖州府近太湖边地方,叫做钱婆,有一个老廪膳秀才,姓高名广,号愚溪,为人忠厚,生性古执。生有三女,俱已适人过了。妻石氏已死,并无子嗣。止有一侄,名高文明,另自居住,家道颇厚。这高愚溪积祖传下房屋一所⑥,自己在里头住,侄儿也是有分的。只因侄儿自挣了些家私,要自家像意,见这祖房坍塌下来,修理不便,便自己置买了好房子,搬出去另外住了。若论支派,高愚溪无子,该是侄儿高文明承继的。只因高愚溪讳言这件事,况且自有三女,未免偏向自己骨血,有

---

① 过岭:广东地处五岭之南,过岭指出了广东边界。

② 学生:旧时读书人自称的谦词。

③ 打叠:整理,准备。

④ 起:量词,指件,宗。

⑤ 阿堵:西晋王衍自命清高,耻言钱,称之为"阿堵物"。见《世说新语·规箴》。"阿堵"是六朝的口语,相当于现代汉语的"这个"。后世遂用"阿堵"、"阿堵物"作为钱的别称。

⑥ 积祖:犹累世,世代。

积趱下的束脩本钱①，多零星与女儿们去了。后来挨得出贡，选授了山东费县教官②。转了沂州③，又升了东昌府④，做了两三任归来，囊中也有四五百金宽些。

看官听说，大凡穷家穷计，有了一二两银子，便就做出十来两银子的气质出来⑤。况且世上人的眼光极浅，口头最轻，见一两个箱儿匣儿略重些，便猜道有上千上万的银子在里头。还有凿凿说着数目，恰像亲眼看见亲手兑过的一般，总是一划的穷相。彼时高愚溪带得些回来，便就声传有上千的数目了。

三个女儿晓得老子有些在身边，争来亲热，一个赛一个的要好。高愚溪心里欢喜，道："我虽是没有儿子，有女儿们如此殷勤，老景也还好过。"又想一想道："我总是留下私蓄，也没有别人得与他，何不拿些出来分与女儿们了？ 等他们感激，越坚他每的孝心。"当下取三百两银子，每女儿与他一百两。女儿们一时见了银子，起初时千欢万喜，也自感激。后来闻得说身边还多，就有些过望起来，不见得十分足处。大家唧哝道："不知还要留这偌多与那个用？"虽然如此说，心里多想他后手的东西，不敢冲撞，只是赶上前的讨好。侄儿高文明照常往来，高愚溪不过体面相待。虽也送他两把俸金、几件人事⑥，恰好侄儿也替他接风洗尘，只好直退。侄儿有些身家⑦，也不想他的，不以为意。

那些女儿闹哄了几日，各要回去，只剩得老人家一个，在这些败落旧屋里面居住，觉得凄凉。三个女儿，你也说，我也说，多道："来接老爹家去住几时。"各要争先。愚溪笑道："不必争，我少不得要来看你们的。我从头而来，各住几时便了。"别去不多时，高愚溪在家清坐了两日，寂寞不过，收拾了些东西，先到大女儿家里住了几时。第二个第三个女儿

①束脩：旧时学生送给教师的报酬。
②费县：明代兖州府沂州的属县，今山东省费县。
③沂州：治所在今山东临沂。
④东昌府：治所在今山东聊城。
⑤气质：犹言气派。
⑥人事：馈赠的礼品。
⑦身家：指家产。

多着人来相接。高愚溪以次而到，女儿们只怨怅来得迟，住得不长远。过得两日，又来接了。高愚溪周而复始，住了两巡。女儿们殷殷勤勤，东也不肯放，西也不肯放。高愚溪思量道："我总是不生得儿子，如今年已老迈，又无老小，何苦独自个住在家里？有此三个女儿轮转供养，够过了残年了。只是白吃他们的，心里不安。前日虽然每人与了他百金，他们也费些在我身上了。我何不与他们说过，索性把身边所有尽数分与三家，等三家轮供养了我，我落得自由自在，这边过几时，那边过几时。省得老人家还要去买柴籴米①，支持辛苦，最为便事。"把此意与女儿们说了，女儿们个个踊跃从命，多道："女儿养父亲是应得的，就不分得甚么，也说不得。"高愚溪大喜，就到自屋里，把随身箱笼有些实物的，多搬到女儿家里来了。私下把箱笼东西拼拼凑凑，还有三百多两。装好汉发个慷慨，再是一百两一家，分与三个女儿，身边剩不多些甚么了。三个女儿接受，尽管欢喜。

　　自此高愚溪只轮流住在三个女儿家里过日，不到自家屋里去了。这几间祖屋，久无人住，逐渐坍将下来。公家物事，卖又卖不得。女儿们又撺掇他，说是有分东西，何不拆了些来？愚溪总是不想家去住了，道是有理。但见女婿家里有些甚么工作修造之类，就去悄悄载了些作料来，增添改用。东家取了一条梁，西家就想一根柱。甚至猪棚屋也取些椽子板障来拉一拉。多是零碎取了的。儃儿子也不好小家子样来争，听凭他没些搭煞的②，把一所房屋狼籍完了。

　　　　祖宗缔造本艰难，公物将来弃物看。
　　　　自道婿家堪毕世，宁知转眼有炎寒？

　　且说高愚溪初时在女婿家里过日，甚是热落③，家家如此。以后手中没了东西，要做些事体，也不得自由，渐渐有些不便当起来。亦且老人家心性，未免有些嫌长嫌短，左不是右不是的难为人。略不像意，口里便恨恨毒毒的说道："我还是吃用自家的，不吃用你们的。"聒絮个不

---

①籴（dí）米：买米。
②没些搭煞：没出息，无用。
③热落：吴语，亲热。

住。到一家，一家如此。那些女婿家里未免有些厌倦起来，况且身边无物，没甚么想头了。就是至亲如女儿，心里较前也懈了好些。说不得个推出门，却是巴不得转过别家去了，眼前清净几时。所以初时这家住了几日，未到满期，那家就先来接他。而今就过日期也不见来接，只是巴不得他迟来些。高愚溪见未来接，便多住了一两日，这家子就有些言语出来道："我家住满了，怎不到别家去？"再略动气，就有的发话道："当初东西三家均分，又不是我一家得了的。"言三语四，耳朵里听不得。高愚溪受了一家之气，忿忿地要告诉这两家。怎当得这两家真是一个娘养的，过得两日，这些光景也就现出来了。闲话中间对女儿们说着姊妹不是，开口就护着姊妹伙的。至于女婿，一发彼此相为，外貌解劝之中，带些尖酸讥评，只是丈人不是，更当不起。高愚溪恼怒不过，只是寻是寻非的吵闹，合家不宁。数年之间，弄做个老厌物，推来攘去。有了三家，反无一个归根着落之处了。

　　看官，若是女儿女婿说起来，必定是老人家不达时务，惹人憎嫌。若是据着公道评论，其实他分散了好些本钱，把这三家做了靠傍，凡事也该体贴他意思一分，才有人心天理。怎当得人情如此，与他的便算己物，用他的便是冤家。况且三家相形①，便有许多不调匀处。假如要请一个客，做个东道，这家便嫌道："何苦定要在我家请！"口里应承时，先不爽利了。就应承了去，心是懈的，日挨一日。挨得满了，又过了一家。到那家提时，又道："何不在那边时节请了，偏要留到我家来请？"到底不请得，撒开手。难道遇着大小一事，就三家各派不成？所以一件也成不得了。怎教老人家不气苦？这也是世态自然到此地位的。只是起初不该一味溺爱女儿，轻易把家事尽情散了。而今权在他人之手，岂得如意？只该自揣了些己也罢，却又是亲手分过银子的，心不甘伏。欲待别了口气，别走道路，又手无一钱，家无片瓦，争气不来，动弹不得。要去告诉侄儿，平日不曾有甚好处到他，今如此行径，没下梢了②，恐怕他们见笑，没脸嘴见他。左思右想，恨道："只是我不曾生得儿子，致有今日！

---

　　①相形：对照，比较。
　　②没下梢：没有好收场，没有好结果。

枉有三女,多是负心向外的,一毫没干,反被他们赚得没结果了!"使一个性子,噙着眼泪,走到路旁一个古庙里坐着,越想越气,累天倒地地哭了一回。猛想道:"我做了一世的儒生,老来弄得这等光景,要这性命做甚么?我把胸中气不忿处,哭告菩萨一番,就在这里寻个自尽罢了。"

又道是无巧不成话,高愚溪正哭到悲切之处,恰好侄儿高文明在外边收债回来。船在岸边摇过,只听得庙里哭声。终是关着天性,不觉有些动念。仔细听着,像是伯伯的声音,便道:"不问是不是,这个哭,哭得好古怪。就住拢去看一看,怕做甚么?"叫船家一橹邀住了船①,船头凑岸,扑的跳将上去。走进庙门,喝道:"那个在此啼哭?"各抬头一看,两下多吃了一惊。高文明道:"我说是伯伯的声音,为何在此?"高愚溪见是自家侄儿,心里悲酸起来,越加痛切。高文明道:"伯伯,老人家休哭坏了身子,且说与侄儿,受了何人的气,以致如此?"高愚溪道:"说也羞人,我自差了念头,死靠着女儿,不留个后步,把些老本钱多分与他们了。今日却没一个理着我了,气忿不过,在此痛哭,告诉神明一番,寻个自尽。不想遇着我侄,甚为有愧!"高文明道:"伯伯怎如此短见!姊妹们是女人家见识,与他认甚么真?"愚溪道:"我宁死于此,不到他三家去了。"高文明道:"不去也凭得伯伯,何苦寻死?"愚溪道:"我已无家可归,不死何待?"高文明道:"侄儿不才,家里也还奉养得伯伯一口起,怎说这话?"愚溪道:"我平日不曾有好处到我侄,些些家事多与了别人,今日剩得个光身子,怎好来扰得你!"高文明道:"自家骨肉,如何说个扰字?"愚溪道:"便做道我侄不弃,侄媳妇定嫌憎的。我出了偌多本钱,买别人嫌憎过了,何况孑然一身!"高文明道:"侄儿也是个男子汉,岂由妇人作主?况且侄妇颇知义理,必无此事。伯父只是随着侄儿到家里罢了,再不必迟疑,快领下船同行。"高文明也不等伯子回言②,一把扯住衣袂,拉了就走,竟在船中载回家来。

高文明先走进去,对娘子说着伯伯苦恼思量寻死的话,高娘子吃惊道:"而今在那里了?"高文明道:"已载他在船里回来了。"高娘子道:"虽

①邀:拦,约束。
②伯子:伯父。

然老人家没搭煞，讨得人轻贱，却也是高门里的体面，原该收拾了回家来，免被别家耻笑!"高文明还怕娘子心未定，故意道："老人家虽没用了，我家养这一群鹅在圈里，等他在家早晚看看也好的，不到得吃白饭。"娘子道："说那里话! 家里不争得这一口，就吃了白饭，也是自家骨肉，又不养了闲人。没有侄儿叫个伯子来家看鹅之理! 不要说这话，快去接了他起来。"高文明道："既如此说，我去请他起来，你可整理些酒饭相待①。"说罢，高文明三脚两步走到船边，请了伯子起来，到堂屋里坐下。就搬出酒肴来，伯侄两人吃了一会。高愚溪还想着可恨之事，提起一两件来告诉侄儿，眼泪簌簌的下来，高文明只是劝解。自此且在侄儿处住下了。三家女儿知道，晓得老儿心里怪了，却是巴不得他不来，虽体面上也叫个人来动问动问，不曾有一家说来接他去的。那高愚溪心性古撇，便接也不肯去了。

　　一直到了年边，三个女儿家才假意来说接去过年，也只是说声，不见十分殷勤。高愚溪回道不来，也就住了。高文明道："伯伯过年，正该在侄儿家里住的，祖宗影神也好拜拜②。若在姊妹们家里，挂的是他家祖宗，伯伯也不便。"高愚溪道："侄儿说得是，我还有两个旧箱笼，有两套圆领在里头③，旧纱帽一顶④，多在大女儿家里，可着人去取了来，过年时也好穿了拜拜祖宗。"高文明道："这是要的，可写两个字去取。"随着人到大女儿家里去讨这些东西。那家子正怕这厌物再来，见要这付行头⑤，晓得在别家过了年，恨不得急烧一付退送纸⑥，连忙把箱笼交还不迭。高愚溪见取了这些行头来，心里一发晓得女儿家里不要他来的意思，安心在侄儿处过年。

　　大凡老休在屋里的小官，巴不得撞个时节吉庆，穿着这一付红闪闪的，摇摆摇摆，以为快乐。当日高愚溪着了这一套，拜了祖宗，侄儿侄媳

①整理：准备、安排。

②影神：遗像、画像。

③圆领：明代官吏的一种常用礼服。领呈圆形，故称。

④纱帽：即乌纱帽。

⑤行头：戏曲演员穿戴服装的统称。

⑥退送纸：旧时驱送作祟鬼神的纸钱。

妇也拜了尊长。一家之中，甚觉和气，强似在别人家了。只是高愚溪心里时常不快，道是不曾掉得甚么与侄儿①，今反在他家打搅，甚为不安。就便是看鹅的事他也肯做，早是侄儿不要他去。

　　　　同枝本是一家亲，才属他门便路人。
　　　　直待酒阑人散后②，方知叶落必归根。
　　一日，高愚溪正在侄儿家闲坐，忽然一个人公差打扮的，走到面前拱一拱手道："老伯伯，借问一声，此间有个高愚溪老爹否？"高愚溪道："问他怎的？"公差道："老伯伯指引一指引。一路问来，说道在此间，在下要见他一见，有些要紧说话。"高愚溪道："这是个老朽之人，寻他有甚么勾当？"公差道："福建巡按李爷③，山东沂州人，是他的门生。今去到任，迂道到此④，特特来访他，找寻两日了。"愚溪笑道："则我便是高广。"公差道："果然么？"愚溪指着壁间道："你不信，只看我这顶破纱帽。"公差晓得是实，叫声道："失敬了。"转身就走。愚溪道："你且说山东李爷叫甚么名字？"公差道："单讳着一个某字。"愚溪想了一想道："元来是此人。"公差道："老爹家里收拾一收拾，他等得不耐烦了。小的去禀，就来拜了。"公差访得的实，喜喜欢欢自去了。

　　高愚溪叫出侄儿高文明来，与他说知此事。高文明道："这是兴头的事，贵人来临，必有好处。伯伯当初怎么样与他相处起的？"愚溪道："当初吾在沂州做学正⑤，他是童生新进学，家里甚贫，出那拜见钱不起。有半年多了，不能够来尽礼。斋中两个同僚⑥，撺掇我出票去拿他，我只是不肯。后来访得他果贫，去唤他来见。是我一个做主，分文不要他的。斋中见我如此，也不好要得了。我见这人身虽寒俭，意气轩昂，模样又好，问他家里，连灯火之资多难处的。我倒助了他些盘费回去，又替他各处赞扬。第二年就有了一个好馆。在东昌时节，又府里荐了他。

──────────

　　①掉：丢下，留给。
　　②酒阑：谓酒筵将尽。
　　③巡按：明代派遣监察御史分赴各省巡视，考核吏治和审录罪囚，称为巡按。
　　④迂道：绕道。也作"迂途"。
　　⑤学正：明清州学教官，管理所属生员。
　　⑥斋：学斋，学舍。

归来这几时,不相闻了。后来见说中过进士,也不知在那里为官。我已是老迈之人,无意世事,总不记在心上,也不去查他了。不匡他不忘旧情,一直到此来访我。"高文明道:"这也是个好人了。"

正说之间,外边喧嚷起来,说一个大船泊将拢来了,一齐来看。高文明走出来,只见一个人拿了红帖,竟望门里直奔。高文明接了,拿进来看。高愚溪忙将古董衣服穿戴了,出来迎接。船舱门开处,摇摇摆摆,踱上个御史来。那御史生得齐整,但见:

> 胸蟠豸绣①,人避骢威②。揽辔想象澄清,停车动摇山岳。霜飞白简③,一笔里要管闲非;清比黄河④,满面上专寻不是。若不为学中师友谊,怎肯来林外野人家?

那李御史见了高愚溪,口口称为老师,满面堆下笑来,与他拱揖进来。李御史退后一步,不肯先走,扯得个高愚溪气喘不迭,涎唾鼻涕乱来。李御史带着笑,只是谦逊。高愚溪强不过,只得扯着袖子占先了些,一同行了,进入草堂之中。御史命设了毯子,纳头四拜,拜谢前日提携之恩。高愚溪还礼不迭。拜过,即送上礼帖,候敬十二两。高愚溪收下,整椅在上面。御史再三推辞,定要傍坐,只得左右相对。御史还不肯占上,必要愚溪右手高些才坐了⑤。御史提起昔日相与之情,甚是感谢,说道:"侥幸之后,日夕想报师恩,时刻在念。今幸适有此差,道由贵省,迂途来访。不想高居如此乡僻。"高愚溪道:"可怜,可怜。老朽那得有居?此乃舍侄之居,老朽在此趁住的。"御史道:"老师当初必定有居。"愚溪道:"老朽拙算⑥,祖居尽废。今无家可归,只得在此强颜度日。"说罢,不

---

① 胸蟠豸绣:指御史等监察、执法官所穿的绣有獬豸图案的官服。

② 骢威:指御史的威严。骢,青白色的马。东汉桓典为御史,执法严峻,常骑这种马,无所畏避。后用"骢马"借指御史。

③ 白简:弹劾官员的奏章。

④ 清比黄河:典出《宋史·包拯传》:"立朝刚毅,贵戚宦官为之敛手,闻者皆惮之。人以包拯笑比黄河清。"这里用包拯"笑比黄河清"称赞李御史刚正不阿。

⑤ 右手:古代崇尚右,以右手为高,为贵。

⑥ 拙算:不善于算计。

觉哽咽起来。老人家眼泪极易落的，扑的掉下两行来。御史恻然不忍，道："容门生到了地方，与老师设处便了①。"愚溪道："若得垂情，老朽至死不忘。"御史道："门生到任后，便着承差来相候②。"说够一个多时的话，起身去了。

愚溪送动身，看船开了，然后转来，将适才所送银子来看一看，对侄儿高文明道："此封银子，我侄可收去，以作老汉平日供给之费。"高文明道："岂有此理！供养伯伯是应得的，此银伯伯留下随便使用。"高愚溪道："一向打搅，心实不安。手中无物，只得觍颜过了③。今幸得门生送此，岂有累你供给了我，白收物事自用之理？你若不收我的，我也不好再住了。"高文明推却不得，只得道："既如此说，侄儿取了一半去，伯伯留下一半别用罢。"高愚溪依言，各分了六两。

自李御史这一来，闹动了太湖边上，把这事说了几日。女儿家知道了，见说送来银子分一半与侄儿了，有的不气干，道："光辉了他家④，又与他银子！"有的道："这些须银子也不见几时用，不要欣羡他！免得老厌物来家也够了，料没得再有几个御史来送银子。"各自唧哝不题。

且说李御史到了福建，巡历地方，祛蠹除奸⑤，雷厉风行，且是做得利害。一意行事，随你天大分上，挽回不来。三月之后，即遣承差到湖州公干，顺便赍书一封，递与高愚溪，约他到任所。先送程仪十二两⑥，教他收拾了，等承差公事已毕，就接了同行。高愚溪得了此言，与侄儿高文明商量，伯侄两个一同去走走。收拾停当，承差公事已完，来促起身。一路上多是承差支持，毫不费力，不二十日已到了省下。

此时察院正巡历漳州⑦。开门时节，承差进禀："请到了高师爷。"察

---

①设处：安排，处置。

②承差：衙门里承办各项差务的吏员。

③觍（tiǎn）颜：厚颜，羞愧。

④光辉：光荣，荣耀。

⑤祛蠹（qūdù）除奸：驱除贪腐祸害，消除奸佞。蠹：蛀虫。

⑥程仪：馈赠旅行者的财礼。

⑦察院：巡按察院的简称。指监察御史。漳州：明代为漳州府，今福建
　漳州市。

院即时送了下处，打轿出拜。拜时赶开闲人，叙了许多时说话。回到衙内，就送下程①，又分付办两桌酒，吃到半夜方散。外边见察院如此绸缪，那个不钦敬？府县官多来相拜，送下程，尽力奉承。大小官吏，多来掇臀捧屁②，希求看觑，把一个老教官抬在半天里。因而有求荐奖的，有求免参论的，有求出罪的，有求免赃的，多来钻他分上。察院密传意思，教且离了所巡境地，或在省下，或游武夷，已叮嘱了心腹府县。其有所托之事，钉好书札，附寄公文封筒进来，无有不依。

　　高愚溪在那里半年，直到察院将次复命③，方才收拾回家。总计所得，足足有二千余两白物。其余土产货物、尺头礼仪之类甚多④，真叫做满载而归。只这一番，比似先前自家做官时，倒有三四倍之得了。伯侄两人满心欢喜，到了家里，搬将上去。邻里之间，见说高愚溪在福建巡按处抽丰回来⑤，尽来观看。看见行李沉重，货物堆积，传开了一片，道："不知得了多少来家。"

　　三家女儿知道了，多着人来问安，又各说着要接到家里去的话。高愚溪只是冷笑，心里道："见我有了东西，又来亲热了。"接着几番，高愚溪立得主意定，只是不去。正是：

　　　　自从受了卖糖公公骗，至今不信口甜人。

这三家女儿，见老子不肯来，约会了一日，同到高文明家里来见高愚溪。个个多撺得笑起，说道："前日不知怎么样冲撞了老爹，再不肯到家来了。今我们自己来接，是必原到我每各家来住住。"高愚溪笑道："多谢，多谢。一向打搅得你们够了，今也要各自揣己⑥，再不来了。"三个女儿，你一句，我一句，说道："亲的只是亲，怎么这等见弃我们？"高愚溪不耐烦起来，走进房中，去了一会，手中拿出三包银子来，每包十两，每一个女儿与他一包，道："只此见我老人家之意。以后我也再不来相扰，你们

　　　———————————

　　①下程：旅途休息、住宿。这里指住宿费用。
　　②掇（duó）臀捧屁：指谄媚奉承，设法巴结讨好。
　　③将次：将要。
　　④尺头：绸缎衣料。
　　⑤抽丰：即"打秋风"。
　　⑥揣己：估量自己，自知之明。

也不必再来相缠了。"又拿一个柬帖来付高文明，就与三个女儿看一看。众人争上前看时，上面写道：

> 平日空囊，止有亲侄收养；今兹余囊，无用他姓垂涎！一生宦资已归三女，身后长物悉付侄儿①。书此为照。

女儿中颇有识字义者，见了此纸，又气忿，又没趣，只得各人收了一包，且自各回家里去了。

高愚溪罄将所有，尽交付与侄儿。高文明那里肯受，说道："伯伯留些防老，省得似前番缺乏了，告人更难②。"高愚溪道："前番分文没有时，你兀自肯白养我；今有东西与你了，倒怠慢我不成？我老人家心直口直，不作久计了，你收下我的，一家一计过去③，我到相安。休分彼此，说是你的我的。"高文明依言，只得收了。以后尽心供养，但有所需，无不如意。高愚溪到底不往女儿家去，善终于侄儿高文明之家。所剩之物尽归侄儿，也是高文明一点亲亲之念不衰，毕竟得所报也。

> 广文也有遇时人，自是人情有假真。
> 不遇门生能报德，何缘爱女复思亲？

---

①长物：多余的东西。
②告人：求人。
③一家一计：指一夫一妻的家庭生活或财产，引申为一家人。

卷二十七

伪汉裔夺妾山中　假将军还妹江上

诗云：

> 曾闻盗亦有道，其间多有英雄。
>
> 若逢真正豪杰，偏能掉臂于中①。

昔日宋相张齐贤②，他为布衣时，值太宗皇帝驾幸河北，上太平十策。太宗大喜，用了他六策，余四策斟酌再用。齐贤坚执道："是十策皆妙，尽宜亟用。"太宗笑其狂妄。还朝之日，对真宗道："我在河北得一宰相之才，名曰张齐贤，留为你他日之用。"真宗牢记在心，后来齐贤登进士榜，却中在后边。真宗见了名字，要拔他上前，争奈榜已填定，特旨：一榜尽赐及第。他日直做到宰相。

这个张相未遇时节，孤贫落魄，却倜傥有大度。一日偶到一个地方，投店中住止。其时适有一伙大盗劫掠归来，在此经过。下在店中造饭饮酒，枪刀森列，形状狰狞。居民恐怕拿住，东逃西匿，连店主多去躲藏。张相剩得一身在店内，偏不走避。看见群盗吃得正酣，张相整一整巾帻，岸然走到群盗面前，拱一拱手道："列位大夫请了，小生贫困书生，欲就大夫求一醉饱，不识可否？"群盗见了容貌魁梧，语言爽朗，便大喜道："秀才乃肯自屈，何不可之有？但是吾辈粗疏，恐怕秀才见笑耳。"即立起身来请张相同坐。张相道："世人不识诸君，称呼为盗，不知这盗非是龌龊儿郎做得的。诸君多是世上英雄，小生也是慷慨之士，今日幸得相遇，便当一同欢饮一番，有何彼此？"说罢，便取大碗斟酒，一饮而尽。群盗见他吃得爽利，再斟一碗来，也就一口吸干，连吃个三碗。又在桌上取过一盘猪蹄来，略擘一擘开，狼飧虎咽，吃个罄尽。群盗看了，皆大

---

① 掉臂：奋起。

② 张齐贤：字师亮，宋太祖幸西都，他以布衣身分陈十策。太宗时，主考官置张于下第，帝不悦，一榜尽赐及第。欲置张高第者，是宋太宗并非真宗。话本所述与史实不符。

惊异,共相希咤道:"秀才真宰相器量! 能如此不拘小节,决非凡品。他日做了宰相,宰制天下,当念吾曹为盗多出于不得已之情。今日尘埃中,愿先结纳,幸秀才不弃!"各各身畔将出金帛来赠,你强我赛,堆了一大堆。张相毫不推辞,一一简取,将一条索子捆缚了,携在手中,叫声聒噪,大踏步走出店去。此番所得倒有百金,张相尽付之酒家,供了好些时醺畅。只此一段气魄,在贫贱时就与人不同了。这个是胆能玩盗的,有诗为证:

　　　　等闲卿相在尘埃,大嚼无惭亦异哉!

　　　　自是胸中多磊落,直教剧盗也怜才①。

　　山东莱州府掖县有一个勇力之士邵文元,义气胜人,专要路见不平,拔刀相助。有人在知县面前谤他恃力为盗,知县初到,不问的实,寻事打了他一顿。及至知县朝觐入京②,才出境外,只见一人骑着马,跨着刀,跑至面前,下马相见。知县认得是邵文元,只道他来报仇,吃了一惊,问道:"你自何来?"文元道:"小人特来防卫相公入京,前途剧贼颇多,然闻了小人之名,无不退避的。"知县道:"我无恩于你,你怎倒有此好心?"文元道:"相公前日戒训小人,也只是要小人学好。况且相公清廉,小人敢不尽心报效?"知县心里方才放了一个大疙瘩。文元随至中途,别了自去,果然绝无盗警。

　　一日出行,过一富翁之门,正撞着强盗四十余人在那里打劫他家。将富翁捆缚住,着一个强盗将刀加颈,吓他道:"如有官兵救应,即先下手!"其余强盗尽劫金帛。富翁家里有一个钱堆,高与屋齐,强盗算计拿他不去,尽笑道:"不如替他散了罢。"号召居民,多来分钱。居民也有怕事的不敢去,也有好事的去看光景,也有贪财大胆的拿了家伙,称心的兜取,弄得钱满阶墀。邵文元闻得这话,要去玩弄这些强盗,在人丛中侧着肩膊,挨将进去,高声叫道:"你们做甚的? 做甚的?"众人道:"强盗多着哩,不要惹事!"文元走到邻家,取一条铁叉,立在门内,大叫道:"邵文元在此! 你们还了这家银子,快散了罢!"富翁听得,恐怕强盗见有救

_____

　　①剧盗:大盗。

　　②朝觐:臣子朝见皇帝。

应,即要动刀,大叫道:"壮士快不要来! 若来,先杀我了。"文元听得,权且走了出来。

群盗齐把金银装在囊中,驮在马背上,有二十驮,仍绑押了富翁,送出境外二十里,方才解缚。富翁披发狼狈而归。谁知文元自出门外,骑着马即远远随来,看见富翁已回,急鞭马追赶。强盗见是一个人,不以为意。文元喝道:"快快把金银放在路傍! 汝等认得邵文元否?"强盗闻其名,正慌张未答。文元道:"汝等迟迟,且着你看一个样!"飕的一箭,已把内中一个射下马来死了。众盗大惊,一齐下马跪在路傍,告求饶命。文元喝道:"留下东西,饶你命去罢!"强盗尽把囊物丢下,空身上马,逃遁而去。文元就在人家借几匹马,负了这些东西,竟到富翁家里,一一交还。富翁迎着,叩头道:"此乃壮士出力夺来之物,已不是我物了。愿送至君家,吾不敢吝。"文元怒叱道:"我哀怜你家横祸,故出力相助,吾岂贪私邪!"尽还了富翁,不顾而去①。这个是力能制盗的,有诗为证:

　　白昼探丸势已凶②,不堪壮士笑谈中。

　　挥鞭能返相如璧③,尽却酬金更自雄。

再说一个见识能作弄强盗的汪秀才,做回正话。看官要知这个出处,先须听我《潇湘八景》:

　　云暗龙堆古渡,湖连鹿角平田。薄暮长杨垂首,平明秀麦齐肩。人羡春游此日,客愁夜泊如年。——《潇湘夜雨》

---

①顾:回头,回看。

②探丸:典出《汉书·尹赏传》:长安少年群起杀奸滑吏报仇,相与摸取弹丸,得赤丸者砍武吏,得黑丸者砍文吏,白丸者主治丧。后用"探丸"喻游侠杀人报仇。

③相如璧:这里用战国蔺相如完璧归赵的故事,赞扬文元夺回盗贼劫取财物,使之归还原主。

湘妃初理云鬟①，龙女忽开晓镜②。银盘水面无尘，玉魄天心相映③。一声铁笛风清，两岸画阑人静。——《洞庭秋月》

八桂城南路杳④，苍梧江月音稀。昨夜一天风色，今朝百道帆飞。对镜且看妾面，倚楼好待郎归。——《远浦归帆》

湖平波浪连天，水落汀沙千里。芦花冷淡秋容，鸿雁差池南徙。有时小棹经过，又遣几群惊起。——《平沙落雁》

轩帝洞庭声歇⑤，湘灵宝瑟香销⑥。湖上长烟漠漠，山中古寺迢迢。钟击东林新月，僧归野渡寒潮。——《烟屿晚钟》

湖头俄顷阴晴，楼上徘徊晚眺。霏霏雨障轻过，闪闪夕阳回照。渔翁东岸移舟，又向西湾垂钓。——《渔村夕阳》

石港湖心野店，板桥路口人家。少妇筐中麦芟，村翁筒里鱼虾。蜃市依稀海上⑦，岚光咫尺天涯。——《山市晴岚》

陇头初放梅花，江面平铺柳絮。楼居万玉丛中，人在水晶深处。一天素幔低垂，万里孤舟归去。——《江天暮雪》

此八词多道着楚中景致，乃一浙中缙绅所作。楚中称道此词颇得真趣，人人传诵的。这洞庭湖八百里，万山环列，连着三江⑧，乃是盗贼渊薮⑨。国初时，伪汉陈友谅据楚称王⑩，后为太祖所灭。今其子孙住居

①湘妃：舜的两个妃子娥皇、女英。相传舜死，二妃投于湘水，成为湘水之神。

②龙女：传说中洞庭龙君的小女儿。

③玉魄：指月亮。

④八桂：广西的代称。

⑤轩帝：即黄帝轩辕氏。

⑥湘灵：传说中的湘水女神。《楚辞·远游》："使湘灵鼓瑟兮，令海若舞冯夷。"

⑦蜃市：即海市蜃楼。因光的折射而形成的一种自然景观。

⑧三江：指长江、湘江、沅江。见郭璞《山海经注》。

⑨盗贼渊薮：盗贼集中的地方。

⑩陈友谅：元末沔阳（今属湖北）渔家子。曾参加徐寿辉红巾军，旋杀徐称帝，国号汉。后与朱元璋兵战，中箭死。

瑞昌、兴国之间①，号为柯陈，颇称蕃衍。世世有勇力出众之人，推立一个为主，其族负险善斗，劫掠客商。地方有亡命无赖，多去投入伙中。官兵不敢正眼觑他，虽然设立有游击、把总等巡游武官②，提防地方非常事变，却多是与他们豪长通同往来。地方官不奈他何的，宛然宋时梁山泊光景③。

　　且说黄州府黄冈县有一个汪秀才④，身在黉宫⑤，家事富厚，家僮数十，婢妾盈房。做人倜傥不羁，豪侠好游。又兼权略过人，凡事经他布置，必有可观，混名称他为汪太公，盖比他吕望一般智术⑥。他房中有一爱妾，名曰回风，真个有沉鱼落雁之容，闭月羞花之貌，更兼吟诗作赋，驰马打弹，是少年场中之事，无所不能。汪秀才不惟宠冠后房，但是游行再没有不带他同走的。怎见得回风的标致？

　　　　云鬟轻梳蝉翼，翠眉淡扫春山⑦。朱唇缀一颗樱桃，皓齿排两行碎玉。花生丹脸，水剪双眸。意态自然，技能出众。直教杀人壮士回头觑，便是入定禅师转眼看⑧。

　　一日，汪秀才领了回风来到岳州⑨，登了岳阳楼⑩，望着洞庭浩渺，

----

①瑞昌：明代江西九江府属县，今属江西省。兴国：明代湖广行省武昌府府属县，今湖北阳新县。
②游击：即游击将军，地位次于参将。也称"游府"。把总：各地领兵的统兵官。地位在参将，守备之下。
③梁山泊：在今山东东平、郓城等地间，梁山脚下。《水浒传》中英雄宋江等结寨于此。
④黄冈：明代为湖广行省黄州府属县，今属湖北省。
⑤身在黉（hóng）宫：指进学考上了秀才。
⑥吕望：即周初贤臣吕尚，又称姜太公。
⑦春山：春日山色黛青，喻女子的画眉。
⑧入定：指高僧进入专注意念冥想不动的禅定状态。
⑨岳州：明代为湖广行省岳州府，治所在今湖南岳阳。
⑩岳阳楼：湖南岳阳西门楼，正对洞庭湖，遥望君山在今湖南岳阳市，下瞰洞庭湖，景色雄浑壮丽。

巨浪拍天。其时冬月水落,自楼上望君山隔不多些水面①。遂出了岳州南门,挐舟而渡。不上数里,已到山脚。顾了肩舆,与回风同行十余里,下舆谒湘君祠②。右数十步,榛莽中有二妃冢③。汪秀才取酒来与回风各酹一杯。步行半里,到崇胜寺之外④,三个大字是"有缘山"⑤。汪秀才不解,回风笑道:"只该同我们女眷游的,不然何称有缘?"汪秀才去问僧人,僧人道:"此处山灵,妒人来游。每将渡,便有恶风浊浪阻人。得到此地者,便是有缘,故此得名。"汪秀才笑对回风道:"这等说来,我与你今日到此,可谓侥幸矣。"其僧遂指引汪秀才许多胜处,说有:

> 轩辕台⑥,乃黄帝铸鼎于此;酒香亭⑦,乃汉武帝得仙酒于此;朗吟亭⑧,乃吕仙遗迹;柳毅井⑨,乃柳毅为洞庭君女传书处。

汪秀才别了僧人,同了回风,由方丈侧出去,登了轩辕台。凭阑四顾,水天一色,最为胜处。又左侧过去,是酒香亭。绕出山门之左,登朗吟亭。

---

① 君山:在岳阳西南洞庭湖中,故称洞庭山。在洞庭湖中,相传为湘妃游处,故又称湘山。

② 湘君祠:即湘妃祠。位于君山东侧,祭祀舜帝二妃。

③ 二妃冢:又名湘妃墓,在君山东麓山脚下。传说舜南巡死于苍梧之野,其妻娥皇、女英奔丧,悲恸而死,葬于此。绕墓四周,长满斑竹,因二妃痛哭,挥泪洒在竹上所致。

④ 崇胜寺:位于君山山麓龙口,建于晋代,为湘北第一佛教名寺。咸丰三年(1853)被太平天国烧毁,经修复后,解放前夕又遭毁坏。

⑤ 有缘山:据《巴陵县志》载:"山名有缘,盖山灵如妒人游,每将渡辄以恶风浊浪拒人回舟,故以得至者为有缘。"

⑥ 轩辕台:在君山顶上,传说是黄帝铸鼎之处。黄帝号轩辕,因而得名。

⑦ 酒香亭:在君山西南酒香山上。据北宋范致明《岳阳风土记》中引《湘州记》云:"君山上有美酒数斗,得饮之不死即为神仙。汉武帝闻之,斋七日,遣栾巴将童男女数十人求之,果得酒。"后人在此建亭。后亭废,1981年在原遗址复建。

⑧ 朗吟亭:在君山龙口朗吟山头,传说吕洞宾每次游岳阳,均到君山吟诗,因有"朗吟飞过洞庭湖"的诗句,故以名朗吟亭。毁于抗战时期,1981年依旧址恢复。

⑨ 柳毅井:古称桔井。在君山龙口附近,相传是唐代书生柳毅为龙女传书进入洞庭龙宫的地方。今井系1979年重修。

再下柳毅井,旁有传书亭,亭前又有刺橘泉许多古迹。正游玩间,只见山脚下走起一个大汉来,仪容甚武,也来看玩。回风虽是遮遮掩掩,却没十分好躲避处。那大汉看见回风美色,不转眼的上下瞟觑,跟定了他两人,步步傍着不舍。

汪秀才看见这人有些尴尬,急忙下山。将到船边,只见大汉也下山来,口里一声胡哨,左近一只船中吹起号头答应,船里跳起一二十彪形大汉来,对岸上大汉声诺。大汉指定回风道:"取了此人献大王去!"众人应一声,一齐动手,犹如鹰拿燕雀,竟将回风抢到那只船上,拽起满蓬,望洞庭湖中而去。汪秀才只叫得苦。这湖中盗贼去处,窟穴甚多,竟不知是那一处的强人弄的去了。凄凄惶惶,双出单回,甚是苦楚。正是:

> 不知精爽落何处,疑是行云秋水中。

汪秀才眼看爱姬失去,难道就是这样罢了!他是个有擘划的人①,即忙着人四路找听,是省府州县闹热市镇去处,即贴了榜文:"但有知风来报的,赏银百两。"各处传遍道汪家失了一妾,出着重赏招票。从古道:重赏之下,必有勇夫。汪秀才一日到省下来,有一个都司向承勋是他的相好朋友②,摆酒在黄鹤楼请他③。饮酒中间,汪秀才凭栏一望,见大江浩渺,云雾苍茫,想起爱妾回风不知在烟水中那一个所在,投袂而起,亢声长歌苏子瞻《赤壁》之句云:"渺渺兮予怀,望美人兮天一方。"歌之数回,不觉潸然泪下。向都司看见,正要请问,旁边一个护身的家丁慨然向前道:"秀才饮酒不乐,得非为家姬失去否?"汪秀才道:"汝何以知之?"家丁道:"秀才遍榜街衢,谁不知之? 秀才但请与我主人尽欢,管还秀才一个下落。"汪秀才纳头便拜道:"若得知一个下落,百觥也不敢

---

①擘(bò)划:筹划,安排。

②都司:明代都指挥使司为一省掌兵权的最高机关,简称都司。这里代指都指挥使。

③黄鹤楼:故址在今湖北武汉蛇山的黄鹤矶头,今于高观山重建。相传费祎飞升于此,后乘黄鹤来归,故名。

辞①。"向都司道："为一女子，直得如此着急？且满饮三大卮②，教他说明白。"汪秀才即取大卮过手，一气吃了三巡。再斟一卮，奉与家丁道："愿求壮士明言，当以百金为寿③。"家丁道："小人是兴国州人，住居阖闾山下④，颇知山中柯陈家事体。为头的叫做柯陈大官人，有几个兄弟，多有勇力，专在江湖中做私商勾当。他这一族最大，江湖之间各有头目，惟他是个主。前日闻得在岳州洞庭湖劫得一美女回来，进与大官人，甚是快活，终日饮酒作乐。小人家里离他不上十里路，所以备细得知。这个必定是秀才家里小娘子了。"汪秀才道："我正在洞庭湖失去的，这消息是真了。"向都司便道："他这人慷慨好义，虽系草窃之徒，多曾与我们官府往来。上司处也私有进奉，盘结深固，四处响应，不比其他盗贼可以官兵缉拿得的。若是尊姬被此处弄了去，只怕休想再合了。天下多美妇人，仁兄只宜丢开为是。且自畅饮，介怀无益。"汪秀才道："大丈夫生于世上，岂有爱姬被人所据，既已知下落不能用计夺转来的？某虽不才，誓当返此姬，以博一笑。"向都司道："且看仁兄大才，谈何容易！"当下汪秀才放下肚肠，开怀畅饮而散。

次日，汪秀才即将五十金送与向家家丁，以谢报信之事。就与都司讨此人去做眼，事成之后，再奉五十金，以凑百两。向都司笑汪秀才痴心，立命家丁到汪秀才处，听凭使用，看他怎么作为。家丁接了银子，千欢万喜，头颠尾颠，巴不得随着他使唤了。就向家丁问了柯陈家里弟兄名字，汪秀才胸中算计已定，写下一状，先到兵巡衙门去告⑤。兵巡看状，见了柯陈大等名字，已自心里虚怯。对这汪秀才道："这不是好惹的，你无非只为一妇女小事，我若行个文书下去，差人拘拿对理，必要激起争端，致成大祸，决然不可。"汪秀才道："小生但求得一纸牒文，自会

---

①觥（gōng）：古代用兽角做成的饮酒器皿。椭圆或方形，圈足或四足，觥盖呈兽头形。

②卮（zhī）：古代盛酒的器皿，圆形，容量四升。

③为寿：席间向尊长敬酒或奉送财礼。

④阖闾山：在兴国州（今湖北阳新县）南。清顾祖禹《读史方舆纪要》："又阖闾山，在州南九十里，相传子胥屯兵处。"

⑤兵巡：即兵备道，即分巡道中兼管兵备的官，一般由兵备佥事担任。

去与他讲论曲直,取讨人口,不须大人的公差,也不到得与他争竞,大人可以放心。"兵巡见他说得容易,便道:"牒文不难,即将汝状判准,排号用印,付汝持去就是了。"汪秀才道:"小生之意,也只欲如此,不敢别求多端。有此一纸,便了了一桩公事来回复。"兵巡似信不信,分付该房如式端正①,付与汪秀才。

汪秀才领了此纸,满心欢喜,就像爱姬已取到手了一般的。来见向都司道:"小生词已准,来求将军助一臂之力。"都司摇头道:"若要我们出力,添拨兵卒,与他厮斗,这决然不能。"汪秀才道:"但请放心,多用不着,我自有人。只那平日所驾江上楼船②,要借一只,巡江哨船③,要借二只。与平日所用伞盖旌旗冠服之类,要借一用。此外不劳一个兵卒相助,只带前日报信的家丁去就够了。"向都司道:"意欲何为?"汪秀才道:"汉家自有制度④,此时不好说得,做出便见。"向都司依言,尽数借与汪秀才。汪秀才大喜,罄备了一个多月粮食,唤集几十个家人,又各处借得些号衣⑤,多打扮了军士,一齐到船上去撑驾开江。鼓吹喧阗,竟像武官出汛一般⑥。有诗为证:

　　舳舻千里传赤壁⑦,此日江中行画鹢⑧。

　　将军汉号是楼船,这回投却班生笔⑨。

汪秀才驾了楼船,领了人从,打了游击牌额,一直行到阖闾山江口来。未到岸四五里,先差一只哨船载着两个人前去。一个是向家家丁,一个

----

①端正:安排。

②楼船:有楼的大船。多用作战船。一般为主将乘坐。

③哨船:巡逻警戒的船只。

④汉家:犹言汉朝,汉室。这里汪秀才等自比。

⑤号衣:旧时兵卒、差役等所穿的制服。

⑥出汛:出巡军队驻防的地段。

⑦舳舻(zhú lú):指前后首尾相连的船。

⑧画鹢(yì):船的美称。

⑨投却班生笔:汉代班超投笔从戎。

是心腹家人汪贵,拿了一张硬牌①,去叫齐本处地方居民,迎接新任提督
江洋游击②。就带了几个红帖,把汪姓去了一画,帖上写名江万里,竟去
柯陈大官人家投递,几个兄弟,每人一个帖子,说新到地方的官,慕大名
就来相拜。两人领命去了。汪秀才分付船户,把船漫漫自行。且说向
家家丁是个熟路,得了汪家重赏,有甚不依他处?领了家人汪贵一同下
在哨船中了,顷刻到了岸边,掮了硬牌上岸,各处一说。多晓得新官船
到,整备迎接。家丁引了汪贵同到一个所在,元来是一座庄子。但见:

> 冷气侵人,寒风扑面。三冬无客过,四季少人行。团团苍桧若
> 龙形,郁郁青松如虎迹。已升红日,庄门内鬼火荧荧;未到黄昏,古
> 涧边悲风飒飒。盆盛人酢酱,板盖铸钱炉。暮闻一阵血腥来,元是
> 强人居止处。

家丁原是地头人③,多曾认得柯陈家里的,一径将帖儿进去报了。柯陈
大官人认得向家家丁是个官身,有甚么疑心?与同兄弟柯陈二、柯陈三
等会集,商议道:"这个官府甚有吾每体面,他既以礼相待,我当以礼接
他。而今吾每办了果盒,带着羊酒,结束鲜明④,一路迎将上去。一来见
我每有礼体,二来显我每弟兄有威风。看他举止如何,斟酌待他的厚薄
就是了。"商议已定,外报游府船到江口,一面叫轿夫打轿拜客,想是就
起来了。柯陈弟兄果然一齐戎装,点起二三十名喽罗,牵羊担酒,擎着
旗幡,点着香烛,迎出山来。

　　汪秀才船到泊里,把借来的纱帽红袍穿着在身,叫齐轿夫,四抬四
插抬上岸来⑤。先是地方人等声喏已过,柯陈兄弟站着两傍,打个躬,在
前引导,汪秀才分付一径抬到柯陈家庄上来。抬到厅前,下了轿,柯陈
兄弟忙掇一张坐椅摆在中间。柯陈大开口道:"大人请坐,容小兄弟拜

---

①硬牌:王古鲁注云:旧制,官府到达前,必遣前站捐本版先行,通知地方官
　绅人等迎接。
②提督江洋游击:指管理江防事务的游击将军。
③地头人:当地人。
④结束:穿戴,打扮。
⑤四抬四插:指八人抬的大轿。四个轿夫抬轿,另四个轿夫扶轿杠(叫做
　"插"),轮流替换。

见。"汪秀才道:"快不要行礼,贤昆玉多是江湖上义士好汉①,下官未任之时,闻名久矣。今幸得守此地方,正好与诸公义气相与,所以特来奉拜。岂可以官民之礼相拘? 只是个宾主相待,倒好久长。"柯陈兄弟跪将下去,汪秀才一手扶起,口里连声道:"快不要这等,吾辈豪杰不比寻常,决不要拘于常礼。"柯陈兄弟谦逊一回,请汪秀才坐下,三人侍立。汪秀才急命取坐来。分左右而坐。柯陈兄弟道游府如此相待,喜出非常,急忙治酒相款。汪秀才解带脱衣,尽情欢致,猜拳行令,不存一毫形迹。行酒之间,说着许多豪杰勾当,掀拳裸袖,只恨相见之晚。柯陈兄弟不唯心服,又且感恩,多道:"若得恩府如此相待,我辈赤心报效,死而无怨。江上有警,一呼即应,决不致自家作孽②,有负恩府青目。"汪秀才听罢,越加高兴,接连百来巨觥,引满不辞③,自日中起,直饮至半夜,方才告别下船。此一日算做柯陈大官人的酒。第二日就是柯陈二做主,第三日就是柯陈三做主,各各请过。柯陈大官人又道:"前日是仓卒下马,算不得数。"又请吃了一口酒,俱有金帛折席④。汪秀才多不推辞,欣然受了。

　　酒席已完,回到船上,柯陈兄弟多来谢拜。汪秀才留住在船上,随命治酒相待。柯陈兄弟推辞道:"我等草泽小人⑤,承蒙恩府不弃,得献酒食,便为大幸,岂敢上叨赐宴?"汪秀才道:"礼无不答,难道只是学生叨扰,不容做个主人还席的? 况我辈相与,不必拘报施常规。前日学生到宅上,就是诸君作主。今日诸君见顾,就是学生做主。逢场作戏,有何不可!"柯陈兄弟不好推辞。早已排上酒席,摆设已完。汪秀才定席已毕,就有带来一班梨园子弟,上场做戏。做的是《桃园结义》《千里独

①贤昆玉:称人兄弟的敬辞。
②作孽:指做坏事、造孽。
③引满:斟酒满杯而饮。
④金帛折席:用金帛抵充酒席。实际是借此名义向人送金钱。
⑤草泽:草野,民间。

行》许多豪杰襟怀的戏文①。柯陈兄弟多是山野之人，见此花哄②，怎不贪看？岂知汪秀才先已密密分付行船的，但听戏文锣鼓为号，即便魆地开船。趁着月明，沿流放去，缓缓而行，要使舱中不觉。行来数十余里，戏文方完。兴未肯阑，仍旧移席团坐，飞觞行令。乐人清唱，劝酬大乐。

汪秀才晓得船已行远，方发言道："学生承诸君见爱，如此倾倒，可谓极欢。但胸中有一件小事，甚不便于诸君，要与诸君商量一个长策。"柯陈兄弟愕然道："不知何事，但请恩府明言，愚兄弟无不听令。"汪秀才叫从人掇一个手匣过来，取出那张榜文来捏在手中，问道："有一个汪秀才告着诸君，说道劫了他爱妾，有此事否？"柯陈兄弟两两相顾，不好隐得。柯陈大回言道："有一女子在岳州所得，名曰回风，说是汪家的。而今见在小人处，不敢相瞒。"汪秀才道："一女子是小事，那汪秀才是当今豪杰，非凡人也。今他要去上本奏请征剿，先将此状告到上司，上司密行此牒，托与学生勾当此事。学生是江湖上义气在行的人，岂可兴兵动卒前来搅扰？所以邀请诸君到此，明日见一见上司，与汪秀才质证那一件公事。"柯陈兄弟见说，惊得面如土色，道："我等岂可轻易见得上司？一到公庭，必然监禁，好歹是死了！"人人思要脱身，立将起来，推窗一看，大江之中，烟水茫茫，既无舟楫，又无崖岸，巢穴已远，救应不到，再无个计策了。正是：

　　有翅膀飞腾天上，有鳞甲钻入深渊。
　　　既无窟地升天术，目下灾殃怎得延？

柯陈兄弟明知着了道儿③，一齐跪下道："恩府救命则个。"汪秀才道："到此地位，若不见官，学生难以回覆；若要见官，又难为公等。是必从长计较，使学生可销得此纸，就不见官罢了。"柯陈兄弟道："小人愚

①《桃园结义》、《千里独行》：演刘、关、张桃园结义和关云长千里独行的故事。原书此句上眉批云："必是弋阳腔。"这两出戏或出于弋阳腔《桃园记》和《古城记》传奇。戏文：宋元时用南曲演唱的戏曲形式，即"南戏"。浙江等地也泛称戏曲为戏文。明何良俊《四友斋丛说》卷三十七："金元人呼北戏为杂剧，南戏为戏文。"
②花哄：犹言热闹。
③着了道儿：上了圈套。

昧,愿求恩府良策。"汪秀才道:"汪生只为一妾着急,今莫若差一只哨船飞棹到宅上,取了此妾来船中。学生领去,当官交付还了他,这张牒文可以立销,公等可以不到官了。"柯陈兄弟道:"这个何难!待写个手书与当家的,做个执照,就取了来了。"汪秀才道:"事不宜迟,快写起来。"柯陈大写下执照,汪秀才立唤向家家丁与汪贵两个到来。他一个是认得路的,一个是认得人的,悄地分付。付与执照,打发两只哨船一齐棹去,立等回报。船中且自金鼓迭奏,开怀吃酒。柯陈兄弟见汪秀才意思坦然,虽觉放下了些惊恐,也还心绪不安,牵筋缩脉。汪秀才只是一味豪兴,谈笑洒落,饮酒不歇。

候至天明,两只哨船已此载得回风小娘子,飞也似的来报,汪秀才立教请过船来。回风过船,汪秀才大喜,叫一壁厢房舱中去,一壁厢将出四锭银子来,两个去的人各赏一锭,两船上各赏一锭,众人齐声称谢。分派已毕,汪秀才再命斟酒三大觥,与柯陈兄弟作别道:"此事已完,学生竟自回覆上司,不须公等在此了。就此请回。"柯陈兄弟感激,称谢救命之恩。汪秀才把柯陈大官人须髯将一将道:"公等果认得汪秀才否?我学生便是。那里是甚么新升游击,只为不舍得爱妾,做出这一场把戏。今爱妾仍归于我,落得与诸君游宴数日,备极欢畅,莫非结缘。多谢诸君,从此别矣!"柯陈兄弟如梦初觉,如醉方醒,才放下心中疙搭,不觉大笑道:"元来秀才诙谐至此,如此豪放不羁,真豪杰也!吾辈粗人,幸得陪侍这几日,也是有缘。小娘子之事,失于不知,有愧!有愧!"各解腰间所带银两出来,约有三十余两,赠与汪秀才道:"聊以赠小娘子添妆。"汪秀才再三推却不得,笑而受之。柯陈兄弟求差哨船一送。汪秀才分付送至通岸大路,即放上岸。柯陈兄弟殷勤相别,登舟而去。

汪秀才房船中唤出回风来,说前日惊恐的事,回风呜咽告诉。汪秀才道:"而今仍归吾手,旧事不必再提,且吃一杯酒压惊。"两人如渴得浆,吃得尽欢,遂同宿于舟中。

次日起身,已到武昌马头上。来见向都司道:"承借船只家伙等物,今已完事，一一奉还。"向都司道："尊姬已如何了？"汪秀才道："叨仗尊庇①，已在舟中了。"向都司道："如何取得来？"汪秀才把假妆新任拜他赚他的话，备细说了一遍，道："多在尊使肚里，小生也仗尊使之力不浅。"向都司道："有此奇事，真正有十二分胆智，才弄得这个伎俩出来。仁兄手段，可以行兵。"当下汪秀才再将五十金送与向家家丁，完前日招票上许出之数。另雇下一船，装了回风小娘子，再与向都司讨了一只哨船护送，并载家僮人等。

　　安顿已定，进去回覆兵巡道，缴还原牒。兵巡道问道："此事已如何了，却来缴牒？"汪秀才再把始终之事，备细一禀。兵巡道笑道："不动干戈，能入虎穴，取出人口，真奇才奇想！秀才他日为朝廷所用，处分封疆大事②，料不难矣。"大加赏叹。汪秀才谦谢而出，遂载了回风，还至黄冈。黄冈人闻得此事，尽多惊叹道："不枉了汪太公之名，真不虚传也！"有诗为证：

　　　　自是英雄作用殊，虎狼可狎与同居。
　　　　不须窃伺骊龙睡，已得探还颔下珠③。

---

①叨（tāo）仗：谦辞，意为承受，承蒙。

②处分封疆大事：指可以担任封疆大吏，管理一个地区的军政事务。

③"不须窃伺骊龙睡"二句：相传骊龙藏于九重深渊，其颔下长有一颗千金之珠，只有等骊龙熟睡，才能将那颗宝珠摘来。见《庄子·列御寇》。这两句说明汪秀才智勇过人，深入贼巢夺出回风。

卷二十八

程朝奉单遇无头妇　王通判双雪不明冤

诗云：

> 人命关天地，从来有报施。
>
> 其间多幻处，造物显其奇。

话说湖广黄州府有一地方①，名曰黄圻嶂，最产得好瓜。有一老圃②，以瓜为业，时时手自灌溉，爱惜倍至。圃中诸瓜，独有一颗结得极大，块垒如斗。老圃特意留着，待等味熟，要献与豪家做孝顺的。一日，手中持了锄头，去圃中掘菜，忽见一个人掩掩缩缩在那瓜地中。急赶去看时，乃是一个乞丐，在那里偷瓜吃，把个篱芭多扒开了。仔细一认，正不见了这颗极大的，已被他打碎，连瓤连子，在那里乱啃。老圃见偏摘掉了加意的东西，不觉怒从心上起，恶向胆边生，提起手里锄头，照头一下。却元来不禁打，打得脑浆迸流，死于地下。老圃慌了手脚，忙把锄头锄开一楞地来③，把尸首埋好，上面将泥铺平。且喜是个乞丐，并没个亲人来做苦主讨命④，竟没有人知道罢了。

到了明年，其地上瓜愈盛，仍旧一颗独结得大，足抵得三四个小的，也一般加意爱惜，不肯轻采。偶然县官衙中有个害热渴的，想得个大瓜清解。各处买来，多不中意，累那买办衙役比较了几番。衙役急了，四处寻访。见说老圃瓜地专有大瓜，遂将钱与买。进圃选择，果有一瓜，比常瓜大数倍。欣然出了十个瓜的价钱买了去，送进衙中。衙中人大喜，见这个瓜大得异常，集了众人共剖。剖将开来，瓤水乱流。多嚷道："可惜好大瓜，是烂的了。"仔细一看，多把舌头伸出，半晌缩不进去。你

---

①湖广：指湖南、湖北。湖广：即明代湖广行省，指湖南、湖北地区。黄州府：治所在今湖北黄冈县。

②老圃：这里指老瓜农。

③一楞地：一块地。

④苦主：指被害人的亲属。

道为何？元来满桌多是鲜红血水，满鼻是血腥气的。众人大惊，禀知县令。县令道："其间必有冤事。"遂叫那买办的来问道："这瓜是那里来的？"买办的道："是一个老圃家里地上的。"县令道："他怎生法儿养得这瓜恁大？唤他来，我要问他。"

买办的不敢稽迟①，随去把个老圃唤来当面。县令问道："你家的瓜，为何长得这样大？一圃中多是这样的么？"老圃道："其余多是常瓜，只有这颗，不知为何恁大。"县令道："往年也这样结一颗儿么？"老圃道："去年也结一颗，没有这样大，略比常瓜大些。今年这一颗大得古怪，自来不曾见这样。"县令笑道："此必异种，他的根毕竟不同，快打轿，我亲去看。"当时抬至老圃家中，叫他指示结瓜的处所。县令教人取锄头掘将下去，看他根是怎么样的。掘不多深，只见这瓜的根在泥土中，却像种在一件东西里头的。扒开泥土一看，乃是个死人的口张着，其根直在里面出将起来。众人发声喊，把锄头乱挖开来，一个死尸全见。县令叫挖开他口中，满口尚是瓜子。县令叫把老圃锁了，问其死尸之故。老圃赖不得，只得把去年乞丐偷瓜吃、误打死了埋在地下的事，从实说了。县令道："怪道这瓜瓢内的多是血水，元来是这个人冤气所结。他一时屈死，膏液未散，滋长这一棵根苗来。天教我衙中人渴病，拣选大瓜，得露出这一场人命。乞丐虽贱，生命则同，总是偷窃，不该死罪，也要抵偿。"把老圃问成殴死人命绞罪，后来死于狱中。

可见人命至重，一个乞丐死了，又没人知见的，埋在地下，已是一年，又如此结出异样大瓜来弄一个明白，正是天理昭彰的所在。而今还有一个，因这一件事，露出那一件事来，两件不明不白的官司，一时显露。说着也古怪。有诗为证：

　　从来见说没头事，此事没头真莫猜。

　　及至有时该发露，一头弄出两头来。

话说国朝成化年间②，直隶徽州府有一个富人姓程③。他那边土

───────────

①稽迟：迟延，滞留。

②成化：明宪宗朱见深的年号（1465—1487）。

③徽州府：明代为南直隶所属府，治所在今安徽省歙县。

俗，但是有资财的，就呼为朝奉。盖宋时有朝奉大夫，就像称呼富人为员外一般，总是尊他。这个程朝奉拥着巨万家私，真所谓饱暖生淫欲，心里只喜欢的是女色。见人家妇女生得有些姿容的，就千方百计，必要弄他到手才住。随你费下几多东西，他多不吝，只是以成事为主。所以花费的也不少，上手的也不计其数。自古道天道祸淫①，才是这样贪淫不歇，便有希奇的事体做出来，直教你破家辱身，急忙分辨得来，已吃过大亏了，这是后话。

且说徽州府岩子街有一个卖酒的，姓李，叫做李方哥。有妻陈氏，生得十分娇媚，丰采动人。程朝奉动了火，终日将买酒为由，甜言软语哄动他夫妻二人。虽是缠得熟分了，那陈氏也自正正气气，一时也勾搭不上。程朝奉道："天下的事，惟有利动人心。这家子是贫难之人，我拚舍着一主财，怕不上我的钩？私下钻求，不如明买。"一日对李方哥道："你一年卖酒得利多少？"李方哥道："靠朝奉福荫，借此度得夫妻两口，便是好了。"程朝奉道："有得赢余么？"李方哥道："若有得一两二两赢余，便也留着些做个根本，而今只好绷绷拽拽②，朝升暮合过去③，那得赢余？"程朝奉道："假如有个人帮你十两五两银子做本钱，你心下何如？"李方哥道："小人若有得十两五两银子，便多做些好酒起来，开个兴头的槽坊④。一年之间度了口，还有得多。只是没寻那许多东西，就是有人肯借，欠下了债，要赔利钱，不如守此小本经纪罢了。"朝奉道："我看你做人也好，假如你有一点好心到我，我便与你二三十两，也不打紧。"李方哥道："二三十两是朝奉的毫毛，小人得了，却一生一世受用不尽了。只是朝奉怎么肯？"朝奉道："肯到肯，只要你好心。"李方哥道："教小人怎么样的才是好心？"朝奉笑道："我喜欢你家里一件物事，是不费你本钱的，我借来用用，仍旧还你。若肯时，我即时与你三十两。"李

---

① 天道祸淫：语出《尚书·汤诰》。"天道福善祸淫。"蔡沈集传："天之道，善者福之，淫者祸之。"意为淫逸过度，天就要降以灾祸。

② 绷绷拽拽：勉强维持。

③ 朝升暮合(gě)：指零碎买粮食。形容生活艰难，勉强度日。升、合，均为量粮食的器具。十合为一升。

④ 槽坊：酿酒的作坊。

方哥道："我家里那里有朝奉用得着的东西？况且用过就还，有甚么不奉承了朝奉，却要朝奉许多银子？"朝奉笑道："只怕你不肯。你肯了，又怕你妻子不舍得。你且两个去商量一商量，我明日将了银子来，与你现成讲兑。今日空口说白话，未好就明说出来。"笑着去了。

李方哥晚上把这些话与陈氏说道："不知是要我家甚么物件。"陈氏想一想道："你听他油嘴，若是别件动用物事，又说道借用就还的，随你奢遮宝贝①，也用不得许多贳钱②，必是痴心想到我身上来讨便宜的说话了。你男子汉放些主意出来，不要被他腾倒③。"李方哥笑笑道："那有此话！"

隔了一日，程朝奉果然拿了一包银子，来对李方哥道："银子已现有在此，打点送你的了。只看你每意思如何。"朝奉当面打开包来，白灿灿的一大包。李方哥见了，好不眼热，道："朝奉明说是要怎么？小人好如命奉承。"朝奉道："你是个晓事人，定要人说个了话④，你自想家里是甚东西是我用得着的，又这般值钱就是了。"李方哥道："教小人没想处，除了小人夫妻两口身子外，要值上十两银子的家伙，一件也不曾有。"朝奉笑道："正是身上的，那个说是身子外边的？"李方哥通红了脸道："朝奉没正经！怎如此取笑？"朝奉道："我不取笑，现钱买现货，愿者成交。若不肯时，也只索罢了，我怎好强得你？"说罢，打点袖起银子了。自古道：

　　清酒红人面，黄金黑世心。

李方哥见程朝奉要收拾起银子，便呆着眼不开口，尽有些沉吟不舍之意。程朝奉早已瞧科⑤，就中取着三两多重一锭银子，塞在李方哥袖子里道："且拿着这锭去做样，一样十锭就是了。你自家两个计较去。"李方哥半推半就的接了。程朝奉正是会家不忙，见接了银子，晓得有了机关，说道："我去去再来讨回音。"

李方哥进到内房与妻陈氏说道："果然你昨日猜得不差，元来真是

①奢遮：出色的，了不起的。
②贳(shì)钱：租金。
③腾倒：折腾。
④了话：犹明话。
⑤瞧科：看出来了。

此意。被我抢白了一顿,他没意思,把这一锭子作为赔礼,我拿将来了。"陈氏道:"你不拿他的便好,拿了他的,已似有肯意了。他如何肯歇这一条心?"李方哥道:"我一时没主意,拿了,他临去时就说'像得我意,十锭也不难。'我想我与你在此苦挣一年,挣不出几两银子来。他的意思,倒肯在你身上舍主大钱。我每不如将计就计哄他,与了他些甜头,便起他一主大银子,也不难了。也强如一盏半盏的与别人论价钱。"李方哥说罢,就将出这锭银子放在桌上。陈氏拿到手来看一看,道:"你男子汉见了这个东西,就舍得老婆养汉了?"李方哥道:"不是舍得,难得财主家倒了运来想我们,我们挣忍着一时羞耻,一生受用不尽了。而今总是混帐的世界,我们又不是甚么阀阅人家①,就守着清白,也没人来替你造牌坊②,落得和同了些③。"陈氏道:"是倒也是,羞人答答的④,怎好兜他?"李方哥道:"总是做他的本钱不着⑤,我而今办着一个东道在房里,请他晚间来吃酒,我自到外边那里去避一避。等他来时,只说我偶然出外就来的,先做主人陪他,饮酒中间他自然撩拨你。你看着机会,就与他成了事。等得我来时,事已过了。可不是不知不觉的,落得赚了他一主银子?"陈氏道:"只是有些害羞,使不得。"李方哥道:"程朝奉也是一向熟的,有甚么羞? 你只是做主人陪他吃酒,又不要你先去兜他⑥。只看他怎么样来,才回答他就是,也没甚么羞处。"陈氏见说,算来也不打紧的,当下应承了。

　　李方哥一面办治了东道,走去邀请程朝奉。说道:"承朝奉不弃,晚间整酒在小房中,特请朝奉一叙,朝奉就来则个。"程朝奉见说,喜之不胜道:"果然利动人心,他已商量得情愿了。今晚请我,必然就成事。"巴不得天晚,前来赴约。从来好事多磨,程朝奉意气洋洋走出街来。只见

---

①阀阅人家:指有门第、家世的人家。

②牌坊:古代用来表彰功勋、科第、德政以及忠孝节义人物的建筑物。形状似牌楼,民间也称为牌楼。

③和同:和睦同心。

④羞人答答:羞答答。

⑤做他的本钱不着:豁出花他的本钱。

⑥兜:招揽。

一般儿朝奉姓汪的，拉着他水口去看甚么新来的表子王大舍①，一把拉
了就走。程朝奉推说没功夫得去，他说："有甚么贵干？"程朝奉心忙里，
一时造不出来。汪朝奉见他没得说，便道："原没事干，怎如此推故扫
兴？"不管三七二十一，同了两三个少年子弟，一推一攮的，牵的去了。
到了那里，汪朝奉看得中意，就秤银子办起东道来，在那里入马②。

程朝奉心上有事，被带住了身子，好不耐烦。三杯两盏，逃了席就
走，已有二更天气。此时李方哥已此寻个事由，避在朋友家里了，没人
再来相邀的。程朝奉径自急急忙忙走到李家店中。见店门不关，心下
意会了。进了店，就把门拴着。那店中房子苦不深邃，抬眼望见房中灯
烛明亮，酒肴罗列，悄无人声。走进看时，不见一个人影。忙把桌上火
移来一照，大叫一声："不好了！"正是：

　　　分开八片顶阳骨，倾下一桶雪水来。

程朝奉看时，只见满地多是鲜血，一个没头的妇人躺在血泊里，不知是
甚么事由。惊得牙齿捉对儿厮打，抽身出外，开门便走。到了家里，只
是打颤，蹲跐不定，心头丕丕的跳③。晓得是非要惹到身上，一味惶惑，
不题。

且说李方哥在朋友家里捱过了更深，料道程朝奉与妻子事体已完，
从容到家，还好趁吃杯儿酒。一步步踱将回来。只见店门开着，心里
道："那朝奉好不精细，既要私下做事，门也不掩掩着。"走到房里，不见
甚么朝奉，只有个没头的尸首躺在地下。看看身上衣服，正是妻子。惊
得乱跳道："怎的起？怎的起？"一头哭，一头想道："我妻子已是肯的，有
甚么言语冲撞了他，便把来杀了？须与他讨命去！"连忙把家里收拾干
净了，锁上了门，径奔到程朝奉家敲门。

程朝奉不知好歹，听得是李方哥声音，正要问他个端的，慌忙开出
门来。李方哥一把扭住道："你干得好事！为何把我妻子杀了？"程朝奉
道："我到你家里，并不见一人，只见你妻子已杀倒在地，怎说是我杀

———————

　　①表子：同"婊子"。
　　②入马：旧俗称宿妓或勾搭女人上手。
　　③丕丕：犹扑扑，形容心跳得厉害。

了?"李方哥道:"不是你是谁?"程朝奉道:"我心里爱你的妻子,若是见了,奉承还恐不及,舍得杀他? 你须访个备细,不要冤我!"李方哥道:"好端端两口住在家里,是你来起这些根由,而今却把我妻子杀了,还推得那个? 和你见官去,好好还我一个人来!"

两下你争我嚷,天已大明。结扭了一直到府里来叫屈。府里见是人命事,准了状。发与三府王通判审问这件事①。王通判带了原、被两人,先到李家店中相验尸首。相得是个妇人身体,被人用刀杀死的,现无头颅。通判着落地方把尸盛了。带原、被告到衙门来。先问李方哥的口词,李方哥道:"小人李方,妻陈氏,是开酒店度日的。是这程某看上了小人妻子,乘小人不在,以买酒为由来强奸他。想是小人妻子不肯,他就杀死了。"通判问:"程某如何说?"程朝奉道:"李方夫妻卖酒,小人是他的熟主顾。李方昨日来请小人去吃酒,小人因事去得迟了些。到他家里,不见李方,只见他妻子不知被何人杀死在房。小人慌忙走了家来,与小人并无相干。"通判道:"他说你以买酒为由去强奸他,你又说是他请你到家。他既请你,是主人了,为何他反不在家? 这还是你去强奸是真了。"程朝奉道:"委实是他来请小人,小人才去。当面在这里,老爷问他,他须赖不过。"李方道:"请是小人请他的,小人未到家,他先去强奸,杀了人了。"王通判道:"既是你请他,怎么你未到家,他到先去行奸杀人? 你其时不来家做主人,倒在那里去了? 其间必有隐情。"取夹棍来,每人一夹棍,只得多把实情来说了。

李方哥道:"其实程某看上了小人妻子,许了小人银两,要与妻子同吃酒。小人贪利,不合许允,请他吃酒是真。小人怕碍他眼,只得躲过片时。后边到家,不想妻子被他杀死在地,他逃在家里去了。"程朝奉道:"小人喜欢他妻子,要营勾他是真②。他已自许允请小人吃酒了,小人为甚么反要杀他? 其实到他家时,妻子已不知为何杀死了。小人慌了,走了回家,实与小人无干。"通判道:"李方请吃酒卖奸是真,程某去

---

①三府:通判的别称。品级低于知府,同知,故称。通判,明清设于府,分管
粮运和农田水利等事务。
②营勾:勾引。

时，必是那妇人推拒，一时杀了也是真。平白地要谋奸人妻子，原不是良人行径，这人命自然是程某抵偿了。"程朝奉道："小人不合见了美色，辄起贪心，是小人的罪了。至于人命，委实不知。不要说他夫妇商同请小人吃酒，已是愿从的了。即使有些勉强，也还好慢慢央求，何至下手杀了他？"王通判恼他奸淫起祸，那里听他辨说？要把他问个强奸杀人死罪。却是死人无头，又无行凶器械，成不得招。责了限期，要在程朝奉身上追那颗头出来。正是：

> 官法如炉不自由，这回惹着怎干休？
>
> 方知女色真难得，此日何来美妇头？

程朝奉比过几限①，只没寻那颗头处。程朝奉诉道："便做道是强奸不从，小人杀了，小人藏着那颗头做甚么用，在此挨这样比较？"王通判见他说得有理，也疑道："是或者另有人杀了这妇人，也不可知。"且把程朝奉与李方哥多下在监里了，便叫拘集一干邻里人等，问他事体根由与程某杀人真假。邻里人等多说："他们是主顾家，时常往来的，也未见甚么奸情事。至于程某，是个有身家的人，贪淫的事或者有之，从来也不曾见他做甚么凶恶歹事过来。人命的事，未必是他。"通判道："既未必是程某，你地方人必晓得李方家的备细，与谁有仇，那处可疑，该推详得出来。"邻里人等道："李方平日卖酒，也不见有甚么仇人。他夫妻两口做人多好，平日与人斗口的事多没有的。这黑夜间不知何人所杀，连地方人多没猜处。"通判道："你们多去外边访一访。"

众人领命正要走出，内中一个老者走上前来，禀道："据小人愚见，猜着一个人，未知是否。"通判道："是那个？"只因说出这个人来，有分交：

> 乞化游僧②，明投三尺之法③；沉埋朽骨，趁白十年之冤④。

正是：

---

①比：即比较。此处指地方官以刑罚严逼疑犯招供。
②乞化游僧：指到处乞食的僧人。
③三尺之法：古代用三尺竹简书写法律条文，故称。
④趁白：犹申白，申雪。

善恶到头终有报,只争来早与来迟。

老者道:"地方上向有一个远处来的游僧,每夜敲梆高叫,求人布施,已一个多月了。自从那夜李家妇人被杀之后,就不听得他的声响了。若道是别处去了,怎有这样恰好的事?况且地方上不曾见有人布施他的,怎肯就去?这个事着实可疑。"通判闻言道:"杀人作歹,正是野僧本等,这疑也是有理的。只那寻这个游僧处?"老者道:"重赏之下,必有勇夫。老爷唤那程某出来,说与他知道,他家道殷富,要明白这事,必然不吝重赏。这游僧也去不久,不过只在左近地方,要访着他也不难的。"通判依言,狱中带出程朝奉来,把老者之言说与他。程朝奉道:"有此疑端,便是小人生路。只求老爷与小人做主,出个广捕文书①,着落几个应捕四处寻访②。小人情愿立个赏票,认出谢金就是。"当下通判差了应捕出来,程朝奉托人邀请众应捕说话,先送了十两银子做盘费。又押起三十两,等寻得着这和尚即时交付,众应捕应承去了。

元来应捕党与极多,耳目最众,但是他们上心的事,没有个访拿不出的。见程朝奉是可扰之家,又兼有了厚赠,怎不出力?不上一年,已访得这叫夜僧人在宁国府地方乞化③,夜夜街上叫了转来,投在一个古庙里宿歇。众应捕带了一个地方人,认得面貌是真,正是在岩子镇叫夜的了。众应捕商量道:"人便是这个人了,不知杀人是他不是他。就是他了,没个凭据,也不好拿得他,只可智取。"算计去寻了一件妇人衣服,把一个少年些的应捕打扮起来,装做了妇人模样,一同众人去埋伏在一个林子内,是街上回到古庙必经之地。

守至更深,果然这僧人叫夜转来。攓了梆④,正自独行。林子里假做了妇人,低声叫道:"和尚,还我头来!"初时一声,那僧人已吃了一惊,立定了脚。昏黑之中,隐隐见是个穿红的妇人,心上虚怯不过了。只听得一声不了,又叫:"和尚,还我头来!"连叫不止。那僧人慌了,颤笃笃

①广捕文书:官府缉拿罪犯的文告,犹通缉令。

②应捕:缉捕盗贼的衙役。

③宁国府:明代为南直隶所属的府,治所在今安徽宣城县。

④攓(qiān):同"搴",取。

的道①："头在你家上三家铺架上不是？休要来缠我！"众人听罢，情知杀人事已实，胡哨一声，众应捕一齐钻出，把个和尚捆住，道："这贼秃！你岩子镇杀了人，还躲在这里么？"先是一顿下马威打软了，然后解到府里来。

通判问应捕如何拿得着他，应捕把假装妇人吓他、他说出真情才擒住他的话禀明白了。带过僧人来，僧人明知事已露出，混赖不过，只得认道："委实杀了妇人是的。"通判道："他与你有甚么冤仇，杀了他？"僧人道："并无冤仇，只因那晚叫夜，经过这家门首。见店门不关，挨身进去，只指望偷盗些甚么。不晓得灯烛明亮，有一个美貌的妇人盛装站立在床边，看见了不由得心里不动火，抱住求奸。他抵死不肯②，一时性起，拔出戒刀来杀了，提了头就走。走将出来才想道，要那头做甚么？其时把来挂在上三家铺架上了。只是恨他那不肯，出了这口气。当时连夜走脱此地。而今被拿住，是应得偿他命的，别无他话。"

通判就出票去提那上三家铺上人来，问道："和尚招出人头在铺架上，而今那里去了？"铺上人道："当时实有一个人头挂在架上，天明时见了，因恐怕经官受累，悄悄将来移上前去十来家赵大门首一棵树上挂着。已后不知怎么样了。"通判差人押了这三家铺人来提赵大到官。赵大道："小人那日蚤起，果然见树上挂着一颗人头。心中惊惧，思要首官③，诚恐官司牵累，当下悄地拿到家中，埋在后园了。"通判道："而今现在那里么？"赵大道："小人其时就怕后边或有是非，要留做证见，埋处把一棵小草树记认着的，怎么不现？"通判道："只怕其间有诈伪，须得我亲自去取验。"

通判即时打轿，抬到赵大家里。叫赵大在前引路，引至后园中，赵大指着一处道："在这底下。"通判叫从人掘将下去，刚钯得土开，只见一颗人头连泥带土，縠碌碌滚将出来。众人发声喊道："在这里了！"通判道："这妇人的尸首，今日方得完全。"从人把泥土拂去，仔细一看，惊道：

---

①颤笃笃：因惊恐而身体发抖。

②抵死：拼死。

③首官：向官府告发。

"可又古怪！这妇人怎生是有髭须的？"送上通判看时，但见这颗人头：

> 双眸紧闭，一口牢关。颈子上也是刀刃之伤，嘴儿边却有须髯
> 之覆。早难道骷髅能作怪，致令得男女会差池①？

王通判惊道："这分明是一个男子的头，不是那妇人的了！这头又出见
得作怪，其中必有蹊跷。"喝道："把赵大锁了！"寻那赵大时，先前看见掘
着人头不是妇人的，已自往外跑了。王通判就走出赵大前边屋里，叫抬
张桌儿做公座坐了。带那赵大的家属过来，且问这颗人头的事。赵大
妻子一时难以支吾，只得实招道："十年前，赵大曾有个仇人姓马，被赵
大杀了，带这头来埋在这里的。"通判道："适才赵大在此，而今躲在那里
了？"妻子道："他方才见人头被掘将出来，晓得事发，他一径出门，连家
里多不说那里去了。"王通判道："立刻的事，他不过走在亲眷家里，料去
不远。快把你家甚么亲眷住址，一一招出来。"妻子怕动刑法，只得招
道："有个女婿姓江，做府中令史②，必是投他去了。"通判即时差人押了
妻子，竟到这江令史家里来拿，通判坐在赵大家里立等回话。果然：

> 瓮中捉鳖，手到拿来。

且说江令史是衙门中人，晓得利害。见丈人赵大急急忙忙走到家来，说
道："是杀人事发，思要藏避。"令史恐怕累及身家，不敢应承，劝他往别
处逃走。赵大一时未有去向，心里不决。正踌躇间，公差已押着妻子来
要人了。江令史此时火到身上，且自图灭熄，不好隐瞒，只得付与公差，
仍带到赵大自己家里来。妻子路上已自对他说道："适才老爷问时，我
已实说了。你也招了罢，免受痛苦。"赵大见通判时，果然一口承认。

通判问其详细，赵大道："这姓马的先与小人有些仇隙，后来在山路
中遇着。小人因在那里砍柴，带得有刀在身边，把他来杀了。恐怕有人
认得，一时传遍，这事就露出来，所以既剥了他的衣服，就割下头来藏在
家里。把衣服烧了，头埋在园中。后来马家不见了人，寻问时，只见有
人说山中有个死尸，因无头的，不知是不是，不好认得。而今事已经久，
连马家也不提起了。这埋头的去处，与前日妇人之头相离有一丈多地。

---

① 差池：差错，意外。
② 令史：对官府胥吏的通称。

只因有这个头在地里,恐怕发露,所以前日埋那妇人头时,把草树记认的。因为隔得远,有胆气掘下去。不知为何,一掘倒先掘着了。这也是宿世冤业,应得填还。早知如此,连那妇人的头也不说了。"通判道:"而今妇人的头,毕竟在那里?"赵大道:"只在那一块,这是记认不差的。"通判又带他到后园,再命从人打旧掘处掘下去,果然又掘出一颗头来。认一认,才方是妇人的了。通判笑道:"一件人命却问出两件人命来,莫非天意也!"

锁了赵大,带了两颗人头,来到府中,出张牌去唤马家亲人来认。马家儿子见说,才晓得父亲不见了十年,果是被人杀了,来补状词,王通判准了。把两颗人头,一颗给与马家埋葬去,一颗唤李方哥出来认看,果是其妻的了。把叫夜僧与赵大各打三十板,多问成了死罪。程朝奉不合买奸,致死人命,问成徒罪,折价纳赎。李方哥不合卖奸,问杖罪的决①。断程朝奉出葬埋银六两,给与李方哥葬那陈氏。三家铺人不合移尸,各该问罪,因不是这等,不得并发赵大人命,似乎天意明冤,非关人事,释罪不究。

王通判这件事问得清白,一时清结了两件没头事,申详上司②,各各称奖,至今传为美谈。只可笑程朝奉空想一个妇人,不得到手,枉葬送了他一条性命,自己吃了许多惊恐,又坐了一年多监,费掉了百来两银子,方得明白。有甚便宜处?那陈氏立个主意不从夫言,也不见得被人杀了。至于因此一事,那赵大久无对证的人命,一并发觉,越见得天心巧处。可见欺心事做不得一些的。有诗为证:

> 冶容诲淫从古语,会见金夫不自主③。称觭已自不有躬④,何怪启宠纳人侮。彼黠者徒恣强暴,将此头颅向何许?幽冤郁积十年余,彼处有头欲出土。

---

①的决:按原判决施行,不准用财物赎免,叫做的决。

②申详:向上级官府详细呈报。

③金夫:语出《周易·蒙》:"勿用取女。见金夫不有躬,无攸利。"朱熹《周易本义》:"金夫,盖以金略己而挑之,若秋胡之为者。"这里"金夫"指以金钱引诱女人的男子。

④不有躬:不能保有自己的身体。躬,自身。

卷二十九

赠芝麻识破假形　撷草药巧谐真偶

诗曰：

> 万物皆有情，不论妖与鬼。
>
> 妙药可通灵，方信岐黄理①。

话说宋乾道年间②，江西一个官人赴调临安都下③，因到西湖上游玩，独自一人各处行走。走得路多了，觉得疲倦。道傍有一民家，门前有几株大树，树傍有石块可坐，那官人遂坐下少息。望去，屋内有一双鬟女子，明艳动人。官人见了，不觉心神飘荡，注目而视。那女子也回眸流盼，似有寄情之意。官人眷恋不舍，自此时时到彼处少坐。那女子是店家卖酒的，就在里头做生意，不避人的。见那官人走来，便含笑相迎，竟以为常。往来既久，情意绸缪④。官人将言语挑动他，女子微有羞涩之态，也不恼怒。只是店在路旁，人眼看见，内有父母，要求谐鱼水之欢，终不能够，但只两心眷眷而已。

官人已得注选⑤，归期有日。掉那女子不下⑥，特到他家告别。恰好其父出外，女子独自在店。见说要别，拭泪私语道："自与郎君相见，彼此倾心，欲以身从郎君，父母必然不肯。若私下随着郎君去了，淫奔之名，又羞耻难当。今就此别去，必致梦寐焦劳，相思无已。如何是好？"那官人深感其意，即央他邻近人将着厚礼求聘为婚，那父母见说是江西外郡，如何得肯？那官人只得怏怏而去，自到家收拾赴任，再不能与女子相闻音耗了。

---

① 岐黄：岐伯和黄帝。相传为医家之祖。后以"岐黄"作为中医医术的代称。
② 乾道：南宋孝宗赵昚年号（1165—1173）。
③ 赴调临安：赴临安听候升迁调动。临安，今浙江杭州。都下：南宋的京都。
④ 绸缪：缠绵。
⑤ 注选：获选授官。
⑥ 掉：抛掷。

隔了五年，又赴京听调。刚到都下，寻个旅馆，歇了行李，即去湖边寻访旧游。只见此居已换了别家在内。问着五年前这家，茫然不知。邻近人也多换过了，没有认得的，心中怅然不快。回步中途，忽然与那女子相遇。看他年貌比昔时已长大，更加标致了好些。那官人急忙施礼相揖，女子万福不迭①。口里道："郎君隔阔许久②，还记得奴否？"那官人道："为因到旧处寻访不见，正在烦恼。幸喜在此相遇，不知宅上为何搬过了，今在那里？"女子道："奴已嫁过人了，在城中小巷内。吾夫坐库务③，监在狱中，故奴出来求救于人，不匡撞着五年前旧识。郎君肯到我家啜茶否④？"那官人欣然道："正要相访。"两个人一头说，一头走，先在那官人的下处前经过。官人道："此即小生馆舍，可且进去谈一谈。"那官人正要营勾着他，了还心愿。思量下处尽好就做事，那里还等得到他家里去？一邀就邀了进来，关好了门，两个抱了一抱，就推倒床上，行其云雨。

那馆舍是个独院，甚是僻静。馆舍中又无别客，止是那江西官人一个住着。女子见了光景，便道："此处无人知觉，尽可偷住与郎君欢乐，不必到吾家去了。吾家里有人，反更不便。"官人道："若就肯住此，更便得紧了。"一留半年，女子有时出外，去去即时就来，再不提着家中事，也不见他想着家里。那官人相处得浓了，也忘记他是有夫家的一般。

那官人调得有地方了，思量回去，因对女子道："我而今同你悄地家去了，可不是长久之计么？"女子见说要去，便流下泪来，道："有句话对郎君说，郎君不要吃惊。"官人道："是甚么话？"女子道："奴自向时别了郎君，终日思念，恹恹成病，期年而亡⑤。今之此身，实非人类。以夙世缘契，幽魂未散，故此特来相从这几时。欢期有限，冥数已尽，要从郎君远去，这却不能够了。恐郎君他日有疑，不敢避嫌，特与郎君说明。但

①万福不迭：妇女所行之礼，一边行礼，一边说"万福"。不迭，不停。

②隔阔：阻隔阔别。

③坐：因……犯罪。

④啜（chuò）茶：饮茶，品茶。苏轼《啜茶帖》："道源无事，只今可能枉顾啜茶否？有少事须至面白。"见《三希堂法帖》。

⑤期（jī）年：周年。

阴气相侵已深,奴去之后,郎君腹中必当暴下①,可快服平胃散,补安精神,即当痊愈。"官人见说,不胜惊骇了许久。又闻得教服平胃散,问道:"我曾读《夷坚志》②,见孙九鼎遇鬼,亦服此药。吾思此药皆平平,何故奏效?"女子道:"此药中有苍术,能去邪气,你只依我言就是了。"说罢,涕泣不止,那官人也相对伤感。是夜同寝,极尽欢会之乐。将到天明,恸哭而别。出门数步,倏已不见。

果然别后,那官人暴下不止,依言赎平胃散服过才好③。那官人每对人说着此事,还凄然泪下。可见情之所钟,虽已为鬼,犹然眷恋如此。况别后之病,又能留方服药医好,真多情之鬼也!

而今说一个妖物,也与人相好了,留着些草药,不但医好了病,又弄出许多姻缘事体,成就他一生夫妇,更为奇怪。有《忆秦娥》一词为证:

> 堪奇绝,阴阳配合真丹结。真丹结,欢娱虽就,精神亦竭。
>
> 殷勤赠物机关泄,姻缘尽处伤离别。伤离别,三番草药,百年欢悦。

这一回书,乃京师老郎传留④,原名为《灵狐三束草》⑤。天地间之物,惟狐最灵,善能变幻,故名狐魅。北方最多,宋时有"无狐魅不成村"之说。又性极好淫,其涎染着人⑥,无不迷惑,故又名"狐媚",以比世间淫女。唐时有"狐媚偏能惑主"之檄⑦。然虽是个妖物,其间原有好歹。如任氏

---

①暴下:急性腹泻。

②《夷坚志》:南宋洪迈所撰的笔记小说集,多为神怪故事和异闻杂录。

③赎:买。专用于买药。

④老郎:元明时说话艺人对本行前辈的尊称。

⑤《灵狐三束草》:说话艺人话本的原名。《三刻拍案惊奇》此篇题作《良缘狐作合,伉俪草能偕》。

⑥涎染:沾染。

⑦"狐媚偏能惑主"之檄:指唐骆宾王《为徐敬业讨武曌檄》,其中有"狐媚偏能惑主"之句。檄,古代用于征召或声讨的文书。

以身殉郑蓥①，连贞节之事也是有的。至于成就人功名，度脱人灾厄，撮合人夫妇，这样的事往往有之。莫谓妖类便无好心，只要有缘遇得着。

国朝天顺甲申年间②，浙江有一个客商姓蒋，专一在湖广、江西地方做生意。那蒋生年纪二十多岁，生得仪容俊美，眉目动人，同伴里头道是他模样可以选得过驸马，起他混名叫做蒋驸马。他自家也以风情自负，看世间女子轻易也不上眼。道是必遇绝色，方可与他一对。虽在江湖上走了几年，不曾撞见一个中心满意女子。也曾同着朋友徜徉人家走动两番，不过是遣兴而已。公道看起来，还则是他失便宜与妇人了。

一日置货到汉阳马口地方③，下在一个店家，姓马，叫得马月溪店。那个马月溪是本处马少卿家里的人，领着主人本钱，开着这个歇客商的大店。店中尽有幽房邃阁，可以容置上等好客，所以远方来的斯文人多来投他。店前走去不多几家门面，就是马少卿的家里。马少卿有一位小姐，小名叫得云容，取李青莲"云想衣裳花想容"之句④。果然纤姣非常，世所罕有。他家内楼小窗，看得店前人见，那小姐闲了，时常登楼看望作耍。一日正在临窗之际，恰被店里蒋生看见。蒋生远望去，极其美丽，生平目中所未睹。一步步走近前去细玩，走得近了，看得较真，觉他没一处生得不妙。蒋生不觉魂飞天外，魄散九霄。心里妄想道："如此美人，得以相叙一宵，也不枉了我的面庞风流！却怎生能勾？"只管仰面痴看。那小姐在楼上瞧见有人看他，把半面遮藏，也窥着蒋生是个俊俏后生，恰像不舍得就躲避着一般。蒋生越道是楼上留盼，卖弄出许多飘逸身分出来⑤，要惹他动火。直等那小姐下楼去了，方才走回店中。关

---

①任氏以身殉郑蓥：唐沈既济所撰传奇小说《任氏传》，写郑六（蓥）与狐女任氏的爱情故事。郑六任槐里府果毅尉时，要求任氏同往，她预卜此行不利，而郑则再三坚持，任氏不得已随行，途经马嵬坡时，为猎犬所害。

②天顺甲申：天顺，明英宗朱祁镇年号（1457—1464）。天顺甲申，即天顺八年（1464）。

③汉阳：县名，今属湖北武汉。

④李青莲"云想衣裳花想容"：李青莲，李白，号青莲居士；"云想衣裳花想容"系李白《清平调》中的诗句。

⑤身分：体态，样子。

着房门，默默暗想："可惜不曾晓得丹青①，若晓得时，描也描他一个出来。"

次日问着店家，方晓得是主人之女，还未曾许配人家。蒋生道："他是个仕宦人家，我是个商贾，又是外乡。虽是未许下丈夫，料不是我想得着的。若只论起一双的面庞，却该做一对才不亏了人。怎生得氤氲大使做一个主便好②？"大凡是不易得动情的人，一动了情，再按纳不住的。蒋生自此，行着思、坐着想，不放下怀。他原卖的是丝绸绫绢女人生活之类③，他央店家一个小的拿了箱笼，引到马家宅里去卖。指望撞着那小姐，得以饱看一回。果然卖了两次，马家家眷们你要买长，我要买短，多讨箱笼里东西自家翻看，觌面讲价。那小姐虽不十分出头露面，也在人丛之中，遮遮掩掩的看物事。有时也眼瞟着蒋生，四目相视。蒋生回到下处，越加禁架不定④，长吁短气，恨不身生双翅，飞到他闺阁中做一处。晚间的春梦也不知做了多少：

> 俏冤家蓦然来，怀中搂抱。罗帐里，交着股，要下千遭。裙带头滋味十分妙，你贪我又爱，临住再加饶。呸！梦儿里相逢，梦儿里就去了。

蒋生眠思梦想，日夜不置。真所谓：

> 思之思之，又从而思之；思之不得，鬼神将通之。

一日晚间，关了房门，正待独自去睡，只听得房门外有行步之声，轻轻将房门弹响。蒋生幸未熄灯，急忙捵明了灯，开门出看，只见一个女子闪将入来。定睛仔细一认，正是马家小姐。蒋生吃了一惊道："难道又做起梦来了？"正心一想，却不是梦。灯儿明亮，俨然与美貌的小姐相对。蒋生疑假疑真，惶惑不定。小姐看见意思，先开口道："郎君不必疑怪，妾乃马家云容也。承郎君久垂顾盼，妾亦关情多时了。今偶乘家间空隙，用计偷出重门，不自嫌其丑陋，愿伴郎君客中岑寂。郎君勿以自

---

①丹青：指绘画。
②氤氲大使：传说中掌管婚姻的神。
③生活：这里指女人的用品。
④禁架不定：控制不住。

献为笑，妾之幸也。"

　　蒋生听罢，真个如饥得食，如渴得浆，宛然刘、阮入天台①，下界凡夫得遇仙子。快乐僎幸②，难以言喻。忙关好了门，挽手共入鸳帷，急讲于飞之乐③。云雨既毕，小姐分付道："妾见郎君韶秀，不能自持，致于自荐枕席。然家严刚厉④，一知风声，祸不可测。郎君此后切不可轻至妾家门首，也不可到外边闲步，被别人看破行径。只管夜夜虚掩房门相待，人定之后，妾必自来。万勿轻易漏泄，始可欢好得久长耳。"蒋生道："远乡孤客，一见芳容，想慕欲死。虽然梦寐相遇，还道仙凡隔远，岂知荷蒙不弃，垂盼及于鄙陋，得以共枕同衾，极尽人间之乐，小生今日就死也瞑目了。何况金口分付，小生敢不记心？小生自此足不出户，口不轻言，只呆呆守在房中。等到夜间，候小姐光降相聚便了。"天未明，小姐起身，再三计约了夜间，然后别去。

　　蒋生自想真如遇仙，胸中无限快乐，只不好告诉得人。小姐夜来明去，蒋生守着分付，果然轻易不出外一步，惟恐露出形迹，有负小姐之约。蒋生少年，固然精神健旺，竭力纵欲，不以为疲。当得那小姐深自知味，一似能征惯战的一般，一任颠鸾倒凤，再不推辞，毫无厌足。蒋生倒时时有怯败之意，那小姐竟像不要睡的，一夜何曾休歇？蒋生心爱得紧，见他如此高兴，道是深闺少女，乍知男子之味，又两情相得，所以毫不避忌。尽着性子喜欢做事，难得这样真心，一发快活，惟恐奉承不周，把个身子不放在心上，拚着性命做，就一下走了阳，死了也罢。弄了多时，也觉有些倦怠，面颜看看憔悴起来。正是：

　　　　二八佳人体似酥，腰间仗剑斩愚夫。

　　　　虽然不见人头落，暗里教君骨髓枯。

　　且说蒋生同伴的朋友，见蒋生时常日里闭门昏睡，少见出外。有时略略走得出来，呵欠连天，像夜间不曾得睡一般⑤。又不曾见他搭伴夜

---

①刘、阮入天台：指刘晨、阮肇入天台山采药遇仙女结为夫妻事。

②僎幸：烦恼，焦躁。

③于飞：指男女欢会之乐，典出《诗经·邶风·燕燕》。

④家严：指家父。

⑤宿酲：犹宿醉。喝醉后神志不清。

饮，或者中了宿醒，又不曾见他妓馆留连，或者害了色病，不知为何如此。及来牵他去那里吃酒宿娼，未到晚，必定要回店中，并不肯少留在外边一更二更的。众人多各疑心道："这个行径，必然心下有事的光景。想是背着人做了些甚么不明的勾当了。我们相约了，晚间候他动静，是必要捉破他。"当夜天色刚晚，小姐已来。蒋生将他藏好，恐怕同伴疑心，反走出来谈笑一会，同吃些酒。直等大家散了，然后关上房门，进来与小姐上床。上得床时，那交欢高兴，弄得你死我活，哼哼嗻嗻的声响，也顾不得旁人听见。又且无休无歇，外边同伴窃听的道："蒋驸马不知那里私弄个妇女在房里受用，这等久战。"站得不耐烦，一个个那话儿直竖起来。多是出外久了的人，怎生禁得？各自归房，有的硬忍住了，有的放了手铳①，自去睡了。

　　次日起来，大家道："我们到蒋驸马房前守他，看甚么人出来。"走在房外，房门虚掩，推将进去。蒋生自睡在床上，并不曾有人。众同伴疑道："那里去了？"蒋生故意道："甚么那里去了？"同伴道："昨夜与你弄那话儿的。"蒋生道："何曾有人？"同伴道："我们众人多听得的，怎么混赖得？"蒋生道："你们见鬼了。"同伴道："我们不见鬼，只怕你着鬼了。"蒋生道："我如何着鬼？"同伴道："晚间与人干那话，声响外闻，早来不见有人，岂非是鬼？"蒋生晓得他众人夜来窃听了，亏得小姐起身得早，去得无迹，不被他们看见，实为万幸。一时把说话支吾道："不瞒众兄说，小生少年出外，鳏旷日久，晚来上床，忍制不过，学作交欢之声，以解欲火。其实只是自家喉急的光景②，不是真有个人在里面交合。说着甚是惶恐，众兄不必疑心。"同伴道："我们也多是喉急的人，若果是如此，有甚惶恐？只不要着了甚么邪妖，便不是耍事。"蒋生道："并无此事，众兄放心。"同伴似信不信的，也不说了。

　　只见蒋生渐渐支持不过，一日疲倦似一日，自家也有些觉得了。同伴中有一个姓夏的，名良策，与蒋生最是相爱。见蒋生如此，心里替他耽忧，特来对他说道："我与你出外的人，但得平安，便为大幸。今仁兄

---

　　①手铳：即手淫。
　　②喉急：焦急。

面黄肌瘦,精神恍惚,语言错乱。及听兄晚间房中,每每与人切切私语,此必有作怪跷蹊的事。仁兄不肯与我每明言,他日定要做出事来,性命干系,非同小可,可惜这般少年,葬送在他乡外府,我辈何忍? 况小弟蒙兄至爱,有甚么勾当便对小弟说说,斟酌而行也好,何必相瞒? 小弟赌个咒,不与人说就是了!"蒋生见夏良策说得痛切,只得与他实说道:"兄意思真恳,小弟实有一件事不敢瞒兄。此间主人马少卿的小姐,与小弟有些缘分,夜夜自来会。两下少年,未免情欲过度,小弟不能坚忍,以致生出疾病来。然小弟性命还是小事,若此风声一露,那小姐性命也不可保了。再三叮嘱小弟慎口,所以小弟只不敢露。今虽对仁兄说了,仁兄万勿漏泄,使小弟有负小姐。"夏良策大笑道:"仁兄差矣! 马家是乡宦人家,重垣峻壁,高门邃宇,岂有女子夜夜出得来? 况且旅馆之中,众人杂沓,女子来来去去,虽是深夜,难道不提防人撞见? 此必非他家小姐可知了。"蒋生道:"马家小姐我曾识得的,今分明是他,再有何疑?"夏良策道:"闻得此地惯有狐妖,善能变化惑人,仁兄所遇必是此物。仁兄今当谨慎自爱。"蒋生那里肯信? 夏良策见他迷而不悟,踌躇了一夜,心生一计道:"我直教他识出踪迹来,方才肯住手。"只因此一计,有分交:

深山妖牝,难藏丑秽之形;幽室香躯,陡变温柔之质。用着那神仙洞里千年草,成就了卿相门中百岁缘。

且说蒋生心神惑乱,那听好言? 夏良策劝他不转,来对他道:"小弟有一句话,不碍兄事的,兄是必依小弟而行。"蒋生道:"有何事教小弟做?"夏良策道:"小弟有件物事,甚能分别邪正。仁兄等那人今夜来时,把来赠他拿去。若真是马家小姐,也自无妨;若不是时,须有认得他处,这却不碍仁兄事的。仁兄当以性命为重,自家留心便了。"蒋生道:"这个却使得。"夏良策就把一个粗麻布袋袋着一包东西,递与蒋生,蒋生收在袖中。夏良策再三叮嘱道:"切不可忘了!"蒋生不知何意,但自家心里也有些疑心,便打点依他所言,试一试看,料也无碍。

是夜小姐到来,欢会了一夜,将到天明去时,蒋生记得夏良策所嘱,便将此袋出来赠他道:"我有些少物事送与小姐拿去,且到闺阁中慢慢自看。"那小姐也不问是甚么物件,见说送他的,欣然拿了就走,自出店门去了。蒋生睡到日高,披衣起来。只见床面前多是些碎芝麻粒儿,一路出去,洒到外边。蒋生恍然大悟道:"夏兄对我说,此囊中物,能别邪正,元来是一袋芝麻。芝麻那里是辨别得邪正的?他以粗麻布为袋,明是要他撒将出来,就此可以认他来踪去迹,这个就是教我辨别邪正了。我而今跟着这芝麻踪迹寻去,好歹有个住处,便见下落。"

　　蒋生不说与人知,只自心里明白,逐步暗暗看地上有芝麻处便走。眼见得不到马家门上,明知不是他家出来的人了。纡纡曲曲,穿林过野,芝麻不断。一直跟寻到大别山下①,见山中有个洞口,芝麻从此进去。蒋生晓得有些诧异,担着一把汗,望洞口走进。果见一个牝狐,身边放着一个麻布袋儿,放倒头在那里鼾睡。

　　　　几转雌雄坎与离②,皮囊改换使人迷。

　　　　此时正作阳台梦,还是为云为雨时③。

蒋生一见大惊,不觉喊道:"来魅吾的,是这个妖物呵!"那狐性极灵,虽然睡卧,甚是警醒。一闻人声,倏把身子变过,仍然是个人形。蒋生道:"吾已识破,变来何干?"那狐走向前来,执着蒋生手道:"郎君勿怪!我为你看破了行藏④,也是缘分尽了。"蒋生见他仍复旧形,心里老大不舍。那狐道:"好教郎君得知,我在此山中修道,将有千年。专一与人配合雌雄,炼成内丹。向见郎君韶丽,正思借取元阳⑤,无门可入。却得郎君钟情马家女子,思慕真切,故尔效仿其形,特来配合。一来助君之欢,二来成我之事。今形迹已露,不可再来相陪,从此永别了。但往来已久,与君不能无情。君身为我得病,我当为君治疗。那马家女子,君既心爱,我又假托其貌,邀君恩宠多时,我也不能恝然⑥。当为君谋取,使为君妻,以了心愿,是我所以报君也。"说罢,就在洞中手撷出一般希奇的草来,束做三束,对蒋生道:"将这头一束,煎水自洗,当使你精完气足,壮健如故。这第二束,将去悄地撒在马家门口暗处,马家女子即时害起癫

----

　　①大别山:在河南、湖北、安徽三省交界处。

　　②坎离:《易经》二卦名,道家用来指男女、阴阳等。

　　③"此时正作阳台梦"二句:阳台梦指男女欢会。

　　④行藏:行迹,底细。

　　⑤元阳:中医指人体阳气的根本。

　　⑥恝(jiá)然:无动于衷。

病来。然后将这第三束去煎水与他洗濯,这癞病自好,女子也归你了。新人相好时节,莫忘我做媒的旧情也。"遂把三束草一一交付蒋生。蒋生收好。那狐又分付道:"慎之!慎之!莫对人言,我亦从此逝矣。"言毕,依然化为狐形,跳跃而去,不知所往。

蒋生又惊又喜,谨藏了三束草,走归店中来,叫店家烧了一锅水,悄地放下一束草,煎成药汤。是夜将来自洗一番,果然神气开爽,精力陡健,沉睡一宵。次日,将镜一照,那些萎黄之色,一毫也无了。方知仙草灵验,谨闷其言,不向人说。夏良策来问昨日踪迹,蒋生推道:"寻至水边已住,不可根究,想来是个怪物,我而今看破,不与他往来便了。"夏良策见他容颜复旧,便道:"兄心一正,病色便退,可见是个妖魅。今不被他迷了,便是好了,连我们也得放心。"蒋生口里称谢,却不把真心说出来。只是一依狐精之言,密去干着自己的事。将着第二束草守到黄昏人静后,走去马少卿门前,向户槛底下、墙角暗处,各各撒放停当。自回店中,等待消息。

不多两日,纷纷传说马家云容小姐生起癞疮来。初起时不过二三处,虽然嫌憎,还不十分在心上。渐渐浑身癞发,但见:

> 腥臊遍体,臭味难当。玉树亭亭,改做鱼鳞皴皱;花枝袅袅,变为蠹蚀累堆。痒动处不住爬搔,满指甲霜飞雪落;痛来时岂胜啾唧,镇朝昏抹泪揉睁。谁家女子恁般撑?闻道先儒以为癞。

马家小姐忽患癞疮,皮痒脓腥,痛不可忍。一个艳色女子弄成人间厌物,父母无计可施,小姐求死不得。请个外科先生来医,说得甚不值事,敷上药去就好。依言敷治,过了一会,浑身针刺,却像剥他皮下来一般疼痛,顷刻也熬不得,只得仍旧洗掉了。又有内科医家前来处方,说是内里服药,调得血脉停当,风气开散,自然痊可。只是外用敷药,这叫得治标,决不能除根的。听了他,把煎药日服两三剂,落得把脾胃荡坏了,全无功效。外科又争说是他专门,毕竟要用擦洗之药。内科又说是肺经受风,必竟要吃消风散毒之剂。落得做病人不着,挨着疼痛,熬着苦水,今日换方,明日改药。医生相骂了几番,你说我无功,我说你没用,总归没帐①。

马少卿大张告示在外:"有人能医得痊愈者,赠银百两。"这些医生看了告示,只好咽唾。真是孝顺郎中②,也算做竭尽平生之力,查尽秘藏之书,再不曾见有些些小效处。小姐已是十死九生,只多得一口气了。

马少卿束手无策,对夫人道:"女儿害着不治之症,已成废人。今出了重赏,再无人能医得好。莫若舍了此女,待有善医此症者,即将女儿与他为妻,倒赔妆奁,招赘入室。我女儿颇有美名,或者有人慕此,献出奇方来救他,也未可知。就未必门当户对,譬如女儿害病死了。就是不死,这样一个癞人,也难嫁着人家。还是如此,庶几有望③。"遂大书于门道:"小女云容染患癞疾,一应人等能以奇方奏效者,不论高下门户,远近地方,即以此女嫁之,赘入为婿。立此为照!"

蒋生在店中,已知小姐病癞出榜招医之事,心下暗暗称快。然未见他说到婚姻上边,不敢轻易兜揽。只恐远地客商,他日便医好了,只有金帛酬谢,未必肯把女儿与他。故此藏着机关,静看他家事体④。果然病不得痊,换过榜文,有医好招赘之说。蒋生抚掌道:"这番老婆到手了!"即去揭了门前榜文,自称能医。门公见说,不敢迟滞,立时奔进通报。马少卿出来相见,见了蒋生一表非俗,先自喜欢。问道:"有何妙方,可以医治?"蒋生道:"小生原不业医,曾遇异人传有仙草,专治癞疾,手到可以病除。但小生不慕金帛,惟求不爽榜上之言,小生自当效力。"马少卿道:"下官止此爱女,德容俱备。不幸忽犯此疾,已成废人。若得君子施展妙手,起死回生,榜上之言,岂可自食? 自当以小女余生奉侍箕帚。"蒋生道:"小生原籍浙江,远隔异地,又是经商之人,不习儒业,只恐有玷门风。今日小姐病颜消减,所以舍得轻许。他日医好复旧,万一悔却前言,小生所望,岂不付之东流? 先须说得明白。"马少卿道:"江浙名邦,原非异地。经商亦是善业,不是贼流。看足下器体,亦非以下之

①没帐:没有关系。
②郎中:医生、大夫。
③庶几:或许,也许。
④事体:吴语,事情,情况。

人。何况有言在先,远近高下,皆所不论。只要医得好,下官忝在缙绅,岂为一病女就做爽信之事? 足下但请用药,万勿他疑!"蒋生见说得的确,就把那一束草叫煎起汤来,与小姐洗澡。小姐闻得药草之香,已自心中爽快。到得倾下浴盆,通身澡洗,可煞作怪①,但是汤到之处,疼的不疼,痒的不痒,透骨清凉,不可名状。小姐把脓污抹尽,出了浴盆,身子轻松了一半。眠在床中一夜,但觉疮痂渐落,粗皮层层脱下来。过了三日,完全好了。再复清汤浴过一番,身体莹然如玉,比前日更加嫩相。

马少卿大喜,去问蒋生下处,元来就住在本家店中。即着人请得蒋生过家中来,打扫书房与他安下,只要拣个好日,就将小姐赘他。蒋生不胜之喜,已在店中把行李搬将过来,住在书房,等候佳期。马家小姐心中感激蒋生救好他病,见说就要嫁他,虽然情愿,未知生得人物如何,叫梅香探听②。元来即是曾到家里卖过绫绢的客人,多曾认得他面庞标致的,心里就放得下。吉日已到,马少卿不负前言,主张成婚。两下少年,多是美丽人物,你贪我爱,自不必说。但蒋生未成婚之先,先有狐女假扮,相处过多时,偏是他熟认得的了。

一日,马小姐说道:"你是别处人,甚气力到得我家里? 天教我生出这个病来,成就这段姻缘。那个仙方,是我与你的媒人,谁传与你的,不可忘了。"蒋生笑道:"是有一个媒人,而今也没谢他处了。"小姐道:"你且说是那个? 今在何处?"蒋生不好说是狐精,捏个谎道:"只为小生曾瞥见小姐芳容,眠思梦想,寝食俱废。心意志诚了,感动一位仙女,假托小姐容貌,来与小生往来了多时。后被小生识破,他方才说,果然不是真小姐,小姐应该目下有灾,就把一束草教小生来救小姐,说当有姻缘之分。今果应其言,可不是个媒人?"小姐道:"怪道你见我就像旧识一般,元来曾有人假过我的名来。而今在那里去了?"蒋生道:"他是仙家,一被识破,就不再来了。知他在那里?"小姐道:"几乎被他坏了我名声,却也亏他救我一命,成就我两人姻缘,还算做个恩人了。"蒋生道:"他是个仙女,恩与怨总不挂在心上。只是我和你合该做夫妻,遇得此等仙

---

①可煞作怪:非常离奇古怪。
②梅香:戏曲、小说中常用作丫鬟使女名。可作为丫鬟使女的代称。

缘,称心满意。但愧小生不才,有屈了小姐耳。"小姐道:"夫妻之间,不要如此说。况我是垂死之人,你起死回生的大恩,正该终身奉侍君子,妾无所恨矣!"自此如鱼似水,蒋生也不思量回乡,就住在马家终身,夫妻谐老,这是后话。

那蒋生一班儿同伴,见说他赘在马少卿家了,多各不知其由。惟有夏良策曾见蒋生说着马小姐的话,后来道是妖魅的假托,而今见真个做了女婿,也不明白他备细。多来与蒋生庆喜,夏良策私下细问根由。蒋生瞒起用草生癞一段话,只说:"前日假托马小姐的,是大别山狐精。后被夏兄粗布芝麻之计,追寻踪迹,认出真形。他赠此药草,教小弟去医好马小姐,就有姻缘之分。小弟今日之事,皆狐精之力也。"众人见说,多称奇道:"一向称仁兄为蒋驸马,今仁兄在马口地方作客,住在马月溪店,竟为马少卿家之婿,不脱一个"马"字,可知也是天意。生出这狐精来,成就此一段姻缘。驸马之称,便是前谶①了。"大家相传以为佳话。有等痴心的,就恨怎生我偏不撞着狐精,得有此奇遇,妄想得一个不耐烦。有诗为证:

> 人生自是有姻缘,得遇灵狐亦偶然。
> 妄意洞中三束草,岂知月下赤绳牵②?

野史氏曰③:生始窥女而极慕思,女不知也。狐实阴见,故假女来。生以色自惑,而狐惑之也。思虑不起,天君④泰然,即狐何为? 然以祸始而以福终,亦生厚幸。虽然,狐媒犹狐媚也,终死色刃矣!

---

① 前谶:从前的预言、预兆。
② 月下赤绳牵:传说月下老人有赤绳,若将它系在男女双方脚上,就能使他们成婚姻。见唐李复言《续玄怪录·定婚店》。
③ 野史氏:这里指话本的编撰者。
④ 天君:指心。

卷三十

瘗遗骸王玉英配夫　偿聘金韩秀才赎子

诗云：

　　晋世曾闻有鬼子，今知鬼子乃其常。

　　既能成得雌雄配，也会生儿在冥壤。

　　话说国朝隆庆年间①，陕西西安府有一个易万户②，以卫兵入屯京师③，同乡有个朱工部相与得最好④。两家妇人各有妊孕，万户与工部偶在朋友家里同席，一时说起，就两下指腹为婚。依俗礼各割衫襟，彼此互藏，写下合同文字为定。后来工部建言⑤，触忤了圣旨，钦降为四川泸州州判⑥。万户升了边上参将，各奔前程去了。万户这边生了一男，传闻朱家生了一女，相隔既远，不能够图完前盟。过了几时，工部在谪所水土不服，全家不保，剩得一两个家人，投托着在川中做官的亲眷，经纪得丧事回乡，殡葬在郊外。其时万户也为事革任回卫，身故在家了。

　　万户之子易大郎，年已长大，精熟武艺，日夜与同伴驰马较射。一日正在角逐之际，忽见草间一兔腾起，大郎舍了同伴，挽弓赶去。赶到一个人家门口，不见了兔儿。望内一看，元来是一所大宅院。宅内一个长者走出来，衣冠伟然，是个士大夫模样。将大郎相了一相，道："此非易郎么？"大郎见是认得他的，即下马相揖。长者拽了大郎之手，步进堂内来，重见过礼，即分付里面治酒相款。酒过数巡，易大郎请问长者姓

---

①隆庆：明穆宗朱载垕年号(1567—1572)。

②万户：明初立各万户府，设官正万户，正四品。后改为指挥使，统兵五千人。

③卫：明代的军队编制名。一般驻扎在某地即称某卫，后相沿成为地名。

④工部：明代中央六部之一，掌管各项工程、工匠、屯田、水利、交通等，长官为工部尚书。

⑤建言：指对国事有所建议和陈述。

⑥泸州：明代直隶四川行省，今为四川泸州市。州判：即州判官。

名。长者道:"老夫与易郎葭莩不薄①,老夫教易郎看一件信物。"随叫书童在里头取出一个匣子来,送与大郎开看。大郎看时,内有罗衫一角,文书一纸,合缝押字半边,上写道:"朱、易两姓,情既断金②,家皆种玉③。得雄者为婿,必谐百年。背盟者天厌之,天厌之!隆庆某年月日朱某、易某书,坐客某某为证。"

大郎仔细一看,认得是父亲万户亲笔,不觉泪下交顾。只听得后堂传说:"孺人同小姐出堂。"大郎抬眼看时,见一个年老妇人,珠冠绯袍,拥一女子,袅袅婷婷,走出厅来。那女子真色淡容,蕴秀包丽,世上所未曾见。长者指了女子对大郎道:"此即弱息④,尊翁所订以配君子者也。"大郎拜见孺人已过,对长者道:"极知此段良缘,出于先人成命,但媒妁未通,礼仪未备,奈何?"长者道:"亲口交盟,何须执伐⑤!至于仪文末节,更不必计较。郎君倘若不弃,今日即可就甥馆⑥,万勿推辞!"大郎此时意乱心迷,身不自主。女子已进去妆梳,须臾出来行礼,花烛合卺⑦,悉依家礼仪节。是夜送归洞房,两情欢悦,自不必说。

正是欢娱夜短,大郎匆匆一住数月,竟不记得家里了。一日忽然念着道:"前日骤马到此,路去家不远,何不回去看看就来?"把此意对女子说了。女子禀知父母,那长者与孺人坚意不许。大郎问女子道:"岳父母为何不肯?"女子垂泪道:"只怕你去了不来。"大郎道:"那有此话!我家里不知我在这里,我回家说声就来。一日内的事,有何不可?"女子只

---

①葭莩:芦苇里的薄膜。比喻亲戚关系。

②断金:语出《易经·系辞上》:"二人同心,其利断金。"指情谊深厚。

③种玉:晋干宝《搜神记》载:杨伯雍得仙人所予石子种于无终山,得白璧五双以娶高门徐氏。后用"种玉"来比喻缔结良缘。

④弱息:指女儿。

⑤执伐:做媒。

⑥甥馆:赘婿所住的屋子。

⑦合卺(jǐn):古代婚礼仪式之一。卺是瓢,将匏(葫芦)剖为两个瓢,新郎新娘各执一个在新房内共饮合欢酒,称为"合卺"。《礼记·昏仪》:"共牢而食,合卺而酳。"孔颖达疏云:"合卺有合体之义。"后世改用杯盏,称"交杯酒"。

不应允。大郎见他作难，就不开口。

又过了一日，大郎道："我马闲着，久不骑坐，只怕失调了。我须骑出去盘旋一回。"其家听信。大郎走出门，一上了马，加上数鞭，那马四脚腾空，一跑数里。马上回头看那旧处，何曾有甚么庄院？急盘马转来一认，连人家影迹也没有。但见群冢累累，荒藤野蔓而已。归家昏昏了几日，才与朋友们说着这话。有老成人晓得的道："这两家割襟之盟，果是有之，但工部举家已绝，郎君所遇，乃其幽宫①，想是凤缘未了，故有此异。幽明各路，不宜相侵，郎君勿可再往！"大郎听了这话，又眼见奇怪，果然不敢再去。

自到京师袭了父职回来，奉上司檄文，管署卫印事务。夜出巡堡，偶至一处，忽见前日女子怀抱一小儿迎上前来，道："易郎认得妾否？郎虽忘妾，褓中之儿，谁人所生？此子有贵征，必能大君门户，今以还郎，抚养他成人，妾亦藉手不负于郎矣②。"大郎念着前情，不复顾忌，抱那儿子一看，只见眉清目秀，甚是可喜。大郎未曾娶妻有子的，见了好个孩儿，岂不快活。走近前去，要与那女子重叙离情，再说端的。那女子忽然不见，竟把怀中之子掉下去了。大郎带了回来。

后来大郎另娶了妻，又断弦，再续了两番。立意要求美色。娶来的皆不能如此女之貌，又绝无生息，惟有得此子。长成勇力过人，兼有雄略。大郎因前日女子有"大君门户"之说，见他不凡，深有大望。一十八岁了，大郎倦于戎务，就让他袭了职，以累建奇功，累官至都督③，果如女子之言。

这件事全似晋时范阳卢充与崔少府女金椀幽婚之事④，然有地有人，不是将旧说附会出来的。可见姻缘未完，幽明配合、鬼能生子之事

---

① 幽宫：指坟墓。

② 藉手：借助。

③ 都督：明代设有五军都督府，为最高军政机关。各府均有左右都督。后成
　　为虚衔。

④ "全似"句：《搜神记》载：范阳卢充年二十，冬日出猎，过崔少府墓，与崔氏
　　亡女成婚，三日而别，后生一子，女将子与金椀交给卢充。后用"幽婚"指
　　非人间的配偶。

往往有之。这还是目前的鬼魂气未散,更有几百年鬼也会与人生子,做出许多话柄来,更为奇绝。要知此段话文①,先听几首七言绝句为证:

　　洞里仙人路不遥②,洞庭烟雨昼潇潇。

　　莫教吹笛城头阁,尚有销魂乌鹊桥③。(其一)

　　莫讶鸳鸯会有缘,桃花结子已千年。

　　尘心不识蓝桥路④,信是蓬莱有谪仙⑤。(其二)

　　朝暮云骖闽楚关,青鸾信不断尘寰⑥。

　　乍逢仙侣抛桃打,笑我清波照雾鬟。(其三)

　　这三首乃女鬼王玉英忆夫韩庆云之诗。那韩庆云是福建福州府福清县的秀才,他在本府长乐县蓝田石尤岭地方开馆授徒。一日散步岭下,见路傍有枯骨在草丛中,心里恻然道:"不知是谁人遗骸,暴露在此!吾闻收掩胔骼⑦,仁人之事。今此骸无主,吾在此间开馆,既为吾所见,即是吾责了。"就归向邻家,借了锄耰畚锸之类,又没个人帮助,亲自动手,瘗埋停当。撮土为香,滴水为酒,以安他魂灵,致敬而去。

　　是夜独宿书馆,忽见篱外毕毕剥剥,敲得篱门响。韩生起来,开门出看,乃是一个端丽女子。韩生慌忙迎揖。女子道:"且到尊馆,有话奉告。"韩生在前引导,同至馆中。女子道:"妾姓王,名玉英,本是楚中湘潭人氏。宋德祐年间⑧,父为闽州守,将兵御元人,力战而死。妾不肯受胡虏之辱,死此岭下。当时人怜其贞义,培土掩覆。经今二百余年,骸

----

①话文:即话本。

②"洞里仙人路不遥"三首:见于冯梦龙《情史》卷十六《王玉英》,出自王同轨《耳谈》。

③乌鹊桥:相传每年农历七月七日(即七夕),乌鹊在天河上架起桥梁,让牛郎和织女一年一度相会,称作鹊桥相会。

④蓝桥:在今陕西蓝田县东南蓝溪上。相传其地有仙窟,为唐裴航遇仙女云英处。后用来指男女约会的地方。

⑤蓬莱:又称"蓬壶"。神话传说渤海里仙人居住的三座神山之一,另外两座为方丈和瀛洲。

⑥青鸾:即青鸟。神话所说西王母取食传信的神鸟。借指传送信息的使者。

⑦胔(zì)骼:骸骨。

⑧德祐:南宋恭帝赵㬎年号(1275—1276)。

骨偶出。蒙君埋藏，恩最深重。深夜来此，欲图相报。"韩生道："掩骸小事，不足挂齿。人鬼道殊，何劳见顾？"玉英道："妾虽非人，然不可谓无人道。君是读书之人，幽婚冥合之事，世所常有。妾蒙君葬埋，便有夫妻之情。况凤缘甚重，愿奉君枕席，幸勿为疑。"韩生孤馆寂寥，见此美妇，虽然明说是鬼，然行步有影，衣衫有缝，济济楚楚，绝无鬼息。又且说话明白可听，能不动心？遂欣然留与同宿，交感之际，一如人道，毫无所异。

韩生与之相处一年有余，情同伉俪。忽一日，对韩生道："妾于去年七月七日与君交接，腹已受妊，今当产了。"是夜即在馆中产下一儿。初时韩生与玉英往来，俱在夜中，生徒俱散，无人知觉。今已有子，虽是玉英自己乳抱，却是婴儿啼声，瞒不得人许多，渐渐有人知觉，但亦不知女子是谁，婴儿是谁，没个人家主名，也没人来查他细帐。只好胡猜乱讲，总无实据。

传将开去，韩生的母亲也知道了。对韩生道："你山间处馆，恐防妖魅。外边传说你有私遇的事，果是怎么样的？可实对我说。"韩生把掩骸相报及玉英姓名说话，备细述一遍。韩母惊道："依你说来，是个多年之鬼了，一发可虑！"韩生道："说也奇怪，虽是鬼类，实不异人，已与儿生下一子了。"韩母道："不信有这话！"韩生道："儿岂敢造言欺母亲？"韩母道："果有此事，我未有孙，正巴不得要个孙儿。你可抱归来与我看一看，方信你言是真。"韩生道："待儿与他说着。"果将母亲之言与玉英说知。玉英道："孙子该去见婆婆，只是儿受阳气尚浅，未可便与生人看见，待过几时再处。"韩生回复母亲。

韩母不信，定要捉破他踪迹①。不与儿子说知，忽一日，自己魆地到书馆中来②。玉英正在馆中楼上，将了果子喂着儿子。韩母一直闯将上楼去。玉英望见有人，即抱着儿子，从窗外逃走。喂儿的果子，多遗弃在地。看来像是莲肉，拾起仔细一看，元来是蜂房中白子③。韩母大惊

①捉破：查清。

②魆(xū)地：悄悄地。

③蜂房中白子：即蜂蛹，风味香酥嫩脆，蜂蛹营养丰富。

道:"此必是怪物。"教儿子切不可再近他。韩生口中唯唯,心下实舍不得。等得韩母去了,玉英就来对韩生道:"我因有此儿在身,去来不便。今婆婆以怪物疑我,我在此地也无颜。我今抱了他回故乡湘潭去①,寄养在人间,他日相会罢。"韩生道:"相与许久,如何舍得离别? 相念时节,教小生怎生过得?"玉英道:"我把此儿寄养了,自身去来由我。今有二竹箅留在君所,倘若相念及有甚么急事要相见,只把两箅相击,我当自至。"说罢,即飘然而去。

玉英抱此儿到了湘潭,写七字在儿衣带上道:"十八年后当来归。"又写他生年月日在后边了,弃在河旁。湘潭有个黄公,富而无子,到河边遇见,拾了回去,养在家里。玉英已知,来对韩生道:"儿已在湘潭黄家,吾有书在衣带上,以十八年为约,彼时当得相会,一同归家。今我身无累,可以任从去来了。"此后韩生要与玉英相会,便击竹箅。玉英既来,凡有疾病祸患,与玉英言之,无不立解。甚至他人祸福,玉英每先对韩生说过,韩生与人说,立有应验。外边传出去,尽道韩秀才遇了妖邪,以妖言惑众。恰好其时主人有女淫奔于外,又有疑韩生所遇之女,即是主人家的。弄得人言四起,韩生声名颇不好听。玉英知道,说与韩生道:"本欲相报,今反相累。"渐渐来得希疏,相期一年只来一番,来必以七夕为度。韩生感其厚意,竟不再娶。如此一十八年,玉英来对韩生道:"衣带之期已至,岂可不去一访之?"韩生依言,告知韩母,遂往湘潭。正是:

> 阮修倡论无鬼②,岂知鬼又生人?
>
> 昔有寻亲之子,今为寻子之亲。

且说湘潭黄翁一向无子,偶至水滨,见有弃儿在地,抱取回家。看见眉清目秀,聪慧可爱,养以为子。看那衣带上面有"十八年后当来归"七字,心里疑道:"还是人家嫡妾相忌,没奈何抛下的? 还是人家生得儿女多了,怕受累弃着的? 既已抛弃,如何又有十八年之约? 此必是他父

---

① 湘潭:明代为湖广行省长沙府的属县,今属湖南省。

② 阮修:字宣子,陈留尉氏(今属河南)人。官至太子洗马。好《易经》《老子》,善清言,主张无鬼论。《晋书》有传。

母既不欲留，又不忍舍，明白记着，寄养在人家，他日必求相访。我今现在无子，且收来养着，到十八年后再看如何。"黄翁自拾得此儿之后，忽然自己连生二子，因将所拾之儿取名鹤龄，自己二子分开他二字，一名鹤算，一名延龄，同共送入学堂读书。鹤龄敏惠异常，过目成诵。二子虽然也好，总不及他。总卯之时①，三人一同游庠②。黄翁欢喜无尽，也与二子一样相待，毫无差别。二子是老来之子，黄翁急欲他早成家室，目前生孙，十六七岁多与他毕过了姻。只有鹤龄因有衣带之语，怕父母如期来访，未必不要归宗，是以独他迟迟未娶。却是黄翁心里过意不去，道："为我长子，怎生反未有室家？"先将四十金与他定了里中易氏之女。那鹤龄也晓得衣带之事，对黄翁道："儿自幼蒙抚养深恩，已为翁子；但本生父母既约得有期，岂可娶而不告？虽蒙聘下妻室，且待此期已过，父母不来，然后成婚，未为迟也。"黄翁见他讲得有理，只得凭他。

　　既到了十八年，多悬悬望着，看有甚么动静。一日，有个福建人在街上与人谈星命，访得黄翁之家，求见黄翁。黄翁心里指望三子立刻科名，见是星相家无不延接。闻得远方来的，疑有异术，遂一面请坐，将着三子年甲央请推算。谈星的假意推算了一回，指着鹤龄的八字③，对黄翁道："此不是翁家之子，他生来不该在父母身边的，必得寄养出外，方可长成。及至长成之后，即要归宗，目下已是其期了。"黄公见他说出真底实话，面色通红道："先生好胡说！此三子皆我亲子，怎生有寄养的话说！况说的更是我长子，承我宗祧④，那里还有宗可归处？"谈星的大笑道："老翁岂忘衣带之语乎？"黄翁不觉失色道："先生何以知之？"谈星的道："小生非他人，即是十八年前弃儿之父韩秀才也。恐翁家不承认，故此假扮做谈星之人，来探踪迹。今既在翁家，老翁必不使此子昧了本姓。"黄翁道："衣带之约，果然是真，老汉岂可昧得！况我自有子，便一

①总卯(guàn)：古代儿童束发成两角。借指童年。

②游庠：就读于府州县的学官。这里指进县学读书。庠：原为周代的乡学，后指学校。

③八字：指人的年、月、日、时，各有天干的"地支"与之相配，每项有两个字，四项就有八字。

④宗祧：宗庙。引申为嗣续。

日身亡,料已不填沟壑,何必赖取人家之子? 但此子为何见弃? 乞道其详。"韩生道:"说来事涉怪异,不好告诉。"黄翁道:"既有令郎这段缘契,便是自家骨肉,说与老夫知道,也好得知此子本末。"韩生道:"此子之母,非今世人,乃二百年前贞女之魂也。此女在宋时,父为闽官,御敌失守,全家死节。其魂不泯,与小生配合生儿。因被外人所疑,他说家世湘潭,将来贵处寄养。衣带之字,皆其亲书。今日小生到此,也是此女所命,不想果然遇着,敢请一见。"黄翁道:"有如此作怪异事! 想令郎出身如此,必当不凡。今令郎与小儿共是三兄弟,同到长沙应试去了。"韩生道:"小生既远寻到此,就在长沙,也要到彼一面。只求老翁念我天性父子,恩使归宗,便为万幸。"黄翁道:"父子至亲,谊当使君还珠①。况是足下冥缘,岂可间隔? 但老夫十八年抚养,已不必说,只近日下聘之资,也有四十金。子既已归足下,此聘金须得相还。"韩生道:"老翁恩德难报,至于聘金,自宜奉还。容小生见过小儿之后,归与其母计之,必不敢负义也。"

韩生就别了黄翁,径到长沙访问黄翁三子应试的下处。已问着了,就写一帖传与黄翁大儿子鹤龄。帖上写道:"十八年前与闻衣带事人韩某②。"鹤龄一见衣带说话,感动于心,惊出请见道:"足下何处人氏? 何以知得衣带事体?"韩生看那鹤龄时:

> 年方弱冠③,体不胜衣。清标固禀父形④,嫣质犹同母貌⑤。
> 恂恂儒雅⑥,尽道是十八岁书生;邈邈源流,岂知乃二百年鬼子!

韩生看那鹤龄模样,俨然与王玉英相似,情知是他儿子,遂答道:"小郎

---

① 还珠:后汉合浦郡沿海产明珠,因前任太守贪秽无度,珠遂迁移到邻郡交趾。孟尝到任,革敝利民,迁离的明珠又回来。后世用来比喻人去复还或物失而复得。

② 与闻:参与其事并知内情。

③ 弱冠:古代男子二十岁行冠礼,表示已经成年,但身体还未壮,故称"弱冠"。

④ 清标:俊逸。

⑤ 嫣质:美好的容貌。

⑥ 恂恂:温顺恭谨的样子。

君可要见写衣带的人否?"鹤龄道:"写衣带之人,非吾父即吾母,原约在今年,今足下知其人,必是有的信,望乞见教。"韩生道:"写衣带之人,即吾妻王玉英也。若要相见,先须认得我。"鹤龄见说,知是其父,大哭抱住道:"果是吾父,如何舍得弃了儿子一十八年?"韩生道:"汝母非凡女,乃二百年鬼仙,与我配合生儿,因乳养不便,要寄托人间。汝母原籍湘潭,故将至此地。我实福建秀才,与汝母姻缘也在福建。今汝若不忘本生父母,须别了此间义父,还归福建为是。"鹤龄道:"吾母如今在那里?儿也要相会。"韩生道:"汝母倏去倏来,本无定所,若要相会,也须到我闽中。"鹤龄至性所在,不胜感动。

　　两弟鹤算、延龄在旁边听见说着要他归福建说话,少年心性,不觉大怒起来,道:"那里来这野汉,造此不根之谈①,来诱哄人家子弟,说着不达道理的说话! 好耽耽一个哥哥②,却教他到福建去,有这样胡说的!"那家人每见说,也多嗔怪起来,对鹤龄道:"大官人不要听这个游方人,他每专打听着人家事体,来撰造是非哄诱人的。"不管三七二十一,扯的扯,推的推,要搡他出去。韩生道:"不必啰唕! 我已湘潭见过了你老主翁,他只要完得聘金四十两,便可赎回,还只是我的儿子。你们如何胡说!"众人那里听他? 只是推他出去为净。鹤龄心下不安,再三恋恋,众人也不顾他。两弟狠狠道:"我兄无主意,如何与这些闲棍讲话! 饶他一顿打,便是人情了。"鹤龄道:"衣带之语,必非虚语,此实吾父来寻盟。他说道曾在湘潭见过爹爹来,回去到家里必知端的。"鹤算、延龄两人与家人只是不信,管住了下处门首,再不放他进去与鹤龄相见了。

　　韩生自思:"儿子虽得见过,黄家婚聘之物,理所当还。今没个处法还得他,空手在此,一年也无益,莫要想得儿子归去。不如且回家去再做计较。"心里主意未定,到了晚间,把竹箓击将起来。王玉英即至,韩生因说着已见儿子,黄家要偿取聘金方得赎回的话。玉英道:"聘金该还,此间未有处法,不如且回闽中,别图机会。易家亲事,亦是前缘,待处了聘金,再到此地完成其事,未为晚也。"

---

①不根:没有根据。
②好耽耽:犹好端端。

　　韩生因此决意回闽,一路浮湘涉湖,但是波浪险阻,玉英便到舟中护卫。至于盘缠缺乏,也是玉英暗地资助,得以到家。到家之日,里邻惊骇,道是韩生向来遇妖,许久不见,是被妖魅拐到那里去,必然丧身在外,不得归来了。今见好好还家,以为大奇。平日往来的多来探望。韩生因为众人疑心坏了他,见来问的,索性一一把实话从头至尾备述与人,一些不瞒。众人见他不死,又果有儿子在湘潭,方信他说话是实,反共说他遇了仙缘,多来慕羡他。不认得的,尽想一识其面。有问韩生为何不领了儿子归来,他把聘金未曾还得、湘潭养父之家不肯的话说了。有好事的多愿相助,不多几时,凑上了二十余金,尚少一半。夜间击笑,与王玉英商量。玉英道:“既有了一半,你只管起身前去,途中有凑那一半之处。

　　韩生随即动身,到了半路,在江边一所古庙边经过,玉英忽来对韩生道:“此庙中神厨里坐着,可得二十金,足还聘金了。”韩生依言,泊船登岸。走入庙里看时,只见:

　　　　庙门颓败,神路荒凉。执梃的小鬼无头,拿簿的判官落帽。庭中多兽迹,狐狸在此宵藏;地上少人踪,魍魉投来夜宿。存有千年香火样,何曾一陌纸钱飘!

韩生到神厨边揭开帐幔来看,灰尘堆来有寸多厚。心里道:“此处那里来的银子?”然想着玉英之言未曾有差,且依他说话,爬上去蹲在厨里。喘息未定,只见一个人慌慌忙忙走将进来,将手在案前香炉里乱塞。塞罢,对着神道声喏①,道:“望菩萨遮盖遮盖,所罚之咒,不要作准。”又见一个人在外边嚷进来道:“你欺心偷过了二十两银子,打点混赖,我与你此间神道面前罚个咒。罚得咒出,便不是你。”先来那个人便对着神道,口里念诵道,我若偷了银子,如何如何。后来这个人见他赌得咒出,遂放下脸子道:“果是与你无干,不知在那里错去了?”先来那个人,把身子抖一抖,两袖洒一洒道:“你看我身边须没藏处。”两个卿卿哝哝,一路说着,外边去了。

　　韩生不见人来了,在神厨里走将出来。摸一摸香炉,看适间藏的是

────────────

①声喏:指叉手行礼,同时高声致敬。

甚么东西。摸出一个大纸包来，打开看时，是一包成锭的银子，约有二十余两。韩生道："惭愧，眼见得这先入来的，瞒起同伴的银子藏在这里，等赌过咒搜不出时，慢慢来取用。岂知已先为鬼神所知，归我手也。欲待不取，总来是不义之财；欲待还那失主，又明显出这个人的偷窃来了。不如依着玉英之言，且将去做赎子之本，有何不可？"当下取了，出庙下船。船里从容一秤，果有二十两重，分毫不少。韩生大喜。

到了湘潭，径将四十金来送还黄翁聘礼，求赎鹤龄。黄翁道："婚盟已定，男女俱已及时，老夫欲将此项与令郎完了姻亲，此后再议归闽。唯足下乔梓自做主张①，则老夫事体也完了。"韩生道："此皆老翁玉成美意，敢不听命？"黄翁着媒人与易家说知此事。易家不肯起来道："我家初时只许嫁黄公之子，门当户对，又同里为婚，彼此俱便。今闻此子原籍福建，一时配合了，他日要离了归乡。相隔着四五千里，这怎使得？必须讲过，只在黄家不去的，其事方谐。"媒人来对黄翁说了。黄翁巴不得他不去的，将此语一一告诉韩生道："非关老夫要留此子，乃亲家之意如此。况令郎名在楚籍，婚在楚地，还闽之说，必是不妥，为之奈何？"

韩生也自想有些行不通，再击竹笑与玉英商量。玉英道："一向说易家亲事是前缘，既已根绊在此，怎肯放去？况妾本籍湘中，就等儿子做了此间女婿，成立在此也好。郎君只要父子相认，何必归闽？"韩生道："闽是吾乡，吾母还在，若不归闽，要此儿子何用？"玉英道："事数到此，不由君算。若执意归闽，儿子婚姻便不可成。郎君将此儿归闽中，又在何处另结良缘？不如且从黄、易两家之言，成了亲事。他日儿子自有分晓也。"韩生只得把此意回复了黄翁，一凭黄翁主张。黄翁先叫鹤龄认了父亲，就收拾书房与韩生歇下了。然后将此四十两银子，支分作花烛之费②。到易家道了日子，易家见说不回福建了，无不依从。

成亲之后，鹤龄对父韩生说要见母亲一面。韩生说与玉英，玉英道："是我自家的儿子，正要见他。但此间生人多，非我所宜。可对儿子说，人静后房中悄悄击笑，我当见他夫妇两人一面。"韩生对鹤龄说知，

---

① 乔梓：乔木高大，梓木矮小，比喻父位尊，子位下，因称父子为"乔梓"。
② 支分：打发，发付。

就把竹笑密付与他,鹤龄领着去了。等到黄昏,鹤龄击笑,只见一个淡妆女子在空中下来,鹤龄夫妻知是尊嬟①,双双跪下。玉英抚摩一番,道:"好一对儿子媳妇,我为你一点骨血,精缘所牵,二百年贞静之性,不得安闲。今幸已成房立户,我愿已完矣!"鹤龄道:"儿子颇读诗书,曾见古今事迹。如我母数百年精魂,犹然游戏人间,生子成立,诚为希有之事。不知母亲何术致此,望乞见教。"玉英道:"我以贞烈而死,后土录为鬼仙②,许我得生一子,延其血脉。汝父有掩骸之仁,阴德可纪,故我就与配合生汝,以报其恩。此皆生前之注定也。"鹤龄道:"母亲既然灵通如此,何不即留迹人间,使儿媳辈得以朝夕奉养?"玉英道:"我与汝父有缘,故得数见于世,然非阴道所宜。今日特为要见吾儿与媳妇一面,故此暂来,此后也不再来了。直待归闽之时,石尤岭下再当一见。我儿前程远大,勉之!勉之!"说罢,腾空而去。

鹤龄夫妇恍恍自失了半日,才得定性。事虽怪异,想着母亲之言,句句有头有尾。鹤龄自叹道:"读尽稗官野史③,今日若非身为之子,随你传闻,岂肯即信也!"次日与黄翁及两弟说了,俱各惊骇。鹤龄随将竹笑交还韩生,备说母亲夜来之言。韩生道:"今汝托义父恩庇,成家立业,俱在于此,归闽之期,知在何时?只好再过几时,我自回去看婆婆罢了。"鹤龄道:"父亲不必心焦!秋试在即,且待儿子应试过了,再商量就是。"从此韩生且只在黄家住下。

鹤龄与两弟,俱应过秋试。鹤龄与鹤算一同报捷,黄翁韩生尽皆欢喜。鹤龄要与鹤算同去会试,韩生住湘潭无益,思量暂回闽中。黄翁赠与盘费,鹤龄与易氏各出所有送行。韩生仍到家来,把上项事一一对母亲说知。韩母见说孙儿娶妇成立,巴不得要看一看,只恨不得到眼前,此时连媳妇是个鬼也不说了。

次年鹤龄、鹤算春榜连捷④,鹤龄给假省亲,鹤算选授福州府闽县知

---

①尊嬟:对丈夫父母或对人公婆的敬称。

②后土:即后土夫人、后土娘娘,主宰幽都冥府之神。

③稗官野史:指杂记琐事的史籍。

④春榜:即春试。明代的会试在春天举行,故称春试。指进士考试。

县,一同回到湘潭。鹤算接了黄翁,全家赴任,鹤龄也乘此便带了妻易氏附舟到闽访亲,登堂拜见祖母,喜庆非常。韩生对儿子道:"我馆在长乐石尤岭,乃与汝母相遇之所,连汝母骨骸也在那边。今可一同到彼,汝母必来相见。前日所约,原自如此。"遂合家同到岭下。

　　方得驻足馆中,不须击笕,玉英已来拜韩母,道:"今孙儿媳妇多在婆婆面前,况孙儿已得成名,妾所以报郎君者已尽。妾幽阴之质,不宜久在阳世周旋,只因夙缘,故得如此。今合门完聚,妾事已了,从此当静修玄理,不复再入尘寰矣。"韩生道:"往还多年,情非朝夕,即为儿子一事,费过多少精神!今甫得到家①,正可安享子媳之奉,如何又说要别的话来?"鹤龄夫妇涕泣请留。玉英道:"冥数如此,非人力所强。若非数定,几曾见有二百年之精魂还能同人道生子,又在世间往还二十多年的事?你每亦当以数自遣,不必作人间离别之态也。"言毕,翩然而逝。

　　鹤龄痛哭失声,韩母与易氏各各垂泪,惟有韩生不十分在心上。他是惯了的,道夜静击笕,原自可会。岂知此后随你击笕,也不来了。守到七夕常期,竟自杳然。韩生方忽忽如有所失,一如断弦丧偶之情。思他平时相与时节,长篇短咏,落笔数千言,清新有致,皆如前三首绝句之类,传出与人,颇为众口所诵。韩生取其所作成集,计有十卷。因曾赋"万鸟鸣春"四律,韩生即名其集为《万鸟鸣春》,流布于世。

　　韩生后来去世,鹤龄即合葬之石尤岭下。鹤龄改复韩姓,别号黄石,以示不忘黄家及石尤岭之意。三年丧毕,仍与易氏同归湘潭,至今闽中盛传其事。

　　二百年前一鬼魂,犹能生子在乾坤。

　　遗骸掩处阴功重,始信骷髅解报恩②。

————————

①甫:刚,才。

②解:能够,会。

卷三十一

行孝子到底不简尸　殉节妇留待双出柩

诗云：

> 削骨蒸肌岂忍言？世人借口欲伸冤。
> 典刑未正先残酷①，法吏当知善用权。

话说戮尸弃骨，古之极刑。今法被人殴死者，必要简尸②。简得致命伤痕，方准抵偿，问入死罪，可无冤枉，本为良法。自古道法立弊生，只因有此一简，便有许多奸巧做出来。那把人命图赖人的，不到得就要这个人偿命。只此一简，已够奈何着他了。你道为何？官府一准简尸，地方上搭厂的就要搭厂钱③，跟官、门皂、轿夫、吹手多要酒饭钱④，仵作人要开手钱、洗手钱⑤，至于官面前桌上要烧香钱、朱墨钱、笔砚钱⑥；毡条坐褥俱被告人所备。还有不肖佐贰要摆案酒⑦，要折盘盏⑧，各项名色甚多，不可尽述。就简得雪白无伤，这人家已去了七八了。就问得原告招诬，何益于事？所以奸徒与人有仇，便思将人命为奇货。官府动笔判个"简"字，何等容易！道人命事应得的，岂知有此等害人不小的事？除非真正人命，果有重伤简得出来，正人罪名，方是正条。然刮骨蒸尸，千零百碎，与死的人计较，也是不忍见的。律上所以有"不愿者听"及

---

①典刑：指常刑。
②简尸：检验尸体。
③搭厂：搭棚子做简尸场。
④门：指门子，官府中亲侍左右的仆役。皂：即皂快，衙门中的差役。
⑤仵作：旧时官府中检验命案尸首的人。
⑥朱墨钱：古代官府文书用朱墨两色，故以朱墨作为公文的代称。朱墨钱，盖指出公文费用。
⑦佐贰：辅佐官员。摆案酒：安排酒席。案酒，指下酒物。
⑧折盘盏：犹言将酒钱折成现金。这是借口勒索。

"许尸亲告递免简"之例，正是圣主曲体人情处①。岂知世上惨刻的官，要见自己风力②，或是私心嗔恨被告，不肯听尸亲免简，定要劣撅做去③。以致开久殓之棺，掘久埋之骨。随你伤人子之心，堕旁观之泪，他只是硬着肚肠不管。原告不执命④，就坐他受贿；亲友劝息，就诬他私和。一味蛮刑，打成狱案。自道是与死者伸冤，不知死者惨酷已极了。这多是绝子绝孙的勾当！

闽中有一人名曰陈福生，与富人洪大寿家佣工。偶因口语不逊，被洪大寿痛打一顿。那福生才吃得饭过，气郁在胸，得了中溃之症，看看待死。临死对妻子道："我被洪家长痛打，致恨而死。但彼是富人，料撺他不倒⑤，莫要听了人唆赖他人命，致将我尸首简验，粉骨碎身。只略与他说说，他怕人命缠累，必然周给后事，供养得你每终身，便是便益了。"妻子听言，死后果去见那家长，但道："因被责罚之后，得病不痊，今已身死。惟家长可怜孤寡，做个主张。"洪大寿见因打致死，心里虚怯的，见他说得揣己⑥，巴不得他没有说话，给与银两，厚加殡殓，又许了时常周济他母子，已此无说了。

陈福生有个族人陈三，混名陈喇虎，是个不本分好有事的。见洪大寿是有想头的人家⑦，况福生被打而死，不为无因，就来撺掇陈福生的妻子，教他告状执命。妻子道："福生的死，固然受了财主些气，也是年该命限。况且死后，他一味好意殡殓有礼，我们翻脸子不转，只自家认了悔气罢。"喇虎道："你每不知事体，这出银殡殓，正好做告状张本⑧。这样富家，一条人命，好歹也起发他几百两生意⑨，如何便是这样住了？"妻

---

①圣主：即皇上。

②风力：威势。

③劣撅：也作"劣缺"。狠毒，顽劣。

④执命：追查凶手偿命。

⑤撺：同"搬"。

⑥揣己：犹退让。

⑦有想头：吴语，有指望，有利可图。

⑧张本：原由，依据。

⑨起发：诈取，捞取。

子道:"贫莫与富斗,打起官司来,我们先要银子下本钱,那里去讨? 不如做个好人住手,他财主每或者还有不亏我处。"

陈喇虎见说他不动,自到洪家去吓诈道:"我是陈福生族长,福生被你家打死了,你家私买下了他妻子,便打点把一场人命糊涂了。你们须要我口净,也得大家吃块肉儿。不然,明有王法,不到得被你躲过了!"洪家自恃福生妻子已无说话,天大事已定,旁边人闲言闲语,不必怕他。不教人来兜揽,任他放屁喇撒一出①,没兴自去。喇虎见无动静,老大没趣,放他不下,思量道:"若要告他人命,须得是他亲人。他妻子是扶不起的了,若是自己出名,告他不得。我而今只把私和人命首他一状,连尸亲也告在里头,须教他开不得口!"登时写下一状往府里首了。

府里见是人命,发下理刑馆②。那理刑推官,最是心性惨刻的,喜的是简尸,好的是入罪,是个拆人家的祖师。见人命状到手,访得洪家巨富,就想在这桩事上显出自己风力来。连忙出牌拘人③,吊尸简验。陈家妻子实是怕事,与人商量道:"递了免简,就好住得。"急写状去递。推官道:"分明是私下买和的情了。"不肯准状。洪家央了分上去说:"尸亲不愿,可以免简。"推官一发怒将起来道:"有了银子,王法多行不去了?"反将陈家妻子拶出④,定要简尸。没奈何只得抬出棺木,解到尸场,聚齐了一干人众,如法蒸简⑤。

仵作人晓得官府心里要报重的,敢不奉承? 把红的说紫,青的说黑,报了致命伤两三处。推官大喜,道是拿得倒一个富人,不肯假借⑥,我声名就重了,立要问他抵命。怎当得将律例一查,家长殴死雇工人,只断得埋葬,问得徒赎,并无抵偿之条。只落得洪家费掉了些银子,陈家也不得安宁。陈福生殒好入棺了,又狼狼籍籍这一番,大家多事。陈喇虎也不见沾了甚么实滋味,推官也不见增了甚么好名头,枉做了难

---

①放屁喇撒:吴语,骂人话。胡言乱语。

②理刑馆:指掌管刑狱的衙门。

③出牌:发出拘捕人犯的票牌。

④拶(zǎn):即拶子。古时夹女犯手指的刑具。

⑤蒸简:旧时用酒醋蒸熏骨骼以定死因的验尸方法。

⑥假借:宽容。

人。一场人命结过了，洪家道陈氏母子到底不做对头，心里感激，每每看管他二人，不致贫乏。陈喇虎指望个小富贵，竟落了空，心里常怀怏怏。

一日在外酒醉，晚了回家，忽然路上与陈福生相遇。福生埋怨道："我好好的安置在棺内，为你妄想吓诈别人，致得我尸骸零落，魂魄不安，我怎肯干休？你还我债去！"将陈喇虎按倒在地，满身把泥来搓擦。陈喇虎挣扎不得，直等后边人走来，陈福生放手而去。喇虎闷倒在地，后边人认得他的，扶了回家。家里道是酒醉，不以为意。不想自此之后，喇虎浑身生起癞来，起床不得。要出门来杠帮教唆，做些惫懒的事，再不能够了。淹缠半载，不能支持。到临死才对家人说道："路上遇陈福生，嫌我出首简了他尸，以此报我。我不得活了。"说罢就死。死后家人信了人言，道癞疾要传染亲人，急忙抬出，埋于浅土，被狗子乘热拖将出来，吃了一半。此乃陈喇虎作恶之报。

却是陈福生不与打他的洪大寿为仇，反来报替他执命的族人，可见简尸一事，原非死的所愿。做官的人要晓得，若非万不得已，何苦做那极惨的勾当！倘若尸亲苦求免简，也该依他为是。至于假人命，一发不必说，必待审得人命逼真，然后行简定罪。只一先后之着，也保全得人家多了。而今说一个情愿自死，不肯简父尸的孝子，与看官每听一听。

父仇不报忍模糊，自有雄心托湛卢①。
枭獍一诛身已绝②，法官还用简尸无？

话说国朝万历年间③，浙江金华府武义县有一个人，姓王名良，是个儒家出身。有个族侄王俊，家道富厚，气岸凌人，专一放债取利，行凶剥民。就是族中支派，不论亲疏，但与他财利交关④，锱铢必较⑤，一些面情也没有的。王良不合曾借了他本银二两，每年将束脩上利，积了四五

————————

①湛卢：宝剑名。

②枭獍：枭，恶鸟；獍，恶兽。比喻忘恩负义之徒或狠毒的人。

③万历：明神宗朱翊钧年号(1573—1620)。

④交关：相关。

⑤锱铢必较：比喻人气量狭小，对极少的银钱都十分计较。锱、铢：古代两种最小的重量单位。

年,还过他有两倍了。王良意思,道自家屋里,还到此地,可以相让,此后利钱便不上紧了些。王俊是放债人心性,那管你是叔父?道:"逐年还煞只是利银,本钱原根不动,利钱还须照常,岂算还多寡?"一日,在一族长处会席,两下各持一说,争论起来。王俊有了酒意,做出财主的样式,支手舞脚的发挥。王良气不平,又自恃尊辈,喝道:"你如此气质,敢待打我么?"王俊道:"便打了,只是财主打了欠债的!"趁着酒性,那管尊卑,扑的一掌打过去。王良不提防的,一交跌倒。王俊索性赶上,拳头脚尖一齐来。族长道:"使不得!使不得!"忙来劝时,已打得不亦乐乎了。

大凡酒德不好的人,酒性发了,也不认得甚么人,也不记得甚么事,但只是使他酒风,狠戾暴怒罢了,不管别人当不起的。当下一个族侄把个叔子打得七损八伤,族长劝不住,猛力解开,教人负了王良家去。王俊没个头主,没些意思,耀武扬威,一路吆吆喝喝也走去了。

讵知王良打得伤重,次日身危。王良之子王世名,也是个读书人。父亲将死之时,唤过分付道:"我为族子王俊殴死,此仇不可忘!"王世名痛哭道:"此不共戴天之仇,儿誓不与俱生人世!"王良点头而绝。王世名抚膺号恸,即具状到县间,告为立杀父命事,将族长告做见人。县间准行,随行牌吊尸到官,伺候相简。

王俊自知此事决裂①,到不得官,苦央族长处息②,任凭要银多少,总不计论。处得停妥,族长分外酬谢,自不必说。族长见有些油水,来劝王世名罢讼道:"父亲既死,不可复生。他家有的是财物,怎与他争得过?要他偿命,必要简尸。他使用了仵作,将伤报轻了,命未必得偿,尸骸先吃这番狼籍,大不是算。依我说,乘他惧怕成讼之时,多要了他些,落得做了人家③,大家保得无事,未为非策。"王世名自想了一回道:"若是执命,无有不简尸之理。不论世情敌他不过,纵是偿得命来,伤残父骨,我心何忍?只存着报仇在心,拼得性命,那处不着了手?何必当

---

①决裂:厉害。

②处息:调解使之平息。

③做了人家:这里意为做了人情。

官,拘着理法,先将父尸经这番惨酷,又三推六问①,几年月日,才正得典刑? 不如目今权依了他们处法,诈痴佯呆,住了官司。且保全了父骨,别图再报。"回复族长道:"父亲委是冤死,但我贫家,不能与做头敌②,只凭尊长所命罢了。"族长大喜,去对王俊说了,主张将王俊膏腴田三十亩与王世名,为殡葬父亲、养膳老母之费。王世名同母当官递个免简,族长随递个息词,永无翻悔。王世名一一依听了,来对母亲说道:"儿非见利忘仇,若非如此,父骨不保。儿所以权听其处分,使彼绝无疑心也。"世名之母,妇女见识,是做人家念头重的,见得了这些肥田,可以享受,也自甘心罢了。

世名把这三十亩田所收花利,每岁藏贮封识,分毫不动。外边人不晓得备细,也有议论他得了田业息了父命的,世名也不与人辨明。王俊怀着鬼胎,倒时常以礼来问候叔母。世名虽不受他礼物,却也像毫无嫌隙的,照常往来。有时撞着杯酒相会,笑语酬酢,略无介意。众人又多有笑他忘了父仇的。事已渐冷,径没人提起了。怎知世名日夜提心吊胆,时刻不忘! 悄地铸一利剑,镂下两个篆字,名曰"报仇",出入必佩。请一个传真的绘画父像③,挂在斋中,就把自己之形,也图在上面,写他持剑侍立父侧。有人问道:"为何画作此形?"世名答道:"古人出必佩剑,故慕其风,别无他意。"有诗为证:

> 戴天不共敢忘仇? 画笔常将心事留。
> 说与旁人浑不解④,腰间宝剑自飕飕。

且说王世名日间对人嘻笑如常,每到归家,夜深人静,便抚心号恸。世名妻俞氏晓得丈夫心不忘仇,每对他道:"君家心事,妾所洞知。一日仇死君手,君岂能独生?"世名道:"为了死孝,吾之职分,只恐仇不得报耳! 若得报,吾岂愿偷生耶?"俞氏道:"君能为孝子,妾亦能为节妇。"世

---

①三推六问:指反复审讯。推:推究。问:审问。元关汉卿《窦娥冤》第四折"他将你孩儿拖到官中,受尽三推六问,吊拷绷扒。"

②头敌:对头。

③传真的:绘画人像者。

④浑:全。

名道："你身是女子，出口大易，有好些难哩！"俞氏道："君能为男子之事，安见妾身就学那男子不来？他日做出便见。"世名道："此身不幸，遭罹仇难，娘子不以儿女之见相阻，却以男子之事相勉，足见相成了。"夫妻各相爱重。

五载之内，世名已得游泮①，做了秀才。妻俞氏又生下一儿。世名对俞氏道："有此呱呱②，王氏之脉不绝了。一向怀仇在心，隐忍不报者，正恐此身一死，斩绝先祀③，所以不敢轻生做事。如今我死可瞑目。上有老母，下有婴儿，此汝之责。我托付已过，我不能再顾了。"遂仗剑而出。

也是王俊冤债相寻，合该有事。他新相处得一个妇女在乡间，每饭后不带仆从，独往相叙。世名打听在肚里，晓得在蝴蝶山下经过，先伏在那边僻处了。王俊果然摇摇摆摆，独自一人踱过岭来。世名正是：

> 恩人相见，分外眼明。仇人相见，分外眼睁。

看得明白，飕的钻将过来，喝道："还我父亲的命来！"王俊不提防的吃了一惊，不及措手，已被世名劈头一剁。说时迟，那时快，王俊倒在地下挣扎。世名按倒，枭下首级，脱件衣服下来包裹停当，带回家中。见了母亲，大哭拜道："儿已报仇，头在囊中。今当为父死，不得侍母膝下了。"拜罢，解出首级到父灵位前拜告道："仇人王俊之头，今在案前，望父阴灵不远，儿今赴官投死去也。"随即取了历年所收田租帐目，左手持刀，右手提头，竟到武义县中出首。

此日县中传开，说王秀才报父仇杀了人，拿头首告，是个孝子。一传两，两传三，哄动了一个县城。但见：

> 人人竖发，个个伸眉。竖发的恨那数载含冤，伸眉的喜得今朝吐气。挨肩叠背，老人家挤坏了腰脊厉声呼；裸袖舒拳，小孩子踏伤了脚指号咷哭。任侠豪人齐拍拿，小心怯汉独惊魂。

---

① 游泮：古代学宫前有泮水，故称学宫为泮宫。明清时儒生经考试取入府、州、县学为生员，谓之"游泮"。

② 呱呱：小儿哭声。借指小孩。

③ 斩绝先祀：砍尽先人祠旁的树。意为断绝祭祀祖先。

王世名到了县堂,县门外喊发连天,何止万人挤塞!武义县陈大尹不知何事①,慌忙出堂坐了,问其缘故。王世名把头与剑放下,在阶前跪禀道:"生员特来投死。"陈大尹道:"为何?"世名指着头道:"此世名族人王俊之头,世名父亲被此人打死,昔年告得有状。世名法该执命,要他抵偿。但不忍把父尸简验,所以只得隐忍。今世名不烦官法,手刃其人,以报父仇,特来投到请死,乞正世名擅杀之罪。"大尹道:"汝父之事,闻和解已久,如何忽有此举?"世名道:"只为要保全父尸,先凭族长议处,将田三十亩养膳老母。世名一时含糊应承,所收花息②,年年封贮,分毫不动。今既已杀却仇人,此项义不宜取,理当入官。写得有簿籍在此,伏乞验明。"大尹听罢,知是忠义之士,说道:"君行孝子之事,不可以文法相拘③。但事干人命,须请详上司为主④,县间未可擅便,且召保候详。王俊之头,先着其家领回候验。"看的人恐怕县官难为王秀才,个个伸拳裸臂,候他处分。见说申详上司,不拘禁他,方才散去。

陈大尹晓得众情如此,心里大加矜念⑤,把申文多写得恳切。说:"先经王俊殴死王良是的⑥。今王良之子世名报仇杀了王俊,论来也是一命抵一命。但王世名不由官断,擅自杀人,也该有罪。本人系是生员,特为申详断决。"申文之外⑦,又加上禀揭⑧,替他周全,说:"孝义可敬,宜从轻典。"上司见了,也多叹羡,遂批与金华县汪大尹,会同武义审决这事。汪大尹访问端的⑨,备知其情,一心要保全他性命,商量道:"须把王良之尸一简,若果然致命伤重,王俊原该抵偿,王世名杀人之罪就轻了。"会审之时,汪大尹如此倡言。王世名哭道:"当初专为不忍暴残

①大尹:这里是对县令的称呼。

②花息:利息。

③文法:法制,法规。

④请详:即"申详"。指向上司陈报案情请复审。

⑤矜念:怜念。

⑥是的:确实。

⑦申文:即呈文。行文呈报。

⑧禀揭:向上级禀呈案情的揭帖。

⑨端的:真实,详尽。

父尸，故隐忍数年，情愿杀仇人而自死，岂有今日仇已死了，反为要脱自身、重简父尸之理？前日杀仇之日，即宜自杀。所以来造邑庭，正来受朝庭之法，非求免罪也。大人何不见谅如此？"汪大尹道："若不简父尸，杀人之罪，难以自解。"王世名道："原不求解。望大人放归别母，即来就死。"汪大尹道："君是孝子烈士①，自来投到者，放归何妨？但事须断决，可归家与母妻再一商量。倘肯把父尸一简，我就好周全你了。此本县好意，不可错过。"

王世名主意已定，只不应承。回来对母亲说汪大尹之意。母亲道："你待如何？"王世名道："岂有事到今日，反失了初心？儿久已拚着一死，今特来别母而去耳！"说罢，抱头大哭。妻俞氏在傍也哭做了一团。俞氏道："前日与君说过，君若死孝，妾亦当为夫而死。"王世名道："我前日已把老母与婴儿相托于你，我今不得已而死，你与我事母养子，才是本等，原在九泉亦可瞑目。从死之说，万万不可，切莫轻言！"俞氏道："君向来留心报仇，誓必身死，别人不晓，独妾知之。所以再不阻君者，知君立志如此。君能捐生，妾亦不难相从，故尔听君行事。今事已至此，若欲到底完翁尸首，非死不可。妾岂可独生以负君乎！"世名道："古人言：'死易，立孤难。'你若轻一死，孩子必绝乳哺，是绝我王家一脉，连我的死也死得不正当了。你只与我保全孩子，便是你的大恩。"俞氏哭道："既如此，为君姑忍三岁。三岁之后，孩子不须乳哺了，此时当从君地下，君亦不能禁我也！"

正哀惨间，外边有二三十人喧嚷，是金华、武义两学中秀才，与王世名曾往来相好的，乃汪、陈两令央他们来劝王秀才。还把前言来讲道："两父母意见相同②，只要轻兄之罪，必须得一简验，使仇罪应死，兄可得生。特使小弟辈来达知此意，与兄商量。依小弟辈愚见，尊翁之死，实出含冤，仇人本所宜抵。今若不从简验，兄须脱不得死罪，是以两命抵得他一命，尊翁之命，原为徒死。况子者亲之遗体，不忍伤既死之骨，却枉残现在之体，亦非正道。何如勉从两父母之言一简，以白亲冤，以全

----

①烈士：有节气有壮志的人。

②父母：即父母官。旧时对州县官的称呼。

遗体，未必非尊翁在天之灵所喜，惟兄熟思之。"王世名道："诸兄皆是谬爱小弟肝隔之言。两令君之意①，弟非不感激。但小弟提着简尸二字，便心酸欲裂，容到县堂再面计之。"众秀才道："两令之意，不过如此。兄今往一决，但得相从，事体便易了。弟辈同伴兄去相讲一遭。"王世名即进去拜了母亲四拜，道："从此不得再侍膝下了。"又拜妻俞氏两拜，托以老母幼子。大哭一场，噙泪而出，随同众友到县间来。

两个大尹正会在一处，专等诸生劝他的回话。只见王世名一同诸生到来，两大尹心里暗喜，道："想是肯从所议，故此同来也。"王世名身穿囚服，一见两大尹即称谢道："多蒙两位大人曲欲全世名一命。世名心非木石，岂不知感恩？但世名所以隐忍数年，甘负不孝之罪于天地间，靦颜嘻笑者，正为不忍简尸一事。今欲全世名之命，复致残久安之骨，是世名不是报仇，明是自杀其父了。总是看得世名一死太重，故多此议论。世名已别过母妻，将来就死，惟求速赐正罪。"

两大尹相顾持疑，诸生辈杂逻乱讲，世名只不改口。汪大尹假意作色道："杀人者死。王俊既以殴死致为人杀，论法自宜简所殴之尸有伤无伤，何必问尸亲愿简与不愿简！吾们只是依法行事罢了。"王世名见大尹执意不回，愤然道："所以必欲简视，止为要见伤痕，便做道世名之父毫无伤，王俊实不宜杀，也不过世名一死当之，何必再简？今日之事要动父亲尸骸，必不能勾。若要世名性命，只在顷刻可了，决不偷生以负初心！"言毕，望县堂阶上一头撞去。眼见得世名被众人激得焦燥，用得力猛，早把颅骨撞碎，脑浆迸出而死。

> 囹圄自可从容入②，何必须臾赴九泉？
> 只为书生拘律法，反令孝子不回旋。

两大尹见王秀才如此决烈，又惊又惨，一时做声不得。两县学生一齐来看王秀才，见已无救，情义激发，哭声震天。对两大尹道："王生如此死孝，真为难得。今其家惟老母、寡妻、幼子，身后之事，两位父母主张从厚，以维风化。"两大尹不觉垂泪道："本欲相全，岂知其性烈如此！

---

①令君：即县令。

②囹圄（língyǔ）：牢狱。

前日王生曾将当时处和之产,封识花息,当官交明,以示义不苟受。今当立一公案,以此项给其母妻为终老之资,庶几两命相抵。独多着王良一死无着落,即以买和产业周其眷属,亦为得平。"诸生众口称是。两大尹随各捐俸金十两,诸生共认捐三十两,共成五十两,召王家亲人来将尸首领回,从厚治丧。

　　两学生员为文以祭之,云:

　　　　呜呼王生,父死不鸣。刃如仇颈,身即赴冥。欲全其父,宁弃
　　其生。一时之死,千秋之名。哀哉尚飨①!

诸生读罢祭文,放声大哭。哭得山摇地动,闻之者无不泪流。哭罢,随请王家母妻拜见,面送赙仪②,说道:"伯母尊嫂,宜趁此资物,出丧殡殓。"王母道:"谨领尊命。即当与儿媳商之。"俞氏哭道:"多承列位盛情。吾夫初死,未忍遽殡,尚欲停丧三年,尽妾身事生之礼。三年既满,然后议葬,列位伯叔不必性急。"诸生不知他甚么意思,各自散去了。

　　此后,但是亲戚来往,问及出柩者,俞氏俱以言阻说,必待三年。亲戚多道:"从来说入土为安③,为何要拘定三年?"俞氏只不肯听。停丧在家,直到服满除灵,俞氏痛哭一场,自此绝食,旁人多不知道。不上十日,肚肠饥断,呜呼哀了!学中诸生闻之,愈加希奇,齐来吊视。王母诉出媳妇坚贞之性,矢志从夫,三年之中,如同一日,使人不及提防,竟以身殉。今止剩三岁孤儿与老身,可怜可怜。诸生闻言,恸哭不已,齐去禀知陈大尹。大尹惊叹道:"孝子节妇,出于一家,真可敬也!"即报各上司,先行奖恤,候抚按具题旌表④。诸生及亲戚又义助含殓,告知王母,择日一同出柩。方知俞氏初时必欲守至三年,不肯先葬其大者,专为等待自己,双双同出也。远近闻之,人人称叹。巡按马御史奏闻于

────────────

　　①哀哉尚飨:旧时祭文的结语。哀哉:表示悲伤或痛惜的感叹词。尚飨:希望死者来享用祭品。

　　②赙仪:为助人治丧而赠予的财物。

　　③入土为安:旧时土葬,人死后葬入坟墓,使死者得到安息。

　　④抚按:明清巡抚和巡按的合称。旌表:古代统治者对所谓义夫、节妇、孝子、贤士、隐逸及世代同居等大加推崇,由地方官申报朝廷,获准后则赐以匾额,或建造牌坊,予以表彰。

朝，下诏旌表其门曰"孝烈"，建坊褒荣。有《孝烈传志》行于世。

父死不忍简，自是人子心。

怀仇数年余，始得伏斧锧①。

岂肯自吝死，复将父骨侵？

法吏拘文墨，枉效书生忱。

宁知侠烈士，一死无沉吟！

彼妇激余风，三年蓄意深。

一朝及其期，地下遂相寻。

似此孝与烈，堪为薄俗箴②。

卷三十二

张福娘一心贞守　朱天锡万里符名

诗曰：

> 耕牛无宿草，仓鼠有余粮。
>
> 万事分已定，浮生空自忙。

话说天下凡事皆由前定，如近在目前，远不过数年，预先算得出，还不足为奇。尽有世间未曾有这样事，未曾生这个人，几十年前先有前知的道破了，或是几千里外恰相凑着的，真令人梦想不到，可见数皆前定也。

且说宋时宣和年间①，睢阳有一官人②，姓刘名桨，与孺人年皆四十外了，屡生子不育，惟剩得一幼女。刘官人到京师调官去了，这幼女在家，又得病而死，将出瘞埋。孺人看他出门，悲痛不胜，哭得发昏，倦坐椅上。只见一个高髻妇人走将进来道："孺人何必如此悲哭？"孺人告诉他屡丧嗣息，止存幼女，今又夭亡，官人又不在家这些苦楚。那妇人道："孺人莫心焦，从此便该得贵子了。官人已有差遣，这几日内就归。归来时节，但往城西魏十二嫂处，与他寻一领旧衣服留着。待生子之后，借一个大银盒子，把衣裙铺着，将孩子安放盒内。略过少时，抱将出来，取他一个小名，或是合住，或是蒙住。即易长易养，再无损折了。可牢牢记取老身之言。"孺人妇道家心性，最喜欢听他的是这些说话。见话得有枝有叶，就问道："姥姥何处来的③，晓得这样事？"妇人道："你不要管我来处去处。我怜你哭得悲切，又见你贵子将至，故教你个法儿，使你以后生育得实了。"孺人问高姓大名，后来好相谢。妇人道："我惯救人苦恼，做好事不要人谢的。"说罢走出门外，不知去向。

---

① 宣和：宋徽宗赵佶年号（1119—1125）。

② 睢阳：秦置县，唐代改为宋城。宋代为应天府属县，金复为睢阳。故城在今河南商丘县南。

③ 姥姥：这里是对老年妇女的尊称。

　　果然过得五日，刘官人得调滁州法曹掾①，归到家里。孺人把幼女夭亡、又逢着高髻妇人的说话，说了一遍。刘官人感伤了一回，也是死怕了儿女的心肠，见说着妇人之言，便做个不着，也要试试看。况说他得差回来，已此准了，心里有些信他。

　　次日即出西门，遍访魏家。走了二里多路，但只有姓张、姓李、姓王、姓赵，再没有一家姓魏。刘官人道："眼见得说话作不得准了。"走回转来。到了城门边，走得口渴，见一茶坊，进去坐下吃个泡茶。问问主人家，恰是姓魏。店里一个后生，是主人之侄，排行十一。刘官人见他称呼出来，打动心里，问魏十一道："你家有兄弟么？"十一道："有兄弟十二。"刘官人道："令弟有嫂子了么？"十一道："娶个弟妇，生过了十个儿子，并无一个损折。见今同居共食，贫家支撑，甚是烦难。"刘官人见有了十二嫂，又是个多子的，谶兆相合②，不觉大喜。就把实情告诉他，说屡损幼子及妇人教导向十二嫂假借旧衣之事："今如此多子，可见魇样之说不为虚妄的③。"十一见是个官人，图个往来，心里也喜欢，忙进去对兄弟说了。魏十二就取了自穿的一件旧绢中单衣出来，送与刘官人。刘官人身边取出带来纸钞二贯答他。魏家兄弟断不肯受，道："但得生下贵公子之时，吃杯喜酒，日后照顾寒家照顾勾了。"刘官人称谢，取了旧衣回家。

　　不多几时，孺人果然有了妊孕。将五个月，夫妻同赴滁州之任。一日在衙对食，刘官人对孺人道："依那妇人所言，魏十二嫂已有这人，旧衣已得，生子之兆，显有的据了。却要个大银盒子，吾想盛得孩子的盒子，也好大哩，料想自置不成。甚样人家有这样盒子好去借得？这却是荒唐了。"孺人道："正是这话，人家料没有的。就有，我们从那里知道，好与他借？只是那姥姥说话，句句不妄，且看应验将来。"夫妻正在疑惑间，刘官人接得府间文书，委他查盘滁州公库。刘官人不敢迟慢，分付

---

　　①滁州：宋代淮南东路属县，今安徽滁县。法曹掾（yuàn）：管理司法的官吏。
　　②谶兆：预兆。
　　③魇（yǎn）样：也作"魇阳"。用符咒或其他迷信手法消解灾殃，或致灾祸于人。

库吏取齐了簿籍，凡公库所有，尽皆简出备查。滁州荒僻，库藏萧索，别不见甚好物，独内中存有大银盒二具。刘官人触着心里，又疑道："何故有此物事？"试问库吏，库吏道："近日有个钦差内相谭稹①，到浙西公干，所过州县必要献上土宜②。那盛土宜的，俱要用银做盒子，连盒子多收去，所以州中备得有此。后来内相不打从滁州过，却在别路去了，银盒子得以不用，留在库中收贮，作为公物。"刘官人记在心里，回与孺人说其缘故，共相诧异。

过了几月，生了一子，遂到库中借此银盒，照依妇人所言，用魏十二家旧衣衬在底下，把所生儿子眠在盒子中间。将有一个时辰，才抱他出来，取小名做蒙住。看那盒子底下，镌得有字，乃是宣和庚子年制③。想起妇人在睢阳说话的时节，那盒子还未曾造起，不知为何他先知道了。这儿子后名孝庄，字正甫，官到兵部侍郎④，果然大贵。高髻妇人之言，无一不验，真是数已前定⑤。并那件物事，世间还不曾有，那贵人已该在这里头眠一会，魔样得长成，说过在那里了，可不奇么？

而今说一个人在万里之外，两不相知，这边预取下的名字，与那边原取下的竟自相同。这个定数，还更奇哩。要知端的，先听小子四句口号：

> 有母将雏横遣离，谁知万里遇还时。
>
> 试看两地名相合，始信当年天赐儿。

这回书也是说宋朝苏州一个官人，姓朱字景先，单讳着一个铨字。淳熙丙申年间⑥，主管四川茶马司⑦，有个公子名逊，年已二十岁。聘下

---

①内相：宦官。

②土宜：土特产。

③宣和庚子：即宋徽宗宣和二年(1120)。

④兵部侍郎：中央兵部的副长官，与兵部尚书同为堂官。

⑤数：即"定数"。宿命论认为人世的祸福皆由天命或某种不可知的力量所决定，因称作"定数"。

⑥淳熙丙申：南宋孝宗淳熙三年(1176)。

⑦茶马司：宋代在成都置榷茶、买马司。其后改称都大提举茶马司。设提举官，掌管用川茶与少数民族贸易马匹。

妻室范氏,是苏州大家,未曾娶得过门,随父往任。那公子青春正当强盛,衙门独处无聊,欲念如火,按纳不下。央人对父亲朱景先说,要先娶一妾,以侍枕席。景先道:"男子未娶妻,先娶妾,有此礼否?"公子道:"固无此礼,而今客居数千里之外,只得反经行权①,目下图个伴寂寥之计。他日娶了正妻,遣还了他,亦无不可。"景先道:"这个也使得。只恐他日溺于情爱,要遣就烦难了。"公子道:"说过了话,男子汉做事,一刀两段,有何烦难!"景先许允。公子遂托衙门中一个健捕胡鸿出外访寻②。胡鸿访得成都张姓家里有一女子,名曰福娘,姿容美丽,性格温柔。来与公子说了,将着财礼银五十两,取将过来为妾。福娘与公子年纪相仿,正是:

> 少女少郎,其乐难当。

两情欢爱,如胶似漆。

过了一年,不想苏州范家见女儿长成,女婿远方随任,未有还期,恐怕担阁了两下青春,一面整办妆奁,父亲范翁亲自伴送到任上成亲。将入四川境中,先着人传信到朱家衙内,已知朱公子一年之前,娶得有妾,便留住行李不行,写书去与亲家道:

> 先妻后妾,世所恒有。妻未成婚,妾已入室,其义何在?今小女于归戒途③,吉礼将成④,必去骈枝⑤,始谐连理⑥。此白。

看官听说,这个先妾后妻果不是正理,然男子有妾亦是常事。今日既已娶在室中了,只合讲明了嫡庶之分,不得以先后至有僭越⑦,便可相安,才是处分得妥的。争奈人家女子,无有不妒,只一句有妾即已不相应了。必是逐得去,方拔了眼中之钉。与他商量,岂能相容?做父亲的

---

① 反经行权:违背常道,自行作主。

② 健捕:精干的捕快。

③ 于归:出嫁。《诗经·周南·桃夭》:"之子于归,宜室宜家。"朱熹集传:"妇人谓嫁曰归。"

④ 吉礼:婚礼。

⑤ 骈枝(qí):比喻多余无用的东西。

⑥ 连理:比喻恩爱夫妻。

⑦ 僭越:超越本分行事。

有大见识，当以正言劝勉，说："媵妾虽贱，也是良家儿女，既已以身事夫，便亦是终身事体，如何可轻说一个去他？使他别嫁，亦非正道。到此地位，只该大度含容，和气相与，等人颂一个贤惠。他自然做小伏低，有何不可？"若父亲肯如此说，那未婚女子虽怎生嫉妒，也不好渗渗濑濑①，就放出手段，要长要短的。当得人家父亲护着女儿，不晓得调停为上，正要帮他立出界墙来，那管这一家增了好些难处的事？只这一封书去，有分交：

　　　　锦窝爱妾，一朝剑析延津②；远道孤儿，万里珠还合浦③。

正是：

　　　　世间好物不坚牢，彩云易散琉璃碎。

　　　　无缘对面不相逢，有缘千里能相会。

朱景先接了范家之书，对公子说道："我前日曾说过的，今日你岳父以书相责，原说他不过。他又说必先遣妾，然后成婚，你妻已送在境上，讨了回话然后前进，这也不得不从他了。"公子心里委是不舍得张福娘，然前日要娶妾时，原说过了娶妻遣还的话，今日父亲又如此说，丈人又立等回头，若不遣妾，便成亲不得。真也是左难右难，眼泪从肚子里落下来，只得把这些话与张福娘说了。

　　张福娘道："当初不要我时，凭得你家。今既娶了进门，我没有得罪，须赶我去不得。便做讨大娘来时，我只是尽礼奉事他罢了，何必要得我去？"公子道："我怎么舍得你去？只是当初娶你时节，原对爹爹说过，待成正婚之日，先行送还。今爹爹把前言责我，范家丈人又带了女儿住在境上，要等送了你去，然后把女儿过门。我也处在两难之地，没奈何了。"张福娘道："妾乃是贱辈，唯君家张主④。君家既要遣去，岂可

────────────

　①渗渗濑濑：形容露出使人可怕的样子。

　②剑析延津：这里比喻因缘暂时分离。剑析延津的故事，指西晋张华与雷焕在丰城掘得一对宝剑，后雷焕之子雷华带剑过延津渡口时二剑化龙复合飞去。

　③珠还合浦：指东汉合浦郡太守孟尝革除前任官员弊政，迁离的明珠又还归当地，比喻人去复还或失物复得。

　④张主：作主。

强住，以阻大娘之来？但妾身有件不得已事，要去也去不得了。"公子
道："有甚不得已事？"张福娘道："妾身上已怀得有孕，此须是君家骨血。
妾若回去了，他日生出儿女来，到底是朱家之人，难道又好那里去得不
成？把似他日在家守着①，何如今日不去的是。"公子道："你若不去，范
家不肯成婚，可不担阁了一生婚姻正事？就强得他肯了，进门以后必是
没有好气，相待得你刻薄起来，反为不美。不如权避了出去，等我成亲
过了，慢慢看个机会劝转了他，接你来同处，方得无碍。"张福娘没奈何，
正是：

　　　　人生莫作妇人身，百年苦乐由他人。

福娘主意不要回去，却是堂上主张发遣，公子一心要遵依丈人说话，等
待成亲。福娘四不拗六②，徒增些哭哭啼啼，怎生撇强得过③？只得且
自回家去守着。

　　这朱家即把此信报与范家，范翁方才同女儿进发。昼夜兼程，行到
衢中，择吉成亲。朱公子男人心性，一似荷叶上露水珠儿，这边缺了，那
边又圆。且全了范氏伉俪之欢，管不得张福娘仳离之苦④。夫妻两下，
且自过得恩爱，此时便没有这妾也罢了。

　　明年，朱景先茶马差满，朝廷差少卿王渥交代，召取景先还朝。景
先拣定八月离任，此时福娘已将分娩，央人来说，要随了同归苏州。景
先道："论来有了妊孕，原该带了同去为是。但途中生产，好生不便。且
看他造化，若得目下即产，便好带去了。"福娘再三来说："已嫁从夫，当
时只为避取大娘，暂回母家，原无绝理。况腹中之子，是那个的骨血，可
以弃了竟去么？不论即产与不产，嫁鸡逐鸡飞，自然要一同去的。"朱景
先是仕宦中人，被这女子把正理来讲，也有些说他不过。说与夫人，劝
化范氏媳妇，要他接了福娘来衢中，一同东归。

　　范氏已先见公子说过两番，今翁姑来说⑤，不好违命。他是诗礼之

---

①把似：假如。

②四不拗六：指少数人拗不过多数。

③撇(biě)强：强拗，固执。

④仳(pǐ)离：指被遗弃。

⑤翁姑：公公和婆婆。

家出身的,晓得大体,一面打点接取福娘了。怎当得:

天有不测风云,人有旦夕祸福!

朱公子是色上要紧的人,看他未成婚时,便如此忍耐不得,急于取妾,以致害得个张福娘上不得,下不得,岂不是个喉急的?今与范氏夫妻,你贪我爱,又遭了张福娘,新换了一番境界,把从前毒火多注在一处,朝夜探讨,早已染了痨怯之症,吐血丝,发夜热,医家只戒少近女色。景先与夫人商量道:"儿子已得了病,一个媳妇,还要劝他分床而宿。若张氏女子再娶将来,分明是油锅内添上一把柴了。还只是立意回了他,不带去罢。只可惜他已将分娩,是男是女,这是我朱家之后,舍不得撇他。"景先道:"儿子媳妇,多是青年,只要儿子调理得身体好了,那怕少了孙子?趁着张家女子尚未分娩,黑白未分,还好辞得他。若不日之间产下一子,倒不好撇他了。而今只把途间不便生产去说,十分说不倒时,权约他日后来相接便是。"计议已定,当下力辞了张福娘,离了成都,归还苏州去了。

张福娘因朱家不肯带去,在家哭了几场。他心里一意守着腹中消息。朱家去得四十日后,生下一子。因道少不得要归朱家,只当权寄在四川,小名就唤做寄儿。福娘既生得有儿子,就甘贫守节,誓不嫁人。随你父母乡里百般说谕,并不改心。只绩纺补纫,资给度日,守那寄儿长成。寄儿生得眉目疏秀,不同凡儿,与里巷同伴一般的孩童戏耍,他每每做了众童的头,自称是官人,把众童呼来喝去,俨然让他居尊的模样。到了七八岁,张福娘送他上学从师,所习诗书,一览成诵。福娘一发把做了大指望,坚心守去,也不管朱家日后来认不认的事了。

且不说福娘苦守教子,那朱家自回苏州,与川中相隔万里,彼此杳不闻知。过了两年,是庚子岁①,公子朱逊病不得痊,呜呼哀哉。范氏虽做了四年夫妻,倒有两年不同房,寸男尺女皆无。朱景先又只生得这个公子,并无以下小男小女,一死只当绝了后代了。有诗为证:

_____

①庚子:宋孝宗淳熙七年(1180)庚子。

不孝有三无后大①,谁料儿亡竟绝孙?

早知今日凄凉景,何故当时忽妾妊!

朱景先虽然仕宦荣贵,却是上奉老母,下抚寡媳,膝下并无儿孙,光景孤单,悲苦无聊,再无开眉欢笑之日。直到乙巳年②,景先母太夫人又丧,景先心事,一发只有痛伤。此时连前日儿子带妊还妾之事,尽多如隔了一世的,那里还记得影响起来?

又道是无巧不成话。四川后任茶马王渥少卿,闻知朱景先丁了母忧③,因是他交手的前任官,多有首尾的④,特差人赍了赙仪奠帛⑤,前来致吊。你道来的是甚么人? 正是那年朱公子托他讨张福娘的旧役健捕胡鸿。他随着本处一个巡简邹圭到苏州公干的便船⑥,来至朱家。送礼已毕,朱景先问他川中日事,是件备陈。朱景先是个无情无绪之人,见了手下旧使役的,偏喜是长是短的婆儿气,消遣闷怀。

那胡鸿住在朱家了几时,讲了好些闲说话,也看见朱景先家里事体光景在心,便问家人道:"可惜大爷青年短寿。今不曾生得有公子,还与他立个继嗣么?"家人道:"立是少不得立他一个,总是别人家的肉,那里煨得热? 所以老爷还不曾提起。"胡鸿道:"假如大爷留得一股真骨血在世上,老爷喜欢么?"家人道:"可知道喜欢,却那里讨得出?"胡鸿道:"有是有些缘故在那里,只不知老爷意思怎么样。"家人见说得蹊跷,便问道:"你说的话那里起?"胡鸿道:"你每岂忘记了大爷在成都曾娶过妾么?"家人道:"娶是娶过,后来因娶大娘子,还了他娘家了。"胡鸿道:"而今他生得有儿子。"家人道:"他别嫁了丈夫,就生得有儿子,与我家甚么

---

①"不孝"句:出自《孟子·离娄章句上》:"不孝有三,无后为大。舜不告而娶,为无后也。君子以为犹告也。"

②乙巳:宋孝宗淳熙十二年(1185)乙巳。

③丁了母忧:守母亲丧。

④首尾:关系。本卷另一文中的"况此女是小人的首尾",则指"一手经办的事"。

⑤赙仪:赠送钱财以助人治丧。

⑥巡简:即巡检。宋时掌训练甲兵,巡逻州邑,职权颇重,后受所在县令节制。

相干?"胡鸿道:"冤屈!冤屈!他那曾嫁人?还是你家带去的种哩!"家人道:"我每不敢信你这话,对老爷说了,你自说去!"

家人把胡鸿之言,一一来禀朱景先。朱景先却记起那年离任之日,张家女子将次分娩,再三要同到苏州之事,明知有遗腹在彼地。见说是生了儿子,且惊且喜,急唤胡鸿来问他的信。胡鸿道:"小人不知老爷主意怎么样,小人不敢乱讲出来。"朱景先道:"你只说前日与大爷做妾的那个女子,而今怎么样了就是!"胡鸿道:"不敢瞒老爷说,当日大爷娶那女子,即是小人在里头做事的,所以备知端的。大爷遣他出去之时,元是有娠。后来老爷离任得四十多日,即产下一个公子了。"景先道:"而今见在那里?"胡鸿道:"这个公子,生得好不清秀伶俐,极会读书,而今在娘身边,母子相守,在那里过日。"景先道:"难道这女子还不嫁人?"胡鸿道:"说这女子也可怜,他缝衣补裳,趁钱度日①,养那儿子,供给读书,不肯嫁人。父母多曾劝他,乡里也有想他的,连小人也巴不得他有这日,在里头再赚两数银子。怎当得他心坚如铁,再说不入。后来看见儿子会读了书,一发把这条门路绝了。"景先道:"若果然如此,我朱氏一脉可以不绝,莫大之喜了。只是你的说话可信么?"胡鸿道:"小人是老爷旧役,从来老实,不会说谎,况此女是小人的首尾,小人怎得有差?"景先道:"虽然如此,我嗣续大事非同小可②,今路隔万里,未知虚实,你一介小人,岂可因你一言造次举动得?"胡鸿道:"老爷信不得小人一个的言语,小人附舟来的是巡简邹圭,他也是老爷的旧吏。老爷问他,他备知端的。"朱景先见说话有来因,巴不得得知一个详细,即差家人请那邹巡简来。

邹巡简见是旧时本官相召,不敢迟慢,忙写了禀帖,来见朱景先。朱景先问他蜀中之事,他把张福娘守贞教子,与那儿子聪明俊秀不比寻常的话,说了一遍。与胡鸿所说,分毫不差。景先喜得打跌③,进去与夫

①趁钱:赚钱,挣钱。

②嗣续:子孙繁衍,世代继承。《国语·晋语四》:"嗣续其祖,如谷之滋。"韦昭注:"言子孙将继续其先祖,如谷之蕃滋。"

③打跌:顿足;形容十分激动。

人及媳妇范氏备言其故，合家惊喜道："若得如此，绝处逢生，祖宗之大庆也！"景先分付备治酒饭，管待邹巡简，与邹巡简商量川中接他母子来苏州说话。邹巡简道："此路迢遥，况一个女子，一个孩子，跋涉艰难，非有大力，不能周全得直到这里。小官如今公事已完，早晚回蜀。恩主除非乘此便，致书那边当道，支持一路舟车之费，小官自当效犬马之力，着落他母子起身①，一径到府上，方可无误。"景先道："足下所言，实是老成之见。下官如今写两封书，一封写与制置使留尚书②，一封即写与茶马王少卿，托他周置一应路上事体，保全途中母子无虞。至于两人在那里收拾起身之事，全仗足下与胡鸿照管停当，下官感激不尽，当有后报。"邹巡简道："此正小官与胡鸿报答恩主之日，敢不随便尽心、曲护小公子到府③？恩主作速写起书来，小官早晚即行也。"

朱景先遂一面写起书来，书云：

> 铨不禄④，母亡子夭，目前无孙。前发蜀时，有成都女子张氏为儿妾，怀娠留彼。今据旧胥巡简邹圭及旧役胡鸿俱言业已获雄⑤，今计八龄矣。遗孽万里，实系寒宗如线。欲致其还吴，而伶仃母子，跋涉非易。敢祈鼎力覆庇，使舟车无虞。非但骨肉得以会合，实令祖宗藉以绵延，感激非可名喻也。铨白。

一样发书二封，附与邹巡简将去。就便赏了胡鸿，致谢王少卿相吊之礼⑥。各厚赠盘费，千叮万嘱，两人受托而去。朱景先道是既有上司主张，又有旧役帮衬，必是停当得来的，合家日夜只望好音不题。

且说邹巡简与胡鸿回去，到了川中。邹巡简将留尚书的书去至府中递过。胡鸿也回复了王少卿的差使，就递了旧茶马朱景先谢帖，并书一封。王少卿遂问胡鸿这书内的详细，胡鸿一一说了。王少卿留在心上，就分付胡鸿道："你先去他家通此消息，教母子收拾打叠停当了，来

---

①着落：安排。

②制置使：为一路至数路地区统兵大员。掌经画边防军务事。

③曲护：尽心保护。

④不禄：死的讳称。这里指朱景先子逊早死。

⑤旧胥：旧日的胥吏、部下。获雄：得子。

⑥相吊：互相慰问。

禀着我。我早晚乘便周置他起身就路便是。"胡鸿领旨,竟到张家见了福娘,备述身被差遣、直到苏州朱家作吊太夫人的事。福娘忙问:"朱公子及合家安否?"胡鸿道:"公子已故了五六年了。"张福娘大哭一场。又问公子身后事体,胡鸿道:"公子无嗣,朱爷终日烦恼,偶然说起娘子这边有了儿子,娘子教他读书,苦守不嫁。朱爷不信,遂问得邹巡简之言相同,十分欢喜,有两封书,托这边留制使与王少卿,要他每设法护送着娘子与小官人到苏州。我方才见过少卿了,少卿叫我先来通知你母子,早晚有便,就要请你们动身也。"张福娘前番要跟回苏州,是他本心,因不得自由,只得强留在彼,又不肯嫁人,如此苦守。今见朱家要来接他,正是叶落归根事务,心下岂不自喜?一面谢了胡鸿报信,一面对儿子说了,打点东归,只看王少卿发付。

王少卿因会着留制使,同提起朱景先托致遗孙之事,一齐道:"这是完全人家骨肉的美事,我辈当力任之。"适有蜀中进士冯震武要到临安,有舟东下,其路必经苏州。且舟中宽敞,尽可附人。王少卿知得,报与留制使,各发束与冯进士说了。如此两位大头脑去说①,那些小附舟之事,你道敢不依么?冯进士分付了船户,将好舱口分别得内外的,收拾洁净,专等朱家家小下船。留制使与王少卿各赠路费、茶果、银两,即着邹巡简、胡鸿两人赍发张福娘母子动身②,复着胡鸿防送到苏州。张福娘随别了自家家里,同了八岁儿子寄儿,上在冯进士船上。冯进士晓得是缙绅家属,又是制使、茶马使所托,加意照管,自不必说。一路进发,尚未得到。

这边朱景先家里,日日盼望消息,真同大旱望雨。一日,遇着朝廷南郊礼成③,大赍恩典④,侍从官员当荫一子,无子即孙。朱景先待报有子孙来,目前实是没有;待说没有来,已着人四川勾当去了。虽是未到,不是无指望的。难道虚了恩典不成?心里计较道:"宁可先报了名字

---

① 大头脑:指有权势的人物。

② 赍(jī)发:打发。

③ 南郊礼:特指帝王祭天的大礼。

④ 赍:赏赐。

去,他日可把人来补荫①。"主意已定,只要取下一个名字,就好填了。想一想道:"还是取一个甚么名字好?"

> 有恩须荫子和孙,争奈庭前未有人!
> 万里已迎遗腹孽,先将名讳报金门②。

朱景先辗转了一夜,未得佳名。次早心下猛然道:"蜀中张氏之子,果收拾回来,此乃是数年绝望之后从天降下来的,岂非天赐?《诗》云③:'天锡公纯嘏。'取名天锡,既含蓄天幸得来的意思,又觉字义古雅,甚妙,甚妙!"遂把"有孙朱天锡"填在册子上,报到仪部去④。准了恩荫⑤,只等蜀中人来顶补。

不多几时,忽然胡鸿复来叩见,将了留尚书、王少卿两封回书来禀道:"事已停当,两位爷给发盘缠,张小娘子与小公子多在冯进士船上附来,已到河下了。"朱景先大喜,正要着人出迎,只见冯进士先将帖来进拜。景先接见冯进士,诉出留、王二大人相托,顺带令孙母子在船上来,幸得安稳,已到府前说话。朱景先称谢不尽,答拜了冯进士,就接取张福娘母子上来。

张福娘领了儿子寄儿,见了翁姑与范氏大娘。感起了旧事,全家哭做了一团。又教寄儿逐位拜见过,又合家欢喜。朱景先问张福娘道:"孙儿可叫得甚么名字?"福娘道:"乳名叫得寄儿。两年之前,送入学堂从师,那先生取名天锡。"朱景先大惊道:"我因仪部索取恩荫之名,你每未来到,想了一夜,才取这两个字,预先填在册子上送去。岂知你每万里之外,两年之前,已取下这两个字作名了?可见天数有定若此,真为奇怪之事!"合家叹异。

那朱景先忽然得孙,直在四川去认将来,已此是新闻了。又两处取名,适然相同,走进门来,只消补荫,更为可骇。传将开去,遂为奇谈。

---

①补荫:即"荫补",指因祖先功勋而补官。
②金门:即汉官金马门。后用来指官廷。
③《诗》:即《诗经》,所引"天赐公纯嘏"出自《鲁颂·閟官》。纯嘏,指大福。
④仪部:即礼部,掌礼仪、祭享、贡举等事。
⑤恩荫:遇朝廷庆典,官员子孙承恩入国子监读书并入仕。

后来朱天锡袭了恩荫,官位大显,张福娘亦受封章①。这是他守贞教子之报。有诗为证:

> 娶妾先妻亦偶然,岂知弃妾更心坚?
> 归来万里由前定,善念阴中必保全!

---

①封章:这里指封荫表彰。

卷三十三

杨抽马甘请杖　富家郎浪受惊

诗云：

> 敕使南来坐画船①，袈裟犹带御炉烟②。
>
> 无端撞着曹公相，二十皮鞭了宿缘③。

这四句诗乃是国朝永乐年间少师姚广孝所作④。这个少师乃是僧家出身，法名道衍，本贯苏州人氏。他虽是个出家人，广有法术，兼习兵机，乃元朝刘秉忠之流⑤。太祖分封诸王，各选一高僧伴送之国⑥。道衍私下对燕王说道："殿下讨得臣去作伴，臣当送一顶白帽子与大王戴。""白"字加在"王"字上，乃是个"皇"字，他藏着哑谜，说道辅佐他做皇帝的意思。燕王也有些晓得他不凡，果然面奏太祖，讨了他去。后来赞成靖难之功⑦，出师胜败，无不未卜先知。燕兵初起时，燕王问他："利钝如何？"他说："事毕竟成，不过费得两日工夫。"后来败于东昌，方晓得"两日"是个"昌"字。他说道："此后再无阻了。"果然屡战屡胜，燕王直正大位，改元永乐。道衍赐名广孝，封至少师之职。虽然受了职衔，却

---

① 敕使：皇帝的使者。

② 袈裟：和尚披在外面的一种法衣。

③ 宿缘：佛教谓前生的因缘。

④ 姚广孝：法名道衍，字斯道。苏州长洲（今江苏吴县）人。十四岁出家为僧。为燕王朱棣的谋士，筹划军事。朱棣即帝位为明成祖，复姓，赐名广孝，授太子少师。《明史》有传。

⑤ 刘秉忠：字仲晦，邢州（今河北邢台）人。少时为僧，自号藏春散人。忽必烈为亲王时，召入藩邸，参与机密。世祖即位后，请建国号大元，定朝仪官制。《元史》有传。

⑥ 之国：前往封地。

⑦ 靖难：明建文帝，怕诸藩王势大，用齐泰、黄子澄策，先后废削周、齐、湘、代、岷五王。燕王朱棣起兵南下，以讨齐黄，清君侧，号称"靖难"。

不肯留发还俗,仍旧光着个头,穿着蟒龙玉带,长安中出入①。文武班中,晓得是他佐命功臣②,谁不钦敬?

一日,成祖皇帝御笔亲差他到南海普陀落伽山进香③。少师随坐了几号大样官船,从长江中起行。不则数日,来到苏州马头上,湾船在姑苏馆驿河下。苏州是他父母之邦,他有心要上岸观看风俗,比旧同异如何。屏去从人,不要跟随,独自一个,穿着直裰在身④,只做野僧打扮,从胥门走进街市上来行走⑤。

正在看玩之际,忽见喝道之声远远而来。市上人虽不见十分惊惶,却也各自走开在两边了让他。有的说是管粮曹官人来了。少师虽则步行,自然不放他在眼里的,只在街上摇摆不避。须臾之间,那个官人看看抬近,轿前皂快人等高声喝骂道:"秃驴怎不回避!"少师只是微微冷笑。就有两个应捕把他推来抢去。少师口里只说得一句道:"不得无礼,我怎么该避你们的?"应捕见他不肯走开,道是冲了节,一把拿住。只等轿到面前,应捕口禀道:"一个野僧冲道,拿了听候发落。"轿上那个官人问道:"你是那里野和尚,这等倔强?"少师只不作声。那个官人大怒,喝教拿下打着。众人诺了一声,如鹰拿燕雀,把少师按倒在地,打了二十板。少师再不分辨,竟自忍受了。

才打得完,只见府里一个承差同一个船上人,飞也似跑来道:"那里不寻得少师爷到,却在这里!"众人惊道:"谁是少师爷?"承差道:"适才

①长安:唐以后诗文中常用作都城的通称。

②佐命:辅佐帝王创业。

③普陀落伽山:梵语音译,省称普陀,在浙江普陀县,属舟山群岛。为中国佛教四大名山之一。简称普陀山。是浙江省舟山群岛中的一个岛屿,与山西五台山、四川峨眉山、安徽九华山并称为我国佛教四大名山,是观音菩萨的道场。

④直裰(duō):即道袍。

⑤胥门:今江苏苏州城西门。

司道府县各爷多到钦差少师姚老爷船上迎接①,说着了小服从胥门进来了。故此同他船上水手急急赶来,各位爷多在后面来了。你们何得在此无理!"众人见说,大惊失色,一哄而散。连抬那官人的轿夫,把个官来撒在地上了,丢下轿子,恨不爷娘多生两只脚,尽数跑了。刚刚剩下得一个官人在那里。

元来这官人姓曹,是吴县县丞②。当下承差将出绳来,把县丞拴下,听候少师发落。须臾,守巡两道府县各官多来迎接③,把少师簇拥到察院衙门里坐了。各官挨次参见已毕。承差早已各官面前禀过少师被辱之事,各官多跪下待罪,就请当面治曹县丞之罪。少师笑道:"权且寄府狱中,明日早堂发落。"当下把县丞带出,监在府里。各官别了出来,少师是晚即宿于察院之中。

次早开门,各官又进见。少师开口问道:"昨日那位孟浪的官人在那里④?"各官禀道:"见监府狱⑤,未得钧旨,不敢造次。"少师道:"带他进来。"各官道是此番曹县丞必不得活了。曹县丞也道性命只在霎时,战战兢兢,随着解人膝行到庭下,叩头待死。少师笑对各官道:"少年官人不晓事。即如一个野僧在街上行走,与你何涉,定要打他?"各官多道:"这是有眼不识泰山,罪应万死,只求老大人自行诛戮,赐免奏闻,以宽某等失于简察之罪⑥,便是大恩了。"少师笑嘻嘻的袖中取出一个柬帖

---

①司道府县:明代地方行政实行省、府、州县三级政权体制。省级政权由承宣布政使司、提刑按察使司、都指挥使司组成,合称三司,分掌行政、司法和军事。布政使属下的参政、参议分司诸道,有督粮道、督册道、各地分守道。按察使下的副使、佥事分司诸道则有提督学道、清军道、驿传道及各地分巡道。

②县丞:县令的辅佐,管理文书及仓狱。

③守巡两道:明代的道分为守道和巡道,分别隶属于布政使司、按察使司,是布、按两司的派出机构,同时兼有监察府、州、县的职责,与布按二司俗称"监司"。

④孟浪:卤莽。

⑤见:同"现"。

⑥简察:检察。

来与各官看,即是前诗四句。各官看罢,少师哈哈大笑道:"此乃我前生欠下他的。昨日微服闲步①,正要完这夙债。今事已毕,这官人原没甚么罪过,各请安心做官罢了,学生也再不提起了②。"众官尽叹伏少师有此等度量,却是少师是晓得过去未来的事,这句话必非混帐之语③。

看官若不信,小子再说宋时一个奇人,也要求人杖责了前欠的,已有个榜样过了。这人却有好些奇处,听小子慢慢说来,做回正话。

> 从来有奇人,其术堪玩世④。
> 一切真实相,仅足供游戏。

话说宋朝蜀州江源有一个奇人⑤,姓杨,名望才,字希吕。自小时节不知在那里遇了异人,得了异书,传了异术。七八岁时,在学堂中便自跷蹊作怪⑥。专一聚集一班学生,要他舞仙童,跳神鬼,或扮个刘关张三战吕布⑦,或扮个尉迟恭单鞭夺槊⑧。口里不知念些甚么,任凭随心搬演。那些村童无不一一按节跳舞,就像教师教成了一般的,旁观着实好看。及至舞毕,问那些童子,毫厘不知。

一日,同学的有钱数百文在书笥中⑨,并没人知道。杨生忽地向他借起钱来。同学的推说没有,杨生便把手指掐道:"你的钱有几百几十几文见在笥中,如何赖道没有?"众学生不信,群然启那同学的书笥看,果然一文不差。于是传将开去,尽道杨家学生有希奇术数。年纪渐大,长成得容状丑怪,双目如鬼,出口灵验。远近之人多来请问吉凶休咎,

---

① 微服:为了隐藏身分,避开人的注目而改换常服。

② 学生:明清读书人或官场中人自称的谦词。

③ 混帐:敷衍,应酬。

④ 玩世:以不严肃的态度来处理世事。

⑤ 江源:宋代蜀州的属县,属成都府路。源,误,应为"原"。

⑥ 跷蹊作怪:指怪异多变。

⑦《刘关张三战吕布》:元杂剧有《虎牢关三战吕布》,或是此剧,演刘备、关羽、张飞虎牢关战吕布的故事。

⑧《尉迟恭单鞭夺槊》:元杂剧,写唐初李世民在洛阳观察敌情,被王世充部将单雄信赶入榆科园,唐将尉迟恭策马前来相救,鞭打单雄信,夺去其槊。

⑨ 书笥:书箱。

百发百中。因为能与人抽简禄马①,川中起他一个诨名叫做杨抽马。但是经过抽马说的,近则近应,远则远应,正则正应,奇则奇应。且略述他几桩怪异去处:

杨家住居南边,有大木一株,荫蔽数丈。忽一日写个帖子出去,贴在门首道:"明日午未间②,行人不可过此,恐有奇祸。"有人看见,传说将去道:"抽马门首有此帖子。"多来争者。看见了的,晓得抽马有些古怪,不敢不信,相戒明日午未时候,切勿从他门首来走。果然到了其期,那株大木忽然摧扑下来,盈塞街市,两旁房屋略不少损。这多是杨抽马魇样过了,所以如此。又恐怕人不知道,失误伤犯,故此又先通示,得免于祸。若使当时不知,在街上摇摆时节,不好似受了孙行者金箍棒一压,一齐做了肉饼了。

又常持缣帛入市货卖③。那买的接过手量着,定是三丈四丈长的,价钱且是相应④。买的还要讨他便宜,短少些价值,他并不争论。及至买成,叫他再量量看,出得多少价钱,原只长得多少。随你是量过几丈的,价钱只有尺数,那缣也就只有几尺长了。

出去拜客,跨着一匹骡子,且是雄健。到了这家门内,将骡系在庭柱之下,宾主相见茶毕,推说别故暂出,不牵骡去。骡初时叫跳不住,去久不来,骡亦不作声,看看缩小。主人怪异,仔细一看,乃是纸剪成的。

四川制置司有三十年前一宗案牍⑤,急要对勘,年深尘积,不知下落。司中吏胥徬徨终日,竟无寻处。有人教他请问杨抽马,必知端的。吏胥来问,抽马应声答道:"在某屋某柜第几沓下⑥。"依言去寻,果然即在那里番出来。

---

① 抽简禄马:也省作"抽马"。指为人占算星命吉凶。

② 午未:十一时至十三时为午时,十三时至十五时为未时,午未间,指上午十一时至下午三时。

③ 货卖:出售。

④ 相应:相符合。

⑤ 四川制置司:宋代在四川、江淮、京湖等设制置司,其长官为制置使。"制置使。不常置,掌经画边鄙军旅之事"。见《宋史·职官志七》。

⑥ 沓(tá):量词,指叠起来的纸张。

一日,眉山琛禅师造门相访,适有乡客在座。那乡客新得一马,黑身白鼻,状颇骏异。杨抽马见了道:"君此马不中骑,只该送与我罢了。君若骑他,必有不利之处。"乡客大怒道:"先生造此等言语,意欲吓骗吾马。吾用钱一百千买来的,乘坐未久,岂肯轻为你赚去么?"抽马笑道:"我好意替你解此大厄,你不信我,也是你的命了。今有禅师在此为证,你明年五月二十日,宿冤当有报应,切宜记取,勿可到马房看他刍秣①;又须善护左肋。直待过了此日,还可望再与你相见耳。"乡客见他说得荒唐,又且利害,越加忿怒,不听而去。到了明年此日,乡客那里还把他言语放在心上?果然亲去喂马。那匹马忽然跳跃起来,将双蹄乱踢,乡客倒地。那马见他在地上了,急向左肋用力一踹,肋骨齐断。乡客叫得一声"阿也"!连吼是吼②,早已后气不接,呜呼哀哉。琛禅师问知其事,大加惊异。每向人说杨抽马灵验,这是他亲经目见的说话。

虞丞相自荆襄召还,子公亮遣书来叩所向。抽马答书道:"得苏不得苏,半月去作同金书。"其时金书未有带"同"字的,虞公不信。以后守苏台,到官十五日,果然召为同金书枢密院事③。时钱处和先为金书,故加"同"字。其前知不差如此。

果州教授关寿卿④,名耆孙。有同僚闻知杨抽马之术,央他遣一仆致书问休咎。关仆未至,抽马先知,已在家分付其妻道:"快些造饭,有一关姓的家仆来了,须要待他。"其妻依言造饭,饭已熟了,关仆方来。未及进门,抽马迎着笑道:"足下不问自家事,却为别人来奔波么?"关仆惊拜道:"先生真神仙也!"其妻即将所造之饭款待此仆。抽马答书,备言祸福而去。

元来他这妻子姓苏,也不是平常的人。原是一个娼家女子,模样也

①刍秣:牛马的饲料。

②连吼是吼:接连地急喘气。

③同金书枢密院事:为知枢密院事的副职。枢密院为宋代掌管理军事机密、边防的最高机关,与中书省并称为"二府"。其长官为知枢密院事。

④果州教授:果州,宋乾德三年(965)改永宁军为果州。宋重和元年(1118)属潼川府路。州治在今四川南充县。教授:学官,掌管学校课试等事。

只中中。却是拿班做势①,不肯轻易见客。及至见过的客,他就评论道:某人是好,某人是歹,某人该兴头②,某人该落泊,某人有结果,某人没散场。恰像请了一个设帐的相士一般。看了气色,是件断将出来③,却面前不十分明说,背后说一两句,无不应验的。因此也名重一时,来求见的颇多。王孙公子,车马盈门。中意的晚上也留几个,及至有的往来熟了,欲要娶他,只说道:"目前之人皆非吾夫也!"后来一见杨抽马这样丑头怪脸,偏生喜欢道:"吾夫在此了。"抽马一见苏氏,便像一向认得的一般,道:"元来吾妻混迹于此④。"两下说得投机,就把苏氏娶了过来。好一似桃花女嫁了周公⑤,家里一发的阴阳有准,祸福无差。杨抽马之名越加著闻。就是身不在家,只消到他门里问着,也是不差的。所以门前热闹,家里喧阗,王侯贵客,无一日没有在座上的。

忽地一日,抽马在郡中,郡中走出两个皂隶来,少不得是叫做张千、李万,多是认得抽马的,齐来声诺。抽马一把拉了他两人出郡门来,道:"请两位到寒舍,有句要紧话相央则个⑥。"那两个是公门中人,见说请他到家,料不是白差使,自然愿随鞭镫,跟着就行。抽马道:"两位平日所用官杖,望乞就便带了去。"张千、李万道:"到宅上去,要官杖子何用?难道要我们去打那个不成?"抽马道:"有用得着处,到彼自知端的。"张千、李万晓得抽马是个古怪的人,莫不真有甚么事得做,依着言语,各捎了一条杖子,随到家来。抽马将出三万钱来,送与他两个。张千、李万道:"不知先生要小人那厢使唤,未曾效劳,怎敢受赐?"抽马道:"两位受了薄意,然后敢相烦。"张千、李万道:"先生且说将来,可以效得犬马的,

①拿班做势:装腔作势。
②兴头:兴旺,发达。
③是件:件件。
④混迹:行踪混杂在众人之间。
⑤桃花女嫁了周公:元杂剧有《桃花女破法嫁周公》,写桃花女与洛阳卖卦人周公斗法,她用禳解之法破周公的占卜,使之失灵。周公请彭祖为媒,娶桃花女为儿媳,用尽心机欲加害于她,都被桃花女避过,最后使周公停止害她的念头。
⑥则个:语气助词。表示委婉或商量、解释的语气。

自然奉命。"抽马走进去唤妻苏氏出来，与两位公人相见。张千、李万不晓其意，为何出妻见子？各怀着疑心，不好做声。只见抽马与妻每人取了一条官杖，奉与张千、李万道："在下别无相烦，止求两位牌头将此杖子责我夫妻二人每人二十杖，便是盛情不浅。"张千、李万大惊道："那有此话！"抽马道："两位不要管，但依我行事，足见相爱。"张千、李万道："且说明是甚么缘故？"抽马道："吾夫妇目下当受此杖，不如私下请牌头来完了这业债①，省得当场出丑。两位是必见许则个。"张千、李万道："不当人子②！不当人子！小人至死也不敢胡做。"抽马与妻叹息道："两位毕竟不肯，便是数已做定，解禳不去了③。有劳两位到此，虽然不肯行杖，请收了钱去。"张千、李万道："尊赐一发出于无名。"抽马道："但请两位收去，他日略略用些盛情就是。"张千、李万虽然推托，公人见钱，犹如苍蝇见血，一边接在手里了，道："既蒙厚赏，又道是长者赐少者不敢辞，他日有用着两小人处，水火不避便了。"两人真是无功受赏，头轻脚重，欢喜不胜而去。

且说杨抽马平日祠神，必设六位：东边二位空着虚座，道是神位；西边二位却是他夫妻二人坐着作主；底下二位，每请一僧一道同坐。又不知奉的是甚么神，又不从僧，又不从道，人不能测。地方人见他行事古怪，就把他祠神诡异说是"左道惑众④，论法当死"，首在郡中。郡中准词，差人捕他到官，未及讯问，且送在监里。狱吏一向晓得他是有手段的蹊跷作怪人，惧怕他的术法利害，不敢加上械杻，曲意奉承他。却又怕他用术逃去，没寻他处，心中甚是忧惶。抽马晓得狱吏的意思了，对狱吏道："但请足下宽心，不必虑我。我当与妻各受刑责，其数已定，万不可逃，自当含笑受之。"狱吏道："先生有神术，总使数该受刑，岂不能趋避，为何自来就他？"抽马道："此魔业使然，避不过的。度过了厄，始可成道耳。"狱吏方才放下了心。果然杨抽马从容在监，并不作怪。

---

① 业债：犹孽债。

② 不当人子：原为"罪过"意，这里引申为"万无此理。"

③ 解禳：祷神除灾殃。

④ 左道：多指非正统的巫蛊、方术等。

郡中把他送在司理杨忱处议罪①。司理晓得他是法术人,有心护庇他。免不得外观体面,当堂鞫讯一番。杨抽马不辨自己身上事,仰面对司理道:"令叔某人,这几时有信到否? 可惜,可惜!"司理不知他所说之意,默然不答。只见外边一人走将进来,道是成都来的人,正报其叔讣音。司理大惊退堂,心服抽马之灵。

其时司理有一女久病,用一医者陈生之药,屡服无效。司理私召抽马到衙,意欲问他。抽马不等开口便道:"公女久病,陈医所用某药,一毫无益的,不必服他。此乃后庭朴树中小蛇为祟。我如今不好治得,因身在牢狱,不能役使鬼神。待我受杖后以符治之,可即平安,不必忧虑!"司理把所言对夫人说。夫人道:"说来有因。小姐未病之前,曾在后园见一条小蛇缘在朴树上的②,从此心中恍惚得病起的。他既知其根由,又说能治,必有手段。快些周全他出狱,要他救治则个。"

司理有心出脱他,把罪名改轻,说:"元非左道惑众死罪,不过术人妄言祸福",只问得个不应③,决杖。申上郡堂去,郡守依律科断,将抽马与妻苏氏各决臀杖二十④。元来那行杖的皂隶,正是前日送钱与他的张千、李万。两人各怀旧恩,又心服他前知,加意用情,手腕偷力,蒲鞭示辱而已⑤。抽马与苏氏尽道业数该当,又且轻杖,恬然不以为意。受杖归来,立书一符,又写几字,作一封送去司理衙中,权当酬谢周全之意。司理拆开,见是一符,乃教他挂在树上。又一红纸有六字,写道:"明年君家有喜。"司理先把符来试挂,果然女病洒然⑥。留下六字,看明年何喜。果然司理兄弟四人,明年俱得中选。

抽马奇术如此类者,不一而足。独有受杖一节,说是度厄,且预先要求皂隶自行杖责解禳。及后皂隶不敢依从,毕竟受杖之时,用刑的仍

---

① 司理:即司理参军,掌狱讼勘问。

② 缘:爬。

③ 不应:古代法律名词,谓不是故意犯罪。

④ 臀杖:宋代杖刑分为打脊和打臀。臀杖分五等:十三、十五、十七、十八、二十下。见《宋史·刑法志一》。

⑤ 蒲鞭示辱:用蒲草为鞭,轻罚以示耻辱。

⑥ 洒然:形容病愈畅快的样子。

是这两人,真堪奇绝。有诗为证:

> 祸福从来有宿根,要知受杖亦前因。
>
> 请君试看杨抽马,有术何能强避人?

杨抽马术数高奇,语言如响,无不畏服。独有一个富家子与抽马相交最久,极称厚善,却带一味狎玩①,不肯十分敬信。抽马一日偶有些事干,要钱使用,须得二万。囊中偶乏,心里想道:"我且蒿恼一个人着②。"来向富家借贷一用。富家子听言,便有些不然之色。看官听说,大凡富人没有一个不悭吝的。惟其看得钱财如同性命一般,宝惜倍至,所以钱神有灵,甘心跟着他走。若是把来不看在心上,东手接来西手去的,触了钱神嗔怒,岂肯到他手里来?故此非悭不成富家,才是富家一定悭了。真个"说了钱便无缘"。这富家子虽与杨抽马相好,只是见他兴头有术,门面撮哄而已③。忽然要与他借贷起来,他就心中起了好些歹肚肠。一则说是江湖行术之家,贪他家事,起发他的,借了出门,只当舍去了;一则说是朋友面上,就还得本钱,不好算利;一则说是借惯了手脚,常要歆动④,是开不得例的。只回道是:"家间正在缺乏,不得奉命。"抽马见他推辞,哈哈大笑道:"好替你借⑤,你却不肯。我只教你吃些惊恐,看你借我不迭,那时才见手段哩!"自此见富家子再不提起借钱之事。富家子自道回绝了他,甚是得意。

　　偶然那一日,独自在书房中歇宿,时已黄昏人定⑥,忽闻得叩门之声。起来开看,只见一个女子闪将入来,含颦万福道:"妾东家之女也。丈夫酒醉逞凶,横相逼逐,势不可当。今夜已深,不可远去。幸相邻近,愿借此一宿。天未明即当潜回家里,以待丈夫酒醒。"富家子看其模样,尽自飘逸有致,私自想道:"暮夜无知,落得留他伴寝。他说天未明就去,岂非神鬼不觉的?"遂欣然应允道:"既蒙娘子不弃,此时没人知觉,

---

①狎玩:戏弄。

②蒿恼:打扰,麻烦。

③撮哄:哄骗;怂恿。

④歆动:惊动。

⑤替:跟,和,向。

⑥人定:夜深人静。

安心共寝一宵，明早即还尊府便了。"那妇人并无推拒，含笑解衣，共枕同衾，忙行云雨。

> 一个孤馆寂寥，不道佳人猝至；一个夜行凄楚，谁知书舍同欢？两出无心，略觉情形忸怩；各因乍会，翻惊意态新奇。未知你弱我强，从容试看；且自抽离添坎，热闹为先。

行事已毕，俱各困倦。睡到五更，富家子恐天色乍明，有人知道，忙呼那妇人起来。叫了两声，推了两番，既不见声响答应，又不见身子展动。心中正疑，鼻子中只闻得一阵阵血腥之气，甚是来得狠。富家子疑怪，只得起来挑明灯盏，将到床前一看，叫声"阿也！"正是：

> 分开八片顶阳骨，浇下一桶雪水来。

你道却是怎么？元来昨夜那妇人身首，已斫做三段，鲜血横流，热腥扑鼻，恰像是才被人杀的。富家子慌得只是打颤，心里道："敢是丈夫知道，赶来杀了他，却怎不伤着我？我虽是弄了两番，有些疲倦，可也忒睡得死。同睡的人被杀了，怎一些也不知道？而今事已如此，这尸首在床，血痕狼藉，倏忽天明，他丈夫定然来这里讨人，岂不决撒①？若要并叠过②，一时怎能干净得？这祸事非同小可！除非杨抽马他广有法术，或者可以用甚么障眼法儿，遮掩得过。须是连夜去寻他。"

也不管是四更五更，日里夜里，正是慌不择路，急走出门，望着杨抽马家里乱乱撺撺跑将来。擂鼓也似敲门，险些把一双拳头敲肿了，杨抽马方才在里面答应。出来道："是谁？"富家子忙道："是我，是我。快开了门有话讲！"此时富家子正是：

> 急惊风撞着了慢郎中③。

抽马听得是他声音，且不开门，一路数落他道④："所贵朋友交厚，缓急须当相济。前日借贷些少，尚自不肯，今如此黑夜来叫我甚干？"富家子道："有不是处且慢讲，快与我开开门着。"抽马从从容容把门开了。富

---

①决撒：败露。

②并叠：收拾料理。

③"急惊风"句：急惊风，小儿急性抽搐病。孩子患急病，偏遇上慢性子医生。比喻急于求人，而对方漠然对待。

④数落：责备。

家子一见抽马,且哭且拜道:"先生救我奇祸则个!"抽马道:"何事恁等慌张?"富家子道:"不瞒先生说,昨夜黄昏时分,有个邻妇投我。不合留他过夜。夜里不知何人所杀,今横尸在家,乃飞来大祸。望乞先生妙法救解。"抽马道:"事体特易。只是你不肯顾我缓急,我顾你缓急则其?"富家子道:"好朋友!念我和你往来多时,前日偶因缺乏,多有得罪。今若救得我命,此后再不敢吝惜在先生面上了。"抽马笑道:"休得惊慌!我写一符与你拿去,贴在所卧室中,亟亟关了房门,切勿与人知道。天明开看,便知端的。"富家子道:"先生勿耍我!倘若天明开看仍复如旧,可不误了大事?"抽马道:"岂有是理!若是如此,是我符不灵,后来如何行术?况我与你相交有日,怎误得你?只依我行去,包你一些没事便了。"富家子道:"若果蒙先生神法救得,当奉钱百万相报。"抽马笑道:"何用许多!但只原借我二万足矣。"富家子道:"这个敢不相奉!"

抽马遂提笔画一符与他,富家子袖了急去。幸得天尚未明,慌慌忙忙依言贴在房中。自身走了出来,紧把房门闭了,站在外边,牙齿还是捉对儿厮打的,气也不敢多喘。守至天大明了,才敢走至房前。未及开门,先向门缝窥看,已此不见甚么狼藉意思。急急开进看时,但见干干净净一床被卧,不曾有一点渍污,那里还见甚么尸首?富家子方才心安意定,喜欢不胜。随即备钱二万,并分付仆人携酒持肴,特造抽马家来叩谢①。抽马道:"本意只求贷二万钱,得此已够,何必又费酒肴之惠?"富家子道:"多感先生神通广大,救我难解之祸,欲加厚酬,先生又分付只须二万。自念莫大之恩,无可报谢,聊奉卮酒,图与先生遣兴笑谈而已。"抽马道:"这等,须与足下痛饮一回。但是家间窄隘无趣,又且不时有人来寻,搅扰杂沓,不得快畅。明日携此酒肴,一往郊外尽兴何如?"富家子道:"这个绝妙!先生且留此酒肴自用。明日再携杖头来②,邀先生郊外一乐可也。"抽马道:"多谢,多谢。"遂把二万钱与酒肴,多收了进去。富家子别了回家。

---

①造:到,去。

②杖头:即杖头钱。指买酒的钱。典出《世说新语·任诞》:"阮宣子常步行,以百钱挂杖头,至酒店,便独酣畅,虽当世贵盛不肯诣也。"

　　到了明日，果来邀请出游，抽马随了他到郊外来。行不数里，只见一个僻净幽雅去处，一条酒帘子飘飘扬扬在那里。抽马道："此处店家洁静，吾每在此小饮则个。"富家子即命仆人将盒儿向店中座头上安放已定，相拉抽马进店，相对坐下，唤店家取上等好酒来。只见里面一个当垆的妇人，应将出来，手拿一壶酒走到面前。富家子抬头看时，吃了一惊。元来正是前夜投宿被杀的妇人，面貌一些不差，但只是像个初病起来的模样。那妇人见了富家子，也注目相视，暗暗痴想，像个心里有甚么疑惑的一般。富家子有些鹘突①，问道："我们与你素不相识，你见了我们，只管看了又看，是甚么缘故？"那妇人道："好教官人得知，前夜梦见有人邀到个所在，乃是一所精致书房，内中有少年留住。那个少年模样颇与官人有些厮像，故此疑心。"富家子道："既然留住，后来却怎么散场了？"妇人道："后来直至半夜方才醒来，只觉身子异常不快，陡然下了几斗鲜血，至今还是有气无力的。平生从来无此病，不知是怎么样起的。"杨抽马在旁只不开口，暗地微笑。富家子晓得是他的作怪，不敢明言。私下念着一晌欢情，重赏了店家妇人，教他服药调理。杨抽马也笑嘻嘻的袖中取出一张符来，付与妇人，道："你只将此符贴在睡的床上，那怪梦也不做，身体也自平复了。"妇人喜欢称谢。

　　两人出了店门，富家子埋怨杨抽马道："前日之事，正不知祸从何起，元来是先生作戏。既累了我受惊，又害了此妇受病，先生这样耍法不是好事。"抽马道："我只召他魂来诱你。你若主意老成，那有惊恐？谁教你一见就动心营勾他，不惊你惊谁！"富家子笑道："深夜美人来至，遮莫是柳下惠、鲁男子也忍耐不住②，怎教我不动心？虽然后来吃惊，那半夜也是我受用过了。而今再求先生致他来与我叙一叙旧，更感高情，再容酬谢。"抽马道："此妇与你元有些小前缘，故此致得他魂来，不是轻

---

①鹘突：糊涂。

②遮莫：即便，假如。柳下惠：相传春秋时鲁国柳下惠，夜宿都城门外。天气严寒，有女子来投宿，因怕她冻死，就让她坐在他怀中并裹以衣服。这样坐了一夜，未发生越规行为。后世用"坐怀不乱"指有操行的男子。鲁男子：春秋时鲁国颜叔子独居一室，邻女屋坏，夜晚来避雨，他闭而不纳。后人因称不好女色的人为"鲁男子"。

易可以弄术的,岂不怕鬼神责罚么? 你夙债原少我二万钱,只为前日若
不如此,你不肯借,偶尔作此顽耍勾当。我原说二万之外,要也无用。
我也不要再谢,你也不得再妄想了。"富家子方才死心塌地敬服抽马神
术。抽马后在成都卖卜,不知所终。要知虽是绝奇术法,也脱不得天
数的。

　　异术在身,可以惊世。若非凤缘,不堪轻试。
　　杖既难逃,钱岂妄觑? 不过前知,游戏三昧。①

①游戏三昧:佛教语,意为自在无碍,不失定意。这里指深谙游戏之奥
　妙、诀要。

卷三十四

任君用恣乐深闺　杨太尉戏宫馆客

诗曰：

　　黄金用尽教歌舞，留与他人乐少年。

　　此语只伤身后事，岂知现报在生前！

　　且说世间富贵人家，没一个不广蓄姬妾。自道是左拥燕姬，右拥赵女，娇艳盈前，歌舞成队，乃人生得意之事。岂知男女大欲，彼此一般，一人精力要周旋几个女子，便已不得相当。况富贵之人，必是中年上下，取的姬妾，必是花枝也似一般的后生①。枕席之事，三分四路②，怎能够满得他们的意，尽得他们的兴？所以满闺中不是怨气，便是丑声。总有家法极严的，铁壁铜墙，提铃喝号③，防得一个水泄不通，也只禁得他们的身，禁不得他们的心。略有空隙，就思量弄一场把戏，那有情趣到你身上来？只把做一个厌物看承而已④。似此有何好处？费了钱财，用了心机，单买得这些人的憎嫌。试看红拂离了越公之宅⑤，红绡逃了勋臣之家⑥，此等之事，不一而足。可见生前已如此了，何况一朝身死，树倒猢狲散，残花嫩蕊，尽多零落于他人之手。要那做得关盼盼的⑦，千

　　①后生：吴语，年轻。

　　②三分四路：指不钟情于一人。

　　③提铃喝号：指夜间警戒之事。

　　④厌物：令人憎恶之物。

　　⑤红拂：指隋末越国公杨素府中使女红拂看中李靖，夜晚与其私奔并辅佐其成就功业事。

　　⑥红绡：唐大历时，崔生去省视勋臣一品病。其家有一衣红绡的美妓，倾心于崔，遂相爱慕。昆仑奴磨勒于月夜背负崔生入一品府，与红绡相会；后又背负崔生与红绡出府，促成二人结合。事见唐人传奇《昆仑奴》。

　　⑦关盼盼：相传为唐代礼部尚书张建封的宠妾。建封死后，独居于徐州燕子楼十余年。宋陈振孙《白文公年谱》考证关盼盼实为张建封子张愔歌妓，以纠正旧说。

中没有一人。这又是身后之事,管不得许多,不足慨叹了。争奈富贵之人,只顾眼前,以为极乐。小子在旁看的,正替你担着愁布袋哩①!

宋朝有个京师士人,出游归来,天色将晚。经过一个人家后苑,墙缺处苦不甚高,看来像个跳得进的。此时士人带着酒兴,一跃而过。只见里面是一所大花园子,好不空阔。四周一望,花木丛茂,路径交杂,想来煞有好看。一团高兴,随着石砌阶路转弯抹角,渐走渐深。悄不见一个人,只管踱的进去,看之不足。天色有些黑下来了,思量走回,一时忘了来路。

正在追忆寻索,忽地望见红纱灯笼远远而来。想道:"必有贵家人到。"心下慌忙,一发寻不出原路来了。恐怕撞见不便,思量躲过,看见道左有一小亭,亭前太湖石畔有叠成的一个石洞,洞口有一片小毡遮着。想道:"躲在这里头去,外面人不见,权可遮掩过了,岂不甚妙?"忙将这片小毡揭将开来,正要藏身进去,猛可里一个人在洞里钻将出来,那一惊可也不小。士人看那人时,是一个美貌少年,不知为何先伏在这里头。忽见士人揭开来,只道抄他跟脚②,也自老大吃惊,急忙奔窜,不知去向了。士人道:"惭愧!且让我躲一躲着。"于是吞声忍气,蹲伏在内,只道必无人见。

岂知事不可料,冤家路窄,那一盏红纱灯笼偏生生地向那亭子上来③。士人洞中是暗处,觑出去看那灯亮处较明,乃是十来个少年妇人,靓妆丽服,一个个妖冶举止,风骚动人。士人正看得动火,不匡那一伙人一窝蜂的多抢到石洞口,众手齐来揭毡。看见士人面貌生疏,俱各失惊道:"怎的不是那一个了?"面面厮觑④,没做理会。

一个年纪略老成些的妇人,夺将纱灯在手,提起来把士人仔细一照,道:"就这个也好。"随将纤手拽着士人的手,一把挽将出来。士人不敢声问,料道没甚么歹处,软软随他同走。引到洞房曲室,只见酒肴并

---

①愁布袋:比喻招惹忧烦的事情。

②抄他跟脚:搜寻他的来历。

③偏生生:偏偏。

④面面厮觑:形容因紧张或惊惧而束手无策的样子。

列,众美争先,六博争雄①,交杯换盏,以至搂肩交颈,揾脸接唇,无所不至。几杯酒下肚,一个个多兴热如火,不管三七二十一,一把推士人在床上了,齐攒入帐中。脱裤的脱裤,抱腰的抱腰。不知怎的一个轮法,排头弄将过来。士人精泄,就有替他品咂的,摸弄的,不由他不再举,幸喜得士人是后生,还放得两枝连珠箭,却也无休无歇,随你铁铸的,也怎有那样本事?厮炒得不耐烦,直到五鼓②,方才一个个逐渐散去。士人早已骨软筋麻,肢体无力,行走不动了。那一个老成些的妇人,将一个大担箱放士人在内,叫了两三个丫鬟杠抬。到了墙外,把担箱倾了士人出来,急把门闭上了,自进去了。

此时天色将明,士人恐怕有人看见,惹出是非来,没奈何强打精神,一步一步挨了回来,不敢与人说知。过了几日,身体健旺,才到旧所旁边,打听缺墙内是何处?听得人说是蔡太师家的花园③,士人伸了舌头出来,一时缩不进去,担了一把汗,再不敢打从那里走过了。

看官,你想当时这蔡京太师,何等威势,何等法令!有此一班儿姬妾,不知老头子在那里昏眛中,眼睛背后任凭他们这等胡弄。约下了一个,惊去了,又换了一个,恣行淫乐,如同无人。太师那里拘管得来?也只为多蓄姬妾,所以有这等丑事。同时称高、童、杨、蔡四大奸臣④,与蔡太师差不多权势的杨戬太尉⑤,也有这样一件事,后来败露,妆出许多笑柄来,看官不厌,听小子试道其详。

满前娇丽恣淫荒,雨露谁曾得饱尝?
自有阳台成乐地,行云何必定襄王?

————————

①六博:也作"六簙"。古代一种掷采下棋的比赛游戏。
②五鼓:犹言五更,指天将亮的时候。鼓为夜间计时单位,北齐颜之推《颜氏家训·书证》云:"汉魏以来,谓为甲夜、乙夜、丙夜、丁夜、戊夜;又云鼓,一鼓、二鼓、三鼓、四鼓、五鼓;亦云一更、二更、三更、四更、五更,皆以五为节。"
③蔡太师:指北宋权相蔡京(1047—1126),宋徽宗时被封为太师。
④高、童、杨、蔡:即高俅、童贯、杨戬、蔡京,都是宋徽宗宠信的奸佞。尤以蔡京和童贯权势最大。
⑤太尉:为宋代武官官阶的最高一级,无实际职务。一般作为一种加衔,或对武官的尊称。

话说宋时杨戬太尉,恃权怙宠,靡所不为,声色之奉,姬妾之多,一时自蔡太师而下,罕有其比。一日,太尉要到郑州上冢,携带了家小同行,是上前的几位夫人与各房随使的养娘侍婢①,多跟的西去。余外有年纪过时了些的与年幼未谙承奉的,又身子娇怯怕历风霜的,月信方行轿马不便的②,剩下不去。合着养娘侍婢们,也还共有五六十人留在宅中。太尉心性猜忌,防闲紧严。中门以外直至大门尽皆锁闭,添上朱笔封条,不通出入。惟有中门内前廊壁间挖一孔,装上转轮盘,在外边传将食物进去。一个年老院奴姓李的在外监守,晚间督人巡更,鸣锣敲梆,通夕不歇,外边人不敢正眼觑视他。

内宅中留下不去的,有几位奢遮出色③,乃太尉宠幸有名的姬妾,一个叫得瑶月夫人,一个叫得筑玉夫人,一个叫得宜笑姐,一个叫得餐花姨姨,同着一班儿侍女,关在里面。日长夜永,无事得做,无非是抹骨牌、斗百草、戏秋千、蹴气球④,消遣过日。然意味有限,那里当得甚么兴趣?况日间将就扯拽过了⑤,晚间寂寞,何以支吾⑥?这个筑玉夫人原是长安玉工之妻,资性聪明,仪容美艳,私下也通些门路,京师传有盛名。杨太尉偶得瞥见,用势夺来,十分宠爱,立为第七位夫人,呼名筑玉,说他标致,如玉琢成一般的人,也就暗带着本来之意。他在女伴中伶俐异常,妖淫无赛。太尉在家之时,尚兀自思量背地里溜将个把少年进来取乐⑦。今见太尉不在,镇日空闲,清清锁闭着,怎叫他不妄想起来?

太尉有一个馆客⑧,姓任,表字君用,原是个读书不就的少年子弟,

①上前:排前。

②月信:月经。

③奢遮:了不起,出众的。

④斗百草:古代风俗,在端午节这一天,玩斗百草的游戏,即以草为比赛对象,或对花草名,如狗尾草对鸡冠花;或斗草的多寡和韧性等。

⑤扯拽:犹勉强,胡乱。

⑥支吾:排遣。

⑦溜将:偷偷地带领。

⑧馆客:门客,幕宾。

写得一笔好字,也代做得些书启简札之类。模样俊秀,年纪未上三十岁。总角之时①,多曾与太尉后庭取乐过来②,极善恢谐帮衬,又加心性熨贴,所以太尉喜他,留在馆中作陪客。太尉郑州去,因是途中姬妾过多,轿马上下之处,恐有不便,故留在家间外舍不去。任生有个相好朋友叫做方务德,是从幼同窗,平时但是府中得暇,便去找他闲话饮酒。此时太尉不在家,任生一发身畔无事,日里只去拉他各处行走,晚间或同宿娼家,或独归书馆,不在话下。

　　且说筑玉夫人晚间寂守不过,有个最知心的侍婢叫做如霞,唤来床上做一头睡着,与他说些淫欲之事,消遣闷怀。说得高兴,取出行淫的假具,教他缚在腰间,权当男子行事。如霞依言而做,夫人也自哼哼嗹嗹,将腰往上乱耸乱颠,如霞弄得兴头上,问夫人道"可比得男子滋味么?"夫人道:"只好略取解馋,成得甚么正经,若是真男子滋味,岂止于此!"如霞道:"真男子如此直钱,可惜府中到闲着一个在外舍。"夫人道:"不是任君用么?"如霞道:"正是。"夫人道:"这是太尉相公最亲爱的客人,且是好个人物,我们在里头窥见他常自火动的。"如霞道:"这个人若设法得他进来,岂不妙哉!"夫人道:"果然此人闲着,只是墙垣高峻,岂能飞入?"如霞道:"只好说耍,自然进来不得。"夫人道:"待我心生一计,定要取他进来。"如霞道:"后花园墙下便是外舍书房,我们明日早起,到后花园相相地头③,夫人怎生设下好计弄进来,大家受用一番。"夫人笑道:"我未曾到手,你便思想分用了。"如霞道:"夫人不要独吃自痾④,我们也大家有兴,好做帮手。"夫人笑道:"是,是。"一夜无话。

　　到得天明,梳洗已毕,夫人与如霞开了后花园门去摘花戴,就便去相地头。行至秋千架边,只见绒索高悬,夫人看了,笑一笑道:"此件便有用他处了。"又见修树梯子倚在太湖石畔,夫人叫如霞道:"你看你看,有此二物,岂怕内外隔墙?"如霞道:"计将安出?"夫人道:"且到那对外

---

①总角:童年。

②后庭:即肛门。"后庭取乐",指鸡奸。

③相相:察看。

④独吃自痾:犹言吃独食。

厢的墙边,再看个明白,方有道理。"如霞领着夫人到两株梧桐树边,指着道:"此外正是外舍书房,任君用见今独居在内了。"夫人仔细相了一相,又想了一想,道:"今晚端的只在此处取他进来一会,不为难也。"如霞道:"却怎么?"夫人道:"我与你悄地把梯子拿将来,倚在梧桐树旁,你走上梯子,再在枝干上踏上去两层,即可以招呼得外厢听见了。"如霞道:"这边上去不难,要外厢听见也不打紧,如何得他上来?"夫人道:"我将几片木板,用秋千索缚住两头,隔一尺多缚一片板,收将起来只是一捆,撒将直来便似梯子一般。如与外边约得停当了,便从梯子走到梧桐枝上去,把索头扎紧在丫叉老干,生了根,然后将板索多抛向墙外挂下去,分明是张软梯,随你再多几个也次第上得来,何况一人乎?"如霞道:"妙哉! 妙哉! 事不宜迟,且如法做起来试试看。"笑嘻嘻且向房中取出十来块小木板,递与夫人。夫人叫解将秋千索来,亲自扎缚得坚牢了,对如霞道:"你且将梯儿倚好,走上梯去望外边一望,看可通得个消息出去? 倘遇不见人,就把这法儿先坠你下去,约他一约也好。"

如霞依言,将梯儿靠稳,身子小巧利便,一觳碌溜上枝头①。望外边书舍一看,也是合当有事,恰恰任君用同方务德外边游耍,过了夜方才转来,正要进房。墙里如霞笑指道:"兀的不是任先生?"任君用听得墙头上笑声,抬头一看,却见是个双鬟女子指着他说话,认得是宅中如霞。他本是少年的人,如何禁架得定? 便问道:"姐姐说小生甚么?"如霞是有心招风揽火的②,答道:"先生这早在外边回来,莫非昨晚在那处行走么?"任君用道:"小生独处难捱,怪不得要在外边走走。"如霞道:"你看我墙内那个不是独处的? 你何不到里面走走,便大家不独了?"任君用道:"我不生得双翅,飞不进来。"如霞道:"你果要进来,我有法儿,不消飞得。"任君用向墙上唱一个肥喏道③:"多谢姐姐,速教妙方。"如霞道:"待禀过了夫人,晚上伺候消息。"说罢了,溜下树来。任君用听得明白,

---

①一觳碌:即一骨碌。旋转,滚动。形容速度较快。

②招风揽火:比喻惹是生非。

③肥喏:犹言深深作一揖。

不胜徯幸道①："不知是那一位夫人，小生有此缘分，却如何能进得去？且到晚上看消息则个。"一面只望着日头下去。正是：

　　无端三足乌②，团圆光皎灼。

　　安得后羿弓③，射此一轮落④！

　　不说任君用巴天晚，且说筑玉夫人在下边看见如霞和墙外讲话，一句句多听得的。不待如霞回覆，各自心照，笑嘻嘻的且回房中。如霞道："今晚管不寂寞了⑤。"夫人道："万一后生家胆怯，不敢进来，这样事也是有的。"如霞道："他方才恨不得立地飞了进来。听得说有个妙法，他肥喏就唱不迭，岂有胆怯之理？只准备今宵取乐便了。"筑玉夫人暗暗欢喜。

　　床上添铺异锦，炉中满爇名香。榛松细果贮教尝，美酒佳茗顿放。久作阱中猿马，今思野外鸳鸯。安排芳饵钓檀郎⑥，百计图他欢畅。——词寄《西江月》

　　是日将晚，夫人唤如霞同到园中。走到梯边，如霞仍前从梯子溜在梧桐枝去，对着墙外大声咳嗽。外面任君用看见天黑下来，正在那里探头探脑，伺候声响。忽闻有人咳嗽，仰面瞧处，正是如霞在树枝高头站着，忙道："好姐姐望穿我眼也。快用妙法，等我进来！"如霞道："你在此等着，就来接你。"急下梯来对夫人道："那人等久哩！"夫人道："快放他进来！"如霞即取早间扎缚停当的索子，挶在腋下⑦，望梯上便走，到树枝上牢系两头。如霞口中叫声道："着！"把木板绳索向墙外一撒，那索子早已挂了下去。任君用外边凝望处，见一件物事抛将出来，却是一条软

***

①徯幸：疑惑。

②三足乌：传说日中有三足乌。后因以指太阳。

③后羿：神话传说，尧时十日并出，植物枯死，猛兽长蛇为害，后羿善射，射去九日，射杀猛兽长蛇，为民除害。

④"无端三足乌"四句：为元王实甫《西厢记》第三本第二折中诗句。

⑤管：保管。

⑥檀郎：晋潘岳貌美，小字檀奴。后以"檀郎"或"檀奴"作为妇女所喜爱男子的美称。

⑦挶（gé）：挟持。

梯索子，喜得打跌。将脚试踹，且是结得牢实，料道可登。踹着木板，双手吊索，一步一步吊上墙来。如霞看见，急跑下来道："来了！来了！"夫人觉得有些害羞，走退一段路，在太湖石畔坐着等候。

任君用跳过了墙，急从梯子跳下。一见如霞，向前双手抱住道："姐姐恩人，快活杀小生也！"如霞啐一声道："好不识羞的，不要馋脸，且去前面见夫人。"任君用道："是那一位夫人？"如霞道："是第七位筑玉夫人。"任君用道："可正是京师极有名标致的么？"如霞道："不是他还有那个？"任君用道"小生怎敢就去见他？"如霞道："是他想着你，用见识教你进来的，你怕怎地？"任君用道："果然如此，小生何以克当①？"如霞道："不要虚谦逊，造化着你罢了，切莫忘了我引见的。"任君用道："小生以身相谢，不敢有忘。"一头说话，已走到夫人面前。如霞抛声道："任先生已请到了。"任君用满脸堆下笑来，深深拜揖道："小生下界凡夫，敢望与仙子相近？今蒙夫人垂盼，不知是那世里积下的福！"夫人道："妾处深闺，常因太尉晏会，窥见先生丰采，渴慕已久。今太尉不在，闺中空闲，特邀先生一叙，倘不弃嫌，妾之幸也。"任君用道："夫人抬举，敢不执鞭坠镫？只是他日太尉知道，罪犯非同小可。"夫人道："太尉昏昏的，那里有许多背后眼？况如此进来，无人知觉。先生不必疑虑，且到房中去来。"夫人叫如霞在前引路，一只手挽着任君用同行。任君用到此，魂灵已飞在天外，那里还顾甚么利害？随着夫人轻手轻脚竟到房中。

此时天已昏黑，各房寂静。如霞悄悄摆出酒肴，两人对酌，四目相视，甜语温存。三杯酒下肚，欲心如火，偎偎抱抱，共入鸳帏，两人之乐不可名状。

　　本为旅馆孤栖客，今向蓬莱顶上游②。

　　偏是乍逢滋味别，分明织女会牵牛。

两人云雨尽欢，任君用道："久闻夫人美名，今日得同枕席，天高地厚之恩，无时可报。"夫人道："妾身颇慕风情，奈为太尉拘禁，名虽朝欢

_____

①何以克当：怎么能承受。克当：承受，承当。

②蓬莱：蓬莱：又称"蓬壶"。神话传说渤海里仙人居住的三座神山之一，另外两座为方丈和瀛洲。

暮乐,何曾有半点情趣? 今日若非设法得先生进来,岂不辜负了好天良夜! 自此当永图偷聚,虽极乐而死,妾亦甘心矣。"任君用道:"夫人玉质冰肌,但得挨皮靠肉,福分难消。何况亲承雨露之恩,实遂于飞之愿①! 总然事败,直得一死了。"两人笑谈欢谑,不觉东方发白。如霞走到床前来,催起身道:"快活了一夜也勾了,趁天色未明不出去了,更待何时?"任君用慌忙披衣而起,夫人不忍舍去,执手留连,叮咛夜会而别。分付如霞送出后园中,元从来时方法在索上挂将下去,到晚夕仍旧进来。真个是:

> 朝隐而出,暮隐而入。

果然行不由径,早已非公至室。

如此往来数晚,连如霞也弄上了手,滚得热做一团。筑玉夫人心欢喜,未免与同伴中笑语之间,有些精神恍惚,说话没头没脑的,露出些马脚来。同伴里面初时不觉,后来看出意态,颇生疑心。到晚上有有心的,多方察听,已见了些声响。大家多是吃得杯儿的,巴不得寻着些破绽,同在浑水里搅搅,只是没有找着来踪去迹。

一日,众人偶然高兴,说起秋千。一哄的走到架边,不见了索子。大家寻将起来,筑玉夫人与如霞两个多做不得声。元来先前两番,任君用出去了,便把索子解下藏过,以防别人看见。以后多次,便有些托大了,晓得夜来要用,不耐烦去解他。任君用虽然出去了,索子还吊在树枝上,挂向外边,未及收拾,却被众人寻见了。道:"兀的不是秋千索? 如何缚在这里树上,抛向外边去了?"宜笑姐年纪最小,身子轻便,见有梯在那里,便溜在树枝上去,吊了索头,收将进来。众人看见一节一节缚着木板,共惊道:"奇怪,奇怪! 可不有人在此出入的么?"筑玉夫人通红了脸,半晌不敢开言。瑶月夫人道:"眼见得是甚么人在此通内了,我们该传与李院公查出,等候太尉来家,禀知为是。"口里一头说,一头把眼来瞅着筑玉夫人。筑玉夫人只低了头。餐花姨姨十分瞧科了,笑道:"筑玉夫人为何不说一句,莫不心下有事? 不如实对姐妹们说了,通同

---

① 于飞之愿:男女恩爱的愿望。元王实甫《西厢记》第二本第二折:"小生到得卧房内,和姐姐解带脱衣,颠鸾倒凤,同谐鱼水之欢,共效于飞之愿。"

作个商量，到是美事。"如霞料是瞒不过了，对筑玉夫人道："此事若不通众，终须大家炒坏，便要独做也做不成了，大家和同些说明白了罢①。"众人拍手："如霞姐说得有理，不要瞒着我们了。"筑玉夫人才把任生在此墙外做书房，用计取他进来的事说了一遍。瑶月夫人道："好姐姐，瞒了我们做这样好事！"宜笑姐道："而今不必说了，既是通同知道，我每合伴取些快乐罢了。"瑶月夫人故意道："做的自做，不做的自不做，怎如此说！"餐花姨姨道："就是不做，姐妹情分，只是帮衬些为妙。"宜笑姐道："姨姨说得是。"大家哄笑而散。

元来瑶月夫人内中与筑玉夫人两下最说得来，晓得筑玉有此私事，已自上心要分他的趣了。碍着众人在面前，只得说假撇清的话②。比及众人散了，独自走到筑玉房中，问道："姐姐，今夜来否？"筑玉道："不瞒姐姐说，连日惯了的，为甚么不来？"瑶月笑道："来时仍是姐姐独乐么？"筑玉道："姐姐才说不做的自不做。"瑶月道："才方是大概说话，我便也要学做做儿的。"筑玉道："姐姐果有此意，小妹理当奉让。今夜唤他进来，送到姐姐房中便了。"瑶月道："我与他又不厮熟，羞答答的，怎好就叫他到我房中？我只在姐姐处做个帮户便使得。"筑玉笑道："这件事用不着人帮。"瑶月道："没奈何，我初次害羞，只好顶着姐姐的名尝一尝滋味，不要说破是我，等熟分了再处③。"筑玉道："这等，姐姐须权躲躲过。待他到我床上脱衣之后，吹息了灯，掉了包就是④。"瑶月道："好姐姐，彼此帮衬些个。"筑玉道："这个自然。"

两个商量已定。到得晚来，仍叫如霞到后花园，把索儿收将出去，叫了任君用进来。筑玉夫人打发他先睡好了，将灯吹灭，暗中拽出瑶月夫人来，推他到床上去。瑶月夫人先前两个说话时，已自春心荡样。适才闪在灯后偷觑任君用进来，暗处看明处较清，见任君用俊俏风流态度，着实动了眼里火。趁着筑玉夫人来拽他，心里巴不得就到手。况且

---

①和同：和睦同心。

②假撇清：吴语，假正经。

③熟分(fen)：亲热，相熟。

④掉了包：暗中调换。

黑暗之中不消顾忌，也没甚么羞耻，一毂碌钻进床去。床上任君用只道是筑玉夫人，轻车熟路，也不等开口，翻过身就弄起来。瑶月夫人欲心已炽，猛力承受。

　　弄到间深之处，任君用觉得肌肤凑理，与那做作态度，略是有些异样。又且不见则声①，未免有些疑惑。低低叫道："亲亲的夫人，为甚么今夜不开口了？"瑶月夫人不好答应。任君用越加盘问，瑶月转闭口息声，气也不敢出。急得任君用连叫"奇怪！"按住身子不动。筑玉在床尚边站着，听这一会，听见这些光景，不觉失笑。轻轻揭帐，将任君用狠打一下道："天杀的，便宜了你！只管絮叨甚么？今夜换了个胜我十倍的瑶月夫人，你还不知哩！"任君用才晓得果然不是，便道："不知又是那一位夫人见怜，小生不曾叩见，辄敢放肆了！"瑶月夫人方出声道："文诌诌甚么，晓得便罢。"任君用听了娇声细语，不由不兴动，越加鼓煽起来。瑶月夫人乐极道："好知心姐姐，肯让我这一会，快活死也！"阴精早泄，四肢懈散。筑玉夫人听得，当不住兴发，也脱下衣服，跳上床来。任君用且喜旗枪未倒。瑶月已自风流兴过，连忙帮衬，放下身来，推他到筑玉夫人那边去。任君用换了对主，另复交锋起来。正是：

　　　　倚翠偎红情最奇，巫山黯黯雨云迷。
　　　　风流一似偷香蝶，才过东来又向西。

　　不说三人一床高兴，且说宜笑姐、餐花姨姨日里见说其事，明知夜间任君用必然进内，要去约瑶月夫人同守着他，大家取乐。且自各去吃了夜饭，然后走到瑶月夫人房中，早已不见夫人，心下疑猜，急到筑玉夫人处探听。房外遇见如霞，问道："瑶月夫人在你处否？"如霞笑道："老早在我这里，今在我夫人床上睡哩。"两人道："同睡了，那人来时却有些不便。"如霞道："有甚不便！且是便得忒煞，三人做一头了。"两人道："那人已进来了么？"如霞道："进来，进来，此时进进出出得不耐烦。"宜笑姐道："日里他见我说了合伴取乐，老大撇清，今反是他先来下手。"餐花姨姨道："偏是说乔话的最要紧②。"宜笑姐道："我两个炒进去，也不好

────────────

　　①则声：作声。
　　②乔话：假话。

推拒得我每。"餐花姨姨道:"不要不要! 而今他两个弄一个,必定消乏,那里还有甚么本事轮到得我每?"附着宜笑姐的耳朵说道:"不如耐过了今夜,明日我每先下些功夫,弄到了房里,不怕他不让我每受用!"宜笑姐道:"说得有理。"两下各自归房去了,一夜无词。

次日早放了任君用出去。如霞到夫人床前说昨晚宜笑、餐花两人来寻瑶月夫人的说话。瑶月听得,忙问道:"他们晓得我在这里么?"如霞道:"怎不晓得!"瑶月惊道:"怎么好? 须被他们耻笑!"筑玉道:"何妨! 索性连这两个丫头也弄在里头了,省得彼此顾忌,那时小任也不必早去夜来,只消留在这里,大家轮流,一发无些阻碍,有何不可?"瑶月道:"是到极是,只是今日难见他们。"筑玉道:"姐姐今日只如常时,不必提起甚么,等他们不问便罢,若问时,我便乘机兜他在里面做事便了。"瑶月放下心肠。因是夜来困倦,直睡到响午起来,心里暗暗得意乐事,只提防宜笑、餐花两人要来饶舌,见了带些没意思。岂知二人已自有了主意,并不说破一字,两个夫人各像没些事故一般,怡然相安,也不提起。

到了晚来,宜笑姐与餐花姨商量,竟往后花园中迎候那人。两人走到那里,躲在僻处,瞧那树边,只见任君用已在墙头上过来,从梯子卜地。整一整巾帻,抖一抖衣裳,正举步来望里面走去。宜笑姐抢出来喝道:"是何闲汉,越墙进来做甚么!"餐花姨也走出来一把扭住道:"有贼! 有贼!"任君用吃了一惊,慌得颤抖抖道:"是……是……是里头两位夫人约我进来的,姐姐休高声。"宜笑姐道:"你可是任先生么?"任君用道:"小生正是任君用,并无假冒。"餐花姨道:"你偷奸了两位夫人,罪名不小。你要官休、私休?"任君用道:"是夫人们教我进来的,非干小生大胆,却是官休不得,情愿私休。"宜笑姐道:"官休时拿你交付李院公,等太尉回来禀知处分,叫你不得。既情愿私休,今晚不许你到两位夫人处去,只随我两个悄悄到里边,凭我们处置。"任君用笑道:"这里头料没有苦楚勾当,只随两位姐姐去罢了。"当下三人捏手捏脚,一直领到宜笑姐自己房中,连餐花姨也留做了一床,翻云覆雨,倒凤颠鸾,自不必说。

这边筑玉、瑶月两位夫人等到黄昏时候,不见任生到来,叫如霞拿灯去后花园中隔墙支会一声①。到得那里，将灯照着树边，只见秋千索子挂向墙里边来了。元来任君用但是进来了，便把索子取向墙内，恐防挂在外面有人瞧见，又可以随着尾他踪迹，故收了进来，以此为常。如霞看见，晓得任生已自进来了。忙来回覆道："任先生进来过了，不到夫人处，却在那里？"筑玉夫人想了一想，笑道："这等，有人剪着绺去也②。"瑶月夫人道："料想只在这两个丫头处。"即着如霞去看。如霞先到餐花房中，见房门闭着，内中寂然。随到宜笑房前，听得房内笑声哈哈，床上轧轧震动不住，明知是任生在床做事。如霞好不口馋，急跑来对两个夫人道："果然在他那里，正弄得兴哩。我们快去炒他。"瑶月夫人道："不可不可。昨夜他们也不捉破我们，今若去炒，便是我们不是，须要伤了和气。"筑玉道："我正要弄他两个在里头，不匡他先自留心已做下了，正合我的机谋。今夜且不可炒他。我与他一个见识，绝了明日的出路，取笑他慌张一回，不怕不打做一团。"瑶月道："却是如何？"筑玉道："只消叫如霞去把那秋千索解将下来藏过了，且着他明日出去不得，看他们怎地瞒得我们？"如霞道："有理，有理！是我们做下这些机关，弄得人进来，怎么不通知我们一声，竟自邀截了去？不通，不通！"手提了灯，一性子跑到后花园，溜上树去把索子解了下来，做一捆抱到房中来，道："解来了，解来了。"筑玉夫人道："藏下了，到明日再处，我们睡休。"两个夫人各自归房中，寂寂寞寞睡了。正是：

　　一样玉壶传漏出，南宫夜短北宫长。

　　那边宜笑、餐花两人搂了任君用，不知怎生狂荡了一夜。约了晚间再会，清早打发他起身出去。任君用前走，宜笑、餐花两人蓬着头尾在后边，悄悄送他同到后花园中。任生照常登梯上树，早不见了索子软梯，出墙外去不得，依旧走了下来，道："不知那个解去了索子，必是两位夫人见我不到，知了些风，有些见怪，故意难我。而今怎生别寻根索子弄出去罢！"宜笑姐道："那里有这样粗索吊得人起、坠得下去的？"任君用道："不如等我索性去见见两位夫人，告个罪，大家商量。"餐花姨姨

────────────

①支会：通知。

②剪着绺(liǔ)：即剪绺，窃取钱物的小偷。这里意为"窃取"。

道:"只是我们不好意思些。"三人正踌躇间,忽见两位夫人同了如霞赶到园中来,拍手笑道:"你们瞒了我们干得好事,怎不教飞了出去?"宜笑姐道:"先有人干过了,我们学样的。"餐花道:"且不要斗口,原说道大家帮衬,只为两位夫人撇了我们,自家做事,故此我们也打一场偏手。而今不必说了,且将索子出来,放了他出去。"筑玉夫人大笑道:"请问还要放出去做甚么?既是你知我见,大家有分了,便终日在此还碍着那个?落得我们成群合伙喧哄过日。"一齐笑道:"妙!妙!夫人之言有理。"筑玉便挽了任生,同众美步回内庭中来。

从此,任生昼夜不出,朝欢暮乐,不是与夫人每并肩叠股,便与姨姐们作对成双,淫欲无休。身体劳惫,思量要歇息一会儿,怎由得你自在?没奈何,求放出去两日,又没个人肯。各人只将出私钱,买下肥甘物件进去调养他。虑恐李院奴有言,各凑重赏买他口净①。真是无拘无忌,受用过火。所谓:

　　　　志不可满,乐不可极。福过灾生,终有败日。

任生在里头快活了一月有余。忽然一日,外边传报进来说:"太尉回来了。"众人多在睡梦昏迷之中,还未十分准信。不知太尉立时就到,府门院门豁然大开。众人慌了手脚,连忙着两个送任生出后花园,叫他越墙出去。任生上得墙头,底下人忙把梯子掇过。口里叫道:"快下去!快下去!"不顾死活,没头的奔了转来。那时多着了忙,那曾仔细?竟不想不曾系得秋千索子,却是下去不得。这边没了梯子,又下来不得,想道:"有人撞见,煞是利害。"欲待奋身跳出,争奈淘虚的身子,手脚酸软,胆气虚怯,挣着便簌簌的抖,只得骑在墙檐脊上坐着,好似:

　　　　羝羊触藩,进退两难。

自古道冤家路儿窄。谁想太尉回来,不问别事,且先要到院中各处墙垣上看有无可疑踪迹,一径走到后花园来。太尉抬起头来,早已看见墙头上有人。此时任生在高处望下,认得是太尉自来,慌得无计可施,只得把身子伏在脊上。这叫得兔子掩面,只不就认得是他,却藏不得身子。太尉是奸狡有余的人,明晓得内院墙垣有甚事却到得这上头,毕竟

―――――――――――

　　①口净:也作"口静"。指保密,不乱说。

连着闺门内的话,恐怕传播开去反为不雅。假意扬声道:"这墙垣高峻,岂是人走得上去的? 那上面有个人,必是甚邪祟凭附着他了,可寻梯子扶下来问他端的。"

左右从人应声去掇张梯子,将任生一步步扶掇下地。任生明明听得太尉方才的说话,心生一计,将错就错,只做懵懵不省人事的一般,任凭众人扯扯拽拽,拖至太尉跟前。太尉认一认面庞,道:"兀的不是任君用? 元何这等模样①? 必是着鬼了。"任生紧闭双目,只不开言。太尉叫去神乐观里请个法师来救解。

太尉的威令谁敢稽迟? 不一刻法师已到。太尉叫他把任生看一看,法师捏鬼道:"是个着邪的。"手里仗了剑,口里哼了几句咒语,喷了一口净水,道:"好了,好了。"任生果然睁眼来道:"我如何却在这里?"太尉道:"你方才怎的来?"任生诌出一段谎来道:"夜来独坐书房,恍惚之中,有五个锦衣花帽的将军来说,要随他天宫里去抄写甚么。小生疑他怪样,抵死不肯。他叫从人扯捉,腾空而起。小生慌忙吊住树枝,口里喊道:'我是杨太尉爷馆宾,你们不得无礼。'那些小鬼见说出'杨太尉'三字,便放松了手,推跌下来,一时昏迷不省,不知却在太尉面前。太尉几时回来的? 这里是那里?"旁边人道:"你方才被鬼迷在墙头上伏着,是太尉教救下来的,这里是后花园。"太尉道:"适间所言,还是何神怪?"法师道:"依他说来,是五通神道②,见此独居无伴,作怪求食的。今与小符一纸贴在房中,再将些三牲酒果安一安神,自然平稳无事。"太尉分付当直的依言而行,送了法师回去,任生扶在馆中将息③。任生心里道:"惭愧! 天字号一场是非,早被瞒过了也。"

任生因是几时琢丧过度了④,精神元是虚耗的,做这被鬼迷了要将

---

①元何:同"缘何",因何。

②五通神:旧时南方民间供奉的妖神。唐末已有香火,庙号"五通"。《西湖游览志余》卷二十六《幽怪传疑》载:"杭人最信五通神,亦曰五圣。姓氏原委,俱无可考。"相传为兄弟五人,别称"五郎神"、"五猖"等。无恶不作,"或云其神能奸淫妇女,运输财帛,力能祸福,见形人间。"

③将息:养息,调养。

④琢丧:即"琢丧",遭受伤害。

息的名头，在馆中调养了十来日。终是少年易复，渐觉旺相，进来见太尉，称谢道："不是太尉请法师救治，此时不知怎生被神鬼所迷，丧了残生也不见得。"太尉也自忻然道："且喜得平安无事，老夫与君用久阔，今又值君用病起，安排几品，畅饮一番则个。"随命取酒共酌，猜枚行令①，极其欢洽。任生随机应变，曲意奉承。酒间，任生故意说起遇鬼之事，要探太尉心上如何。但提起，太尉便道："使君用独居遇魅，原是老夫不是。"着实安慰。任生心下私喜道："所做之事，点滴不漏了。只是众美人几时能勾再会？此生只好做梦罢了。"书房静夜，常是相思不歇，却见太尉不疑，放下了老大的鬼胎，不担干系，自道侥幸了。

岂知太尉有心，从墙头上见了任生，已瞧科了九分在肚里，及到筑玉夫人房中，不想那条做软梯的索子自那夜取笑，将来堆在壁间，终日喧哄，已此忘了。一时不曾藏得过，被太尉看在眼里，料道此物正是接引人进来的东西了。即将如霞拷问，如霞吃苦不过，一一招出。太尉又各处查访，从头彻尾的事，无一不明白了。却只毫不发觉出来，待那任生一如平时，宁可加厚些。正是：

　　腹中怀剑，笑里藏刀。

　　撩他虎口，怎得开交②！

一日，太尉召任生吃酒，直引至内书房中。欢饮多时，唤两个歌姬出来唱曲，轮番劝酒。任生见了歌姬，不觉想起内里相交过的这几位来，心事悒怏，只是吃酒，被灌得酩酊大醉。太尉起身走了进去，歌姬也随时进来了，只留下任生正在椅子上打盹。忽然，四五个壮士走到面前，不由分说，将任生捆缚起来。任生此时醉中，不知好歹，口里胡言乱语，没个清头。早被众人抬放一张卧榻上，一个壮士，拔出风也似一把快刀来。任生此时正是：

　　命如五鼓衔山月，身似三更油尽灯。

看官，你道若是要结果任生性命，这也是太尉家惯做的事，况且任生造下罪业不小，除之亦不为过，何必将酒诱他在内室了，然后动手？元来

---

　　①猜枚：一种游戏，多用来行酒令。猜中者为胜，不中者罚饮酒。

　　②开交：罢休，了结。

不是杀他。那处法实是希罕,只见拿刀的壮士褪下任生腰裤,将左手扯他的阳物出来,右手飔的一刀割下,随即剔出双肾①。任生昏梦之中叫声"阿呀!"痛极晕绝。那壮士即将神效止疼生肌的敷药敷在伤处,放了任生捆缚,紧闭房门而出。这几个壮士是谁?乃是平日内里所用阉工,专与内相净身的。太尉怪任生淫污了他的姬妾,又平日喜欢他知趣,着人不要径自除他,故此分付这些阉工把来阉割了。因是阉割的见不得风,故引入内里密室之中,古人所云"下蚕室"正是此意②。太尉又分付如法调治他,不得伤命,饮食之类务要加意。任生疼得十死九生,还亏调理有方,得以不死。明知太尉洞晓前事,下此毒手,忍气吞声,没处申诉,且喜留得性命。

过了十来日,勉强挣扎起来,讨些汤来洗面。但见下颏上微微几茎髭须尽脱在盆内,急取镜来照时,俨然成了一个太监之相。看那小肚之下结起一个大疤,这一条行淫之具已丢向东洋大海里去了。任生摸了一摸,泪如雨下。有诗为证:

> 昔日花丛多快乐,今朝独坐闷无聊。
>
> 始知裙带乔衣食,也要生来有福消。

任君用自被阉割之后,杨太尉见了便带笑容,越加待得他殷勤,索性时时引他到内室中,与妻妾杂坐,宴饮耍笑。盖为他身无此物,不必顾忌,正好把来做玩笑之具。起初,瑶月、筑玉等人凡与他有一手者,时时说起旧情,还十分怜念他。却而今没蛇得弄,中看不中吃,要来无干。任生对这些旧人道:"自太尉归来,我只道今生与你们永无相会之日了。岂知今日时时可以相会,却做了个无用之物,空咽唾津,可怜,可怜!"自此任生十日到有九日在太尉内院,希得出外。又兼颏净声雌,太监嘴脸,怕见熟人,一发不敢到街上闲走。平时极往来得密的方务德,也有半年不见他面。务德曾到太尉府中探问,乃太尉分付过的,尽说道他死了。

一日,太尉带了姬妾出游相国寺,任生随在里头。偶然独自走至大悲阁下,恰恰与方务德撞见。务德看去,模样虽像任生,却已脸皮改变,

---

①双肾:指外肾,即睾丸。

②下蚕室:指受宫刑。蚕室,古时受宫刑的牢狱。

又闻得有已死之说，心里踌躇，不敢上前相认，走了开去。任生却认得是务德不差，连忙呼道："务德，务德，你为何不认我故人了?"务德方晓得真是任生，走来相揖。任生一见故友，手握着手，不觉呜咽流涕。务德问他："许久不见及有甚伤心之事?"任生道："小弟不才遭变，一言难尽。"遂把前后始末之事细述一遍，道："一时狂兴，岂知受祸如此!"痛哭不止。务德道："你受用太过，故折罚至此。已成往事，不必追悔。今后只宜出来相寻同辈，消遣过日。"任生道："何颜复与友朋相见! 贪恋余生，苟延旦夕罢了。"务德大加嗟叹而别。后来打听任生郁郁不快，不久竟死于太尉府中。这是行淫的结果。方务德每见少年好色之人，即举任君用之事以为戒。

看官听说，那血气未定后生们，固当谨慎，就是太尉，虽然下这等毒手，毕竟心爱姬妾被他弄了，此亦是富贵人多蓄妇女之鉴。

堪笑累垂一肉具，喜者夺来怒削去。

寄语少年渔色人①，大身勿受小身累。

又一诗笑杨太尉云：

削去淫根淫已过，尚留残质共婆娑。

譬如宫女寻奄尹②，一样多情奈若何!

---

①渔色：猎取美女。
②奄尹：宦官。

错调情贾母詈女　误告状孙郎得妻

诗曰：

> 妇女轻自缢，就里别贞淫。
>
> 若非能审处，枉自命归阴。

话说妇人短见，往往没奈何了，便自轻生。所以缢死之事，惟妇人极多。然有死得有用的，有死得没用的。

湖广黄州蕲水县①有一个女子陈氏，年十四岁，嫁与周世文为妻。世文年纪更小似陈氏两岁，未知房室之事。其母马氏是个寡妇，却是好风月淫滥之人。先与奸夫蔡凤鸣私通，后来索性赘他入室，作做晚夫②。欲心未足，还要吃一看二。有个方外僧人性月，善能养龟③，广有春方，也与他搭上了。蔡凤鸣正要学些抽添之法，借些药力帮衬，并不吃醋捻酸，反与僧人一路宣淫④，晓夜无度。有那媳妇陈氏在面前走动，一来碍眼，二来也带些羞惭，要一网兜他在里头。况且马氏中年了，那两个奸夫见了少艾女子⑤，分外动火，巴不得到一到手。三人合伴百计来哄诱他，陈氏只是不从。婆婆马氏怪他不肯学样，詈他道："看你独造了贞节牌坊不成！"先是毒骂，渐加痛打。蔡凤鸣假意旁边相劝，便就捏捏撮撮撩拨他⑥。陈氏一头受打，一头口里乱骂凤鸣道："由婆婆自打，不干你这野贼事，不要你来劝得！"婆婆道："不知好歹的贱货！必要打你肯顺随了才住。"陈氏道："拚得打死，决难从命！"蔡凤鸣趁势抱住道："乖乖，偏要你从命，不舍得打你。"马氏也来相帮，扯裤揪腿，强要奸他。怎当

---

①蕲水县：明代黄州府属县，今属湖北浠水县。

②作做：当作，算作。

③龟：男生殖器。

④一路：一起。

⑤少艾：指年轻美貌的女子。

⑥捏捏撮撮：犹言动手动脚。

得陈氏乱颠乱滚，两个人用力，只好捉得他身子住，那里有闲空凑得着道儿行淫？原来世间强奸之说，元是说不通的。落得马氏费坏了些气力，恨毒不过，狠打了一场才罢。

陈氏受这一番作践，气忿不过，跑回到自己家里，哭诉父亲陈东阳。那陈东阳是个市井小人，不晓道理的，不指望帮助女儿，反说道："不该逆着婆婆，凡事随顺些，自不讨打。"陈氏晓得分理不清的①，走了转来，一心只要自尽。家里还有一个太婆②，年纪八十五了，最是疼他的。陈氏对太婆道："媳妇做不得这样狗彘的事③，寻一条死路罢，不得伏侍你老人家了。却是我决不空死，我决来要两个同去。"太婆道："我晓得你是个守志的女子，不肯跟他们胡做。却是人身难得，快不要起这样念头！"陈氏主意已定，恐怕太婆老人家婆儿气，又或者来防闲着他④，假意道："既是太婆劝我，我只得且忍着过去。"是夜在房，竟自缢死。

死得两日，马氏晚间取汤澡牝，正要上床与蔡凤鸣快活，忽然一阵冷风过处，见陈氏拖出舌头尺余，当面走来。叫声："不好了！媳妇来了！"蓦然倒地，叫唤不醒。蔡凤鸣看见，吓得魂不附体，连夜逃走英山地方⑤，思要躲过。不想心慌不择路，走脱了力。次日发寒发热，口发谵语，不上几日也死了。眼见得必是陈氏活拿了去。

此时是六月天气，起初陈氏死时，婆婆恨他，不曾收殓。今见显报如此，邻里喧传，争到周家来看。那陈氏停尸在低檐草屋中，烈日炎蒸，面色如生，毫不变动。说起他死得可怜，无不垂涕。又见恶姑奸夫俱死⑥，又无不拍手称快。有许多好事儒生，为文的为文，作传的作传，备了牲礼，多来祭奠。呈明上司，替他立起祠堂。后来察院采风⑦，奏知朝廷，建坊旌表为烈妇。果应着马氏独造牌坊之谶。这个缢死，可不是死

---

①分理：分辩。

②太婆：丈夫的祖母。

③狗彘：犬与猪。这里比喻行为恶劣。

④防闲：防备，阻拦。

⑤英山：明代为承天府的属县，县名，今属湖北省。

⑥恶姑：这里指恶婆婆。

⑦采风：了解民情。

得有用的了？

莲花出水，不染泥淤。

均之一死，唾骂在姑！

湖广又有承天府景陵县一个人家①，有姑嫂两人。姑未嫁出，嫂也未成房②，尚多是女子，共居一个小楼上。楼后有别家房屋一所，被火焚过，余下一块老大空地，积久为人堆聚粪秽之场。因此楼墙后窗，直见街道。二女闲空，就到窗边看街上行人往来光景。有邻家一个学生，朝夕在这街上经过，貌甚韶秀。二女年俱二八，情欲已动，见了多次，未免妄想起来。便两相私语道："这个标致小官，不知是那一家的。若得与他同宿一晚，死也甘心。"

正说话间，恰好有个卖糖的小厮，唤做四儿，敲着锣在那里后头走来。姑嫂两人多是与他买糖厮熟的，楼窗内把手一招，四儿就挑着担走转向前门来，叫道："姑娘们买糖！"姑嫂多走下楼来，与他买了些糖，便对他道："我问你一句说话，方才在你前头走的小官，是那一家的？"四儿道："可是那生得齐整的么？"二女道："正是。"四儿道："这个是钱朝奉家哥子。"二女道："为何日日在这条街上走来走去？"四儿道："他到学堂中去读书。姑娘问他怎的？"二女笑道："不怎的，我们看见问问着。"四儿年纪虽小，倒是点头会意的人，晓得二女有些心动，便道："姑娘喜欢这哥子③，我替你们传情，叫他来耍耍，何如？"二女有些羞缩，多红了脸。半晌方才道："你怎么叫得他来？"四儿道："这哥子在书房中，我时常挑担去卖糖，极是熟的。他心性好不风月，说了两位姑娘好情，他巴不得在里头的。只是门前不好来得，却怎么处？"二女笑道："只他肯来，我自有处。"四儿道："包管我去约得来。"二女就在汗巾里解下一串钱来，递与四儿道："与你买果子吃。烦你去约他一约，只叫他在后边粪场上走到楼窗下来，我们在楼上窗里抛下一个布兜，兜他上来就是。"四儿道："这等，我去说与他知道了，讨了回音，来复两位姑娘。"三个多是孩子

---

① 景陵县：明代承天府沔阳州的属县，即今湖北天门市。

② 成房：成婚。

③ 哥子：犹哥儿。

家,不知甚么利害,欢欢喜喜各自散去。

四儿走到书房来寻钱小官,撞着他不在书房,不曾说得,走来回复。把锣敲得响,二女即出来问,四儿便说未得见他的话。二女苦央他再去一番,千万等个回信。四儿去了一会,又走来道:"偏生今日他不在书房中①,待走到他家里去与他说。"二女又千叮万嘱道:"不可忘了。"似此来去了两番。

对门有一个老儿姓程,年纪七十来岁,终日坐在门前一只凳上,朦胧着双眼,看人往来。见那卖糖的四儿在对门这家去了又来,频敲糖锣。那里头两个女子,但是敲锣,就走出来与他交头接耳。想道:"若只是买糖,一次便了,为何这等藤缠②?里头必有缘故。"跟着四儿到僻净处,便一把扯住,问道:"对门这两个女儿,托你做些甚么私事?你实对我说了,我与你果儿吃。"四儿道:"不做甚么事。"程老儿道:"你不说,我只不放你。"四儿道:"老人家休缠我,我自要去寻钱家小哥。"程老儿道:"想是他两个与那小官有情,故此叫你么?"四儿被缠不过,只得把实情说了。程老儿带着笑说道:"这等,今夜若来就成事了。"四儿道:"却不惩的。"程老儿笑嘻嘻的扯着四儿道:"好对你说,作成了我罢。"四儿拍手大笑道:"他是女儿家,喜欢他小官,要你老人家做甚么?"程老儿道:"我老则老,兴趣还高。我黑夜里坐在布兜内上去了,不怕他们推了我出来,那时临老入花丛,我之愿也。"四儿道:"这是我哄他两个了,我做不得这事。"程老儿道:"你若依着我,我明白与你一件衣服穿。若不依我,我去对他家家主说了,还要拿你这小猴子去摆布哩!"四儿有些着忙了,道:"老爹爹果有此意,只要重赏我,我便假说是钱小官,送了你上楼罢。"程老儿便伸手腰间钱袋内,摸出一块银子来,约有一钱五六分重,递与四儿道:"你且先拿了这些须去,明日再与你衣服。"四儿千欢万喜,果然不到钱家去。竟诌一个谎,走来回复二女道:"说与钱小官了,等天黑就来。"二女喜之不胜,停当了布匹等他,一团春兴。

---

① 偏生:偏偏。

② 藤缠:比喻纠缠。

谁知程老儿老不识死，想要剪绺①。四儿走来，回了他话。他就呆呆等着日晚。家里人叫他进去吃晚饭，他回说："我今夜有夜宵主人，不来吃了。"磕磕撞撞，撞到粪场边来。走至楼窗下面，咳嗽一声。时已天黑不辨色了。两女听得人声，向窗外一看，但见黑魆魆一个人影，料道是那话来了。急把布来每人捏紧了一头，放将中段下去。程老儿见布下来了，即兜在屁股上坐好。楼上见布中已重，知是有人，扯将起去。那程老儿老年的人，身体干枯，苦不甚重。二女趁着兴高，同力一扯，扯到窗边。正要伸手扶他，楼中火光照出窗外，却是一个白头老人，吃了一惊。手臂索软②，布扯不牢。一个失手，程老儿早已头轻脚重，跌下去了。二女慌忙把布收进，颤笃笃的关了楼窗③。一场扫兴，不在话下。

次日，程老儿家见家主夜晚不回，又不知在那一家宿了，分头去亲眷家问，没个踪迹。忽见粪场墙边一个人死在那里，认着衣服，正是程翁。报至家里，儿子每来看看，不知其由。只道是老人家脚蹉自跌死了的，一齐哭着扛抬回去。一面开丧入殓，家里嚷做一堆。那卖糖的四儿还不晓得缘故，指望讨夜来信息，希冀衣服，莽莽走来④。听见里面声喧，进去看看，只见程老儿直挺挺的躺在板上。心里明知是昨夜做出来的，不胜伤感，点头叹息。程家人看见了道："昨夜晚上请吃晚饭时，正见主翁同这个小厮在那里唧哝些甚么，想是牵他到那处去。今日却死在墙边，那厢又不是街路，死得跷蹊。这小厮必定知情。"众人齐来一把拿住道："你不实说，活活打死你才住！"四儿慌了，只得把昨日的事一一说了，道："我只晓得这些缘故，以后去到那里，怎么死了，我实不知。"程家儿子们听了这话道："虽是我家老子老没志气，牵头是你。这条性命断送在你身上，干休不得！"就把四儿缚住，送到官司告理。

四儿到官，把首尾一十一五说了。事情干连着二女，免不得出牌行提。二女见说，晓得要出丑了，双双缢死楼上。只为一时没正经，不曾

---

①剪绺(liǔ)：盗取别人身上的钱物。这里引申为偷情。

②索软：软弱无力。

③颤笃笃：因惊恐而身体发抖。

④莽莽：鲁莽。

做得一点事，葬送了三条性命。这个缢死，可不是死得没用的了？

二美属目，眷眷恋童。

老翁凤孽①，彼此凶终。

小子而今说一个缢死的，只因一吊，倒吊出许多妙事来。正是：

失马未为祸，其间自有缘。

不因俱错认，怎得两团圆？

话说吴淞地方有一个小官人②，姓孙，也是儒家子弟。年方十七，姿容甚美。隔邻三四家，有一寡妇姓方，嫁与贾家。先年其夫亡故，止生得一个女儿，名唤闰娘。也是十七岁，貌美出群。只因家无男子，止是娘女两个过活，雇得一个秃小厮使唤。无人少力，免不得出头露面。邻舍家个个看见的，人人称羡。孙小官自是读书之人，又年纪相当，时时撞着。两下眉来眼去，各自有心。只是方妈妈做人刁钻，心性凶暴，不是好惹的人，拘管女儿甚是严紧。日里只在面前，未晚就收拾女儿到房里去了。虽是贾闰娘有这个孙郎在肚里，只好空自咽唾。孙小官恰像经布一般③，不时往来他门首。只弄得个眼熟，再无便处下手。幸喜得方妈妈见了孙小官，心里也自爱他一分的，时常留他吃茶，与他闲话。算做通家子弟，还得频来走走，捉空与闰娘说得句把话④。闰娘恐怕娘疑心，也不敢十分兜揽⑤。似此多时，孙小官心痒难熬，没个计策。

一日，贾闰娘穿了淡红裙子在窗前刺绣。孙小官走来看见无人，便又把语言挑他。贾闰娘提防娘瞧着，只不答应。孙小官不离左右的踅了好两次，贾闰娘只怕露出破绽，轻轻的道："青天白日，只管人面前来晃做甚么？"孙小官听得，只得走了去，思量道："适间所言，甚为有意。教我青天白日不要来晃，敢是要我夜晚些来？或有个机会也不见得。"

等到傍晚，又踅来贾家门首呆呆立着。见贾家门已闭了，忽听得呀的一响，开将出来。孙小官未知是那个，且略把身子退后，望把门开处，

---

①凤孽：前世的孽债。

②吴淞：原属宝山县，今属上海杨浦区。

③经布一般：比喻像穿梭似的。

④捉空：趁空，找机会。

⑤兜揽：亲近，理睬。

走出一个人来,影影看去,正是着淡红裙子的。孙小官喜得了不得,连忙尾来,只见走入坑厕里去了。孙小官也跳进去,拦腰抱住道:"亲亲姐姐,我被你想杀了! 你叫我日里不要来,今已晚了,你怎生打发我?"那个人啐了一口道:"小入娘贼! 你认做那个哩?"元来不是贾闺娘,是他母亲方妈妈。为晚了到坑厕上收拾马子①,因是女儿换下裙子在那里,他就穿了出来。孙小官一心想着贾闺娘,又见衣服是日里的打扮,娘女们身分必定有些厮像,眼花撩乱认错了。直等听得声音,方知是差讹,打个失惊,不要命的一道烟跑了去。

方妈妈吃了一场没意思,气得颤抖抖的,提了马子回来。想着道:"适才小猢狲的言语甚有跷蹊。必是女儿与他做下了,有甚么约会,认错了我,故作此行径,不必说得。"一忿之气,走进房来对女儿道:"孙家小猢狲在外头,叫你快出去!"贾闺娘不知一些清头②,说道:"甚么孙家李家,却来叫我?"方妈妈道:"你这臭淫妇约他来的,还要假撇清?"贾闺娘叫起屈来道:"那里说起? 我好耽耽坐在这里,却与谁有约来? 把这等话赃污我!"方妈妈道:"方才我走出去,那小猢狲急急赶来,口口叫姐姐,不是认做了你这臭淫妇么? 做了这样醃臜人,不如死了罢!"贾闺娘没口得分剖,大哭道:"可不是冤杀我,我那知他这些事体来!"方妈妈道:"你浑身是口,也洗不清。平日不调得喉惯③,没些事体,他怎敢来动手动脚?"方妈妈平日本是难相处的人,就碎聒得一个不了不休④。贾闺娘欲待辨来,往常心里本是有他的,虚心病说不出强话。欲待不辨来,其实不曾与他有勾当,委是冤屈。思量一转,泪如泉涌,道:"以此一番,防范越严,他走来也无面目,这因缘料不能勾了。况我当不得这擦刮⑤,受不得这醃臜,不如死了,与他结个来生缘罢!"哭了半夜,趁着方妈妈炒骂兴阑,精神疲倦,昏昏熟睡,轻轻床上起来,将束腰的汗巾悬梁高吊。正是:

---

①马子:马桶。
②清头:底细。
③调得喉惯:调唇弄舌。
④碎聒:指说话唠叨。
⑤擦刮:折磨。

未得野鸳交颈,且做羚羊挂角。

且说方妈妈一觉睡醒,天已大明,口里还唠唠叨叨说昨夜的事,带着骂道"只会引老公招汉子,这时候还不起来,挺着尸做甚么!"一头碎聒,一头穿衣服。静悄悄不见有人声响,嚷道:"索性不见则声,还嫌我做娘的多嘴哩!"夹着气蛊①,跳下床来。抬头一看,正见女儿挂着,好似打秋千的模样,叫声:"不好了!"连忙解了下来,早已满口白沫,鼻下无气了。方妈妈又惊、又苦、又懊悔,一面抱来放倒在床上,捶胸跌脚的哭起来。哭了一会,哏的一声道:"这多是孙家那小入娘贼,害了他性命。更待干罢,必要寻他来抵偿,出这口气!"又想道:"若是小入娘贼得知了这个消息,必定躲过我。且趁着未张扬时去赚得他来,留住了,当官告他,不怕他飞到天外去。"忙叫秃小厮来,不与他说明,只教去请孙小官来讲话。

孙小官正想着昨夜之事,好生没意思。闻知方妈妈请他,一发心里缩缩朒朒起来②,道:"怎倒反来请我? 敢怕要发作我么?"却又是平日往来的,不好推辞得。只得含着些羞惭之色,随着秃小厮来到。见了方妈妈,方妈妈撮起笑容来道:"小哥夜来好莽撞! 敢是认做我小女么!"孙小官面孔通红,半晌不敢答应。方妈妈道:"吾家与你家,门当户对,你若喜欢着我女儿,只消明对我说,一丝为定,便可成事。何必做那鼠窃狗偷没道理的勾当?"孙小官听了这一片好言,不知是计,喜之不胜道:"多蒙妈妈厚情! 待小子去备些薄意,央个媒人来说。"方妈妈道:"这个且从容。我既以口许了你,你且进房来,与小女相会一相会,再去央媒也未迟。"孙小官正巴不得要的。欢天喜地,随了方妈妈进去。方妈妈到得房门边,推他一把道:"在这里头,你自进去。"孙小官冒冒失失,踹脚进了房。方妈妈随把房门拽上了,铿的一声下了锁。隔着板障大声骂道③:"孙家小猫狑听着,你害我女儿吊死了,今挺尸在床上,交付你看守着。我到官去告你因奸致死,看你活得成活不成!"

①气蛊:气愤。
②缩缩朒朒(nǜnǜ):畏缩小心;不过意。
③板障:木板屏障。

孙小官初时见关了门，正有些慌忙，道不知何意。及听得这些说话，方晓得是方妈妈因女儿死了，赚他来讨命。看那床上果有个死人躺着，老大惊惶。却是门儿已锁，要出去又无别路。在里头哀告道："妈妈，是我不是，且不要经官，放我出来再商量着。"门外悄没人应。元来方妈妈叫秃小厮跟着，已去告诉了地方，到县间递状去了。

孙小官自是小小年纪，不曾经过甚么事体，见了这个光景，岂不慌怕？思量道："弄出这人命事来，非同小可！我这番定是死了。"叹口气道："就死也罢，只是我虽承姐姐顾盼好情，不曾沾得半分实味。今却为我而死，我免不得一死偿他。无端的两条性命，可不是前生前世欠下的业债么？"看着贾闰娘尸骸，不觉伤心大哭道："我的姐姐，昨日还是活泼泼与我说话的，怎今日就是这样了，却害着我？"

正伤感间，一眼觑那贾闰娘时：

> 双眸虽闭，一貌犹生。袅袅腰肢，如不舞的迎风杨柳；亭亭体态，像不动的出水芙蕖。宛然美女独眠时，只少才郎同伴宿。

孙小官见贾闰娘颜面如生，可怜可爱，将自己的脸偎着他脸上，又把口呜噏一番①，将手去摸摸肌肤，身体还是和软的，不觉兴动起来。心里想道："生前不曾沾着滋味，今旁无一人，落得任我所为。我且解他的衣服开来，虽是死的，也弄他一下，还此心愿，不枉把性命赔他。"就揭开了外边衫子与裙子，把裤子解了带扭，褪将下来，露出雪白也似两腿。看那牝处，尚自光洁无毛。真是：

> 阴沟渥丹　火齐欲吐

两腿中间，兀自气腾腾的。孙小官按不住欲心如火，腾的跳上身去，分开两股，将铁一般硬的玉茎，对着牝门，用些唾津润了，弄将进去，抽搋起来。嘴对着嘴，恣意亲呷。只见贾闰娘口鼻中渐渐有些气息，喉中咯咯声响。元来起初放下时，被汗巾勒住了气，一时不得回转，心头温和，原不曾死。方妈妈性子不好，一看见死了，就耐不得，只思报仇害人，一下子奔了出去，不曾仔细解救。今得孙小官在身体上腾那，气便活动，口鼻之间，又接着真阳之气，恹恹的苏醒转来。

---

①呜噏：亲吻。

　　孙小官见有些奇异,反惊得不敢胡动。跳下身来,忙把贾闰娘款款扶起。闰娘得这一起,胸口痰落,忽地叫声:"哎呀!"早把双眼朦胧闪开,看见是孙小官扶着他,便道:"我莫不是梦里么?"孙小官道:"姐姐,你险些害杀我也!"闰娘道:"我妈妈在那里了,你到得这里?"孙小官道:"你家妈妈道你死了,哄我到此,反锁着门,当官告我去了。不想姐姐却得重醒转来。而今妈妈未来,房门又锁得好好的,可不是天叫我两个成就好事了?"闰娘道:"昨夜受妈妈炒聒不过,拼着性命。谁知今日重活,又得见哥哥在此,只当另是一世人了!"孙小官抱住要云雨,闰娘羞阻道:"妈妈昨日没些事体,尚且百般丑骂,若今日知道与哥哥有些甚么,一发了不得!"孙小官道:"这是你妈妈自家请我上门的,须怪不得别人。况且姐姐你适才未醒之时,我已先做了点点事了,而今不必推掉得。"闰娘见说,自看身体上,才觉得裙裤俱开,阴中生楚,已知着了他手。况且原是心爱的人,有何不情愿? 只算任凭他舞弄。孙小官重整旗枪,两下交战起来。

　　　　一个朦胧初醒,一个热闹重兴。烈火干柴,正是相逢对手;疾风暴雨,还饶未惯娇姿。不怕隔垣听,喜的是房门静闭;何须牵线合,妙在那觌面成交。两意浓时,好似渴中新得水;一番乐处,真为死去再还魂。

两人无拘无管、尽情尽意乐了一番。闰娘道:"你道妈妈回家来见了,却怎么?"孙小官道:"我两人已成了事,你妈妈来家,推也推我不出去,怕他怎么? 谁叫他锁着你我在这里的?"两人情投意合,亲爱无尽。也只诓妈妈就来①,谁知到了天晚,还不见回。闰娘自在房里取着火种,到厨房中做饭与孙小官吃。孙小官也跟着相帮动手,已宛然似夫妻一般。至晚妈竟不来家,两人索性放开肚肠,一床一卧,相偎相抱睡了。自不见有这样凑趣帮衬的事,那怕方妈妈住在外边过了年回来。这厢不题。

　　且说方妈妈这日哄着孙小官锁禁在房了,一径到县前来叫屈。县官唤进审问。方妈妈口诉因奸致死人命事情。县官不信道:"你们吴中

　　　　————————————

　　①只诓:只料。

风俗不好,妇女刁泼。必是你女儿病死了,想要图赖邻里的?"方妈妈说:"女儿不从缢死,奸夫现获在家。只求差人押小妇人到家,便可扭来,登堂究问。如有虚诳,情愿受罪。"县官见他说得的确,才叫个吏典将纸笔责了口词,准发该房出牌行拘。方妈妈终是个女流,被衙门中刁难,要长要短的,诈得不耐烦,才与他差得个差人出来。差人又一时不肯起身,藤缠着要钱,羁绊住身子。

转眼已是两三日,方得同了差人,来到自家门首。方妈妈心里道:"不诓一出门担阁了这些时,那小猢狲不要说急死,饿也该饿得零丁了①。"先请公差到堂屋里坐下,一面将了钥匙去开房门。只听得里边笑语声晌,心下疑惑道:"这小猢狲在里头却和那个说话?"忙开进去,抬眼看时,只见两个人并肩而坐,正在那里知心知意的商量。方妈妈惊得把双眼一擦,看着女儿道:"你几时又活了?"孙小官笑道:"多承把一个死令爱交我相villa,而今我设法一个活令爱还了。这个人是我的了。"方妈妈呆了半晌,开口不得。思量没收场,只得拗曲作直,说道:"谁叫你私下通奸?我已告在官了。"孙小官道:"我不曾通奸,是你锁我在房里的,当官我也不怕。"方妈妈正有些没摆布处,心下踌躇,早忘了支分公差②。

外边公差每焦躁道:"怎么进去不出来了?打发我们回复官人去!"方妈妈只得走出来,把实情告诉公差道:"起初小女实是缢死了,故此告这状。不想小女仍复得活,而今怎生去回得官人便好?"公差变起脸来道:"匾大的天③,凭你掇出掇入的?人命重情,告了状又说是不死。你家老子做官也说不通!谁教你告这样谎状?"方妈妈道:"人命不实,奸情是真。我也不为虚情,有烦替我带人到官,我自会说。"就把孙小官交付与公差。

孙小官道:"我须不是自家走来的,况且人又不曾死,不犯甚么事,要我到官何干?"公差到:"这不是这样说,你牌上有名,有理没理,你自

①零丁:犹伶丁,形容消瘦。
②支分:打发。
③匾大的天:比喻说得轻巧,把事情看得简单。匾,一种圆形平底,边框很浅的竹器。

见官分辨，不干我们事。我们来一番，须与我们差使钱去。"孙小官道："我身子被这里妈妈锁住，饿了几日，而今拼得见官，那里有使用？但凭妈妈怎样罢了！"当下方妈妈反输一帖，只得安排酒饭，款待了公差。公差还要连闰娘带去，方妈妈求免女儿出官。公差道："起初说是死的，也少不得要相验尸首，而今是个活的，怎好不见得官？"贾闰娘闻知，说道："果要出丑，我不如仍旧缢死了罢。"方妈妈没奈何，苦苦央及公差。公差做好做歉了一番①，又送了东西，公差方肯住手。只带了孙小官同原告方妈妈到官回复。

县官先叫方妈妈，问道："你且说女儿怎么样死的？"方妈妈因是女儿不曾死，头一句就不好答应。只得说："爷爷，女儿其实不曾死。"县官道："不死，怎生就告人因奸致死？"方妈妈道："起初告状时节是死的，爷爷准得状回去，不想又活了。"县官道："有这样胡说！原说吴下妇人刁，多是一派虚情，人不曾死，就告人命，好打！"方妈妈道："人虽不死，奸情实是有的。小妇人现获正身在此②。"

县官就叫孙小官上去，问道："方氏告你奸情，是怎么说？"孙小官道："小人委实不曾有奸。"县官道："你方才是那里拿出来的？"孙小官道："在贾家房里。"县官道："可知是行奸被获了。"孙小官道："小人是方氏骗去，锁在房里，非小人自去的，如何是小人行奸？"县官又问方妈妈道："你如何骗他到家？"方妈妈道："他与小妇人女儿有奸，小妇人知道了，骂了女儿一场，女儿当夜缢死。所以小妇人哄他到家锁住了，特来告状。及至小妇人到得家里，不想女儿已活，双双的住在房里了几日，这奸情一发不消说起了。"孙小官道："小人与贾家女儿邻居，自幼相识，原不曾有一些甚么事。不知方氏与女儿有何话说，却致女儿上吊。道是女儿死了，把小人哄到家里，一把锁锁住，小人并不知其由。及至小人慌了，看看女儿尸首时，女儿忽然睁开双目，依然活在床上。此时小人出来又出来不得，便做小人是柳下惠、鲁男子时，也只索同这女儿住在里头了。不诓一住就是两三日，却来拿小人到官。这不是小人自家

---

①做好做歉：犹言做好做恶，这里意为装模作样。

②正身：指本人，当事人。

走进去住在里头的,须怪小人不得,望爷爷详情。"

　　县官见说了,笑将起来道:"这说的是真话。只是女儿今虽不死,起初自缢,必有隐情。"孙小官道:"这是他娘女自有相争,小人却不知道。"县官叫方氏起来,问道:"且说你女儿为何自缢?"方妈妈道:"方才说过,是与孙某有奸了。"县官道:"怎见得他有奸? 拿奸要双,你曾拿得他着么?"方妈妈道:"他把小妇人认做了女儿,赶来把言语调戏,所以疑心他有奸。"县官笑道:"疑心有奸,怎么算得奸? 以前反未必有这事,是你疑错了。以后再活转来,同住这两日夜,这就不可知。却是你自锁他在房里成就他的,此莫非是他的姻缘了。况已死得活,世所罕有,当是天意。我看这孩子仪容可观,说话伶俐。你把女儿嫁了他,这些多不消饶舌了。"方妈妈道:"小妇人原与他无仇,只为女儿死了,思量没处出这口气,要摆布他。今女儿不死,小妇人已自悔多告了这状了,只凭爷爷主张。"县官大笑道:"你若不出来告状,女儿与女婿怎能勾先相会这两三日?"遂援笔判道:"孙郎贾女,貌若年当。疑奸非奸,认死不死。欲絷其钻穴之身①,反遂夫同衾之乐。似有天意,非属人为。宜效绸缪②,以消怨旷③。"

　　判毕,令吏典读与方妈妈、孙小官听了,俱各喜欢,两两拜谢而出。孙小官就去择日行礼,与贾闰娘配为夫妇。这段姻缘,分明在这一吊上成的。有诗为证:

　　　　姻缘分定不须忙,自有天公作主张。

　　　　不是一番寒彻骨,怎得梅花扑鼻香?

---

　　①钻穴:犹"钻穴逾墙"。语出《孟子·滕文公下》:"不待父母之命,媒妁之言,钻穴隙相窥,逾墙相从,则父母国人皆贱之。"后以"钻穴"或"钻穴逾墙"指偷情、私奔等行为。

　　②绸缪(móu):形容情意缠绵的男女恋情。

　　③怨旷:犹怨女旷夫。指已到婚龄而无合适配偶的男女。

卷三十六

王渔翁舍镜崇三宝　白水僧盗物丧双生

诗云：

> 资财自有分定①，贪谋枉费踌躇。
>
> 假使取非其物，定为神鬼揶揄②！

话说宋时淳熙年间③，临安府市民沈一，以卖酒营生，家居官巷口，开着一个大酒坊。又见西湖上生意好，在钱塘门外丰乐楼买了一所库房④，开着一个大酒店。楼上临湖玩景，游客往来不绝。沈一日里在店里监着酒工卖酒⑤，傍晚方回家去。日逐营营⑥，算计利息，好不兴头。

一日，正值春尽夏初，店里吃酒的甚多，到晚未歇。收拾不及，不回家去，就在店里宿了。将及二鼓时分，忽地湖中有一大船，泊将拢岸，鼓吹喧阗，丝管交沸。有五个贵公子各戴花帽，锦袍玉带，挟同姬妾十数辈，径到楼下。唤酒工过来，问道："店主人何在？"酒工道："主人沈一今日不回家去，正在此间。"五客多喜道："主人在此更好，快请相见。"沈一出来见过了。五客道："有好酒，只管拿出来，我每不亏你。"沈一道："小店酒颇有，但凭开量洪饮。请到楼上去坐。"五客拥了歌童舞女，一齐登楼，畅饮更余。店中百来坛酒吃个罄尽。算还酒钱，多是雪花白银。

沈一是个乖觉的人⑦，见了光景，想道："世间那有一样打扮的五个

---

①分(fēn)定：本分所定，命里注定。

②揶揄：嘲弄。

③淳熙：南宋孝宗赵昚年号(1174—1189)。

④丰乐楼：原本脱"乐"字。丰乐楼：《武林旧事》卷六《酒楼》有"丰乐楼"。《淳祐临安志》卷六："在丰豫门外，旧名耸翠楼。……以众乐亭旧址，临湖建此楼。"

⑤酒工：酒店中的伙计。

⑥日逐：每天。营营：忙碌。

⑦乖觉：机警，聪明。

贵人？况他容止飘然，多有仙气，只这用了无数的酒，决不是凡人了，必是五通神道无疑。既到我店，不可错过了。"一点贪心，忍不住向前跪拜道："小人一生辛苦经纪，赶趁些微末利钱，只勾度日。不道十二分天幸，得遇尊神，真是夙世前缘，有此遭际①，愿求赐一场小富贵。"五客多笑道："要与你些富贵也不难，只是你所求何等事？"沈一叩头道："小人市井小辈，别不指望，只求多赐些金银便了。"五客多笑着点头道："使得，使得。"即叫一个黄巾力士听使用，力士向前声喏。五客内中一个为首的唤到近身，附耳低言，不知分付了些甚，领命去了。须臾回复，背上负一大布囊来，掷于地。五客教沈一来，与他道："此一囊金银器皿，尽以赏汝。然须到家始看，此处不可泄露！"沈一伸手去隔囊捏一捏，捏得囊里块块累累，其声铿锵。大喜过望，叩头称谢不止。

俄顷鸡鸣，五客率领姬妾上马，笼烛夹道，其去如飞。沈一心里快活，不去再睡，要驼回到家开看。虑恐入城之际，囊里狼犺②，被城门上盘诘。拿一个大锤，隔囊锤击，再加蹴踏匾了，使不闻声。然后背在肩上，急到家里。妻子还在床上睡着未起，沈一连声喊道："快起来！快起来！我得一主横财在这里了，寻秤来与我秤秤看。"妻子道："甚么横财！昨夜家中柜里头异常响声，疑心有贼，只得起来照看，不见甚么。为此一夜睡不着，至今未起。你且先去看看柜里着，再来寻秤不迟。"

沈一走去取了钥匙，开柜一看，那里头空空的了。元来沈一城内城外两处酒坊所用铜锡器皿家伙与妻子金银首饰，但是值钱的多收拾在柜内，而今一件也不见了。惊异道："奇怪！若是贼偷了去，为何锁都不开的？"妻子见说柜里空了，大哭起来道："罢了！罢了！一生辛苦，多没有了！"沈一道："不妨，且将神道昨夜所赐来看看，尽勾受用哩！"慌忙打开布袋来看时，沈一惊得呆了。说也好笑，一件件拿出来看，多是自家柜里东西。只可惜被夜来那一顿锤踏，多弄得歪的歪，匾的匾，不成一件家伙了。沈一大叫道："不好了！不好了！被这伙泼毛神作弄了③。"

---

①遭际：遭遇，多指受知于显贵。

②狼犺（gǎng）：笨重。这里指鼓鼓囊囊。

③泼毛神：犹泼毛团。骂人话，畜生。

妻子问其缘故。乃说:"昨夜遇着五通神道,求他赏赐金银,他与我这一布囊。谁知多是自家屋里东西,叫个小鬼来搬去的。"妻子道:"为何多打坏了?"沈一道:"这却是我怕东西狼犺,撞着城门上盘诘,故此多敲打实落了。那知有这样〔事〕,自家害着自家了?"沈一夫妻多气得不耐烦,重新唤了匠人,逐件置造过,反费了好些工食。不指望横财,倒折了本。传闻开去,做了笑话。沈一好些时不敢出来见人。只因一念贪痴,妄想非分之得,故受神道侮弄如此。可见世上不是自家东西,不要欺心贪他的。

小子说一个欺心贪别人东西,不得受用,反受显报的一段话,与看官听一听,冷一冷这些欺心要人的肚肠。有诗为证:

异宝归人定夙缘,岂容旁睨得垂涎①!
试看欺隐皆成祸,始信冥冥自有权②。

话说宋朝隆兴年间③,蜀中嘉州地方有一个渔翁④,姓王名甲。家住岷江之旁,世代以捕鱼为业。每日与同妻子棹着小舟⑤,往来江上,撒网施罟。一日所得,恰好供给一家。这个渔翁虽然行业落在这里头了,却一心好善敬佛。每将鱼虾市上去卖,若勾了一日食用,便肯将来布施与乞丐,或是寺院里打斋化饭,禅堂中募化腐菜,他不拘一文二文,常自喜舍不吝。他妻子见惯了的,况是女流,愈加信佛,也自与他一心一意。虽是生意浅薄,不多大事,没有一日不舍两文的。

一日,正在江中棹舟,忽然看见水底一物,荡漾不定。恰像是个日头的影一般,火采闪烁,射人眼目。王甲对妻子道:"你看见么,此下必有奇异,我和你设法取他起来,看是何物?"遂教妻子理网,搜的一声撒将下去。不多时,掉转船头,牵将起来,看那网中光亮异常,笑道:"是甚么好物事呀?"取上手看,却元来是面古镜。周围有八寸大小,雕镂着龙

---

①旁睨:详察,遍览。
②冥冥:指主宰人间祸福的神灵世界。
③隆兴:南宋孝宗年号(1163—1164)。
④嘉州:宋代成都府路的属州,今四川乐山。
⑤棹:划。

凤之文,又有篆书许多字,字形像符篆一般样①,识不出的。王甲与妻子看了道:"闻得古镜值钱,这个镜虽不知值多少,必然也是件好东西。我和你且拿到家里藏好,看有识者,才取出来与他看看,不要等闲亵渎了。"

看官听说,原来这镜果是有来历之物,乃是轩辕黄帝所造,采着日精月华,按着奇门遁甲②,拣取年月日时,下炉开铸。上有金章宝篆,多是秘笈灵符。但此镜所在之处,金银财宝多来聚会,名为"聚宝之镜"。只为王甲夫妻好善,也是夙世前缘,合该兴旺。故此物出现,却得取了回家。自得此镜之后,财物不求而至。在家里扫地也扫出金屑来,垦田也垦出银窖来,船上去撒网也牵起珍宝来,剖蚌也剖出明珠来。

一日在江边捕鱼,只见滩上有两件小白东西,赶来赶去,盘旋数番。急跳上岸,将衣襟兜住,却似莲子大两块小石子,生得明净莹洁,光彩射人,甚是可爱。藏在袖里,带回家来放在匣中。是夜即梦见两个白衣美女,自言是姊妹二人,特来随侍。醒来想道:"必是二石子的精灵,可见是宝贝了。"把来包好,结在衣带上。

隔得几日,有一个波斯胡人特来寻问③。见了王甲道:"君身上有宝物,愿求一看。"王甲推道:"没甚宝物。"胡人道:"我远望宝气在江边,跟寻到此,知在君家。及见君走出,宝气却在身上,千万求看一看,不必瞒我!"王甲晓得是个识宝的,身上取出与他看。胡人看了,啧啧道:"有缘得遇此宝,况是一双,尤为难得。不知可肯卖否?"王甲道:"我要他无用,得价也就卖了。"胡人见说肯卖,不胜之喜,道:"此宝本没有定价,今我行囊止有三万缗,尽数与君,买了去罢。"王甲道:"吾无心得来,不识何物。价钱既不轻了,不敢论量,只求指明要此物何用。"胡人道:"此名澄水石,放在水中,随你浊水皆清。带此泛海,即海水皆同湖水,淡而可食。"王甲道:"只如此,怎就值得许多?"胡人道:"吾本国有宝池,内多奇

---

①符篆:道士巫师所画的一种图形或线条,用以驱鬼神,避病邪。

②奇门遁甲:一种推算吉凶祸福的术数。

③波斯胡人:波斯,今伊朗。古人认为波斯是海外盛产珍宝的地方,因把波斯人借指识宝之人。

宝，只是淤泥浊水，水中有毒，人下去的，起来无不即死。所以要取宝的，必用重价募着舍性命的下水。那人死了，还要养赡他一家。如今有了此石，只须带在身边，水多澄清，如同凡水，任从取宝总无妨了。岂不值钱？"王甲道："这等，只买一颗去够了，何必两颗多要？便等我留下一颗也好。"胡人道："有个缘故，此宝形虽两颗，气实相联。彼此相逐，才是活物，可以长久。若拆开两处，用不多时就枯槁无用，所以分不得的。"

王甲想胡人识货，就取出前日的古镜出来，求他赏识。胡人见了，合掌顶礼道："此非凡间之宝，其妙无量，连咱也不能尽知其用，必是世间大有福的人方得有此。咱就有钱，也不敢买，只买此二宝去也够了。此镜好好藏着，不可轻觑了他！"王甲依言，把镜来藏好，遂与胡人成了交易，果将三万缗买了二白石去。

王甲一时富足起来，然还未舍渔船生活。一日天晚，遇着风雨，棹船归家。望见江南火把明亮，有人唤船求渡，其声甚急。王甲料此时没有别舟，若不得渡，这些人须吃了苦。急急冒着风，棹过去载他。元来是两个道士，一个穿黄衣，一个穿白衣，下在船里了，摇过对岸。道士对王甲道："如今夜黑雨大，没处投宿。得到宅上权歇一宵，实为万幸。"王甲是个行善的人，便道："家里虽蜗窄，尚有草榻可以安寝，师父每不妨下顾的。"遂把船拴好，同了两道士到家里来，分付妻子安排斋饭。两道士苦辞道："不必赐餐，只求一宿。"果然茶水多不吃，径到一张竹床上，一铺睡了。

王甲夫妻夜里睡觉，只听得竹床栗喇有声，扑的一响，像似甚重物跌下地来的光景。王甲夫妻猜道："莫不是客人跌下床来？然是人跌没有得这样响声。"王甲疑心，暗里走出来。听两道士宿处，寂然没一些声息，愈加奇怪。走转房里，寻出火种点起个灯来，出外一照，叫声："阿也！"元来竹床压破，两道士俱落在床底下，直挺挺的眠着。伸手去一摸，吓得舌头伸了出去，半个时辰缩不进来。你道怎么？但见这两个道士：

　　冰一般冷，石一样坚。俨焉两个皮囊①，块然一双宝体②。黄
黄白白，世间无此不成人；重重痴痴，路上非斯难算客。
王甲叫妻子起来道："说也希罕，两个客人不是生人③，多变得硬硬的
了。"妻子道："变了何物？"王甲道："火光之下，看不明白，不知是铜是
锡，是金是银，直待天明才知分晓。"妻子道："这等会作怪通灵的，料不
是铜锡东西。"王甲道："也是。"

　　渐渐天明，仔细一看，果然那穿黄的是个金人，那穿白的是一个银
人，约重有千百来斤。王甲夫妻惊喜非常，道："此是天赐，只恐这等会
变化的，必要走了那里去。"急急去买了一二十篓山炭，归家炽煽起来，
把来销熔了。但见黄的是精金，白的是纹银。王甲前此日逐有意外之
得，已是渐饶。又卖了二石子，得了一大主钱。今又有了这许多金银，
一发瓶满瓮满，几间破屋没放处了。

　　王甲夫妻是本分的人，虽然有了许多东西，也不想去起造房屋，也
不想去置买田产，但把渔家之事阁起不去弄了，只是安守过日。尚且无
时无刻没有横财到手，又不消去做得生意，两年之间，富得当不得。却
只是夫妻两口，要这些家私竟没用处，自己反觉多得不耐烦起来，心里
有些惶惧不安。与妻子商量道："我家自从祖上到今，只是以渔钓为生
计。一日所得，极多有了百钱，再没去处了。今我每自得了这宝镜，动
不动上千上万，不消经求，凭空飞到，梦里也是不打点的④。我每且自思
量着，我与你本是何等之人？骤然有这等非常富贵，只恐怕天理不容。
况我每粗衣淡饭便自过日，要这许多来何用？今若留着这宝镜在家，只
有得增添起来。我想天地之宝，不该久留在身边，自取罪业。不如拿到
峨眉山白水禅院，舍在圣像上，做了圆光⑤，永做了佛家供养，也尽了我
每一片心，也结了我每一个缘，岂不为美？"妻子道："这是佛天面上好看
的事，况我每知时识务，正该如此。"

---

①俨焉：犹俨然，宛如，分明。

②块然：具体，真切。

③生人：活人。

④不打点：未料到。

⑤圆光：菩萨头顶上的圆轮金光。

于是两个志志诚诚①，吃了十来日斋，同到寺里献此宝镜。寺里住持僧法轮问知来意，不胜赞叹道："此乃檀越大福田事②!"王甲央他写成意旨，就使邀集合寺僧众，做一个三日夜的道场。办斋粮，施衬钱③，费过了数十两银钱。道场已毕，王甲即将宝镜交付住持法轮，作别而归。法轮久已知得王甲家里此镜聚宝，乃谦词推托道："这件物事，天下至宝，神明所惜。檀越肯将来施作佛供，自是檀越结缘，吾僧家何敢与其事？檀越自奉着置在三宝之前④，顶礼而去就是了。贫僧不去沾手。"王甲夫妻依言，亲自把宝镜安放佛顶后面停当，拜了四拜，别了法轮自回去了。

谁知这个法轮是个奸狡有余的僧人，明知这镜是至宝，王甲巨富皆因于此。见说肯舍在佛寺，已有心贪他的了。又恐怕日后番悔，原来取去，所以故意说个"不敢沾手"，他日好赖。王甲去后，就取将下来，密唤一个绝巧的铸镜匠人，照着形模，另铸起一面来。铸成，与这面宝镜分毫无异，随你识货的人也分别不出的。法轮重谢了匠人，教他谨言。随将新铸之镜装在佛座，将真的换去藏好了。那法轮自得此镜之后，金银财物不求自至，悉如王甲这两年的光景。以致衣钵充牣⑤，买祠部度牒度的僮奴⑥，多至三百余人。寺刹兴旺，富不可言。

王甲回去，却便一日衰败一日起来。元来人家要穷，是不打紧的。不消得盗劫火烧，只消有出无进，七颠八倒，做事不着，算计不就，不知不觉的渐渐消耗了。况且王甲起初财物原是来得容易的，慷慨用费，不

①志志诚诚：非常真诚，用情专一。

②檀越：梵语音译，施主。福田：佛教认为能布施行善，就能受到福报，好比种田，有秋收之利。

③衬钱：做功德时施给僧道的财物。

④三宝：《释氏要览》："三宝，谓佛、法、僧。"佛宝、法宝、僧宝称作住世三宝。后用以指佛或佛教。

⑤衣钵充牣(rèn)：衣钵，袈裟与饭盂，借指衣食、财物。充牣，充足，装满。

⑥祠部度牒：祠部始设于东晋，掌祭祀之事，后变为礼部，而以祠部为礼部所属四司之一。度牒，僧人剃度出家，由官府发给凭证，谓之"度牒"。唐宋时，官府可以出售度牒，以充军政费用。

在心上,好似没底的吊桶一般,只管漏了出去。不想宝镜不在手里,更没有得来路,一用一空。只够有两年光景,把一个大财主仍旧弄做个渔翁身分,一些也没有了。

俗语说得好:

> 宁可无了有,不可有了无。

王甲泼天家事弄得精光①,思量道:"我当初本是穷人,只为得了宝镜,以致日遇横财,如此富厚。若是好端端放在家中,自然日长夜大,那里得个穷来?无福消受,却没要紧的舍在白水寺中了。而今这寺里好生兴旺,却教我仍受贫穷,这是那里说起的事?"夫妻两个,互相埋怨道:"当初是甚主意,怎不阻当一声?"王甲道:"而今也好处②,我每又不是卖绝与他,是白白舍去供养的。今把实情去告诉住持长老,原取了来家。这须是我家的旧物,他也不肯不得。若怕佛天面上不好看,等我每照旧丰富之后,多出些布施,庄严三宝起来③,也不为失信行了。"妻子道:"说得极是,为甚么睁着眼看别人富贵,自己受穷?作急去取了来,不可迟了。"商议已定,明日王甲径到峨眉山白水禅院中来。

> 昔日轻施重宝,是个慷慨有量之人;今朝重想旧踪,无非穷麼无聊之计。一般檀越,贫富不同;总是登临,苦乐顿别。

且说王甲见了住持法轮,说起为舍镜倾家,目前无奈,只得来求还原物。王甲口里虽说,还怕法轮有些甚么推故。不匡法轮见说,毫无难色,欣然道:"此原是君家之物,今日来取,理之当然。小僧前日所以毫不与事,正为后来必有重取之日,小僧何苦又在里头经手?小僧出家人,只这个色身尚非我有④,何况外物乎?但恐早晚之间,有些不测,或被小人偷盗去了,难为檀越好情,见不得檀越金面。今得物归其主,小僧睡梦也安,何敢吝惜!"遂分付香积厨中办斋⑤。管待了王甲已毕⑥,却令王

---

①泼天:犹满天。形容极大、极多。

②好处(chǔ):好办。

③庄严:指装饰佛像。

④色身:肉身。

⑤香积厨:寺庙僧人的厨房。

⑥管待:款待。

甲自上佛座,取了宝镜下来。王甲捧在手中,反复仔细转看,认得旧物宛然,一些也无疑心。拿回家里来,与妻子看过,十分珍重,收藏起了。指望一似前日,财物水一般涌来。岂知一些也不灵验,依然贫困,时常拿出镜子来看看,光彩如旧,毫不济事。叹道:"敢是我福气已过,连宝镜也不灵了?"梦里也不道是假的。有改字陈朝驸马诗为证①:

> 镜与财俱去,镜归财不归。

> 无复珍奇影,空留明月辉②。

王甲虽然宝藏镜子,仍旧贫穷。那白水禅院只管一日兴似一日。外人闻得的,尽疑心道:"必然原镜还在僧处,所以如此。"起先那铸镜匠人打造时节,只说寺中住持无非看样造镜,不知其中就里。今见人议论,说出王家有镜聚宝,舍在寺中被寺僧偷过,致得王家贫穷、寺中丰富一段缘由,匠人才省得前日的事,未免对人告诉出来。闻知的越恨那和尚欺心了。却是王甲有了一镜,虽知是假,那从证辨?不好再向寺中争论得,只得吞声忍气,自恨命薄。妻子叫神叫佛,冤屈无申,没计奈何。法轮自谓得计,道是没有尽藏的,安然享用了。

看官,你道若是如此,做人落得欺心,倒反便宜,没个公道了。怎知:

> 量大福亦大,机深祸亦深!

法轮用了心机,藏了别人的宝镜自发了家,天理不容,自然生出事端来。

汉嘉来了一个提点刑狱使者③,姓浑名耀,是个大贪之人。闻得白水寺僧十分富厚,已自动了顽涎④。后来察听,闻知有镜聚宝之说,想道:"一个僧家要他上万上千,不为难事。只是万千也有尽时,况且动人眼目。何如要了他这镜,这些财富尽跟了我走,岂不是无穷之利?亦且

---

① 陈朝驸马:即徐德言,官陈朝太子舍人,尚陈后主叔宝妹乐昌公主。

②"镜与财俱去"四句,唐孟棨《本事诗》作"镜与人俱去,镜归人未归。无复姮娥影,空留明月辉"。

③ 汉嘉:指成都府路所属的汉州、嘉州。提点刑狱使者:即提点刑狱公事,掌管所辖地区司法、刑狱、举劾有关人员,监察地方官吏等事。

④ 顽涎:馋涎。比喻贪欲强烈。

只是一件物事,甚为稳便。"当下差了一个心腹吏典①,叫得宋喜,特来白水禅院问住持要借宝镜一看。这一句话,正中了法轮的心病,如何应承得?回吏典道:"好交提控得知②,几年前有个施主,曾将古镜一面舍在佛顶上,久已讨回去了。小寺中那得有甚么宝镜?万望提控回言一声。"宋喜道:"提点相公坐名要问这宝镜③,必是知道些甚么来历的,今如何回得他?"法轮道:"委实没有,叫小僧如何生得出来?"宋喜道:"就是恁地时,在下也不敢回话,须讨嗔怪!"法轮晓得他作难,寺里有的是银子,将出十两来送与吏典道:"是必有烦提控回一回,些小薄意,勿嫌轻鲜④!"宋喜见了银子,千欢万喜道:"既承盛情,好歹替你回一回去。"

　　法轮送吏典出了门,回身转来,与亲信的一个行者真空商量道⑤:"此镜乃我寺发迹之本,岂可轻易露白,放得在别人家去的?不见王家的样么?况是官府来借,他不还了,没处叫得撞天屈⑥,又是瞒着别人家的东西,明白告诉人不得的事。如今只是紧紧藏着,推个没有,随他要得急时,做些银子不着⑦,买求罢了。"真空道:"这个自然,怎么好轻与得他?随他要了多少物事去,只要留得这宝贝在,不愁他的。"师徒两个愈加谨密不题。

　　且说吏典宋喜去回浑提点相公的话,提点大怒道:"僧家直恁无状!吾上司官取一物,辄敢抗拒不肯?"宋喜道:"他不是不肯,说道原不曾有。"提点道:"胡说!吾访得真实在这里,是一个姓王的富人舍与寺中,他却将来换过,把假的还了本人,真的还在他处。怎说没有?必定你受了他贿赂,替他解说。如取不来,连你也是一顿好打!"宋喜慌了道:"待吏典再去与他说,必要取来就是。"提点道:"快去!快去!没有镜子,不

---

①吏典:衙门里的吏员。元李行道《灰阑记》第四折:"小的做个吏典,是衙门里人,岂不知法度!"

②提控:对吏典的尊称。

③坐名:指名。

④轻鲜(xiǎn):微薄。

⑤行者:这里指方丈、住持的侍者。

⑥撞天屈:指天大的冤屈。

⑦做些银子不着:豁出一些银钱。

要思量来见我!"

宋喜唯唯而出,又到白水禅院来见住持,说:"提点相公必要镜子,连在下也被他焦燥得不耐烦。而今没有镜子,莫想去见得他!"法轮道:"前日已奉告过,委实还了施主家了。而今还那里再有?"宋喜道:"相公说得丁一卯二的,道有姓王的施主舍在寺中,以后来取,你把假的还了他,真的自藏了。不知那里访问在肚里的,怎好把此话回得他?"法轮道:"此皆左近之人见小寺有两贯浮财①,气苦眼热②,造出些无端说话③。"宋喜道:"而今说不得了,他起了风,少不得要下些雨。既没有镜子,须得送些甚么与他,才熄得这火。"法轮道:"除了镜子,随分要多少④,敝寺也还出得起。小僧不敢吝,凭提控怎么分付。"宋喜道:"若要周全这事,依在下见识,须得与他千金才打得他倒。"法轮道:"千金也好处,只是如何送去?"宋喜道:"这多在我,我自有送进的门路方法。"法轮道:"只求停妥得,不来再要便好。"即命行者真空在箱内取出千金,交与宋喜明白,又与三十两另谢了宋喜。

宋喜将的去,又藏起了二百,止将八百送进提点衙内。禀道:"僧家实无此镜,备些镜价在此。"宋喜心里道:"量便是宝镜,也未必值得许多,可以罢了。"提点见了银子,虽然也动火的,却想道:"有了聚宝的东西,这七八百两只当毫毛,有甚希罕!叵耐这贼秃你总是欺心赖别人的,怎在你手里了,就不舍得拿出来?而今只是推说没有,又不好奈何得!"心生一计道:"我须是刑狱重情衙门,我只把这几百两银做了赃物,坐他一个私通贿赂、夤缘刑狱、污蔑官府的罪名⑤,拿他来敲打,不怕不敲打得出来。"当下将银八百两封贮库内,即差下两个公人,竟到白水禅院拿犯法住持僧人法轮。

法轮见了公人来到,晓得别无他事,不过宝镜一桩前件未妥。分付行者真空道:"提点衙门来拿我,我别无词讼干连,料没甚事。他无非生

---

①左近:附近。浮财:这里指银钱等动产。

②气苦眼热:生气眼红。

③无端:没有根据。

④随分:随便。

⑤坐:判以罪名。夤缘:指某种可借攀附的关系。

端,诈取宝镜,我只索去见一见,看他怎么说话,我也讲个明白,他住了手,也不见得。前日宋提控送了这些去,想是嫌少。拼得再添上两倍,量也有数。你须把那话藏好些①,一发露形不得了!"真空道:"师父放心! 师父到衙门要甚使用,只管来取。至于那话,我一面将来藏在人寻不到的去处,随你甚么人来,只不认帐罢了。"法轮道:"就是指了我名来要,你也决不可说是有的。"两下约定好,管待两个公人,又重谢了差使钱了,两个公人各各欢喜。法轮自恃有钱,不怕官府,挺身同了公人竟到提点衙门来。

浑提点升堂,见了法轮,变起脸来,拍案大怒道:"我是生死衙门,你这秃贼,怎么将着重贿,营谋甚事? 见获赃银在库,中间必有隐情,快快招来!"法轮道:"是相公差吏典要取镜子,小寺没有镜子,吏典教小僧把银子来准的②。"提点道:"多是一划胡说③! 那有这个道理? 必是买嘱私情,不打不招!"喝叫皂隶拖番,将法轮打得一佛出世,二佛涅槃④,收在监中了。提点私下又教宋喜去把言词哄他,要说镜子的下落。法轮咬定牙关,只说:"没有镜子,宁可要银子,去与我徒弟说,再凑些送他,赎我去罢!"宋喜道:"他只是要镜子,不知可是增些银子完得事体的,待我先讨个消息再商量。"宋喜把和尚的口语回了提点。提点道:"与他熟商量⑤,料不肯拿出来,就是敲打他也无益。我想他这镜子,无非只在寺中。我如今密地差人把寺围了,只说查取犯犯赃物,把他家资尽数抄将出来,简验一过,那怕镜子不在里头!"就分付吏典宋喜监押着四个公差,速行此事。

宋喜受过和尚好处的,便暗把此意通知法轮,法轮心里思量道:"来时曾嘱咐行者,行者说把镜子藏在密处,料必搜寻不着,家资也不好尽抄没了我的。"遂对宋喜道:"镜子原是没有,任凭箱匣中搜索也不妨,只

---

①那话:不便言明的事物的隐语。暗指宝镜。

②准:折价。

③一划(chàn):一味,一派。

④一佛出世,二佛涅槃:比喻死去活来。涅槃,梵文音译,用作佛逝世的代称。

⑤熟:仔细,周密。这里引申为"多"的意思。

求提控照管一二,有小徒在彼,不要把家计东西乘机散失了,便是提控周全处。小僧出去,另有厚报。"宋喜道:"这个当得效力。"别了法轮,一同公差到白水禅院中来,不在话下。

且说白水禅院行者真空,原是个少年风流淫浪的僧人,又且本房饶富,尽可凭他撒漫①,只是一向碍着住持师父,自家像不得意②。目前见师父官提了去,正中下怀,好不自由自在。俗语云:"偷得爷钱没使处。"平日结识的私情、相交的表子,没一处不把东西来乱塞乱用,费掉了好些过了。又偷将来各处寄顿下,自做私房,不计其数。猛地思量道:"师父一时出来,须要查算,却不决撒③? 况且根究镜子起来,我未免不也缠在里头。目下趁师父不在,何不卷掳了这偌多家财,连镜子多带在身边了,星夜逃去他州外府,养起头发来做了俗人,快活他下半世,岂不是好?"算计已定,连夜把箱笼中细软值钱的,并叠起来,做了两担。次日,自己挑了一担,雇人挑了一担,众人面前只说到州里救师父去,竟出山门去了。

去后一日,宋喜才押同四个公差来到,声说要搜简住持僧房之意。寺僧回说:"本房师父在官,行者也出去了,止有空房在此。"公差道:"说不得! 我们奉上司明文,搜简违法赃物,那管人在不在? 打进去便了!"当即毁门而入,在房内一看,里面止是些粗重家火,椅桌狼犺,空箱空笼,并不见有甚么细软贵重的东西了。就将房里地皮翻了转来,也不见有甚么镜子在那里。宋喜道:"住持师父叮嘱我,教不要散失了他的东西。今房里空空,却是怎么呢?"合寺僧众多道:"本房行者不过出去看师父消息,为甚把房中搬得恁空? 敢怕是乘机走了!"四个公差见不是头,晓得没甚大生意,且把遗下的破衣旧服乱卷掳在身边,问众僧要了本房僧人在逃的结状,一同宋喜来回复提点。

提点大怒道:"这些秃驴,这等奸猾! 分明抗拒我,私下教徒弟逃去了,有甚难见处?"立时提出法轮,又加一顿臭打。那法轮本在深山中做

———————————

①撒漫:也作"撒镘"。大手大脚花钱。

②像不得意:不能称心如意。

③决撒:决裂。这里似为"罢休"意。

住持,富足受用的僧人,何曾吃过这样苦?今监禁得不耐烦,指望折些
银子,早晚得脱。见说徒弟逃走,家私已空,心里已此苦楚,更是一番毒
打,真个雪上加霜,怎经得起?到得监中,不胜狼狈,当晚气绝。提点得
知死了,方才歇手。眼见得法轮欺心,盗了别人的宝物,受此果报。有
诗为证:

　　赝镜偷将宝镜充①,翻令施主受贫穷。

　　今朝财散人离处,四大元来本是空②。

　　且说行者真空偷窃了住持东西,逃出山门。且不顾师父目前死活,
一径打点他方去享用。把日前寄顿在别人家的物事,多讨了拢来,同寺
中带出去的放做一处。驾起一辆大车,装载行李,雇个脚夫推了前走。
看官,你道住持偌大家私,况且金银体重,岂是一车载得尽的?不知宋
时尽行官钞③,又叫得纸币,又叫得官会子,一贯止是一张纸,就有十万
贯,止是十万张纸,甚是轻便。那住持固然有金银财宝,这个纸钞兀自
有了几十万,所以携带不难。行者身边藏了宝镜,押了车辆,穿山越岭,
待往黎州而去④。

　　到得竹公溪头,忽见大雾漫天,寻路不出。一个金甲神人闪将出
来,躯长丈许,面有威容。身披锁子黄金⑤,手执方天画戟⑥。大声喝
道:"那里走?还我宝镜来!"惊得那推车的人丢了车子,跑回旧路。只
恨爷娘不生得四只脚,不顾行者死活,一道烟走了。那行者也不及来照
管车子,慌了手脚,带着宝镜只是望前乱窜,走入林子深处。忽地起阵
狂风,一个斑斓猛虎,跳将出来,照头一扑,把行者拖的去了。眼见得真
空欺心,盗了师父的物件,害了师父的性命,受此果报。有诗为证:

　　盗窃原为非分财,况兼宝镜鬼神猜。

————————————

①赝(yàn)镜:假镜。

②四大:佛教称组成宇宙的地、水、火、风为四大。也指万事万物。

③官钞:官府发行的钞票。宋代始发行纸币,称交子、钱引及会子。钞则为
　凭证文券的名称。

④黎州:宋代成都府路的属州,今四川汉源县。

⑤锁子黄金:指用金丝织的锁子铠甲。

⑥方天画戟:也叫方天戟。古代兵器的一种。

　　早知虎口应难免，何不安心守旧来？

　　再说渔翁王甲讨还寺中宝镜，藏在家里，仍旧贫穷。又见寺中日加兴旺，外人纷纷议论，已晓得和尚欺心调换，没处告诉。他是个善人，只自家怨怅命薄。夫妻两个说着宝镜在家时节许多妙处，时时叹恨而已。一日，夫妻两个同得一梦，见一金甲神人分付道："你家宝镜今在竹公溪头，可去收拾了回家。"两人醒来，各述其梦。王甲道："此乃我们心里想着，所以做梦。"妻子道："想着做梦也或有之，不该两个相同。敢是我们还有些造化，故神明有此警报？既有地方的，便到那里去寻一寻看也好。"

　　王甲次日问着竹公溪路径，穿山度岭，走到溪头。只见一辆车子倒在地上，内有无数物件，金银钞币，约莫有数十万光景。左右一看，并无人影，想道："此一套无主之物，莫非是天赐我的么？梦中说宝镜在此，敢怕也在里头？"把车内逐一简过，不见有镜子。又在前后地下草中四处寻遍，也多不见。笑道："镜子虽不得见，这一套富贵也够我下半世了。不如趁早取了他去，省得有人来。"整起车来推到路口，雇一脚夫推了，一直到家里来。对妻子道："多蒙神明指点，去到溪口寻宝镜。宝镜虽不得见，却见这一车物事在那里。等了一会，并没个人来，多管是天赐我的，故取了家来。"妻子当下简看，尽多是金银宝钞，一一收拾，安顿停当。夫妻两人不胜之喜。只是疑心道："梦里原说宝镜，今虽得此横财，不见宝镜影踪，却是何故？还该到那里仔细一寻。"王甲道："不然我便明日再去走一遭。"

　　到了晚间，复得一梦，仍旧是个金甲神人来说道："王甲，你不必痴心！此镜乃神天之宝，因你夫妻好善，故使暂出人间，作成你一段富贵，也是你的前缘。不想两入奸僧之手。今奸僧多已受报，此镜仍归天上去矣，你不要再妄想。昨日一车之物，原即是宝镜所聚的东西，所以仍归于你。你只坚心好善，就这些也享用不尽了。"飒然惊觉，乃是南柯一梦。王甲逐句记得明白，一一对妻子说。明知天意，也不去寻镜子了。夫妻享有寺中之物，尽够丰足，仍旧做了嘉陵富翁。此乃好善之报，亦是他命中应有之财，不可强也。

　　休慕他人富贵，命中所有方真。

若要贪图非分，试看两个僧人。

卷三十七

叠居奇程客得助　三救厄海神显灵

诗曰：

> 窈渺神奇事，文人多寓言。
>
> 其间应有实，岂必尽虚玄？

话说世间稗官野史中，多有纪载那遇神遇仙、遇鬼遇怪、情欲相感之事。其间多有偶因所感撰造出来的，如牛僧孺《周秦行纪》①，道是僧孺落第时，遇着薄太后②，见了许多异代、本朝妃嫔美人，如戚夫人、齐潘妃、杨贵妃、昭君、绿珠③，诗词唱和，又得昭君伴寝，许多怪诞的话。却乃是李德裕与牛僧孺有不解之仇④，教门客韦瓘作此记诬着他⑤，只说是他自己做的，中怀不臣之心，妄言污蔑妃后，要坐他族灭之罪。这个记中事体，可不是一些影也没有的了？又有那《后土夫人传》⑥，说是韦

---

①牛僧孺《周秦行纪》：牛僧孺，字思黯，安定鹑觚（今甘肃灵台）人。唐德宗贞元进士。累官至兵部尚书，同平章事。是牛李（德裕）党争的牛派领袖。《周秦行纪》，唐代传奇小说。《太平广记》题牛僧孺撰，后人多认为系伪记。

②薄太后：汉高祖刘邦妃，文帝刘恒生母，恒立为帝，尊其母为皇太后。

③戚夫人：汉高祖妃，生子如意，与吕后争立太子。高祖死，吕后将戚夫人残害死。齐潘妃：南朝齐东昏侯萧宝卷妃。萧穷极奢丽，凿金为莲花铺于地上，令所宠潘贵妃行其上，曰："此步步生莲花也。"绿珠：指西晋富豪石崇的爱妾绿珠。

④李德裕：字文饶，赵郡（治所在今河北赵县）人。唐武宗时居相位，是牛李党争中的李派首领。

⑤韦瓘：字茂弘，京兆万年（今陕西西安）人。元和四年登进士第，为状元。系李德裕门人。累官至太子宾客分司东都。宋晁公武《郡斋读书志》认为韦瓘作《周秦行纪》，"以此诬僧孺"。

⑥《后土夫人传》：《太平广记》卷二百九十九有《韦安道》，记后土夫人访嫁韦郎事，与此传所述故事同，当为此篇。

安道遇着后土之神,到家做了新妇,被父母疑心是妖魅,请明崇俨行五雷天心正法①,遣他不去。后来父母教安道自央他去,只得去了,却要安道随行。安道到他去处,看见五岳四渎之神多来朝他②。又召天后之灵,嘱他予安道官职钱钞。安道归来,果见天后传令洛阳城中访韦安道,与他做魏王府长史③,赐钱五百万。说得有枝有叶。元来也是借此讥着天后的。后来宋太宗好文④,太平兴国年间⑤,命史官编集从来小说,以类分载,名为《太平广记》⑥。不论真的假的,一总收拾在内。议论的道:"上自神祇仙子,下及昆虫草木,无不受了淫亵污点。"道是其中之事,大略是不可信的。

不知天下的事,才有假,便有真。那神仙鬼怪,固然有假托的,也原自有真实的。未可执了一个见识,道总是虚妄的事。只看《太平广记》以后许多记载之书,中间尽多遇神遇鬼的,说得的的确确,难道尽是假托出来不成?

只是我朝嘉靖年间,蔡林屋所记《辽阳海神》一节⑦,乃是千真万真的。盖是林屋先在京师,京师与辽阳相近,就闻得人说有个商人遇着海

---

①五雷天心正法:即五雷法,道教方术。用雷公墨篆,依法行之,可致雷雨,祛疾苦,立功救人。

②五岳四渎:五岳,五大名山的总称。一般指东岳泰山,南岳衡山,西岳华山,北岳恒山,中岳嵩山。四渎:长江、黄河,淮水、济水的合称。

③长史:总管王府内事务的官。

④宋太宗:宋太祖赵匡胤之弟。原名匡义,因避其兄讳,改名光义,即位后又改为炅。他喜读史书,以重文著称。翰林学士李昉等奉诏编纂《太平御览》,王钦若等编修《册府元龟》,加上文学类书《文苑英华》和小说类书《太平广记》,合称为"宋四大书"。

⑤太平兴国:宋太宗赵炅年号(976—984)。

⑥《太平广记》:小说总集,北宋李昉等编辑。五百卷,另目录十卷采录自汉至宋初的小说、笔记、稗史等四百七十五种,保存了大量古小说资料。

⑦蔡林屋:名羽,字九逵,自号林屋山人。吴(今江苏苏州)人,官南京翰林院孔目。所著《辽阳海神记》,为本篇故事来源。

神的说话,半疑半信。后见辽东一个金宪、一个总兵到京师来①,两人一样说话,说得详细,方信其实。也还只晓得在辽的事,以后的事不明白。直到林屋做了南京翰林院孔目②,撞着这人来游雨花台③。林屋知道了,着人邀请他来相会,特问这话,方说得始末根由,备备细细。林屋叙述他亲面自己说的话,作成此传,无一句不真的。方知从古来有这样事的,不尽是虚诞了。说话的,毕竟那个人是甚么人?那个事怎么样起?看官听小子据着传文敷演出来。正是:

　　怪事难拘理,明神亦赋情。

　　不知精爽质,何以恋凡生?

　　话说徽州商人姓程名宰,表字士贤,是彼处渔村大姓,世代儒门,少时多曾习读诗书。却是徽州风俗,以商贾为第一等生业,科第反在次着。正德初年④,与兄程寀将了数千金,到辽阳地方为商,贩卖人参、松子、貂皮、东珠之类⑤。往来数年,但到处必定失了便宜,耗折了资本,再没一番做得着。徽人因是专重那做商的,所以凡是商人归家,外而宗族朋友,内而妻妾家属,只看你所得归来的利息多少为重轻。得利多的,尽皆爱敬趋奉。得利少的,尽皆轻薄鄙笑。犹如读书求名的中与不中归来的光景一般。程宰弟兄两人因是做折了本钱,怕归来受人笑话,羞惭惨沮,无面目见江东父老⑥,不思量还乡去了。

---

　　①金宪:即金都御史,明代都察院官员,地位次于左右副都御史。总兵:明代遣将出征,别设总兵官统领军务。后成为镇守一方的常驻武官。

　　②翰林院孔目:掌文书事务的吏员。

　　③雨花台:在南京中华门外,相传南朝梁武帝时,云光法师在此讲经,感动诸天雨花,花坠为石,因此得名。后来成为一个集自然风光和人文景观为一体的风景名胜区。

　　④正德:明武宗朱厚照的年号(1506—1521)。

　　⑤东珠:指松花江下游及其支流所产的珍珠,颗大光润,极为名贵。

　　⑥"无面目"句:楚汉相争时,项羽被刘邦打败,逃到乌江,乌江亭长劝他渡江以图再起。项羽回答说:"籍(项羽名)与江东子弟八千人渡江而西,今无一人还,纵江东父兄怜而王我,我何面目见之?"遂自刎而死。后用"无面目见江东父老"表示愧见故乡亲友。

那徽州有一般做大商贾的，在辽阳开着大铺子①。程宰兄弟因是平日是惯做商的，熟于帐目出入，盘算本利，这些本事，是商贾家最用得着的。他兄弟自无本钱，就有人出些束脩②，请下了他专掌帐目，徽州人称为二朝奉③。兄弟两人，日里只在铺内掌帐，晚间却在自赁的下处歇宿。那下处一带两间，兄弟各驻一间，只隔得中间一垛板壁。住在里头，就像客店一般湫隘④，有甚快活？也是没奈何了，勉强度日。

如此过了数年，那年是戊寅年秋间了⑤。边方地土，天气早寒，一日晚间，风雨暴作。程宰与兄各自在一间房中，拥被在床，想要就枕。因是寒气逼人，程宰不能成寐，翻来覆去，不觉思念家乡起来。只得重复穿了衣服，坐在床里浩叹数声，自想："如此凄凉情状，不如早死了倒干净。"此时灯烛已灭，又无月光，正在黑暗中苦挨着寒冷。忽地一室之中，豁然明朗，照耀如同白日。室中器物之类，纤毫皆见。程宰心里疑惑，又觉异香扑鼻，氤氲满室⑥，毫无风雨之声，顿然和暖，如江南二三月的气候起来。程宰越加惊愕，自想道："莫非在梦境中了？"不免走出外边，看是如何。他原披衣服在身上的，亟跳下床来，走到门边开出去看，只见外边阴黑风雨，寒冷得不可当。慌忙奔了进来，才把门关上，又是先前光景，满室明朗，别是一般境界。程宰道："此必是怪异。"心里慌怕，不敢移动脚步，只在床上高声大叫。其兄程客，止隔得一层壁，随你喊破了喉咙，莫想答应一声。

程宰着了急，没奈何了，只得钻在被里，把被连头盖了，撒得紧紧，向里壁睡着，图得个眼睛不看见，凭他怎么样了。却是心里明白，耳朵里听得出的。远远的似有车马喧阗之声，空中管弦金石音乐迭奏，自东南方而来。看看相近，须臾之间，已进房中。程宰轻轻放开被角，露出

①辽阳：汉置辽阳县，元代为辽阳路，明初废县，设辽东都指挥使司。今属辽宁省。

②束脩：古时指学生送给老师的报酬。

③二朝奉：旧称店铺老板为朝奉，帐房先生为""二朝奉"。

④湫隘：低矮狭小。

⑤戊寅年：明正德十三年(1518)。

⑥氤氲：这里是形容香气弥漫。

眼睛偷看,只见三个美妇人,朱颜绿鬓,明眸皓齿,冠帔盛饰,有像世间图画上后妃的打扮。浑身上下,金翠珠玉,光采夺目。容色风度,一个个如天上仙人,绝不似凡间模样。年纪多只可二十余岁光景。前后侍女无数,尽皆韶丽非常,各有执事①,自分行列。但见:

> 或提炉,或挥扇;或张盖,或带剑;或持节,或捧琴;或秉烛花,或挟图书;或列宝玩,或荷旌幢;或拥衾裯,或执巾帨②;或奉盘匜③,或擎如意④;或举肴核,或陈屏障;或布几筵,或陈音乐。

虽然纷纭杂沓,仍自严肃整齐。只此一室之中,随从何止数百?

说话的,你错了,这一间空房,能有多大,容得这几百人?若一个个在这扇房门里走将进来,走也要他一两个更次,挤也要挤坍了。看官,不是这话,列位曾见《维摩经》上的说话么⑤?那维摩居士止方丈之室⑥,乃有诸天皆在室内⑦,又容得十万八千狮子坐⑧,难道是地方着得去?无非是法相神通⑨。今程宰一室有限,有光明境界无尽。譬如一面镜子,能有多大?内中也着了无尽物像。这只是个现相⑩,所以容得数百个人,一时齐在面前,原不是从门里一个两个进来的。

闲话休絮,且表正事。那三个美人内中一个更觉齐整些的,走到床边,将程宰身上抚摩一过,随即开莺声、吐燕语,微微笑道:"果然睡熟了么?吾非是有害于人的,与郎君有夙缘,特来相就,不必见疑。且吾已

---

①执事:主管其事。

②巾帨(shuì):手巾。

③盘匜(yí):古代盥洗器具盘与匜的并称。

④如意:一种器物,供挠痒用。前端作手指形。后头呈灵芝形或云形,柄微曲,只供赏玩,并象征吉祥。

⑤《维摩经》:即《维摩诘所说经》,以后秦鸠摩罗什译本最通行。

⑥维摩居士:《维摩经》说他是毗耶离城中一位大乘居士。和释迦牟尼同时,为佛典中现身说法、具有辩才的代表人物。

⑦诸天:指护法众天神。

⑧狮子坐:也作"狮子座"。指佛所坐之处。《大智度论》卷七:"佛为人中狮子,佛所坐处,若床若地,皆名狮子座。"

⑨法相:指诸法真实之相。

⑩现相:指现出真形。

到此,万无去理。郎君便高声大叫,必无人听见,枉自苦耳。不如作速
起来,与吾相见。"程宰听罢,心里想道:"这等灵变光景,非是神仙,即是
鬼怪。他若要摆布着我,我便不起来,这被头里岂是躲得过的?他既说
是有夙缘,或者无害,也不见得。我且起来见他,看是怎地。"遂一毂辘
跳将起来①,走下卧床,整一整衣襟,跪在地下道:"程宰下界愚夫,不知
真仙降临,有失迎迓,罪合万死,伏乞哀怜。"美人急将纤纤玉手一把拽
将起来道:"你休惧怕,且与我同坐着。"挽着程宰之手,双双南面坐下。
那两个美人,一个向西,一个向东,相对侍坐。坐定,东西两美人道"今
夕之会,数非偶然,不要自生疑虑。即命侍女设酒进馔,品物珍美,生平
目中所未曾睹。才一举箸,心胸顿爽。美人又命取红玉莲花卮进酒。
卮形绝大,可容酒一升。程宰素不善酌,竭力推辞不饮。美人笑道:"郎
怕醉么?此非人间曲蘖所酝,不是吃了迷性的,多饮不妨。"手举一卮,
亲奉程宰。程宰不过意,只得接了到口,那酒味甘芳,却又爽滑清冽,毫
不粘滞。虽醴泉甘露的滋味,有所不及。程宰觉得好吃,不觉一卮俱
尽。美人又笑道:"郎信吾否?"一连又进数卮,三美人皆陪饮。程宰越
吃越清爽,精神顿开,略无醉意。每进一卮,侍女们八音齐奏,音调清
和,令人有超凡遗世之想。

　　酒阑②,东西二美人起身道:"夜已向深,郎与夫人可以就寝矣。"随
起身褰帷拂枕,叠被铺床,向南面坐的美人告去,其余侍女一同随散。
眼前几百具器,霎时不见。门户皆闭,又不知打从那里去了。当下止剩
得同坐的美人一个,挽着程宰道:"众人已散,我与郎解衣睡罢。"程宰私
自想道:"我这床上布衾草褥,怎么好与这样美人同睡的?"举眼一看,只
见枕衾帐褥,尽皆换过,锦绣珍奇,一些也不是旧时的了。

　　程宰虽是有些惊惶,却已神魂飞越,心里不知如何才好,只得一同
解衣登床。美人卸了簪珥,徐徐解开鬒发绺辫,总绾起一窝丝来。那发
又长又黑,光明可鉴。脱下里衣,肌肤莹洁,滑若凝脂,侧身相就。程宰

---

　　①一毂辘:一转身。形容灵活迅速。

　　②酒阑:酒筵将尽。

汤着①，遍体酥麻了。真个是：

> 丰若有余，柔若无骨。云雨初交，流丹浃藉。若远若近，宛转
> 娇怯。俨如处子②，含苞初拆。

程宰客中荒凉，不意得了此味，真个魂飞天外，魄散九霄，实出望
外，喜之如狂。美人也自爱着程宰，枕上对他道："世间花月之妖，飞走
之怪，往往害人，所以世上说着便怕，惹人憎恶。我非此类，郎慎勿疑。
我得与郎相遇，虽不能大有益于郎，亦可使郎身体康健，资用丰足。倘
有患难之处，亦可出小力周全，但不可漏泄风声。就是至亲如兄，亦慎
勿使知道。能守吾戒，自今以后便当恒奉枕席，不敢有废；若一有漏言，
不要说我不能来，就有大祸临身，吾也救不得你了。慎之！慎之！"程宰
闻言甚喜，合掌罚誓道③："某本凡贱，误蒙真仙厚德，虽粉身碎骨，不能
为报！既承法旨，敢不铭心？倘违所言，九死无悔④！"誓毕，美人大喜，
将手来勾着程宰之颈，说道："我不是仙人，实海神也。与郎有夙缘甚
久，故来相就耳。"语话缠绵，恩爱万状。不觉邻鸡已报晓二次，美人揽
衣起道："吾今去了，夜当复来。郎君自爱。"说罢，又见昨夜东西坐的两
个美人与众侍女，齐到床前，口里多称："贺喜夫人、郎君！"美人走下床
来，就有捧家火的侍女，各将梳洗应有的物件，伏侍梳洗罢，仍带簪珥冠
帔，一如昨夜光景。美人执着程宰之手，叮咛再四不可泄漏，徘徊眷恋，
不忍舍去。众女簇拥而行，尚回顾不止。人间夫妇，无此爱厚。

程宰也下了床，穿了衣服，伫立细看，如痴似呆，欢喜依恋之态，不
能自禁。转眼间室中寂然，一无所见。看那门窗，还是昨日关得好好
的。回头再看房内，但见：

> 土坑上铺一带荆筐，芦席中拖一条布被。敧颓墙角，堆零星几

---

①汤(tàng)着：碰着。

②处子：即处女。

③合掌罚誓：恭敬虔诚地发誓。合掌：又称"合十"，佛教徒合左右掌于胸前，
表示最虔诚的礼拜。罚誓：即发誓。

④九死未悔：纵使死了多回也不后悔。形容意志坚定，无论经历何种艰难危
险，都坚决不动摇退缩。语出屈原《离骚》："亦余心之所善兮，虽九死其犹
未悔。"九：指多数。

块煤烟；坍塌地炉，摆缺绽一行瓶罐。浑如古庙无香火，一似牢房
不洁清。

程宰恍然自失道："莫非是做梦么？"定睛一想，想那饮食笑语以及交合
之状，盟誓之言，历历有据，绝非是梦寐之境，肚里又喜又疑。

顷刻间天已大明，程宰思量道："吾且到哥哥房中去看一看，莫非夜
来事体，他有些听得么？"走到间壁，叫声："阿哥！"程寀正在床上起来，
看见了程宰，大惊道："你今日面上神彩异常，不似平日光景，甚么缘
故？"程宰心里踌蹰道①："莫非果有些甚么怪样，惹他们疑心？"只得假意
说道："我与你时乖运蹇②，失张失志③，落魄在此，归家无期。昨夜暴
冷，愁苦的当不得，展转悲叹，一夜不曾合眼，阿哥必然听见的。有甚么
好处，却说我神彩异常起来？"程寀道："我也苦冷，又想着家乡，通夕不
寐，听你房中静悄悄地不闻一些声响。我怪道你这样睡得熟，何曾有愁
叹之声，却说这个话！"程宰见哥哥说了，晓得哥哥不曾听见夜来的事
了，心中放下了疙瘩，等程寀梳洗了，一同到铺里来。

那铺里的人见了程宰，没一个不吃惊道："怎地今日程宰哥哥面上，这
等光彩？"程寀对兄弟笑道："我说么？"程宰只做不晓得，不来接口，却心
里也自觉神思清爽，肌肉润泽，比平日不同，暗暗快活，惟恐他不再来
了。是日频视晷影④，恨不速移。刚才傍晚，就回到下处，托言腹痛，把
门扃闭，静坐虔想，等待消息。

到得街鼓初动，房内忽然明亮起来，一如昨夜的光景。程宰顾盼
间，但见一对香炉前导，美人已到面前。侍女止是数人，仪从之类稀少，
连那傍坐的两个美人也不来了。美人见程宰默坐相等，笑道："郎果有
心如此，但须始终如一方好。"即命侍女设馔进酒，欢谑笑谈，更比昨日
熟分亲热了许多。须臾彻席就寝，侍女俱散。照看床褥，并不曾见有人
去铺设，又复锦绣重叠。程宰心忖道："床上虽然如此，地下尘埃秽污，

①踌蹰：犹豫，忐忑不安。

②时乖运蹇：时机和命运都不好。

③失张失志：也作"失张失智"。形容举动慌乱，心神不定。

④晷（guǐ）影：日影。

且看是怎么样的?"才一起念,只见满地多是锦裀铺衬①,毫无寸隙了。是夜两人绸缪好合,愈加亲狎。依旧鸡鸣两度,起来梳妆而去。

　　此后人定即来,鸡鸣即去,率以为常,竟无虚夕。每来必言语喧闹,音乐铿锵,兄房只隔层壁,到底影响不闻,也不知是何法术如此。自此情爱愈笃。程宰心里想要甚么物件,即刻就有,极其神速。一日,偶思闽中鲜荔枝,即有带叶百余颗,香味珍美,颜色新鲜,恰像树上才摘下的;又说:"此味只有江南杨梅可以相匹",便有杨梅一枝,坠于面前,枝上有二万余颗,甘美异常。此时已是深冬,况此二物皆不是北地所产,不知何自得来。又一夕,谈及鹦鹉,程宰道:"闻得说有白的,惜不曾见。"才说罢,便有几只鹦鹉飞舞将来,白的、五色的多有,或诵佛经,或歌诗赋,多是中土官话②。

　　一日,程宰在市上看见大商将宝石二颗来卖,名为硬红,色若桃花,大似拇指,索价百金。程宰夜间与美人说起,口中啧啧,称为罕见。美人抚掌大笑道:"郎如此眼光浅,真是夏虫不可语冰③,我教你看看。"说罢,异宝满室。珊瑚有高丈余的,明珠有如鸡卵的,五色宝石有大如栲栳的④,光艳夺目,不可正视。程宰左顾右盼,应接不暇。须臾之间,尽皆不见。程宰自思:"我夜间无欲不遂,如此受用,日里仍是人家佣工,美人那知我心事来!"遂把往年贸易耗折了数千金,以致流落于此,告诉一遍,不胜嗟叹。美人又抚掌大笑道:"正在欢会时,忽然想着这样俗事来,何乃不脱洒如此! 虽然,这是郎的本业,也不要怪你。我再教你看一个光景。"说罢,金银满前,从地上直堆至屋梁边,不计其数。美人指着问程宰道:"你可要么?"程宰是个做商人的,见了偌多金银,怎不动火。心热口馋,支手舞脚,却待要取。美人将箸去馔碗内夹肉一块,掷

――――――――――

①锦裀:锦制的垫褥。

②中土官话:指元明以来通行的北方话,其中心是北京话。因在官场中广泛使用,故称。

③夏虫不可语冰:语出《庄子·秋水》。比喻人的见识浅,有其局限性。《庄子·秋水》:"井蛙不可以语于海者,拘于虚也;夏虫不可以语于冰者,笃于时也。"

④栲栳:用柳条编成的盛物器具。

程宰面上道："此肉粘得在你面上么？"程宰道："此是他肉，怎粘得在吾面上？"美人指金银道："此亦是他物，岂可取为己有？若目前取了些，也无不可。只是非分之物，得了反要生祸。世人为取了不该得的东西，后来加倍丧去的，或连身子不保的，何止一人一事？我岂忍以此误你！你若要金银，你可自去经营，吾当指点路径，暗暗助你，这便使得。"程宰道："只这样也好了。"

其时是己卯初夏①，有贩药材到辽东的，诸药多卖尽，独有黄柏、大黄两味卖不去，各剩下千来斤。此是贱物，所值不多。那卖药的见无人买，只思量丢下去了。美人对程宰道："你可去买了他的，有大利钱在里头。"程宰去问一问价钱，那卖的巴不得脱手，略得些就罢了。程宰深信美人之言，料必不差，身边积有佣工银十来两，尽数买了他的。归来搬到下处，哥子程客看见累累堆堆偌多东西，却是两味草药。问知是十多两银子买的，大骂道："你敢失心疯了②！将了有用的银子，置这样无用的东西。虽然买得贱，这偌多几时脱得手去，讨得本利到手？有这样失算的事！"谁知隔不多日，辽东疫疠盛作，二药各铺多卖缺了，一时价钱腾贵起来。程宰所有多得了好价，卖得罄尽，共卖了五百余两。程客不知就里，只说是兄弟偶然造化到了，做着了这一桩生意，大加欣羡，道："幸不可屡侥，今既有了本钱，该图些傍实的利息，不可造次了③。"程宰自有主意，只不说破。

过了几日，有个荆州商人贩彩缎到辽东的④，途中遭雨湿塺黔⑤，多发了斑点，一匹也没有颜色完好的。荆商日夜啼哭，惟恐卖不去。只要有捉手，便可成交，价钱甚是将就。美人又对程宰道："这个又该做了。"程宰罄将前日所得五百两银子，买了他五百匹，荆商大喜而去。程客见了道："我说你福薄，前日不意中得了些非分之财，今日就倒灶了⑥。这

①己卯：正德十四年(1519)。
②失心疯：神经错乱，精神失常。
③造次：轻率，莽撞。
④荆州：明代为湖广行省荆州府，府治在江陵县，今属湖北省。
⑤塺(méi)黔(zhèn)：指因遇雨而出现的霉黑斑点。
⑥倒灶：倒霉。

些彩缎，全靠颜色，颜色好时，头二两一匹还有便宜；而今斑斑点点，那个要他？这五百两不撩在水里了①？似此做生意，几能够挣得好日回家？"说罢大恸。众商伙中知得这事，也有惜他的，也有笑他的。

　　谁知时运到了，自然生出巧来。程宰顿放彩缎，不上一月，江西宁王宸濠造反②，杀了巡抚孙公、副使许公③，谋要顺流而下，破安庆，取南京，僭宝位④，东南一时震动。朝廷急调辽兵南讨，飞檄到来，急如星火。军中戎装旗帜之类，多要整齐，限在顷刻，这个边地上那里立地有这许多缎匹，一时间价钱腾贵起来，只买得有就是，好歹不论。程宰所买这些斑斑点点的尽多得了三倍的好价钱。这一番除了本钱五百两，分外足足撰了千金⑤。

　　庚辰秋间⑥，又有苏州商人贩布三万匹到辽阳，陆续卖去，已有二万三四千匹了。剩下粗些的，还有六千多匹，忽然家信到来，母亲死了，急要奔丧回去。美人又对程宰道："这件事又该做了。"程宰两番得利，心知灵验，急急去寻他讲价。那苏商先卖去的，得利已多了。今止是余剩，况归心已急，只要一伙卖⑦，便照原来价钱也罢。程宰遂把千金尽数买了他这六千多匹回来。

　　明年辛巳三月，武宗皇帝驾崩⑧，天下人多要戴着国丧。辽东远在塞外，地不产布，人人要件白衣，一时那讨得许多布来？一匹粗布，就卖

----

①撩(liào)：丢，扔。
②宁王宸濠造反：明太祖十七子朱权，初封大宁（在长城喜峰口外），称为宁王，永乐初移南昌。其玄孙朱宸濠袭封，于正德十四年（1519年）起兵叛乱，被王守仁所败，就擒，次年被杀。
③巡抚孙公：即巡抚江西右副都御史孙燧。孙燧，字德成，浙江余姚人。宁王朱宸濠反，被执，折左臂，不屈死。《明史》卷二八九有传。副使许公：即南昌兵备副使许逵。许逵，字汝登，河南固始人。朱宸濠反，与孙燧同时被害。《明史》卷二八九有传。
④僭宝位：越分窃据帝位。
⑤撰：同"赚"。
⑥庚辰：正德十五年（1520）。
⑦一伙：一起，全部。
⑧武宗皇帝驾崩：明武宗朱厚照逝世于正德十六年（1521）。

得七八钱银子，程宰这六千匹，又卖了三四千两。如此事体，逢着便做，做来便希奇古怪，得利非常，记不得许多。四五年间，展转弄了五七万两，比昔年所折的，到多了几十倍了。正是：

　　　　人弃我堪取，奇赢自可居。

　　　　虽然神暗助，不得浪贪图。

　　且说辽东起初闻得江西宁王反时，人心危骇，流传讹言，纷纷不一。有的说在南京登基了，有的说兵过两淮了，有的说过了临清到德州了①。一日几番说话，也不知那句是真，那句是假。程宰心念家乡切近，颇不自安。私下问美人道："那反叛的到底如何？"美人微笑道："真天子自在湖、湘之间，与他甚么相干！他自要讨死吃，故如此猖狂，不日就擒了，不足为虑！"此是七月下旬的说，再过月余，报到，果然被南赣巡抚王阳明擒了解京②。程宰见美人说天子在湖、湘，恐怕江南又有战争之事，心中仍旧惧怕。再问美人，美人道："不妨，不妨。国家庆祚灵长，天下方享太平之福，只在一二年了。"后来嘉靖自湖广兴藩③，入继大统，海内安宁，悉如美人之言。

　　到嘉靖甲申年间④，美人与程宰往来已是七载，两情缱绻，犹如一日。程宰囊中幸已丰富，未免思念故乡起来。一夕，对美人道："某离家已二十年了，一向因本钱耗折，回去不得。今蒙大造⑤，囊资丰饶，已过所望。意欲暂与家兄归到乡里，一见妻子，便当即来，多不过一年之期，就好到此，永奉欢笑，不知可否？"美人听罢，不觉惊叹道："数年之好，止于此乎？郎宜自爱，勉图后福，我不能伏侍左右了。"欷歔泣下，悲不自

①临清：今属山东，濒临运河，为山东西北部水陆交通中心之一。

②王阳明：名守仁，字伯安，浙江余姚人。因筑室阳明洞讲学，世称阳明先生。弘治进士，以平定"宸濠之乱"，封新建伯，官至南京兵部尚书。卒谥文公。门人辑有《王文成公全书》。《明史》卷一九五有传。

③嘉靖：即嘉靖皇帝朱厚熜，正德十六年三月，袭封兴献王，封国在湖广安陆（今属湖北）；四月，明武宗驾崩，无嗣，他入继大统，即帝位。

④嘉靖甲申：即嘉靖三年(1524)。

⑤大造：犹大恩。

胜。程宰大骇道："某暂时归省，必当速来，以图后会，岂敢有负恩私^①？夫人乃说此断头话^②。"美人哭道："大数当然，彼此做不得主。郎适发此言，便是数当永诀了。"言犹未已，前日初次来的东西二美人，及诸侍女仪从之类，一时皆集。

音乐竞奏，盛设酒筵。美人自起酌酒相劝，追叙往时初会与数年情爱，每说一句，哽咽难胜。程宰大声号恸，自悔失言，恨不得将身投地，将头撞壁。两情依依，不能相舍。诸女前来禀白道："大数已终，法驾齐备，速请夫人登途，不必过伤。"美人执着程宰之手，一头垂泪，一头分付道："你有三大难，今将近了，时时宜自警省，至期吾自来相救。过了此后，终身吉利，寿至九九^③。吾当在蓬莱三岛等你来续前缘^④。你自宜居心清净，力行善事，以副吾望。吾与你身虽隔远，你一举一动吾必晓得，万一做了歹事，以致堕落，犯了天条，吾也无可周全了。后会迢遥，勉之！勉之！"叮咛了又叮咛，何止十来番？程宰此时神志俱丧，说不出一句话，只好唯唯应承，苏苏落泪而已。正是：

> 世上万般哀苦事，无非死别与生离。

> 天长地久有时尽，此恨绵绵无限期。

须臾邻鸡群唱，侍女催促，诀别启行。美人还回头顾盼了三四番，方才寂然一无所见。但有：

> 蟋蟀悲鸣，孤灯半灭；凄风萧飒，铁马玎珰^⑤。曙星东升，银河西转。顷刻之间，已如隔世。

程宰不胜哀痛，望着空中禁不住的号哭起来。才发得声，哥子程寀隔房早已听见，不像前番，随你间壁翻天覆地总不知道的。哥子闻得兄弟哭声，慌忙起来，问其缘故。程宰支吾道："无过是思想家乡。"口里强说，声音还是凄咽的。程寀道："一向流落，归去不得。今这几年来生意做

---

①恩私：恩爱。

②断头话：永别的话。

③九九：九的自乘数，即八十一。

④蓬莱三岛：指蓬莱、方丈和瀛洲，传说在渤海上仙人居住的三座神山。

⑤铁马：悬挂在檐间的风铃。

得着,手头饶裕,要归不难,为何反哭得这等悲切起来?从来不曾见你如此,想必有甚伤心之事,休得瞒我!"程宰被哥子说破,晓得瞒不住,只得把昔年遇合美人,夜夜的受用,及生意所以做得着以致丰富,皆出美人之助,从头至尾述了一遍。程案惊异不已,望空礼拜。明日与客商伴里说了,辽阳城内外没一个不传说程士贤遇海神的奇话。程宰自此终日郁郁不乐,犹如丧偶一般,与哥子商量收拾南归。其时有个叔父在大同做卫经历①,程宰有好几时不相见了,想道:"今番归家,不知几时又到得北边,须趁此便打那边走一遭,看叔叔一看去。"先打发行李资囊付托哥子程案监押,从潞河下在船内②,沿途等候着他。

他自己却雇了一个牲口,由京师出居庸关③,到大同地方见了叔父。一家骨肉,久别相聚,未免留连几日,不得动身。晚上睡去,梦见美人走来催促道:"祸事到了,还不快走!"程宰记得临别之言,慌忙向叔父告行。叔父又留他钱别,直到将晚方出得大同城门。时已天黑,程宰道总是前途赶不上多少路罢了,不如就在城外且安宿了一晚,明日早行。睡到三鼓,梦中美人又来催道:"快走!快走!大难就到,略迟脱不去了!"程宰当时惊醒,不管天早天晚,骑了牲口忙赶了四五里路,只听得炮声连响,回头看那城外时,火光烛天,照耀如同白日。元来是大同军变。

且道如何是大同军变?大同参将贾鉴不给军士行粮,军士鼓噪,杀了贾鉴。巡抚都御史张文锦出榜招安④,方得平静。张文锦密访了几个为头的,要行正法,正差人出来擒拿。军士重番鼓噪起来,索性把张巡抚也杀了,据了大同,谋反朝廷。要搜寻内外壮丁一同叛逆,故此点了

①卫经历:明代在京师和各地皆设卫所,数府划为一个防区设卫。经历为卫指挥使的属官,从七品,掌出纳文书。

②潞河:大运河的北端,即今北京市通州以下的北运河。旧时从北京水路南下,在这里乘船。

③居庸关:又称蓟门关,在北京市昌平西北,为长城的险要关口之一。

④张文锦:字冈夫,安丘(今属山东)人。弘治十二年(1499)进士。以拒宸濠功,拜有副都御史,巡抚大同。性刚烈,处事急躁无序,遂在兵变中被杀。《明史》卷二〇〇有传。

火把出城,凡是饭店经商,尽被拘刷了转去①,收在伙内,无一得脱。若是程宰迟了些个,一定也拿将去了。此是海神来救了第一遭大难了。

程宰得脱,兼程到了居庸。夜宿关外,又梦见美人来催道:"趁早过关,略迟一步就有牢狱之灾了。"程宰又惊将起来,店内同宿的多不曾起身。他独自一个急到关前,挨门而进。行得数里,忽然宣府军门行将文书来②,因为大同反乱,恐有奸细混入京师,凡是在大同来进关者,不是公差吏人、有官文照验在身者③,尽收入监内,盘诘明白,方准释放。是夜与程宰同宿的人,多被留住,下在狱中。后来有到半年方得放出的,也有染了病竟死在狱中的。程宰若非文书未到之前先走脱了,便干净无事,也得耐烦坐他五七月的监。此是海神来救他第二遭的大难了。

程宰赶上了潞河船只④,见了哥子,备述一路遇难,因梦中报信得脱之故,两人感念不已。一路无话,已到了淮安府高邮湖中⑤,忽然:

> 黑云密布,狂风怒号。水底老龙惊,半空猛虎啸。左掀右荡,浑如落在簸箕中;前跷后攧,宛似滚起饭锅内。双桡折断,一舵飘零。等闲要见阎王,立地须游水府。

正在危急之中,程宰忽闻异香满船,风势顿息。须臾黑雾四散,中有彩云一片,正当船上。云中现出美人模样来,上半身毫发分明,下半身霞光拥蔽,不可细辨。程宰明知是海神又来救他,况且别过多时,不能厮见,悲感之极,涕泗交下。对着云中只是磕头礼拜,美人也在云端举手答礼,容色恋恋,良久方隐。船上人多不见些甚么,但见程宰与空中施礼之状,惊疑来问。程宰备说缘故如此,尽皆瞻仰。此是海神来救他第三遭的大难,此后再不见影响了。

---

①拘刷:扣留。

②宣府军门:宣府,今河北宣化,为明代九边(边防重镇)之一。军门,对总督或巡抚的尊称。

③官文照验:指官府发放的通行证。

④潞河:明代顺天府通州的北运河,北通北京,东南经天津,与南北大运河相接,可达杭州。

⑤高邮湖:即新开湖,明代在扬州府高邮县境内,里运河之西,为苏皖两省界湖。

　　后来程宰年过六十，在南京遇着蔡林屋时，容颜只像四十来岁的，可见是遇着异人无疑。若依着美人蓬莱三岛之约，他日必登仙路也。但不知程宰无过是个经商俗人，有何缘分得有此一段奇遇？说来也不信，却这事是实实有的。可见神仙鬼怪之事，未必尽无。有诗为证：

　　　　流落边关一俗商，却逢神眷不寻常。

　　　　宁知钟爱缘何许，谈罢令人欲断肠。

卷三十八

两错认莫大姐私奔　再成交杨二郎正本

诗云：

> 李代桃僵①，羊易牛死。
> 世上冤情，最不易理。

话说宋时南安府大庾县有个吏典黄节②，娶妻李四娘。四娘为人，心性风月，好结识个把风流子弟，私下往来。向与黄节生下一子，已是三岁了，不肯收心，只是贪淫。一日黄节因有公事，住在衙门中了十来日。四娘与一个不知姓名的奸夫说通了，带了这三岁儿子一同逃去。出城门不多路，那儿子见眼前光景生疏，啼哭不止。四娘好生不便，竟把儿子丢弃在草中，自同奸夫去了。

大庾县中有个手力人李三③，到乡间行公事，才出城门，只听得草地里有小儿啼哭之声，急往前一看，见是一个小儿眠在草里，擂天倒地价哭④。李三看了心中好生不忍，又不见一个人来睬他，不知父母在那里去了。李三走去抱扶着他，那小儿半日不见了人，心中虚怯，哭得不耐烦，今见个人来偎傍，虽是面生些，也倒忍住了哭，任凭他抱了起来。元来这李三不曾有儿女，看见欢喜。也是合当有事，道是天赐与他小儿，一径的抱了回家。家人见孩子生得清秀，尽多快活，养在家里，认做是自家的了。

这边黄节衙门中出来，回到家里，只见房闱寂静⑤，妻子多不见了。

---

① 李代桃僵：原意是比喻弟兄能同甘共苦。这里引申为代人受过。

② 南安府大庾县：南安府，宋代为军，明代始改为府，府治在大庾县，今改名大余县。

③ 手力人：手艺人，工匠。

④ 擂天倒地：呼天抢地，形容哭喊。

⑤ 房闱：寝室。

骇问邻舍，多道是："押司出去不多日①，娘子即抱着小哥不知那里去了，关得门户寂悄悄的。我们只道到那里亲眷家去，不晓得备细。"黄节情知妻四娘有些毛病的，着了忙，各处亲眷家问，并无下落。黄节只得写下了招子②，各处访寻，情愿出十贯钱做报信的谢礼。

一日，偶然出城数里，恰恰经过李三门首。那李三正抱着这拾来的儿子，在那里与他作耍。黄节仔细一看，认得是自家的儿子，喝问李三道："这是我的儿子，你却如何抱在此间！我家娘子那里去了？"李三道："这儿子吾自在草地上拾来的，那晓得甚么娘子？"黄节道："我妻子失去，遍贴招示，谁不知道！今儿子既在你处，必然是你作奸犯科，诱藏了我娘子，有甚么得解说？"李三道"我自是拾得的，那知这些事？"黄节扭住李三，叫起屈来，惊动地方邻里，多走将拢来。黄节告诉其事，众人道："李三元不曾有儿子，抱来时节实是有些来历不明，却不知是押司的。"黄节道："儿子在他处了，还有我娘子不见，是他一同拐了来的。"众人道："这个我们不知道。"李三发极道③："我那见甚么娘子？那日草地上，只见得这个孩子在那里哭，我抱了回家。今既是押司的，我认了悔气，还你罢了，怎的还要赖我甚么娘子！"黄节道："放你娘的屁！是我赖你？我现有招贴在外的，你这个奸徒，我当官与你说话！"对众人道："有烦列位与我带一带，带到县里来。事关着拐骗良家子女，是你地方邻里的干系，不要走了人！"李三道："我没甚欺心事，随你去见官，自有明白，一世也不走。"

黄节随同了众人押了李三，抱了儿子，一直到县里来。黄节写了纸状词，把上项事一一禀告县官。县官审问李三。李三只说路遇孩子抱了归来是实，并不知别项情由。县官道："胡说！他家不见了两个，一个在你家了，这一个又在那里？这样奸诈，不打不招。"遂把李三上起刑法来，打得一佛出世，二佛生天④，只不肯招。那县里有与黄节的一般吏典

①押司：宋代掌管案牍、讼狱的胥吏。
②招子：招贴。
③发极：同"发急"。
④"一佛出世"二句：比喻死去活来。

二十多个，多护着吏典行里体面，一齐来跪禀县官，求他严行根究。县官又把李三重加敲打，李三当不过，只得屈招道："因为家中无子，见黄节妻抱了儿子在那里，把来杀了，盗了他儿子回来，今被捉获，情愿就死。"县官又问："尸首今在何处？"李三道："恐怕人看见，抛在江中了。"县官录了口词，取了供状，问成罪名，下在死囚牢中了，分付当案孔目做成招状，只等写完文卷，就行解府定夺。孔目又为着黄节，把李三狱情做得没些漏洞。

其时乃是绍兴十九年八月二十九日。文卷已完，狱中取出李三解府，系是杀人重犯，上了镣肘，戴了木枷，跪在庭下，专听点名起解。忽然阴云四合，空中雷电交加，李三身上枷扭尽行脱落。霹雳一声，当案孔目震死在堂上，二十多个吏典头上吏巾，皆被雷风掣去。县官惊得浑身打颤，须臾性定①，叫把孔目身尸验看，背上有朱红写的"李三狱冤"四个篆字。县官便叫李三问时，李三兀自痴痴地立着，一似失了魂的。听得呼叫，然后答应出来。县官问道："你身上枷扭，适才怎么样解了的？"李三道："小人眼前昏黑，犹如梦里一般，更不知一些甚么。不晓得身上枷扭怎地脱了。"县官明知此事有冤，遂问李三道："你前日孩子果是怎生的？"李三道："实实不知谁人遗下，在草地上啼哭，小人不忍，抱了回家。至于黄节夫妻之事，小人并不知道，是受刑不过屈招的。"县官此时又惊又悔道："今日看起来，果然与你无干。"当时遂把李三释放，叫黄节与同差人别行寻缉李四娘下落。后来毕竟在别处地方寻获，方知天下事专在疑似之间冤枉了人。这个李三若非雷神显灵，险些儿没辨白处了。

而今说着国朝一个人也为妻子随人走了，冤着一个邻舍往来的，几乎累死，后来却得明白，与大庾这件事有些仿佛。待小子慢慢说来，便知端的。

───────────

①性定：情绪安定。

佳期误泄桑中约①,好事讹牵月下绳②。

只解推原平日状,岂知局外有翻更?

话说北直张家湾有个居民③,姓徐名德,本身在城上做长班④。有妻莫大姐,生得大有容色,且是兴高好酒,醉后就要趁着风势撩拨男子汉,说话勾搭。邻舍有个杨二郎,也是风月场中人,年少风流,闲荡游耍过日,没甚根基。与莫大姐终日调情,你贪我爱,弄上了手,外边人无不知道。虽是莫大姐平日也还有个把梯己人往来⑤,总不如与杨二郎过得恩爱。况且徐德在衙门里走动,常有个月期程不在家里,杨二郎一发便当,竟像夫妻一般过日。

后来徐德挣得家事从容了,衙门中寻了替身,不消得日日出去,每有时节歇息在家里,渐渐把杨二郎与莫大姐光景看了些出来。细访邻里街坊,也多有三三两两说话。徐德一日对莫大姐道:"咱辛辛苦苦了半世,挣得有碗饭吃了,也要装些体面,不要被外人笑话便好。"莫大姐道:"有甚笑话?"徐德道:"钟不扣不鸣,鼓不打不响,欲人不知,莫若不为。你做的事,外边那一个不说的? 你瞒咱则甚⑥? 咱叫你今后仔细些罢了。"莫大姐被丈夫道着海底眼⑦,虽然撒娇撒痴,说了几句支吾门面说话,却自想平日忒做得渗濑⑧,晓得瞒不过了,不好十分强辩得。暗地忖道:"我与杨二郎交好,情同夫妻,时刻也间不得的⑨。今被丈夫知道,

----

①桑中约:即"桑中之约"。指男女之间约会。

②月下绳:古代传说月老会用红绳系住有缘男女之足,故用"月下绳"指代姻缘。

③北直张家湾:北直,即北直隶。张家湾,在北京通县东南十五里。元万户张瑄督海运至此,故名。为卢沟河与白河会流处,当南北水陆要会处。

④长班:旧时京官的随身仆人。

⑤梯己人:贴心人,心腹人。

⑥则甚:做什么。

⑦海底眼:比喻事情的底细、内幕或隐秘。

⑧渗濑:丑陋,凶恶。《初刻拍案惊奇》卷九:"晓得输东道与你罢了,何必做出此渗濑勾当!"

⑨间:间隔,分离。

必然防备得紧,怎得像意? 不如私下与他商量,卷了些家财,同他逃了,去他州外府,自由自在的快活,岂不是好!"藏在心中。

一日看见徐德出去,便约了杨二郎密商此事。杨二郎道:"我此间又没甚牵带,大姐肯同我去,要走就走。只是到外边去,须要有些本钱,才好养得口活。"莫大姐道:"我把家里细软尽数卷了去,怕不也过几时?等住定身子,慢慢生发做活就是①。"杨二郎道:"这个就好了。一面收拾起来,得便再商量走道儿罢了。"莫大姐道:"说与你了,待我看着机会,拣个日子,悄悄约你走路。你不要走漏了消息。"杨二郎道:"知道。"两个趁空处又做了一点点事,千分万付而去。

徐德归来几日,看见莫大姐神思撩乱,心不在焉的光景,又访知杨二郎仍来走动,恨着道:"等我一时撞着了,怕不斫他做两段!"莫大姐听见,私下教人递信与杨二郎,目下切不要到门前来露影。自此杨二郎不敢到徐家左近来。莫大姐切切在心,只思量和他那里去了便好,已此心不在徐家,只碍着丈夫一个是眼中钉了。大凡女人心一野,自然七颠八倒,如痴如呆,有头没脑,说着东边,认着西边②,没情没绪的。况且杨二郎又不得来,茶里饭里多是他,想也想痴了。因是闷得不耐烦,问了丈夫,同了邻舍两三个妇女们约了,要到岳庙里烧一炷香。此时徐德晓得这婆娘不长进③,不该放他出去才是。却是北人直性,心里道:"这几时拘系得紧了,看他恍恍惚惚,莫不生出病来。便等他外边去散散。"北方风俗,女人出去,只是自行,男子自有勾当,不大肯跟随走的。当下莫大姐自同一伙女伴带了纸马酒盒,抬着轿,飘飘逸逸的出门去了。只因此一去,有分交:

> 闺中佚女,竟留烟月之场;枕上情人,险作图圄之鬼④。直待海清终见底,方令盆覆得还光⑤。

---

①生发:想法,设法。后文"足可生发度日的",则作"赢利"讲。

②认着:看着。

③不长进:指行为不端。

④图圄:牢狱。

⑤盆覆:即"覆盆"。比喻无处申诉的沉冤。

　　且说齐化门外有一个倬峭的子弟①，姓郁名盛。生性淫荡，立心刁钻，专一不守本分，勾搭良家妇女，又喜讨人便宜，做那昧心短行的事。他与莫大姐是姑舅之亲，一向往来，两下多有些意思，只是不曾得便，未上得手。郁盛心里道是一桩欠事②，时常记念的。一日在自己门前闲立，只见几乘女轿抬过，他窥头探脑去看那轿里抬的女眷，恰好轿帘隙处，认得是徐家的莫大姐。看了轿上挂着纸钱，晓得是岳庙进香，又有闲的挑着盒担，乃是女眷们游耍吃酒。想道："我若厮赶着他们去，闲荡一番，不过插些寡趣，落得个眼饱，没有实味。况有别人家女眷在里头，便插趣也有好些不便，不若我整治些酒馔，在此等莫大姐转来。我是亲眷人家，邀他进来，打个中火③，没人说得。亦且莫大姐尽是贪杯高兴，十分有情的，必不推拒。那时趁着酒兴营勾他，不怕他不成这事。好计，好计！"即时奔往闹热胡同，只拣可口的鱼肉荤肴、榛松细果，买了偌多，撮弄得齐齐整整④。正是：

　　　　安排扑鼻芳香饵，专等鲸鲵来上钩⑤。

　　却说莫大姐同了一班女伴到庙里烧过了香，各处去游耍，挑了酒盒，野地上随着好坐处，即便摆着吃酒。女眷们多不十分大饮，无非吃下三数杯。晓得莫大姐量好，多来劝他。莫大姐并不推辞，拿起杯来就吃、就干，把带来的酒吃得罄尽，已有了七八分酒意。天色将晚，然后收拾家火上轿抬回。回至郁家门前，郁盛瞧见，忙至莫大姐轿前施礼道："此是小人家下，大姐途中口渴了，可进里面告奉一茶⑥。"莫大姐醉眼朦胧，见了郁盛是表亲，又是平日调得情惯的，忙叫住轿，走出轿来，与郁盛万福道："元来哥哥住在这里。"郁盛笑容满面道："请大姐里面坐一坐去。"莫大姐带着酒意，踉踉跄跄的跟了进门。别家女轿晓得徐家轿子

----

①齐化门：据清孙承泽《天府广记》：元代京师分十一门，正东曰崇仁，东之右曰齐化。这里沿用旧的称呼。今为朝阳门。倬(zhuō)峭：风流标致。

②欠事：憾事。

③打个中火：吃午饭。

④撮弄：料理。

⑤鲸鲵：即鲸。

⑥告奉：敬词，奉献。

有亲眷留住，各自先去了，徐家的轿夫住在门口等候。

莫大姐进得门来，郁盛邀至一间房中，只见酒果肴馔，摆得满桌。莫大姐道："甚么道理要哥哥这们价费心？"郁盛道："难得大姐在此经过，一杯淡酒，聊表寸心而已。"郁盛是有意的，特地不令一个人来伏侍，只是一身陪着，自己斟酒，极尽殷勤相劝。正是：

> 茶为花博士，酒是色媒人。

莫大姐本是已有酒的，更加郁盛慢橹摇船捉醉鱼①，腼腆着面庞，央求不过，又吃了许多。酒力发作，乜斜了双眼②，淫兴勃然，倒来丢眼色，说风话③。郁盛挨在身边同坐了，将着一杯酒，你呷半口，我呷半口。又嚼了一口，勾着脖子度将过去，莫大姐接来咽下去了，就把舌头伸过口来，郁盛咂了一回。彼此春心荡漾，偎抱到床中，褪下小衣，弄将起来。

> 一个醉后掀腾，一个醒中摩弄。醉的如迷花之梦蝶，醒的似采蕊之狂蜂。醉的一味兴浓，担承愈勇；醒的半兼趣胜，玩视偏真。此贪彼爱不同情，你醉我醒皆妙境。

两人战到间深之处，莫大姐不胜乐畅，口里哼哼的道："我二哥，亲亲的肉，我一心待你，只要同你一处去快活了罢！我家天杀的不知趣，又来拘管人，怎如得二哥这等亲热有趣？"说罢，将腰下乱颠乱耸，紧紧抱住郁盛不放，口里只叫"二哥亲亲"。

元来莫大姐醉得极了，但知快活异常，神思昏迷，忘其所以，真个醉里醒时言，又道是酒道真性，平时心上恋恋的是杨二郎，恍恍惚惚，竟把郁盛错认。干事的是郁盛，说的话多是对杨二郎的话。郁盛原晓得杨二郎与他相厚的，明明是醉里认差了。郁盛道："叵耐这浪淫妇④，你只记得心上人，我且将计就计，餂他说话⑤，看他说甚么来？"就接口道："我怎生得同你一处去快活？"莫大姐道："我前日与你说的，收拾了些家私，和你别处去过活，一向不得空便。今秋分之日，那天杀的进城上去，有

---

①慢橹摇船捉醉鱼：比喻成心将人灌醉后再使之上圈套。

②乜（miē）斜：形容醉眼朦胧。

③风话：指男女间戏谑挑逗的话。

④叵耐：也作"叵奈"。可恨。

⑤餂（tiǎn）：引诱。

那衙门里勾当,我与你趁那晚走了罢。"郁盛道:"走不脱却怎么?"莫大
姐道:"你端正下船儿①,一搬下船,连夜摇了去。等他城上出来知得,已
此赶不着了。"郁盛道:"夜晚间把甚么为暗号?"莫大姐道:"你只在门外
拍拍手掌,我里头自接应你。我打点停当好几时了,你不要错过。"口里
糊糊涂涂,又说好些,总不过肉麻说话,郁盛只拣那几句要紧的,记得明
明白白在心。

　　须臾云收雨散,莫大姐整一整头髻,头眩眼花的走下床来。郁盛先
此已把酒饭与轿夫吃过了,叫他来打着轿,搀扶莫大姐上轿去了。郁盛
回来,道是占了采头②,心中欢喜。却又得了他心腹里的话,笑道:"诧
异,诧异,那知他要与杨二郎逃走,尽把相约的事对我说了。又认我做
了杨二郎,你道好笑么? 我如今将错就错,雇下了船,到那晚剪他这绺,
落得载他娘在别处去受用几时,有何不可?"郁盛是个不学好的人,正挠
着〔他〕的痒处,以为得计。一面料理船只,只等到期行事,不在话下。

　　且说莫大姐归家,次日病了一日酒,昨日到郁家之事,犹如梦里,多
不十分记得,只依稀影响③,认做已约定杨二郎日子过了,收拾停当,只
待起身。岂知杨二郎处虽曾说过两番,晓得有这个意思,反不曾精细叮
咛得,不做整备的。

　　到了秋分这夜,夜已二鼓,莫大姐在家里等候消息。只听得外边拍
手响,莫大姐心照,也拍拍手,开门出去。黑影中见一个人在那里拍手,
心里道是杨二郎了。急回身进去,将衣囊箱笼,逐件递出,那人一件件
接了,安顿在船中。莫大姐恐怕有人瞧见,不敢用火,将房中灯打灭了,
虚锁了房门,黑里走出。那人扶了上船,如飞把船开了。船中两个多是
低声细语,况是慌张之际,莫大姐只认是杨二郎,急切辨不出来。莫大
姐失张失志,历碌了一日④,下得船才心安。倦将起来,不及做甚么事,
说得一两句话,那人又不十分回答。莫大姐放倒头,和衣就睡着了去。

----

　　①端正:准备,安排。

　　②采头:指好运气。

　　③影响:印象。

　　④历碌:车轮声。这里引申为忙碌。

比及天明，已在潞河①，离家有百十里了。撑开眼来看那舱里同坐的人，不是杨二郎，却正是齐化门外的郁盛。莫大姐吃了一惊道："如何却是你？"郁盛笑道："那日大姐在岳庙归来途中，到家下小酌，承大姐不弃，赐与欢会。是大姐亲口约下我的，如何倒吃惊起来？"莫大姐呆了一回，仔细一想，才省起前日在他家吃酒，酒中淫媾之事，后来想是错认，把真话告诉出来。醒来记差，只说是约下杨二郎了，岂知错约了他？今事已至此，说不得了，只得随他去。只是怎生发付杨二郎呵？因问道："而今随着哥哥到那里去才好？"郁盛道："临清是个大马头去处②，我有个主人在那里，我与你那边去住了，寻生意做。我两个一窝儿作伴，岂不快活？"莫大姐道："我衣囊里尽有些本钱，哥哥要营运时③，足可生发度日的。"郁盛道："这个最好。"从此莫大姐竟同郁盛到临清去了。

话分两头。且说徐德衙门公事已毕，回到家里，家里悄没一人，箱笼什物皆已搬空。徐德骂道："这歪刺姑一定跟得奸夫走了④！"问一问邻舍，邻舍道："小娘子一个夜里不知去向。第二日我们看见门是锁的了，不晓得里面虚实。你老人家自想着，无过是平日有往来的人约的去。"徐德道："有甚么难见处？料只在杨二郎家里。"邻舍道："这猜得着，我们也是这般说。"徐德道："小人平日家丑须瞒列位不得。今日做出事来，眼见得是杨二郎的缘故。这事少不得要经官，有烦两位做一做见证。而今小人先到杨家去问一问下落，与他闹一场则个。"邻舍道："这事情那一个不知道？到官时，我们自然讲出公道来。"徐德道："有劳，有劳。"

当下一忿之气，奔到杨二郎家里。恰好杨二郎走出来，徐德一把扭住道："你把我家媳妇子拐在那里去藏过了⑤？"杨二郎虽不曾做这事，却是曾有这话关着心的，骤然闻得，老大吃惊，口里嚷道："我那知这事，却

①潞河：指今北京通州以下的北运河，旧时可由此南下杭州。

②临清：明代为东昌府的属州，今属山东省。明代运河漕运崛起，临清成为北方重要商埠之一。

③营运：指经商。

④歪刺姑：骂人话，指卑劣下贱的人，多指妇女。

⑤我家媳妇子：即我家老婆。

来赚我!"徐德道:"街坊上那一个不晓得你营勾了我媳妇子?你还要赖哩!我与你见官去,还我人来!"杨二郎道:"不知你家嫂子几时不见了,我好耽耽在家里,却来问我要人,就见官,我不相干!"徐德那听他分说,只是拖住了交付与地方,一同送到城上兵马司来①。

徐德衙门情熟②,为他的多,兵马司先把杨二郎下在铺里。次日,徐德就将奸拐事情,在巡城察院衙门告将下来,批与兵马司严究。兵马审问杨二郎,杨二郎初时只推无干。徐德拉同地方③,众口证他有奸,兵马喝叫加上刑法。杨二郎熬不过,只得招出平日通奸往来是实。兵马道:"奸情既真,自然是你拐藏了。"杨二郎道:"只是平日有奸,逃去一事,委实与小的无涉。"兵马又唤地方与徐德问道:"他妻子莫氏还有别个奸夫么?"徐德道:"并无别人,只有杨二郎奸稔是真④。"地方也说道:"邻里中也只晓杨二郎是奸夫,别一个不见说起。"兵马喝杨二郎道:"这等还要强辩!你实说拐来藏在那里?"杨二郎道:"其实不在小的处,小的知他在那里?"兵马大怒,喝叫:"重重夹起,必要他说。"杨二郎只得又招道:"曾与小的商量要一同逃去,这说话是有的。小的不曾应承,故此未约得定,而今却不知怎的不见了。"兵马道:"既然曾商量同逃,而今走了,自然知情。他无非私下藏过,只图混赖一时,背地里却去奸宿。我如今收在监中,三日五日一比,看你藏得到底不成!"遂把杨二郎监下,隔几日就带出鞫问一番。杨二郎只是一般说话,招不出人来。徐德又时时来催禀,不过做杨二郎屁股不着,打得些屈棒,毫无头绪。杨二郎正是俗语所云:

从前作事,没兴齐来⑤。

---

①兵马司:即五城兵马司。明代在京师所设立的官署,专管缉捕盗贼和打架斗殴等事。其主官为指挥。

②情熟:相熟。

③地方:指里甲长或地保。

④奸稔(rěn):即稔奸,指一贯通奸。

⑤"从前作事"二句:谚语。从前做的坏事,到倒霉的时候会一齐来报应。宋无名氏《张协状元》第八出:"经过此山者,分明是你灾。从前作过事,没兴一齐来。"没兴:晦气,倒霉。

乌狗吃食，白狗当灾①。

杨二郎当不过屈打，也将霹诬枉禁事情在上司告下来②，提到别衙门去问。却是徐德家里实实没了人，奸情又招是真的，不好出脱得他。有矜疑他的③，教他出了招帖，许下赏钱，募人缉访。然是十个人内倒有九个说杨二郎藏过了是真的，那个说一声其中有冤枉？此亦是杨二郎淫人妻女应受的果报。

女色从来是祸胎，奸淫谁不惹非灾？

虽然逃去浑无涉，亦岂无端受枉来？

且不说这边杨二郎受累，累年不决的事。再表郁盛自那日载了莫大姐到了临清地方，赁间闲房住下，两人行其淫乐，混过了几时。莫大姐终久有这杨二郎在心里，身子虽现随着郁盛，毕竟是勉强的，终日价没心没想，哀声叹气。郁盛起初绸缪，相处了两个月，看看两下里各有些嫌憎，不自在起来。郁盛自想道："我目下用他的，带来的东西须有尽时，我又不会做生意，日后怎生结果？况且是别人的妻小，留在身边，到底怕露将出来，不是长便。我也要到自家里去的，那里守得定在这里？我不如寻个主儿卖了他。他模样尽好，到也还值得百十两银子。我得他这些身价，与他身边带来的许多东西，也尽够受用了。"打听得临清渡口驿前乐户魏妈妈家里养许多粉头④，是个兴头的鸨儿，要的是女人。寻个人去与他说了。魏妈只做访亲，来相探望，看过了人物，还出了八十两价钱。交兑明白，只要抬人去。郁盛哄着莫大姐道："这魏妈妈是我家外亲，极是好情分。你我在此异乡，图得与他做个相识往来，也不寂寞。魏妈妈前日来望过了你，你今日也去还拜他一拜才是。"莫大姐女眷心性，巴不得寻个头脑外边去走走的。见说了，即便梳妆起来。郁盛就去雇了一乘轿，把莫大姐竟抬到魏妈妈家里。

---

①"乌狗吃食"二句：谚语。比喻某人犯法，却由别人顶罪受罚。即代人受过。

②霹诬枉禁：凭空遭到诬陷，无辜而受到监禁。

③矜疑：指犯人可怜，案情可疑。

④乐户：妓院的别称。

莫大姐看见魏妈妈笑嘻嘻相头相脚,只是上下看觑,大剌剌的不十分接待。又见许多粉头在面前,心里道:"甚么外亲? 看来是个衒衒人家了。"吃了一杯茶,告别起身。魏妈妈笑道:"你还要到那里去?"莫大姐道:"家去。"魏妈妈道:"还有甚么家里? 你已是此间人了。"莫大姐吃一惊道:"这怎么说?"魏妈妈道:"你家郁官儿得了我八十两银子,把你卖与我家了。"莫大姐道:"那有此话! 我身子是自家的,谁卖得我!"魏妈妈道:"甚么自家不自家? 银子已拿得去了,我那管你!"莫大姐道:"等我去和那天杀的说个明白!"魏妈妈道:"此时他跑自家的道儿,敢走过七八里路了,你那里寻他去? 我这里好道路①,你安心住下了罢,不要讨我杀威棒儿吃!"莫大姐情知被郁盛所赚,叫起撞天屈来,大哭了一场。魏妈妈喝住,只说要打,众粉头做好做歉的来劝住②。莫大姐原是立不得贞节牌坊的③,到此地位,落了圈套,没计奈何,只得和光同尘④,随着做娼妓罢了。此亦是莫大姐做妇女不学好应受的果报。

　　　妇女何当有异图? 贪淫只欲闪亲夫⑤。
　　　今朝更被他人闪,天报昭昭不可诬。

莫大姐自从落娼之后,心里常自想道:"我只图与杨二郎逃出来快活,谁道醉后错记,却被郁盛天杀的赚来,卖我在此。而今不知杨二郎怎地在那里,我家里不见了人,又不知怎样光景?"时常切切于心。有时接着相投的孤老⑥,也略把这些前因说说,只好感伤流泪,那里有人管他这些唠叨? 光阴如箭,不觉已是四五个年头。一日,有一个客人来嫖宿饮酒,见了莫大姐,目不停瞬,只管上下瞧觑。莫大姐也觉有些面染⑦,两下疑惑。莫大姐开口问道:"客官贵处?"那客人道:"小子姓幸名逢,住居在张家湾。"莫大姐见说"张家湾"三字,不觉潸然泪下,道:"既在张家湾,

---

①好道路:犹言好买卖。
②做好做歉:犹做好做歹,即好说歹说。
③贞节牌坊:封建社会为了表彰妇女的贞洁而立的牌坊。
④和光同尘:指随俗而处,同流合污。
⑤闪:害;使受害。
⑥孤老:嫖客。
⑦面染:面善,面熟。

可晓得长班徐德家里么?"幸客惊道:"徐德是我邻人,他家里失去了嫂子几年。适见小娘子面庞有些厮像,莫不正是徐嫂么?"莫大姐道:"奴正是徐家媳妇,被人拐来,坑陷在此。方才见客人面庞,奴家道有些认得,岂知却是日前邻舍幸官儿。"

元来幸逢也是风月中人,向时看见莫大姐有些话头①,也曾咽着干唾的,故此一见就认得。幸客道:"小娘子你在此不打紧,却害得一个人好苦。"莫大姐道:"是那个?"幸客道:"你家告了杨二郎,累了几年官司,打也不知打了多少,至今还在监里,未得明白。"莫大姐见说,好不伤心,轻轻对幸客道:"日里不好尽言,晚上留在此间,有句说话奉告。"幸客是晚就与莫大姐同宿了。莫大姐悄悄告诉他,说委实与杨二郎有交,被郁盛冒充了杨二郎拐来卖在这里。从头至尾一一说了。又与他道:"客人可看平日邻舍面上,到家说知此事,一来救了奴家出去;二来说清了杨二郎,也是阴功;三来吃了郁盛这厮这样大亏,等得见了天日,咬也咬他几口!"幸客道:"我去说,我去说。杨二郎、徐长班多是我一块土上人,况且贴得有赏单。今我得实,怎不去报?郁盛这厮,有名刁钻,天理不容,也该败了。"莫大姐道:"须得密些才好。若漏了风,怕这家又把我藏过了。"幸客道:"只你知我知,而今见人再不要提起。我一到彼就出首便是。"两人商约已定。

幸客竟自回转张家湾来,来见徐德道:"你家嫂子已有下落,我亲眼见了。"徐德道:"现在那里?"幸逢道:"我替你同到官面前,还你的明白。"徐德遂同了幸逢齐到兵马司来。幸逢当官递上一纸首状,状云:

首状人幸逢,系张家湾民,为举首略卖事②。本湾徐德失妻莫氏,告官未获。今逢目见本妇身在临清乐户魏鸨家,倚门卖奸。本妇称系市棍郁盛略卖在彼是的。贩良为娼,理合举首。所首是实。

兵马即将首状判准在案。一面申文察院,一面密差兵番拿获郁盛到官刑鞫③。郁盛抵赖不过,供吐前情明白。当下收在监中,候莫氏到时,质

---

①话头:话语,话题。
②略卖:劫掠贩卖。
③兵番:缉捕罪犯的差役。

证定罪。随即奉察院批发明文，押了原首人幸逢与本夫徐德，行关到临清州①，眼同认拘莫氏及买良为娼乐户魏鸨②，到司审问，原差守提。临清州里即忙添差公人，一同行拘。一干人到魏家，好似：

> 瓮中捉鳖，手到拿来。

临清州点齐了，发了批回，押解到兵马司来。杨二郎彼时还在监中，得知这事，连忙写了诉状，称是"与己无干，今日幸见天日"等情投递。兵马司准了，等候一同发落。

　　其时人犯齐到听审，兵马先唤莫大姐问他。莫大姐将郁盛如何骗他到临清，如何哄他卖娼家，一一说了备细。又唤魏鸨儿问道："你如何买了良人之妇？"魏妈妈道："小妇人是个乐户，靠那取讨娼妓为生。郁盛称说自己妻子愿卖，小妇人见了是本夫做主的，与他讨了，岂知他是拐来的？"徐德走上来道："当时妻子失去，还带了家里许多箱笼资财去。今人既被获，还望追出赃私，给还小人。"莫大姐道："郁盛哄我到魏家，我只走得一身去，就卖绝在那里。一应所有，多被郁盛得了，与魏家无干。"兵马拍桌道："那郁盛这样可恶！既拐了人去奸宿了，又卖了他身了，又没了他资财，有这等没天理的！"喝叫重打。郁盛辩道："卖他在娼家，是小人不是，甘认其罪。至于逃去，是他自跟了小人走的，非干小人拐他。"兵马问莫大姐道："你当时为何跟了他走？不实说出来，讨掅！"莫大姐只得把与杨二郎有奸、认错了郁盛的事，一一招了。兵马笑道："怪道你丈夫徐德告着杨二郎。杨二郎虽然屈坐了监几年，徐德不为全诬。莫氏虽然认错，郁盛乘机盗拐，岂得推故？"喝教把郁盛打了四十大板，问略贩良人军罪③，押追带去赃物给还徐德。莫氏身价八十两，追出入官。魏妈买良，系不知情，问个不应罪名，出过身价，有几年卖奸得利，不必偿还。杨二郎先有奸情，后虽无干，也问杖赎④，释放宁家⑤。

---

①行关：发出关文。

②眼同：一同。

③军罪：发配从军的罪行。

④杖赎：犯人交纳钱财以免除杖刑。

⑤宁家：回家。

幸逢首事得实,量行给赏。

判断已明,将莫大姐发与原夫徐德收领。徐德道:"小人妻子背了小人逃出了几年,又落在娼家了,小人还要这滥淫妇做甚么!情愿当官休了,等他别嫁个人罢。"兵马道:"这个由你。且保领出去,自寻人嫁了他,再与你立案罢了。"

一干人众各到家里。杨二郎自思:"别人拐去了,却冤了我坐了几年监,更待干罢?"告诉邻里,要与徐德厮闹。徐德也有些心怯,过不去,转央邻里和解。邻里商量调停这事,议道:"总是徐德不与莫大姐完聚了。现在寻人别嫁,何不让与杨二郎娶了,消释两家冤仇?"与徐德说了。徐德也道:"负累了他,便依议也罢。"杨二郎闻知,一发正中下怀,笑道:"若肯如此,便多坐了几时,我也永不提起了。"邻里把此意三面约同,当官禀明。兵马备知杨二郎顶缸坐监①,有些屈在里头,依地方处分,准徐德立了婚书,让与杨二郎为妻。莫大姐称心像意,得嫁了旧时相识。因为吃过了这些时苦,也自收心学好,不似前时惹骚招祸,竟与杨二郎到了底。这莫非是杨二郎的前缘?然也为他吃苦不少了,不为美事。后人当以此为鉴。

枉坐囹圄已数年,而今方得保蝉娟。

何如自守家常饭,不害官司不损钱?

---

①顶缸:吴语,代人受过。

卷三十九

神偷寄兴一枝梅　侠盗惯行三昧戏

诗曰：

> 剧贼从未有贼智，其间妙巧亦无穷。
>
> 若能收作公家用，何必疆场不立功？

自古说孟尝君养食客三千①，鸡鸣狗盗的多收拾在门下。后来被秦王拘留，无计得脱。秦王有个爱姬传语道："闻得孟尝君有领狐白裘，价值千金。若将来送了我，我替他讨个人情，放他归去。"孟尝君当时只有一领狐白裘，已送上秦王，收藏内库，那得再有？其时狗盗的便献计道："臣善狗偷，往内库去偷将出来便是。"你道何为狗偷？乃是此人善做狗嗥。就假做了狗，爬墙越壁，快捷如飞，果然把狐白裘偷了出来，送与秦宫爱姬，才得善言放脱。连夜行到函谷关②，孟尝君恐怕秦王有悔，后面追来，急要出关。当得关上直等鸡鸣才开③。孟尝君着了急，那时食客道："臣善鸡鸣，此时正用得着。"就曳起声音，学作鸡啼起来，果然与真无二。啼得两三声，四下群鸡皆啼，关吏听得，把关开了，孟尝君才得脱去。

孟尝君平时养了许多客，今脱秦难，却得此两小人之力，可见天下寸长尺技，俱有用处。而今世上只重着科目④，非此出身，纵有奢遮的⑤，一概不用。所以有奇巧智谋之人，没处设施，多赶去做了为非作歹的勾当。若是善用人材的，收拾将来，随宜酌用，未必不得他气力，且省

---

① 孟尝君：即田文，战国齐相。袭其父田婴的封爵，封于薛（今山东滕县南），称薛公，号孟尝君，门下有食客数千。

② 函谷关：此为古函谷关，在今河南灵宝东北。因关在谷中，深险如函，故名。

③ 当得：面临、对着。

④ 科目：指通过科举考试取得的功名。

⑤ 奢遮，也作"咋嗻"。这里指有本事。

得他流在盗贼里头去了。

且如宋朝临安有个剧盗，叫做"我来也"，不知他姓甚名谁。但是他到人家偷盗了物事，一些踪影不露出来，只是临行时，壁上写着"我来也"三个大字。第二日人家看见了字，方才简点家中，晓得失了贼。若无此字，竟是神不知鬼不觉的，煞好手段！临安中受他蒿恼不过①，纷纷告状。府尹责着缉捕使臣②，严行挨查，要获着真正写"我来也"三字的贼人。却是没个姓名，知是张三李四？拿着那个才肯认帐？使臣人等受那比较不过③，只得用心体访。元来随你巧贼，须瞒不过公人。占风望气，定然知道的。只因拿得甚紧，毕竟不知怎的缉着了他的真身，解到临安府里来。

府尹升堂，使臣禀说："缉着了真正'我来也'，虽不晓得姓名，却正是写这三字的。"府尹道："何以见得？"使臣道："小人们体访甚真，一些不差。"那个人道："小人是良民，并不是甚么'我来也'。公人们比较不过，拿小人来冒充的。"使臣道："的是真正的，贼口听他不得！"府尹只是疑心。使臣们禀道："小人们费了多少心机，才访得着。若被他花言巧语脱了出去，后来小人们再没处拿了。"府尹欲待要放，见使臣们如此说，又怕是真的，万一放去了，难以寻他，再不好比较缉捕的了，只得权发下监中收监。

那人一到监中，便好言对狱卒道："进监的旧例，该有使费，我身边之物，尽被做公的搜去。我有一主银两，在岳庙里神座破砖之下，送与哥哥做拜见钱。哥哥只做去烧香，取了来。"狱卒似信不信，免不得跑去一看，果然得了一包东西，约有二十余两。狱卒大喜，遂把那人好好看待，渐加亲密。

一日，那人又对狱卒道："小人承蒙哥哥盛情，十分看待得好。小人无可报效，还有一主东西在某外桥垛之下，哥哥去取了，也见小人一点敬意。"狱卒道："这个所在是往来之所，人眼极多，如何取得？"那人道：

---

①蒿恼：也作"薅恼"。骚扰。

②府尹：指京畿地区的行政长官。

③比较：指地方官通过刑罚逼迫疑犯招供或承担责任。

"哥哥将个筐篮盛着衣服,到那河里去洗,摸来放在篮中,就把衣服盖好,却不拿将来了?"狱卒依言,如法取了来,没人知觉。简简物事①,约有百金之外。狱卒一发喜谢不尽,爱厚那人,如同骨肉。晚间买酒请他。

酒中那人对狱卒道:"今夜三更,我要到家里去看一看,五更即来,哥哥可放我出去一遭。"狱卒思量道:"我受了他许多东西,他要出去,做难不得。万一不来了怎么处?"那人见狱卒迟疑,便道:"哥哥不必疑心,小人被做公的冒认做'我来也'送在此间,既无真名,又无实迹,须问不得小人的罪。小人少不得辨出去,一世也不私逃的。但请哥哥放心,只消两个更次,小人仍旧在此了。"狱卒见他说得有理,想道:"一个不曾问罪的犯人,就是失了,没甚大事。他现与了我许多银两,拼得与他使用些,好歹糊涂得过,况他未必不来的。"就依允放了他。那人不由狱门,竟在屋檐上跳了去。屋瓦无声,早已不见。

到得天未大明,狱卒宿酒未醒②,尚在朦胧,那人已从屋檐跳下。摇起狱卒道:"来了,来了。"狱卒惊醒,看了一看道:"有这等信人!"那人道:"小人怎敢不来,有累哥哥?多谢哥哥放了我去,已有小小谢意,留在哥哥家里,哥哥快去收拾了来。小人就要别了哥哥,当官出监去了。"狱卒不解其意,急回到家中。家中妻子说:"有件事,正要你回来得知。昨夜更鼓尽时,不知梁上甚么响,忽地掉下一个包来。解开看时,尽是金银器物,敢是天赐我们的?"狱卒情知是那人的缘故,急摇手道:"不要露声!快收拾好了,慢慢受用。"狱卒急转到监中,又谢了那人。

须臾,府尹升堂,放告牌出③。只见纷纷来告盗情事,共有六七纸。多是昨夜失了盗,墙壁上俱写得有"我来也"三字,恳求着落缉捕。府尹道:"我元疑心前日监的,未必是真我来也,果然另有这个人在那里,那监的岂不冤枉?"即叫狱〔卒〕来分付:"快把前日监的那人放了。"另行责

---

①简简:查点。

②宿酒:犹宿醉,即经过一宿尚未全醒,仍带有余醉。

③放告牌:旧时官府每月定期坐衙受理案件时挂出的通告牌。

着缉捕使臣,定要访个真正'我来也'解官,立限比较①。岂知真的却在眼前放去了? 只有狱卒心里明白,伏他神机妙用,受过重贿,再也不敢说破。

看官,你道如此贼人智巧,可不是有用得着他的去处么? 这是旧话,不必说。只是我朝嘉靖年间,苏州有个神偷懒龙,事迹颇多。虽是个贼,煞是有义气,兼带着戏耍,说来有许多好笑好听处。有诗为证:

> 谁道偷无道? 神偷事每奇。
>
> 更看多慷慨,不是俗偷儿。

话说苏州亚字城东玄妙观前第一巷有一个人②,不晓得他的姓名,后来他自号懒龙,人只称呼他是懒龙。其母村居,偶然走路遇着天雨,走到一所枯庙中避着,却是草鞋三郎庙。其母坐久,雨尚不住,昏昏睡去。梦见神道与他交感,归来有妊。满了十月,生下这个懒龙来。懒龙生得身材小巧,胆气壮猛,心机灵变,度量慷慨。且说他的身体行径:

> 柔若无骨,轻若御风③。大则登屋跳梁,小则扪墙摸壁。随机应变,看景生情。撮口则为鸡犬狸鼠之声,拍手则作箫鼓弦索之弄④。饮啄有方,律吕相应⑤。无弗酷肖⑥,可使乱真。出没如鬼神,去来如风雨。果然天下无双手,真是人间第一偷。

懒龙不但伎俩巧妙,又有几件希奇本事,诧异性格:自小就会着了靴在壁上走,又会说十三省乡谈⑦,夜间可以连宵不睡,日间可以连睡几日,

---

①立限:立即,确定期限。

②玄妙观:在苏州市内观前街。建于西晋咸宁二年(276),初名"真庆道院",元成宗元贞元年(1295)始称"玄妙观"。是我国最大最古老的道教官观之一,它的主殿三清殿重建于南宋淳熙六年(1179),现为全国重点文物保护单位。

③御风:乘风飞行。

④弄:乐曲,曲调。

⑤律吕:古代校正乐律的器具。后用以指乐律或音律。

⑥无弗:无不。

⑦十三省乡谈:十三省,明代,除直属京师的南北两直隶外,全国分为十三省。也用以指全国。乡谈,即乡语,方言。

不茶不饭,像陈抟一般①。有时放量一吃,酒数斗、饭数升,不够一饱;有时不吃起来,便动几日不饿。鞋底中用稻草灰做衬,走步绝无声响;与人相扑,掉臂往来,倏忽如风。想来《剑侠传》中白猿公②,《水浒传》中鼓上蚤③,其矫捷不过如此。

自古道"性之所近",懒龙既有这一番吽嗻,便自藏埋不住,好与少年无赖的人往来,习成偷儿行径。一时偷儿中高手有:芦茄茄(骨瘦如青芦枝,探丸白打最胜)④;刺毛鹰(见人辄隐伏,形如虿蜂⑤,能宿梁壁上);白搭膊(以素练为腰缠⑥,角上挂大铁钩,以钩向上抛掷,遇胃挂便攀缘腰缠上升⑦;欲下亦借钩力,梯其腰缠,翩然而落)。这数个,多是吴中高手,见了懒龙手段,尽皆心伏,自以为不及。懒龙原没甚家缘家计⑧,今一发弃了,到处为家,人都不晓得他歇在那一个所在。白日行都市中,或闪入人家,但见其影,不见其形。暗夜便窃入大户朱门寻宿处:玳瑁梁间,鸳鸯楼下,绣屏之内,画阁之中,缩做刺猬一团,没一处不是他睡场。得便就做他一手。因是终日会睡,变幻不测如龙,所以人叫他懒龙。所到之处,但得了手,就画一枝梅花在壁上,在黑处将粉写白字,在粉墙将煤写黑字,再不空过。所以人又叫他做一枝梅。

嘉靖初年,洞庭两山出蛟⑨,太湖边山崖崩塌,露出一古冢朱漆棺。宝物无数,尽被人盗去无遗。有人传说到城,懒龙偶同亲友泛湖,因到

---

①陈抟:字图南,亳州真源(今河南鹿邑)人。五代宋初道士,隐居于华山。宋太宗赐号希夷先生。相传他善睡,以睡得仙。

②《剑侠传》:古代小说选集。旧题唐段成式撰,实出伪记。其中《老人化猿》,写袁公与越处女比试,"女因举杖击之,袁公飞上树,化为白猿"。

③鼓上蚤:《水浒传》中神偷时迁的绰号。

④白打:即拳术。清周亮工《闽小记·白打》:"予谓白打,即今之手搏,名短打者是也。"

⑤虿蜂(chàifēng):指能螫人的蜂。

⑥素练:白绢。

⑦胃(juàn)挂:缠绕悬挂。

⑧家缘家计:指家产,家财。

⑨洞庭两山:指江苏太湖中的洞庭东山和洞庭西山。出蛟:发洪水。蛟:古代传说能发洪水的一种龙。

其处,看见藤蔓缠棺,已被斩断。开发棺中,惟枯骸一具,冢旁有断碑模糊。懒龙道是古来王公之墓,不觉恻然,就与他掩蔽了。即时出些银两,雇本处土人聚土埋藏好了①,把酒浇奠。奠毕将行,懒龙见草中一物碍脚,俯首取起,乃是古铜镜一面。急藏袜中,不与人见。及到城中,将往僻处,刷净泥滓细看,那镜小小只有四五寸。面上精光闪烁,背上鼻钮四傍,隐起穷奇饕餮鱼波浪之形②。满身青绿,尽蚀朱砂水银之色。试敲一下,其声泠然。晓得是件宝贝,将来佩带身边。到得晚间,将来一照,暗处皆明,雪白如昼。懒龙得了此镜,出入不离,夜行更不用火,一发添了一助。别人怕黑时节,他竟同日里行走,偷法愈便。却是懒龙虽是偷儿行径,却有几件好处:不肯淫人家妇女,不入良善与患难之家,许了人说话再不失信。亦且仗义疏财,偷来东西随手散与贫穷负极之人③。最要薅恼那悭吝财主、无义富人④,逢场作戏,做出笑话。因此到所在,人多倚草附木,成行逐队来皈依他⑤,义声赫然。懒龙笑道:"吾无父母妻子可养,借这些世间余财聊救贫人。正所谓损有余补不足,天道当然,非关吾的好义也。"

　　一日,有人传说一个大商人千金在织人周甲家⑥。懒龙要去取他的,酒后错认了所在,误入了一个人家。其家乃是个贫人,房内止有一张大几。四下一看,别无长物⑦。既已进了房中,一时不好出去,只得伏在几下。看见贫家夫妻对食,盘餐萧瑟。夫满面愁容,对妻道:"欠了客债要紧,别无头脑可还⑧,我不如死了罢!"妻子道:"怎便寻死? 不如把

----

① 土人:世代居住的本地人。

② 穷奇饕餮(tāotiè):穷奇,传说中的兽名。《山海经·西山经》:"其状如牛,蝟毛,名曰穷奇。"饕餮,传说中的恶兽,古代钢器上多刻它的头形作为装饰。

③ 负极:也作"负急"。这里似指着急,焦急。

④ 薅(hāo)恼:骚扰。

⑤ 皈依:依附。

⑥ 织人:即织工。

⑦ 长物:多余的东西。

⑧ 头脑:这里指门路、办法。

我卖了，还好将钱营生。"说罢，夫妻泪如雨下。

懒龙忽然跳将出来，夫妻慌怕。懒龙道："你两个不必怕我，我乃懒龙也。偶听人言，来寻一个商客，错走至此。今见你每生计可怜，我当送二百金与你，助你经营，快不可别寻道路，如此苦楚！"夫妻素闻其名，拜道："若得义士如此厚恩，吾夫妻死里得生了！"懒龙出了门去，一个更次，门内铿然一响。夫妻走起看时，果然一个布囊，有银二百两在内，乃是懒龙是夜取得商人之物。夫妻喜跃非常，写个懒龙牌位，奉事终身。

有一贫儿，少时与懒龙游狎①，后来消乏。与懒龙途中相遇，身上褴褛，自觉羞惭，引扇掩面而过。懒龙掣住其衣，问道："你不是某舍么②？"贫儿局蹐道："惶恐，惶恐。"懒龙道："你一贫至此，明日当同你入一大家，取些来付你，勿得妄言！"贫儿晓得懒龙手段，又是不哄人的。明日傍晚来寻懒龙。懒龙与他共至一所，乃是士夫家池馆③。但见：

> 暮鸦缭乱，碧树蒙笼。
>
> 万籁凄清④，四隅寂静。

懒龙分付贫儿止住在外，自己辣身攀树，逾垣而入，许久不出。贫儿屏气吞声，蹲踞墙外。又被群犬嘷吠，赶来咋啮⑤，贫儿绕墙走避。微听得墙内水响，倏有一物如没水鸬鹚，从林影中堕地。仔细看看，却是懒龙，浑身沾湿，状甚狼狈。对贫儿道："吾为你几乎送了性命。里面黄金无数，可以斗量，我已取到了手。因为外边犬吠得紧，惊醒里面的人，追将出来。只得丢弃道旁，轻身走脱，此乃子之命也。"贫儿道："老龙平日手到拿来，今日如此，是我命薄！"叹息不胜。懒龙道："不必烦恼，改日别作道理。"贫儿怏怏而去。

过了一个多月，懒龙路上又遇着他，哀告道："我穷得不耐烦了，今日去卜问一卦，遇着上上大吉，财爻发动⑥。先生说：'当有一场飞来富

---

①游狎：交往亲密。

②某舍：即某舍人，犹某公子。

③士夫家池馆：士夫家，即士大夫家。池馆，池苑馆舍。

④万籁：指各种声响。

⑤咋啮：啃咬。

⑥财爻：财运。

贵,是别人作成的。'我想不是老龙,还那里指望?"懒龙笑道:"吾儿乎忘了。前日那家金银一箱,已到手了。若竟把来与你,恐那家发觉,你藏不过,做出事来。所以权放在那家水池内,再看动静。今已个月期程,不见声息,想那家不思量追访了。可以取之无碍,晚间当再去走遭。"贫儿等到薄暮,来约懒龙同往。懒龙一到彼处,但见:

> 度柳穿花,捷若飞鸟。

> 驰彼溅沫,矫似游龙。

须臾之间,背负一箱而出。急到僻处开看,将着身带宝镜一照,里头尽是金银。懒龙分文不取,也不问多少,尽数与了贫儿。分付道:"这些财物,可够你一世了,好好将去用度。不要学我懒龙混帐半生①,不做人家②。"贫儿感激谢教,将着做本钱,后来竟成富家。懒龙所行之事,每多如此。

　　说话的,懒龙固然手段高强,难道只这等游行无碍,再没有失手时节?看官听说,他也有遇着不巧,受了窘迫,却会得逢急智生,脱身溜撒③。曾有一日走到人家,见衣橱开着,急向里头藏身,要取橱中衣服。不匡这家子临上床时,将衣厨关好,上了大锁,竟把懒龙锁在橱内了。懒龙出来不得,心生一计,把橱内衣饰紧缠在身,又另包下一大包,俱挨着橱门。口里就做鼠咬衣裳之声。主人听得,叫起老妪来道:"为何把老鼠关在橱内了?可不咬坏了衣服?快开了橱赶了出来!"老妪取火开橱,才开得门,那挨着门口包儿,先滚了下地。说时迟,那时快,懒龙就这包滚下来头里,一同滚将出来,就势扑灭了老妪手中之火。老妪吃惊,大叫一声。懒龙恐怕人起难脱,急取了那个包,随将老妪要处一拨,扑的跌倒在地,望外便走。房中有人走起,地上踏着老妪,只说是贼,拳脚乱下。老妪喊叫连天,房外人听得房里嚷乱,尽奔将来,点起火一照,见是自家人厮打,方喊得住,懒龙不知已去过几时了。

　　有一织纺人家,客人将银子定下绸罗若干。其家夫妻收银箱内,放

---

①混帐:胡涂。

②做人家:吴语。省吃俭用。

③溜撒:形容行动迅速。

在床里边。夫妻同寝在床，夜夜小心谨守。懒龙知道，要取他的，闪进房去，一脚踏了床沿，挽手进床内掇那箱子。妇人惊醒，觉得床沿上有物，暗中一摸，晓得是只人脚。急用手抱住不放，忙叫丈夫道："快起来，吾捉住贼脚在这里了！"懒龙即将其夫之脚，用手抱住一掐。其夫负痛忙喊道："是我的脚，是我的脚。"妇人认是错拿了夫脚，即时把手放开。懒龙便掇了箱子如飞出房。夫妻两人还争个不清，妻道："分明拿的是贼脚，你却教放了。"夫道："现今我脚掐得生疼，那里是贼脚？"妻道："你脚在里床，我拿的在外床，况且吾不曾掐着。"夫道："这等，是贼掐我的脚，你只不要放那只脚便是。"妻道："我听你喊将起来，慌忙之中认是错了，不觉把手放松，他便抽得去了，着了他贼见识，定是不好了。"摸摸里床，箱子果是不见。夫妻两个我道你错，你道我差，互相埋怨不了。

　　懒龙又走在一个买衣服的铺里，寻着他衣库，正要拣好的卷他，黑暗难认，却把身边宝镜来照。又道是隔墙须有耳，门外岂无人？谁想隔邻人家，有人在楼上做房。楼窗看见间壁衣库亮光一闪，如闪电一般，情知有些尴尬①。忙敲楼窗，向铺里叫道："隔壁仔细，家中敢有小人了？"铺中人惊起，口喊"捉贼！"懒龙听得在先，看见庭中有一只大酱缸，上盖蓬篛，懒龙慌忙揭起，蹲在缸中，仍复反手盖好。那家人提着灯各处一照，不见影响，寻到后边去了。懒龙在缸里想道："方才只有缸内不曾开看，今后头寻不见，此番必来。我不如往看过的所在躲去。"又思身上衣已染酱，淋漓开来，掩不得踪迹，便把衣服卸在缸内，赤身脱出来。把脚踪印些酱迹在地下，一路到门，把门开了，自己翻身进来，仍入衣库中藏着。

　　那家人后头寻了一转，又将火到前边来。果然把酱缸盖揭开，看时，却有一套衣服在内，认得不是家里的。多道："这分明是贼的衣裳了。"又见地下脚迹，自缸边直到门边，门已洞开。尽皆道："贼见我们寻，慌躲在酱缸里面。我们后边去寻时，他却脱下衣服逃走了。可惜看得迟了些个，不然此时已被我们拿住。"店主人家道："赶得他去也罢了，关好了门歇息罢。"一家尽道贼去无事，又历碌了一会，放倒了头，大家

---

①尴尬：处境窘困，难以应付。

酣睡。讵知贼还在家里？懒龙安然住在锦绣丛中，把上好衣服绕身系束得紧峭，把一领青旧衣外面盖着。又把细软好物，装在一条布被里面，打做个包儿。弄了大半夜，寂寂负了，从屋檐上跳出。这家子没一人知觉。

跳到街上正走时，天尚黎明，有三四一起早行的人，前来撞着。见懒龙独自一个负着重囊，侵早行走①，疑他来路不正气，遮住道："你是甚么人？在那里来？说个明白，方放你走。"懒龙口不答应，伸手在肘后摸出一包，团圝如球，抛在地下就走。那几个人多来抢看，见上面牢卷密扎，道他必是好物，争先来解。解了一层又有一层，就像剥笋壳一般。且是层层捆得紧，剥了一尺多，里头还不尽，剩有拳头大一块。疑道："不知裹着甚么？"众人不肯住手，还要夺来解看。那先前解下的多是敝衣破絮，零零落落，堆得满地。

正在闹嚷之际，只见一伙人赶来道："你们偷了我家铺里衣服，在此分赃么？"不由分说，拿起器械蛮打将来。众人呼喝不住，见不是头②，各跑散了。中间拿住一个老头儿，天色黯黑之中，也不来认面庞，一步一棍，直打到铺里。老头儿口里乱叫乱喊道："不要打，不要打，你们错了。"众人多是兴头上，人住马不住，那里听他？看看天色大明，店主人仔细一看，乃是自家亲家翁，在乡里住的，连忙喝住众人。已此打得头虚面肿。店主人忙陪不是，置酒请罪。因说失贼之事，老头儿方诉出来道："适才同两三个乡里人作伴到此，天未明亮，因见一人背驮一大囊行走，正拦住盘问，不匡他丢下一件包裹，多来夺看，他乘闹走了。谁想一层一层多是破衣败絮，我们被他哄了，不拿得他，却被这里人不分皂白，混打这番，把同伴人惊散。便宜那贼骨头，又不知走了多少路了。"

众人听见这话，大家惊悔。邻里闻知某家捉贼，错打了亲家公，传为笑话。原来那个球，就是懒龙在衣橱里把闲工结成，带在身边，防人尾追，把此抛下做缓兵之计的。这多是他临危急智，脱身巧妙之处，有诗为证：

---

①侵早：天刚亮。

②不是头：情况不妙。

巧技承蜩与弄丸①，当前卖弄许多般。

虽然贼态何堪述，也要临时猝智难②。

懒龙神偷之名，四处布闻。卫中巡捕张指挥访知③，叫巡军拿去。指挥见了问道："你是个贼的头儿么？"懒龙道："小人不曾做贼，怎说是贼的头儿？小人不曾有一毫赃私犯在公庭，亦不曾见有窃盗贼伙扳及小人④，小人只为有些小智巧，与亲戚朋友作耍之事，间或有之。爷爷不要见罪小人，或者有时用得小人着，水里火里，小人不辞。"指挥见他身材小巧，语言爽快，想道："无赃无证，难以罪他。"又见说肯出力，思量这样人有用处，便没有难为的意思。

正说话间，有个阊门陆小闲将一只红嘴绿鹦哥来献与指挥⑤。指挥教把锁镣挂在檐下，笑对懒龙道："闻你手段通神，你虽说戏耍无赃，偷人的必也不少。今且权恕你罪，我只要看你手段。你今晚若能偷得我这鹦哥去，明日送来还我，凡事不计较你了。"懒龙道："这个不难，容小人出去，明早送来。"懒龙叩头而出。指挥当下分付两个守夜军人，小心看守架上鹦哥，倘有疏失，重加责治。两个军人听命，守宿在檐下，一步不敢走离。虽是眼皮压将下来，只得勉强支持。一阵盹睡，闻声惊醒，甚是苦楚。

夜已五鼓，懒龙走在指挥书房屋脊上，挖开橡子，溜将下来。只见衣架上有一件沉香色潞绸披风⑥，几上有一顶华阳巾⑦，壁上挂一盏小

---

①承蜩（zhěngtiáo）：以竿黏蝉。语出《庄子·达生》。比喻技巧精妙。弄丸：古代的一种技艺，两手上下抛接好多弹丸，不使落地。语出《庄子·徐无鬼》："昔市南宜僚弄丸，而两家之难解。"后用弄丸比喻技巧娴熟。
②猝智：急中生智。
③巡捕：指负责巡逻搜捕。
④扳：同"攀"。
⑤阊门：苏州城西门，通往虎丘方向。
⑥潞绸：即潞安府所出产的丝绸。潞安府治所在山西长治，为明代丝织业的中心之一，以产"潞绸"著名。
⑦华阳巾：原为道士所戴的帽子。明嘉靖年间也为官员士民所戴。

行灯①,上写着"苏州卫堂"四字。懒龙心思有计,登时把衣巾来穿戴了,袖中拿出火种,吹起烛煤,点了行灯,提在手里,装着老张指挥声音步履,仪容气度,无一不像。走到中堂壁门边,把门劐然开了②。远远放住行灯,踱出廊檐下来。此时月色朦胧,天色昏惨,两个军人大盹小盹,方在困倦之际。懒龙轻轻剔他一下道:"天色渐明,不必守了,出去罢。"一头说,一头伸手去提了鹦哥锁镫,望中门里面摇摆了进去。两个军人闭眉刷眼③,正不耐烦,听得发放,犹如九重天上的赦书来了,那里还管甚么好歹?一道烟去了。

须臾天明,张指挥走将出来,鹦哥不见在檐下。急唤军人问他,两个多不在了。忙叫拿来,军人还是残梦未醒。指挥喝道:"叫你们看守鹦哥,鹦哥在那里?你们倒在外边来!"军人道:"五更时,恩主亲自出来取了鹦哥进去,发放小人们归去的,怎么反问小人要鹦哥?"指挥道:"胡说!我何曾出来?你们见鬼了!"军人道:"分明是恩主亲自出来,我们两个人同在那里,难道一齐眼花了不成?"指挥情知尴尬,走到书房,仰见屋椽有孔道,想必在这里着手去了。

正持疑间④,外报懒龙将鹦哥送到。指挥含笑出来,问他何由偷得出去。懒龙把昨夜着衣戴巾、假装主人取进鹦哥之事,说了一遍。指挥惊喜,大加亲幸。懒龙也时常有些小孝顺,指挥一发心腹相托,懒龙一发安然无事了。普天下巡捕官偏会养贼,从来如此。有诗为证:

猫鼠何当一处眠?总因有味要垂涎。

由来捕盗皆为盗,贼党安能不炽然?

虽如此说,懒龙果然与人作戏的事体多。曾有一个博徒在赌场得了采,背负千钱回家,路上撞见懒龙。博徒指着钱戏懒龙道:"我今夜把此钱放在枕头底下,你若取得去,明日我输东道;若取不去,你请我吃东道。"懒龙笑道:"使得,使得。"博徒归到家中,对妻子说:"今日得了采,

***

①行灯:夜行照明用的灯。

②劐(huò)然:突然;疾速。

③闭眉刷眼:皱起眉头瞟一眼。

④持疑:犹豫,迟疑。

把钱藏在枕下了。"妻子心里欢喜,杀了一只鸡烫酒共吃。鸡吃不完,还剩下一半,收拾在厨中,上床同睡。又说了与懒龙打赌赛之事,夫妻相戒,大家醒觉些个。岂知懒龙此时已在窗下,一一听得。见他夫妇惺憁①,难以下手,心生一计。便走去灶下,拾根麻骨放在口中②,嚼得腷膊有声③,竟似猫儿吃鸡之状。妇人惊起道:"还有老大半只鸡,明日好吃一餐,不要被这亡人拖了去。"连忙走下床来,去开厨来看。懒龙闪入天井中,将一块石头抛下井里,"洞"的一声响。博徒听得,惊道:"不要为这点小小口腹,失脚落在井中了,不是耍处。"急出门来看时,懒龙已隐身入房,在枕下挖钱去了。夫妇两人黑暗里叫唤相应,方知无事,挽手归房。到得床里,只见枕头移开,摸那钱时,早已不见。夫妻互相怨怅道:"清清白白,两个人又不曾睡着,却被他当面作弄了去,也倒好笑。"到得天明,懒龙将钱来还了,来索东道。博徒大笑,就勒下几百放在袖里,与懒龙前到酒店中,买酒请他。

两个饮酒中间,细说昨日光景,拍掌大笑。酒家翁听见,来问其故。与他说了,酒家翁道:"一向闻知手段高强,果然如此。"指着桌上锡酒壶道:"今夜若能取得此壶去,我明日也输一个东道。"懒龙笑道:"这也不难。"酒家翁道:"我不许你毁门坏户,只在此桌上,凭你如何取去。"懒龙道:"使得,使得。"起身相别而去。

酒家翁到晚分付牢关门户,自家把灯四处照了,料道进来不得。想道:"我停灯在桌上了,拼得坐着守定这壶,看他那里下手?"酒家翁果然坐到夜分,绝无影响。意思有些不耐烦了,倦怠起来,瞌睡到了。起初还着实勉强,支撑不过,就斜靠在桌上睡去,不觉大鼾。懒龙早已在门外听得,就悄悄的爬上屋脊,揭开屋瓦,将一猪脬紧扎在细竹管上。竹管是打通中节的,徐徐放下,插入酒壶口中。酒店里的壶,多是肚宽颈窄的。懒龙在上边把一口气从竹管里吹出去,那猪脬在壶内涨将开来,已满壶中。懒龙就掐住竹管上眼,便把酒壶提将起来。仍旧盖好屋瓦,

---

①惺憁(sōng):警觉。

②麻骨:吴语,麻杆。

③腷膊(bì bó):象声词,形容咬嚼的声音。

不动分毫。酒家翁一觉醒来，桌上灯还未灭，酒壶已失。急起四下看时，窗户安然，毫无漏处，竟不知甚么神通摄得去了。

又一日，与二三少年同立在北潼子门酒家①。河下船中有个福建公子，令从人将衣被在船头上晒曝，锦绣璨烂，观者无不啧啧。内中有一条被，乃是西洋异锦，更为奇特。众人见他如此炫耀，戏道："我们用甚法取了他的，以博一笑才好？"尽推懒龙道："此时懒龙不逞伎俩，更待何时？"懒龙笑道："今夜让我弄了他来，明日大家送还他，要他赏钱，同诸公取醉。"懒龙说罢，先到混堂把身上洗得洁净②，再来到船边看相动静③。守到更点二声，公子与众客尽带醉意，潦倒模糊。打一个混同铺④，吹灭了灯，一齐藉地而寝。懒龙倏忽闪烁，已杂入众客铺内，挨入被中。说着闽中乡谈，故意在被中挨来挤去。众客睡不像意，口里和罗埋怨⑤。懒龙也作闽音说睡话，趁着挨挤杂闹中，扯了那条异锦被，卷作一束。就作睡起要泻溺的声音，公然拽开舱门，走出泻溺，径跳上岸去了，船中诸人一些不觉。

及到天明，船中不见锦被，满舱闹嚷。公子甚是叹惜，与众客商量，要告官又不直得，要住了又不舍得。只得许下赏钱一千，招人追寻踪迹。懒龙同了昨日一干人下船中，对公子道："船上所失锦被，我们已见在一个所在，公子发出赏钱，与我们弟兄买酒吃，包管寻来奉还。"公子立教取出千钱来放着，待被到手即发。懒龙道："可叫管家随我们去取。"公子分付亲随家人同了一伙人走到徽州当内，认着锦被，正是元物。亲随便问道："这是我船上东西，为何在此？"当内道："早间一人拿此被来当。我们看见此锦不是这里出的，有些疑心，不肯当钱与他。那个人道：'你每若放不下时，我去寻个熟人来，保着秤银子去就是。'我们说：'这个使得。'那人一去竟不来了。我元道必是来历不明的，既是尊

---

① 北潼子门：即北潼梓门。间门瓮城内有套城及南北童梓门，南童梓门通今南新路，北潼梓门通北码头。

② 混堂：澡堂、浴池。

③ 看相：吴语，观察。

④ 混同铺：即通铺，可睡多人的床铺。

⑤ 和罗：犹和总，全部，同声。

舟之物，拿去便了。等那个来取时，小当还要捉住了他，送到船上来。"

　　众人将了锦被去还了公子，就说当中说话。公子道："我们客边的人，但得原物不失罢了，还要寻那贼人怎的？"就将出千钱，送与懒龙等一伙报事的人。众人收受，俱到酒店里破除了①。元来当里去的人，也是懒龙央出来，把锦被卸脱在那里，好来请赏的。如此作戏之事，不一而足。正是：

　　　　胪传能发冢②，穿窬何足薄③？

　　　　若托大儒言，是名善戏谑。

　　懒龙固然好戏，若是他心中不快意的，就连真带耍，必要扰他。有一伙小偷置酒，邀懒龙游虎丘④。船经山塘⑤，暂停米店门口河下。穿出店中买柴沽酒。米店中人嫌他停泊在此出入搅扰，厉声推逐，不许系缆。众偷不平争嚷，懒龙丢个眼色道："此间不容借走⑥，我们移船下去些，别寻好上岸处罢了，何必动气？"遂教把船放开。众人还忿忿，懒龙道："不须角口，今夜我自有处置他所在。"众人请问，懒龙道："你们去寻一只站船来⑦，今夜留一樽酒、一个榼及暖酒家火⑧、薪炭之类，多安放船中。我要归途一路赏月色到天明。你们明日便知，眼下不要说破。"

---

①破除：花费，用光。

②胪传能发冢：《庄子·外物》："儒以诗礼发冢，大儒胪传曰：'东方作矣，事之若何？'"胪传，对下传告。发冢，发掘坟墓。庄子嘲讽儒家口诵诗礼而干发人坟墓的勾当。"由是观之，圣迹不足赖"（成玄英《庄子注疏》）。

③穿窬：语出《论语·阳货》："色厉而内荏，譬诸小人，其犹穿窬之盗也欤！"何晏集解："穿，穿壁；窬，窬墙。"指偷窃行为。

④虎丘：位于苏州城西北郊，相传春秋时吴王夫差葬父于此，便有白虎踞于其上，故名虎丘山，简称虎丘。千年以来，虎丘集秀美的景色和悠久的历史文化景观，成为"吴中第一名胜"。

⑤山塘：在苏州的西北部，东连阊门，西接虎丘，全长六里多，为唐代白居易任苏州刺史开河筑堤而成。后来发展成苏州商贸和文化最发达的街区之一，被誉为"神州第一古街"。

⑥借走：犹借道。

⑦站船：在航程中有驿站依次接待的官船。

⑧榼（kē）：盛酒的容器。

　　是夜虎丘席罢，众人散去。懒龙约他明日早会，止留得一个善饮的为伴，一个会行船的持篙，下在站船中回来。经过米店河头，店中已局闭得严密。其时河中赏月归舟、吹唱过往的甚多。米店里头人安心熟睡。懒龙把船贴米店板门住下。日间看在眼里，有米一囤在店角落中，正临水次近板之处①。懒龙袖出小刀，看板上有节处一挖，那块木节圆圆的落了出来，板上老大一孔。懒龙腰间摸出竹管一个，两头削如藕披②，将一头在板孔中插入米囤，略摆一摆，只见囤内米簌簌的从管里泻将下来，就如注水一般。懒龙一边对月举杯，酣呼跳笑，与泻米之声相杂，来往船上多不知觉。那家子在里面睡的，一发梦想不到了。看看斗转参横③，管中没得泻下，想来囤中已空，看那船舱也满了。便叫解开船缆，慢慢的放了船去。到一僻处，众偷皆来。懒龙说与缘故，尽皆抚掌大笑。懒龙拱手道："聊奉列位众分，以答昨夜盛情。"竟自一无所取。那米店直到开囤，才知其已空，再不晓得是几时失去，怎么样失了的。

　　苏州新兴百柱帽，少年浮浪的无不戴着装幌④。南园侧东道堂白云房一起道士，多私下置一顶，以备出去游耍，好装俗家。一日夏月天气，商量游虎丘，已叫下酒船。有个纱王三，乃是王织纱第三个儿子，平日与众道士相好，常合伴打平火⑤。众道士嫌他惯计便宜，且又使酒难堪，这番务要瞒着了他。不想纱王三已知道此事，恨那道士不来约他，却寻懒龙商量，要怎生败他游兴。懒龙应允，即闪到白云房，将众道常戴板巾尽取了来⑥。纱王三道："何不取了他新帽，要他板巾何用？"懒龙道：

────────

①水次：水边。

②藕披：王古鲁注云：苏浙多藕，秋间名产食品，叫做"炝熟藕"。一头斜切，藕孔中装满糯米（北京叫做"江米"），然后将切下的那斜片（中亦装米），用竹签小条插在原切部分，使它恢复原形，放糖红煮，其味极美。斜切部分，叫做"藕披"。

③斗转参横：北斗转向，参星打横。指天快亮的时候。斗：北斗星。参：参宿，指猎户星座。

④装幌：即装幌子。比喻张扬，招摇。

⑤打平火：平均出钱聚餐。

⑥板巾：道士所戴的帽子。一说即瓦楞帽。

"若他失去了新帽,明日不来游山了,有何趣味? 你不要管,看我明日消遣他。"纱王三终是不解其意,只得由他。

明日,一伙道士轻衫短帽,装束做少年子弟,登舟放浪。懒龙青衣相随下船,蹲坐舵楼。众道只道是船上人,船家又道是跟的侍者,各不相疑。开得船时,众道解衣脱帽,纵酒欢呼。懒龙看个空处,将几顶新帽卷在袖里,腰头摸出昨日所取几顶板巾,放在其处。行到斟酌桥边①,拢船近岸,懒龙已望岸上跳将去了。一伙道士正要着衣帽登岸潇洒,寻帽不见,但有常戴的纱罗板巾,压摺整齐,安放做一堆在那里。众道大嚷道"怪哉! 怪哉! 我们的帽子多在那里去了?"船家道:"你们自收拾,怎么问我? 船不漏针,料没失处。"众道又各处寻了一遍,不见踪影。问船家道:"方才你船上有个穿青的瘦小汉子,走上岸去,叫来问他一声,敢是他见在那里?"船家道:"我船上那有这人? 是跟随你们下来的。"众道嚷道:"我们几曾有人跟来? 这是你串同了白日撞偷了我帽子去了②。我们帽子几两一顶结的,决不与你干休!"扭住船家不放。船家不伏,大声嚷乱。岸上聚起无数人来,蜂拥争看。

人丛中走出一个少年子弟,扑的跳下船来道:"为其么喧闹?"众道与船家各各告诉一番。众道认得那人,道是决帮他的。不匡那人正色起来,反责众道道:"列位多是羽流③,自然只戴板巾上船。今板巾多在,那里再有甚么百柱帽? 分明是诬诈船家了。"看的人听见,才晓得是一伙道士,板巾见在,反要诈船上赔帽子,发起喊来,就有那地方游手好闲几个揽事的光棍来出尖④,伸拳捰手道:"果是贼道无理,我们打他一顿,拿来送官。"那人在船里摇手止住道:"不要动手! 不要动手! 等他们去了罢。"那人忙跳上岸。众道怕惹出是非来,叫快开了船。一来没了帽子,二来被人看破,装幌不得了,不好登山,快快而回。枉费了一番东

---

①斟酌桥:在苏州虎丘山左。相传春秋越国范蠡和西施途经此桥,停留议事,因得名。见《吴县志》卷二十五。

②白日撞:吴语:白天潜入人家行窃的小偷。

③羽流:指道士。

④出尖:吴语,出面或带头揽事。

道①,落得扫兴。

你道跳下船来这人是谁？正是纱王三。懒龙把板巾换了帽子,知会了他,趁扰攘之际,特来证实道士本相,扫他这一场。道士回去,还缠住船家不歇。纱王三叫人将几顶帽子送将来还他,上复道:"已后做东道,要洒浪那帽子时②,千万通知一声。"众道才晓得是纱王三要他,又曾闻懒龙之名,晓得纱王三平日与他来往,多是懒龙的做作了。

其时邻境无锡有个知县,贪婪异常,秽声狼籍。有人来对懒龙道:"无锡县官衙中金宝山积,无非是不义之财。何不去取他些来,分惠贫人也好?"懒龙听在肚里,即往无锡地方,晚间潜入官舍中,观看动静。那衙里果然富贵,但见:

> 连箱锦绮,累架珍奇。元宝不用纸包,叠成行列;器皿半非陶就,摆满金银。大象口中牙,蠹婢将来揭火③;犀牛头上角,小儿拿去盛汤。不知夏楚追呼④,拆了人家几多骨肉;更兼苞苴混滥⑤,卷了地方到处皮毛。费尽心,要传家里子孙;腆着面,且认民之父母。

懒龙看不尽许多奢华,想道:"重门深锁,外边梆铃之声不绝,难以多取。"看见一个小匣,十分沉重,料必是精金白银,溜在身边⑥。心里想道:"官府衙中之物,省得明日胡猜乱猜,屈了无干的人。"摸出笔来,在他箱架边墙上,画着一枝梅花,然后轻轻的从屋檐下望衙后出去了。

过了两三日,知县简点宦囊,不见一个专放金子的小匣儿,约有二百余两金子在内,价值一千多两银子。各处寻看,只见旁边画着一枝梅,墨迹尚新。知县吃惊道:"这分明不是我衙里人了,卧房中谁人来得,却又从容画梅为记?此不是个寻常之盗,必要查他出来。"遂唤取一班眼明手快的应捕,进衙来看贼迹。

众应捕见了壁上之画,吃惊道:"复官人,这贼小的们晓得了,却是

---

①东道:指邀请和宴客人所需的费用。

②洒浪:潇洒放浪。"要洒浪那帽子时",即"用那帽潇洒放浪时"。

③揭火:指做捅火棍。

④夏(jiǎ)楚:泛指用棍棒等进行捶挞。

⑤苞苴:原意为包裹鱼肉之类食品的蒲包。引申为贿赂。

⑥溜:顺手窃取。

拿不得的。此乃苏州城中神偷,名曰懒龙。身到之处,必写一枝梅在失主家为认号。其人非比等闲手段,出有入无,更兼义气过人,死党极多。寻他要紧①,怕生出别事来。失去金银还是小事,不如放舍罢了,不可轻易惹他。"知县大怒道:"你看这班奴才,既晓得了这人名字,岂有拿不得的? 你们专惯与贼通同,故意把这等话党庇他,多打一顿大板才好! 今要你们拿贼,且寄下在那里。十日之内,不拿来见我,多是一个死!"应捕不敢回答。知县即唤书房写下捕盗批文,差下捕头两人,又写下关子②,关会长、吴二县③,必要拿那懒龙到官。

　　应捕无奈,只得到苏州来走一遭。正进阊门,看见懒龙立在门口,应捕把他肩胛拍一拍道:"老龙,你取了我家官人东西罢了,卖弄甚么手段画着梅花? 今立限与我们,必要拿你到官,却是如何?"懒龙不慌不忙道:"不劳二位费心,且到店中坐坐细讲。"懒龙拉了两个应捕一同到店里来,占副座头吃酒。懒龙道:"我与两位商量,你家县主果然要得我紧,怎么好累得两位? 只要从容一日,待我送个信与他,等他自然收了牌票,不敢问两位要我,何如?"应捕道:"这个虽好,只是你取得他的忒多了。他说多是金子,怎么肯住手? 我们不同得你去,必要为你受亏了。"懒龙道:"就是要我去,我的金子也没有了。"应捕道:"在那里了?"懒龙道:"当下就与两位分了。"应捕道:"老龙不要取笑! 这样话,当官不是要处④。"懒龙道:"我平时不曾说诳语,原不取笑。两位到宅上去一看便见。"扯着两个人耳朵说道:"只在家里瓦沟中去寻就有。"应捕晓得他手段,忖道:"万一当官这样说起来,真个有赃在我家里,岂不反受他累?"遂商量道:"我们不敢要老龙去了,而今老龙待怎么分付?"懒龙道:"两位请先到家,我当随至。包管知县官人不敢提起,决不相累就罢了。"腰间摸出一包金子,约有二两重,送与两人道:"权当盘费。"从来说公人见钱,如苍蝇见血,两个应捕看见赤艳艳的黄金,怎不动火? 笑欣

①要紧:急切。

②关子:即关文。

③关会:通知。长、吴二县:即长洲县、吴县,属苏州管辖。

④当官:堂上见官。

欣接受了，就想"此金子未必不就是本县之物"，一发不敢要他同去了，两下别过。

懒龙连夜起身，早到无锡，晚来已闪入县令衙中。县官有大、小孺人，这晚在大孺人房中宿歇，小孺人独自在帐中。懒龙揭起帐来，伸手进去一摸，摸着顶上青丝髻，真如盘龙一般。懒龙将剪子轻轻剪下，再去寻着印箱，将来撬开，把一盘发髻塞在箱内，仍与他关好了。又在壁上画下一枝梅。别样不动分毫，轻身脱走。

次日，小孺人起来，忽然头发纷披，觉得异样。将手一摸，顶髻俱无，大叫起来。合衙惊怪，多跑将来问缘故。小孺人哭道："谁人使促掐①，把我的头发剪去了？"忙报知县来看。知县见帐里坐着一个头陀②，不知那里作怪起？想若平日绿云委地③，好不可爱！今却如此模样，心里又痛又惊道："前番金子失去，尚在严捉未到；今番又有歹人进衙了。别件犹可，县印要紧。"函取印箱来看，看见封皮完好，锁钥俱在。随即开来看时，印章在上格不动，心里略放宽些。又见有头发缠绕，掇起上格，底下一堆髻发，散在箱里。再简点别件，不动分毫。又见壁上画着一枝梅，连前凑做一对了。知县吓得目睁口呆，道："元来又是前番这人，见我追得急了，他弄这神通出来报信与我。剪去头发，分明说可以割得头去，放在印箱里，分明说可以盗得印去。这贼直如此利害！前日应捕们劝我不要惹他，元来果是这等。若不住手，必遭大害。金子是小事，拼得再做几个富户不着④，便好补填了，不要追究的是。"连忙掣签去唤前日差往苏州下关文的应捕来销牌⑤。

两个应捕自那日与懒龙别后，来到家中。依他说话，各自家里屋瓦中寻，果然各有一包金子。上写着日月封记，正是前日县间失贼的日子。不知懒龙几时送来藏下的。应捕老大心惊，噙着指头道："早是不拿他来见官，他一口招出，搜了赃去，浑身口洗不清。只是而今怎生回

———————

①使捉掐：也作"使捉狭"。指玩弄阴险手段捉弄人。

②头陀，指行脚乞食的僧人。

③绿云：比喻女子的秀发。

④做几个富户不着：拿几个富户牺牲，即"敲诈勒索几个富户"。

⑤掣签：抽签。签，即签牌，旧时官府签发的凭证。

得官人的话?"叫了伙计,正自商量踌躇,忽见县里差签来到。只道是拿违限的,心里慌张,谁知却是来叫销牌的。应捕问其缘故,来差把衙中之事一一说了,道:"官人此时好不惊怕,还敢拿人?"应捕方知懒龙果不失信,已到这里弄了神通去了,委实好手段!

嘉靖末年,吴江一个知县治行贪秽,心术狡狠。忽差心腹公人,赍了聘礼到苏城求访懒龙,要他到县相见。懒龙应聘而来,见了知县,禀道:"不知相公呼唤小人那厢使用?"知县道:"一向闻得你名,有一机密事要你做去。"懒龙道:"小人是市井无赖,既蒙相公青目①,要干何事,小人水火不避。"知县屏退左右,密与懒龙商量道:"叵耐巡按御史到我县中,只管来寻我的不是。我要你去察院衙里偷了他印信出来②,处置他不得做官了,方快我心!你成了事,我与你百金之赏。"懒龙道:"管取手到拿来,不负台旨③。"

果然,去了半夜,把一颗察院印信弄将出来,双手递与知县。知县大喜道:"果然妙手,虽红线盗金盒④,不过如此神通罢了。"急取百金赏了懒龙,分付他快些出境,不要留在地方。懒龙道:"我谢相公厚赐,只是相公要此印怎么?"知县笑道:"此印已在我手,料他奈何我不得了。"懒龙道:"小人蒙相公厚德,有句忠言要说。"知县道:"怎么?"懒龙道:"小人躲在察院梁上半夜,偷看巡按爷烛下批详文书,运笔如飞,处置极当。这人敏捷聪察,瞒他不过的。相公明日不如竟将印信送还,只说是夜巡所获,贼已逃去。御史爷纵然不能无疑,却是又感又怕,自然不敢与相公异同了⑤。"县令道:"还了他的,却不依旧让他行事去?岂有此

①青目:犹青眼,指对人器重。
②察院:明代都察院的简称。御史出巡在外,其衙署也称"察院"。
③台旨:宋代以后称太守以下官员的意旨为台旨。《水浒传》第二二回:"我两个奉着知县台旨,叫拿你父子二人。"
④红线盗金盒:据唐袁郊《甘泽谣·红线》载:红线原为潞州节度使薛嵩的婢女,能文善武,掌笺表,号内记室。时魏博节度使田承嗣欲并吞潞州。薛嵩日夜忧闷。红线乃夜奔魏郡,入田寝所,取其床头金盒归,以示儆戒。田遣使谢罪,愿结姻亲。红线后辞去,不知所终。
⑤异同:不同,不一致。引申为反对。

理! 你自走你的路,不要管我!"懒龙不敢再言,潜踪去了。

　　却说明日察院在私衙中开印来用,只剩得空匣。叫内班人等遍处寻觅,不见踪迹。察院心里道:"再没处去。那个知县晓得我有些不像意他,此间是他地方,奸细必多,叫人来设法过了,我自有处。"分付众人不得把这事泄漏出去,仍把印匣封锁如常,推说有病,不开门坐堂。一应文移①,权发巡捕官收贮。一连几日,知县晓得这是他心病发了,暗暗笑着,却不得不去问安。察院见传报知县来到,即开小门请进。直请到内衙床前,欢然谈笑。说着民风土俗、钱粮政务,无一不剖胆倾心,津津不已。一茶未了,又是一茶。知县见察院如此肝鬲相待②,反觉局蹐,不晓是甚么缘故。正絮话间,忽报厨房发火,内班门皂厨役纷纷赶进,只叫"烧将来了! 爷爷快走!"察院变色,急走起来,手取封好的印匣亲付与知县道:"烦贤令与我护持了出去,收在县库,就拨人夫快来救火。"知县慌忙失错,又不好推得,只得抱了空匣出来。此时地方水夫俱集,把火救灭,只烧得厨房两间,公廨无事③。察院分付把门关了。这个计较,乃是失印之后察院预先分付下的。

　　知县回去思量道:"他把这空匣交在我手,若仍旧如此送还,他开来不见印信,我这干系须推不去。"展转无计,只得润开封皮,把前日所偷之印仍放匣中,封锁如旧。明日升堂,抱匣送还。察院就留住知县,当堂开验印信,印了许多前日未发放的公文。就于是日发牌起马,离却吴江。却把此话告诉了巡抚都堂④。两个会同把这知县不法之事,参奏一本,论了他去⑤。知县临去时,对衙门人道:"懒龙这人是有见识的。我悔不用其言,以至于此。"正是:

　　　　枉使心机,自作之孽。

------

　　①文移:文书,公文。

　　②肝鬲:犹肺腑。比喻内心。

　　③公廨:官署。

　　④巡抚都堂:明代称都察院的长官正副都御史、佥都御史为都堂。而派往外省的巡抚都带有都察御史的衔,故称巡抚为都堂。

　　⑤论了他去:就是判他的罪并革职。论,定罪。

无梁不成,反输一帖①。

懒龙名既流传太广,未免别处贼情也有疑猜着他的,时时有些株连着身上。适遇苏州府库失去元宝十来锭,做公的私自议论道:"这失去得没影响②,莫非是懒龙?"懒龙却其实不曾偷,见人错疑了他,反要打听明白此事。他心疑是库吏知情,夜藏府中公廨黑处,走到库吏房中静听。忽听库吏对其妻道:"吾取了库银,外人多疑心懒龙,我落得造化了③。却是懒龙怎肯应承?我明日把他一生做贼的事迹,纂成一本送与府主,不怕不拿他来做顶缸④。"懒龙听见,心里思量道:"不好,不好。本是与我无干,今库吏自盗,他要卸罪,官面前暗栽着我。官吏一心,我又不是没一点黑迹的,怎辨得明白?不如逃去了为上着,免受无端的拷打。"连夜起身,竟走南京。诈妆了双盲的,在街上卖卦。

苏州府太仓夷亭有个张小舍⑤,是个有名极会识贼的魁首。偶到南京街上撞见了,道:"这盲子来得蹊跷!"仔细一相,认得是懒龙诈妆的,一把扯住,引他到僻静处道:"你偷了库中元宝,官府正在追捕,你却遁来这里妆此模样躲闪么?你怎生瞒得我这双眼过?"懒龙挽了小舍的手道:"你是晓得我的,该替我分剖这件事,怎么也如此说?那库里银子是库吏自盗了。我曾听得他夫妻二人床中私语,甚的确。他商量要推在我身上,暗在官府处下手。我恐怕官府信他说话,故逃亡至此。你若到官府处把此事首明,不但得了府中赏钱,亦且辨明了我事,我自当有薄意孝敬你。今不要在此处破我的道路⑥!"

小舍原受府委要访这事的,今得此信,遂放了懒龙,走回苏州出

①无梁不成,反输一帖:无梁:博戏词语。明谢肇淛《五杂俎·人部二》:"双陆一名握槊,本胡戏也指不但不能成功,反而输掉老本。其法以先归官为胜。亦有任人打子,布满他官,使之无所归者,谓之'无梁',不成则反负矣。"
②影响:影子和声响。引申为"踪迹"。
③造化:幸运。
④顶缸:顶替。
⑤夷亭:即夷亭镇,在今江苏吴县东,沪宁铁路经此。
⑥道路:赖以谋生的门路。这里指"行窃手段"的隐语。

首。果然在库吏处，一追便见，与懒龙并无干涉。张小舍首盗得实，受了官赏。过了几时，又到南京。撞见懒龙，仍妆着盲子在街上行走。小舍故意撞他一肩道："你苏州事已明，前日说的话怎么忘了？"懒龙道："我不曾忘，你到家里灰堆中去看，便晓得我的薄意了。"小舍欣然道："老龙自来不掉谎的①。"别了回去，到得家里，便到灰中一寻，果然一包金银同着白晃晃一把快刀，埋在灰里。小舍伸舌道："这个狠贼！他怕我只管缠他，故虽把东西谢我，却又把刀来吓我。不知几时放下的，真是神手段！我而今也不敢再惹他了。"

懒龙自小舍第二番遇见，回他苏州事明，晓得无碍了。恐怕终久有人算他，此后收拾起手段，再不试用。实实卖卜度日，栖迟长干寺中数年②，竟得善终。虽然做了一世剧贼，并不曾犯官刑、刺臂字③。至今苏州人还说他狡狯耍笑事体不尽。似这等人，也算做穿窬小人中大侠了。反比那面是背非、临财苟得、见利忘义一班峨冠博带的不同④。况兼这番神技，若用去偷营劫寨，为间作谍，那里不干些事业？可惜太平之世，守文之时，只好小用伎俩，供人话柄而已。正是：

世上于今半是君，犹然说得未均匀。
懒龙事迹从头看，岂必穿窬是小人！

---

①掉谎：也作"调谎"。说谎。
②长干寺：建于三国东吴时期，位于建康城长干里，故得名。故址在今江苏南京市南秦淮河南岸。
③刺臂字：古代一种黥刑，在犯者臂部刺字。
④峨冠博带：高冠和宽衣带。古代儒生或士大夫的装束。

卷四十

宋公明闹元宵杂剧(附)

《贵耳集》
《翁天脞语》纪事　即空观填词

第一折　提纲　（末上）

(青玉案)①东风未放花千树。早吹陨、星如雨。宝马雕车香满路。凤箫
声动,玉壶光转,一夜鱼龙舞。　　蛾儿雪柳黄金缕,笑靥盈盈暗香去。
众里寻他千百度。蓦然回首,那人却在,灯火阑珊处。
　　李师师手破新橙,周待制惨赋离情。
　　小旋风簪花禁苑,及时雨元夜观灯②。

―――――――

　①青玉案:这是宋辛弃疾《青玉案·元夕》词。
　②"李师师手破新橙"四句:元杂剧在开场第一折,往往用两句或四句话,标
　　明剧情提要,剧本名称,称为"题目正名"。明杂剧对元杂剧的体例有所突
　　破,故此剧虽未标明"题目正名",但扼要介绍了李师师等四个主要人物和
　　剧情。

第二折　破橙　（生扮周美成上）用支思韵

(仙吕引子紫苏丸)穷秀才学问不中使，是门庭那堪投止①。甚因缘得逗女娇姿，总君王禁不住相思死②。

(忆秦娥)香馥馥，樽前有个人如玉。人如玉，翠翘金凤，内家装束③。娇羞爱把眉儿蹙，逢人只唱相思曲。相思曲，一声声是，怨红愁绿。自家周邦彦④，字美成，钱塘人氏。才学拟扬云⑤，曾献《汴都》之赋；风流欺柳七⑥，同传乐府之名。典册高文，不晓是翰墨林中大手；淫词艳曲，多认做繁华队里当家。只得混俗和光⑦，偷闲寄傲。见作开封监税，

---

①投止：投奔他人，暂作栖止。《后汉书·张俭传》："俭得亡命，困迫遁走，望门投止，莫不重其名行，破家相容。"

②总：通"纵"，纵然，即使。

③内家：皇宫，内廷。

④周邦彦：字美成，号清真居士。钱塘（今浙江杭州）人。北宋词人。宋神宗时因献《汴京赋》，由诸生为太学正。徽宗时官徽道阁待制，大晟府提举，为朝廷制礼作乐。著有《清真居士集》，已佚，今存《片玉词》。《宋史》卷四〇四有传。

⑤扬云：即扬子云，西汉文学家扬雄，字子云。

⑥柳七：即北宋著名词人柳永。原名三变，字耆卿，崇安（今属福建）人。仁宗景祐进士。因排行第七，又官屯田员外郎，世称柳七、柳屯田。著有《乐章集》。

⑦混俗和光：指不求特异，与世无争。明无名氏《李云卿》第一折："贫僧混俗和光，常于闹市之中，口发狂言，串拖二八金钱，每与孩童嬉戏游玩，人皆见而恶之。"

权为吏隐金门①。此间有个上厅行首李师师②，乃是当今道君皇帝所幸③。此女风情不凡，委是烟花魁首。亦且善能赏鉴，钟爱文人。小生蒙彼不弃，忝在相知。今日天气寒冷，料想官家不出来了④。不免步至他家，取醉一回则个。(行介)⑤

(仙吕过曲**醉扶归**)他九重兀自关情事，我三生结下小缘儿，两字温柔是证明师。尽树起莺花帜，任奇葩开暖向南枝。这芳香自惹蜂蝶恋。(旦扮李师师上)

(前腔)舞裙歌扇烟花市，便珠宫蕊殿有甚参差？谁许轻来觑罘罳⑥！须不是闲阶址。花胡同排下个海神祠⑦，破题儿先把君王试⑧。

　　　奴家李师师是也。谁人在客堂中？上前看去。(相见介)呀，元来是周官人。甚风吹得到此？(生)小生心绪无聊，愿与贤卿一谈。想今日天气严寒，官家不出，故尔造访。(旦)既如此，小妹暖酒，与官人敌寒清话。丫鬟取酒过来。(丑扮丫鬟，持酒上)有酒。(旦送介)

(桂枝香)高贤来至，撩人清思。俺这家门户呵，假饶终日喧阗，只算做黄昏独自。论知心有几？论知心有几？多情相视，甘当陪侍。(合)意孜孜。

---

①吏隐金门：意谓不为利禄动心，虽居官而如隐者。语出《史记·东方朔传》："吏隐金马门。"金马门：汉代的宫门名。

②上厅行首：宋元时对上等妓女的称呼。也用于称妓女中的头人。当时官妓承应官府的参拜或歌舞，因色艺出众、排在行列最前者，故称。后成为名妓的通称。李师师：北宋汴京名妓。以能歌舞著名于时，秦观、周邦彦、张先等，都作词题赠。宋徽宗也屡次临幸其家。靖康二年(1127)，金人破汴，下落不明。《贵耳集》《汴都平康记》《大宋宣和遗事》《青泥莲花记》诸书，都有她的轶事记载。

③道君皇帝：指宋徽宗。他崇奉道教，自称教主道君皇帝。

④官家：对皇帝的称呼。

⑤介：古戏曲剧本中表示情态动作的词。

⑥罘罳(fúsī)：古代一种室内的屏风。宋洪迈《夷坚三志壬·吴仲权郎中》："明日，索浴治具于房，婢以罘罳围之。吴曰：'何用？'曰：'恐为隙风所搏。'"

⑦海神祠：此处指书生王魁和妓女敫桂英相爱，到海神庙盟誓，死生患难，誓不变心。明王玉峰《焚香记》传奇，敷衍王魁和桂英的故事。

⑧破题儿：旧时试帖诗及八股文的起首两句称作"破题"。这里指事情的开端或第一次。元王实甫《西厢记》第四本第三折："马儿迍迍的行，车儿快快的随，却告了相思回避，破题儿又早别离。"

最是疼人处,吹灯带笑时。(生)

(前腔)迂疏寒士,馋穷酸子。谢娘行眼底种情①,早赏识胸中奇字。论知音有几?论知音有几?这般怜才谁似?办取志诚无二。(合前)(小生扮宋道君,道服带二内侍上)②

(赚)美玉于斯,微服潜行有所之。风流事,谁言王者必无私?(内侍喝)驾到!(生旦慌介)(旦)忙趋俟。(生)书生俏胆无双翅,(躲床下介)且向床阴作伏雌。(小生)听宣示,从容祗对无迁次③。(旦拜介)妾当万死,妾当万死。

　　(小生)赐卿平身。(旦)愿官家万岁。(小生)爱卿坐了讲话④。(旦谢恩介)圣驾光临,龙体劳顿,臣妾敢奉卮酒上寿。(内作乐,旦送酒介)(小生)朕有新物,可以下酒。(袖出橙介)(旦)芳香酷烈,此地所未有也。(小生)此江南初进到,与卿同之。(旦)容臣妾手破,以刀作齑,配盐下酒。(小生进酒介)

(掉角儿序)这新橙芳香正滋,驿传来江南初至。须不是一骑红尘⑤,也烦着几多星使。试看他下并刀⑥,蘸吴盐⑦,胜金齑⑧,同玉脍⑧,手似凝脂。(吹笙合唱)寒威方肆,兽烟袅丝。笑欣欣调笙坐对,醉眼迷眵⑨。

　　(小生)酒兴已阑,朕将还宫矣。(旦)臣妾有一言,向官家敢道么?(小生)恕卿无罪。(旦附耳,作低唱)

(前腔)问今宵谁行侍私?(小生笑介)不要管他。(旦)这些时犹烦唇齿。听严城鼓已三挝,六街中少人行止⑩。试看他露霜浓,骑马滑,倒不如,休

---

①娘行:对女性的通称。

②内侍:宫中的侍从,宦官。

③祗对:恭敬应对。

④爱卿:古代皇帝对大臣的爱称,表示敬重和亲近。

⑤一骑红尘:杨贵妃喜食南海荔枝,唐明皇令人飞骑,数千里传送。唐杜牧《过华清宫绝句》有"一骑红尘妃子笑,无人知是荔枝来"名句。

⑥并刀:山西并州出产的名刀。

⑦蘸吴盐:将新橙剥开后,蘸一点盐水,可去酸涩之味,吃起来香甜可口。吴盐:吴地所产的盐,洁白如雪。

⑧"胜金齑"二句:即"鲈鱼脍"。因其味鲜美异常,鱼肉洁白如玉,齑料色泽金黄。隋炀帝巡幸江南,吴郡献松江鲈,他品尝后,称赞说:"所谓金齑玉脍,东南佳味也。"见唐刘餗《隋唐嘉话》。

⑨迷眵(míchī):吴语,迷糊。

⑩六街:唐代长安、北宋汴京都有六街。这里泛指京城的街道。

回去，着甚嗟咨①?（合前）

（小生）爱卿爱朕，言之有理。传与内侍，明早还宫。（楼旦肩介）

（尾声）留侬此处欢情恣。抵多少昭阳殿里梦回时。（合）怎知道行雨行云在别一司。（同下）

（生作床下出介）奇哉，奇哉。吓杀我也，侥幸杀我也。你看他剖橙而食，促膝而谈，欲去欲留，相调相谑。若有史官在旁，也该载入起居注②。小臣何缘，得以亲见亲闻。不免将一时光景，作一新词，以记其事。（词寄《少年游》）（念介）"并刀如水，吴盐胜雪，纤手破新橙。锦幄初温，兽烟不断，相对坐调笙。　　低声问:向谁行宿？城上已三更。马滑霜浓，不如休去，直是少人行。"词已写完，明日与师师看了，以博一笑。

（皂罗袍）偶到阳台左次，遇东皇雨露，正洒旁枝。新橙剖出傲霜姿，玉笙按就纤纤指。低声厮诨，含娇带嗤。不如休去，殷勤致辞。怕官家不押个鸳鸯字？

　　　　未许流莺过院墙，天家于此赋高唐③。

　　　　大鹏飞在梧桐上，自有旁人说短长④。

第三折　讯灯　（外扮宋公明，领从人上）用江阳韵

（中吕引子粉蝶儿）四海无人，谁知俺满怀忠壮？这些时且自埋藏。借山东烟水寨，三关兴旺。问谁当？这横行一时无两。

----

①着甚:犹言凭什么;用什么。

②起居注:专门记载天子言行、兼记朝政大事的日记体史册名称。宋代由起居郎、起居舍人等负责记载，并书以授著作官。

③高唐:即宋玉的《高唐赋》。楚怀王游高唐，梦巫山神女荐枕席。神女去时曰:"妾在巫山之阳，旦为行云，暮为行雨，朝朝暮暮，阳台之下。"（宋玉《高唐赋序》）。

④"大鹏飞在梧桐上"二句:又作"大风吹倒梧桐树，自有旁人论断长"。表示世事总有公论的意思。

　　一水洼中能出令，万山深处自鸣金。包身义胆奇男子，也自称名在绿林。我乃山东宋江，表字公明。现为梁山寨主，替天行道。人多称我为及时雨。目下天气严寒，不知山下有甚事体？且待众兄弟到来，试问则个。(众扮梁山泊好汉，净扮李逵，照常上场诗、通姓名，相见介)(外)众兄弟，山下有甚事来？(众)启哥哥得知，朱贵酒店里拿得一班莱州府灯匠①，往东京进灯的。未敢擅便，押在关前听令。(外)休得要惊吓他，押上堂来我问咱。(众)得令。(杂扮灯匠挑灯上)朝为田舍郎，献灯忠义堂。寨主本无种，男儿当自强。(众)灯匠当面。(外)

(中吕过曲尾犯序)率土戴君王。岂是吾侪，不晓伦常？谄佞盈朝，致间阎尽荒②。灯匠！无非是繁华景物，才显出精工伎俩。争知道，脂膏尽处，黄雀觊螳螂③！(杂叩头介)

(前腔换头)应当，灯铺乃官行。里甲排门，痛比钱粮。今年官家大张灯火，庆赏元宵。着落本州解造五架好灯。这灯呵，妙手雕镂，号玲珑玉光。(外)我多取了你的，你待如何？(杂)惊惶。若还是山中尽取，难销破京师业帐④。(作悲介)从何处，重寻儿女？更一度哭爹娘。

　　(外)听之可伤。我逗你耍来。若取了你的，恐怕你吃苦，不当稳便。只取你小的一架，值多少价钱？(杂)本钱二十两。大王跟前，不敢说价。(外)就与你二十两。其余的你们自解官。(杂)多谢大王。双手劈开生死路，一身跳出是非门。(下)

　　(外)众兄弟，据灯匠所言，京师十分好灯，我欲往看一遭。

(前腔换头)京华靡丽乡。少长山东，未得徜徉。改换规模，到天边日旁。(众)斟量。若还遇风波竞险，须难免干戈闹嚷。分明是，龙居浅地，索是要提防。

　　(外)我日间只在客店里藏身，夜晚入城看灯，不足为虑。且听我分拨：我与柴进、戴宗、燕青一路；史进与穆弘一路；鲁智深与武松一路；朱全与刘唐一路。只此四路人，暗地相随，缓急策应。其余兄弟，尽数在家守寨。(净李逵云)说东京好灯，我也要去走一遭。(外)你如何去得？(净)我如何去不得？(外)你生性不善，面庞丑恶。

---

①莱州府：宋代为京东路的属州，明洪武九年(1376)才升为府，治所在今山东省掖县。

②间阎：里巷内外的门。多借指里巷。这里指民间。

③黄雀觊螳螂：比喻有后顾之忧。语出汉刘向《说苑·正谏》："园中有树，其上有蝉，蝉高居悲鸣饮露，不知螳螂在其后也！螳螂委身曲跗欲取蝉，而不知黄雀在其傍也。"

④业帐：即孽障，佛教指妨碍修行的罪恶。这里指罪恶。

(净)几曾见我那里吓杀了别人家大的小的？若不带我去，我独自一个先赶到东京，杀他二场，大家看不安稳。(外)既然要去，只打扮做伴当，跟随着我，不许惹事便了。

(前腔)王都本上邦。须胜似军州，马壮人强。此去私游，要行踪敛藏。(众)须仗，一队队分行布摆，一步步回头顾望。从今日，长安梦里，搅起是非场。

(外)明日黄道吉日，就此起行。(众)得令。

且解征袍脱茜巾，洛阳如锦旧知闻。

相逢何用通名姓，世上于今半是君。(众调阵下)

第四折　词忏　(旦扮李师师上)　　用庚青韵

(南吕过曲一江风)是生来落得排场胜，那个曾红定①？但相逢便有姻缘，暮雨朝云，暂主巫山令。嫦娥不恁撑，君王取次行。是风流占尽无余剩。

妾身李师师。前日正与周美成饮笑，恰遇官家到来，仓忙避在床下。后来官家语言止，尽为美成所见。美成填作一词，眼前说话，尽作词中佳料。似此才人，真堪爱敬。今日无事在此，且把此词展玩一遍则个。(小生道服，扮道君上)

(前腔)离宫闹喜踏闲花径，种下风流性。但相从可意冤家，别样温柔，反似多侥幸。知他是怎生？挤倾若个城。任朝端絮不了穷三圣②。

已到师师家了。师师那里？(旦迎驾介)臣妾候迎圣驾，愿官家万岁！(小生)赐卿平身。爱卿，朕因元宵将近，暂息万机。乘此清闲，访卿夜话。(旦)臣妾洁除几席，专候驾临。(小生看案上介)爱卿在此看些甚么？(见词介)元来是一首词。(念前词介)此乃前日与卿晚夕之光景，何人隐括入词？(旦)不敢隐瞒，实出周邦彦之笔。(小生)周邦彦为何知得这等亲切？似目见耳闻的一般。(旦)臣妾万死。前日偶与周邦彦在此闲话，适遇驾到。邦彦无处躲避，窜伏床下。故彼时官家与臣妾举动言语，悉

———————

①红定：男方送给女方的订婚聘礼。

②"任朝端"句：这句意谓朝中对徽宗狎妓有微言，而徽宗则表示厌听腐儒的迂阔言论。穷：穷究，拘泥。三圣：指儒家所常引的禹、周公、孔子。

被窥见,作此词以纪其事。(小生怒介)轻薄如此,可恨!可恨!

(锁寒窗)是何方劣相酸丁①,混入花丛举止轻!看论黄数黑②,画影描形;机关逗外,唇枪斯逞。怎当他风狂行径?(合)思量直恁不相应,便早遣离神京。

(旦跪介)邦彦之罪,皆臣妾之罪也。望天恩宽宥。(起介)

(前腔)念他们白面书生,得见天颜喜倍增③。任一时风欠④,写就新声;知他那是,违条干令?总歌讴太平时境。(合)思量有恁不相应,便早遣离神京!

(小生)这个断难饶他。明日分付开封府,逐他出城便了。

(旦)一曲新词话不投,(小生)明朝谪遣向边州。

(合)是非只为多开口,烦恼皆因强出头。

第五折　闯禁　(末儒巾扮柴进,贴小帽扮燕青,同上)用齐微韵

(末)金吾不禁夜,玉漏莫相催⑤。则俺是梁山泊上第十位头领小旋风柴进,这个兄弟是第三十六位头领浪子燕青。随俺哥哥宋公明下山,到东京看灯。哥哥在城外住下,俺和这个兄弟先进城来探听光景,做一番细作⑥。早已入城来了也。

(北正宫端正好)却离了水云乡,早来到繁华地。路旁人不索猜疑,满朝中不及俺那山间位,衡一味怀忠义。

————————————

①劣相:轻薄顽劣。酸丁:指穷酸而迂腐的书生。
②论黄数黑:任意评论是非好坏。元钟嗣成《一枝花·自序丑斋》套曲:"枉自论黄数黑,谈说是非。"
③天颜:天子的容颜。
④风欠:疯狂;傻气。《拜月亭》三折〔倘秀才〕:"我又不风欠,不痴呆,要则甚迭?"
⑤"金吾不禁夜"二句:出自唐苏味道《正月十五夜》。金吾:负责皇帝及大臣警卫,掌管京师治安的亲军武官。玉漏:计时的器具。
⑥细作:奸细,间谍。

（贴）哥哥，来到东华门外。你看，街上的人好不多也！（末）

(滚绣球)景色奇，士女齐。满街衢游人如蚁，大多来肉眼愚眉①。(手指介)兄弟，你看那戴翠花，着锦衣，一班儿纷纷济济，走将别是容仪。多管是堂中朱履三千客②，须不似山上兜鍪八面威③，煞有跷蹊。

兄弟，俺到酒坊中坐下。你去看那锦衣花帽的，与我赚将一个来者④。（贴）理会得。（丑扮王班直上）花有重开日，人无再少年。俺乃穿宫班直老王的便是⑤。方才宫中承应出来，且到街上走一走。（贴迎揖介）观察⑥，小人声喏。（丑作不认介）你是何人？咱不认得。（贴）小人的东人和观察是旧交⑦，特使小人来相请。观察莫不姓张？（丑）俺自姓王。（贴）小人贪慌失错了。正是叫小人请王观察。（丑）你主人是谁？（贴）观察同小人去，见面就晓得。（丑）而今在那里？（贴）在这阁儿里。（走到介，对末云）请到王观察来了。（末迎介）

(倘秀才)见说着良朋遇值，(揖介)忙举手当前拜礼。(丑还礼介)在下眼拙，失忘了足下。愿求大名。(末笑介)俺是恁二十年前一旧知。这些时离别久，往来稀，今朝厮会。

（丑想介）其实一时想不起。（末）小弟且不说，等兄长再想。想不出时，只是罚酒。（杂送酒看上，末送酒介）

(滚绣球)俺这里殷勤待举觞，尊兄且莫推。谁教你贵人忘记，辞不得罚盏淋漓。（丑）在下吃不得急酒，醉了须误了点名。（末）正要问兄长，头上为何戴这朵翠花？（丑）官家庆赏元宵。我们左右内外，共有二十四班，每班二百四十人，通共五千七百六十人。每人皆赐衣袄一领，翠叶金花一枝。上有小小金牌一个，凿着"与民同乐"四字。因此每日在这里点视，如有宫花锦袄，便能够入内里去⑧。（末）小弟却不省得。

---

①大多来：大多数。

②多管是：即大概是。朱履三千客：出自《史记》载春申君门客三千余人，其上客，皆蹑珠履。后因以称权贵的门客为"朱履客"。三千，极言门客之多。

③兜鍪：又称"胄"。作战时戴的盔。

④赚：哄骗。

⑤穿宫：出入宫禁。班直：宋朝皇帝随身的卫兵。

⑥观察：观察使的简称。宋代观察使，低于节度使，高于防御使。这里是对宫内低级禁军武官的敬称。

⑦东人：东家，主人。

⑧内里：宫内。

元来是打扮乔①,入内直。便饮一醉不妨。总无过随行逐队,料非关违误了军机。小的每旋一杯热酒来②,奉敬兄长者。(贴取酒下药介,末奉酒介)兄长饮此一杯,小弟敢告姓名。(丑)在下实想不起,愿求大名。(末灌酒介,丑饮介)(末)你早忘眼底人千里,且尽尊前酒一杯。则教我含笑微微。

　　(丑作醉倒介)(末)早已麻倒了也。且脱他锦衣花帽下来,待俺穿戴了,充做入直的,到内里看一遭去。(换衣帽介)兄弟,你扶他去床上睡着。酒保来问时,只说这观察醉了,那官人出去未回。好生支吾者③。(贴)不必分付,自有道理。(扶丑下)

　　(末)俺如此服色,进内去料没挡拦也呵。(行介)

(倘秀才)本是个水浒中魔君下世,权做了皇城内当筵傀儡。抵多少壮士还家尽锦衣。从此去,到宫闱,没些儿回避。

　　呀! 你看禁门上并无阻碍,一直到了紫宸殿④。殿门上多有金锁锁着,进去不得。且转过凝晖殿,殿旁有路,转将入去。原来又是一个偏殿,牌上金书"睿思殿"三字。侧首一扇朱红槅子,且喜开着,不免闪将入去。

(滚绣球)幸逢着殿宇开,闯入个锦绣堆。耀人睛帘垂翡翠,看不迭案满珠玑⑤。则见架上签,尽典籍,奚超墨龙文象笔⑥,薛涛笺子石端溪⑦。御屏上山河一统皆图画,比及俺水泊三关也在范围。这的是帝王宏规。

　　转过御屏后边,元来这是素面,却有几个大字在上,待我看者。(念介)山东宋江,淮西王庆,河北田虎,江南方腊。呀! 好不利害也!

---

①打扮乔:犹言打扮得光鲜漂亮。

②旋:温酒。

③支吾:搪塞,应付。

④紫宸殿:宋孟元老《东京梦华录》卷一《大内》:"宣祐门外西去紫宸殿,正朔受朝于此。"又:宣祐门北大街,西面东曰凝晖殿,乃通会通门入禁中矣。……内书阁曰睿殿"

⑤看不迭:犹言来不及看,看不过来。

⑥奚超墨:奚超为唐代制墨名工。易水人,后迁居安徽歙县。所制墨"丰肌腻理,光泽如漆",为徽墨上品,世称"奚超墨"。龙文象笔:以象牙为管的笔。这里用作对笔的美称。

⑦薛涛笺:薛涛,唐代女诗人。她利用蜀中所产佳纸,制成十色小诗笺。世称"薛涛笺"。石端溪:即端砚。用广东端州(今肇庆)端溪石所制作的砚,因历史悠久,石质优良,雕刻精美,称作"端砚"。

(叨叨令)御屏上写得淋淋侵侵地,多是些绿林中一派参参差差讳。列两行墨印分分明明配,俺哥哥早占了高高强强位。(拔刀介)俺待取下来也么哥,俺待取下来也么哥。(作挖下走介)急抽身且自慌慌忙忙退。

已把四字挖下,急走出殿门回去者。

(滚绣球)这事儿好骇惊,这事儿忒罕希! 到那帝王家一同儿戏,俏一似出函关夜度鸣鸡①。(贴上接介)哥哥来了也。看得如何?(末)且禁声,莫笑嬉,干着的一桩机密,免教他姓字高题!(将字与贴看介)略施万丈深潭计,已在骊龙颔下归②,落得便宜。

　　(贴)请问哥哥,这是甚么意思?(末)此处耳目较近,不便细说。到下处见了大哥,自知明白。且脱下衣帽咱。(换衣帽介)(贴)这人还未醒,把衣服交与店家罢。(叫介)酒保。(酒保上)官人有何分付?(末)俺和这王观察是兄弟,恰才他醉了,俺替他去内里点名了回来。他还未醒,俺却在城外住,恐怕误了城门。剩下的酒钱,多赏了你。他的服色号衣多在这里,你等他醒来,交付还他。俺们自去了。(酒保)官人但请放心,男女自会伏侍。(笑介)这样好主顾,剩钱多赏了我,明日再来下顾一下顾。若要号衣用时,我在戏房中借一付与你。(下)(末)

(尾声)俺入宫的,俏冥冥已将望帝春心递③,那醉酒的黑魆魆兀自庄周晓梦迷,却不道他是何人我是谁?借得宫花压帽低,天子门庭去复回,御墨鲜妍满袖携。少不得惊动官家心下疑,索尽宫中甚处追?空对屏儿三叹息。怎知俺小旋风。爷爷亲身来看过了你?

　　(同下)(丑吊场上)一觉好睡也。酒保,方才请我的官人那里去了?(内应)他见

――――――――――――

①出函关夜度鸣鸡:此指战国时孟尝君(齐国公子田文)度函谷关的故事。参阅第三十九卷"入话"。

②骊龙颔下归:骊龙颔下之珠,价值千金,要得到它,必须潜入九重深渊,值骊龙熟睡从其颔下摘取。典出《列子·列御寇》:"夫千金之珠,必在九重之渊而骊龙颔下。子能得珠者,必遭其睡也。使骊龙而寤,子尚奚微之有哉!"比喻从极其艰险的地方得到宝物。这里指柴进挖下宫中御屏上"山东宋江"四字。

③"俏冥冥"两句:嵌用唐李商隐《锦瑟》诗"庄生晓梦迷蝴蝶,望帝春心托杜鹃"的词语。意谓柴进悄悄挖走御屏上的字,嘲笑王观察等还在迷里迷糊的醉梦中。俏冥冥:悄悄地。望帝:相传战国末年杜宇在蜀称帝,号望帝。死后,适时二月,杜鹃(子归)啼鸣,以为魂化杜鹃。见晋常璩《华阳国志·蜀志》。庄周晓梦:指梦中、梦境。

你醉了,替你去点了名回来。你还未醒,恐怕误了城门,他出城去了。留下号衣在此还你。(丑)好没来由!又不知姓张姓李,说是我的故人,请我吃得酩酊,敢是拐我当酒吃的?酒保,他会钞过不曾?(内)会钞过了。(丑)奇怪,酒钱又不欠,衣服又在此,他拐我甚么?我不是落得吃的了?看来我是个刷子①,他也是个痴人。(诗云)有人请我吃酒,问着不开口。灌我醺醺醉,他自往外走。这样好主人,十番撞着九。好造化!好造化!(笑下)

第六折　折柳　(生扮周美成上)用先天韵

(双调引子捣练子)愁脉脉,意悬悬,夺去微官不值的钱。只恨元宵将近矣,嫦娥从此隔天边。

桃溪不作从容住,秋藕绝来无续处。人如风后入江云,情似雨余粘地絮。下官周美成,只因今上微行妓馆,偶得窃窥,度一新词,致触圣怒。宣示蔡京丞相②,着落开封府,要按发我课税不登。府尹说:"惟有此官,课额增羡。"蔡京道:"圣意如此。"只索迁就屈坐,劾上一本。随传圣旨:"周邦彦职事废驰,日下押出国门③!"好不冤枉也!我想一官甚轻,不做也罢。只是元宵在即,良辰美景,万民同乐,独我一人不得与观。这也犹可,怎生撇得下心上李师师呵?他着人来说,要到十里长亭④,送我起程,敢待来也?(旦上)

(海棠春)何处是离筵?举步心如箭。

呀!美成已在此乎。(相见介)(旦)官人,风波忽起,离别须臾,无限衷情,特来面语。(生)贤卿远至,足感深情。只是我事出无端,非意所料。这分别好难割舍呵!(旦)小妹聊具一杯,与君话别。(生)生受你。想小生呵!

(仙吕入双调过曲园林好)书生命随方受遣,书生态无人见怜。投至得娘行

----

①刷子:傻瓜。

②蔡京:字元长,仙游(今属福建)人。熙宁进士,官至右仆射、太师。与童贯勾结,为"六贼"之首。金兵攻宋时,举家南逃,遭放逐岭南,死于途中。

③国门:指国都的城门。

④十里长亭:古代驿站路上,约隔十里设一长亭,五里设一短亭,供行人休息和亲友送别。

缱绻,侥幸煞并香肩,平白地降灾愆。（旦）

（前腔）遇君王承恩最偏,遇多才钟情更专。强消受皇躬垂眷,一谜里慕英贤①,怎知道事相牵?

　　　　（生）想那日呵!

（江儿水）寒夜挑灯话,炉中火正燃。君王蓦地来游宴,躲避慌忙身还颤,眼睁睁馋口涎空咽,划地芳心思展②。（合）一曲新词,倒做了《阳关》三转③。（旦）

（前腔）当日心中事,君前不敢言。谁知蓦地龙颜变,判案些时无情面。笑啼两下恩成怨,教我如何过遣?（合前）（生）

（五供养）穷神活现,一个新橙,剖出冤缠。开封遵圣意,不论羡余钱。官评坐贬,端只为床头诠选④。一霎分离去,怎俄延?（合）何日归来,旧家庭院?（旦）

（前腔）君王不辨,扫煞风光,当甚传宣? 知心从避地,无计可回天。奴身命蹇⑤,禁不住泪痕如线。愁看元宵月,两地自为圆。（合前）

　　（旦）君家以词得名,以词得罪,今日之别,岂可无词?（生）小生试吟一首,以纪折柳之情⑥。（词寄《兰陵王》）（念介）柳阴直,烟里丝丝弄碧。隋堤上⑦,曾见几番,拂水飘绵送行色。登临望故国,谁惜,京华倦客? 长亭路,年去岁来,应折柔条过千尺。

---

①一谜里:即一味里。

②划(chǎn)地:无端,依旧,越发。

③阳关三转:即《阳关三叠》,又名《阳关曲》、《谓城曲》,是根据唐代诗人王维《送元二使安西》谱写的歌曲。因同一曲调要反复叠唱三次,故称"三叠"。渲染对远行人的关怀和思念之情。

④床头铨选:铨选,指由吏部考试量才授官之义。而"床头铨选"则是反话,因周邦彦窃窥徽宗微行妓馆,"度一新词,致触圣怒",而被贬官。

⑤命蹇:指命运不好,事多乖违。

⑥折柳之情:指依稀别之情。佚名《三辅黄图·桥》:"霸桥在长安东,跨水作桥,汉人送客至此桥,折柳赠别。"因"柳"与"留"谐音,可以表示挽留之意。

⑦隋堤:即汴河的河堤。隋炀帝杨广开通济渠,沿河筑堤植柳。明末水患河道淤没,今河南开封至永城公路的路基,就是当时的隋堤。"隋堤烟柳"为永城八景之一。

闲寻旧踪迹。又酒趁哀弦,灯照离席,梨花榆火催寒食①。愁一箭风快,半篙波暖,回头迢递便数驿。望人在天北。　　凄恻,恨堆积。渐别浦萦回②,津堠岑寂③,斜阳冉冉春无极。念月榭携手,露桥吹笛。沉思前事,似梦里,泪暗滴。

(玉交枝)题词一遍,谢承他举贤荐贤。而今再把词来显,真个是旧病难痊。鸳鸯拆开为短篇,长吟只怕还重谴。(合)拚今宵孤身自眠,又何妨重重写怨。(旦)

(前腔)心中生羡,看词章风流似前。虽经折挫留余喘,尚兀自挥洒联翩。本是连枝并头铁石坚④,倒做了伯劳东去西飞燕⑤。(合前)

(生)俺和你就此拜别。(拜介)(生)

(川拨棹)辞卿面,记平时相燕婉⑥。再不能整宿停眠,再不能整宿停眠,立斯须三生有缘。(合)怎教人着去鞭?任从他足不前。(旦)

(前腔换头)诉不了离愁只自煎,揾不了啼妆只自湮。从此去度日如年,从此去度日如年,愿君家长途保全⑦。(合前)(生)

(尾声)临行执手还相恋,归向君王一句言,道床下人儿今去的远。

一番清话又成空,满纸离愁曲未终。

情到不堪回首处,一齐分付与东风。

---

①榆火:本指春天钻榆柳之木取火种,后以"榆火"表示春景。

②别浦:送别的渡口。

③津堠:渡口上供瞭望用的土堡。

④连枝并头:即连理枝、并头莲。

⑤东去西飞燕:即劳燕分飞,这里用来比喻情侣朋友的离别。

⑥燕婉:原指夫妻和好。这里指周邦彦和李师师两情相悦。

⑦保全:指保护自己的身体。

第七折 赐环 （贴扮燕青上）用齐微入声韵

（商调引子绕地游）来游上国，到处无人识，向章台寻消问息①。

白云本是无心物，又被清风引出来。俺浪子燕青，前日随着柴大官人进城探路。被柴大官人计入禁苑，挖出御屏上四字。俺宋公明哥哥晓得官家时刻不忘，思量寻个关节②，讨个招安。那角妓李师师③，与官家打得最热。今欲到他家饮一巡儿酒，看取机会。着我先去送贽见之礼。来到此间，不免扯个谎哄他。里面有人么？（丑扮妈妈上）谈笑有鸿儒，往来无白丁。是那个？（贴拜介）是我。（丑）小哥高姓？（贴）老娘忘了，小人是张乙的儿子张闲便是。从小在外，今日方归。老娘怎不认得了？（丑想介）你不是太平桥下的小张闲么？（贴）正是。（丑）你那里去了？许多时不见。（贴）小人一向不在家，不得来看老娘。如今伏侍个山东梁客人，是燕南河北第一个有名的财主，来此间做买卖。一者就赏元宵，二者要求娘子一面。怎敢说在宅上出入？只求同席一饮，称心满意。先送一百两金子为进见之礼，与娘子打些头面器皿④。若得往来往来，还有罕物相送。（出礼物介）（丑看，伸舌介）好赤金也！火块一般的。只一件，我女儿今日为送周监税，出城去了，却不在家。怎么是好？（贴）少不得回来的，小人便闲坐一坐，等个回音。（小生上）

（绕地游后）和风丽日，忆娇姿来相探觅。是光阴怎生闲得？

自家道君皇帝便是。前日睿思殿上，失去了"山东宋江"四字，想城中必有奸细，已分付盘诘去了。心下好生不快，且与师师闲话去。（内喝）驾到。（丑慌介）官家来了，怎么好？女儿不在，谁人接待？张小乙哥，便与我支应一番个介。（贴）我正要认一认官家，借此机会上前答应去。（叩头介）男女万死！叩头陛下，愿陛下万岁！（小生）师师怎么不见？（贴）师师城外去了。（小生）你是何人？（贴）男女是师师中表兄

---

① 章台：汉时长安城有章台街，是歌妓聚居之所。《汉书·张敞传》："时罢朝会，过走马章街，使御吏驱，自以便面拊马。"后人以章台代指妓院。

② 关节：指机会。

③ 角妓：风流美貌、才艺出众的名妓。佚名《大宋宣和遗事·享集》："这个佳人，名冠天下，乃是东京角妓。姓李，小名师师。"

④ 头面：首饰。

弟,一向出外,今日回来。(小生)抬起头来我看。(贴抬头介)(小生)怪道也一般俊秀的。你既是师师兄弟,必有技艺。(贴)男女吹弹歌舞多晓得些。(小生)赐卿平身,唱曲奉酒。(贴送酒,随意唱时曲一只介)(小生)此时已是更余,师师还未见到。可恼!可恼!(旦愁妆上)

(忆秦娥)愁如织,归来别泪还频滴。还频滴,翠帏春梦,江南行客。(见介)(贴暗下)(小生)更余兀守方岑寂①,何来俏脸添悲戚!添悲戚,向时淹润②,这番狼藉。

　　　　(怒介)你看啼痕满面,憔悴不胜。适自何来? 意态如此!(旦)臣妾万死! 臣妾知周邦彦得罪,押出国门,略致一杯相别。不知得官家来此,接待不及,臣妾罪当万死!(小生冷笑介)痴妮子,只是与那酸子相厚! 这酸子轻口薄舌,专会做词。今日你去送别,曾有词否? 从实奏来。(旦)有《兰陵王》调一词。(小生)你起来唱一遍看。(旦)容臣妾奉一杯,歌此词为官家寿。(小生)使得。(旦送酒介)

(商调过曲二郎神)③柳阴直,在烟中丝丝弄碧。曾见隋堤凡几历,飘绵拂水,从来专送行色。无奈登临望故国。谁怜惜京华倦客? 算长亭,年来岁去,柔条折过千尺。

(集贤宾)闲寻旧日踪与迹,趁哀弦灯照离席。榆火梨花知在即,一霎时催了寒食④。风高箭急,待回首迢遥多驿。人在北,怎生不恨情堆积?

(琥珀猫儿坠)萦回别浦,津堠已岑寂,冉冉斜阳春景极。念相携素手露桥笛。凄侧,前事沉思,暗泪空滴。

　　　　(小生笑介)好词,好词。关情之处,令人泪落,真一时名手! 怪不得他咬文嚼字。

---

①兀守:独守。

②淹润:妖媚,丰润。

③商调过曲二郎神:此曲和(集贤宾)、(琥珀猫儿醉),化用周邦彦《兰陵王·柳》词。

④寒食:也称"禁烟节"。清明节前一天。相传春秋时晋文公未封赏功臣介之推,介亦不言禄,隐于绵山不出。文公悔悟,烧山逼他出仕,介之推抱树焚死。民间相约,在其忌日禁火,冷食三日,以为悼念。后相沿成俗,谓之"寒食节"。

明日元宵佳节，正须好词。不免赦其罪犯，召他转来为大晟乐正①，供应词章。传旨与两府施行去②。(旦叩头介)如此，多谢天恩。(小生笑介)连你也欢喜了。

(尾声)道一声赦也欢交集，词去词来还则是词上力。(旦)可正是成败萧何一笑值。

　　　　(旦)新词动听不争多，成也萧何败也何③。

　　　　(小生)遇饮酒时须饮酒，得高歌处且高歌。(下)

(旦吊场)(丑引贴见旦介)小乙哥过来见了姐姐。(旦)我正要问这是那一个？(丑)儿，这是太平桥张小乙哥④。他引了一个大财主，是山东梁员外，送了一百两金子为见礼，要与你吃一杯儿酒。因你未回，留他在此。恰遇圣驾到来，无人接待，亏得他认做了你的中表兄弟，支持答应，俄延这一会，等得你回来。也是个道地人儿。(贴)小人有幸，得瞻天表，且候着了娘子。小人回去，回复员外，还着他几时来？(旦)明日是元宵，驾幸上清宫⑤，必然不来。却请员外过来少叙便是。(贴)小人理会得。正是：

　　　　嫦娥曾有约，(丑、旦)明夜早些来。(同下)

---

①大晟乐正：宋徽宗崇宁初设置大晟府，以大司乐为长官，典乐为副。其下有大乐令、主簿、协律郎等官。见《宋史·职官四》。无"乐正"一职，周邦彦时任提举。宋王灼《碧鸡漫志》卷二："崇宁间建大晟乐府，周美成作提举官。"所谓"大晟乐正"系剧作者误记。

②两府：宋代称中书省和枢密院为两府。凡担任宰相和枢密院使的官员，皆可尊称为"两府"。

③成也萧何败也何：即谚语"成也萧何，败也萧何"。萧何：汉高祖刘邦的丞相。原指韩信的成功和失败，都是由萧何所为。后比喻事情的成功与失败，皆由一人所造成。

④太平桥：汴京穿城河道有四，南壁曰蔡河，自东南陈州门出，河上有桥十三座，太平桥在高殿前宅前。见《东京梦华录》卷一《河道》。

⑤上清宫：在汴京新宋门里街北。宋蔡絛《铁围山丛谈》卷二："上清，储祥宫者，乃太宗出藩邸时，艺祖所赐予而建也。"

第八折　狎游　(外宋江上)

用萧豪韵

（双调引子梅花引）留连客舍已元宵，谁能识恁根苗？（末柴进上）凭是宫庭，鱼服曾行到。（合）宿卫重重成底事？待看尽莺花春色饶。

（外）不入虎穴，焉得虎子？差之一时，失之千里。俺宋江不到东京看灯，怎晓得御屏上写下名字？亏得俺柴进兄弟取了出来。这两日闻得城门上提防甚紧，却是人山人海，谁识得破？俺一来要进去观灯；二来要与当今打得热的李师师往来一番，觑个机会。昨日燕青兄弟已到他家，约定了今日，又兼得见了官家回来。俺想若得我宋江遇见，可不将胸中之事，表白一遍，讨得个招安，也不见得。（末）哥哥，招安也不是这样容易讨的！借这机会通些消息，或者有用，也未可知。目今且落得去游耍一番。（贴燕青上）欲赴天边约，须教月下来。哥哥，此时正好进城了。（外）我与柴大盲人做伴，同去走遭。戴宗、李逵两个兄弟，扮做伴当①，远远跟着便了。（同行介）

（仙吕入双调过曲六幺令）官街乱嘈，趁着人多，早过城壕。无人认识，大英豪。齐胡混，醉酕醄②。镇闻满市皆喧笑，镇闻满市皆喧笑。

　　　　（贴）从此小街进去，便是李家瓦子了③。（众行介）

（前腔）笙歌院落，煞是撩人，一曲魂消。君王外宅贮多娇。灯光映，月轮高。画栏十二珠帘悄，画栏十二珠帘悄。（旦同鸨、女童上）

（前腔）游人似潮，昨日相期，佳客游遨。此时月色上花梢。（贴）近前去，把门敲。（旦出见，迎外、末介）（外、末）慕名特地来相造，慕名特地来相造。

　　　　（相见礼介）（贴向旦指外介）这位就是员外。（旦）昨日张闲多谈大雅，又蒙厚赐。今辱左顾，绮阁生光。（外）山僻之客，孤陋寡闻。得睹花容，生平愿足。（旦）这位官人，是员外何人？（外）是表弟华巡简。（旦）多是贵客。凤世有缘，得遇二君；草草杯盘，

---

①伴当：随从的差役或仆人。
②酕醄（máo táo）：形容大醉的样子。
③瓦子：又称"勾栏"、"瓦肆"、"瓦舍"。为杂剧、曲艺、说唱、杂技等表演场所。《东京梦华录》卷二《东角楼街巷》："街南桑家瓦子，近北则中瓦，次里瓦。其中大小勾栏五十余座。"

以奉长者。(外)在下山乡,未曾见此富贵。花魁娘子①,名播寰宇。求见一面,如登天之难,何况促膝笑谈,亲赐杯酒!(旦)员外奖誉太过,何敢当此!丫鬟将酒过来。

(二犯江儿水)(五马江儿水)逢霁色皇都春早,融和雪正消。看争驰玉勒,竞睹金鳌,赛蓬莱结就的岛。迤逦御香飘,群仙不待邀。楼接层霄,铁锁星桥,大家来看一个饱。(朝元歌)幸遇着风流俊髦②,厮觑了轩昂仪表。(一机锦)不枉了,两相辉灯月交。

(外)多蒙厚款。美酒佳肴,清歌妙舞,鄙人遇此,如在天上。不胜酒狂,意欲乱道一词,尽诉胸中郁结,呈上花魁尊听。(末)哥哥,花魁美情,正当请教。(外)待不才先诉心事呵!

(前腔)问何处堪容狂啸?天南地北遥,借山东烟水,暂买春宵,凤城中春正好。薄幸怎生消?神仙体态娇。(起介)想汀蓼洲蒿,皓月空高,雁行飞,三匝绕。(做裸袖揎拳势介)谁识我忠肝共包?只等待金鸡消耗③。(拍桌介)愁万种,醉乡中两鬓萧。

(末)表兄从来酒后如此,娘子勿笑!(旦)酒以合欢,何拘于礼?只是员外言语含糊,有许多不明处。(外)借纸笔来,写出请教。(旦)取笔砚过来,向员外告珠玉。(外写介)(词寄《念奴娇》)(念介)天南地北,问乾坤何处,可容狂客?借得山东烟水寨,来买凤城春色。翠袖围香,绛绡笼雪,一笑千金值。神仙体态,薄幸如何消得?　　想芦叶滩头,蓼花汀畔,皓月空凝碧。六六雁行连八九,只等金鸡消息。义胆包天,忠肝盖地,四海无人识。离愁万种,醉乡一夜头白。(旦)细观此词,员外是何等之人?心中有甚不平之事?奴家文义浅薄,解不出来,求员外明言。(外欲语介)(内叫)圣驾到后门了!(旦慌介)不能相陪,望乞恕罪!(急下)(外对末、贴介)我正要诉出心事,却又去接驾了。我们且未可去,躲在暗处瞧一回。(末、贴)大哥有些酒意了,小心些则个。(外)晓得。

　　　　始信桃源有路通,这回陡遇主人翁。

---

①花魁娘子:对妓女的美称。花魁:妓女班中的魁首。

②俊髦:才智杰出的人士。

③金鸡消耗:金鸡,古代的大赦,这里指赦书。消耗:消息,音讯。古代大赦,要举行一种仪式。据《东京梦华录》卷十《下赦》载:北宋时在宫城南门宣德楼前,竖立十数丈鸡竿。竿尖有一大木盘,上立金鸡。"楼上有金凤唧赦而下,至彩楼上。而通事舍人得赦宣读。开封府大理寺排列罪人在楼前,罪人皆绯缝黄布衫,狱吏皆簪花鲜洁。疏枷放去,各山呼谢恩讫。楼下钩容直乐作杂剧舞旋。……至日晡时,礼毕"。

今宵剩把银釭照①，犹恐相逢是梦中。(各虚下)

第九折　闹灯　(净扮李逵,大帽青衣,内抹额束腰,杂扮戴宗随上)用东钟韵

(净)浩气冲天冠斗牛,英雄事业未曾酬。手提三尺龙泉剑,不斩奸邪誓不休! 俺黑旋风李逵便是。俺大哥好没来由②,看灯,看灯,竟与柴大官人、燕小乙哥走入衖衖人家吃酒去了。却教我与戴院长扮做伴当,跟随在门外坐守。这可是俺耐烦的? 不要恼起俺杀人放火的性子来,把这家子来杀个罄尽。(做势介)(戴)哥哥怎生对你说来? (净)只怕大哥又说我生事,俺且权忍片时也呵!

(北双调新水令)看长安灯火照天红,似俺这老苍头也大家来胡哄。恁面生也花世界,少拜识也锦胡同。偌大英雄,偌大英雄,替他每守门阑,太知重! (虚下)(小生、旦上)

(南仙吕入双调过曲步步娇)三五良宵冰轮涌,帝辇宸游动③。(旦)今日该驾幸上清宫④。欢情那处浓! (小生)朕今日幸上清宫方回,教太子在宣德殿赐万民御酒⑤,御弟在干步廊买市,约下杨太尉同到卿家⑥。久等不至,只得自来。(旦)不道余恩,又得陪从。(小生)今日佳辰,宜有佳词。传旨宣周邦彦。(旦)斟酒泛金钟,这些时值得佳词供。(生上)

小臣周邦彦,闻得陛下在此,特来献元宵新词。(小生)念与朕听。(生念介)(词寄《解

---

①"今宵剩把银釭照,"二句:出自宋晏几道《鹧鸪天》词。银釭:银白色的灯盏、烛台。

②没来由:无缘无故。

③帝辇:皇帝乘坐的车子。宸游:帝王的巡游。

④上清宫:在新宋门里街北。蔡絛《铁围山丛谈》卷二:"上清、储祥宫者,乃太宗出藩邸时,艺祖所赐予而建也。"

⑤宣德殿:宋袁褧《枫窗小牍》卷上:"汴京故宫……又有龙图阁,下有资政、崇和、宣德、述古四殿。"

⑥杨太尉:似指宋徽宗宠信的大太监杨戬。他官太傅,并非太尉。太尉:徽宗时为武官官阶的最高一级,不表示任何职务。常用作武官的尊称。

语花》)风销焰蜡,露浥烘炉,花市光相射。桂华流瓦,纤云散、耿耿素娥欲下。衣裳淡雅,看楚女、纤腰一把。箫鼓喧、人影参差,满路飘香麝。　　因念帝城放夜。望千门如昼,嬉笑游冶。钿车罗帕,相逢处、自有暗尘随马。年光是也,惟只见、旧情衰谢。清漏移、飞盖归来,从舞休歌罢。(小生)好词,好词。得景得情。良辰美景,才子佳人,俱在朕前。可喜,可喜。周邦彦升为大晟乐府待制,赐与御酒三杯。(生饮酒谢恩介)(同唱)斟酒泛金钟,这些时值得佳词供。(同下)(净、戴随上)(净)

(北折桂令)渐更阑古寺声钟。等的人心热肠鸣,坐的来背曲腰躬。须知俺兄弟排连,尽多是江湖志量,怎走入花月樊笼?一壁厢主人情重,那堪俺坐客心慵。折倒威风,做哑妆聋。这的是黑爹爹性格温柔,今日里学得个举止从容。(下)(外、末、贴上)

(南江儿水)万里君门远,乘舆蓦地逢,天颜有喜亲承奉。(外)何不急趁樽前无拦纵,把一生忠义多相控?(末、贴)这个使不得!便亲写下招安何用?打破沙锅,少不得受那邪邪搬弄。(下)(净、戴上)(净)

(北雁儿落带得胜令)俺则待向章台猛去冲,(戴)这里头没你的勾当。(净)莽儿郎认不得弯和风。俺则待踏长街独自游,(戴)我不与你去,你须失了队。(净)急忙里认不出桃源洞。因此上权做个不惺憁,酩子里且包笼。困腾腾眼底生春梦,实丕丕心头拽闷弓。难容!无明火浑身迸。宋公明也!尊兄!这春儿也算不公。(坐场上介)(丑扮杨太尉上)

(南侥侥令)君王曾有约,游戏晚来同。(作走进门,戴走避,净坐不理介)(丑)是何处儿郎真懵懂?见我贵人来,不敛踪。

　　　(问净介)你是那里的狗弟子孩儿?见了俺杨太尉,站也不站起来。从人拿住者。
　　(净大喊,脱衣帽,露内戎装介)

(北收江南)呀!要知咱名姓呵,须教认得黑旋风!(将丑打倒介)一拳儿打个倒栽葱。(丑跌介)(戴劝介)使不得,使不得!(净)方才泄俺气填胸。(放火介)不是俺性凶,不是俺性凶,只教你今朝风月两无功。

　　　(净大喊介)梁山泊好汉全伙方在此!(外、末、贴急上)

(南园林好)听喧闹鱼游釜中,急奔脱鸟飞出笼。浑一似山崩潮涌,你看官家也从地道走了。惊凤辇离花丛,回首处隔巫峰。

　　　(内喊介)休教走了黑旋风!(外)燕小乙哥,黑厮性发了,只怕有失。你是他降手,快去接了他出城。(净舞介)

(北沽美酒带太平令)谁人来犯俺锋?谁人来犯俺锋?(贴扑净跌介)(净看贴起笑介)元来是旧降手又相逢。(贴)不要生事!随哥哥去罢。(净随众走介)恁

道是保护哥哥第一功,顿金锁走蛟龙,须知是做郎君要担怕恐。(扮高俅
追败下)(五虎将上接介)(净同众唱)看明晃晃旌旗簇拥,雄纠纠貔虎相从。宋
公明翠乡一梦,杨太尉伤司告讼。俺呵一班儿弟兄逞雄,脱离着祸丛。
呀! 这的是闹东京一场传诵。

(北清江引)宋三郎岂是柔情种? 只要把机关送。惹起黑天蓬,好事成
虚哄,则落得闹元宵一会儿哄。

　　　　周美成盖世逞词豪,宋公明一曲《念奴娇》。

　　　　李师师两事传佳话,合编成妆点《闹元宵》。